# Hals over KOP

D1699862

# JILL MANSELL

# Hals over KOP

POEMA POCKET

Voor meer informatie: kijk op **www.boekenwereld.com**

POEMA-POCKET is een onderdeel van Luitingh~Sijthoff

Negende druk
© 1998 Jill Mansell
All rights reserved
© 2000, 2004 Nederlandse vertaling
Uitgeverij Luitingh ~ Sijthoff
Alle rechten voorbehouden
Oorspronkelijke titel: *Head Over Heals*
Vertaling: Ineke van Bronswijk
Omslagontwerp: Pete Teboskins
Omslagillustratie: Ingrid Bockting

ISBN 90 245 4607 9

*Voor mam*

'Wat zal ik eens nemen, cider of een glas chablis?' Jessie Roscoe steunde met haar ellebogen op de bar en kauwde op een pootje van haar zonnebril met verfspetters terwijl ze over de kwestie nadacht.

'Ik weet niet of ik je alcohol mag schenken. Ben je wel boven de zestien?' zei Oliver.

'Ooo,' verzuchtte Lili, 'zei iemand dat maar tegen mij.'

Jessie zocht energiek in de zakken van haar spijkerbroek en diepte er ten slotte een briefje van vijf uit op. Ze wapperde er liefhebbend mee onder Olivers neus.

'Cider voor je lieve oude moeder. Of maak er eigenlijk maar een shandy van, want ik wil niet van mijn ladder vallen. Lili, wat neem jij?'

'Cola. Ik moet me beheersen.' Lili keek spijtig. Ze had meer trek in een alcoholische versnapering, maar dat was het nadeel van kleine kinderen: als ze in de buurt waren, moest je zo goed op je tellen passen.

Het was koel en donker in de bar van de Seven Bells en het rook er een beetje muf, naar verschaald bier en sigarettenrook vermengd met bijenwas en de geur van gebakken uien en knoflook uit de keuken. Nadat Oliver hun drankjes had ingeschonken, liepen ze door de lege pub naar de ommuurde achtertuin.

Het was vijf over twaalf en de zon stond hoog aan de hemel. Lili parkeerde de onhandige dubbele buggy in de schaduw van een sering terwijl Jessie nieuwsgierige wespen bij hun drankjes vandaan joeg en een zakje zoutjes openscheurde.

'Moet je ze nou eens zien. Net twee bejaarden op het strand van Bournemouth.' Jessie knikte naar de kinderen, allebei vast in slaap in de buggy, met hun ruggetjes naar elkaar toe en hun monden wijd open, kinnetjes slap op hun borst en knieën uit elkaar. William van twee, Lili's jongste, hield een blote Action Man in zijn hand. Freya van één, het dochtertje van een echtpaar in het dorp waar Lili op paste, presteerde het om tegelijkertijd zachtjes te snurken en op haar duim te zuigen.

Lili hoopte vurig dat ze zouden blijven slapen. Als ze wakker werden, zou William een keel opzetten omdat hij geduwd wilde worden op de schommel, en Freya zou nog veel harder krijsen omdat zij er ook op wilde. Vervolgens zouden ze jengelen om chips, limonade en nog meer limonade, en aangezien ze allebei in het stadium waren dat alles onderzocht moest worden – glasscherven, de drankjes van andere mensen, de inhoud van asbakken – wist Lili dat ze dan net zo goed met-een naar huis kon gaan.

Twintig minuten, meer vraag ik niet, dacht ze zonder zich illusies te maken. Twintig minuten gezegende rust en een gesprek tussen twee volwassenen.

'Hè, dat is beter,' hijgde Jessie nadat ze de helft van haar ijskoude shandy in één teug achterover had geslagen. Ze draaide zich om op het bankje terwijl ze op haar achterzakken klopte, vond een tube Ambre Solaire en gaf die over haar schouder aan Lili. 'Wil je mijn rug insmeren?' De ronde hals van haar hemdje was van voren en van achteren laag uitgesneden, en hoewel ze snel bruin werd, was de huid zichtbaar roze. Ze kronkelde toen Lili crème op een verbrand stukje smeerde. 'Heb je iets van Michael gehoord?'

'Hij belde gisteravond.' Lili hoorde het gebrek aan enthousiasme in haar eigen stem en schrok er zelf van. Stel je voor, haar man werkte nu al een halfjaar in Dubai, halverwege de andere kant van de wereld, en ze kon zelfs de energie niet opbrengen om hem te missen. Wat was ze nou eigenlijk voor een echtgenote? 'Hij komt vrijdag voor acht weken thuis. Ik moet marmelade in huis halen.'

'En een flinke voorraad tranquillizers,' zei Jessie terwijl ze haar over haar schouder aankeek, 'voor als je barst van de opwinding.'

Lili trok een gezicht en draaide de dop weer op de tube. Ze was niet de enige. Michael leek haar net zo min te missen als zij hem.

'Weet je, toen hij net met die nieuwe baan begon, dacht ik dat het heel erg romantisch zou zijn.' Ze viste een half verzopen bladluis uit haar glas en zette die zorgvuldig op de rozenstruik achter zich. 'Ik dacht aan astronomische telefoonrekeningen, ik stelde me voor dat ik 's nachts niet zou kunnen slapen omdat ik hem zo miste, en dat ik om vier uur 's ochtends naar Heathrow zou rijden om hem op te halen, dat we dan in slow motion naar elkaar toe zouden rennen en hij me in zijn armen zou nemen om me rond te zwieren' – in Lili's fantasie was ze een tengere sylfide van vijfenveertig kilo – 'en dan,' besloot ze schouder ophalend, 'nou, verpletterende lust en hartstocht, denk ik. Non-stop wilde, hete sex.'

'Doe dat dan vrijdag.' Onder het praten trok Jessie de paarse sjaal uit haar losgeraakte haar, ze gooide haar hoofd voorover, streek de bos donkere krullen bij elkaar en bond de sjaal in een scheve strik weer vast. 'Ga om vier uur 's ochtends naar Heathrow en stort je in zijn armen. Kijk wat er gebeurt.'

'In de eerste plaats zou ik mezelf volkomen belachelijk maken, want zijn vlucht komt pas om elf uur aan. In de tweede plaats zou hij zeggen: "Wat doe jij in godsnaam hier en als je lippenstift op hebt, smeer het dan niet op mijn overhemd." En in de derde plaats,' besloot Lili terwijl ze aftelde op haar vingers, 'zou ik hem pletten.'

Jessie negeerde die laatste opmerking. Als je Lili hoorde praten, zou je denken dat ze het formaat van een tank had, en dat was niet zo. Lili had gewoon weelderige rondingen, en grote bruine ogen, glanzend lichtbruin haar, schattige kuiltjes in haar wangen en een mond als een rozenknop. Zonder de oude spijkerbroek en het gestreepte overhemd zou ze op een schilderij van Renoir niet misstaan. Ze woog beslist niet genoeg om haar man te kunnen pletten.

En dat was jammer, vond Jessie, want als er nou iemand was die het verdiende om eens flink geplet te worden, dan was het Michael Ferguson wel.

Ze waren allebei in gepeins verzonken over de tekortkomingen van Lili's echtgenoot toen ze het zachte geronk van een vrachtwagen hoorden die vaart maakte op Water's Lane en zo de vredige stilte in Upper Sisley op een warme woensdagmiddag verstoorde.

'Een verhuiswagen,' zei Lili opgewekt, nu ze zich herinnerde dat ze Jessie dit nieuwtje had willen vertellen. 'Vanochtend stonden er twee bij Sisley House, enorme gevaartes. Eindelijk komt er weer iemand wonen.' Nu klonk ze veel geanimeerder. Jessie zag de nieuwsgierige twinkeling in haar ogen. Het idee dat er nieuwe mensen in Sisley House zouden komen wonen, was duidelijk een veel spannender vooruitzicht dan Michaels thuiskomst.

'Een verhuiswagen,' kondigde Oliver aan. Hij dook onder de kamperfoelie die de deur omlijstte door en liep de tuin in. 'Er zijn tekenen van leven in het huis.'

'Oud nieuws,' zei Jessie luchtig. 'Dat wisten we al.'

Oliver leek teleurgesteld. 'Okay, maar jullie weten niet wie het huis heeft gekocht.' Hij leunde over de tafel om wat zoutjes te pakken.

Harry Norton, de plaatselijke makelaar die het huis had verkocht, had een ergerlijk mysterieus rookgordijn opgetrokken en, zeer tegen zijn gewoonte in, geen woord over de nieuwe eigenaar los willen laten. Zelfs Jessie, op wie Harry smoorverliefd was, had hem geen naam weten te ontfutselen.

'Daar zijn we snel genoeg achter.' Ze gaf een tik op Olivers vingers toen hij nog een handje zoutjes wilde nemen. 'Moet je niet aan het werk?'

'Jullie zijn de enige klanten.' Oliver grijnsde naar zijn moeder met haar bespetterde zonnebril en pikte toch nog een zoutje. 'Ik kom jullie tafel afruimen.'

'Als Harry zo geheimzinnig doet, moet het wel een beroemdheid zijn,' vond Lili.

'We hebben tegen de oude Cecil gezegd dat het Madonna was' – Oliver

grijnsde nog breder – 'en hij is meteen een van haar cd's gaan kopen.'
'Dat heb ik gehoord.' Jessie keek hem aan. 'Arme Cecil. Hij heeft geprobeerd dat ding te draaien op zijn antieke grammofoon.'
'Misschien is het wel iemand van de koninklijke familie.' Lili's ogen werden heel groot.
'Misschien is het wel een drugsbaron,' zei Oliver, 'of een wapenhandelaar. Of een kluizenaar.'
Freya bewoog en kreunde in haar slaap toen Jessies mobiele telefoon ging.
'J.R. Decorating Services. Kan ik u van dienst zijn?'
'Ik hoop het.' Het was een mannenstem. 'Ik heb een aantal klussen, en dit nummer is me opgegeven. Een kleine zaak in Upper Sisley. Klopt dat?'
'Helemaal.' Jessie keek verontschuldigend naar Lili, die op haar knieën zat en wanhopige pogingen ondernam om Freya weer in slaap te wiegen. William werd wakker van Freya's gehuil, deed zijn ogen open en begon prompt ook te jengelen.
'O jee, dat klinkt niet best.' De stem aan de andere kant van de lijn klonk geamuseerd. 'Zal ik u gewoon mijn nummer geven? Dan kunt u uw man vragen of hij me terugbelt.'
Jessie zag dat Oliver dapper probeerde te helpen. Zijn gezicht vertrok toen Freya met haar vingertje in zijn oog prikte.
'Ik heb geen man.'
'Sorry, degene die het werk doet. Als hij me belt, kunnen we afspreken wanneer hij kan komen kijken wat er moet gebeuren.'
'Eigenlijk' – Jessie verhief haar stem om boven het geloei uit te komen – 'is het geen man. Ik doe het zelf.'
'Goeie help! En de kinderen dan?' Hij klonk geschrokken.
'Au!' schreeuwde Oliver, en hij sloeg zijn handen voor zijn kruis terwijl William een wilde poging ondernam om zichzelf te bevrijden. 'Hij heeft me geschópt!'
Jessie grijnsde en concentreerde zich met moeite weer op het gesprek. De lijn was niet geweldig. 'Wees maar niet bang, ze zijn bijna geen van allen van mij.' Ze ging staan en liep bij het kabaal vandaan, draaide de telefoon verschillende kanten op in de hoop op een betere ontvangst. 'Waar woont u, en wanneer wilt u dat ik langskom?'
Nog steeds kon ze hem niet goed verstaan. Waar belde die man vandaan, Boekarest? Ze sprong op een van de rustieke bankjes en daarvandaan op een tafel. Nu kon ze over de hoge muur rond de tuin van de pub kijken en had ze uitzicht op het dorpsplein. Er kwam net weer een verhuisauto aan, die voorzichtig de bocht nam en voor het hek van Sisley House vaart minderde.

'Sisley House,' zei de stem aan de telefoon, 'en u kunt komen wanneer het u schikt. Het is hier een beetje een chaos, maar het werk moet toch gebeuren.'

De ontvangst was opeens stukken beter en het kraken was opgehouden. Jessie voelde dat haar maag een langzame buiteling maakte. Ze staarde stompzinnig naar de puntgevel van Sisley House en naar de paar ramen op de bovenverdieping die niet door bomen aan het oog werden onttrokken. Als ze praatte met degene die ze dacht...

Grote goden, dacht Jessie, hoe is het mogelijk dat ik die stem niet meteen heb herkend?

Achter haar was het tumult verstomd. Oliver had Freya's roze met witte zonnehoedje opgezet en trok rare gezichten, en William hikte van het lachen. Lili, die nog steeds op haar knieën zat, had Freya stil gekregen met een flesje bessensap.

'Weet u ons te vinden?' klonk de stem aan de andere kant van de lijn.

Ik heb een shock, dat is het, dacht Jessie. Ze vermande zich. Ze stond onverwacht aan de rand van een ijskoude rivier, en ze kon zich er centimeter voor centimeter in laten zakken, of haar ogen dichtdoen, diep zuchten en erin duiken.

'Ja.' Ze slaakte de noodzakelijke diepe zucht. 'Ik weet u te vinden. Toevallig zit ik nu in de pub tegenover uw huis. Zal ik nu meteen langskomen?'

'Wat heeft mam een rare kleur,' zei Oliver toen hij naar haar keek. 'Valt ze flauw? Gaat het, mam?'

'Sorry, wat is uw naam?' zei Jessie, gewoon voor de zekerheid. Het was onzin om in alle staten te raken als hij het toch niet was.

'Gillespie. Toby Gillespie.'

'Doe me een lol, mam, kom van die tafel af.' Oliver pakte haar hand en hielp haar ervan af. Prompt werd de lijn weer slechter.

'Mooi, dan kom ik er zo aan,' zei Jessie, en ze zette de telefoon uit. Oliver keek haar merkwaardig aan. 'Wie was dat?'

'De nieuwe eigenaar van Sisley House.'

'Echt waar? Wie is het?'

'Toby Gillespie.'

'Nee!' kraaide Lili, die oplichtte als een kerstboom. 'Toch niet Toby Gillespie, de acteur?'

Als je op het punt stond om in een ijskoude rivier te duiken, dacht Jessie, was het beter om voorzorgsmaatregelen te treffen.

Ze keek naar Lili, die nooit ergens naartoe ging zonder een halve drogist in haar kolossale schoudertas.

'Die ja. Eh... heb jij toevallig waterproof mascara?'

## 2

De vrachtwagen die ze had zien aankomen, stond nu aan het eind van de oprit geparkeerd. Toen Jessie naar het huis liep, droegen twee zwetende verhuizers een chesterfield van donkerblauw fluweel uit de auto over het grind het huis binnen.

De zware eikenhouten voordeur stond wijd open, maar tegen de tijd dat Jessie op de stoep stond, waren de twee mannen verdwenen. Ze drukte op de bel en stelde vast dat die het niet deed. Onzeker bleef ze in de deuropening staan, bang dat ze een flater zou slaan. Het kwam bijna als een opluchting dat ze achter de deur links voor haar iets op de grond hoorde vallen, gevolgd door een verveeld klinkende mannenstem. 'O shit.'

Tijd om de duik te nemen.

Jessie duwde de deur open en kwam in wat de keuken bleek te zijn. Overal stonden kratten opgestapeld, en een tienerjongen met schouderlang haar stond bij het aanrecht hulpeloos naar een leeg groen blik en een lawine van suiker op de grond te staren. Een knap blond meisje in een wit t-shirt, haar oogleden geplamuurd met lila oogschaduw in dezelfde kleur als haar short, zat in kleermakerszit op een van de onuitgepakte kratten een tijdschrift te lezen.

De jongen keek Jessie verontschuldigend aan. 'Het ging vanzelf. Ik heb het heus niet expres gedaan.'

Het blonde meisje nam niet eens de moeite om op te kijken. 'Dat zeg je vast tegen elk meisje.'

De jongen werd rood. 'Ik moest van mama thee zetten voor de verhuizers. Het is niet eerlijk. Wat moet ik nu doen?'

Terwijl hij het zei, kwam het water in de waterkoker bij zijn elleboog aan de kook. Een stoomwolk blies over zijn arm en met een schreeuw sprong hij bij het aanrecht vandaan. Suiker knerpte onder zijn voeten.

'Schep het gewoon terug,' opperde het meisje. Ze keek met opgetrokken wenkbrauwen naar Jessie. 'Zouden ze dat merken, denk je?'

Jessie aarzelde. De gympen van de jongen zagen er niet al te schoon uit. 'Heb je een stoffer en blik?' vroeg ze zonder veel hoop.

'Dat moet wel ergens zijn, ja. Het zal wel in een van de kratten zitten.'

De jongen schonk kokend water in vijf verschillende kopjes en een blauwe juskom met een gouden randje. In elke kop hing hij een theezakje, hij veegde een lepel af aan zijn broekspijp en begon met de lepel ijverig suiker van de grond te scheppen.

'Wacht even.' Jessie hield haar handen als een verkeersagent omhoog. 'Laat maar liggen. Ik ben zo terug.'

'Wie ben jij eigenlijk?' Het blonde meisje klonk eerder nieuwsgierig dan ongerust.

'De schilder. Ik ga jullie huis opknappen. Ik heb een afspraak met je vader.'

'Aha. Hij moet wel ergens zijn.' Het meisje kamde met haar vingers door haar sluike, witblonde haar en glimlachte naar Jessie. Het volgende moment was ze alweer verdiept in haar tijdschrift.

De deur van het buurhuis, Keeper's Cottage, werd opengedaan door Drew, die slechts gekleed was in een gekreukelde, zwart met wit gestreepte boxershort.

'Kan ik een stoffer en blik van je lenen?' vroeg Jessie.

'Hè, wat vind ik het toch heerlijk als je zo vloekt.'

'En wat suiker?'

Ze liep achter hem aan naar de keuken, zes keer kleiner en minstens even chaotisch als die van Sisley House. Drew en Jamie, allebei dierenarts, deelden het huurhuis met Doug Flynn, een arts bij de eerste hulp in het Harleston General. Als ze niet werkten, speelden ze rugby en cricket, en als ze geen rugby en cricket speelden, sloegen ze verbijsterende hoeveelheden bier achterover en keken ze naar rugby en cricket op de televisie.

Ze waren alle drie hard op weg naar de dertig maar leken geen van drieën naar een gezinsleven te hunkeren. Voor zover Jessie wist, deden Drew en Jamie weinig anders dan als een stel pubers over meisjes praten, terwijl Doug met het ene meisje na het andere in bed dook. Jessie kon met alle drie de jongens goed opschieten maar was vooral gesteld op Drew, met zijn pretogen en jongensachtige, verlegen glimlach.

Aangezien huishoudelijk werk niet erg hoog op hun agenda stond, was ze onder de indruk toen hij het stoffer en blik vrijwel meteen wist te vinden. Ze zag dat hij gaapte terwijl hij suiker in een beker deed.

'Sorry, ik heb je wakker gemaakt. Zo te zien ben je bekaf.'

Hij draaide zich om en grijnsde naar Jessie. 'Dat kon jij niet weten. Ik ben de hele nacht op geweest met een koe.'

'Is het goed afgelopen?'

'Een tweeling.' Hij gaapte weer, keek op zijn horloge en wierp door het keukenraam een blik op de hopeloos overwoekerde tuin. 'Ik moet me maar eens gaan aankleden. Om twee uur begint het spreekuur. Vreemd,' vervolgde hij hoofdschuddend, 'ik heb gedroomd dat er allemaal legertanks in de tuin stonden.'

'Waarschijnlijk heb je het lawaai van de verhuiswagens bij de buren gehoord.'

'Komt er iemand wonen?' Drew deed de ijskast open, rook aan een pak sinaasappelsap en zette het gretig aan zijn mond. 'Weten we al wie?'

'Een of andere acteur.' Jessie voelde dat haar maag alweer een nerveuze duikeling uitvoerde. 'Toby Gillespie en zijn gezin.'

Drews blonde wenkbrauwen gingen omhoog. 'Toby Gillespie? Die met die vrouw?'

'Er zijn zoveel mensen met vrouwen, Drew.' Het was bepaald niet makkelijk, merkte Jessie, om normaal te klinken.

Maar Drew grijnsde nu echt, bijna van oor tot oor. 'Jawel, maar hij heeft De Vrouw. Deborah, zo heet ze toch? Dát is nou wat je noemt een lekker ding.'

'Ze is ouder dan ik,' protesteerde Jessie. 'Volgens mij moet ze al veertig zijn. Hoe kun je een vrouw van veertig nou een lekker ding noemen?'

Drew haalde gemoedelijk zijn schouders op. 'Wat dan ook. Ik wil haar best anders noemen, als ze dat liever heeft. Zo zo, Deborah Gillespie, onze nieuwe buurvrouw.' Hij schonk Jessie een vette knipoog. 'Kan nog leuk worden.'


Tegen de tijd dat ze terugkwam, was het te laat. De verhuizers hadden het zich, inmiddels met nogal onaantrekkelijke ontblote bovenlijven, op de oprit gemakkelijk gemaakt op twee sofa's van zwart suède en zaten languit in de zon te roken en thee te drinken.

'Willen jullie nog suiker?' Jessie hield hen Drews geschilderde mok voor, maar ze schudden hun hoofd.

'Nee bedankt, moppie, we hebben al,' zei een van de twee tevreden. 'Dat joch heeft ons suiker gegeven. Meer dan genoeg.'

In de keuken was geen spoor van het joch te bekennen, afgezien van een bergje natte theezakjes op het aanrecht naast de waterkoker en meer voetafdrukken in de suiker op de grond.

'Hai,' zei het blonde meisje, kennelijk niet verbaasd dat Jessie terug was. 'Als die mannen straks ter plekke dood neervallen, geven we Dizzy de schuld. Hij heeft net ontdekt dat er iets heel erg smerigs onder zijn schoen zat. Het zag eruit als een muis in staat van ontbinding.' Ze schudde haar hoofd. 'Wat is het toch een rund.'

'Eh... heb je je vader al gezien? Ik heb een afspraak.'

'Geen paniek, hij komt je wel zoeken als hij zover is. Waarom ga je niet even zitten?' opperde Toby's dochter. 'Maak gerust een kop thee,' voegde ze er gastvrij aan toe, en ze bukte zich om de juskom met het gouden randje te pakken. 'Hier, neem mijn beker maar.'

Jessie was op handen en knieën bezig de suiker onder de tafel op te vegen toen de deur achter haar openvloog.

'Sav, doe dat stomme blaadje nou even weg. Waarom ben je me niet komen vertellen dat de schilder er was? Volgens Dizzy was ze hier al eeuwen en is ze verdomme weer weggegaan.'

Het was Toby's stem, en hij klonk geërgerd. Jessie zat roerloos onder de tafel en kon door opzij te kijken net zijn voeten zien. Voordat ze in beweging kon komen, kregen de verschoten blauwe gymschoenen gezelschap van een paar platte sandalen, bronskleurig met wit, met erin waarschijnlijk de fraaist gevormde, meest gebruinde en bevalligste voeten die ze ooit had gezien.

'Schat, zeg eens tegen die verhuizers dat ze wat aan moeten trekken. Ze zitten op de zwarte banken en ze zweten als otters.'

'Ze is teruggekomen.' Savannah Gillespie klonk verbaasd. 'Ik weet niet waar ze nu is. Daarnet was ze er nog.'

'Ik ben er nog steeds,' zei Jessie, ook al was de verleiding om onder de tafel te blijven zitten nog zo groot. Haar eerste ontmoeting met Toby in ruim twintig jaar tijd verliep niet helemaal zoals ze had verwacht.

Net als mijn leven, dacht Jessie terwijl ze achterwaarts uit haar schuilplaats kroop. Regel nummer één: Niets gaat ooit volgens plan.

Deborah Gillespie, haar hele verschijning even elegant als haar voeten, barstte in lachen uit. 'Goeie genade! Wat deed u daar? Wilde u zich voor ons verstoppen?'

Jessie kon Toby niet aankijken; het enige dat vaag tot haar doordrong, was een verbleekt denim hemd en een oude spijkerbroek. Ze hield het halfvolle blik omhoog. 'Er was wat suiker gemorst. Ik was net bezig om het op te vegen.'

Deborah stond perplex. 'Ik begrijp het niet. Hoe kunt u nou met suiker hebben geknoeid? U gaat me toch niet vertellen dat mijn waardeloze kinderen ú de thee voor de verhuizers hebben laten maken?'

'Nee, het zat zo, ik...'

'Jess? Jess, ben jij het?'

Toby staarde haar aan.

Jessie beantwoordde zijn verbaasde blik, glimlachte flauwtjes en knikte.

'Ja, ik ben het. Hallo, Toby.'

'Jess! Dit is... onvoorstelbaar.'

Hij deed een stap naar voren, aarzelde even, liep toen om de tafel heen en legde zijn handen op haar onderarmen. Jessie wilde dat ze niet een stoffer in de ene hand hield en het blik in de andere.

Ze ving een glimp op van Deborahs opengesperde donkerbruine ogen toen Toby haar hartelijk op beide wangen kuste. Zelfs Savannah had inmiddels het tijdschrift weggelegd om toe te kijken.

'Ik zie dat jullie elkaar kennen,' zei Deborah ten slotte.

'Van heel vroeger. Jaren en jaren geleden. God, ik kan het gewoon niet geloven.' Toby kneep in haar polsen, nog steeds stomverbaasd. Blijdschap vermengde zich met een licht schuldgevoel toen hij zag dat Jessie rood was geworden. 'We waren... eh...'

'Intiem bevriend?' raadde Deborah.

Jessie knikte. Ze verzette haar voet om haar evenwicht te hervinden en er kraakte suiker onder haar schoenen. Ze had een potje gemaakt van het opvegen.

'Je bent geen spat veranderd,' zei Toby. 'Je ziet er geweldig uit.' Hij schudde zijn hoofd. 'Ik kan mijn ogen nog steeds niet geloven.'

'Raar hoor,' merkte Savannah op. 'Papa met zijn mond vol tanden.'

Toby draaide zich om naar Deborah. 'Weet je nog dat de makelaar ons voor het eerst over dit huis vertelde? Je vroeg hem waar Upper Sisley was, en ik zei dat ik het kende, dat ik hier jaren geleden een keer ben geweest.' Hij wachtte tot Deborah knikte voordat hij verder ging. 'Nou, dat was met haar. Jess en ik waren op een fietsvakantie...'

'Een fietsvakantie!' Savannah rolde komiek met haar ogen. 'Papa, wat ontzettend zielig.'

'Ik zat op de toneelschool. We waren straatarm. We hadden een tent geleend,' herinnerde Toby zich, 'en zelfs die zat vol gaten.'

'Vergeet de insecten niet,' zei Jessie. Hemel, wat moest Deborah er niet van denken?

Savannah sloeg haar handen voor haar mond en proestte. 'Dat kan niet waar zijn, een tent...'

'Maak mij maar belachelijk,' zei Toby lachend tegen zijn dochter, 'maar we hebben het ontzettend leuk gehad. Er werd in Upper Sisley een cricketwedstrijd gespeeld op het dorpsplein. Het was een bloedhete zomermiddag. We lagen op het gras en keken naar de wedstrijd. Er was een *high tea* voor de spelers, en na afloop mochten we ons rond eten aan de overgebleven taartjes en sandwiches.'

Savannah begon op een denkbeeldige viool te spelen. 'Dus de brave dorpsbewoners hebben jullie gered van de hongerdood in jullie haveloze, door wespen geteisterde tent. Dit is beter dan Oliver Twist.'

'Ik vind het romantisch,' protesteerde Deborah.

'Nou, dat was het niet,' zei Jessie. 'De sandwiches met tonijn hadden te lang in de zon gelegen. We holden de hele nacht de tent in en uit om over te geven.'

'Maar dat heeft ons niet van Upper Sisley genezen,' zei Toby. 'Ik weet nog dat ik een keer tegen Jess heb gezegd hoe fijn het zou zijn om in zo'n soort dorp te wonen.' Hij viel abrupt stil en keek haar aan, en weer las Jessie in zijn donkerblauwe ogen die korte flikkering van onuitgesproken schuldgevoel.

'En nu is het zover,' zei ze. 'Nu woon je hier, bedoel ik.'

Hij knikte en wilde duidelijk liefst nog veel meer zeggen, maar zijn vrouw en dochter zaten in de weg. 'En jij bent hier ook komen wonen.'

'Ik heb trek,' kondigde Savannah aan. Ze strekte haar gebruinde benen en wriemelde met haar tenen.

'Ga maar gauw naar de cricketclub,' zei Toby. 'Misschien hebben ze nog sandwiches over.'

'Ha ha. Mam, wat is er te eten?'

'Dat moet je mij niet vragen.' Deborah keek geschrokken. 'Ik heb geen idee waar alles is.'

Savannah legde haar handen tegen haar platte buik en trok een meelijwekkend gezicht. 'Ik meen het, ik rámmel van de honger.'

'Er is een winkel in het dorp,' zei Jessie.

'De pub!' riep Toby uit. 'Toen ik je aan de telefoon had, zei je dat je in de pub was. Hebben ze daar iets te eten?'

Jessie raakte acuut in paniek.

3

'Eh... eh... ze hebben allemaal lekkere dingen in de dorpswinkel. Ook diepvries.' Jessie deed nog een vertwijfelde poging. 'Hebben jullie zin in pizza?'

Deborah keek niet enthousiast. 'Lunchen in de pub klinkt veel leuker. Bovendien zijn we allemaal aan een pauze toe. De pub, Savvy?'

'Gaaf! Ik ben zo terug.' Savannah liet zich van haar krat glijden en verdween naar de gang. 'Ik moet alleen even mijn haar borstelen.'

'Dat betekent dat ze twintig minuten bezig is,' zei Toby met een gelaten zucht, 'om haar gezicht vol te smeren met make-up.'

'Mannen begrijpen er niets van. Kom op.' Deborah grijnsde naar Jessie. 'Als we toch moeten wachten, kan ik je even laten zien wat er gebeuren moet.'

De kamers die ze door haar wilden laten opknappen, waren boven. Twee zonnige slaapkamers op het zuiden en een badkamer. Jessie nam de maten en maakte een ruwe schets van elke kamer in haar kladblok. 'Ik heb de komende twee weken een klus, maar ik zou in de week daarna kunnen beginnen.'

'Prima,' zei Deborah. 'Ja toch, schat?'

Toby was kilometers ver weg en staarde door het kale slaapkamerraam naar buiten. Hij draaide zich naar hen om.

'Sorry?'

'Jess kan over twee weken beginnen.'

'O.' Hij knikte. 'Fijn.'

Jessie vroeg zich af waarover hij zo diep in gedachten verzonken was geweest. Weer voelde ze die merkwaardige zweefduik in haar maag. Ze vroeg zich af of Toby, als ze hem vertelde wat ze hem duidelijk moest vertellen, nog steeds zou denken dat het 'o, fijn' was dat ze in dit huis aan de slag zou gaan.

Jessie deed haar best om een uitvlucht te verzinnen, zodat ze niet met hen mee terug hoefde naar de Seven Bells, maar Toby wilde er niet van horen.

'Doe niet zo stom. We gaan gezellig iets drinken en je gaat mee.' Hij troonde haar mee door de gang. 'Vind je niet, Sav?'

Savannahs babyroze lippenstift glinsterde in het zonlicht.

'Natuurlijk. Je kunt ons over papa vertellen en wat hij tachtig jaar geleden uitspookte, toen hij nog jong was.'

Ze lieten de verhuizers hun gang gaan en liepen over het dorpsplein naar de Seven Bells. Dizzy sjokte mee en schopte onder het lopen tegen pluizige paardenbloemen. Deborah, moeiteloos elegant in een zwart jersey truitje met blote schouders en een strakke witte broek, liep arm in arm met Savannah. Jessie, die achter hen liep, naast Toby, besefte dat hij talmde om haar langzamer te laten lopen.

'Jess,' mompelde hij uiteindelijk, 'ik heb geprobeerd je te vinden.'

'Dat weet ik. Ik was verhuisd.'

'Je ouders wilden me niet vertellen waar je was. Ik was in alle staten.'

'Nu niet meer,' zei Jessie.

'Nee, nu niet meer. Maar we moeten wel praten.'

'Tijd genoeg.'

Toby keek over zijn schouder naar Sisley House. 'De dag nadat de makelaar ons de bijzonderheden had verteld, zijn we hierheen gekomen vanuit Londen. Zodra ik het huis zag, wist ik dat we hier moesten gaan wonen.' Hij schudde zijn hoofd. 'Is dat het lot?'

'Nee, het is toeval.'

'Wanneer ben jij hier komen wonen?'

'Vijftien jaar geleden.'

'En heb je nooit...'

'We zijn er,' viel Jessie hem in de rede voordat ze in de deuropening op Deborah en Savannah botsten.

'Kom op, pap, trek je portemonnee.' Savannah duwde de deur open. 'Jij trakteert.'

Lorna Blake, de eigenaresse van de pub, stond achter de bar met Oliver. Lorna had de pub vijf jaar geleden overgenomen. Ze was ergens in de veertig, gescheiden, stoer en recht voor z'n raap, ze rookte als een schoorsteen, had een stem die hees was van de gin en doordringende, helblauwe ogen. Jessie vond haar net een vrouwelijke Al Capone. Moll Harper, de fulltime serveerster, kwam de keuken uit met dienbladen vol eten, die ze hoog in de lucht hield terwijl ze tussen de volle tafeltjes door laveerde. De Seven Bells, pittoresk gelegen en warm aanbevolen in alle pubgidsen, trok zowel dorpelingen als toeristen. Het was er nu veel drukker dan om twaalf uur.

Er viel een korte, verbaasde stilte terwijl hoofden werden omgedraaid en hersenen registreerden wie er net binnen waren gekomen. Het was, dacht Jessie, net zo'n doodse stilte voor een spannend vuurgevecht. De Gillespies waren er kennelijk aan gewend. Als het ze al opviel, lieten ze het niet blijken. Jessie stelde hen voor aan Lorna Blake, zonder bang te hoeven zijn voor dweperigheid of aanstellerij. Nuchtere, flegmatieke, kettingrokende Lorna wond zich nooit ergens over op.

'Aangenaam.' Ze gaf Toby een hand en glimlachte flauwtjes. 'Welkom in het dorp.'

'En dit is Oliver,' ging Jessie gejaagd verder, 'en dat daar is Moll. Nou, volgens mij rammelen we allemaal van de honger, dus laten we maar snel bestellen. Zullen we dan lekker buiten gaan zitten?'

Oliver keek haar vreemd aan. Jessie, die zich daar terdege van bewust was, negeerde hem en griste een handvol menukaarten mee.

Oliver leunde over de bar om haar aandacht te trekken. 'Lili moest naar huis met de kinderen. Ze zei,' voegde hij er veelbetekenend aan toe, 'dat ze je straks wel zou zien.'

'Best. De vispastei is erg lekker,' kondigde Jessie lichtelijk over haar toeren aan. 'Of de fettucine Alfredo, die vind ik zelf het lekkerst.'

'Is het niet onvoorstelbaar?' Deborah praatte met Lorna, maar ze was niet voor niets actrice, en haar hese stem was voor iedereen in de pub verstaanbaar. 'We betrekken een nieuw huis in een piepklein gehucht, en de eerste die we tegenkomen' – ze draaide zich om en raakte vluchtig Jessies arm aan – 'blijkt een oude vlam van mijn man te zijn.'

Weer een stilte, van een lengte waar Hitchcock altijd het patent op had gehad.

'Als je geen zin hebt in pasta,' flapte Jessie eruit, 'kun je natuurlijk biefstuk met patat nemen.'

Oliver tapte een glas Stella, zonder op te letten, zodat het bier over de rand van het glas schuimde. 'Waarom heb je me niet verteld dat je hem kende?' vroeg hij op beschuldigende toon.

Savannah, die op een barkruk was gewipt, leunde met haar ellebogen op de toog, haar kin rustend op haar ene hand. 'Geen paniek, het was eeuwen geleden.' Geamuseerd hield ze haar hoofd schuin en keek ze Oliver aan. 'Wat is daar trouwens mis mee? Ben je haar vriendje, of zo?'

'Doe niet zo gek,' brieste Oliver verontwaardigd. 'Ik ben haar zoon.'

'Jeetje! Echt waar?' Deborah klapte verrukt in haar handen. 'Zo'n stoere bink als jij! Hoe groot ben je, een meter vijfentachtig? Zeven-entachtig?'

'Het is al halfeen geweest,' zei Jessie, inmiddels een inzinking nabij. 'Ik moet nu echt weg, nu meteen. Ik heb de Hartwells beloofd dat ik hun keuken om vijf uur af zou hebben.'

Niemand schonk ook maar de minste aandacht aan haar. Jessie keek ontzet naar Savannah, die helemaal opleefde, met haar billen wiebel-de op de barkruk, haar armen onder haar parmantige borsten over elkaar sloeg en zich volledig op Oliver concentreerde.

'Dus je woont ook in het dorp? Nou, dat is gelukkig iets. Ik was bang dat er alleen ouwe zeurpieten woonden.' Ze leunde naar voren en liet haar stem dalen, te laat, want inmiddels had ze alle ouwe zeurpieten die aan een tafeltje vlakbij zaten te kaarten al beledigd. 'Vertel eens hoe het is. Verveel je je te pletter, of zijn er leuke tenten in de buurt?'

Oliver begon te ontdooien. 'Ja, die zijn er wel, als je maar de juiste mensen kent. Een jongen die ik ken van de universiteit heeft net een nieuwe club in Harleston geopend.'

'Dus je studeert.' Savannahs ogen glinsterden belangstellend onder de lila oogschaduw. 'Waar?'

'Exeter. Wiskunde.'

'Welk jaar?'

'Ik ben net klaar.'

Oliver wist dat hij van oor tot oor grijnsde. Hij kon het niet helpen, het gebeurde elke keer als hij zich herinnerde dat de examens achter de rug waren.

Savannah grijnsde terug.

Deborah stak een sigaret op en bood Jessie er een aan. Jessie, die niet rookte, vroeg zich af of dit het moment was om ermee te beginnen.

'De Hartwells maken gehakt van me als ik niet doorga met mijn werk. Het spijt me, ik moet echt weg.'

'Wiskunde. Jakkes.' Savannah trok een gezicht. 'Dat zou ik nooit kun-nen. Maar het is natuurlijk wel handig als je achter de bar werkt.' Er klonk ontzag in haar stem. 'Dan ben je dus ouder dan ik dacht. Eenentwintig, als ik het goed heb, drie jaar ouder dan ik.'

'Dan moet jij achttien zijn. Zie je nou wel?' zei Oliver bescheiden. 'Ik ben geniaal.'

Savannah giechelde. Het klamme zweet was Jessie uitgebroken en ze diepte koortsachtig haar autosleutels op. Ze gleden prompt uit haar hand en kletterden op de plavuizen.

Toby bukte zich tegelijk met haar om ze op te rapen. Ter hoogte van de tafel kwamen hun hoofden bij elkaar. Jessie kon zichzelf er niet toe brengen om hem aan te kijken.

'Ik moet echt weg.'

'Jess...'

Toby's stem klonk vreemd. Geen wonder, moest Jessie toegeven. Trillend griste ze de sleutels uit zijn hand.

Maar dit keer dwong hij haar hem aan te kijken.

'O Jess, we moeten absoluut praten.'


# 4


Bij haar schoonmoeder op bezoek gaan was niet Lili's favoriete uitje, maar aangezien William een uur lang als een dolgedraaide voetbalsupporter 'oma, oma' had getetterd, besloot ze door de zure appel heen te bijten. Lili was als de dood voor Eleanor Ferguson, maar William aanbad haar – hetgeen onomstotelijk bewees dat smaken inderdaad verschillen.

Nadat ze een uitgelaten William en een humeurige Freya opnieuw in de dubbele buggy had gehesen, bedacht Lili dat ze een kam door haar haren moest halen en een luchtje op moest doen voordat ze van huis ging. Deed ze dat niet, dan zou het haar op een bijtende opmerking van Eleanor komen te staan. 'Allemachtig, wat zie jij eruit. Dat je man er niet is, schat, betekent nog niet dat je jezelf zo kunt laten gaan.'

Lili ging met de kinderen op pad en raakte zowaar in een beter humeur. Wonen in hetzelfde dorp als je schoonmoeder kon je als een vorm van pech beschouwen, maar ze woonden tenminste allebei aan een andere kant, en het was een mooie wandeling van The Old Vicarage, de oude pastorie, in High Street naar Eleanors huis aan het eind van Water's Lane.

Het is een prachtige dag, dacht Lili, vastbesloten om er het beste van te maken. Ik heb een hele berg strijkwerk gedaan, Jessie komt straks langs om me alle roddels over de nieuwe mensen in Sisley House te vertellen – kon het nou écht Toby Gillespie zijn, of was het een grapje geweest, net als dat verhaal over Madonna? En, het mooiste van alles, Michael is er niet, zodat ik vanavond in alle rust naar *Sleepless in Seattle* kan kijken.

Ook op dat punt pasten ze niet bij elkaar. Als Michael al ergens naar keek dan waren het actualiteitenprogramma's, en hij had geen goed woord over voor het amusement waar haar voorkeur naar uitging. *Sleepless in Seattle* was niets voor hem.

'Oma! Oma!' jodelde William met hoogrode konen van opwinding en hij roffelde met zijn hielen op de voetsteun van de buggy.

Lili glimlachte onwillekeurig. 'Goed gezien, we gaan naar oma.'

William slaakte een verrukte kreet en wees voor zich uit.

'Kobijn. Kobijn!'

'Ik zie het.' Lili draaide de buggy zo dat Freya het konijn ook kon zien. 'Kijk schatje, een konijn.'

'Kobijn kobijn kobijn!' kraaide William vrolijk en met zijn maaiende arm sloeg hij Freya bijna knock-out. 'Mam, ko...'

De auto, een oude bloedrode Granada die zwarte uitlaatgassen uitbraakte, scheurde met een snelheid van minstens negentig kilometer de hoek van Compass Lane om. Lili ontwrichtte bijna haar beide armen, zo snel trok ze de buggy in een reflex aan de kant.

Er zaten twee mannen in de auto, ze zag hun grijnzende gezichten toen ze langs jakkerden. Het konijn had geen schijn van kans. Er klonk een doffe plof, gevolgd door twee triomfantelijk opgestoken duimen van de bestuurder.

Lili gilde. William gilde nog harder. Freya stak haar duim in haar mond en staarde met grote ogen naar de stofwolk die door de smerige banden van de Granada werd opgejaagd.

'Klootzakken!' brulde Lili terwijl de auto over Water's Lane verdween. Ze rende naar het beestje toe in de hoop dat hij dood was.

'Kobijn,' zei William achter haar.

O nee, o nee, hij leefde nog. Zijn oogjes waren open. Verstijfd van schrik lag hij aan de kant van de weg. Bloed sijpelde door de bruingrijze vacht en het kleine ribbenkastje ging razendsnel op en neer.

'Klootzakken,' fluisterde Lili. Ze zat op haar hurken naast het doodsbange, trillende diertje en vroeg zich af wat ze in 's hemelsnaam moest doen. Ze kon hem hier niet dood laten gaan, geen sprake van.

'Kootzak,' zei William behulpzaam toen ze de straat overstak en terugrende naar de buggy.

Met trillende handen maakte Lili de tas vol babyverzorgingspullen open. 'Ik weet het.' Haar mond was zo droog dat haar stem kraakte.

Een eindje verderop op Compass Lane, in Keeper's Cottage, poetste Drew zijn tanden. Hij spuugde in de wastafel – schot in de roos – en bekeek zichzelf zonder enthousiasme in de spiegel.

Als zijn achternaam Smith was geweest, zou het minder erg zijn. Of Saunders of Webb of desnoods Witherspoon. Maar dat was niet zo. Zijn naam was Andrew Darcy, en daar kon hij zelfs na dertig jaar nog depressief van worden. Mensen die voor het eerst een afspraak hadden met meneer Darcy koesterden bepaalde verwachtingen. Vooral vrouwen. En Drew, met zijn ongetemde vaalblonde haar, grote gebroken neus, brede, vriendelijke mond en bepaald grove trekken, wist dat hij in levenden lijve een teleurstelling moest zijn. Hij was een afknapper. Goed, misschien niet echt lelijk. Maar wel gewoontjes. Zo gewoontjes dat hij het van zijn persoonlijkheid moest hebben als het om vrouwen ging.

Dat was het probleem met meisjes. Als ze van tevoren zijn naam kenden, hoopten ze op zoveel meer. Hij hoorde eruit te zien als Colin Firth in een kletsnat overhemd.

Het was verdomd oneerlijk – en gisteren was het weer eens raak geweest, toen een spetterende blondine in een rode zonnejurk met haar Siamese kat naar de praktijk was gekomen voor de prikken.

'O.' Haar knappe gezicht betrok onmiddellijk toen ze Drew zag. 'Bent ú meneer Darcy?'

Haar hoop was wreed de grond in geboord, en de zijne ook. Drew had voor de miljoenste keer een gewone naam voor zichzelf gewenst, zoals Lewis, of zelfs zoiets lelijks als Snark. Dan kon hij tenminste een aangename verrassing zijn in plaats van een afknapper.

Hij zou een officiële naamsverandering hebben aangevraagd als het niet zo kinderachtig was geweest, en Drew had zijn trots. Bovendien zou hij dan het achterste van zijn tong moeten laten zien. Dan zou iedereen weten hoe erg hij eronder leed.

Drew keerde zijn onbevredigende spiegelbeeld de rug toe en holde met drie treden tegelijk de trap af. Het was tien over halftwee en hij moest opschieten als hij niet te laat wilde komen.

Eenmaal beneden begon iemand als een gek op de voordeur te bonzen. Hij deed open en stond oog in oog met Lili Ferguson, die er vreselijk aan toe was en slap tegen de muur leunde.

'O Drew, wat ben ik blij dat je thuis bent.'

'Wat is er?' Hij fronste zijn wenkbrauwen. Ze had een buggy vol kinderen bij zich en klemde een papieren zak in haar armen. Haar haren kleefden nat van het zweet tegen haar slapen en haar vochtige shirt plakte aan haar borsten.

Met tranen in haar ogen maakte ze de zak open om hem het konijn te laten zien. Daar lag het, bijna bewegingloos en hevig bloedend, gewikkeld in een luier van William.

'Het is zijn poot.'

'Arm ding,' zei Drew. 'Overreden, zo te zien.'

'We zagen het gebeuren. Ze stopten niet.' Lili beet op haar lip. 'Ze hebben het expres gedaan. Ze deden het erom.'

'Kootzak,' kondigde William aan en hij zwaaide opgewekt naar Drew.

'Je kunt hem toch wel redden?' Lili wist dat haar reactie zwaar overdreven was – dit was het platteland, er gingen zo vaak dieren dood in de natuur – maar ze kon het niet helpen, het kon haar niet schelen.

'Nou...'

'Het kost geld, dat weet ik best. Ik betaal je wel.'

'Kootzak, kootzak,' zong William. Hij leunde opzij, greep een vuist vol paardenbloemen en rukte ze uit de verwaarloosde bloempot naast het portiek, waarna hij ze stralend in Freya's gezicht duwde. 'Kootzak oma!' kraaide hij.

Dat moest er nog bijkomen, dacht Lili moedeloos.

Drew keek op zijn horloge. Kwart voor. 'Luister, ik moet nu naar de praktijk. Ik zal hem meenemen en zien wat ik kan doen.'

'Geld is geen bezwaar,' zei Lili roekeloos, blijer dan ooit dat Michael duizenden kilometers ver weg in Dubai zat. Hij hield ongeveer evenveel van konijnen als van *Sleepless in Seattle*.

Lili sneed in de keuken tomaten en champignons voor een Italiaanse saus toen Jessie op de achterdeur klopte en binnenkwam.

'Je telefoon heeft de hele middag uit gestaan.' Lili gebaarde beschuldigend met het aardappelmesje. 'En je was ook niet thuis. Ik heb Oliver gesproken.'

Jessie liep zonder omwegen naar de ijskast, schonk twee enorme bellen witte wijn in en zette de glazen op de keukentafel. Het was zes uur. Ze voelde zich schuldig over de telefoon en zette hem weer aan. 'Ik moest de keuken van de Hartwells afmaken. En ik had tijd nodig om na te denken.'

'Geen wonder.' Lili's wenkbrauwen gingen omhoog. 'Oliver heeft me alles verteld.'

Jessie slikte. 'Alles?'

'Over jou en Toby Gillespie en het feit dat jullie vroeger verkering hadden,' zei Lili, 'wat je om de een of andere duistere reden nooit aan je zoon of je beste vriendin hebt verteld.'

'Ahem.' Oef.

'Precies.' Lili liet de champignons in de steek en sloeg haar armen voor haar forse boezem over elkaar. 'Als ik in jouw schoenen stond, zou ik vast en zeker ook tijd nodig hebben om na te denken.'

Jessie dook in haar wijn.

Lili fronste haar wenkbrauwen. 'En waarom heb je me een glas wijn ingeschonken terwijl Freya er nog is? Je weet hoe Hugh en Felicity zijn.'

Jessie dronk haar glas leeg. 'Ik heb je geen wijn ingeschonken, allebei de glazen zijn voor mij.'

'Dan is het wel heel erg.'

'Waar zijn de kinderen?'

Lili stak haar hoofd om de hoek van de keukendeur. In de zitkamer zaten Harriet, Lottie, William en Freya als een rijtje Russische poppen op de bank.

'In trance voor de buis.'

Jessie schoof een stoel naar achteren, plofte erop neer, trok de paarse sjaal uit haar haren en wikkelde die eindeloos rond haar hand alsof ze niet stil kon zitten. Dat kon ze ook niet. 'Toby Gillespie is Olivers vader.'

'O!' Lili's handen vlogen naar haar mond. Sprakeloos staarde ze Jessie aan, haar ogen zo groot als schoteltjes.

'Precies,' aapte Jessie haar na.

'Jess, méén je dat?'

Jessie bestudeerde de punten van haar haren, waar opgedroogde zonnebloemgele verf op zat. 'Natuurlijk meen ik het. Alsof je zoiets uit je duim zou zuigen.'

'Grote goden.' De Italiaanse saus was inmiddels geheel vergeten. Lili wierp nogmaals een blik in de zitkamer om zichzelf ervan te overtuigen dat er niet naar hen werd geluisterd, waarna ze zich op een stoel tegenover Jessie liet vallen.

'Weet hij het?'

'Wie?'

'Toby Gillespie.'

'Tot nu toe? Nee.' Jessie beet voorzichtig op een nagel, maar er zaten verfklodders op. 'Hoewel ik denk dat het hem begon te dagen toen ik wegging uit de pub.'

'Weet Oliver het?'

'Natuurlijk niet.'

'Ga je het hem vertellen?'

De verf smaakte smerig. Jessie wond de paarse sjaal strak rond haar linkerpols en keek naar het verkleuren van haar hand.

'Jess?'

Haar vingers waren nu even paars als de sjaal.

'Ik weet het niet, ik weet het niet. Ik zal er met Toby over praten. Verdorie, voor mij was het al de schrik van mijn leven. Hij krijgt vast een rolberoerte.'

Lili's mond hing nog steeds open van verbazing. Dit was nog eens vuurwerk. Ze leunde achterover totdat de stoel op de twee achterste poten balanceerde, maakte met één vinger handig de ijskastdeur open en pakte de fles wijn.

'Waarom heb je het me nooit verteld?'

'Regel één als je liegt' – Jessie haalde verontschuldigend haar schouders op – 'is dat je het simpel moet houden. En dat je consequent moet zijn. Ik heb jou hetzelfde verteld als Oliver.'

Lili ging in gedachten na wat haar was verteld. Het kwam er ongeveer op neer dat Jessie en haar toenmalige vriendje, Tony en nog wat, er het beste van hadden geprobeerd te maken toen Jessie zwanger bleek te zijn en dat het jammerlijk was mislukt. Ze waren voor Olivers geboorte uit elkaar gegaan, en Tony was naar Australië geëmigreerd zonder zijn zoon ooit gezien te hebben, en zonder zich een zier om hem of Jess te bekommeren.

Het was een saai verhaal, en dat was ook precies de bedoeling geweest, besefte Lili nu. Als iemand ooit vragen stelde over Olivers vader, beschreef Jessie hem zelfs op verveelde toon. Tony had blond haar, was vrij lang, niet bijster knap, niet bijster intelligent. Dat was ongeveer alles wat ze los had willen laten. Nee, ze hadden nooit echt van elkaar gehouden, en samenwonen, laat staan trouwen, zou een ramp zijn geweest. Tony was gewoon geen huisje-boompje-beestje-type.

En nee, ze had hem niet echt gemist toen hij uit haar leven was verdwenen. Opgeruimd staat netjes.

Lili plantte haar ellebogen op tafel, benieuwd naar het echte – en veel boeiender – verhaal, maar op dat moment ging Jessies telefoon.

'Dus je hebt hem weer aangezet,' merkte Toby laconiek op toen ze opnam.

'Sorry, ik had het... druk.'

'Je was laf, zul je bedoelen.'

'Toby, ik weet dat we...'

'Moeten praten. Negen uur bij jou?'

'Eh, negen...'

'Oliver werkt vanavond, ik heb het hem gevraagd, dus niemand die ons stoort.'

Jessies handen waren alweer nat van het zweet. 'Heeft hij... eh, weet hij...'

'Negen uur, Jess. Tot straks.'

Ze opende haar mond om nog wat tegen te sputteren maar het was al te laat. Toby had opgehangen.

'En nu,' kondigde Lili voor haar doen streng aan, 'kun je me beter de waarheid vertellen, de hele waarheid en niets dan... Stik.'

Zelfs Jessie moest glimlachen. Lili liep naar de deur om open te doen, en Jessie riep haar na: 'Het is een complot.'

'Erger,' siste Lili terug, 'het zijn Hugh en Felicity.'

Tolerante Lili, die de meeste mensen aardig vond, deed haar uiterste best om Hugh en Felicity Seymour aardig te vinden, maar het was moeilijk om warm te lopen voor een echtpaar dat zo volmaakt was dat je bij hen vergeleken zelf leek op iets dat was achtergebleven in de vuilnisbak.

Felicity was de carrièrevrouw in een bijpassend mantelpak met een geometrische asblonde bob, onberispelijke make-up en een koffertje van Vuitton. Hugh, die sluik kastanjebruin haar had en het hele jaar door een gebruinde teint, was het trenchcoat-type. Ze waren allebei lang, allebei slank, allebei succesvol in zaken. Ze waren welgesteld, intelligent, alleraardigst en droegen hun enige dochter, Freya, op handen.

Om de zoveel tijd werd Lili gegrepen door het sterke verlangen om hen vast te binden, hen mee te nemen naar de boerderij van Paddy Birley en hen door een weiland vol koeienvlaaien te rollen.

'Hallo, hoe is het? Is ze lief geweest?' riep Felicity zoals altijd, terwijl Hugh zijn dochter hoog in de lucht zwaaide en haar gezicht met kusjes overdekte.

'Heel erg lief.' Lili vroeg zich af hoe snel ze hen de deur uit kon werken. Hugh en Felicity wilden altijd elk detail van Freya's dag weten, tot en met het laatste kleffe koekje. 'Ze heeft goed gegeten, lekker geslapen, niet gespuugd, zij en William hebben met duplo gespeeld...'

'Bloed,' kondigde William aan, blij dat hij zijn naam hoorde. 'Kobijn poot eraf.' Hij rolde theatraal met zijn ogen. 'Allemaal bloed.'

'Echt waar?' Felicity verstijfde van top tot teen. 'Wat is er dan gebeurd?'

'Kootzak,' zei William niet zonder trots.


'Zo te horen ben ik niet de enige die een spannende dag heeft gehad,' merkte Jessie op toen de Seymours eindelijk weg waren.

Lili keek zorgelijk. 'Ik wilde Drew bellen om te vragen hoe het met het konijn is.'

'Doe dat dan.'

Lili voelde haarfijn aan dat Jessie elke kans om tijd te rekken aangreep.

'Dat gaat niet,' zei ze tegen Jessie. Ze ging weer zitten en schonk de fles wijn leeg in hun glazen. 'Ik hang namelijk ademloos aan je lippen nu jij me letterlijk alles vertelt wat er over jou en Toby Gillespie te weten valt.'

5

'We hebben elkaar op een feestje in Londen leren kennen. Toby zat op de toneelschool, en ik zat nog op school in Cheltenham. We waren zo gelukkig samen. Het was geweldig, echt een sprookje.'

'Ga door.' Lili was zo opgewonden dat ze op haar knokkels beet. 'Ik wist wel dat het de moeite waard zou zijn.'

'Het was een droom.' Jessie doopte een vinger in een gemorste druppel wijn en tekende er kringetjes mee op de keukentafel. 'We zagen elkaar elk weekend. We waren natuurlijk zo arm als kerkratten, maar dat gaf niet. We deden alle leuke dingen die elke berooide student doet, en we maakten eindeloos plannen voor de toekomst. Maar een van de dingen die we deden liep verkeerd af,' voegde ze er met een flets glimlachje aan toe, 'en een baby paste niet in onze plannen. Ik was zeventien, zat halverwege mijn eindexamen. Toby was twintig en deed de toneelopleiding. Er gebeurde hetzelfde met een van de jongens in zijn jaar. Hij trouwde met zijn vriendin, hield op met de toneelschool en nam een baantje in een abattoir.'

Jessies ogen kregen een eigenaardige uitdrukking. Lili vermoedde wat er komen ging en raakte over haar toeren.

'Je hebt het hem niet verteld,' hijgde ze. 'Je hebt hem niet eens verteld dat je in verwachting was.'

'O jawel. Ik heb het hem wel verteld. Hij zei dat hij met me wilde trouwen. Maar ik wist dat het niet was wat hij wilde.' Jessie zat inmiddels onbeheersbaar te wriemelen, ze liet de wijn rondgaan in haar glas en creëerde zo een mini-draaikolk. 'Acteren was voor Toby zijn lust en zijn leven. Hij zou de nieuwe Al Pacino worden. Ik had het niet aan kunnen zien als hij in een abattoir had moeten werken.'

'Dus?'

'Iedereen scheen te denken dat een abortus in alle opzichten de beste oplossing was. Mijn ouders voorop,' merkte Jessie droog op. 'Een straatarme student was in hun ogen nou niet bepaald de ideale schoonzoon. We spraken dus af dat we het zo zouden doen. Alles was geregeld.' Ze haalde diep adem. 'Alleen kon ik het op het laatste nippertje niet over mijn hart verkrijgen.'

'Grote genade. En Toby heeft je aan de dijk gezet? De rotzak.' Lili brieste van verontwaardiging.

'Loop nou niet de hele tijd zo hard van stapel,' berispte Jessie haar. 'Hij wist niet dat ik het niet heb laten doen. Ik vond het niet eerlijk tegenover hem. Hij had bijna alles wat hij bezat verkocht om die abortus te kunnen betalen.. Dan kon ik hem toch niet vertellen dat ik me had bedacht?'

'Maar het was zijn kind!'

'Dat weet ik wel, maar hij wilde het niet echt.'

'Wat zeiden je ouders?'

Jessie trok een gezicht. 'Die gingen door het lint. Ze schaamden zich dood voor me – ze konden me nauwelijks aankijken. Ik ben als een speer uit een boog naar Schotland gegaan om bij mijn tante Morag in Glasgow te gaan logeren. Ik heb Toby geschreven dat het uit was tussen ons. Ik heb gezegd dat ik een abortus had gehad en daarmee basta – ik wilde hem niet meer zien. Hij heeft bij mijn ouders aangeklopt, en ze hebben hem hetzelfde verhaal verteld.' Ze haalde haar schouders op. 'Hij bleef bellen, maar ze waren niet van plan om hem te vertellen waar ik was. Een halfjaar later zijn ze naar Oxford verhuisd en daarmee was de kous af. Toby kon geen contact meer met ze opnemen. Ze waren verdwenen.'

'O Jess. En nu heeft hij je gevonden.' Lili kon nauwelijks ademhalen. 'Wat zal hij ervan zeggen?'

Jessie stond op, propte de paarse sjaal in de achterzak van haar spijkerbroek en pakte haar sleutels van tafel. 'Geen flauw idee. Maar ik wil graag eerst in bad voordat ik het te horen krijg.'

Lili schrok zich wild toen de bel om tien voor acht ging. Ze liep zo te tobben over Jessie dat ze zich nergens anders meer op had kunnen concentreren. 'Mam, je slaat de helft over,' had een verongelijkte Lottie geklaagd toen ze *Postbode Pat en de geheimzinnige dief* voorlas. 'Je maakt er een potje van! Nu moet je weer helemaal opnieuw beginnen.'

Uiteindelijk was het Lili gelukt om William en Lottie van vijf in bed te krijgen, en daarna had ze Jessies voorbeeld gevolgd en een lekker lang bad genomen, waarbij ze haar tenen ritmisch had bewogen op de maat van de dreunende muziek uit Harriets kamer (aangezien je de Spice Girls volgens Harriet pas echt kon waarderen als het pleisterwerk van de muren trilde).

Het geluid van de deurbel viel samen met het eerste voorzichtige slokje dat Lili van een beker warme chocolademelk nam. Ze kreunde omdat de hete drank over de rand van de beker gutste, over haar witte badjas, en slaakte een kreet toen de kokendhete vloeistof door de stof op haar huid sijpelde.

'Ooo... au... O, hai... Ooo...'

Drew Darcy grijnsde op de stoep. 'Dat klinkt goed. Je bent net zo'n sexlijn... draai 06 en nog wat en je krijgt Lekkere Lucy aan de lijn. Niet,' voegde hij er haastig aan toe, 'dat ik er ervaring mee heb.'

'Het is warme chocolademelk.' Lili snakte naar adem. 'Ik heb mijn... borst gebrand.' Heimelijk keek ze omlaag en ze zag felrode vlekken ontstaan onder de witte stof. 'Au, het doet pijn.'

Drew troonde haar mee naar de keuken, hield een theedoek onder de koude kraan, wrong die handig uit en gaf hem aan haar.

'Druk hem tegen de eh... pijnlijke plek. Toe maar, onder je badjas. Ik zal niet kijken.'

Jeetje, wat een wonderlijk gevoel, dacht Lili. IJskoud water droop omlaag over haar borsten en buik, vormde een plasje op de grond, terwijl ze verder helemaal warm en droog was.

'Heb je al blaren?' informeerde Drew.

Lili gluurde nog een keer, schudde haar hoofd en hield de bovenkant van de theedoek opzij om hem gerust te stellen. Drew was per slot van rekening dierenarts, bij gebrek aan een echte dokter de beste keus. Bovendien, wat liet ze hem nou helemaal zien? Niet meer dan een glimp van een decolleté.

'Je overleeft het wel.' Hij grijnsde breder en ontblootte een hele rij roomwitte tanden, waaronder een aantal kronen als gevolg van schermutselingen op het rugbyveld. 'Sorry, ik geloof dat ik ongelegen kom.'

'Hoe is het met het konijn?' Er droop nog steeds water omlaag van haar buik. Ze vroeg zich af of ze er even incontinent uitzag als ze zich voelde.

Drews glimlach bevroor.

'Het spijt me. Hij is dood.'

'O nee. Heb je hem geopereerd?'

'Hij is in de auto doodgegaan, onderweg naar de praktijk,' zei Drew zacht. 'Hij deed zijn ogen dicht en was weg. Er zullen wel inwendige bloedingen zijn geweest. Ik vind het echt heel naar, Lili.'

Lili veegde met haar mouw haar ogen af en voelde zich nogal belachelijk. Je mocht best huilen als je huisdier doodging, maar dit was gewoon een wild konijn, een volslagen vreemde.

'Hier.' Drew gaf haar een zakdoek en klopte op haar hand.

Ze hoopte dat hij haar geen watje vond, een hopeloze aanstelster.

'Ik schaam me dood.'

'Onzin. Je bent van streek omdat de een of andere idioot voor de lol een konijn heeft overreden.'

Dat is waar, dacht Lili, snuffend in de zakdoek en verbaasd dat het ding zo schoon was en zo lekker rook. Drew had vast een speciale voorraad voor grienende baasjes. Jeetje, wat was hij aardig.

'Ik begrijp gewoon niet dat iemand zoiets kan doen. Ik bedoel, ik rem voor dieren als ik in een auto rijd.' Lili schudde haar hoofd en huiverde bij de herinnering aan een angstig moment, toen ze verleden jaar nog net een overstekend vossenjong had kunnen ontwijken. 'Wat ben je nou voor iemand als je iets op de weg ziet en het bewust probeert te raken?'

Drew knikte. 'Dat zijn geen mensen, het zijn monsters. Ik maak dingen mee waarvan de haren je te berge rijzen. Soms zou ik dat soort mensen het liefst in elkaar slaan. Dieren die uitgehongerd of verwaarloosd zijn, of worden geslagen.' Onder het spreken kregen zijn ogen een hardere glans. 'Vanochtend werd er nog een puppy binnengebracht. De eigenaars waren met de noorderzon vertrokken. De huisbaas is naar die woning gegaan en het bleek een varkensstal te zijn. Ze hadden hun hond achtergelaten, opgesloten in een kamer zonder eten. Nog een paar dagen en hij zou dood zijn geweest. Sorry,' zei Drew, die opkeek en de tranen over Lili's wangen zag rollen. 'Ik maak het alleen maar erger, hè? Ik zou je juist op moeten vrolijken.'

'Wat gaat er met hem gebeuren?'

'Het asiel. Hij is nog maar vier of vijf maanden oud, echt een jonge hond. Niet moeders mooiste,' voegde Drew er met een glimlachje aan toe. 'Niet de Brad Pitt van de hondenwereld, maar hij is wel erg lief. Ik weet zeker dat iemand hem wil hebben.'

'En als niemand hem wil hebben, wordt hij afgemaakt.' Lili werd er misselijk van. 'Wat voor soort is het?'

'Wat voor soort is hij níet?' antwoordde Drew. 'Hij is het prototype van het vuilnisbakkie. Terriër, windhond, collie, misschien zit er ook nog een mespuntje spaniël bij.'

'Ik neem hem,' flapte Lili eruit.

'Je hebt hem niet eens gezien.'

'Dat geeft niet. Ik wil hem hebben.' Ze stond er versteld van dat ze het met zoveel stelligheid verkondigde.

Drew, die voorzichtiger was, probeerde haar enthousiasme te temperen. 'Lili, dit is geen pizzalijn. Je bent verdrietig omdat het konijn dood is. Ik heb je aan het huilen gemaakt – twee keer. Je hebt wat we in medische termen een emotionele shock noemen.' Hij glimlachte nog een keer, om te laten zien dat hij het begreep. 'Je bent morgen van harte welkom op de praktijk, dan kun je hem zien, maar doe vanavond geen ondoordachte beloftes.'

Lili, die haar tranen inmiddels had gedroogd, wist dat ze zich niet zou bedenken. Ze wilde die hond absoluut hebben en zodra hij beter was, zou ze hem mee naar huis nemen.

En ik weiger zelfs maar te denken aan wat Michael ervan zal zeggen, nam Lili zich vastberaden voor. Voornamelijk omdat ze al wist wat hij zou zeggen.

Michael had ongeveer evenveel gevoel voor honden als voor wilde konijnen.

## 6

Nadat Jessie in bad was geweest en haar haren had gewassen, bleek het vraagstuk wat ze aan moest haar voor grote problemen te stellen. Te veel opsmuk en Toby zou kunnen denken dat ze hem probeerde te imponeren. Te weinig daarentegen, en hij zou kunnen denken dat ze erop gebrand was om hem te laten weten dat ze expres geen moeite voor hem had gedaan.

Of zoiets.

Uiteindelijk koos ze voor een lange zwarte jurk, mouwloos en een beetje een hobbezak, maar hij zat wel lekker. Aan de ene kant was het een jurk, dus zag ze er niet uit alsof ze te weinig moeite had gedaan, en aan de andere kant was ze niet wat je noemt in gala.

Ze deed geen schoenen aan maar knoopte wel een gele strik in haar haren. Ze deed mascara op maar geen lippenstift, deodorant maar geen parfum, een slipje maar geen beha, en ze zette Bruce Springsteen op maar niet Bryan Ferry.

Vooral geen Bryan Ferry.

Wat een hoop gedoe, dacht Jessie – en over zinloos gesproken! Waarom vind ik het zo belangrijk hoe ik eruitzie terwijl hij me al heeft gezien, onder de verfklodders, met werkschoenen en mijn minst flatteuze spijkerbroek?

'Het is niet eerlijk, hè?' zei Jessie toen ze twintig minuten later de deur opendeed. 'Ik bedoel, ik zie er twintig jaar ouder uit dan de laatste keer dat je me hebt gezien, en jij staat de hele tijd in de krant of je bent op de tv, dus er is geen schrikeffect, geen kloof van twintig jaar te overbruggen.'

'Eenentwintig,' corrigeerde Toby haar, zijn donkerblauwe ogen strak op haar gericht. 'Eenentwintig en een half, om precies te zijn.'

'Jij je zin. Ik zeg alleen dat het voor jou...'

'Jessie, hou op met wauwelen.' Toby kwam binnen en deed de deur achter zich dicht. 'Vind je niet dat we over belangrijker dingen moeten praten?'

Jessies voornemen om de hele zaak koel en kalm en ontspannen te benaderen leek een beetje in het water te vallen. Het was een stuk makkelijker geweest, besefte ze, met Toby's gezinsleden in de buurt, die zonder het zelf te weten als bodyguards fungeerden. Verontschuldigend schudde ze haar hoofd terwijl ze achteruit naar de zitkamer liep.

'Sorry. Je hebt gelijk. Nou, brand maar los.'

'Branden is het juiste woord. Ik heb de hele dag gebrand van verlangen, het ene moment om je te wurgen, het volgende om je te kussen totdat je naar adem snakt. Verdorie, Jessie.' Toby streek zijn donkerblonde haar uit zijn ogen met een gebaar dat ze zich van al die jaren geleden herinnerde. 'Verhuizen is zenuwslopend, dat weet ik, maar dit had ik niet verwacht.'

'Nou,' zei Jessie gepikeerd, 'ik ook niet.'

Het was een tikje overdonderend allemaal.

'Oliver is mijn zoon,' stelde Toby.

'Natuurlijk is het je zoon.'

'Ik stond vandaag opeens oog in oog met hem. Geen waarschuwing, niets.'

'Ik heb geen tijd gehad om het je te vertellen,' protesteerde Jessie.

Nu keek Toby echt alsof hij haar zou kunnen wurgen. Ze zag het glimmen van zijn knokkels toen hij de rugleuning van de bank beetpakte.

'Jess,' zei hij ten slotte zacht, 'je hebt eenentwintig jaar de tijd gehad om het me te vertellen.'

Op de schoorsteenmantel stond een ingelijste foto van Oliver als lachend jongetje van vijf met ontbrekende voortanden omdat hij aan het wisselen was. Hij geneerde zich ervoor, maar Jess was weg van die foto. Ze keek er nu naar. 'Je wilde hem niet,' zei ze tegen Toby. 'Je wilde niet aan handen en voeten gebonden zijn. Een baby paste niet in de plannen.'

'Maar Jess...'

'Je had geen geld en je moest nog een jaar naar school. Je zei dat een abortus het beste was en je hebt me er het geld voor gegeven. Toen puntje bij paaltje kwam,' zei Jessie langzaam, 'kon ik het niet.'

'Je had het me moeten vertellen,' zei Toby. 'Je had niet zomaar moeten verdwijnen.'

'Dat zou toch emotionele chantage zijn geweest?' Er stond verdriet en trots te lezen in Jessies donkerbruine ogen. 'Je zou bij me zijn gebleven en me in stilte verwijten hebben gemaakt, en vroeg of laat zou je me zijn gaan haten omdat ik je nodeloos met een vervelende situatie had opgezadeld.' Ze haalde haar schouders op en keek opnieuw naar de foto. 'Het leek me gewoon beter om weg te gaan en de baby in mijn eentje te krijgen.'

'Jess, je ouders moeten echt een bloedhekel aan me hebben gehad. Ze wilden me niets vertellen.' Toby stak zijn handen in de zakken van zijn spijkerbroek. 'Waar ben je naartoe gegaan?'

'Naar Schotland. Ik heb bij mijn tante Morag gelogeerd. Na Olivers geboorte kon ik een flat van de gemeente krijgen. Het was niet veel soeps, maar we hebben ons gered.' Jessie wijdde er niet over uit. De flat, op de zeventiende verdieping van een torenflat in Glasgow, was haveloos en vochtig geweest, met muren die zo dun waren dat je het klikken van de naalden kon horen als de verslaafde buren heroïne in hun aderen spoten.

'Is het nooit bij je opgekomen om contact met me op te nemen?' Toby formuleerde zijn vraag zorgvuldig.

'Natuurlijk wel. Ik heb het honderden keren overwogen. Maar toen Oliver klein was, moest jij nog sappelen als onbekende acteur. Toen kreeg je die rol in *Fast and Loose* en werd je bijna op slag een ster.' Jessie keek hem met opgetrokken wenkbrauwen aan. 'En wat zou er van me zijn gezegd als ik toen contact met je had gezocht? Ik zou zijn bestempeld als een groupie, zomaar uit het niets opgedoken, alleen maar in je geïnteresseerd omdat je succes had.'

Toby klampte zich nog steeds uit alle macht aan de bank vast. 'Ik heb je wanhopig gezocht,' vertelde hij Jessie. 'Je hebt geen idee. Als je contact met me had opgenomen, zou ik zo... gelukkig zijn geweest.'

'Ach ja.' Onverschillig haalde ze haar schouders op. 'De verleiding was groot, laat me je dat wel vertellen. Als je achttien bent en alleenstaande moeder zie je er soms geen gat meer in.'

'Ik wilde dat je contact had opgenomen.'

Jessie glimlachte bij zichzelf en besloot dat ze hem best alles kon vertellen.

'Ik heb je één keer geschreven en die brief naar het televisiestation gestuurd dat *Fast and Loose* uitzendt. Ik kon natuurlijk niets over Oliver zeggen, niet in een brief die door een vreemde geopend en gelezen zou worden, maar ik heb je wel gevraagd om contact met me op te nemen en je mijn adres in Glasgow gegeven.'

Toby staarde haar ontzet aan en schudde nu al zijn hoofd.

'Maar ik heb die brief nooit...'

'Ik weet dat je hem nooit hebt gekregen. Ik had hem in mijn tas gedaan om hem te posten' – Jessies stem haperde bij de herinnering aan dat moment in een ver verleden – 'toen ik op het nieuws hoorde dat je net was getrouwd.'

'O nee,' verzuchtte Toby.

'En de volgende dag stond het in alle kranten – je sprookjesachtige geheime bruiloft met de beeldschone actrice Deborah Lane.' Jessie besefte dat ze die artikelen waarschijnlijk nog woord voor woord kon herhalen. 'Ik zag de foto's en las het hele verhaal, dat je haar op de televisie had gezien, op het eerste gezicht verliefd was geworden en haar hebt opgespoord... Volgens de kranten had je gezegd dat je de gelukkigste man van de wereld was met de mooiste vrouw van de wereld, en dat je het liefst zo snel mogelijk kinderen wilde.'

Ze zweeg. Toby staarde haar aan met een uiterst merkwaardige uitdrukking op zijn gezicht.

'Nou, dat was het wel zo'n beetje,' vervolgde Jessie omdat hij niets zei. Ter compensatie begon ze opnieuw te ratelen. 'Ik voelde me een beetje belachelijk, geloof me. En uiteraard heb ik die brief niet gepost. Ik heb hem in een miljoen stukjes gescheurd en de snippers als confetti uit het keukenraam gestrooid.'

Toby kwam op haar af.

'Erg melodramatisch van me, ik weet het.'

'Hou je mond, Jess.'

'O Toby, niet doen alsjeblieft, dit moet je echt niet doen.' Onvast deinsde ze achteruit.

'O Jess,' bootste hij haar zachtjes na, 'ik moet het echt wel doen.'

Hij boog zijn hoofd en kuste haar, eerst aarzelend, toen harder, en wat zo verbijsterend was, besefte Jessie terwijl ze zich aan hem vastklampte, zijn kus was totaal niet veranderd. Het voelde precies zoals ze het zich herinnerde, even uniek als een vingerafdruk. En even wonderbaarlijk.

'Wacht even,' mompelde ze beverig toen ze zich eindelijk los wist te maken. 'Dit is verkeerd, helemaal verkeerd.'

'Hoe kan dat nou?' Toby's warme handen lagen aan weerszijden van haar gezicht. 'We hadden bij elkaar moeten blijven.'

Misschien. En achteraf gezien, dacht Jessie verdrietig, had dat ook gekund. Jammer genoeg waren ze in die tijd veel te praktisch geweest, veel te realistisch. Het was nooit bij hen opgekomen dat Toby slechts enkele maanden na zijn examen een rol zou krijgen in wat een van de populairste en meest succesvolle tv-series aller tijden zou worden. De kans daarop was natuurlijk ook minimaal geweest. Je kon, peinsde Jessie, net zo goed wedden bij Ladbroke's dat het monster van Loch Ness uit het water zou springen met een bungelende Yeti in de ene klauw en een winnend lot in de andere.

Jessie probeerde niet te laten merken dat ze volkomen van streek was door de kus en ging op het puntje van de armleuning zitten. 'Nu heb je Deborah,' zei ze tegen Toby. 'En een van de gelukkigste huwelijken in de wereld van de showbusiness.'

Dat was waar. Iedereen wist het. Als er in tijdschriften werd geschreven over duurzame huwelijken van beroemdheden, werden de Gillespies altijd in één adem genoemd met de Newmans, de Connery's en de Caines.

'En jij?' Toby's vingers bleven verwarrend genoeg haar gezicht strelen. 'Wie heb jij?'

'Oliver,' antwoordde Jessie simpel, 'mijn zoon.'

'Ben je nooit getrouwd geweest?'

'Kijk niet zo naar me!' Tot haar ontzetting meende ze medelijden in zijn blik te bespeuren. 'Ik ben heus niet twintig jaar celibatair gebleven! Ik heb mijn goede momenten gehad, dat kan ik je verzekeren.'

'Maar je hebt de ware Jacob niet gevonden.'

'Soms,' antwoordde Jessie met overtuiging, 'heb je meer lol met de verkeerde Jacob.'

Dat was in elk geval waar ze zich achter verschool en daar hield ze aan vast.

Gelukkig liet Toby de kwestie verder rusten. 'We hebben elkaar zoveel te vertellen. Ik weet nog steeds niet hoe je vanuit Glasgow hier terecht bent gekomen.'

'Mijn ouders zijn vijftien jaar geleden overleden,' vertelde Jessie zakelijk. 'Ze hadden een bungalow gekocht in Oxford en zijn weggegaan uit Cheltenham.'

'Ik ben er een keer in een weekend naartoe gelift uit Londen,' onderbrak Toby haar, 'en ze waren zomaar verdwenen.' Zijn uitdrukking veranderde. 'Hoe zijn ze overleden?'

Jessie bleef kalm. In werkelijkheid had de wat-zullen-de-buren-ervan-zeggen-houding van haar ouders en hun volslagen gebrek aan belangstelling voor hun kleinzoon hun relatie tot het niveau van kerstkaartjes teruggebracht. Dat betreurde ze niet. Ze hadden zich voor haar geschaamd omdat ze een ongehuwde moeder was, en zij had zich voor hen geschaamd omdat ze het op Oliver hadden afgereageerd.

'Een enorme gasexplosie. Er was niets van de bungalow over. Ze waren op slag dood.'

'O Jess, wat naar.'

'Maar ze waren tot de tanden toe verzekerd,' vervolgde ze, 'en met dat geld heb ik dit huis kunnen kopen. Ik herinnerde me Upper Sisley, en ik heb de auto genomen om het dorp te bekijken. Na die torenflat in Glasgow was Duck Cottage een paleis. Zodra ik het zag, wist ik dat ik hier wilde wonen.'

Toby knikte. Hij had precies hetzelfde gevoeld.

'En sindsdien ben ik hier heel gelukkig geweest.' Jessie keek hem aan.

'Dat was het. Ik heb je mijn hele levensverhaal verteld en ik heb je nog niet eens iets te drinken aangeboden. Rode wijn of thee?'

Ze gingen in de achtertuin zitten en keken naar de zon die wegzakte achter de bomen terwijl ze hun wijn dronken.

'Nu ben jij aan de beurt.' Jessie trok haar voeten op het bankje en streek de plooien van haar jurk glad over haar enkels, zodat alleen haar rood gelakte teennagels nog onder de zwarte katoen vandaan piepten. 'Je hebt Oliver gezien. Wat vind je van hem?'

'Vergeet niet dat het een enorme schok voor me was, dus ik kan alleen zeggen dat je het volgens mij heel goed hebt gedaan.' Toby schudde zijn hoofd. 'Ik heb zoveel gemist, het is onvoorstelbaar. Wat Oliver betreft... Ik bedoel, vond hij het moeilijk om zonder vader op te groeien?'

'Waarschijnlijk wel.' Jessies stem trilde niet. Het was een stuk makkelijker om adem te halen nu Toby tegenover haar zat met een houten tafel tussen hen in. 'Maar hij heeft me er nooit van beschuldigd dat ik zijn leven kapot heb gemaakt.'

'Natuurlijk niet.'

'Ik vraag me af, wat doen we nu?' Jessie draaide de steel van haar glas rond tussen haar vingers. 'Blijft het onder ons, of vertellen we het hem?'

Toby fronste. Het was niet bij hem opgekomen dat er iets te kiezen viel. 'Wat vind jij? Wat is het beste voor jou?'

'Het heeft voor jou meer gevolgen dan voor mij,' zei Jessie. 'Je moet rekening houden met Deborah en je kinderen. Het doet je carrière misschien geen goed.'

'Wat kan mij die carrière nou schelen!' riep Toby bijna boos uit. Jessie vroeg zich af of hij zich aangevallen voelde.

'Best, maar hoe zal Deborah reageren?'

'Geen idee.'

Jessie kon haar nieuwsgierigheid niet bedwingen. 'Heb je haar verteld dat je vanavond hier bent?'

Toby knikte en schonk zichzelf nog een glas wijn in.

'Vond ze het niet erg?'

Hij schudde zijn hoofd.

'O.'

Aan de ene kant was dat prettig, vertelde Jessie zichzelf. Jaloezie was een saaie en ernstig overschatte bezigheid, en wat bereikte je er ooit mee? Ze was blij dat Deborah – die zo aardig leek – er het type niet voor was.

Aan de andere kant was zo'n totaal gebrek aan belangstelling niet bepaald vleiend. Toby is per slot van rekening ooit verliefd op me geweest, dacht Jessie met lichte verontwaardiging. Het zou veel leuker zijn om althans een beetje als een bedreiging te worden beschouwd.

'Ik wil dat Oliver weet dat ik zijn vader ben.' Toby knikte om aan te geven dat hij een besluit had genomen.

'Goed. Vertel jij het maar eerst aan je gezin,' zei Jessie, 'dan vertel ik het aan Oliver.'

'Haat je me?' vroeg Toby.

'Nee.'

'Had je liever gehad dat ik Sisley House niet had gekocht?'

'Dat weet ik nog niet.' Jessie glimlachte aarzelend. 'We moeten nog maar afwachten hoe het verder gaat.'

Er waren zoveel dingen te zeggen, het was moeilijk om te bedenken waar je moest beginnen. Ze schoof haar voeten helemaal onder de zoom van haar jurk omdat ze opeens besefte hoe afgebladderd de rode nagellak op haar tenen was. Toby droeg dan wel een simpel geel poloshirt en een spijkerbroek, maar het discreet smalle horloge om zijn pols was een Cartier en zijn schoenen waren handgemaakt. Ze kon het niet helpen dat ze zich bij hem vergeleken een beetje... tweedehands voelde.

'Ik ben altijd aan je blijven denken.' Zijn stem klonk zacht. 'Je hebt mijn hart gebroken met je verdwijning.'

'Wel een week lang,' zei Jessie vinnig. Bij het zien van de blik in zijn ogen voelde ze een mengeling van schrik en verlangen opkomen.

'Langer.' Toby schudde zijn hoofd en stond op, de lege wijnfles tussen zijn vingers. 'Heb je nog zo'n fles?'

'Nee,' loog Jessie. 'Ga nou maar naar huis en vertel het ze.'

'Schop je me eruit?' Toby lachte. 'Wat is er gebeurd, heb ik de laatste ronde gemist?'

Haar hart bonsde inmiddels onder de zwarte katoen. 'Ik heb gewoon liever dat je weggaat. Ik ben moe. Het was me het dagje wel.'

Maar Toby, die nog steeds hartveroverend en o, zo vertrouwd glimlachte, kwam weer naar haar toe.

'Je bent niet moe.' Vluchtig raakte hij haar schouder aan. 'Je trilt.'

'Niet waar.' Jessie probeerde haastig opzij te schuiven op het houten bankje, gegarandeerd de beste manier om splinters op te lopen. 'Alsjeblieft Toby, hou op. Ik wil niet dat je me nog een keer kust. Nooit meer,' voegde ze er zo beslist mogelijk aan toe.

'Dat is ook niet waar.'

Dat was natuurlijk wél waar.

'Al goed, al goed! Je mag me niet meer kussen. Om te beginnen is het niet eerlijk tegenover Deborah.'

En ook niet tegenover mij, dacht Jessie.

'Er zijn zoveel dingen niet eerlijk. Al die jaren,' zei Toby, 'heb ik me schuldig gevoeld over wat er is gebeurd. Ik had je gedwongen tot een abortus, met als resultaat dat je me niet meer wilde zien. Je verdween, en ik raakte je kwijt.' Hij zette de lege fles op tafel en pakte Jessies handen om haar overeind te trekken. 'Nu heb ik je weer gevonden – jullie allebei – en je hebt geen idee hoe dat voelt.'

'Kus me niet,' piepte Jessie.

'Goed, wees maar niet bang.' Hij grijnsde. 'Laat me dan maar uit. We kunnen elkaar beleefd een hand geven over het tuinhek heen. Zouden de buren dat leuk vinden?'

Hij voegde de daad bij het woord, plechtig, zoals een bankdirecteur het zou doen.

'Ik zie niemand gluren.'

'Dat spreekt vanzelf.' Jessie keek vluchtig over de heg. 'Het zijn geen amateurs, weet je. We hebben hier met de tactiek van een geheime dienst te maken.'

'Tot morgen.'

'Tot morgen. Succes.'

Voordat ze hem ervan kon weerhouden, had Toby een losgeraakte krul van haar vochtige wang achter haar oor gestreken. 'Nog even mooi als altijd.' Hij klonk bijna triest. 'O Jess.'

Alsjeblieft! Ik wil dat je me kust, kus me, kus me! Jessie had het bijna hardop geroepen, maar het was niet meer dan een tijdelijke dwaling. Ze wist zich te beheersen.

Dit was per slot van rekening Upper Sisley.

Achter die bewegingloze vitrage loerde een team van doorgewinterde spionnen. De verrekijkers waren ongetwijfeld allemaal op scherp gesteld.


7


Het duurde niet lang voordat Lili erachter kwam waarom Felicity de volgende ochtend in de auto bleef zitten.

Hugh droeg Freya naar binnen. 'Felicity was een beetje bezorgd. Ze vroeg of ik iets van de fles wijn van gisteren wilde zeggen.'

'O, dat was Jessie, niet ik,' vertelde ze hem opgewekt. 'Ze moest even bijkomen.'

'Er stonden twee glazen.' Hugh glimlachte innemend en verontschuldigend om aan te geven dat hij haar niet op staande voet zou ontslaan. 'We maken ons vast druk om niets.'

'Allebei de glazen waren van Jessie!' Lili begon een beetje nerveus te worden – zelfs in haar eigen oren klonk het als een slappe smoes. Ze probeerde het nog een keer. 'Echt, ik drink nooit als ik werk.'

Ze vroeg zich af of Hugh en Felicity een klacht zouden indienen bij de gemeente, waar ze stond ingeschreven, en haar wangen begonnen te gloeien. Hoewel ze volmaakt onschuldig was, werd ze er bijna van beschuldigd dat ze dronken was geweest terwijl ze verantwoordelijk was voor een baby.

Vervolgens werden haar wangen nog roder toen ze zich herinnerde dat ze een van de glazen had gepakt en een flinke slok had genomen. O jee, ze had wel degelijk iets gedronken en ze wist het niet eens meer – als dat niet op alcoholisme wees...

'Nou, ik vond alleen dat ik het even moest zeggen.' Hugh keek op zijn dure horloge. 'Ik weet zeker dat het niet nog een keer zal gebeuren. We weten allebei hoe fijn Freya het bij je vindt.'

Bovendien zijn er geen andere erkende oppassen in het dorp, dacht Lili. Ze keek naar Hughs glanzende, kastanjebruine haar, dat voor zijn gezicht viel toen hij zich bukte om zijn dochter een kus te geven, en even moeiteloos weer in model veerde toen hij zich oprichtte. Afgunstig vroeg ze zich af hoe het zou zijn om haar te hebben dat deed wat je wilde. Om volmaakt te zijn én het volmaakte haar te hebben.

Lili haalde op haar knieën het wasgoed uit de wasmachine toen ze akelig vertrouwde voetstappen op het tuinpad hoorde.

Dit is niet eerlijk, dacht ze. Waarom kan ze niet eerst even bellen?

Maar vluchten ging niet en ze kon zich nergens verstoppen – zelfs niet in de wasmachine. Er klonk gerinkel van glas, een scherp klopje op de deur, en Eleanor Fergusons gezicht – angstaanjagend verwrongen – werd tegen het bobbeltjesglas gedrukt.

Lili deed open, en haar schoonmoeder bleek gewapend te zijn met vier enigszins troebele melkflessen.

'Goeiemorgen, Lili. Ik spoel deze maar even om. We willen niet dat de mensen die langs je huis lopen denken dat je geen melkflessen om kunt spoelen.'

Lili maakte dit nu al zestien jaar mee. Ze was er inmiddels redelijk aan gewend. Ze had niet langer het gevoel dat er elk moment een tijdbom af kon gaan in haar borst, ze barstte niet langer van pure frustratie in tranen uit, en koos er in plaats daarvan voor om Eleanors verpletterend ongevoelige opmerkingen te koesteren; ze verzamelde ze alsof het postzegels waren en vertelde ze naderhand aan Jessie. Vaak lagen ze dan in een deuk van het lachen en ze gaven elke nieuwe belediging een cijfer van een tot tien.

'Ga je gang,' zei Lili met een stralende lach, want dit was waarschijnlijk een zeven en een half. Ze tilde de topzware wasmand op. 'Ik doe dit wasgoed even in de droger.'

'De droger!' Eleanor reageerde met afschuw, alsof Lili de vuilnisbak had gezegd. 'Doe niet zo bespottelijk, Lili. Het is een heerlijk zonnige dag, die kleren zijn in een mum droog.'

'Dat weet ik,' antwoordde Lili geduldig, 'maar dan zijn ze gekreukeld en moet ik ze strijken. Als ik ze in de droger stop niet.'

'O Lili.' Eleanors toon sprak boekdelen. Ze schudde haar hoofd. 'Die apparaten kosten ook nog eens schandalig veel geld.'

'Ja, maar het bespaart elektriciteit omdat ik niet hoef te strijken.'

'Hier, geef het maar aan mij.' Eleanor nam haar de wasmand uit handen. 'Ik doe het thuis wel. Ik hang het aan de lijn, ik strijk het als het droog is en ik breng alles vanavond terug.'

En je vertelt het aan iedereen die je tegenkomt op straat totdat het hele dorp het weet, dacht Lili. Maar goed, zij kenden Eleanor even goed als zij. En keurig gestreken kleren zouden voor de verandering best fijn zijn.

'Best, als je het echt niet erg vindt.' Onder het praten rommelde ze in de vriezer, op zoek naar een pak vissticks voor de lunch van de kinderen.

'Ik kan ook eten meenemen, als je wil. Een voedzame stoofschotel voor het avondeten,' zei Eleanor. 'Het kan niet goed zijn voor de kinderen, al die ongezonde kost.'

Lili keek naar het pak vissticks van eersteklas kabeljauw in haar hand. Die Iglo-kapitein zag er altijd blakend van gezondheid uit. 'Eleanor, als je graag eten wilt maken, graag,' zei ze, want Eleanor wilde duidelijk niets liever. Het zou haar de kans geven om op te scheppen – alweer – over die keer dat ze bijna auditie had gedaan voor een kookprogramma op de televisie. 'Eigenlijk wilde ik je nog iets vragen, maar je doet al zoveel voor ons.'

'Sommige mensen zijn gewoon efficiënter dan andere,' zei Eleanor zelfvoldaan. 'Waar kan ik je mee helpen?'

'Zou je vanavond rond een uur of zes op de kinderen kunnen passen? Niet langer dan een uurtje?'

'Geen probleem. Hoezo – waar moet je naartoe? De dokter?' ratelde

Eleanor onverstoorbaar verder. 'Wat is er dit keer aan de hand?' Haar neusvleugels trilden. 'Alweer candida?'

Lili haalde diep adem. Een paar maanden daarvoor was Eleanor boven naar de wc gegaan en twintig minuten later teruggekomen met een handvol roestige scheermesjes.

'Ik heb je badkamerkastje opgeruimd en lekker gesopt,' had ze aangekondigd terwijl ze de scheermesjes weggooide. 'Ik neem aan dat die tube Canesten van jou is, Lili.'

Lili was zo perplex geweest dat ze alleen had kunnen knikken.

'Dus je hebt candida. Dat is zeker wel vervelend, hè? Als je je ondergoed nou gewoon op de hand waste, in plaats van alles in je wasmachine te proppen, zou het misschien niet gebeuren.'

Het was een van Jessies favorieten geweest – ze had er een negen voor gegeven.

'Nee, ik heb geen candida,' antwoordde Lili nu geduldig, met een snelle blik op Freya, die zich omdraaide in haar slaap, 'en ik ga niet naar de dokter, ik ga naar de dierenarts.'

'Waarom?' vroeg Eleanor verontwaardigd. 'Je hebt niet eens een huisdier.'

'Drew Darcy vertelde me gisteren dat er een puppy bij hen is gebracht. Hij heeft een huis nodig.' Lili zette zich schrap. 'En ik heb gezegd dat we hem misschien nemen.'

'Maar Michael houdt helemaal niet van honden!' Verontwaardiging sloeg om in boosheid. 'Hij wil geen puppy in zijn huis.'

'Het is ook mijn huis,' zei Lili dapper, 'en ik wil hem wel.'

Als Lili voor zichzelf opkwam, hetgeen zelden gebeurde, stond Eleanor onveranderlijk met haar mond vol tanden. Na enkele seconden stomverbaasd stilzwijgen, schakelde ze – net als nu – abrupt op een ander onderwerp over.

'Ik zal water opzetten.' Eleanor hield de waterkoker onder de kraan, precies tot het niveau van twee kopjes, want een druppel meer zou verspilling zijn. Voordat ze het apparaat aanzette, haalde ze er een doekje over. 'Ik vraag me trouwens af wat mijn buurvrouw in haar schild voert. Vanochtend was er een journalist bij haar aan de deur.'

Lili moest op haar lip bijten. Dus dat was de reden voor Eleanors onverwachte bezoekje. Als ze haar slecht licht belangstellende stem opzette, betekende het dat ze bijna plofte van nieuwsgierigheid.

Eleanors lichtgrijze ogen kregen een triomfantelijke glinstering. Tot haar grote ergernis was Bernadette Thomas zeer gereserveerd. 'Ik wist natuurlijk niet meteen dat het een journalist was. Ik zag alleen dat er iemand op haar deur klopte en dat er niet open werd gedaan, dus ben ik naar hem toe gegaan om hem te vertellen dat mevrouw

Thomas de deur uit was. Toen heb ik gezegd dat ik met alle liefde een boodschap over wilde brengen, en hij gaf me zijn kaartje.' Barstend van trots viste Eleanor het uit de zak van haar vest en gaf het aan Lili. 'Zie je wel? Zijn naam en telefoonnummer staan erop. Hij is een freelance journalist, en hij wil graag een stuk schrijven over mijn buurvrouw, voor *The Times* nog wel. Wat kan er nou over haar te vertellen zijn?'

Freya was wakker geworden. Lili tilde haar op, snoof de heerlijk schone babygeur van haar hoofdje op en onderdrukte opnieuw een glimlach. 'Waarom vraag je het haar niet?'

Eleanor was inmiddels bezig met het leeghalen van de afwasmachine, waarbij ze de binnenkant van elke beker achterdochtig bestudeerde, want vaatwerk werd pas echt schoon als je alles zorgvuldig met de hand afwaste. 'Bernadette Thomas is een halfjaar geleden in het dorp komen wonen en ik heb heel wat keren geprobeerd gesprekken aan te knopen...'

Verhoren, dacht Lili.

'Ik heb mijn best gedaan om vriendelijk te zijn...'

Bemoeizuchtig, dacht Lili.

'Maar ze vertelt me nooit iets,' besloot Eleanor geïrriteerd. 'Die vrouw is gewoon asociaal, ze wil met niemand iets te maken hebben.'


'Wacht even, er klopt iets niet,' zei Jessie. 'Het is je vrije dag, het is pas één uur 's middags en je bent al op. Zelfs aangekleed. Snel, geef me een valium.'

'Ha, ha,' zei Oliver toen ze zich langs hem wurmde in de smalle keuken en in het voorbijgaan een stuk toast pikte van zijn bord. 'Als je dat humor noemt.'

Nadat ze nog twee boterhammen in de broodrooster had gedaan, smeerde Jessie een dikke laag pindakaas op de gestolen toast. Oliver droeg een donkergroene spijkerbroek en een T-shirt dat er zowaar uitzag alsof het gestreken was.

'Waar ga je naartoe?'

Hij haalde zijn schouders op. 'Ik ga met de auto naar Harleston.'

'Alleen?' vroeg Jessie.

'Met Savannah Gillespie.'

De toast sprong omhoog.

Jessie keek ernaar. 'O.'

'Ik zag haar vanochtend uit mijn slaapkamerraam. Ze zat op de muur bij de vijver de eendjes te voeren,' legde Oliver uit. 'We raakten aan de praat en ik zei dat ik haar de omgeving kon laten zien als ze vanmiddag niets te doen had.'

Jessie kon alleen maar aannemen dat Het Savannah nog niet was verteld. 'Eh... vinden haar ouders het goed?'

Oliver keek geamuseerd. 'Ik heb mijn rijbewijs, weet je. En Savannah is achttien. Ze hoeft niet om toestemming te vragen.'

'Nee, dat is waar. Nou, rij voorzichtig.' Zorgvuldig schraapte Jessie de laatste pindakaas uit de pot. 'En wees... wees beleefd.'

'Mam, ben je aan de drugs of zo?'

Voor de vijftigste keer controleerde Jessie of de batterij van haar telefoon niet leeg was. O Toby, wat is er? Waarom heb je nog niet gebeld? Ze draaide zich weer om naar Oliver. 'En kom niet te laat thuis.'


'Joehoe!'

De moed zonk Bernadette Thomas in de schoenen toen ze het gepermanente grijze hoofd van Eleanor Ferguson zag opduiken boven het hek dat hun tuinen van elkaar scheidde. De volgende keer dat ze een huis kocht, zou ze niet dezelfde vergissing maken, dat stond vast. Ze zou een privédetective in de arm nemen om van te voren informatie over haar buren in te winnen.

'Joehoe, Bernadette!'

Dat malle mens zwaaide naar haar. Bernadette, die in alle rust de randen van haar gazon bijknipte, stond op en liep naar het hek.

'Er was vanochtend bezoek voor je, toen je er niet was. Een journalist,' kondigde Eleanor trots en met nauwelijks verholen nieuwsgierigheid aan. 'Hier, dit is zijn kaartje, en hij wil graag dat je hem belt zodra het je schikt. Wat is dit nou? heb ik tegen hem gezegd. Is Bernadette een beroemdheid en weten we dat niet eens?' Ze lachte een beetje te hartelijk. 'Of een bankrover, of een Russische spion?'

'Ik ben geen Russische spion.' Bernadettes handpalmen werden klam. Ze pakte het kaartje aan en stapte opzij, waarbij ze op een steen aan de rand van de border terechtkwam en bijna struikelde in haar haast om weg te komen. 'Ik beroof ook geen banken.'

'Nou, je doet altijd zo geheimzinnig.' Eleanor zei het op schalkse toon; ze had schoon genoeg van dit gedraai. 'Weet je wat het is, Bernadette, je prikkelt de nieuwsgierigheid. Je weet hoe sommige mensen zijn als ergens een mysterieus waas over hangt. Dan duurt het niet lang of ze halen zich de gekste dingen in hun hoofd.'

Bernadettes hoofdhuid begon te tintelen onder haar strohoed. Ze wist dat Eleanor gelijk had. En nu had een journalist ergens lucht van gekregen... Vreselijk, ze durfde er niet eens aan te denken. 'Neem me niet kwalijk,' zei ze gejaagd. Ze had tijd nodig om na te denken, om zich voor te bereiden. 'Ik geloof dat mijn telefoon gaat.'

Bernadettes telefoon ging misschien niet, maar die van Jessie wel. Ze stond op een ladder met een bak pistachegroene matte verf in haar ene hand en een roller in de andere, en ze moest het handvat van de roller tussen haar tanden klemmen om met één hand de telefoon uit een nauwe zak te vissen.

'Ik ben het.' Toby klonk ontspannen. 'Ik heb met Deborah gepraat en ze reageerde prima. Als jij het Oliver nou vanavond vertelt, en ik vertel het die twee van mij, dan kunnen jullie bij ons langs komen voor een glaasje en een praatje.'

'Gaat het echt zo makkelijk?' zei Jessie. Jeetje, wat beschaafd. Eigenlijk had ze verwacht dat het iets dramatischer zou gaan.

Het was duidelijk, besefte Jessie toen ze de roller weer in haar hand nam, dat ze zich in hopeloos achterlijke kringen bewoog. Als je bij de Londense jet-set hoorde, was het misschien wel de gewoonste zaak van de wereld dat er zoons uit de lucht kwamen vallen van wie je niet had geweten dat ze bestonden.

Bernadette belde de journalist en gelukkig bleek hij niet het opdringerige type te zijn. Hij was teleurgesteld toen ze hem verontschuldigend uitlegde dat ze hem niet kon helpen, maar hij verzekerde haar dat hij het begreep.

Met een zucht van verlichting legde Bernadette neer. Die crisis was afgewend, of in elk geval uitgesteld.

Nu zat ze alleen nog met Eleanor Ferguson opgescheept.

Een uur later parkeerde Bernadette bij een meter in het centrum van Harleston. Ze bekeek haar gezicht in de achteruitkijkspiegel voordat ze uitstapte. Een anonieme vrouw van halverwege de veertig keek haar aan, keurig opgemaakt en onopvallend gekleed in een marineblauwe blouse en grijze linnen rok. Snel haalde ze een kam door haar steile bruine haar, dat ze in een simpele bob droeg, met een scheiding in het midden. Ze raakte de eenvoudige gouden oorbellen aan – een gewoontegebaar ter geruststelling – en tevreden dat alles in orde was, pakte ze haar portemonnee uit haar tas. Ze had een munt van een pond nodig voor de meter.

Het was vrij druk in Waterstone's, maar niemand viel Bernadette lastig, want ze werd niet opgemerkt tussen de andere snuffelaars. Na twintig minuten zoeken tussen de planken met romans vond ze wat ze zocht.

Antonia Key was de auteur van vier familieromans. Bernadette had nog nooit van haar gehoord, en aangezien de uitgeverij tamelijk obscuur was, kon je er veilig van uitgaan dat Antonia geen bestsellers schreef.

Het mooiste was nog wel dat er in geen van de vier romans een biografie van de auteur was opgenomen, en er waren ook geen foto's om de lezers te laten zien hoe Antonia Key eruitzag. Wat je je gezien de stijl van de boeken voorstelde, was een rustige, tamelijk saaie vrouw van middelbare leeftijd, ongetrouwd, die misschien wel in een dorp woonde...

'Hebbes,' mompelde Bernadette en met alle vier de paperbacks onder haar arm liep ze naar de kassa.

## 8

Gewoontegetrouw ging Harriet Ferguson op donderdagmiddag onderweg van school naar huis langs de dorpswinkel om het tijdschrift *Boyz!!* te kopen.

'Troep is het. Je reinste flauwekul,' verklaarde Myrtle Armitage, die de winkel al dertig jaar dreef. 'Ik snap niet dat je moeder je al die smeerlapperij laat lezen. Dat was in mijn tijd wel anders, geloof me.'

'Ik weet het,' zei Harriet geduldig, 'je vertelt het me elke week. Maar in jouw tijd waren de tijdschriften nog niet uitgevonden, Myrtle.' Sex was waarschijnlijk nog niet eens uitgevonden.

'En nog brutaal ook.' Myrtle telde de prijs van het tijdschrift en de vruchtensnoepjes bij elkaar op. 'Jongens, dat is het enige waar jullie aan kunnen denken. Pas maar op, straks krijg je de ooievaar nog op bezoek.'

'Nee hoor.' Harriet schudde haar dikke bruine haar naar achteren. 'Ik ben namelijk kieskeurig.'

'Dat heb ik vaker gehoord,' zei Myrtle grinnikend, 'en dan liepen ze het volgende moment toch met een dikke buik.'

Harriet wist dat Myrtle haar niet geloofde, maar het was waar, ze was kieskeurig. Het was niet haar bedoeling, ze wílde het zelfs niet zijn, het was gewoon een lastig neveneffect van tijdschriften zoals *Boyz!!* Je kwijlde boven de eindeloze foto's van de knapste, coolste, lekkerste pop- en soapsterren van het land, en dan waren echte jongens, had Harriet ervaren – de jongens bij haar op school – een geweldige afknapper.

De bel boven de winkeldeur klingelde, maar Harriet had het tijdschrift opengeslagen en was zo verdiept in 'Hoe geef ik de lekkerste tongzoen van de eeuw' dat ze het niet eens merkte.

'Wat kan ik voor je doen, schattebout?' zei Myrtle Armitage.

'Eh... Blutack. Verkoopt u Blutack?' vroeg Dizzy hoopvol.

Myrtle keek hem argwanend aan en vroeg zich duidelijk af of het een voorbehoedmiddel was. 'Wat is dat?'

Dizzy begon zorgelijk te kijken. 'Je gebruikt het om posters op de muur te plakken.'

'We hebben plakband,' zei Myrtle. 'Daar lukt het vast wel mee.'

'Het is voor mijn kamer. Mijn ouders zouden me vermoorden.' Dizzy klonk gelaten; hij sprak uit ervaring. 'Het behang gaat er stuk van, of zoiets. Plakband is uit den boze.'

'O.'

Harriet keek op van haar artikel. ('Doe het niet als een stofzuiger! Geef die arme jongen de kans om adem te halen!') 'Ben jij niet net in Sisley House komen wonen?'

Dizzy werd roze rond zijn oren. 'Ja.'

'Hoe heet je?'

'Dizzy.'

Harriet fronste haar wenkbrauwen. 'Wat een rare naam.'

Hij werd roder. 'Eigenlijk heet ik Thaddeus. Zielig. Dizzy was een grapje van mijn vader toen ik een baby was. Vanwege Dizzy Gillespie, weet je wel?'

Harriet wist het niet, maar alles was beter dan Thaddeus. En dan had ze zich nog wel over haar eigen naam beklaagd.

'Nou...' Dizzy stak zijn handen in zijn zakken en liet een gymschoen langs de toonbank gaan. 'Het is blijven hangen. Nu noemt iedereen me Dizzy.'

'Ach, het kan erger.' Harriet besloot aardig te zijn. 'Ik heb een keer overgegeven in de aula en ze hebben me jaren Kotser genoemd.'

Myrtle Armitage – die op school, zoals wel een beetje te verwachten was, Myrtle the Turtle, de schildpad, was genoemd – legde een stapel tijdschriften recht en gaf door te snuiven blijk van haar afkeuring. 'Mijn zus heet Savannah, en iedereen noemt haar Savlon.' Dizzy keek voldaan. 'Dat heb ik bedacht.'

'Nou,' zei Harriet, 'ik heb nog wat Blutack thuis. Je mag er best wat van hebben.'

'Wat aardig van je!' Dizzy's gezicht lichtte op. 'Hartstikke fijn. Bedankt... eh... Kotser.'

'Tegenwoordig noemt niemand me nog zo.' Harriet liep met hem naar de deur. 'Ik heet Harriet.'


Harriet vond het wel twee hele minuten leuk om met Dizzy te praten. Het andere probleem met echte jongens, wist ze nu al, was dat ze er nooit lang voor nodig hadden om hun ware aard te tonen.

En Dizzy, bleek al snel, vormde geen uitzondering.

Ze slenterden door High Street naar The Old Vicarage en naderden de Seven Bells. De pub was gesloten, maar Moll Harper, de serveerster die in de woning erboven woonde, lag languit op het gazon van het dorpsplein om geen spatje zon te hoeven missen voordat ze om halfzes opengingen. Ze lag in een donkergroene bikini op een rode handdoek, en haar krullen, gevlekt als de vacht van een lapjeskat, lagen uitgespreid rond haar hoofd, zodat ze aan een Medusa deed denken. Zelfs als ze plat op haar rug lag, merkte Harriet onwillekeurig op, wezen haar indrukwekkende borsten nog steeds omhoog.

Mannen waren helemaal weg van Moll Harper, en dat vond Harriet een raadsel, want ze kon met de beste wil van de wereld niet bedenken waarom. Moll kleedde zich als een boerendeerne, ze zag er nooit modieus uit. Als de tijdschriften je vertelden dat koele, lichte oogschaduw en metallic lippenstift in waren, droeg Moll een dikke streep donkere eyeliner en liet ze haar brede rode mond onopgemaakt. Ze had een enorme boezem, overal rondingen, brede heupen, en moest minstens twaalf kilo te zwaar zijn. Ieder ander, dacht Harriet, zou haar buik inhouden als ze in het openbaar in een bikini lag te zonnen. Maar Moll niet. Ze had vetrollen en schaamde zich er niet voor. Het kon haar gewoon geen barst schelen als iedereen het zag.

Iemand die minder op een fotomodel leek was haast ondenkbaar, maar daar zaten de mannen duidelijk niet mee. Ze gingen bij bosjes voor de bijl. Moll stond erom bekend; ze hoefde alleen maar naar ze te kijken en op die trage, schaamteloze manier van haar te glimlachen en ze waren reddeloos verloren.

Dit wordt een test, dacht Harriet naarmate ze dichterbij kwamen. Als Dizzy niets zegt, worden we vrienden voor het leven. Als hij iets zegt... nou, dan is het over. Dan is hij gewoon een halve gare.

Gelukkig sliep Moll.

'Allemachtig.' Dizzy stak als een warmte zoekend projectiel de weg over om beter te kunnen kijken. Hij gaf zijn ogen een paar seconden de kost en liep opgewonden terug. 'Ik heb haar gisteren aan het werk gezien in de pub. Wat een lichaam, wat een stuk! Ze is vet mooi.'

Ha! Vet is ze zeker. 'Ik ben verbaasd dat je niet naar haar fluit,' meesmuilde Harriet.

'Ze slaapt. Waarom zou ik haar wakker maken?'

Harriet overwoog hem te vertellen dat Moll Harper een slet was – bijna een hoer, zelfs, ze ging met zoveel mannen naar bed – maar vermoedde dat het Dizzy's belangstelling alleen nog maar zou aanwakkeren. In plaats daarvan keek ze omlaag naar haar blauwe schoolblouse en de foeilelijke plooirok, en ze vroeg zich af of zij ooit een boezem zou ontwikkelen.

'Is ze getrouwd of zo?' vroeg Dizzy enthousiast. Hij keek nog steeds over zijn schouder naar Moll.

Ik zeg tegen hem dat hij in de tuin moet wachten en dan gooi ik de Butack uit het raam, besloot Harriet. Hij zet geen voet in mijn huis. Mannen, jongens, ze zijn allemaal precies hetzelfde, dacht ze met een mengeling van minachting en gelatenheid. Allemaal oversekst en Dizzy Gillespie is geen haar beter.

Lili gedroeg zich revolutionair en het voelde geweldig. Ze voelde zich ondeugend en opstandig en helemaal niet zichzelf. Ze had ook het gevoel dat ze eigenlijk een leren jack hoorde te dragen, de kraag opgezet, en een donkere zonnebril en misschien een flink gescheurde 501. Het was een lichte teleurstelling toen ze haar spiegelbeeld zag in de glazen deuren van de dierenartsenpraktijk en ze zich herinnerde dat ze in werkelijkheid een roze met wit T-shirt met bloemetjes droeg en een veel te keurig gestreken spijkerbroek van M&S.

Aangezien de broek door Eleanor Ferguson was gestreken, zat er aan de voorkant van beide pijpen zo'n scherpe vouw dat je er brood mee kon snijden.

Lili troostte zichzelf met de wetenschap dat ze er weliswaar niet revolutionair uitzag, maar dat ze het in elk geval wel zou zijn. Hoe meer bezwaren Eleanor had aangevoerd, des te onvermurwbaarder zij zich had voorgenomen om de hond mee naar huis te nemen.

'Jeetje, wat zie je er anders uit,' zei ze tegen Drew nadat de receptioniste haar in de spreekkamer had gelaten.

Hij grijnsde. 'Dat komt door de witte jas. Zo lijk ik intelligent. Ga zitten, dan haal ik hem.'

Minder dan een minuut later kwam hij terug, en Lili werd bijna van haar stoel gegooid door een bruin waas met een wild kwispelende staart. Hij stortte zich op haar, jankend van opwinding, klauterde onhandig op haar schoot en likte uitgelaten haar gezicht.

Drew schudde zijn hoofd. 'Waarom kan ik dat niet doen als ik een vrouw zie die ik leuk vind?'

'Wat is hij schattig!' Lili kreeg tranen van blijdschap in haar ogen. Ze hield de kop van de hond tussen haar handen en staarde vertederd in de chocoladebruine ogen. 'Mag ik hem echt meenemen?'

'Zo te zien is het liefde op het eerste gezicht.' Drew leunde achterover tegen de onderzoektafel, zijn armen over elkaar geslagen, om het tweetal te bekijken. 'Wie ben ik dan om voor spelbreker te spelen?'

'O Drew...'

'We weten niet hoe hij heet, ben ik bang.'

De hond likte nog steeds Lili's natte wangen. Hij was mager en slungelig, een beetje als een onhandige tiener, en toen hij besefte dat Lili hem bestudeerde, hield hij zijn kop schuin als een Playmate die koket voor de camera poseert.

'Ik heb de kinderen thuis gelaten met mijn schoonmoeder,' zei Lili.

Meteen keek Drew haar meelevend aan; Eleanor had ongeveer even weinig op met Lili als met Drew, Jamie en Doug. 'Ik was vanmiddag even in de winkel onderweg hierheen,' zei hij tegen haar, 'en ze stond Myrtle Armitage net te vertellen dat ze drie uur bezig was geweest met jouw strijkwerk.'

'Ze heeft het vanavond teruggebracht.' Lili trok een gezicht. 'Ze stond midden in de keuken, keek om zich heen en zei: "Weet je wat wij hier zouden moeten doen, Lili? Als de gesmeerde bliksem aan de schoonmaak." Dus ik denk dat we hem maar zo moeten noemen.' Stralend aaide Lili de scheve oren van de hond. 'Bliksem.'

Bliksem plaste onderweg naar zijn nieuwe huis drie keer in de auto. Eenmaal bij The Old Vicarage bestormde hij eerst Harriet en toen Eleanor, en hij zeilde met poten die alle kanten op vlogen van de ene kant van de keuken naar de andere.

Hij plaste nog twee keer op de tegelvloer, sprong op de vensterbanken om het uitzicht te bewonderen en in één moeite door opgewonden blaffend op de keukentafel, zodat Eleanors mand met het keurig gestreken wasgoed op de grond belandde.

'Hij is niet eens zindelijk!' tierde Eleanor paars van woede.

'Jawel,' verzekerde Lili haar, terwijl ze in stilte hoopte dat het waar was. 'Hij is gewoon blij ons te zien.'

'Ik weet niet wat Michael ervan zal zeggen, echt niet.'

Lili voelde zich verbazingwekkend dapper. 'O, ik dacht dat je dat juist wel wist.' Ze keek onschuldig. 'Je zei dat hij woedend zou zijn.'

'Reken maar.' Eleanors lippen waren op elkaar gelast. Ze wist dat Lili die middag in de winkel was geweest. Zes blikken Pedigree Pal en een doos hondenkoekjes had ze er gekocht. Ze was nooit van plan geweest om zonder die smerige hond uit Harleston terug te komen.

'Mam, hij is cool,' riep Harriet met glinsterende ogen uit. 'Hoe heet hij? Mag ik Lottie wakker maken?'

'Geen sprake van,' zei Eleanor verontwaardigd. 'Kinderen hebben behoefte aan regelmaat. Ik heb haar twintig minuten geleden naar bed...'

'Maar dit is een bijzonder moment,' zei Lili. Jeetje, ze begon een echte revolutionair te worden. 'Lottie wil hem vast graag zien. Ga haar maar halen,' zei ze tegen Harriet. 'En hij heet Bliksem.'

'Ik had het kunnen weten,' snoof Eleanor minachtend. Haar neusvleugels bewogen als kieuwen. 'Een bespottelijke naam voor een
hond.'

9

Bliksem was die avond niet de enige die aan zijn nieuwe familieleden
werd voorgesteld.
'Voel je je echt wel goed?' vroeg Jessie voor de twintigste keer toen
zij en Oliver over Compass Lane naar Sisley House liepen.
'Doe toch niet zo moeilijk, mam. Waarom zou ik me niet goed voelen?'
Ze had Oliver op een stoel gepoot en hem alles verteld, precies zoals
ze Lili de vorige dag alles had verteld. Alleen was het een stuk makkelijker geweest om het aan Lili te vertellen.
'Ik weet het niet.' Jessie vond het vreselijk om geen antwoord te weten op vragen; ze probeerde alleen te helpen. 'Eigenlijk probeer ik te
zeggen dat je er niet over in moet zitten als je je raar voelt. Ik weet
dat het een schok voor je is.'
'Maar de ene schok is leuker dan de andere. Ik bedoel, als je me had
verteld dat mijn vader een massamoordenaar was, zou ik daar niet
blij mee zijn geweest,' merkte Oliver in alle redelijkheid op. 'We hebben het over Toby Gillespie. Ik heb hem ontmoet, ik heb zijn gezin
ontmoet... Allemaal leuke mensen. Toegegeven, het is even schrikken,' vervolgde hij, 'maar als je erover nadenkt, is het een behoorlijk
leuke schrik. Ik had het een stuk slechter kunnen treffen.'
'O schat...' Jessie zou het liefst haar armen om hem heen hebben geslagen maar dat mocht niet, niet in het openbaar. Daar had Oliver op
zijn achtste een eind aan gemaakt.
'Weet je wat nou zo gek is?' Oliver klonk peinzend. 'Toen ik klein
was, droomde ik ervan dat mijn vader rijk en beroemd was.' Hij glimlachte even. 'En het was waar, hij is rijk en beroemd.'
Ze naderden het hek van Sisley House. Jessie ging langzamer lopen.
'Had ik het je eerder moeten vertellen?' Ze keek zorgelijk. 'Heb ik het
verkeerd gedaan?' Ze voelde zich vreselijk. Dit had Oliver haar nooit
verteld. Het brak haar hart dat hij had gefantaseerd over zijn afwezige vader.
Oliver raadde direct haar gedachten. 'Luister, dat doet bijna elk kind.
We hadden het erover op school, kinderen vinden het gewoon leuk.

Zelfs de kinderen die wisten dat hun ouders ook hun biologische ouders waren. Toch droomden ze ervan om te ontdekken dat ze geadopteerd waren. Dan konden ze fantaseren dat hun echte vader Steve McQueen was, of Rod Stewart of zo iemand, en dat hun echte moeder... weet ik het... Cher was.'

Toby deed open. Tot Jessies opluchting onthield hij zich van een gênante vertoning, zoals Oliver omhelzen. Hij knipoogde alleen, glimlachte en trok Jessie de gang in.

'Laat mij even met Oliver praten, Jess. Ga jij maar vast naar de zitkamer, dan kan Oliver me in de keuken helpen met de drankjes.'

De zitkamer, met de geelgouden muren en het onpraktische lichtgele tapijt, baadde in het late zonlicht. Jessie voelde dat haar hart sneller begon te kloppen. Ze had het gevoel dat ze op een toneel stond, acteerde in een toneelstuk en dat niemand haar het script had laten zien. Deborah stond bij de openslaande deuren, haar zwarte haar glanzend, haar beeldschone figuur gehuld in een effen grijs zijden truitje en een nauwsluitende grijze broek. Haar lippen waren rood, evenals de smalle bandjes van haar sandalen, maar dat was de enige kleur aan haar hele verschijning.

Ze rookte een mentholsigaret en kneep haar ogen tot spleetjes toen ze Jessie in de deuropening zag staan.

Als dit een toneelstuk was, had Jessie echt geen script nodig om te weten dat dit de door en door slechte helleveeg was.

Alleen was het geen toneelstuk.

'Stomme sigaretten.' Deborah drukte haar sigaret uit in een asbak, knipperde met haar ogen en haalde een wijsvinger over de huid onder haar beide ogen om te controleren of haar mascara niet was uitgelopen. 'Ik ben een roker van niks. Ik krijg altijd rook in mijn ogen. O Jess,' voegde ze er in één adem aan toe, 'is het niet onvoorstelbaar? We zijn bijna familie van elkaar! Ik ben zo blij dat we hier zijn komen wonen.'

'Vind je het niet erg?' vroeg Jessie enorm opgelucht. 'Van Oliver?'

Deborah keek verbaasd. 'Waarom zou ik het erg vinden? Dat is allemaal gebeurd voordat ik Toby leerde kennen. Kijk, als hij nou plompverloren met een blèrende baby op de proppen was gekomen,' – ze trok haar donkere wenkbrauwen op maar hield haar gezicht in de plooi – 'ja, dan zou ik misschien wel een beetje beledigd zijn geweest.'

'Ik ben blij dat je zo reageert.' Jessie ging op de armleuning van een van de banken zitten en keek bewonderend om zich heen. 'Wat zijn jullie snel ingericht. Je zult er wel uren mee bezig zijn geweest.'

'De mannen hebben het meeste gedaan. Ik heb gewoon toezicht gehouden op het uitpakken en gezegd waar alles moest staan.' Deborah grijnsde. 'Ik heb ze gecommandeerd, ze aan het huilen gemaakt en gedreigd dat ze nog een kop thee van Dizzy zouden krijgen, dat soort dingen.'

Ik vind je aardig, dacht Jessie. Je bent geestig, ik vind je echt aardig. Ik wilde dat het niet zo was, maar het is nu eenmaal zo. Haar maag kromp samen van schrik toen ze besefte wat ze dacht. Die laatste gedachte kon beslist niet door de beugel.

'Drankjes,' kondigde Toby aan toen hij samen met Oliver de kamer binnenkwam.

'... De meeste mensen gaan er een jaar tussenuit voordat ze naar de universiteit gaan, maar ik wilde juist meteen studeren,' vertelde Oliver, 'dus doe ik het nu. Daarom werk ik ook in de Seven Bells, om geld te verdienen. Zodra ik genoeg heb gespaard, ga ik door Europa trekken.'

'Jess vertelde me dat je met vlag en wimpel bent geslaagd,' zei Toby. 'Ik ben onder de indruk.'

'Kom op, ik wil eens even goed naar jullie kijken,' zei Deborah. Ze bestudeerde hen uitgebreid, zonder iets te zeggen, en draaide zich om naar Jessie. 'Je ziet het duidelijk, hè? Ik bedoel, als je Oliver ziet zeg je niet meteen dat die jongen als twee druppels water op Toby Gillespie lijkt. Maar als je ze naast elkaar ziet, zie je dat ze dezelfde ogen hebben, dezelfde jukbeenderen... zelfs hun houding is hetzelfde.'

Jessie knikte. 'Hetzelfde blonde haar.'

'Net als Savannah.' Toby keek geamuseerd. 'Alleen is het hare langer.'

'Nu we het toch over Savannah hebben,' zei Oliver, 'waar is ze?'

De deur ging aarzelend open.

'Hier.'

Savannah leek steun te zoeken bij de deurknop terwijl ze het gezelschap bekeek. Ze had zich verkleed in een zwart topje dat haar middenrif bloot liet en een rok van oranje denim, en Jessie vroeg zich af of ze had gehuild.

Oliver draaide zich met ingehouden adem naar haar om en zijn lippen vormden het woord 'okay?' zonder geluid te maken. Gedurende een heel lang en angstig moment reageerde Savannah niet.

Onverwacht grijnsde ze van oor tot oor, ze stormde op hem af en sloeg haar armen om hem heen. 'Natúúrlijk is het okay! Je bent mijn nieuwe grote broer. En weet je wat dat betekent?'

Oliver schudde zijn hoofd. 'Wat dan?'

'Nog iemand die kerstcadeaus voor me koopt.'

Pfff. Jessie ontspande zich, blij dat ze zich had vergist. Even was ze heel erg bang geweest dat Savannah ernstig van streek was. Ze zag dat ze Oliver op beide wangen een klapzoen gaf.

'We bekeken net of we op elkaar lijken,' zei Toby.

'Zien wij eruit als broer en zus?' vroeg Savannah stralend. 'We hebben natuurlijk dezelfde kleur haar. Lijken we echt op elkaar? Wat hebben we nog meer hetzelfde?'

Vrolijk stond ze naast Oliver, klaar voor de inspectie, toen Dizzy haast onopgemerkt de kamer binnen schuifelde.

'Ik durf te wedden dat Oliver geen tatoeage op zijn bil heeft,' merkte hij binnensmonds op. 'In elk geval niet met de tekst: I Love Jez.'

'Gemenerik!' krijste Savannah met een knalrood hoofd. Ze pakte Olivers arm beet. 'Daar heb ik nou een grote broer voor. Sla hem tot moes, wil je? Nee, maak er maar puree van.'

'Savannah!' riep Toby ontzet. 'Je gaat me toch niet vertellen dat je een tatoeage hebt.'

Jessie en Deborah wisselden een blik en probeerden niet te lachen.

'Ik kan al die jongens niet bijhouden, schat.' Deborah dacht met gefronste wenkbrauwen na. 'Wie was Jez ook alweer?'


'Wat zijn jullie toch een varkens.'

Doug Flynn was net thuis uit het ziekenhuis en keek gemoedelijk om zich heen in de zitkamer van Keeper's Cottage. Er was een cricket-wedstrijd in Australië op de televisie. Drew en Jamie, in shorts en t-shirts met als opschrift respectievelijk: 'Ik ben een Baywatch Babe,' en: 'Pas op, ik speel rugby' hingen onderuitgezakt in leunstoelen, allebei met een blikje bier in de hand. De salontafel was bezaaid met lege blikjes. Lege zakjes chips met kaas- en uiensmaak, verkreukeld en naar de televisie gesmeten als de Australiërs scoorden, lagen her en der verspreid door de kamer. Drew droeg een pet met dansende kurken langs de rand. Jamie had een rood met wit gestreepte herenslip op zijn hoofd.

'Kom erbij zitten.' Drew hield zijn halfvolle blikje uitnodigend onder Dougs neus. 'Bier genoeg. Australië heeft tweehonderdacht punten uit zes overs. Het is een verdomd spannende wedstrijd.'

'Ik kan niet, ik ga uit.' Doug had zijn overhemd al uitgetrokken en liep naar de trap om te gaan douchen.

'Alison?' Jamie keek strak naar het scherm, maar had wel genoeg belangstelling om het te vragen. Hij vond Alison leuk; ze had kolossale tieten.

'Melissa.'

Tien minuten later denderde Doug de trap weer af, gedoucht, verkleed en er duidelijk klaar voor. Voor iemand die er net een dienst van vierentwintig uur op de eerste hulp op had zitten, zag hij er oneerlijk goed uit. Drew snapte nooit hoe hij het voor elkaar kreeg. Zijn overhemd was zelfs gestreken.

'Drukke dag gehad?'

Doug grijnsde. 'Er kwam een vent binnen die klaagde over pijn in zijn onderbuik. Helemaal het type van de bankdirecteur. We hebben röntgenfoto's gemaakt en hij bleek een pot marmite in zijn reet te hebben.'

Drew proestte in zijn bier. 'Vol marmite?'

'Nee, vol pinda's.'

Dit was schering en inslag op de eerste hulp. Je kon de vreemdste dingen verzinnen en die in de meest onwaarschijnlijke openingen stoppen, en dan bleek je toch niet origineel te zijn.

Jamie kon zijn oren niet geloven. 'Heeft hij erbij verteld waarom?'

'Nee. Hij was in tranen en smeekte ons om het niet aan zijn vrouw te vertellen.'

'Wanneer heb je dat overhemd trouwens gestreken?' Drew stond perplex.

'Dat heeft Alison gedaan. Ze heeft een hele stapel gestreken.'

'Er zat niets van mij bij,' zei Jamie somber.

Doug lachte. 'Je moet er ook wel iets voor doen.'

Eerst vroeg Drew zich af hoe Alison zich zou voelen als ze wist dat Doug een van de overhemden droeg die zij zo liefdevol had gestreken als hij uitging met een ander. Vervolgens vroeg hij zich af hoe het zou voelen om uit te gaan met het ene meisje in het overhemd dat het andere meisje zo liefdevol voor je had gestreken. Tot slot vroeg hij zich af hoe het zou zijn om Doug Flynn te zijn, om zo razend knap en kennelijk onweerstaanbaar te zijn dat er overal en altijd meisjes waren – beeldschone meisjes op de koop toe – die zich verdrongen om met je uit te gaan. En om je overhemden te strijken.

'Kijk dan, moet je dat zien!' brulde Jamie en hij sprong overeind uit zijn stoel. 'Vang die bal dan, stommeling! Vangen, vangen… JA! UIT!'

'Ik ook.' Doug keek uit het raam toen er voor de deur van het huis een auto stopte.

'Dit kan niet waar zijn,' riep Drew uit. 'Komt ze je nog ophalen ook?' Hoe speelde die mazzelaar het toch klaar?

'Ze heeft het zelf aangeboden. Wat moet ik dan zeggen?' Doug zwaaide een roomkleurig linnen jasje over zijn schouder en liep naar de deur.

'Ga nou niet meteen weg. Vraag of ze binnenkomt en stel haar voor,' smeekte Jamie. 'Ik heb Melissa nog niet gezien.'

'De vraag is,' zei Doug, 'of ze jou wel wil zien.'

Tegen tienen hadden de Australiërs tweehonderdzeventig punten uit acht overs, en wenste Drew dat hij niet vijf zakjes chips met kaas- en uiensmaak had gegeten. Hij had een afgrijselijke smaak in zijn mond. Hij nam nog een slok bier en spoelde ermee alsof het mondverfrisser was. Het hielp niet. Jammer. Hij balanceerde het halflege blikje op zijn knie en dat was ook jammer, want het viel onmiddellijk om en de inhoud gutste over zijn short.

Ach, het was een warme avond. Het bier was in elk geval koud. En, dacht Drew tevreden, er lagen nog genoeg blikjes in de ijskast.

'Doe jij even open,' zei hij tegen Jamie toen de bel ging.

'Nee jij.'

Drew wees op de kletsnatte voorkant van zijn short. 'In deze staat?'

'Luister,' zei Jamie, die op de grond lag, 'ik wil heel graag opendoen, maar ik ben bang dat ik te dronken ben om op mijn benen te kunnen staan.'

'Krijg nou wat,' zei Drew bij het zien van hun bezoeker. 'Ik bedoel... hallo.'

Toen hij slikte, klonk er een hoorbaar klokkend geluid, net als in tekenfilms.

Hij zou het liefst door de grond zijn gezakt.


## 10


Deborah Gillespie keek – heel begrijpelijk – geamuseerd.

'Hallo. Ik ben de nieuwe buurvrouw.' Ze hield het stoffer en blik dat Jessie de vorige dag had geleend omhoog. 'Ik kom dit even terugbrengen.'

Verdoofd van schrik pakte Drew het aan. Hij wist uiteraard dat de Gillespies in Sisley House waren komen wonen, maar het was toch een primeur, de deur opendoen en dan onverwacht oog in oog staan met iemand die je altijd alleen op de televisie en in de kranten had gezien. 'O ja, fijn... bedankt.' Instinctief hield hij het blik voor zijn kruis in een poging om de natte plek te bedekken. O nee, dat maakte het alleen maar erger. Hij zag dat Deborah haar blik omlaag liet gaan naar zijn short.

'Ik heb met bier gemorst. Het is niet... Ik bedoel, ik heb niet...'

'In je broek geplast?' zei Deborah met een uitgestreken gezicht. 'Gelukkig maar.'

Verdorie, hij voelde zich net een jongen van veertien. Wat moest hij nu in 's hemelsnaam zeggen?

Gelukkig deed Deborah het voor hem. 'Ben jij de dokter of een van de dierenartsen? Zoals je ziet,' zei ze met een ontwapenende glimlach, 'weet ik al alles over jullie.'

Wat? Wat heb je dan gehoord, vroeg Drew zich af. Alleen slechte dingen? Hij werd gehypnotiseerd door haar donkere ogen en oogverblindende schoonheid. O ja, ze had hem iets gevraagd en nu moest hij een zinnig antwoord geven.

'Eh, dierenarts.'

'Alleen thuis?'

Drew kromp ineen toen Deborah langs hem heen naar binnen tuurde. Als ze een normale bezoeker was geweest, zou hij haar zonder zich een seconde te bedenken binnen hebben gevraagd.

'Wie is het?' riep Jamie vanuit de zitkamer.

O nee, o nee...

'De dokter?' informeerde Deborah opgewekt.

'De andere dierenarts.'

'Aha.' Ze knikte. 'Eigenlijk kwam ik vragen of ik wat melk kan lenen. En een drupje afwasmiddel, als je het missen kunt.'

Dit was bespottelijk, besefte Drew. Hoe lang kon hij daar nog blijven staan – als een stompzinnige cipier – en haar de weg versperren? 'Luister,' flapte hij er in zijn wanhoop uit, 'je mag best binnenkomen, maar de kamer is een zwijnenstal. Een échte zwijnenstal.'

'Ben je soms bang dat ik ervan zal schrikken?' voeg Deborah vrolijk. 'Dat weet ik wel zeker.'

'Jullie wonen met drie vrijgezellen in een huis,' troostte ze hem. 'Als het netjes zou zijn, zou ik denken dat jullie homo's waren.'

'Wie is een homo?' vroeg Jamie verontwaardigd toen Drew haar binnenliet in de zitkamer. 'Ik niet, om de dooie dood niet.' Aangezien hij eerder aan het bier was gegaan dan Drew, keek hij vanonder de over zijn ene oog gezakte slip naar Deborah op. 'Drew, weet je wel zeker dat het de jongen met de pizza's is? Hij heeft niet genoeg puisten.'

Drew bloosde, nu al hevig gegeneerd, en hij gaf een waarschuwende trap tegen Jamies blote voet. 'Het is onze nieuwe buurvrouw, sufferd, Deborah Gillespie. Let maar niet op Jamie,' voegde hij er tegen Deborah aan toe. 'Hij heeft een stuk in zijn kraag.'

'Ik heb in elk geval geen pies in mijn broek,' kakelde Jamie, wijzend op Drews short.

'Wat vroeg je ook alweer – melk en afwasmiddel?' Drew liep naar de keuken; hoe sneller hij haar de deur uitwerkte, des te beter.

'Alleen als jullie zelf genoeg hebben.'

'Melk en afwasmiddel?' herhaalde Jamie lachend. 'Wat is dat, een nieuwe cocktail of zo? Ik wil er best een proberen,' riep hij in de rich-

ting van de keuken, 'maar ik wil wel een scheut wodka in de mijne.'
'In Londen waren we het gewend dat de winkels de hele avond open zijn,' legde Deborah uit. 'Het wordt even wennen om te zorgen dat je alles voor zessen in huis hebt.'
'Nou, van ons kun je altijd lenen.' Drews handen trilden een beetje toen hij het grootste deel van hun melk in een gebarsten beker schonk. Hij kneep een behoorlijke hoeveelheid afwasmiddel in de enige andere schone beker – uitgerekend die met het wulpse meisje in de bikini die door warmte verdween – en gaf die aan Deborah. 'Alsjeblieft.'
'Je bent een engel.' Glimlachend zette ze de beker tussen de vuile afwas. 'Eigenlijk hoef ik niet meteen terug. Zou ik misschien om een biertje mogen vragen?'
'Vragen?' brulde Jamie. 'Wie vraagt wordt overgeslagen!'
'Het spijt me, hij is ontzettend onbeleefd.' Drew haalde nog een blikje uit de ijskast en keek koortsachtig om zich heen, maar hij zag niet direct iets waar hij het in kon schenken.
'Rustig nou maar.' Deborah pakte het ijskoude blikje van hem aan en klopte op zijn arm. 'Geen paniek, en behandel me alsjeblieft niet alsof ik de Koningin Moeder ben. Ik heb heus wel eens eerder een man in kennelijke staat gezien,' voegde ze er met een onschuldig glimlachje aan toe. 'Vergeet niet dat ik al twintig jaar met acteurs omga.'
'Okay. Goed.' Drew probeerde te glimlachen, maar hij had nog steeds zin om Jamie in het ongezogen kleed te rollen en hem met dat stomme slipje en al in de dorpsvijver te gooien.
Nog steeds zocht hij tevergeefs naar een beschaafd glas. Deborah grijnsde en trok aan het lipje. 'Laat maar, ik drink het zo wel.'
Eenmaal terug in de zitkamer tikte ze met haar blikje eerst tegen dat van Drew, en vervolgens bukte ze zich om ook met Jamie te proosten. 'Op een gezellige tijd als buren. Proost.'
Drew merkte dat zijn knieën slap waren geworden – een alarmerend tuttig verschijnsel bij een volwassen man. Hij vroeg zich af of hij ooit een vrouw had ontmoet die zo betoverend mooi, charmant en volkomen verbijsterend was als Deborah Gillespie en kwam vrijwel meteen tot de conclusie dat zij uiteraard de eerste was. 'Proost,' mompelde hij.
Waar wond hij zich trouwens zo over op? Het nadeel van betoverend mooie, charmante en volkomen verbijsterende vrouwen was namelijk dat ze ver, ver, héél ver buiten zijn bereik waren.

'Waar heb jij gezeten?' protesteerde Toby toen Deborah eindelijk terugkwam. 'Je zei dat je koffie zou gaan zetten.' Hij keek op zijn horloge. 'Dat was bijna een uur geleden.'

'De melk was op.' Deborah zette het dienblad op tafel. 'Ik ben melk gaan lenen bij de buren en even blijven kletsen. Je had gelijk,' zei ze opgewekt tegen Jessie, 'het zijn schatten van jongens.'

Schatten? Jessie glimlachte. Dat had ze niet gezegd. Ze had alleen gezegd dat ze aardig waren.

'Was Doug thuis?' vroeg ze. Ze kon zich vooral niet voorstellen dat iemand Doug Flynn een 'schat' noemde.

'Die dokter? Nee, hij was er niet. Ik heb alleen de dierenartsen gezien. Jamie, en die grote met sproeten... hoe heet hij ook alweer? Drew, is het niet?'

Oliver en Savannah zaten op de bank en vergeleken hun eindexamencijfers. Hij keek op.

'Drew Darcy.'

Deborah begon te lachen.

'Heet hij echt zo? Heb ik hem ontmoet – de hartveroverende mister Darcy? Ach, die arme jongen. Wat vreselijk om als grote rugbyspeler met sproeten opgezadeld te zijn met zo'n naam.'

Jamie lag te snurken op de grond, maar Drew kon niet slapen. Hij dacht nog steeds na over de gebeurtenissen van die avond toen Doug binnenkwam, met zijn arm om Melissa heen. Hij wierp een vluchtige blik op de deplorabele puinhoop in de zitkamer en de bewegingloze Jamie en voerde Melissa prompt mee naar de trap.

'Hoe is het gegaan?' vroeg hij over zijn schouder aan Drew, doelend op de wedstrijd.

'O, ging wel. Deborah Gillespie is langs geweest. Verder niks bijzonders.' Drew gaapte en rekte zich uit alsof dit soort gebeurtenissen de gewoonste zaak van de wereld waren. 'We hebben gekletst, een paar biertjes gedronken – meer dan een paar zelfs. Het was reuze gezellig.'

'Ja, ja.' Doug grijnsde en gaf een tikje tegen Melissa's parmantige billen. 'Hoor je dat, schatje? De treurige fantasieën van een eenzame vrijgezel die naar sex snakt. Beloof me dat je het met mij nooit zover laat komen.'

'Nog één ding voordat je weggaat,' zei Toby toen ze allemaal naar de gang liepen. Het was na middernacht en Jessie moest de volgende dag vroeg op. 'Weet jij of er soms een zonderling in het dorp woont die ze niet allemaal op een rijtje heeft?'

'Hoezo?' Jessie knipoogde naar Deborah. 'Wil je ze leren kennen?'

Toby glimlachte niet. Hij haalde een opgevouwen envelop uit zijn achterzak en gaf die schouderophalend aan haar. 'Waarschijnlijk is het niets en blijft het hierbij. Ik vroeg me gewoon af of er een dorpsgek is.'

Jessie vouwde de envelop open. De envelop was persoonlijk in de bus gedaan, en er zat één vel papier in met de woorden: 'Meneer Gillespie, u bent hier niet gewenst.'

Dat was alles, in beverige blokletters midden op het vel geschreven. 'Iemand die rechtshandig is en met links heeft geschreven,' concludeerde Jessie. Ze voelde zich net Miss Marple.

Toby trok een wenkbrauw op. 'Suggesties?'

'Ik heb geen idee wie zoiets zou doen.'

'Waarschijnlijk kinderen,' zei Deborah zorgeloos.

'Wanneer heb je die brief gekregen?'

'Hij moet 's nachts in de bus zijn gedaan. Toen we vanochtend beneden kwamen, lag hij op de mat.'

'Ga je ermee naar de politie?'

Toby schudde zijn hoofd. 'Het is niet echt een dreigbrief. Ik vraag het alleen omdat je misschien meteen had gezegd: "O, dat is die en die, hij doet altijd van die vreemde dingen." '

'Nee... zo iemand kan ik niet bedenken.' Jessie keek weifelend. Toby en Deborah waren zo te zien niet in paniek, maar waren anonieme brieven niet een tikkeltje zorgwekkend?

Deborah las haar gedachten. 'Dit soort dingen gebeuren nu eenmaal als je in de publieke belangstelling staat. Toby heeft door de jaren heen wel vaker met rare brieven en hysterische fans te maken gehad. Er was zelfs een vrouw die dacht dat ze met hem getrouwd was.' Ze haalde haar schouders op. 'Het is vervelend maar onschuldig. Na een tijdje raak je eraan gewend.'

'Er is dit keer wel een verschil. Meestal willen ze dat je in hun dorp komt wonen.' Met een flets glimlachje stopte Toby de brief terug in de envelop en de envelop in een la van het kastje. 'Terwijl iemand me in dit geval juist weg wil hebben.'


## I I


Alweer een bloedhete dag. Tegen elven was de wolkeloze hemel pauwblauw. Aangezien de aarde gebarsten en droog was, en haar arme plantjes schreeuwden om water, liet Bernadette Thomas in de keuken haar gieter vollopen. Ze zou er zeker een uur voor nodig hebben, telkens heen-en-weer, maar het gebruik van tuinslangen was door de gemeente verboden – en met een buurvrouw als Eleanor Ferguson lapte je zo'n verbod niet aan je laars. Dan had je binnen de kortste keren politie op bezoek.

Al snel dook Eleanors hoofd op boven het hek dat hun tuinen scheidde. Bernadette wedde in stilte dat Eleanor het woord 'journalist' al in haar derde zin zou laten vallen.

'Goedemorgen,' zong Eleanor. 'Jeetje, dat is zwaar werk.'

Bernadette glimlachte en knikte.

Eén.

'Zonde van je tijd op zo'n mooie zonnige dag. Ik denk dat ik mijn gordijnen maar eens ga wassen.'

'Goed idee.' Zorgvuldig gaf Bernadette de petunia's water.

Twee – bijna.

'O trouwens,' – Eleanors toon was nadrukkelijk nonchalant – 'heb je die journalist nog te pakken kunnen krijgen?'

Drie. Bingo.

Zonder zich ervan bewust te zijn – ze hadden namelijk alleen in het voorbijgaan glimlachjes en beleefdheden uitgewisseld – hadden Bernadette en Lili Ferguson hun toevlucht gezocht tot precies dezelfde methode om niet gillend gek te worden. Het maakte alle verschil als je Eleanors ongeneeslijke bemoeizucht in een soort vermaak veranderde – het werkte.

Bernadette goot het laatste beetje water uit de gieter bij de lathyrus en richtte zich op. 'Ja dank je, dat is gelukt.'

'O.'

Als Eleanor een snor had gehad, zouden de haren hebben getrild. (Ze had wel haren die snorachtige vormen aannamen, maar die trok ze er zorgvuldig uit met de uitstekende pincet van haar Zwitserse zakmes.)

'En... eh, had het iets te maken met het... het dorp?'

Bernadette haalde diep adem. 'Om je eerlijk de waarheid te vertellen, hij wilde me interviewen over mijn werk. Maar zoals je weet, ben ik nogal op mijn privacy gesteld. Ik ben erg op mezelf.'

'Je werk...'

Trillende snorharen? Dat stadium was al gepasseerd. Eleanor beefde van nieuwsgierigheid, over al haar leden.

'Ik geef geen interviews. Dat heb ik hem verteld en hij begreep het,' besloot Bernadette onschuldig, en ze draaide zich met haar lege gieter om naar haar huis. 'Aardig van je om er even naar te informeren, maar ik heb het niet zo op journalisten.'

'Maar...' Eleanor hapte naar lucht als een vis op het droge. 'Maar... ik... Je hebt me nooit verteld wat voor werk je doet!'

Bernadette bleef voor de deur staan alsof ze er even over moest nadenken. Ze ademde langzaam uit. 'Het spijt me. Sommige mensen zijn blij met publiciteit en anderen niet. Ik schrijf boeken, dat is alles. Romans.'

'Ben je schrijfster? Wat spannend!' Eleanors gezicht straalde van enthousiasme. 'Ik had geen idee! Wat voor soort boeken schrijf je?'
Weer een stilte, en Bernadette gebaarde met haar hoofd naar haar
huis.
'Kom maar even binnen, als je wil, dan laat ik het je zien.'

Het huis was spaarzaam gemeubileerd maar wel – stelde Eleanor goedkeurend vast – smetteloos schoon.
Bernadette pakte een paar boeken van de plank boven een van de nis-
sen, en haar wit kanten onderjurk piepte onder de zoom van haar
lichtgroene overhemdjurk vandaan. Ook dat kon Eleanors goedkeuring wegdragen. Ze was van mening dat er tegenwoordig veel te veel
vrouwen zonder onderjurk rondliepen.
'Kijk eens aan.' Verlegen gaf Bernadette haar een paar boeken. 'Het
zijn geen echte bestsellers, maar ik kan er wel van rondkomen.'
Eleanor was in de wolken. Haar buurvrouw schreef boeken! Denk je
eens in!
'Antonia Kay... Dus dat is je schrijversnaam? Je... hoe noem je dat
ook alweer?'
'Pseudoniem.' Bernadette knikte. 'Ook met het oog op mijn privacy.'
'En dan te bedenken dat je deze boeken echt zelf hebt geschreven.'
Eleanor kon er niet over uit. 'Ik heb altijd een boek willen schrijven,
maar waar zou ik de tijd vandaan moeten halen? Gisteren ben ik
drieëneenhalf uur bezig geweest met het strijkwerk van mijn schoondochter. Ik heb altijd wat om handen. Ik heb zelfs geen tijd om een
boek te lezen, laat staan om er een te schrijven.'
'Ach, natuurlijk. Ik begrijp het.'
'Maar die van jou ga ik wel lezen,' riep Eleanor uit toen Bernadette
de boeken weer van haar aan wilde pakken. 'Als ik ze tenminste van
je mag lenen.'
Bernadette pakte de boeken toch aan. Ze bekeek ze, op zoek naar het
boek waar ze tot drie uur 's nachts in had gelezen – niet omdat het
zo boeiend was, maar omdat ze enig idee moest hebben waar het over
ging als ze het aan Eleanor Ferguson uitleende.
'Alsjeblieft. Dit was mijn eerste. En wees maar niet bang, ik ben heus
niet beledigd als je er niets aan vindt.'
Gretig pakte Eleanor het boek met beide handen beet. Was een eerste boek niet altijd autobiografisch? Dit was de perfecte manier om
haar zonderlinge, teruggetrokken buurvrouw te leren kennen. 'Ik weet
zeker dat ik het mooi zal vinden,' verklaarde ze gewichtig. 'Ik verheug me er nu al op.'
'En ik zou het waarderen als je dit voor jezelf houdt,' zei Bernadette

op vertrouwelijke toon. 'Ik weet dat ik het zelfs niet hoef te vragen, dat ik van je discretie op aan kan. Het is gewoon... nou ja, de rest van het dorp...'

'Zeg maar niets meer, ik zwijg als het graf.' Vorstelijk leunde Eleanor naar haar toe. 'En ik bedacht daarnet dat het niet goed kan zijn voor je rug, dat zeulen met die gieter. Je kunt best je tuinslang gebruiken, weet je. Onder deze omstandigheden knijp ik wel een oogje toe.'

Onderweg naar de deur, het boek nog steeds triomfantelijk tegen haar borst geklemd, zag ze een vrij kleine ingelijste foto op een glimmend gewreven bijzettafeltje. Er waren nergens andere foto's te bekennen, dus bleef Eleanor nieuwsgierig staan om de lijst op te pakken.

'Dat lijkt me een aardige vrouw.'

Het was een foto van een slanke, verlegen glimlachende vrouw van begin dertig. 'Wie is dit?' Eleanor gebaarde met de foto naar Bernadette. 'Je jongere zus?'

'Eh... gewoon een vriendin.'

O hemel. Eleanor zag dat Bernadette vluchtig bloosde en begreep het direct. Onmiddellijk verstrakte haar mond van walging en minachting. Nu had ze er spijt van dat ze zo aardig was geweest.

Geen wonder dat de alleenstaande, kinderloze Bernadette niet van pottenkijkers hield.

Eleanor wist precies wat 'Eh... gewoon een vriendin' betekende.


Thuis uit school verwisselde Harriet haar uniform voor een T-shirt en short. Toen ze zichzelf in de spiegel bekeek, zonk de moed haar in de schoenen. Saai bruin haar, saaie grijze ogen en het volstrekt nutteloze rechttoe-rechtaan figuur van een knakworst. Wanneer begon ze nou eens op de juiste plaatsen uit te dijen?

In dit tempo eindig ik op mijn tachtigste achter een looprek in een bejaardentehuis en draag ik nog steeds een beginnersbeha, dacht ze.

Ze keek uit het raam en herkende op Compass Lane de slome, slungelachtige manier van lopen van Dizzy Gillespie, die ongetwijfeld op weg was naar de dorpswinkel.

Ach, het is toch een idioot. Net als de rest – geobsedeerd door tieten. En waarom? Waarom nou helemaal, vroeg Harriet zich af. Wat is er zo bijzonder aan?

Ze trok haar gympen onder het bed vandaan, rukte de la met sokken open en haalde er een paar dikke grijze sokken uit waar ze 's winters in hockeyde. Nadat ze elke sok zorgvuldig had opgerold, trok ze haar T-shirt omhoog, klemde het onder haar kin en stopte de sokken in haar verbaasde – maar gelukkig tamelijk rekbare – beha.

'O hallo!' Dizzy veinsde grote verbazing toen hij Harriet zag. Hij zou liever sterven dan toegeven dat hij al vanaf het moment dat hij haar uit de schoolbus had zien springen expres in de buurt rondhing, in de hoop haar tegen te komen.

'Hallo.' Harriet moest Bliksems riem stevig vasthouden, want de hond stortte zich vrolijk blaffend op Dizzy. 'Hij heet Bliksem,' verkondigde ze vol trots. 'Het is onze nieuwe hond. We hebben hem sinds gisteren.'

'Poeh,' snoof Dizzy. 'Wij hebben een nieuwe broer.'

'Wat? Heeft je moeder een kind gekregen?' Harriets mond viel open. 'Je meent het!'

'Nee hoor. Het is Oliver Roscoe.'

'Oliver? Méén je dat?'

'Zijn moeder schijnt iets met onze vader te hebben gehad, eeuwen geleden.' Dizzy bukte zich om Bliksems oren te aaien.

'Is dat niet raar?' Harriet keek weifelend. Het leek haar heel erg raar om zomaar opeens een volwassen broer te hebben.

Dizzy haalde zijn schouders op. 'Ik weet het niet. Ik ken hem nog niet echt. Er is geen speld tussen te krijgen als Savlon haar mond opendoet. Volgens mij is hij wel aardig.'

'Af Bliksem!' Harriet gaf een ruk aan de strak gespannen riem omdat de hond in de vuilnisbak voor de winkel probeerde te klimmen. 'Hij wil dat Cornetto-papiertje pakken. Ik ga met hem wandelen in het bos. Hij is nieuw hier, dus ik geef hem een rondleiding.'

Toen ze opkeek, zag Harriet dat Dizzy naar haar borsten staarde. Heel even raakte ze in paniek – maar nee, het was in orde. Hij staarde niet op een je-hebt-sokken-in-je-beha-gestopt-manier. Het was een bewonderende blik. Voor het eerst van mijn leven wordt er verlekkerd naar me gekeken, dacht ze verrukt. Nu weet ik hoe Moll Harper zich voelt. Geen wonder dat ze altijd zo tevreden kijkt.

Haar afkeer van Dizzy, de vorige dag, toen hij – jakkes – zo wellustig naar Moll had gekeken, was als sneeuw voor de zon verdwenen. Nu keek hij wellustig naar háár en Harriet ervoer een duizelingwekkend gevoel van macht.

Ze voelde niet langer pijn, ze voelde zich... een oogverblindend mooie vrouw...

'Ik ben ook nieuw hier,' zei Dizzy. 'Mag ik mee op die rondleiding?'

Harriet, blozend van triomf, had het veel te druk met oogverblindend zijn om te merken dat Bliksem steels op het verleidelijke Cornetto-papiertje afging. Ze merkte al evenmin dat een gelukzalige wesp zich al van het papiertje meester had gemaakt. Bliksem haalde uit en greep het papiertje tussen zijn kaken. De woedende wesp nam gonzend

64

wraak en stak Bliksem in zijn neus. Jankend sprong Bliksem uit de vuilnisbak en hij probeerde zich achter Harriet te verstoppen. Van pure schrik draaide hij helemaal om Harriet heen, zodat de riem rond haar knieën werd gedraaid, en gevangen in deze lasso belandde ze hulpeloos op de grond.

'Hé rustig!' schreeuwde Dizzy. Hij greep Bliksem bij zijn halsband en verloste Harriets benen van de riem. 'Ik heb hem! Arme hond, wat een gemene wesp! Nu zie je hoe stom het is om je neus in vuilnisbakken te steken.' Hij ging op zijn hurken zitten om de gekwetste trots van de hond op te vijzelen. Harriet bewoog zich nog steeds niet, en hij keek opzij. 'Je kunt best opstaan. Wat is er? Heb je je pijn gedaan?'

Harriet hield haar beide armen krampachtig voor haar borst geklemd. Hoewel ze geen salto mortale had gemaakt, was een van de sokken toch losgekomen uit haar overvolle beha.

Dizzy's bezorgdheid sloeg om in paniek toen hij zag welk lichaamsdeel ze zo angstvallig omklemde. 'Is het je hart?'

Hè ja, geweldig, dacht Harriet, en haar gezicht vertrok omdat Bliksem enthousiast haar voorhoofd begon te likken. Bel 999 en laat een ambulance komen, waarom ook niet? Zeg maar tegen ze dat ik sokkenmassage nodig heb. Maak me maar belachelijk.

Maar aangezien Dizzy eruitzag alsof hij dit werkelijk van plan was, antwoordde ze stoïcijns. 'Er is niets. Het is mijn hart niet.'

Het is gewoon mijn sok.

Dizzy fronste zijn wenkbrauwen. 'Volgens mij heb je je hartstikke pijn gedaan.'

'Ik ben een beetje misselijk.' Harriet trok een vies gezicht en masseerde voorzichtig haar borst, in de hoop dat ze de sok ongemerkt weer op zijn plaats kon schuiven. Maar het was hopeloos. Het zou makkelijker zijn om een kwal in een colaflesje te krijgen.

'Als we gaan lopen knap je misschien weer op.' Dizzy kon zijn ogen niet van haar af houden. Hij zou er alles voor over hebben gehad om haar borst op die manier te kunnen masseren.

Harriet ging behoedzaam op haar knieën zitten. 'Dat denk ik niet. Ik denk dat ik beter naar huis kan gaan.'

'O.'

De sok begon weg te zakken. Harriet kon hem nog net te pakken krijgen voordat hij uit haar t-shirt viel. 'Ik neem Bliksem wel.' Met haar vrije hand pakte ze de hondenriem. Stom beest. Met gloeiende wangen draaide ze zich om en ging op weg naar huis. 'Doei.'

Er was echt iets aan de hand. Ze was niet ziek. Had hij haar beledigd? Maar hoe dan?

Dizzy voelde zich afgewezen. Hij stak zijn handen in de zakken van zijn wijde spijkerbroek met gaten en liet zijn stem achteloos klinken, alsof het hem niets kon schelen. 'Okay, de mazzel.'

## 12

Jessie was om zes uur klaar met haar werk en ging bij Lili langs. Harriet speelde met Lottie en William in de zandbak in een hoekje van de tuin, zodat ze het zonovergoten terras voor zichzelf hadden. Bovendien was Freya al opgehaald (door een dreigend kijkende Felicity), zodat Lili lekker ontspannen een glas wijn kon drinken.
Of twee.
'En hoe noemde Oliver hem? Papa?'
'Gewoon Toby.'
'Stel je toch eens voor...' Lili kon zich er niets bij voorstellen. Ze strekte haar bleke benen en wenste dat de hare even bruin wilden worden als die van Jessie. 'Was het pijnlijk?'
Onder tafel voerde Jessie zoutjes aan Bliksem, die verkoeling had gezocht in de schaduw en liefdevol op haar blote voeten kwijlde. 'Helemaal niet. Ik was er wel bang voor, maar het was niet zo. Voornamelijk dankzij Deborah, want zij had een scène kunnen maken. Maar dat deed ze niet, ze was geweldig.'
'En ze is een uur weg geweest, dus kennelijk laat ze Toby en jou met een gerust hart alleen. Doet het haar niets?' vroeg Lili, 'dat jullie vroeger... je weet wel...?'
Jessie poetste haar zonnebril op aan de mouw van haar witte shirt. 'Nee, ze is niet jaloers.'
'O.' Het stak Lili, uit naam van haar vriendin. 'Nou, aan de ene kant is dat natuurlijk fijn...'
'En aan de andere kant is het niet bepaald vleiend,' vulde Jessie droog aan.
'Ze zou toch best een beetje bezorgd kunnen zijn,' zei Lili verontwaardigd. 'Hoe weet ze nou dat Toby en jij niet opnieuw vreselijk verliefd worden? Je zou een grote bedreiging voor haar huwelijk kunnen zijn!'
'Hoe durft ze zo vriendelijk te zijn, bedoel je dat?' plaagde Jessie. Het deed haar goed om Lili's glinsterende ogen te zien nu ze haar verdedigde. 'Hoe durft ze erop te vertrouwen dat ik haar man niet onder haar neus weg zal kapen?'

'Nu maak je me belachelijk. Maar hoe weet ze nou dat je dat niet zal doen?'

'Toe nou. Deborah is beeldschoon. Geen lijst van best geklede vrouwen is compleet zonder haar naam. Ze is aantrekkelijk en charmant en zo aardig als een mens kan zijn zonder anderen misselijk te maken. Bovendien,' vervolgde Jessie, die aftelde op haar met verf besmeurde vingers, 'hoef je alleen maar de roddelbladen te lezen om te weten dat ze het gelukkigst getrouwde stel van de wereld zijn. En ik kan het weten,' voegde ze er met een spottend glimlachje aan toe, 'want ik lees ze al twintig jaar. Geloof me, niemand heeft die artikelen beter gelezen dan ik.'

Lili wilde iets gaan zeggen, maar ze deed haar mond abrupt weer dicht. Dit was een ongewone bekentenis voor de trotse en zeer zelfstandige Jess.

Achter in de tuin zorgde William voor afleiding door een emmer zand om te keren boven Lotties hoofd. Lottie gilde en gaf hem een klinkende klap. William greep handen vol zand en smeet het woedend in Lotties gezicht. Lili hielp Harriet bij het scheiden van de twee kemphanen, blij dat Hugh en Felicity er niet bij waren.

Uiteindelijk was de rust hersteld.

'Wat voel je nu voor hem? Speelt alles van vroeger nog?' vroeg Lili bij terugkomst. 'Voel je je nog steeds tot hem aangetrokken?'

'Het is nu wel een beetje anders,' antwoordde Jessie vaag.

'Dat is geen antwoord. Stel nou dat Toby niet getrouwd was en hij kwam vanavond bij je' – Lili's lichtbruine ogen werden groter – 'en hij nam je in zijn armen en zei: "O Jess, ik heb je nooit kunnen vergeten." Wat zou je dan doen?'

'O, dat heeft hij al gedaan.'

'Dat meen je niet!'

'Ja, ik meen het wel.'

Jessie popelde om Lili alles te vertellen, ook al wist ze dat ze beter haar mond kon houden.

'Ik haat je,' kreunde Lili. Haar hart sloeg op hol. Ze liet zich achterover vallen op haar stoel en klopte op haar forse boezem. 'Doe me dit toch niet aan!'

Jessie glimlachte flauwtjes en draaide de steel van haar glas rond tussen haar vingers. Ik wilde dat Toby het mij niet had aangedaan, dacht ze.

Alleen was dat niet helemaal waar. Ze was blij dat hij het had gedaan. Ze had verdorie van elke verrukkelijke seconde genoten.

Ze wilde alleen dat hij niet getrouwd was.

'Wat is dit?' Om van onderwerp te veranderen, pakte Jessie het open-

geslagen boek van tafel. 'Ik wist niet dat jij dit soort romannetjes las.'
'Eleanor kwam het vanmiddag brengen. Ken je haar buurvrouw? Die heeft het geschreven.'
'Echt waar? Bernadette Thomas?'
Lili knikte grijnzend. 'Het ergert Eleanor al maanden dat ze niets over haar nieuwe buurvrouw aan de weet kan komen. Ze heeft de duimschroeven nog wat verder aangedraaid, en Bernadette heeft zich eindelijk gewonnen gegeven. Ze sloeg door en bekende dat ze schrijfster was.'
Belangstellend keek Jessie naar de omslag, met een schommelstoel, een slapende kat en een staande klok. Het was duidelijk geen John Grisham. 'Dus Eleanor heeft dit boek gelezen? Vond ze het leuk?'
'Kijk, nu wordt het pas interessant,' zei Lili. 'Ze wil dat ik het eerst lees. Ze trok haar pruimenmondje en vertelde me dat ze niet van plan was om een boek te lezen waar losbandige lesbiennes in voorkomen.'
'Losbandige lesbiennes? Allemachtig.' Jessie keek nog een keer naar de omslag. 'Dat lijkt me niet zo waarschijnlijk. Aardige, cake bakkende lesbiennes misschien.'
'Wat dan ook. Ik ben tot officiële censor gebombardeerd. En Eleanor weet nog niet of ze verrukt moet zijn omdat ze naast een schrijfster woont – zelfs een niet-beroemde – of ontzet omdat ze heeft ontdekt dat ze lesbisch is.'
'Arme vrouw,' verzuchtte Jessie, die diep medelijden had met Bernadette. Ze zou medelijden hebben met iedereen die naast Eleanor Ferguson woonde.
'Geen wonder dat ze zo teruggetrokken leeft.' Lili dacht er bijna net zo over. 'Ik heb me weleens afgevraagd of ze niet een beetje een zonderling is, je weet wel, zo'n rare kluizenaar, maar ik durf te wedden dat ze daarom zo is. Waarschijnlijk is ze bang dat het hele dorp even bekrompen is als Eleanor, en dat we haar in de eendenvijver zullen verzuipen als we achter haar geheim komen.'
Een zonderling. Het deed Jessie denken aan Toby's woorden van de vorige avond, en ze probeerde zich voor te stellen dat Bernadette een anonieme brief in de bus van Sisley House deed. Bernadette, de rustige schrijfster met haar prachtige tuin, de ouderwetse jurken en het onberispelijk gekapte bruine haar met een licht rossige gloed.
'Lieve help!' riep Lili uit toen Jessie haar van de anonieme brief vertelde. 'Wat vreselijk! Hoe kan iemand dat nou doen? Er is hier nog nooit zoiets gebeurd.'
Dat was waar. En Bernadette Thomas was nog maar een paar maanden geleden in Upper Sisley komen wonen.
'Misschien was het als grapje bedoeld.' Jessie bukte zich en aaide Blik-

sems heerlijk zachte oren. Het feit dat Bernadette betrekkelijk nieuw was in het dorp, was nou niet bepaald doorslaggevend bewijs. 'Misschien blijft het hierbij.'

'Met wie? O hallo, Melissa! Wacht even, hij staat onder de douche. DOUG!'

'Wat?'

'MELISSA AAN DE TELEFOON.'

'Zeg maar dat ik er niet ben.'

'IK KAN NIET ZEGGEN DAT JE ER NIET BENT, LUMMEL, WANT IK HEB NET GEZEGD DAT JE ONDER DE DOUCHE STAAT.'

Boven lachte Doug bij zichzelf terwijl hij zijn borst inzeepte.

Beneden schakelde Jamie van brullen over op een normale toon. 'Melissa, hai. Luister, ik dácht dat hij onder de douche stond, maar... Wat?'

Zelfs Drew, die in de keuken een boterham klaarmaakte, kon het verontwaardigde krijsen aan de andere kant van de lijn horen. Even later staarde Jamie naar de zwijgende hoorn.

'Ze heeft opgehangen. Ze noemde míj een klootzak,' brieste hij, 'en ze hing op. Ik snap het niet. Doug dumpt haar, waarom ben ik dan de klootzak?'

Doug kwam de trap af met een donkergroene handdoek om zijn middel. 'Is er iets te eten?'

'Waarom heb je haar eigenlijk gedumpt?' vroeg Jamie kribbig. Hij zou nooit iemand als Melissa dumpen.

'Ze snurkt.'

Hmm. Jamie vroeg zich af of Melissa – als ze eenmaal een beetje was afgekoeld – zin zou hebben om met een dierenarts uit te gaan. Van snurken zou hij geen last hebben, hij kon altijd oordopjes in doen.

Drew keek naar Jamie toen deze zijn strijkwerk hervatte. Het was fascinerend om te zien dat een dierenarts die zelfs een kanarie kon opereren zo'n potje maakte van een overhemd.

Toch deed Jamie erg zijn best. Het was vrijdagavond, hij had al in geen eeuwen een meisje versierd en hij ging naar de Rattles Club in Harleston. Sterker nog, hij was niet van plan om naar huis te gaan voordat hij een meisje had versierd.

'Weet je zeker dat je geen zin hebt om mee te gaan?' zei hij tegen Drew toen hij klaar was met het overhemd – op zijn manier. Een taxi met zijn tweeën kostte immers maar de helft. 'Kom op, het is vrijdagavond,' voegde hij er wervend aan toe, 'dan barst het er van de lekkere mokkels.'

'Bijna allemaal minderjarig,' zei Drew. Allemachtig, hij was negenentwintig, bijna dertig. Hij was er te oud voor om nachtclubs af te struinen op zoek naar meisjes die hem binnen enkele minuten stierlijk verveelden. 'Waar kun je over praten, als je ze eenmaal hebt gevraagd op welke school ze zitten?'

Jamie keek hem verbijsterd aan. 'Wat heb je nou aan praten?'

'Je kunt ze trouwens geen lekkere mokkels noemen. Dat is al minstens tien jaar uit. Het is bijna net zo erg als een toupet of broeken met wijde pijpen, of meisjes *chicks* noemen.'

'Mis,' zei Drew. 'Bij tienermeisjes zijn broeken met wijde pijpen weer helemaal in. Maar als jij zo'n broek zou dragen, ik zweer het je, zouden ze het besterven van het lachen.'

'Dus je gaat niet mee?'

Weer ging de telefoon. Doug nam op.

'Nee.' Drew had zijn boterham op en likte zijn vingers af. 'Je mag je bakvissen, je dreunende muziek en je veel te dure drankjes houden. Ik ga naar de Bells met Doug.'

'Jezus, je lijkt wel een ouwe opa,' snoof Jamie. 'Denk maar niet dat je in de Bells ooit een mooie meid tegenkomt.'

Doug was nog steeds aan de telefoon. 'Prima. Ik zie je om halfnegen in de Bells.'

'Niet Melissa,' riepen Jamie en Drew in koor zodra hij had opgehangen.

'Niet Melissa.' Doug kwam grijnzend terug uit de keuken met een flesje cola in zijn hand. 'Patsy.'

'Patsy.' Jamie groef in zijn geheugen. 'Is ze nieuw?'

'Ik heb haar vanmorgen leren kennen. Ze bracht haar moeder naar de eerste hulp met een gebroken dijbeen.'

De moed zonk Drew in de schoenen. Hij had er helemaal geen zin in om er de hele avond bij te zijn als Doug zijn overbekende show opvoerde en de smoorverliefde Patsy in de ban van zijn charmes raakte. Hij zuchtte.

'Wat is er?' vroeg Doug.

Drew aarzelde. 'Zit ik er dan de hele avond voor jandoedel bij?'

'Toe nou!' protesteerde Doug. Hij kamde zijn natte haar en keek Drew in de spiegel met opgetrokken wenkbrauwen aan. 'Natuurlijk niet.'

## 13

Tegen halfnegen begon de Bells aardig vol te lopen. Drew kikkerde weer helemaal op toen Moll – wulps gekleed in een soort lijfje van donkerrood fluweel en een zwierige, halflange zwarte rok – naar hem knipoogde en Doug straal negeerde.

'Zijn jullie vanavond alleen?' vroeg Lorna Blake toen ze hun bestelling neerzette. Lorna zei altijd wat ze op haar hart had, was voor niemand bang, zag eruit alsof ze wist hoe je met een geweer omgaat en lachte schaterend om alle schuine moppen. Toch was ze onder dit pantser even kwetsbaar als ieder ander. Ze hield zielsveel van haar katten en gaf openlijk toe dat ze haar surrogaatkinderen waren. Een jaar geleden had Drew bij een van de katten slokdarmkanker geconstateerd, en ze was net zo van streek geweest als elke andere moeder. Toch had ze zelfs dit verdriet vrijwel geheel verborgen gehouden. Drew, die de kat uiteindelijk een spuitje had moeten geven, was de enige in Upper Sisley die haar ooit had zien huilen.

'Alleen, en op zoek naar de vrouw van onze dromen.' Doug leunde met een elleboog op de bar en deed een mislukte poging om zielig te kijken. 'Waar ik eigenlijk op hoop, is iemand met steil, schouderlang haar, groene ogen, een stralende glimlach en een mouwloze witte jurk met gele knoopjes van boven tot beneden aan de voorkant.'

'Jij ook!' riep Patsy verrukt over zijn schouder. 'Ik ben aan komen sluipen! Hoe wist je dat ik er was?'

Drew en Lorna keken elkaar aan. Dat was het, klaar is Kees. Patsy was nu al tot over haar oren verliefd.

Gaat het nou echt zo makkelijk, vroeg Drew zich in stilte af. Kampioenvleier en ogen in je achterhoofd?

'Vertel eens hoe het ging,' zei hij tegen Patsy nadat Doug hen aan elkaar had voorgesteld en een wodka met tonic light voor haar had besteld. 'Je moeder breekt haar been, je brengt haar naar het ziekenhuis en voor je het weet vraagt zo'n gladde dokter je mee uit.'

Patsy glimlachte en keek vanonder haar wimpers op naar Doug. Onderwijl streelde ze onophoudelijk zijn arm.

'Zo ging het niet,' zei Doug. 'Zij heeft mij mee uit gevraagd.'

Twintig minuten later bloosde Oliver van plezier toen de deur openging en Savannah, gekleed in een Manics on Tour T-shirt en een gerafelde korte kaki broek, naar de bar slenterde.

'Hai. Je bent laat.'

'Mijn ouders wilden opeens ook mee.' Savannah klom op een barkruk en bekeek de flessen. 'Ze komen er zo aan. Doe mij maar een glas rode wijn.'

'Is witte ook goed? We hebben een erg lekkere nieuwe chardonnay.' Oliver zocht in de ijsemmer, vond de fles die hij zocht en liet haar het etiket zien.

Savannah giechelde omdat er druppels ijskoud water op haar blote benen vielen. 'Okay, grote broer, als jij het zegt.'

'Daar zijn ze,' zei Oliver toen Toby en Deborah binnenkwamen.

'Hemel,' mompelde Lorna omdat er alweer een stilte neerdaalde over de bar, 'het lijkt wel of we de koningin op bezoek krijgen.' Haar ogen twinkelden. 'Waarom vergaapt iedereen zich aan hen? Straks gaan ze nog buigen.'

'Het gaat wel over als de nieuwigheid eraf is.' Instinctief verdedigde Oliver zijn nieuwe familie. 'Bovendien kunnen ze het niet helpen.'

Er was een lieveheersbeestje op Savannahs voet geland. Nu ze tijdelijk afgeleid was, stootte Lorna Oliver aan. 'Allemaal koek en ei tussen jou en de dochter, hè?' zei ze schalks. 'Erg gezellig. En een mooi meisje. Ik weet alleen niet of dat imago van grote broer je wel bevalt, het is niet...'

'Maar dat is hij nu eenmaal.' Savannah had het lieveheersbeestje van haar enkel geveegd en lette nu weer op. 'Hij is mijn broer.'

Oliver staarde haar aan.

Perplex staarde Lorna Oliver aan.

Savannah keek van de een naar de ander. 'Had ik dat niet mogen zeggen? Het is toch geen geheim?' Haar ogen werden groot van verontwaardiging. 'Niemand heeft tegen me gezegd dat ik het niet mocht vertellen.'

Dat was waar, niemand had het gezegd. Maar alleen omdat het onderwerp nog niet ter sprake was gekomen. Opgelaten schonk Oliver de koude wijn in en hij vroeg zich af hoe Toby zou reageren.

Hij hoefde niet lang te wachten.

'Meen je dat serieus?' vroeg Lorna aan Savannah.

'Wat meent ze serieus?' Toby kwam naast haar staan en porde haar in haar ribben. 'Wat heeft ze gedaan – om een gin met Baileys gevraagd? Sav, ik heb al zo vaak gezegd dat je niet iets moet bestellen wat eruitziet alsof de kat het heeft uitgekotst.'

'Oliver?' zei Lorna.

'Je moet niet bij mij wezen,' zei Oliver haastig. 'Ik heb niks gezegd.'

'Wat is er?' vroeg Deborah.

Lorna, die van haar hart nooit een moordkuil maakte, keek naar Toby. 'Is Oliver je zoon?'

'Ja, hij is mijn zoon.' Toby glimlachte naar Oliver.

'Dus... dus jij en Jess...'

'Ja, dat klopt.'

'Zie je nou wel,' zei Savannah opgelucht. 'Ik zei toch dat het geen geheim was.'

Lorna had er niet van terug. 'Maar... dat wisten we helemaal niet. Je hebt het ons nooit verteld.' Ze keek naar Oliver.

'Ik heb het nooit geweten,' antwoordde hij simpel.


Deborah zag Drew aan een van de tafeltjes aan de andere kant van de ruimte zitten en kwam naar hem toe.

'Hallo! Ik ben heus niet vergeten dat je een beker melk van me tegoed hebt.'

'En een drupje afwasmiddel,' voegde Drew eraan toe.

'Vergeet al die blikjes bier niet.' Deborah deed alsof ze een kater had door naar haar hoofd te grijpen. 'Je krijgt wel iets te drinken van me.'

Blozend van trots en blijdschap stelde Drew haar aan Doug en Patsy voor.

'Dus jij bent de dokter,' zei Deborah. 'Ik heb je gisteren gemist.'

'Ik wist wel dat ik thuis had moeten blijven.'

'Drew vertelde me dat je op de eerste hulp werkt. Is dat in het echt net zo spannend als in *ER*?'

Doug grijnsde. 'Vergeleken met het ziekenhuis in Harleston is *ER* erg sloom en saai.'

'En, hoe voelt het?' vroeg Deborah aan Patsy. 'Om de vriendin van een dokter te zijn?'

Patsy wist niet meer hoe ze het had – het was me het dagje wel. Eerst het been van haar moeder, toen Doug... en nu zat ze te praten met Deborah Gillespie. 'Dat weet ik nog niet, ik heb hem vanochtend pas leren kennen.' Ze giechelde en kneep in Dougs arm. 'Maar ik vind het niet erg als hij lange dagen maakt,' vervolgde ze vrolijk. 'Het gaat vast hartstikke goed.'

Drew zag dat Doug en Deborah een blik wisselden.

'Jij boft,' zei Deborah. 'Het heeft iets, een man in een witte jas,' voegde ze er met een samenzweerderig glimlachje aan toe, 'vind je niet?'

'Ik wil je best aan Ernie Alpass voorstellen,' bood Drew aan. 'Hij is bakker in het volgende dorp.'

'Goed, een witte jas en een stethoscoop. Maar ik heb wel gelijk, hè?' vervolgde Deborah. 'Massa's vrouwen krijgen knikkende knieën als ze een dokter zien. Wat is dat toch?'

Als iemand het antwoord weet, dacht Drew droog, dan is het Doug wel. Hij heeft er door de jaren heen uitgebreid onderzoek naar gedaan.

'Weet je wat het is, je kunt de meest fatsoenlijke vrouw van de wereld zijn,' zei Doug, 'gelukkig getrouwd en levenslang trouw. Maar als een dokter je vraagt om je kleren uit te trekken en te gaan liggen omdat hij je moet onderzoeken... nou, dan doe je dat. Afgezien van je echtgenoot, zijn dokters de enige mannen ter wereld die je naakt zien.'

'Tenzij je voor *Playboy* poseert,' merkte Drew op.

'Het heeft dus met macht te maken,' peinsde Deborah hardop. Ze knikte en leunde opzij naar Doug. 'Maar hoe zit het met al die jonge artsen? Windt het jullie ooit op, of gaat het op den duur vervelen dat je dag in dag uit naakte vrouwen ziet?'

'Maak je soms een grapje?' Dougs mond vertrok. 'Waarom denk je dat we die lange witte jassen dragen?'

Daarna begon het gênant te worden. Drew zag wat er gebeurde en had spijt als haren op zijn hoofd dat hij niet thuis was gebleven. Hij wilde dat hij zichzelf ertoe kon brengen om op te staan en weg te gaan, maar dat kon hij niet maken, want dan had Patsy echt niemand meer om mee te praten.

Wat hij echter het allerliefst wilde, was dat Doug Deborah Gillespie met rust zou laten.

Het was niet Deborahs schuld, bedacht hij met stijgende ergernis; ze behandelde Doug precies als ieder ander, met aangeboren vriendelijkheid en moeiteloze charme. Drew had het zelf de vorige avond voor het eerst ervaren en hij moest toegeven dat hij compleet van de kaart was geweest. Misschien zelfs een beetje verliefd. Logisch, met een vrouw die zo mooi was als Deborah. Het was vanzelfsprekend dat je verliefd op haar werd. Iemand die niet verliefd op haar werd, was wel een erg vreemde vogel.

Maar het verschil tussen ons, dacht Drew, is dat ik er niet automatisch van uitga dat Deborah mij ook leuk vindt. En Doug duidelijk wel.

Doug kon zijn ogen niet van haar afhouden. Hij kon niet ophouden met praten en kon niet tegen haar praten zonder haar aan te raken. Hij had alle zeilen bijgezet, flirtte zoals Drew hem nog nooit had zien flirten.

Arme Patsy werd geen blik meer waardig gekeurd. Akkoord, ze had haar zaak geen goed gedaan door in het begin enthousiast op de proppen te komen met juweeltjes als: 'Ik heb alle films van je man gezien!' en: 'Dat beroemde mensen zoals jij gewoon in de pub komen!' Maar toch was het wreed.

Een doodongelukkige Drew probeerde nog een heel uur lang beleefde gesprekken te voeren – zodat Patsy misschien niet zou merken dat

Doug haar negeerde – en hij gaf honderden rondjes. Tegen tienen had Patsy er genoeg van. Tranen glinsterden aan haar wimpers toen ze haar stoel naar achteren schoof en opstond. Drew vroeg zich af of ze Dougs onaangeroerde biertje over zijn hoofd zou gieten – dat zou leuk zijn geweest – maar dat gebeurde niet. Het enige wat Patsy hem naar het hoofd slingerde was een woedende blik, die eerlijk gezegd verloren ging, aangezien Doug te druk met Deborah flirtte om het te merken.

14

Drew ging achter Patsy aan. Ze hing in de gang naar de wc's slap tegen de witte muur, haar witleren handtas als een knuffeldekentje tegen zich aan geklemd, haar lippen bevend en haar gezicht vlekkerig van de inspanning die het kostte om niet te huilen.
'Wat een rotzak. Is hij altijd zo?'
'Eh, ja.'
'Het is zo vernederend. Ik dacht echt dat hij me leuk vond.'
'Ik vind het heel rot voor je.' Dit is werkelijk bespottelijk, dacht Drew. Doug behandelt haar als een vod en ik mag haar troosten.
'Ik was zo opgewonden toen hij me mee uit vroeg.' Patsy's stem begon te breken. 'Ik heb de meisjes met wie ik een flat deel verteld hoe knap hij was, en ze waren allemaal j-j-jaloers.'
'Hier.' Haar mascara begon uit te lopen. Drew gaf haar zijn zakdoek en besefte dat hij het alweer deed. Het leek wel of de wereld in twee soorten mannen was verdeeld: de knappe, die meisjes aan het huilen maakten, en alle anderen, die het opdweil-materiaal leverden.
'Wat moet ik nou doen?' toeterde Patsy in de zakdoek. Ze snoot in Drews bijzijn haar neus zoals ze het nooit in Dougs bijzijn zou hebben gedaan. 'Ik heb tegen ze gezegd dat ze me vanavond niet terug moesten verwachten. Nu kan ik niet naar huis, dan lachen ze me uit.'
Drew offerde zich op.
'Ik bel wel een taxi, dan gaan we naar Harleston.' Hij had er geen zin in, maar ze was zo wanhopig. 'Ik neem je mee naar Rattles, wat vind je ervan?'
'Alsjeblieft niet, daar zitten mijn vriendinnen. Ik heb tegen ze gezegd dat ik uitging met een razend knappe dokter.' Patsy was van streek, ze lette niet meer op haar woorden. 'Denk je soms dat ze onder de indruk zullen zijn,' snikte ze, 'als ik dan met jou aan kom zetten?'

'Waar is...' vroeg Doug toen Drew terugkwam.

'Patsy. Ze is weg.'

'Weg om iets te bestellen?'

'Ze is naar huis.' Drew sprak op effen toon. 'Het verbaast me dat je merkt dat ze er niet meer is. Je kon je haar naam zelfs niet herinneren.'

Deborah keek ontzet. 'Dat meen je toch niet! Verdorie, het is allemaal mijn schuld, dat weet ik gewoon. Ik kwam alleen maar even dag zeggen en ik zit hier nu al' – ze keek op haar horloge – 'een úúr. Dat arme kind! Geen wonder dat ze er genoeg van had: ik ben niet meer te stuiten als ik eenmaal begin te kleppen.'

'Alsjeblieft,' zei Doug, 'wind je niet op. Ze was niet belangrijk.'

Drews vingers sloten zich rond het papiertje in zijn hand. Hoewel de tranen over haar wangen stroomden toen ze in de taxi stapte, had Patsy het niet kunnen laten om koortsachtig in haar tas te rommelen en haar telefoonnummer op een bon van de supermarkt te krabbelen. 'Gewoon voor als hij me wil bellen.' Met een mengeling van schaamte en wanhoop had ze het Drew in handen gedrukt. 'Ik weet het, zeg maar niks. Maar misschien bedenkt hij zich.'

Drew verkreukelde het bonnetje en liet het op de grond vallen.

'Vervuiler,' zei Moll, die het tafeltje naast het hunne afruimde.

'Maar je was belangrijk voor haar,' riep Deborah hoofdschuddend uit. 'Dit is vreselijk, ik voel me zo rot.'

Moll neuriede bij zichzelf terwijl ze energiek een natte doek over het nu lege tafeltje haalde. Blij met de afleiding keek Drew naar haar verbijsterende borsten, die precies tegelijk een dansje maakten. Ze waren, besloot hij, de kampioen ijsdansers van de borsten.

Toen Moll opzij keek en op haar bekende manier naar hem glimlachte, boog Drew zich vertrouwelijk opzij. 'Ga je volgende week een keer met me uit eten?' vroeg hij zacht.

Hij had genoeg gedronken om zijn vraag zonder blikken of blozen te stellen.

'Gezellig,' zei Moll. 'Ik weet nog niet wanneer ik moet werken, maar ik kan Lorna altijd vragen...'

'Heb je zin om vanavond met me mee naar huis te gaan?' Drew besefte dat hij niet volgende week met Moll wilde slapen, hij wilde nú met haar slapen.

Het fijne van Moll was dat ze nooit beledigd was.

Het lastige van Moll was dat ze soms nee zei.

Moll, die erg op Drew was gesteld, glimlachte nog een keer en schudde haar hoofd. 'Niet vanavond. Ik ben bekaf.'

Hij had wel willen proberen of hij haar over kon halen, maar daar kreeg hij de kans niet voor. Met een laatste veeg van haar vaatdoek en gekletter van glazen was Moll verdwenen.

Drew dronk zijn bier en dacht na over het feit dat dit duidelijk niet zijn geluksavond was.

In elk geval hadden Doug noch Deborah gehoord dat hij afgewezen werd.

'Het was leuk je weer te zien,' zei Deborah tegen hem. Ze stond op en draaide zich van Drew om naar Doug. 'En het was erg leuk om jou te leren kennen. Ik ga maar eens terug naar mijn eigen clubje, ze zullen zich wel afvragen waar ik blijf.' Ze knipoogde naar Drew. 'Alweer.'

Drew zag dat Doug naar haar glimlachte en haar een hand gaf.

'Tot gauw.'

Allebei keken ze Deborah na toen ze naar de andere kant van de pub liep en een arm om Toby's middel sloeg. Ze zei iets waar Lorna met haar hoofd in haar nek om moest lachen.

'Ze is beeldschoon,' zei Doug langzaam en zacht.

'Dat vindt haar man ook,' zei Drew.

Geamuseerd veranderde Doug van onderwerp. 'Jammer dat Patsy ervandoor is gegaan. Dat is het probleem met meisjes zoals zij. Het zijn net politieagenten, ze zijn er nooit als je ze nodig hebt.'

'Ze huilde.'

'Ze overleeft het wel.'

'Wat ben je toch een rotzak.' Drew schoof zijn stoel naar achteren en dronk zijn glas leeg.

'Het is mijn beurt,' protesteerde Doug. 'Dit rondje is voor mij.'

'Bedankt.' Drew had geen zin om te blijven. Hij had geen zin om nog meer te drinken, zelfs niet als Doug betaalde. 'Ik ga naar huis.'


Drew schrok wakker, halverwege een droom over Lili Ferguson. Heel even kon hij zich de droom haarscherp herinneren. Lili rende poedelnaakt door het dorp, achternagezeten door haar schoonmoeder, die een stapel witte doktersjassen in haar armen hield. 'Ik heb er drie uur over gedaan om deze te strijken,' schreeuwde Eleanor, 'trek er dan een aan, slons, voordat iemand je ziet! Ik schaam me dood!'

En ik stond voor de pub naar hen te kijken, dacht Drew, en ik riep naar Lili...

Verdorie, ik riep iets naar Lili. Maar wat?

Het had geen zin. De droom was buiten zijn bereik, weggegleden als kwikzilver. Drew gaf het op en draaide zich op zijn rug. Het was een warme nacht en hij stierf van de dorst. Hij tuurde op de lichtgevende wijzerplaat van zijn horloge en zag dat hij helemaal geen uren had geslapen. Het was pas tien voor halfeen.

Het volgende moment hoorde hij beneden iets kraken, gevolgd door het geluid van voetstappen, en hij besefte dat hij daarvan wakker was geworden.

Allemachtig, wat had hij een dorst! Dat was de straf voor vijftien biertjes. Hij rolde zich weer op zijn zij en zocht op de tast naast het bed op de grond totdat hij een leeg bierglas had gevonden. Toegegeven, hij had Doug daarnet een rotzak genoemd, maar hij zou toch niet echt beledigd zijn? Als hij nu zou vragen of Doug dat glas even wilde vullen in de badkamer, zou hij het doen. Dan hoefde hij zelf niet uit bed te komen.

Drew haalde al adem om te gaan roepen maar hoorde gefluister. Hij deed zijn mond weer dicht en spitste zijn oren.

Er klonken twee paar voetstappen op de trap.

'Het geeft niet,' fluisterde Doug, 'hij slaapt.'

Dit werd even later gevolgd door een lach en een gesmoorde kreet.

'Niet doen, Doug! Niet op de trap!'

Drew sloot zijn ogen. Het was Molls stem.

Nog steeds snakkend naar water drukte hij het lege glas tegen zijn borst, zelfs zonder te merken dat er een enorm dankbare spin met harige poten uit wegvluchtte.

## 15

De journaliste van de *Daily Mail* kwam de donderdag daarop, stipt om halftwaalf.

'Wordt het vreselijk?' Jessie keek naar de auto die stopte op de oprit. Ze had nooit eerder met de pers te maken gehad en was nerveus.

'Wees maar niet bang, het valt heus mee.' Toby legde het script waarin hij had zitten lezen neer en kwam achter haar staan bij het raam. 'Deze vrouw is een van de beste. Bovendien is het stukken beter om het zo te doen, dan is het in één klap achter de rug.' Hij gaf een geruststellend kneepje in Jessies schouders. 'Zodra ze hebben wat ze willen, laten ze je met rust. Als je deuren in hun gezicht dichtslaat en "Geen commentaar" gaat roepen, blijven ze je maandenlang achtervolgen, snuffelen ze tussen je vuile was en verzinnen ze de meest onzinnige dingen.'

De journaliste stapte uit haar auto en liet haar donkere zonnebril zakken om de voorkant van het huis te bestuderen. Jessie was klam van het zweet en wilde dat ze weer boven was in haar overall om verder te gaan met de muren van de grote slaapkamer. De gaten waren al gevuld en geschuurd en er zat al een laag grondverf op. Ze had er twee lagen zijdeglans op aangebracht. Die ochtend was ze begonnen met het vernis, dat bestond uit gelijke delen lijnzaadolie, terpentine en witte grondverf. Nu zou ze met een fijn varkensharen penseel, een grote kwast met taps toelopende haren, een ganzenveer en een zachte doek het marmereffect gaan aanbrengen.

Alleen ben ik daar niet mee bezig, dacht Jessie toen de bel ging. In plaats daarvan ben ik beneden en ga ik geïnterviewd worden door een van de meest gehaaide journalisten in het vak.

En als dat op zich al niet eng genoeg was, had Jessie nog een zorg. Die journaliste zou vast niet alleen ouwe koeien uit de sloot halen. Je kon er vergif op innemen dat ze zou vragen wat Jessie en Toby nu voor elkaar voelden.

Jokken tegen Lili was één, maar overtuigend liegen tegen een verslaggeefster die dwars door je heen keek, was iets heel anders.

Jessie hoopte vurig dat het haar zou lukken zonder paars te worden.

Godzijdank bloosde ze niet toen het onderwerp ter sprake kwam. Toby gaf antwoord, lachend en losjes. 'Zou dat niet geweldig zijn geweest? Een echte Hollywood-film. Alleen zou ik dan geen vrouw en kinderen hebben gehad. Ik zou een eenzame oude vrijgezel zijn geweest en ik zou mijn verloren liefde pas na twintig jaar verbittering en verdriet hebben teruggevonden.'

De journaliste lachte ook. Deborah klopte en stak haar hoofd om de hoek van de deur.

'De lunch is klaar. We eten buiten op het terras. Jess, ben je echt allergisch voor kreeft of neemt Oliver me in de maling?'

'En hoe is het voor jou, Jessie?' vroeg de journaliste toen ze door de gang liepen. 'Jij bent toch nooit getrouwd?'

'Ik ben de afgelopen twintig jaar ook niet verbitterd en verdrietig geweest.' Jessie concentreerde zich op een witte muur, in de hoop dat het hielp. Laat me alsjeblieft niet blozen, ik moet vooral niet blozen.

'Maar hij is niet zomaar iemand. Toby Gillespie, enorm succesvol, heel erg aantrekkelijk.' De oudere vrouw liet haar stem dalen. 'Je moet toch nog iets voor hem voelen.'

'Dat is nu verleden tijd.' Jessie voelde het zweet prikken op haar rug. 'We zijn allebei volwassen. We kunnen goed met elkaar opschieten.' Ze haalde mistroostig haar schouders op. 'Verder dan dat gaat het niet.'

'Maar jullie híélden van elkaar.'

'Zeg, heb jij ooit een opgewarmde gepofte aardappel gegeten?'

'Eh...'

'Het ziet er nog steeds uit als een gepofte aardappel. Het smaakt zelfs naar een gepofte aardappel,' improviseerde Jessie in het wilde weg, opgelucht dat ze het terras hadden bereikt, 'maar het blijft een opgewarmde aardappel en dat is gewoon niet hetzelfde.'

Oliver, Savannah en Dizzy zaten al rond de tafel. De journaliste was gecharmeerd van Oliver, en hij beantwoordde haar vragen met opgewekt enthousiasme.

'Hemel nee, ik heb nooit acteur willen worden. Ze hebben me een keer overgehaald om een ezel te spelen in het kersttoneelstuk op school, maar dat was eens en nooit weer.'

'Hij heeft me erover verteld.' Savannah giechelde. 'Een van de herders heeft de hele avond geprobeerd een rauwe wortel in zijn neus te steken.'

'Dat heb ik een keer gedaan.' Dizzy deed geestdriftig een duit in het zakje. 'Eigenlijk was het een tuinboon, maar die had ik wel in mijn neus gestopt. Ja toch, mam? Weet je nog dat je me naar de eerste hulp moest brengen?'

'Over de eerste hulp gesproken...' Deborah depte de dressing van haar bord met een stukje olijfbrood. 'Ik heb je nog niet verteld, Jess, dat we Doug Flynn vrijdagavond hebben ontmoet. Hij zat in de pub met Drew.'

De kreeft was verrukkelijk; Jessie moest zich beheersen om het bord niet af te likken. Ze beperkte zich tot het aflikken van haar vingers en keek naar Deborah, aan de andere kant van de tafel. 'En, hoe luidt het oordeel?'

Deborah rolde met haar donkere ogen. 'Vindt hij zichzelf niet helemaal het einde?'

'Absoluut. Het bittere einde.' Jessie grijnsde. 'Jammer genoeg is hij niet de enige.'

'Dat had ik al begrepen, ja.'

'Die vent waar je uren mee hebt zitten praten?' Savannah keek verontwaardigd. 'Waarom moeten jullie nou lachen? Hij wás ontzettend knap. Ik vond hem echt...'

'Vergeet het maar,' waarschuwde Jessie. 'Yoghurt is langer houdbaar dan Doug Flynns vriendinnetjes.'

Troostend klopte Deborah op de arm van haar dochter. 'Zie je nou wel, schat. Je zou geen uiterste verkoopdatum op je billen gestempeld willen hebben.'

'Hij is vrijdag met Moll naar huis gegaan,' meldde Oliver.

'Nou, dat mag,' zei Jessie losjes. 'Haar hart zal hij in elk geval niet breken. Hij weet dat hij goed zit met Moll; ze zijn uit hetzelfde hout gesneden.'

'Sorry!' riep Dizzy uit omdat hij bij de gedachte aan Molls borsten per ongeluk het glas rode wijn van de verslaggeefster omgooide.

De fotograaf kwam tegen het einde van de lunch. Hij maakte in anderhalf uur achter elkaar verschillende groepsfoto's.

Jessie en Deborah zaten naast elkaar op het gazon naar hem te kijken terwijl hij het ene na het andere filmpje volschoot van Oliver en Savannah en Dizzy. Tegen die tijd kwam de journaliste bij hen zitten.

'Oliver, ga eens wat dichter naast Dizzy staan,' droeg de fotograaf hem op. 'En Savannah, trek je rok eens omlaag, moppie – we hoeven je onderbroek niet te zien.'

'Híj in elk geval niet,' mompelde Deborah tegen Jessie. 'Hij is homo.'

De journaliste glimlachte. 'Jullie kunnen het echt goed met elkaar vinden, hè? Ik verheug me erop om dit stuk te schrijven. Onze lezers houden van een verhaal met een happy end.'

'Kom over een jaar nog maar eens terug,' zei Deborah, 'dan is alles misschien wel anders. Stel je voor,' vervolgde ze speels. 'Misschien laat Toby me wel in de steek voor Lorna, de waardin.'

'Dizzy zou een vurige verhouding kunnen hebben met Moll de mannen verslindende sloerie,' ging Jessie verder.

'Oliver kan zijn rivaal in de liefde zijn. Ze kunnen een duel uitvechten op het dorpsplein.' Deborahs ogen twinkelden van pret. 'En Savvy kan hopeloos verstrikt raken in de netten van de duivelse dokter Doug. Hij dumpt haar uiteraard.'

'Ik wilde juist een verhouding met hem beginnen,' protesteerde Jessie.

'Goed idee,' zei Deborah goedkeurend. 'Jij kunt hem temmen. Hij kan verliefd op je worden, en dat maakt Savvy natuurlijk krankzinnig jaloers.'

Jessie, die probeerde een krans van madeliefjes te vlechten, trok een gezicht. 'Ik heb me nu al bedacht. Jij mag Doug hebben, als je wilt.'

'Bedankt, maar nee, dank je,' zei Deborah opgewekt. 'Ik heb al een oogje op de hartveroverende Mister Darcy.'

De journaliste, die altijd naar een huisje op het platteland had gehunkerd maar bang was geweest dat het dorpsleven te saai zou zijn, wist niet wat ze hoorde. 'Is hij net zo knap en arrogant als hij klinkt?'

Deborah barstte in lachen uit. 'Drew Darcy, de schat, is ongeveer even arrogant en knap als een sjofele oude sofa. Savvy, haal dat haar uit je gezicht. En wiebel niet zo met je benen!'

Met een hand boven haar ogen tegen de middagzon keek de journaliste naar de fotograaf, die een foto probeerde te maken van Oliver en Savannah, zittend op de muur. 'Moet je ze nou eens zien, allebei zo blond en bruin. Ze vormen een opvallend paar.' Ze glimlachte naar Jessie en Deborah. 'Jullie zullen wel trots op ze zijn.'

'Ik zou een stuk trotser zijn,' zei Deborah, 'als mijn dochter niet de hele tijd haar onderbroek liet zien. SAVVY!' Opnieuw verhief ze haar stem. 'Knieën bij elkaar, rok omlaag!'

'Toch is het een beeldschoon meisje.'

'O, zij heeft haar uiterlijk beslist mee.' Deborah rolde zich op haar buik en steunde op haar ellebogen. 'Arme ouwe Dizz... Nou, met een beetje geluk knapt hij op als hij ouder wordt.'

Dizzy, die een meter of vijf achter hen onopgemerkt in een hangmat lag, wist al waarom de fotograaf veel meer foto's van Savannah nam dan van hem. Zij was fotogeniek, en hij was de puber met het vette haar. Hij was aan het gebrek aan belangstelling gewend en wist ook zonder de tactloze opmerkingen van zijn moeder dat hij geen Brad Pitt was.

Toch deed het pijn.

'Geweldig, mooi zo,' kirde de verrukte fotograaf terwijl hij het ene plaatje na het andere schoot. 'Ollie, hou je hoofd eens wat dichter bij je zus. Prima, hartstikke goed, je bent een ster.'

Waarschijnlijk was de fotograaf ook verliefd op Oliver, besloot Dizzy. Hij sloot zijn ogen, trok zijn honkbalpet over zijn gezicht en wiegde heen en weer in de hangmat. Zo kon hij zich overgeven aan een veel leukere fantasie, het spannende idee dat Jessie had geopperd.

Stel je eens voor, dacht Dizzy gelukzalig, dat ik een vurige verhouding had met de mannen verslindende Moll.

De journaliste en de fotograaf gingen terug naar Londen, en Jessie ging weer naar boven om verder te gaan met haar schilderwerk. Nadat hij even bij haar was geweest, ging Toby weer naar beneden. Oliver was in de keuken waar hij een restje salade at, Dizzy lag nog steeds in de hangmat, Savannah was aan de telefoon met een schoolvriendin en Deborah keek in de zitkamer naar tennis op de televisie.

'Ik heb net even met Jess gepraat en ze vindt het goed.' Toby viel met de deur in huis. 'Zeg, die reis naar Europa van je. Wanneer wilde je weggaan?'

Oliver was meteen op zijn qui vive. Waar ging dit naartoe? Wilden ze soms dat hij zijn plannen liet varen?

'Zodra ik genoeg geld heb,' verdedigde hij zichzelf. 'Ik zet bijna alles wat ik verdien op een spaarrekening. Ik ben van plan om drie maanden te werken, dan drie maanden weg te gaan, terug te komen en weer drie maanden in de pub te werken en dan weer weg te gaan. Dat is in elk geval het idee,' besloot hij zorgelijk. 'Als het allemaal lukt met het geld.'

'Daar kan ik je bij helpen.' Toby gaf hem een opgevouwen cheque.

Oliver pakte de cheque aan en staarde naar het bedrag. 'Ik kan mijn ogen niet geloven! Vijfduizend pond!'

'Ik heb een hoop in te halen,' zei Toby. 'Neem het alsjeblieft gewoon aan.'

Oliver staarde nog steeds perplex naar de cheque. 'Dit is geweldig. Ik zou meteen naar Europa kunnen gaan. Ik zou zelfs mórgen al kunnen gaan.'

'Je hoeft echt niet halsoverkop te vertrekken. En denk niet dat ik van je af wil zijn,' vervolgde Toby haastig, 'want dat is wel het laatste wat ik wil. Ik weet gewoon dat je dit heel graag wil doen en ik wil je graag helpen.'

Sprakeloos stopte Oliver de cheque in de zak van zijn spijkerbroek. 'Bedankt. Ik weet niet wat ik anders moet zeggen.' Parijs, Toscane, Rome, Wenen... ik kan overal naartoe...

'Niets. Je hoeft me niet te bedanken.'

'Mag ik het de anderen vertellen? Sav, bedoel ik?'

Op het moment dat hij het zei, drong het geluid van Savannahs gierende lach in de keuken door. Toby, die wachtte op een telefoontje van zijn agent, trok gelaten zijn wenkbrauwen op.

'Natuurlijk mag dat. Als je haar tenminste van die stomme telefoon kunt krijgen.'

16

Oliver en Savannah werden naar Savannahs slaapkamer verbannen. 'Mijn vader kan zich niets ergers voorstellen dan zichzelf op de televisie zien.' Savannah schoof de video in het apparaat, liet zichzelf op het bed vallen en zocht onder het verkreukelde dekbed naar de afstandsbediening. 'Als we iets van hem willen zien, moeten we het buiten gehoorsafstand doen. Ik vind deze film een van zijn beste. Het is onbegrijpelijk dat je hem nooit hebt gezien.' Ze drukte op 'snel doorspoelen', en terwijl de titels over het scherm flitsten, babbelde ze onophoudelijk verder. 'Vier nominaties in Engeland, een oscar voor de beste vrouwelijke bijrol, en de titelsong heeft in wel zeven landen nummer één gestaan, óók in België, dus als je tijdens je rondreis in België komt...'

'Stil nou.' Oliver pakte de afstandsbediening van haar aan en drukte op play. Hij ging op de grond zitten en zette het geluid harder, verbaasd dat Savannah zo overstuur was. Er was iets aan de hand. Hij hoopte van harte dat het niet was wat hij dacht. 'Laten we nou gewoon naar die film kijken.'

Hij deed zijn best, maar het viel niet mee om je te concentreren op een psychologische thriller als de persoon die achter je driftig haar nagels zat te vijlen je de hele tijd bleef vertellen wat er ging gebeuren. 'Zodra hij slaapt, glipt ze weg om naar de advocaat te gaan. Ze denkt dat hij aan haar kant staat maar dat is niet zo.'

'Dank je.'

Ze keken allebei toen Toby de actrice kuste.

'Is het niet gek om je eigen vader een andere vrouw te zien kussen? Iedereen denkt dat ze volmaakt is,' ging Savannah verder, 'maar papa zegt dat ze zo walgelijk uit haar mond stonk dat het net was alsof hij King Kong zoende.'

'Ik kan het niet verstaan.' Oliver zette het geluid weer harder.

'Straks gaan ze naar Venetië, daar woont een neef van de advocaat. Jij gaat zeker ook naar Venetië, hè? Al die stomme kerken bekijken met hordes andere toeristen...'

'Okay.' Oliver zette de video uit en draaide zich met een ruk naar haar om. 'Genoeg. Jij wint. Vertel me maar eens wat er aan de hand is.' Zijn kaak was gespannen. 'Of kan ik het raden?'

Savannah ontweek zijn blik en bleef haar nagels vijlen, steeds sneller. 'Ik weet niet wat je bedoelt.'

'O nee? Volgens mij wel.'

'Zeg het dan maar.' Vijl, vijl. 'Als je het allemaal zo goed weet.'

'Het heeft met dat geld te maken, hè?' Oliver pakte haar de vijl af; het was een wonder dat ze nog nagels over had. 'De cheque van vijfduizend pond. Je vindt dat hij het me niet had moeten geven.'

Dit keer keek Savannah hem recht in de ogen. 'Ik wilde dat hij het je niet had gegeven, dat geef ik toe.'

'Omdat je het oneerlijk vindt.' Oliver werd verteerd door schuldgevoelens. 'Hij geeft mij al dat geld en hij heeft jou niet hetzelfde bedrag gegeven...'

'O toe nou toch, wees niet zo'n stommeling!' riep Savannah plotseling uit. 'Ik ben niet jaloers! Ik ben... ik ben...'

'Wat ben je?' vroeg Oliver verbaasd.

'Ik ben verdrietig!' Prompt barstte ze in tranen uit. 'Ik wil niet dat je weggaat.'

Wat was dit nu weer? Hulpeloos keek Oliver haar aan. 'Ik kan je niet volgen.'

'Ik jou ook niet, dat is nou juist het probleem,' snikte Savannah, een handvol dekbed tegen haar ogen gedrukt. 'Ik wil je niet kwijtraken. We hebben je nog maar net gevonden, en het was zo fijn, de afgelo-

pen week… en nu ga je maanden weg… en d-d-dat w-w-wil ik helemaal niet.'

Diep geroerd streek Oliver met een hand over het gordijn van blond
haar. Hij kreeg zelfs een brok in zijn keel.

'Toe nou, niet huilen. Ik zal jou ook missen, maar ik blijf niet eeuwig weg. Ik stuur kaartjes,' suste hij.

'O geweldig,' snufte Savannah. 'Alsof ik daar iets aan heb.'

'We kunnen elkaar toch bellen.'

'Dat is niet hetzelfde!' jammerde ze.

'Ik weet het.' Oliver keek diep ongelukkig. Hij voelde zich vreselijk.
'Maar als je wist hoelang ik er al van droom om naar Europa te gaan.
We hebben er het geld nooit voor gehad. Ik ben nog nooit in het buitenland geweest, weet je. Mijn moeder huurde weleens een caravan
in Totnes, maar meer kon ze zich niet permitteren.'

Savannah pakte haar pyjama – een extra groot Oasis T-shirt – en snoot
haar neus erin. Liams gezicht kreeg de volle laag. 'En wij zijn overal
geweest. Jeetje, wat ben ik toch een egoïst! De timing is gewoon be-
roerd, meer niet.' Ze produceerde een waterig glimlachje. 'Het is jouw
schuld. Waarom ben je niet na je eindexamen op reis gegaan, zoals
iedereen?'

'Wil je dat echt weten?' Oliver grijnsde, enorm opgelucht dat ze in
elk geval niet meer huilde. 'Ik had een vriendinnetje. We waren stapelgek op elkaar. Toen ze me vertelde dat ze zich had ingeschreven
in Exeter, was ik als de dood dat ze iemand anders zou leren kennen, dus heb ik me ook ingeschreven. En we werden allebei toege-
laten.'

'Hoe heette ze?'

'Claire.'

'Mooi?'

Hij keek beledigd. 'Natuurlijk was ze mooi. Ik kijk niet eens naar le-
lijke meisjes.'

'Wat is er misgegaan?' vroeg Savannah.

'Het heeft een maand of drie geduurd.' Oliver haalde gelaten zijn
schouders op; het was allemaal drie lange jaren geleden. 'Toen was
de nieuwigheid eraf.'

'Wie heeft wie de bons gegeven?'

'We zijn gewoon uit elkaar gegroeid. Ik hield van sport, zij zong ma-
drigalen.'

In gedachten zag Savannah een mooi meisje dat kerkelijke liederen
kweelde en ze knikte. Was ze groot of klein, slank of dik, blond of
donker?

O help, dacht Savannah, ik ben jaloers op Claire.

'Wanneer ga je weg?' vroeg ze dapper aan Oliver. 'Wil je echt volgende week al gaan?'

Opeens leek volgende week wel erg snel. Oliver dacht aan het splinternieuwe paspoort dat sinds april thuis in een bureaula lag. Voor Lorna zou het moeilijk zijn om hem op zo korte termijn te vervangen. Hij kon haar toch niet zomaar in de steek laten?

'Ik heb geen haast,' zei hij geruststellend. 'Zo'n reis moet je goed voorbereiden en daar is tijd voor nodig. Misschien wel een paar maanden.'

Savannah was opgelucht. Twee maanden, dat was acht weken. Acht weken was een eeuwigheid.

Ze knikte. 'Okay.'

'En nu,' zei Oliver, gebarend met de afstandsbediening, 'kunnen we misschien naar de rest van die film kijken.'


Om acht uur die avond ging de bel, net toen Toby de trap af kwam. Hij zag de contouren van een motorhelm door het gebrandschilderde glas en nam aan dat het de koerier was die het script kwam brengen waar hij zijn agent om had gevraagd.

In plaats daarvan sloeg hem een verpletterende knoflookwalm tegemoet toen hij de deur opendeed.

'De pizza's,' kondigde een gesmoorde stem aan, en Toby kreeg een stapel van acht dozen in zijn handen gedrukt. De jongen viste de rekening uit zijn zak. 'Dat is dan drieënzeventig pond tachtig.'

'Sorry, je bent op het verkeerde adres.'

'Gillespie, Sisley House, Upper Sisley,' dreunde de jongen op. Nu hij zijn handen vrij had, deed hij het vizier van zijn helm omhoog. 'Hé, u bent die filmster. Krijg ik een handtekening?'

'We hebben geen pizza's besteld.'

'Toe nou,' protesteerde de bezorger. 'Ik kom helemaal uit Harleston. Normaal gesproken bezorgen we niet eens zo ver weg, maar u had beloofd dat u er twintig pond extra voor zou betalen. 'Ziet u wel?' Hij tikte op de rekening.

'Wie is het?' Dizzy dook achter Toby op, tuurde over zijn schouder en snuffelde. 'Pizza's? Gaaf, pap. Ik rammel.'

'Maar ik heb geen...'

'Meneer Gillespie, ik heb een heel eind gereden. Ik doe dit werk nog maar een week.' De jongen begon een beetje bang te worden. 'Weet u wel wat mijn baas met me doet als ik terugkom met acht koude pizza's en geen geld?'

Toby slaakte een diepe zucht en pakte zijn portemonnee. Dizzy nam de pizza's van hem over en verdween opgewekt naar de keuken.

'Misschien moet u ze even opwarmen in de oven,' zei de bezorger terwijl hij een stapel bankbiljetten in zijn zak stak. 'Ik heb onderweg een lekke band gehad.'

'Bedankt voor de tip.' Vermoeid begon Toby de deur dicht te doen, maar de jongen zette zijn voet ertussen.

'Vergeet u niet iets, meneer Gillespie? Handtekening?'

'Jakkes!' Savannah bekeek de pizza's met een opgetrokken neus. 'Ze hebben allemaal extra ansjovis. Waarom heb je dat nou gedaan, pap? Je weet hoe vies we ansjovis vinden.'

'Ik heb die stomme pizza's niet besteld,' zei Toby geërgerd, 'laat staan de ansjovis.'

'Doe toch niet zo moeilijk.' Dizzy keek zijn zuster misprijzend aan. 'Je haalt ze er gewoon af.'

Savannah fronste haar wenkbrauwen. 'Wie heeft ze dan wel besteld?'

'Geen idee.' Dezelfde persoon, nam Toby aan, die het anonieme briefje in de bus had gedaan. 'Iemand die lollig probeert te zijn.'

'We kunnen ze niet alle acht opeten,' zei Deborah. 'Zal ik er een paar naar de buren brengen? Misschien dat Drew of Doug er blij mee is.'

Ze ging met drie pizza's naar Keeper's Cottage, maar Drew en Doug waren allebei aan het werk.

Jamie kon zijn geluk echter niet op. Hij bedankte Deborah en bood haar een blikje Guinness aan, wat ze jammer genoeg afsloeg.

Gewapend met de pizza's ging hij terug naar de cricketwedstrijd op de televisie, hij besproeide ze met chilisaus en at ze alle drie helemaal op.

17

Lili was in de keuken op handen en knieën meerdere luiers tegelijk aan het verschonen toen Michael op vrijdagmiddag thuiskwam.

William, even glibberig als een paling, kroop van het aankleedkussen en buiten haar bereik zodra Lili hem had gewassen. Lili zag tegen de gebruikelijke klopjacht op, dus wapende ze zich met meer babydoekjes om eerst Freya's luier onder handen te nemen. De stank was afzichtelijk. William rende kraaiend van pret rondjes om de keukentafel. 'Poep, bah!' gilde hij en hij plaste met tussenpozen op de grond.

'Ik ben terug,' kondigde Michael vanuit de deuropening aan. 'Jezus, wat stinkt het hier! William, papa is thuis, geef me eens een knuffel.'

'Nééé!' brulde William, geschrokken dat de vader die hij drie maanden niet had gezien plotseling in de keuken stond, en hij schakelde abrupt in zijn achteruit. Hij botste tegen de hondenmand, tuimelde er achterover in en landde op Bliksem. Bliksem jankte, schoot uit de mand, slipte in een plasje urine en zeilde tegen Michaels benen aan. 'Hallo, schat.' Lili krabbelde zo snel mogelijk overeind, voordat Michael – die onbelemmerd uitzicht had op haar in een trainingsbroek gestoken achterste – tegen haar zou zeggen dat ze dikker was geworden. 'Wat ben je vroeg. William, doe niet zo raar – het is papa. Wacht, ik gooi dit even weg en dan was ik mijn handen.'

Michaels gezicht vertrok toen ze langs hem liep met de stinkende luiers. William gluurde naar hem over de rand van de hondenmand.

'Je laat je altijd voor andermans karretje spannen, dat is jouw probleem,' zei Michael tegen Lili. Hij keek zonder enthousiasme naar Bliksem, die aarzelend kwispelde. 'Laat me eens raden. De baasjes zijn op vakantie en hebben jou gevraagd om een paar weken op hem te passen, zodat ze geen dure kennel hoeven te betalen.'

'Mis. Hij is van ons.' Lili waste haar handen bij het aanrecht en glimlachte stralend over haar schouder.

'Dat meen je niet,' zei Michael langzaam.

'Hij is zo lief. Schattig met de kinderen – ze zijn stapel op hem.'

'Ik hou niet van honden.'

'En ik heb een beetje gezelschap.' Nadat Lili haar handen had afgedroogd, liep ze naar haar vermoeide man om hem een plichtmatig kusje op zijn wang te geven. Zijn pak was gekreukeld en hij rook naar de verschillende aftershaves die hij bij de Tax Free had uitgeprobeerd. 'Hij heeft een heel lief karakter, doet geen vlieg kwaad. Bovendien is het altijd handig om een waakhond te hebben.'

'Verdomd handig. Vooral een waakhond die geen vlieg kwaad doet.'

'Maar hij kan blaffen,' betoogde Lili geestdriftig, 'hij kan heel goed blaffen! Dat is genoeg om inbrekers op de vlucht te jagen.'

'Met andere woorden, het is een *fait accompli*.' Michaels kaak kreeg een verbeten trek. 'Je weet dat ik honden niet uit kan staan, en je hebt er toch een in huis gehaald.' Hij sloeg zijn jasje over zijn schouder en liep naar de deur. 'Waarom zou ik er ook iets over te zeggen hebben? Ik ben alleen degene die zich uit de naad werkt om de rekeningen te betalen en jullie allemaal te onderhouden.'

'Waar ga je naartoe?' De moed zonk Lili in de schoenen. Dit was geen goed begin.

'Naar boven om te douchen. Voor zo'n bijzondere gelegenheid,' voegde hij eraan toe, 'wil ik er graag netjes uitzien.'

Freya prikte in Williams oog. William brulde en gaf haar een stomp terug.

'Welke gelegenheid?' Lili moest harder praten om verstaanbaar te zijn met die kakofonie van gekrijs.

'Het geweldige verrassingsfeest dat je hebt georganiseerd om mijn thuiskomst te vieren.'

Sarcasme. O help.

'Je moeder komt om zeven uur.'

'Ook dat nog.'

'We eten steak met patat,' zei Lili hoopvol. 'Ik heb gisteren prachtige sirloin gekocht. Je lievelingseten.' Onder het praten aaide ze Bliksems zijdezachte oren.

'Het is wel duidelijk wie er hier het populairst is,' zei Michael. 'Je kunt net zo goed een blik Pedigree Pal voor mij openmaken en de steak aan de hond geven.'

Toen Michael onder de douche stond, moest hij toegeven dat hij daarnet wel erg fel had gereageerd. Het was slechts ten dele de schuld van de hond dat hij zo opvliegend was geweest; voor het eerst sinds de middelbare school had hij die ochtend op vernederende wijze de bons gekregen.

Zijn affaire met Sandra was drie maanden daarvoor begonnen. Als je allebei voor hetzelfde bedrijf in Dubai werkte en met dezelfde mensen omging, leek het een natuurlijke gang van zaken dat je vroeg of laat in hetzelfde bed eindigde. En Michael was dik tevreden geweest met de situatie. Net als de meeste van zijn buitenechtelijke vriendinnen, was Sandra het tegenovergestelde van Lili. Ze was slank, had kort, donker haar, ze droeg mantelpakjes en was even hard werkend als speels. Hij had een maîtresse nodig die wist wat ze wilde, eentje die geen onnodige drukte maakte, en Sandra was precies wat hij wilde.

Tot Michaels ergernis had ze die ochtend ook geen onnodige drukte gemaakt toen hij langs was gekomen om afscheid te nemen. 'We hebben het leuk gehad, Mike, maar nu is het voorbij,' had ze losjes tegen hem gezegd, volkomen onverwacht.

Zijn maag kromp nog steeds samen bij de verse herinnering. Okay, het was niet de romance van de eeuw geweest, maar waarom had ze er in godsnaam een eind aan willen maken?

'Maar... maar...' had hij gesputterd. Hij stond midden in de kamer, terwijl zij achterover leunde en achteloos een sigaret opstak.

'Ik ga de laatste tijd veel met Ned Armstrong om,' kondigde Sandra aan. 'Toe nou, kijk niet zo sip. Je gaat toch naar het vrouwtje en de kinderen? Je blijft acht weken weg. Wat had je dan verwacht, dat ik braaf was blijven wachten tot je terugkwam?'

En dat was dat geweest. Over en uit. Sandra had hem een snelle afscheidskus gegeven, en hij was half verdoofd naar het vliegveld gereden, misschien niet diepbedroefd maar wel over zijn toeren.

Vandaar dat slechte humeur.

Michael zuchtte en zette de douche uit. Het was niet Lili's schuld, hij moest het niet op haar afreageren.

Lili sneed champignons voor bij het vlees toen hij weer beneden kwam. Hij kwam achter haar staan, sloeg zijn armen om haar middel en begroef zijn gezicht in haar zachte hals.

'Het was een lange reis. Het spijt me.'

'Mij ook.' Zijn kin prikte. Lili weerstond het verlangen om weg te duiken. Vroeger, dacht ze schuldbewust, vond ik het heerlijk als Michael me in mijn hals knuffelde.

Hij keek uit het raam. De hond was in de tuin, waar hij vrolijk een van Lili's fraaie bloembedden uitgroef. Michael duwde de deur van de zitkamer open en zag dat William en Freya allebei in diepe slaap op de bank lagen.

'Waar is Lottie?'

'Naar een partijtje.' Lili was vreselijk jaloers op Lotties uitgaansleven; haar balboekje was altijd vol.

'En Harriet?'

'Die is naar het zwembad.' Geen wonder dat hij de pest in heeft, dacht Lili. Hij zal zich wel vreselijk buitengesloten voelen. 'We dachten dat je pas om zes uur thuis zou komen,' zei ze verontschuldigend.

Michael had helemaal niet de pest in, hij vond het juist prima zo. Als je je vrouw drie maanden niet had gezien, was sex altijd leuker; het was een beetje zoals de eerste keer op een nieuwe fiets stappen.

'Aaaaa!' krijste Lili toen een warme hand onder het elastiek van haar trainingsbroek schoof. Met zijn andere hand maakte Michael handig haar beha open, zodat het hakmes uit haar vingers glipte. Dit was zijn favoriete trucje en hij was er enorm trots op, maar Lili had liever een waarschuwing gehad. Champignons vlogen in het rond en het mes zeilde via haar enkel op de grond.

'Mike... niet nu!'

'Wél nu.'

'Maar de kinderen...'

'Slapen.' Enthousiast begon hij de trainingsbroek over haar heupen omlaag te trekken.

Lili deed haar best om de broek weer omhoog te hijsen. 'Straks worden ze wakker!'

'Nog meer smoesjes,' mompelde Michael terwijl hij haar naar de keukentafel manoeuvreerde, 'en het wordt een belediging.'

'O nee!' gilde Lili op het moment dat een beweging bij het keukenraam haar aandacht trok. 'Laat me los. Felicity is er!'

Het was op het nippertje, maar toen ze naar de keukendeur strompelde, troostte Lili zichzelf met de gedachte dat het honderd keer erger had kunnen zijn. Als Felicity vijf minuten later was gekomen...

Maar in dat geval, dacht ze, zou het al achter de rug zijn geweest en zou ik weer champignons staan te hakken.

'Wat ben je vroeg,' riep ze vrolijk uit. Ze trok haar T-shirt omlaag, meer dan dankbaar dat het Michael niet was gelukt om haar broek helemaal uit te trekken.

Felicity's gezicht stond gespannen. 'Waar is Freya?'

'Ze ligt lekker te slapen in de zitkamer,' babbelde Lili. 'Ze is zo lief geweest.'

'Mag ik naar haar toe?'

'En hier is Michael, na drie maanden weer thuis!'

'Dat zie ik.' Felicity's wangen waren roze van afkeuring. 'Er ligt trouwens een mes op de grond.'

Lili voelde zich vreselijk schuldig. Ze duwde de deur van de zitkamer open en zag dat Felicity de slapende Freya in haar armen nam. 'Rustig maar, lieverdje,' mompelde ze. 'Mama is er weer.'

'Het spijt me heel erg. Michael is gewoon blij dat hij weer thuis is.'

Onder het praten vroeg Lili zich af of ze nu echt haar congé zou krijgen. Ze kon zich met de beste wil van de wereld niet voorstellen dat Hugh en Felicity zich ooit door passie lieten meeslepen en Het op de keukentafel zouden doen. Ze kon zich zelfs niet voorstellen dat ze het op minder dan perfect gestreken lakens zouden doen.

Tot Lili's verbazing schoot Michael haar te hulp.

'Het is mijn schuld.' Hij verscheen in de deuropening en grijnsde breed naar Felicity. 'Wees alsjeblieft niet boos op Lili. Ik heb haar overvallen. De reden dat ik niets heb bereikt,' legde hij quasi-zielig uit, 'is dat zij bleef roepen dat ze de kinderen niet alleen kon laten.'

'Ik begrijp het.' Felicity's uitdrukking werd zachter. Bewonderend streelde ze Freya's roze mondje en een sliert kwijl hechtte zich aan haar limoengroene jasje van Jaspar Conran. 'We gaan er vandoor.' Vluchtig glimlachte ze naar Michael. 'Ik wens jullie een fijne avond.'

'Je hebt haar ontdooid,' riep Lili toen Felicity en Freya weg waren. 'Het is onvoorstelbaar, hoe heb je dat voor elkaar gekregen? De IJskoningin glimlachte zelfs!'

Heel even vroeg Michael zich af of hij de kat op het spek zou binden als hij een verhouding met Felicity Seymour begon. Met tegenzin concludeerde hij van wel. Dat was het probleem met een klein dorp, je kon je kont niet keren zonder dat iemand het zag.

William lag nog steeds gelukzalig op de bank, in diepe slaap, een naakte Barbie innig tegen zijn borst geklemd.

Michael kwam met een overbekende twinkeling in zijn ogen naar Lili toe. 'Zo vader, zo zoon,' zei hij. 'Volgens mij is dat idee van hem zo gek nog niet.'

'Heeft Lili je van mijn nieuwe buurvrouw verteld?' vroeg Eleanor die avond bij de koffie en plakjes fruitcake die ze zelf had meegebracht omdat 'ik wel dacht dat jij geen tijd had om er een voor hem te bakken, schat'.
Lili had zich moeten bedwingen om niet onschuldig te antwoorden: 'Klopt, we hadden het te druk met sex.'
Michael keek haar niet-begrijpend aan. 'Nee.'
'Ze schrijft boeken,' begon Eleanor triomfantelijk.
'Ahem,' kuchte Lili. 'Ze wil toch niet dat iedereen het weet?'
'Ha! Dat is niet het enige wat ze geheim wil houden! Dat ze schrijft is niet het enige wat ik over haar aan de weet ben gekomen,' verklaarde Eleanor voldaan.
Michael probeerde belangstellend te klinken. 'O nee?'
Eleanors lippen vormden het woord 'lesbisch'.
Liplezen was nooit Michaels sterkste kant geweest. 'Wat?'
'Je weet wel. Zo een.'
'Wat voor een?'
Harriet, die haar best deed om de rozijnen te vinden zonder de cake zelf te eten, zag dat haar grootmoeders mond opnieuw dat verfoeide woord vormde. 'Je kunt het best hardop zeggen,' zei ze tegen Eleanor. 'Ik weet wat lesbisch is.'
'Nee maar.' Eleanor keek geschokt.
Harriet haalde haar schouders op en at nog een rozijn. Wat was er nou zo erg? 'Iedereen weet het.'
'Nou, jij hoort het niet te weten.' Eleanor keek naar Lili, die al had verwacht dat het haar aangerekend zou worden. 'Dat komt er nou van als je je kinderen van die vreselijke tijdschriften laat lezen. Myrtle Armitage heeft me er laatst een laten zien in de winkel. Weerzinwekkend,' verklaarde ze verhit. 'Waarom moeten meisjes van veertien dat soort dingen weten?'
'Een van onze docenten op school is lesbisch,' vertelde Harriet onverstoorbaar. 'Juffrouw Hegarty. Ze woont samen met haar vriendin.'
'Ze zou ontslagen moeten worden,' bitste Eleanor.
'Ze is de leukste van allemaal,' protesteerde Harriet. 'Ze is enig.'
Eleanor kneep haar ogen tot spleetjes. 'Voor je het weet doet ze jullie oneerbare voorstellen.'
'Nou, als je oneerbare voorstellen wilt, moet je bij meneer Florian we-

zen, onze scheikundeleraar,' verklaarde Harriet. 'We noemen hem Flikflooier Florian. Vieze ouwe geilaard.'

'Kunnen we het over iets anders hebben?' smeekte Lili, want Eleanors bloeddruk dreigde de pan uit te rijzen.

'Voelen de Gillespies zich al een beetje thuis in het dorp?' zei Michael om haar te helpen.

'Die Jessie Roscoe.' Eleanor schudde haar hoofd en wierp een afkeurende blik – de zoveelste – op Lili. 'Die vriendin van je. Ik heb altijd gezegd dat het een schaamteloze sloerie is. Dat slaapt maar met filmsterren...'

'Hij was geen filmster toen zij met hem sliep,' legde Lili geduldig uit.

'Hmmm.' Eleanor snoof en keek met veelbetekenend opgetrokken wenkbrauwen naar Michael. Typisch Lili om haar vriendin te verdedigen.

'Die kinderen zijn volgens mij erg aardig,' zei Lili.

Eleanor Ferguson kon de verleiding om op te scheppen niet weerstaan. 'Gisteren heb ik voor de winkel even een babbeltje gemaakt met die jongen. Hij heet Thaddeus maar iedereen noemt hem Dizzy. We hebben reuze gezellig over het weer gepraat.'

In werkelijkheid was het Eleanor geweest die gezellig had gebabbeld, terwijl Thaddeus zijn gympen bestudeerde en af en toe iets toepasselijks mompelde, maar het leek een aardige knul.

Eleanor besloot het goed te maken met Harriet, die inmiddels balletjes kneedde van haar verkruimelde cake. 'Stond je laatst niet met hem te praten, schat? Hij zit natuurlijk ook nog op school, net als jij. Jullie vinden vast dezelfde dingen leuk.'

'Laat me niet lachen,' snoof Harriet. 'Dizzy Gillespie vindt maar één ding leuk: enorme borsten.'

# 18

De telefoon in Bernadettes kleine huisje stond in de hal. Elke keer dat ze opnam, keek ze onder het praten naar de ingelijste foto van April op het tafeltje in de gang. Een keer per week, meestal op zaterdagochtend, belde April. Dan babbelden ze een tijdje, ze praatten over hun carrière, wisselden nieuwtjes uit, vertelden elkaar hoe het ging en lieten koetjes en kalfjes de revue passeren.

Dat was precies wat ze nu deden.

'Gisteren vroeg mijn bemoeizuchtige buurvrouw wanneer mijn volgende boek uitkomt.' Onder het praten keek Bernadette naar de foto. Met haar grote Bambi-ogen en de vertrouwde manier waarop ze verlegen haar hoofd schuin hield, zag April er veel jonger uit dan zesendertig. De foto was dan ook verleden jaar genomen, toen ze kort haar had gehad. Waarschijnlijk was het gegroeid; ze kon er nu wel anders uitzien.

Ze hadden elkaar sinds Kerstmis niet meer gezien. April raakte altijd van streek door hun ontmoetingen, dus had Bernadette voorgesteld om elkaar een tijd niet te zien. Maar de regelmatige telefoontjes, waar ze zich allebei op verheugden, waren doorgegaan. Ze konden nog steeds met elkaar praten, ze konden nog steeds vrienden zijn.

Daar was Bernadette enorm dankbaar voor.

'De gevreesde Eleanor, bedoel je die?' April kende Eleanor niet, maar ze had genoeg over haar gehoord. 'Wat heb je gezegd?'

'Dat ik het niet precies wist omdat mijn uitgever nog aan het schuiven is met de verschillende publicaties. Ik heb daarna meteen de uitgever gebeld en gevraagd wanneer het nieuwe boek van Antonia Kay zou verschijnen. Ik was zo bang,' vervolgde ze droog, 'dat ze zouden zeggen: "Het spijt me, Antonia Kay is overleden." '

April giechelde. 'Is ze overleden?'

'Gelukkig niet. Haar volgende boek is vanaf tien augustus te koop en het heet *Bloeiende Kamperfoelie*. Arme oude Antonia,' peinsde Bernadette hardop. 'Volgens mij zou ze beter verkopen als ze sappiger titels wist te verzinnen.'

'In elk geval kun je het nu aan Eleanor vertellen. Nu maar hopen dat ze niet om een proefexemplaar vraagt. Verdikkie, is dat de klok?' April klonk afwezig. 'Ik moet opschieten. Ik heb om één uur een lunchafspraak.'

Een lunchafspraak.

'Met een man?' vroeg Bernadette, haar toon bedrieglijk achteloos.

'Nee, niet met een man. Een van de meisjes op mijn werk. We gaan lunchen bij Webster's en dan winkelen. Ik heb al weken een oogje op een beeldschone jurk bij Principles... je zou hem prachtig vinden.'

'Ga dan maar gauw.' Bernadette schoot haar te hulp door de pijnlijke stilte te verbreken. 'Veel plezier en koop die jurk vooral. Ik spreek je volgende week.'

Even klonk April alsof ze bijna in tranen was. 'Bedankt, Bernie. Pas goed op jezelf. Dag.'

Bernadette wist dat het slap van haar was, maar ze kon het niet helpen. Bovendien, wat kon het voor kwaad? Ze wilde April even zien, dat was alles. En als ze April niet van streek wilde maken, moest ze het op deze manier doen – zonder dat April haar zag.

Bernadette bleef in de buurt van de ingang van Habitat, tegenover Webster's. Het was tien voor één, en dat betekende dat April – die veel te beleefd was om een vriendin te laten wachten – elk moment kon komen.

'Kan ik u helpen, mevrouw?' informeerde een vriendelijke verkoopster.

'Nee bedankt.' Bernadette schudde haar hoofd. 'Ik wacht op iemand.'

Even later zag ze April. Veilig uit het zicht zag Bernadette haar door de straat lopen. Haar glanzende lichtbruine haar was nog steeds kort, en ze droeg een lichtblauwe blouse met een witte rok. Haar prachtige ogen bleven verborgen achter een donkere zonnebril, die ze bij de deur van Webster's afzette.

In minder dan tien seconden was het allemaal voorbij. April was uit het zicht verdwenen. Hiervoor was ze helemaal naar Harleston gereden, dacht Bernadette, en het was het waard.

Ze haalde een kanten zakdoekje uit haar handtas en bette zorgvuldig haar betraande ogen.

De aardige verkoopster, die aan de andere kant van de winkel naar haar stond te kijken, kwam weer naar haar toe. 'Kan ik iets voor u doen?'

'Nee, dank u.' Bernadette haalde diep adem voordat ze de met mascara bevlekte zakdoek weer wegstopte. Ze glimlachte flets. 'Het gaat wel weer.'


Dizzy verveelde zich. Er was niets te doen in dit gat, en aangezien het pas eind juni was, had hij nog eindeloze saaie weken voor de boeg voordat hij in september weer naar school zou gaan.

Somber vroeg hij zich af waarom dorpen zo saai moesten zijn. Geen speelhallen, niets. Je kon zelfs niet drinken, want iedereen in de pub wist dat je minderjarig was.

Toen de telefoon voor de zevende keer die ochtend ging, nam hij zonder hoop op. Dat was maar goed ook, want geen van zijn vrienden in Londen had de moeite genomen om hem te bellen, ook al hadden ze het nog zo enthousiast beloofd. Dizzy had hen ook niet gebeld, maar daar ging het niet om.

Hij nam de hoorn van de haak. 'Nee, ze is er niet,' zei hij met een zucht. Zelfs de hoorn stonk naar het smerige parfum van zijn zus. 'Ja, ik zal het zeggen.'

Hij hing op, nog depressiever dan daarnet. Alweer een telefoontje voor Savannah. Hoe komt het, dacht Dizzy jaloers, dat haar vriendinnen haar niet vergeten?

Jessie legde boven de laatste hand aan de logeerkamer toen de deur langzaam openging en Dizzy met twee bekers de kamer binnenkwam. 'Ik heb thee voor je gezet,' kondigde hij aan. Onder het lopen klotste er thee op de grond.

'Lekker.'

'Alleen omdat ik me verveel.'

'Uiteraard.' Jessie, die met een doek bronskleurig vernis had aangebracht op een matte, flesgroene ondergrond, bewoog haar vingers en deed een stap achteruit om het resultaat te bekijken.

Dizzy gaf haar een beker, en haar gezicht vertrok omdat er druppels hete thee op haar blote voeten vielen. Haar gezicht vertrok opnieuw toen ze een slok nam; de thee was te zoet en smaakte naar ketchup.

Dizzy liet zich op het zitje in de erker vallen en keek naar de groen met gouden muren. 'Niet slecht.' Hij klonk verbaasd. Voor hem was dit een groot compliment. 'Het lijkt wel verkreukeld fluweel. Hoe heb je dat gedaan?'

Jessie hield een linnen doek omhoog. 'Je maakt er een prop van en die druk je tegen het natte vernis. Mooi hè?'

'Ja. Mag ik het eens proberen?'

'Eh…' Jessie aarzelde. Een techniek als deze was net een handschrift, heel persoonlijk. Als Dizzy een stukje deed, zou je het verschil kunnen zien.

'Laat maar.' Zodra Dizzy de uitdrukking op Jessies gezicht zag, was zijn belangstelling verdwenen. Hij was aan die blik gewend – zo keek zijn scheikundeleraar ook altijd als hij aanbood om de bunsenbranders in het laboratorium aan te steken.

'Ik ben bijna klaar.' Jessie veegde haar bronskleurige vingers af aan haar tuinbroek. 'Dit is de laatste kamer. Volgende week begin ik bij Lorna.' Ze keek spijtig. Lorna had geen belangstelling voor een marmereffect of artistiek vernis. 'Alles moet magnolia. Rechttoe, rechtaan, heel anders dan wat ik hier heb gedaan.'

'Ga je de pub schilderen?'

'Niet beneden, alleen de kamers erboven.'

Dizzy leefde meteen op. Moll woonde boven de pub. Dat betekende dat Jessie Molls kamer zou schilderen, de kamer waar ze sliep. 'Ik wil je wel helpen, als het mag,' flapte hij eruit. Zou het betekenen dat ze ook de badkamer ging schilderen? Stel je voor dat hij de ruimte zou schilderen waar Moll in bad ging. Of beter nog, de badkamer schilderen terwijl Moll een bad nam…

Jessie was verbaasd over dit onverwachte enthousiasme. 'Ik zal je vader vragen wat hij ervan vindt. Ik wist helemaal niet dat je dit soort werk leuk vond, Dizzy.'

Dizzy, die het helemaal niet leuk vond, haalde zijn schouders op. 'Het heeft wel wat.' Hij zweeg, maar besefte dat hij de schijn moest ophouden. 'Het lijkt me erg leuk, bedoel ik.' Hij zette een belangstellend gezicht op, zoals zijn vader altijd keek als hij aan leden van het koninklijk huis werd voorgesteld. 'Eh... hoe ben jij in dit vak terechtgekomen?'

Jessie nam nog een slok ketchupthee en huiverde. 'Bij toeval. Ik had allerlei soorten baantjes gehad, alles wat ik kon combineren met het verzorgen van Oliver. Toen ben ik naar Upper Sisley verhuisd. Ons huis was helemaal uitgewoond, er was in geen vijftig jaar iets aan gedaan, en om geld uit te sparen, heb ik alles zelf gedaan. Een van de buren zag wat ik had gedaan en vroeg of ik een paar kamers in haar huis wilde schilderen. Daarna ging het van mond tot mond. Niet dat ik zo goed was,' gaf Jessie toe, 'in elk geval niet in die tijd. Maar de dichtstbijzijnde schilder woonde kilometers ver weg en de mensen wisten dat ik ze niet afzette.'

'Aha,' mompelde Dizzy afwezig. Misschien ging Moll liever onder de douche dan in bad.

'Nou, ik ga maar eens verder.' Kennelijk vond Dizzy het niet interessant genoeg; hij luisterde niet eens meer naar haar. Jessie pakte haar verkreukelde lap. 'Bedankt voor de thee.'

Dizzy zat nog steeds als een zoutzak in de erker en knikte vaag. Opeens trok een rode vlek in de verte zijn aandacht, en hij draaide zijn hoofd zo snel om dat hij met zijn voorhoofd bijna door de ruit heen ging.

Het was Moll, die in een fantastische jurk door High Street slenterde, met een tas over haar schouder en haar haren golvend op haar rug. Gehypnotiseerd bleef Dizzy naar haar kijken toen ze de bushalte naderde en langzamer ging lopen. Hij zag dat ze een zonnebril en een rood-met-witte sjaal uit haar tas haalde. Eerst zette ze de zonnebril op, ze bette het zweet van haar borsten en begon zichzelf koelte toe te wuiven met de sjaal.

Er kwamen maar twee bussen per dag door Upper Sisley, dat wist Dizzy. Deze bus, die naar de stad ging, en de bus die je een paar uur later weer terugbracht.

'Ik denk dat ik naar Harleston ga.' Hij sprong uit de erker en schopte in zijn haast Jessies verfblikken om. Gelukkig zaten de deksels erop.

'Ga je met de bus?' Jessie keek op haar horloge. 'Dat ding doet er uren over. Ik ga straks zelf met de auto. Zal ik je een lift geven?'

Dizzy vond het helemaal niet erg als de bus er uren over deed. Hij wilde juist dat de rit uren zou duren. 'Bedankt,' zei hij merkwaardig ademloos. 'Ik ga liever nu.' Halsoverkop draafde hij de kamer uit.

## 19

Het was een verpletterende ervaring om minder dan twee meter bij Moll vandaan te staan en van dichtbij naar het waas van transpiratie op haar indrukwekkende boezem te kunnen kijken. Dizzy probeerde te doen alsof hij niet keek, maar dat viel niet mee.

Uiteindelijk lukte het hem om naar Moll te glimlachen, en ze glimlachte terug. Toen hij zijn keel schraapte en vroeg: 'Wacht je ook op de bus?' glimlachte ze weer.

Dizzy had zichzelf wel een schop kunnen geven. Het was niet alleen een superstomme vraag, tot overmaat van ramp had zijn stem heel vreemd en krakerig geklonken. Verdorie, wat moest Moll nu wel van hem denken?

Gegeneerd wendde hij zijn blik af, en hij probeerde met zijn vingers zijn haar te kammen, maar het had meer nodig dan dat.

Het had dringend hulp nodig, net als hij.

'Weet jij soms een goede kapper?' flapte Dizzy er in een opwelling uit. 'Daarom ga ik naar Harleston, om mijn haar te laten knippen.'

'Er zit een kapper in Church Street,' zei ze na een tijdje. 'Rococo. Die is goed.'

'Rococo...'

'Als je toch naar de kapper gaat, kun je er meteen iets leuks mee laten doen. Laat een paar plukjes verven, bijvoorbeeld.'

Ze glimlachte nog steeds naar hem. Ze had kuiltjes in haar wangen. Meende ze dat, vroeg Dizzy zich af, of plaagde ze hem? Opnieuw schraapte hij zijn keel. 'Vind je?' Gelukkig kraakte zijn stem niet meer. 'Eh... wat voor kleur?'

Moll bestudeerde hem, haar hoofd schuin, terwijl ze met haar ene hand afwezig haar hals streelde. Dizzy was op en top de verliefde tiener, maar zou hij zijn haar werkelijk zo drastisch veranderen, alleen maar omdat zij het zei?

Haar mond trok en ze gaf pas na een hele tijd antwoord. 'Je weet toch wat ze zeggen? Blondjes hebben meer lol.'

Dat was niet gemeen, verzekerde Moll zichzelf. Er was niets mis met blond. Ze had ook paars kunnen zeggen.

Dizzy wist nog steeds niet of ze hem in de maling nam, maar dat gaf niet, hij had nog meer dan genoeg tijd. Ze konden naast elkaar zitten in de bus en de hele rit naar Harleston over kapsels praten.

O, wat zou hij er niet voor over hebben om zo haar hals te kunnen strelen...

'Daar is de bus,' zei Moll toen de bus de hoek van Water's Lane om kwam en op hen af hobbelde.

'Wat een klein ding,' zei Dizzy. 'Niet half zo groot als de dubbeldekkers in Londen.'

'Ach, je moet niet altijd op het formaat afgaan.' Moll zwaaide naar de chauffeur toen de bus dichterbij kwam. Hij grijnsde naar haar en trapte op de rem. Het volgende moment kwam er een donkerblauwe open MG met gierende banden achter de bus tot stilstand. 'Hé Moll!' riep Doug Flyn, die achter het stuur zat. 'Ik ben op weg naar mijn werk. Je kunt met mij meerijden.'

'Heb de MOED niet!' had Dizzy bijna tegen Doug geschreeuwd. Gelukkig bleven de woorden in zijn keel steken. Met droge mond keek hij naar Moll, die haar wijde rok optilde en vrolijk in de MG sprong. Waarom moet mij dat nou altijd overkomen, dacht Dizzy treurig.

'Stap je nog in?' vroeg de buschauffeur, die ook teleurgesteld was.

'Ik weet het niet.'

'Zie ik er soms uit als een privéchauffeur? Dit is een bus, knul, geen limousine.'

Wanhopig keek Dizzy naar Moll.

'Het spijt me, het is een two-seater,' zei Doug zonder een spoortje spijt in zijn stem.

'Ik verheug me nu al op je nieuwe kapsel,' riep Moll. Ze zwaaide naar hem met haar vingers terwijl Doug snel achteruit reed en in een stofwolk wegstoof.

'Stap je nog in, of hoe zit dat?' zei de buschauffeur.

Dizzy stapte in, Molls laatste woorden nog gonzend in zijn oren.

Ze waren al halverwege Harleston voordat hij ontdekte dat hij maar twee pond vijftig op zak had. Niet eens genoeg om zijn haar te laten bijknippen.

Toby, die twee uur lang scripts had gelezen in de serre, keek vanuit de deuropening onopgemerkt naar Jess. Het puntje van haar roze tong was net zichtbaar tussen haar tanden en ze drukte een verfrommelde linnen doek in de hoek van de muur naast de open haard. Hij wachtte tot ze klaar was voordat hij de deur achter zich dichtdeed en met het piepen van de scharnieren liet weten dat hij er was.

Jessie zat op haar hurken, trok haar schouders op en rekte zich uit. 'Ik word oud. Rugpijn.'

Toby hielp haar overeind. 'Het ziet er prachtig uit.'

'Dank je. En jij ziet er afgepeigerd uit.' Geamuseerd gebaarde Jessie naar zijn warrige blonde haar.

Toby, die de gewoonte had om met zijn vingers door zijn haar te gaan als hij een beslissing moest nemen, slaakte een zucht. 'Ik heb net twee scripts gelezen. Welke film zal ik gaan doen – het Engelse low-budget komische drama of de peperdure Amerikaanse thriller?'

'Welke spreekt je het meest aan?'

'De thriller.'

'Welke betaalt het beste?'

'Maak je soms een grapje?' Toby grijnsde. 'Wat geld betreft, praten we over het verschil tussen een buffet van een kilometer op een cruiseschip en een zak patat in een snackbar.'

'Waarom kun je dan niet kiezen?' zei Jessie, die dol was op patat.

'De Amerikaanse film wordt op locatie gedraaid, in LA en Acapulco. Minstens zes weken.'

'Arme jij. Het leven is zwaar.'

Toby stak zijn handen in de lucht. 'Okay, ik weet het. Maar het is wel lang, zes weken weg.'

'En dan mis je Deborah en de kinderen.' Jessie plaagde hem niet langer. Ze knikte, want ze begreep wat hij bedoelde. 'Kunnen ze niet langskomen, een paar weken vakantie houden in de buurt? Of Deborah zou alleen kunnen komen... Ik wil best een oogje op Dizzy en Savannah houden, dat vind ik geen enkel probleem.'

Verbeeldde ze het zich, of werd dit voorstel gevolgd door een geladen stilte?

En waarom keek Toby zo raar naar haar?

Het duurde een hele tijd voordat hij iets zei. 'Het probleem is dat het niet Deborah zou zijn die ik zou missen.' Toby koos zijn woorden met zorg. 'Ik zou jou missen.'

Zo, hij had het gezegd.

Shit, dacht Jessie. Haar maag voelde opeens hol. Hij had het gezegd.

'Doe niet zo gek.'

'Ik doe niet gek.'

'Luister, je hebt je eenentwintig jaar lang prima weten te redden. Wat maken die zes weken dan nog uit?'

'Ik heb me wel eenentwintig jaar zonder jou weten te redden' – Toby schudde zijn hoofd omdat ze met opzet stompzinnig deed – 'maar ik heb je ook gemist. De hele tijd. En nu we elkaar...'

'Zeg het niet,' smeekte Jessie. 'Zeg verder niets meer.'

'Het is niet makkelijk, weet je, om je zo te voelen. Ik wil je kussen,' zei Toby, 'de hele tijd. Elke keer dat ik je zie. Het maakt me gek, Jess. Het is funest voor mijn hoofd, de hele tijd doen alsof we alleen maar goede vrienden zijn. En waar ik nog steeds niet achter ben, is of jij voor mij hetzelfde voelt.'

O heer, o heer. Heel even sloot Jessie haar ogen, en ze leunde bijna tegen de nog natte muur. Met een verschrikte kreet richtte ze zich op het laatste nippertje weer op.

Toby keek haar nog steeds strak aan.

'Ik probeer niets te voelen,' zei Jessie met onvaste stem.

'Dus je voelt...'

'Toby, het maakt niet uit wat we voor elkaar voelen. Het kan gewoon niet. Jij hebt Deborah en de kinderen. Je hebt een geweldig gelukkig huwe... mmmpf!'

Toby's mond kwam omlaag op de hare. Hij hield haar gezicht tussen zijn handen, en toen zijn tong haar mond binnengleed, voelde ze het bonzen van zijn hart tegen haar borst.

Het was verrukkelijk, hemels.

En helemaal verkeerd.

'Nu zit je onder de verf,' mompelde Jessie toen ze de kus uiteindelijk verbrak. Ze bleef zijn armen vasthouden omdat ze tolde op haar benen, en keek naar de groene en gouden vegen op de voorkant van zijn witte overhemd, het volmaakte spiegelbeeld van de vlekken op haar T-shirt. Over een schuldbekentenis gesproken.

'Daar hadden we het niet over.'

'O Toby, doe me een lol, we moeten het over iets anders hebben.'

'Goed. Ik hou van je.'

'Dat is geen ander...'

'Je kunt kiezen. Je luistert naar wat ik te zeggen heb, of ik kus je nog een keer.' Toby's mondhoeken vertrokken. 'Zeg het maar. Met mij kun je alle kanten op.'

'Je bent getrouwd. En waag het niet om me aan het lachen te maken,' zei Jessie. 'Want dit is niet om te lachen.'

'Het is er nog steeds, hè? Je voelt hetzelfde voor mij.'

'Toby! Luister naar me.' Jessie voelde zich net een schooljuf die haar best deed om een lastige klas in het gareel te houden. 'Deborah is een van de leukste vrouwen die ik ken. Ik vind haar echt aardig. Zelfs als ik het wilde...'

'Aha, dus het ís wat je wil.'

Hij grijnsde nu. Jessie had hem een dreun kunnen verkopen.

'Snap je het dan niet?' Het klonk als een jammerklacht. 'Dat maakt het alleen maar nóg onmogelijker.'

Toby pakte haar handen en streelde haar gebalde vuisten. Hij schudde zijn hoofd. 'En als ik je nou vertel dat mijn geweldig gelukkige huwelijk niet zo geweldig gelukkig is als jij denkt?'

Zodra hij het had gezegd, had hij spijt van zijn woorden. De uitdrukking op Jessies gezicht sprak boekdelen. Hij voelde dat ze in haar schulp kroop. Hij had zichzelf wel kunnen schoppen. De timing was helemaal verkeerd. Als hij het een andere keer tegen haar had gezegd, op een moment dat er niet net was gebeurd wat er net was gebeurd... nou, dan had het misschien overtuigender geklonken. Dan had ze hem misschien zelfs geloofd. Door het nu te zeggen, had het geklonken als een wanhopig smoesje, in de trant van het afgezaagde: Mijn Vrouw Begrijpt Me Niet, En We Hebben Al Jaren Geen Sex Meer gehad. Het soort overredende gezwam waar ontrouwe echtgenoten over de hele wereld zich af en toe van bedienen als de vrouwen die ze oppikken zwakjes protesteren dat ze niet met getrouwde mannen naar bed gaan.

'Eh, ja...' zei Jessie langzaam. 'Dat was me natuurlijk opgevallen. Jullie kunnen elkaar niet uitstaan. Het ligt er duimendik bovenop.

Dit keer was de spot zonder humor. Toby wist dat hij het had verknald. Wat hij nu ook zei, hij zou het alleen maar erger maken.

Zelfs als het waar was.

Jessie staarde strak naar buiten. Ze voelde zich misselijk en walgelijk goedkoop. Toby had haar verteld dat hij Deborah nooit ontrouw was geweest, en tot nu toe had ze hem geloofd. Nu besefte ze hoe naïef ze was geweest.

Ze dacht aan de beroemde woorden van Christine Keeler: 'Nogal wiedes dat hij dat zegt, nietwaar?'

En Toby is ook acteur. Hij kan alles zeggen – van 'De aliens zijn geland!' tot 'En nu jaag ik een kogel door je kop' – en het geloofwaardig laten klinken. Daar is hij goed in. Het is zijn vak.

Waarschijnlijk gaat hij met al zijn tegenspeelsters naar bed, dacht Jessie. Hij kon achter Deborahs rug wel tientallen verhoudingen hebben gehad. Jeetje, hoe heb ik zo stom kunnen zijn?

'Jess, het spijt me, ik kan niet...'

'Ik moet weer eens aan het werk.' Zonder hem aan te kijken, pakte ze de linnen doek en verkreukelde die zorgvuldig in haar handpalm. 'Ik wil morgen klaar zijn.'

Wat een ongelofelijke afknapper.

Omdat hij verder niets meer kon zeggen, verliet Toby stilletjes de kamer.

20

De volgende ochtend was Toby godzijdank naar Londen voor een afspraak met een bevriende producer. Deborah en Savannah waren naar Harleston. Toen Jessie een bloedstollende kreet uit de badkamer hoorde, vloog de verfkwast uit haar hand en kletterde die tegen de vensterbank. Het afgelopen uur was het muisstil geweest in huis, en ze had niet beseft dat Dizzy er nog was.

De badkamerdeur was dicht.

'Dizzy? Is er iets?'

Geen antwoord.

Jessie klopte. 'Dizzy, ik ben het, Jessie. Zeg eens iets.'

Niets.

'Ik weet dat je in de badkamer bent. Als je geen antwoord geeft, doe ik de deur open.'

'Niet doen.' Dizzy klonk angstig. 'Niet doen, okay?'

Jessie leunde tegen de muur, opgelucht dat Dizzy in elk geval niet bewusteloos in bad lag. Maar er was wel degelijk iets aan de hand.

'Wat is er?' riep ze. 'Ben je ziek?'

'Nee.'

'Wat is er dan?'

Ze hoorde een zucht, gevolgd door een klap van iets dat omviel.

'Dizzy, ben je flauwgevallen?'

'Jeetje, waar bemoei je je mee!' Dizzy klonk geërgerd en bijna in tranen. 'Waarom laat je me niet gewoon met rust?'

'Eerst wil ik weten wat er aan de hand is.'

Even later zwaaide de deur abrupt open.

'Ik dacht dat je dood was,' zei Jessie. 'Je hebt me de stuipen op het lijf gejaagd. Ik dacht dat je jezelf had geëlektrocuteerd in het bad toen ik die gil hoorde.'

'Was het maar waar,' kreunde Dizzy gesmoord, want hij had een blauwe handdoek om zijn hoofd gedrapeerd.

Jessie keek achter hem en zag wat daarnet de klap had veroorzaakt. Een flesje waterstofperoxide zonder dop was in het bad gevallen. De inhoud loste de badmat langzaam op. Het putje zat verstopt met wat eruit zag als de gele vacht van een teddybeer.

'O Dizzy, kom eens hier.' Voorzichtig trok ze de handdoek weg en ze onthulde samengeklitte, oranjegele plukken haar die alle kanten op stonden.

'Ik wilde dat ik dood was.' Uit alle macht knipperde Dizzy tranen van schaamte weg.

'Wat een onzin.' Jessie raakte het nog vochtige haar aan, dat voelde als een kokosmat. Ze wilde hem het liefst omhelzen. 'We vinden er wel wat op.'

'Er valt niets op te vinden.' Zijn schouders zakten omlaag. 'Jezus, wat een puinhoop! Ik wilde... ik wilde mijn haar alleen iets blonder maken.'

Jessie deed de dop weer op het flesje en draaide de kraan boven het bad open. Waar de waterstofperoxide eraan had geknabbeld, zag de rubbermat eruit als kauwgum.

'Je hebt mazzel dat je hoofdhuid niet is verbrand. Onverdunde waterstofperoxide kan je huid wegvreten.'

'Ik heb het niet puur gebruikt. Ik heb het verdund,' protesteerde Dizzy. 'Zo stom ben ik nou ook weer niet.'

'Nee, natuurlijk niet.'

Jessie sprak op sussende toon, maar hij hoorde haar zelfs niet. Opnieuw eiste de spiegel al zijn aandacht op.

'O verdomme! Shit, shit, shit!'

'Ik breng je wel naar Harleston,' bood Jessie voor de tweede keer in twee dagen aan. 'We vinden wel een kapper.'

'Ze lachen me uit,' jammerde Dizzy bijna hysterisch. 'Daar kan ik niet tegen, ik ga niet!' Hij zou ongetwijfeld de pech hebben dat hij zijn moeder en zus tegenkwam. Of erger nog, Moll.

'Okay. Ik ben zo terug.' Jessie rende de trap af. Toen ze twee minuten later terugkwam, zat Dizzy ineengedoken op de rand van het bad, nog suïcidaler dan daarvoor.

'Geregeld.' Ze pakte zijn arm beet en trok hem mee naar de deur. 'Lili doet het.'

'Lili wie?'

'Mijn vriendin Lili, Harriets moeder. Geen paniek, Harriet is niet thuis,' merkte Jessie op voordat Dizzy kon protesteren. 'Ze is op school.'

'Is haar moeder een echte kapster?' Hij keek doodsbang.

'Nou, ze is een kei in het bijknippen van heggen, maar het komt allemaal zo'n beetje op hetzelfde neer, denk je niet?' zei Jessie. Ze grijnsde en duwde Dizzy naar de trap. 'Grapje.'

'Dit heeft wel wat,' merkte Jessie op. Ze reed door het hek van Sisley House de straat op, sloeg rechts af naar Compass Lane en zwaaide vrolijk naar de oude Cecil Baker die zijn honden uitliet. 'Ik voel me net de geheime dienst. Hou je hoofd omlaag en verroer geen vin.'

'Die deken stinkt naar terpentine,' mopperde Dizzy.

'Hou hem over je heen. Lili's nachtmerrie van een schoonmoeder komt net uit de winkel. Goeiemorgen, Eleanor!' riep Jessie lachend door het open raampje terwijl ze links afsloeg naar High Street.

'Zijn we er?' vroeg Dizzy toen de auto even later stopte.

'Ik doe even het hek open, dan zet ik de auto op de oprit,' legde Jessie uit. 'Dan kun je via de achterdeur naar binnen glippen. O kijk, daar is Moll. Hallo, Moll! Lekker weertje, hè?'

'Jess zei dat het een noodgeval was,' zei Lili, 'dus zet je capuchon af en laat me eens kijken. Will, blijf van de hondenkoekjes af.'

'Ik hou William en Freya wel bezig.' Jessie tilde de beide kinderen op en liep snel met ze naar buiten, voordat ze konden gaan lachen.

Lusteloos, zonder veel hoop dat er iets aan gedaan kon worden, zette Dizzy zijn capuchon af.

Lili onderzocht het bewijsmateriaal. 'Het haar breekt. We moeten het heel kort knippen.'

'Dat weet ik. Het kan me niet schelen.' Het kon hem wel schelen, maar zelfs hij zag in dat hij weinig keus had. 'De kleur is veel erger.'

'Wat ik kan doen,' zei Lili terwijl ze de hopeloos verwarde pieken bekeek, 'is het natuurlijke pigment herstellen. Dan krijg je je eigen kleur min of meer terug. Het is niet makkelijk en ik ben er een tijd mee bezig.'

'Wanneer komt Harriet thuis?'

'Nog lang niet. Ze speelt in een tennistoernooi.'

Voor het eerst kon Dizzy de spieren in zijn schouders ontspannen. Het lukte hem zelfs om flets te glimlachen. 'Fijn. Bedankt.'


'Is er heel toevallig iets te eten?' vroeg Michael toen hij twee uur later de keuken binnenkwam.

'Sorry schat, ik heb het nogal druk gehad. Er staat koude kip in de ijskast.' Lili gebaarde vaag met een in plastic gestoken hand, rood als die van een chirurg. 'Dit is Dizzy, voor ik het vergeet. Dizzy, dit is mijn man Michael.'

'Hij vertelt het toch aan niemand?' Dizzy keek haar angstig aan zodra Michael weg was.

Lili klopte op zijn magere schouder. 'Wees maar niet bang, ik zorg dat hij zijn mond houdt.'


Toen Hugh en Felicity om klokslag vijf uur hun dochter kwamen halen, stond de achterdeur open en bleek Lili het haar te knippen van een nerveuze tienerjongen.

'Jeetje, wat heb jij het druk,' merkte Felicity op. 'Je doet twee baantjes tegelijk.' Met haar perfect opgemaakte ogen keek ze zoekend om zich heen in de keuken. 'Alleen zie ik Freya nergens...'

'Sorry, normaal gesproken speel ik alleen 's avonds voor kapper.' Lili voelde dat ze rood werd. 'Maar dit was een noodgeval.'

'Dank je,' mompelde Dizzy, die nog roder werd dan Lili.

'En Freya vermaakt zich kostelijk. Ze speelt buiten met Will en Jess...'

'O, daar is ze!' viel Felicity haar in de rede toen het drietal uit het speelhuisje rende. 'Ik wist niet dat je vriendin Jessie ook een bevoegde oppas was.'

'Ze heeft geen goed woord voor me over,' klaagde Lili later die avond tijdens het eten. 'Ze heeft altijd wel iets aan te merken. Echt waar, ze is nog erger dan je moeder.'

Michaels mond kreeg een grimmige trek. Zelf had hij ook kritiek op zijn moeder, maar hij vond het niet prettig als iemand anders haar afkraakte, vooral niet als Lili het waagde. 'Mijn moeder doet ontzettend veel voor je,' kondigde hij koeltjes aan. Dat wist hij omdat Eleanor het hem gisteren had verteld. 'Je zou blij moeten zijn met haar hulp.'

'Pap, ik heb nieuwe gympen nodig,' zei Harriet. 'Mijn oude zijn te klein.'

'Wie zag ik ook alweer met gympen met lampjes in de zolen?' Michael keek peinzend. 'Telkens als hij met zijn voet tikte, gingen die lampjes branden. O ja, ik weet het weer – de jongen die hier vanmiddag was.'

Lili staarde hem aan en schudde langzaam haar hoofd.

Harriet fronste haar wenkbrauwen. Er was in het dorp maar één persoon met dat soort gympen. 'Dizzy Gillespie? Bedoel je die, pap?' Ze zette grote ogen op. 'Wat deed díe nou hier?'

Lili keek hem op haar ijzigst aan – wat niet zo heel erg ijzig was, want dat kon Lili niet. Michael, die haar de anti-Eleanor-opmerking nog niet had vergeven, besloot zich niets aan te trekken van de stilzwijgende en niet al te intimiderende waarschuwing.

'Dizzy. Precies, zo heette hij. Je moeder deed iets drastisch met zijn haar.'

Met een ruk draaide Harriet zich naar Lili om. 'Mam?'

'Michael,' waarschuwde Lili, 'ik had toch gezegd...'

'Het schijnt dat hij een hele fles waterstofperoxide over zijn hoofd had gegoten.' Michael glimlachte en genoot intens van Lili's wanhopige uitdrukking. In het vervolg, dacht hij voldaan, bedenkt ze zich wel twee keer voordat ze mijn moeder aanvalt.

'Waterstofperoxide!' riep Harriet uit en ze viel haast van haar stoel. 'Wat voor kleur heeft zijn haar nu?'

'Volgens je moeder een kleur die het meest lijkt op mosterd. Wat er van zijn haar over was, wel te verstaan. Het meeste,' besloot Michael met kwaadaardig genoegen, 'is verschrompeld en uitgevallen.'

Dizzy moest wel zes keer achteloos langs de Seven Bells slenteren voordat Moll naar buiten kwam om de verzameling lege glazen op de tafels voor de pub af te ruimen.

Ze droeg een bijna doorzichtige smaragdgroene blouse over een rood strapless topje. Een zwart kanten behabandje gleed van haar ene schouder. Dizzy sloeg haar verlangend gade toen ze zich over een van de tafeltjes boog en haar hemelse borsten – de een net iets lager dan de ander – bijna langs het verweerde hout streken. Wat bofte dat tafeltje…

'Hai,' zei hij toen Moll zich weer oprichtte.

Ze draaide zich om, armen vol opgestapelde glazen tegen haar borst geklemd.

'Kijk eens aan.' Moll glimlachte haar onvolprezen taxerende, zin-in-sex-glimlach. 'Geen kleurtje, maar je hebt er wel het mes in laten zetten.'

'Het mes erin laten zetten' was de uitdrukking die Dizzy's moeder gebruikte voor een vasectomie. De gedachte aan een vasectomie deed Dizzy nog sterker denken aan sex dan al het geval was geweest. Zijn oren, lang aan het oog onttrokken maar nu hopeloos blootgesteld, begonnen te gloeien. Hij hoopte dat ze niet zo neon-rood waren als hij dacht.

'Ik wilde eens wat anders.' Dapper negeerde hij zijn vlammende oren.

'Gelijk heb je. Ik hou wel van zo'n fris kort koppie.' Nog steeds glimlachend bij zichzelf liep Moll naar de deur van de pub.

Vertwijfeld probeerde Dizzy het gesprek gaande te houden. 'Wat een leuke blouse heb je aan. Is die nieuw? Heb je hem vanmiddag in Harleston gekocht?'

Moll keek omlaag naar de ragdunne groene blouse, gerafeld bij de kraag en vochtig van een restje bier uit een van de glazen. 'Dit oude ding? Nee hoor, die heb ik al eeuwen.' Ze schoof het zwarte kanten behabandje weer over haar schouder en trok het trots omhoog. 'Wel een nieuwe beha.'

Dizzy kon geen woord uitbrengen. Zijn tong plakte aan zijn verhemelte.

'Ik moet weer eens naar binnen,' zei Moll, 'anders denkt Lorna nog dat ik hem ben gesmeerd met een van haar dierbare klanten.'

'Is die dokter… die vent die je een lift gaf… is hij je vriend?' flapte Dizzy eruit voordat hij de moed verloor.

'Doug bedoel je?' Moll kreeg kuiltjes in haar wangen en schudde haar hoofd. 'Hij is een goede vriend, meer niet. Zo iemand die je een lift geeft als het nodig is. Daar heb je vrienden voor, vind je niet, schattebout?'

Waar doelde ze op? Was er sprake van een geheime agenda? Dizzy speelde voor man van de wereld, deed alsof hij precies wist waar ze het over had en ontrukte zijn tong aan zijn verhemelte. 'Het z-z-zal wel,' stamelde hij.

'Geloof me, ik weet het zeker.' Molls kattenogen twinkelden van vrolijkheid. 'Ik sta altijd klaar voor mijn vrienden.' Vanuit de deuropening keek ze hem over haar schouder aan. 'Iedereen blij. Ik doe dingen voor hen, zij doen dingen voor mij.'

## 21

Het was de hele dag razend druk geweest op de eerste hulp van het Harleston General. Doug Flynn, wiens dienst om zes uur afliep, had met een niet aflatende stroom ongelukken te maken gekregen, variërend van een afgehakt been tot een achter het oog kwijtgeraakte contactlens. Vijftien gevallen van zonnesteek, twee hondenbeten en een halfzijdige verlamming later – om nog maar niet te spreken van een stomdronken jongen van veertien die op werkelijk spectaculaire wijze had overgegeven in de wachtkamer – was hij zelf ook toe aan een borrel. In tegenstelling tot de tiener zou hij echter geen achttien glazen bier en whisky achteroverslaan.

Om vier uur stak Doug zijn hoofd om de hoek van de koffiekamer. 'Wie gaat er straks mee naar de Antilope? Susie? James? Esther, jij in elk geval.'

'Beloftes, beloftes.' Esther, een van de verpleegsters, giechelde.

James, een afdelingshoofd, keek spijtig. 'Ik moet de kinderen ophalen.'

'April.' Doug pakte de receptioniste bij de arm toen ze langs hem heen probeerde te glippen. 'Heb jij zin om mee te gaan?'

April bloosde. Doug Flynn had haar nooit eerder uitgenodigd; meestal keurde hij haar zelfs geen blik waardig. Ze wist dat hij het alleen vroeg om het groepje compleet te maken. 'Eh bedankt, maar ik denk niet dat ik...'

'Geen smoesjes.' Doug was zich er vaag van bewust dat ze gescheiden was en een teruggetrokken leven leidde, dus hij glimlachte geruststellend naar haar. April was absoluut niet zijn type, maar zelfs hij kon af en toe een altruïstisch gebaar maken. 'Het zal je goed doen om er eens even uit te zijn. En maak je geen zorgen over vervoer,' voegde hij er langs zijn neus weg aan toe, 'ik geef je wel een lift.'

Tegen zessen had Doug nog een aantal feestnummers op weten te trommelen. Uiteindelijk gingen ze met zijn achten in drie auto's naar de Antilope, een gezellige pub aan de rivier in een buitenwijk van Harleston.

De kap van Dougs donkerblauwe MG was omlaag. April, gevleid dat hij haar niet was vergeten, was desalniettemin blij dat het maar een korte rit was. Ze had altijd al een keer in een open sportauto willen rijden, met haar haren wapperend in de wind. Maar nu het eindelijk zover was, was ze als de dood dat ze een wesp in zou slikken als ze haar mond opendeed.

Het was in de Antilope stampvol met mensen die na het werk een glaasje kwamen drinken. Terwijl ze zich een weg baanden naar de bar, begon de moed April in de schoenen te zinken. Ze wist dat ze vaker uit zou moeten gaan, maar het was zoveel makkelijker om thuis te blijven, veel minder gedoe. Uitgaan daarentegen, haar best doen om met mensen om te gaan en haar leven weer op de rails te krijgen... Hemel, de gedachte was al voldoende om een paniekaanval teweeg te brengen.

'Wat wil je drinken?' Moeiteloos trok Doug de aandacht van het knapste barmeisje.

'O, eh... sinaasappelsap? Wacht, ik pak...'

'Doe niet zo saai,' zei Doug. 'Neem een glas wijn. Laat maar,' voegde hij eraan toe terwijl hij zacht Aprils portemonnee wegduwde. 'Ik trakteer.'

April maakte zich geen illusies, ze wist dat hij gewoon aardig probeerde te zijn. Met zijn adembenemend knappe uiterlijk kon Doug Flynn elke vrouw krijgen die hij maar wilde, en voor zover ze wist, zat hij niet stil. De kans dat hij belangstelling zou hebben voor een muis als zij was nihil.

Toch trakteerde hij haar op een glas wijn, en ook al was ze het helemaal verleerd, zelfs April wist dat ze in ruil daarvoor een beleefd gesprek moest aanknopen.

'Heeft Esther je verteld van die man die gisteren van een ladder was gevallen? Hij heeft ons vanmiddag een fruitmand gestuurd.' Goed gedaan, April! Geweldig boeiend. Wanhopig ploeterde ze verder. 'Hij is de eigenaar van een keten groentewinkels. Ik snap niet hoe hij al die zaken draaiend wil houden met twee armen in het gips.'

'Laten we nou niet over het werk praten,' zei Doug.

'Best.'

'Vertel me liever iets over jezelf.'

'Er v-v-valt n-n-niets te vertellen,' hakkelde April, totaal onvoorbereid op al deze aandacht.

'Heb ik Susie niet horen zeggen dat je gescheiden bent?'

'Eh... ja.'

'Kinderen?'

'Nee.'

'Heb je al iemand anders leren kennen?'
'Nee.'
'Sorry, ik weet dat dit wel een verhoor lijkt.' Doug bediende zich van de glimlach waarmee hij nerveuze patiënten op hun gemak stelde. 'Zo bedoel ik het echt niet. Ik ben gewoon nieuwsgierig. Je hoeft geen antwoord te geven als je niet wil.'
'Het geeft niet.' April probeerde zelfvertrouwen te putten uit een flinke slok ijskoude witte wijn. Als ze ooit weer bij de rest van de wereld wilde horen, zou ze aan dit soort vragen gewend moeten raken. 'Ik vind het niet erg. Mijn man en ik zijn drie jaar geleden uit elkaar gegaan. Nu zijn we gescheiden. Ik woon in een klein flatje aan de andere kant van Harleston. Ik ben bang dat ik een beetje een kluizenaar ben geworden.'
Dougs donkere ogen, gericht op haar gezicht, waren betoverend. 'Waarom zijn jullie uit elkaar gegaan?'
'Het ging gewoon niet meer.' Aprils vingers sloten zich krampachtig rond de steel van haar glas.
Doug knikte en vroeg wijselijk niet naar details. 'Ach, het kan iedereen overkomen,' merkte hij losjes op. 'Maar in je eentje thuis zitten helpt niet echt, weet je.'
'Ik weet het, ik weet het. Het is alleen zo moeilijk om...'
'Hallo!' zei een mannenstem een paar centimeter bij Aprils oor vandaan, en ze draaide zich met een ruk om. Ze voelde zich volkomen belachelijk toen ze besefte dat de eigenaar van de stem niet tegen haar 'hallo' had gezegd.
'Hallo.' Doug herkende Michael Ferguson, de man van de knappe, mollige Lili uit het dorp. Michael was er niet vaak – hij zat vaak maandenlang in het buitenland, deed iets met computers – maar ze kwamen elkaar af en toe tegen, meestal in de Seven Bells.
'Wat is het hier druk,' merkte Michael op. Hij pakte zijn wisselgeld aan van het meisje achter de bar en wurmde zich met zijn glas bier tussen de mensen door. Vluchtig glimlachte hij naar April voordat hij wegliep. 'Sorry, ik wilde je niet aan het schrikken maken.'
April werd roze, slechts blij dat ze zichzelf niet nog veel belachelijker had gemaakt door hallo terug te zeggen.
'Wie is dat – een vriend van je?' vroeg ze aan Doug toen de man buiten gehoorsafstand was, maar Doug tuurde over de hoofden heen, op zoek naar de rest van hun groepje.
'Geen vriend, gewoon iemand die ik vaag ken.' Zonder verder uit te weiden slaakte hij een nauwelijks verholen zucht van verlichting. 'Daar zijn de anderen, buiten op het terras. Kom, dan gaan we naar ze toe.'

April ging om halfnegen weg uit de Antilope, nadat ze Doug – die duidelijk nog niet weg wilde – had verzekerd dat hij zich geen zorgen hoefde te maken, dat ze met de bus naar huis ging; er was een bus die van de Antilope vrijwel rechtstreeks naar haar flat ging.

Blij over het succes van haar eerste echte uitje in meer dan een jaar tijd, glimlachte ze onderweg naar de uitgang voorzichtig naar de man die Doug eerder op de avond had gegroet. Omdat drie glazen wijn in combinatie met een hobbelende bus een probleem zou kunnen worden, sloeg ze linksaf naar de damestoiletten.

Boven de spiegel hing een wervende poster voor de 'Vrijgezellenavond in de Antilope'. Die werd elke woensdagavond gehouden, las April, de toegang was gratis en iedereen die voor negen uur kwam, kreeg een gratis drankje.

Een mollig meisje kwam uit een van de wc's terwijl ze haar blouse in haar spijkerbroek stopte. Ze zag dat April de poster las. 'Je moet een keer komen,' beweerde ze. 'Iedereen is hartstikke aardig en er zijn altijd massa's mannen.'

April schrok een beetje van haar openhartigheid. 'O, ik weet niet...'

'Kom op, geniet een beetje van het leven!' Het meisje waste haar handen, droogde ze af aan haar spijkerbroek en pakte haar lippenstift. 'Je hoeft je heus niet opgelaten te voelen, we zitten allemaal in hetzelfde schuitje.' Ze glimlachte vrolijk naar Aprils spiegelbeeld. 'Wat heb je te verliezen? Het is gewoon leuk.'

## 22

De volgende middag, zodra Hugh en Felicity Freya hadden opgehaald, fatsoeneerde Lili Will en Lottie om ze voor een paar uur naar Eleanor te brengen.

Bernadette Thomas snoeide haar stokrozen in de voortuin. Ze zwaaide naar Will, die al sinds het begin van Water's Lane 'HALLO! HALLO!' brulde en duidelijk niet van plan was op te houden voordat hij antwoord had gekregen.

'Hallo.' Bernadette keek naar Lottie. 'Wat heb jij een mooie jurk aan. Ga je bij oma op bezoek?'

'Mam, dat is de mevrouw die ruikt.'

'Lékker, Lottie. Dat is de mevrouw die lékker ruikt.' Lili keek verontschuldigend naar Bernadette, die Arpège gebruikte en altijd heerlijk rook.

'Het is trouwens niet jouw oma,' zei Lottie met verheven minachting tegen Bernadette, 'het is ónze oma.'

'Kinderen.' Zuchtend schudde Lili haar hoofd. 'Soms zou je ze het liefst in een geluiddichte kast zetten en ze twee weken laten zitten.'

'Het geeft niet.' Bernadette glimlachte geruststellend en streek een losgeraakte lok haar achter haar oor. Een mooie ring met een opaal en een saffier aan haar rechterhand glinsterde in het zonlicht.

'Ik stal ze een paar uur bij oma,' legde Lili uit. 'Onze hond heeft een zere poot en ik ga met hem naar Harleston. Drew Darcy kijkt er even naar. Lottie, hou je schoenen aan, anders krijg je vieze voeten.'

Lottie keek opstandig. 'Ik wil geen schoenen aan.'

'Oma wil graag dat je schoenen aanhebt.' Lili wisselde een blik van verstandhouding met Bernadette. 'Ze zegt dat alleen zigeunerkinderen op blote voeten lopen.'

'Ik zou ze maar aan houden.' Bernadette knikte vriendelijk naar Lottie. 'Anders wordt je oma misschien boos.'

Opnieuw keken Lili en Bernadette elkaar aan, vol begrip voor elkaar omdat ze allebei, respectievelijk als schoondochter en als buurvrouw, het nodige met Eleanor te stellen hadden.

'Doe je ook Postbode Pat?' vroeg Lottie onverwacht.

'Pardon?' vroeg Bernadette in verwarring.

'Oma zegt dat je boeken schrijft. Schrijf je verhalen over Postbode Pat?'

'Eh... nee. Sorry.'

'Het geeft niet, ik vroeg het me gewoon af,' liet Lottie haar weten. 'En je hoeft alleen sorry te zeggen als je een boer of een...'

'Ik heb het boek gelezen dat je aan Eleanor had uitgeleend.' Lili kwam haastig tussenbeide voordat Lottie haar zin af kon maken; ze vond lichaamsfuncties momenteel erg fascinerend. 'Ik weet dat je niet aan de grote klok wil hangen wat voor werk je doet, maar Eleanor vertelde toevallig dat je boeken schrijft.'

Bernadette klonk lichtelijk geamuseerd. 'Weet het hele dorp het dan nog niet?'

'Ik weet zeker dat ze het aan niemand anders heeft verteld.' In stilte hoopte Lili vurig dat het waar was. 'Ik vond je boek erg leuk.' Verdikkie, ze kon zich de titel niet eens herinneren. 'Echt geweldig.'

Dat was ook een leugentje; ze had het boek slaapverwekkend, aanstellerig en zeer middelmatig gevonden, maar er kwamen tenminste geen lesbiennes in voor. Hoe dan ook, redeneerde Lili, als je een schrijfster vertelde dat je een van haar boeken had gelezen, kon je moeilijk zeggen dat je het middelmatig vond.

Bernadette glimlachte, maar tot Lili's ontsteltenis leek ze haar niet te geloven. 'Dank je.'

'Wanneer verschijnt je volgende?' Lili stuntelde, hoewel ze wist dat het de juiste vraag was.

'In september. De vierde. Het heet eh... *Bloeiende Kamperfoelie*.'

Grote goden.

'Ik ga het zeker kopen.'

'Daar is oma!' gilde Lottie toen de voordeur openging. Ze rende over het pad en stortte zich in Eleanors wijd gespreide armen.

Lili tilde Will op haar heup, glimlachte naar Bernadette en volgde Lottie naar het huis.

'Dag. Tot kijk.'

'Ik heb je gezien uit het slaapkamerraam.' Eleanor sprak op kille toon. 'Je stond gezellig met haar te babbelen, jullie lachten zelfs.'

Lili begreep niet wat ze nu weer verkeerd had gedaan. 'Ze is erg aardig.'

'Ongetwijfeld. Maar je moet oppassen, Lili. Als je te vriendelijk bent... nou, dat zou ze wel eens als een aanmoediging uit kunnen leggen.'

'Aanmoediging?' Pas na een paar seconden drong tot Lili door wat Eleanor bedoelde. 'O! Je bedoelt dat ze dan misschien gaat denken dat ik...'

'Je weet drommels goed wat ik bedoel, dat hoef je niet hardop te zeggen.' Eleanors mond zag eruit als een tasje met een strak aangetrokken koord. Ze loodste Lottie naar de keuken. 'En het is me een raadsel waarom je dat kind zonder schoenen laat rondlopen, Lili. Ze lijkt wel een zigeunerkind. Straks trapt ze nog in een glasscherf en loopt ze een bloedvergiftiging op.' Ze schudde meewarig haar hoofd, alsof ze de wijsheid in pacht had. 'Voor je het weet moeten ze haar been amputeren.'


'Lili, kom binnen. Leuk je te zien.'

Drew waardeerde het dat Lili een afspraak had gemaakt en de moeite had genomen om naar de praktijk te komen. Doug werd op feestjes altijd door mensen aangeklampt met: 'Jij bent toch dokter? Wat zou er mis kunnen zijn met mijn schouder?' en Jamie en hij waren gewend aan mensen die met hun huisdieren naar Keeper's Cottage kwamen en uitlegden dat er vast niets ernstigs aan de hand was, maar of Drew of Jamie snel even wilden kijken?

Ironisch genoeg was Lili Ferguson een van de weinige mensen die hij met alle plezier thuis zou ontvangen. Geamuseerd keek Drew naar Lili's pogingen om Bliksem op de onderzoektafel te laten zitten, en hij was zo blij haar te zien dat hij vergat zijn schoenen te verbergen.

'Ik hoorde hem vanochtend janken in de tuin, alsof hij zich pijn had gedaan,' legde Lili uit. 'En nu loopt hij mank. Er is iets aan de hand, maar ik kan niet zien wat. Weet je trouwens dat je erg rare schoenen aanhebt?'

Ze schudde haar ongekamde lichtbruine haar uit haar gezicht en hield Bliksem vast terwijl Drew de zere poot onderzocht.

'Ik had haast, ik moest mijn auto naar de garage brengen. Ik merkte pas rond lunchtijd waarom iedereen me besmuikt uitlacht.' Hij klonk gelaten. 'Onze receptioniste heeft de hele ochtend met iedereen gewed wanneer ik het in de gaten zou krijgen.'

'Arme jij.' Lili giechelde. 'Is je auto er beter aan toe?'

Drew zocht in een la naar een vergrootglas. 'Het mechanische equivalent van naar de dokter gaan met duizelingen en te horen krijgen dat je een hersentumor zo groot als een biet hebt. Ze zouden dat stomme ding alleen een beurt geven,' voegde hij er met een zucht aan toe. 'Ik heb de garage net gebeld en het klonk alsof ze hem net de laatste sacramenten wilden toedienen.'

'Arme jij én arme auto,' zei Lili. Ze keek toe terwijl hij Bliksems poot door het vergrootglas bestudeerde. 'Hoe ga je dat doen, zonder auto?'

Drew had het probleem gevonden, een doorn diep in het kussentje. Hij pakte een pincet.

'Ik krijg een vervangende auto van ze, maar morgen pas. Ik heb tegen onze receptioniste gezegd dat ze me thuis mag brengen, om goed te maken dat ze me de hele ochtend voor aap heeft gezet.'

'Woont ze bij ons in de buurt?'

'Nee, ze moet kilometers omrijden,' kondigde Drew voldaan aan.

'Dat hoeft niet. Ik wil je best een lift geven,' bood Lili aan.

Handig verwijderde Drew de doorn uit Bliksems poot. 'Klaar is Kees.'

'Drew, zeg maar tegen haar dat ze je niet thuis hoeft te brengen.'

'En mijn wraak dan?' Hij grijnsde zonder wroeging. 'Bovendien ben ik pas om zeven uur klaar.'

'Rustig maar, grote hond, het is allemaal voorbij.' Lili gaf Bliksem een troostende knuffel. 'Ik meen het, Drew. Het is nu al kwart over zes. Ik ga wel met Bliksem wandelen in Canford Park. Tegen de tijd dat ik terugkom, ben jij klaar met je werk.'

Bliksem, die het Drew duidelijk had vergeven dat hij hem met een pincet had aangevallen, likte nu enthousiast zijn hand.

'Vooruit, ik heb een natte tong nooit kunnen weerstaan. O nee!' kreunde Drew. Hij sloeg met een hand tegen zijn voorhoofd en voelde zich afwisselend warm en koud worden. 'Ik wilde dat ik dat niet had gezegd.'

'Ik ben juist blij dat je het hebt gezegd.' Lili glimlachte met veel kuiltjes in haar wangen naar de arme, zwetende Drew. 'Het is zo fijn om te weten dat andere mensen ook weleens per ongeluk stomme dingen zeggen.'

'Je zult wel blij zijn dat je man weer thuis is.' Drew zat naast Lili in de auto met Bliksem op schoot, en Lili deed haar best om zonder gekraak te schakelen. Gewoonlijk hoefde ze er niet eens over na te denken, maar zodra er een man in haar auto stapte, werd ze hopeloos onhandig. Waarschijnlijk omdat Michael al twintig jaar op veel geplaagde toon kreunde: 'En nou in godsnaam niet wéér tanden poetsen als je schakelt!'
'Ik weet niet of ik er wel zo blij mee ben. Ik moet er nog aan wennen,' bekende ze. 'Je creëert een bepaalde routine en die wordt opeens helemaal verstoord. Het is natuurlijk ook niet makkelijk voor Michael,' ging ze haastig verder, want ze wilde niet de indruk wekken dat ze hem afviel. 'Na een week of twee is de nieuwigheid eraf. Hij gaat zich vervelen, hij heeft het gevoel dat hij in de weg zit, we raken allebei geïrriteerd... Ach, gelukkig is er snooker,' voegde ze er een beetje spottend aan toe. 'Daar is hij vanavond, in de snookerclub in Harleston.' Ze trapte het gaspedaal diep in voor een oranje stoplicht omdat Michael altijd als een dolgedraaide stuurman: 'RIJEN RIJEN RIJEN!' brulde. 'Zo is hij in elk geval van de straat.'
'O jee. En ik maar denken dat jullie gelukkig getrouwd waren.'
Lili had geen idee wat haar bezielde. Normaal gesproken vertelde ze vreemde mannen geen details over haar privéleven.
Alleen was Drew geen vreemde, afgezien van de rare schoenen. En hij had haast gehad, verdedigde Lili hem in stilte. Het was niet echt zijn schuld.
'Ik zou ons niet gelukkig willen noemen.' Ze dacht terug aan de ruzie van die middag, in gang gezet doordat Bliksem de hele voorraad Pampers aan flarden had gescheurd. Michael had woedend 'die stomme hond' geroepen, en dat Lili hem had gevraagd of hij een doos luiers wilde gaan kopen voordat hij naar de snookerclub ging, had het alleen maar erger gemaakt. 'We modderen maar wat aan, we zijn zeker geen Hugo en Felicity.' Van opzij keek ze naar Drew. 'Als je op zoek bent naar een gelukkig huwelijk, moet je bij hen zijn.'
Drew lachte. 'Wij noemen ze de Thunderbirds. Perfecte auto's, perfecte kleren, perfecte kapsels. Zouden ze ook perfecte sex hebben?'
'O vast. Orgasmes op voorraad, meervoudig én simultaan.'
Ze bereikten Upper Sisley en naderden de top van Compass Hill. Li-

li remde en knikte naar Treetops, het schitterende huis van de Sey-mours, voor hen uit aan de rechterkant. De tuin was onberispelijk, het grind keurig aangeharkt en zelfs hun auto's stonden met geome-trische precisie naast elkaar op de oprit.

'Ik zeg het alleen omdat ik jaloers ben,' gaf ze toe. 'Hugh en Felicity zijn stapelgek op elkaar. Het moet heerlijk zijn als je zoveel van el-kaar houdt. Ik bedoel, hoeveel echtparen zijn er tegenwoordig nou werkelijk gelukkig? Een op de honderd? Een op de duizend?'

'Dat maakt me depressief,' zei Drew. 'Als het zo erg is, kan ik de hoop net zo goed meteen opgeven' – liefhebbend aaide hij Bliksems gestrekte nek – 'en een hond nemen.'

Lili stopte voor Keeper's Cottage, met een tuin die geen enkel gevaar liep om het predikaat onberispelijk te krijgen. Door het wijd open zit-kamerraam klonk Jamies stem, die zeer vals meezong met Blur.

Bliksem herkende het nummer van Harriets cd, spitste zijn oren en begon opgewonden te janken.

'Als het maar een trouwe hond is,' zei Lili.

'Heb je zin om iets te komen drinken?' vroeg Drew losjes.

'Beter van niet.' Spijtig keek ze op haar horloge. 'Eleanor zit op me te wachten.'

'Kom dan een andere keer.' Lili kreeg kuiltjes in haar wangen als ze glimlachte, en dat raakte Drew. Zonder erbij na te denken leunde hij opzij om een vluchtig kusje op het dichtstbijzijnde kuiltje te drukken. 'Bedankt voor de lift.'

'Ik kan je morgenochtend wel naar de praktijk brengen,' zei Lili. Goeie help, wat was dit nu weer? Voelt het zo als je bezeten bent – dat je je mond opendoet en er woorden uitrollen die je helemaal niet wilde zeggen?

'Dat is erg aardig van je, maar dat kan ik je niet aandoen. Het is te ver...' Drew voelde zich alweer warm worden vanbinnen. Er gebeur-de beslist iets en hij wist niet zeker of hij er blij mee was. Dat wil zeg-gen, hij vond het gevoel wel prettig, maar hij wist helemaal niet of Lili Ferguson de juiste persoon was om het te veroorzaken.

'Het is een kleine moeite.' Lili's ogen waren groot en haar gezicht stond ernstig. 'Ik moet toch naar de supermarkt om luiers te kopen.'

Luiers.

Daar had je dat gevreesde woord. Alsof ik daaraan herinnerd moest worden, dacht Drew, geërgerd omdat het hem niet beviel wat er ge-beurde. Laten we even eerlijk zijn, hij was tamelijk jong, vrij en al-leenstaand en – op zijn eigen manier – een tamelijk begerenswaardi-ge man. Bovendien had hij een duidelijk beeld van zijn ideale vrouw – de vrouw die hij op een dag zou ontmoeten en op wie hij verliefd zou worden – en ze was jong en blond, met een weelderige boezem, het soort meisje dat in de Playboy niet zou misstaan.

'Hoe laat moet je in de praktijk zijn?'

'Om halfnegen.'

'Best. Ik pas morgen toch niet op Freya.' Lili glimlachte naar hem. 'Michael kan op de kinderen passen en ik haal je om acht uur op.'

'Vooruit, omdat je zo aandringt.' Drew voelde dat er iets begon te roeren in zijn binnenste. Wat bespottelijk! Hij had nu al vlinders in zijn buik. Negenentwintig jaar oud, en hij gedroeg zich als een tiener bij zijn eerste afspraakje.

Dit was verkeerd, helemaal verkeerd. Het paste absoluut niet in zijn plannen.

De vrouw van zijn dromen hoorde helemaal niet zeven jaar ouder te zijn dan hij, met rommelig lichtbruin haar, een mollig figuur, drie luidruchtige kinderen en een prikkelbare echtgenoot die op straat gezet moest worden.

23

'Voor jou.' Oliver gaf Jessie de telefoon. De volgende vijf minuten hoorde hij haar vrolijk kletsen met Jonathan, een gescheiden beeldhouwer uit Cheltenham, met wie ze het afgelopen jaar regelmatig uit was geweest. Maar verder dan kletsen leek het tegenwoordig niet meer te gaan. Het duurde niet lang, of Oliver hoorde Jessie de gebruikelijke slappe excuses maken.

Soms dreef zijn moeder hem tot wanhoop; op deze manier kreeg ze nooit een man.

'Hij vroeg je mee uit, hè?' zei hij nadat ze had opgehangen. 'Je vindt hem aardig, jullie kunnen goed met elkaar opschieten... waarom zeg je dan nee?'

Jessie woelde door zijn blonde haar toen ze naar de keuken liep op zoek naar eten. 'Geen zin.' Ze haalde haar schouders op, het was de waarheid. 'Ik heb me voorgenomen om lekker thuis te blijven, met een video en een boterham met gecondenseerde melk.' Ze haalde het blikje uit de ijskast en zwaaide er uitnodigend mee naar Oliver. 'Wil jij er een?'

'Jakkes, wat zielig.'

Dat woord had hij van Savannah overgenomen. Jarenlang had hij zonder gekund, maar de laatste tijd gebruikte Oliver het in elk gesprek. Alles van advocaat tot behang met zebraprint was zielig.

Glimlachend bij zichzelf pakte Jessie een mes en energiek begon ze brood te snijden. 'Bovendien wijs jij ook meisjes af. Ik heb het je honderden keren horen doen.'

'Dat is iets anders. Ik ben geen oude vrijster,' zei Oliver.

Jessie kwam slechts even in de verleiding om gecondenseerde melk over zijn hoofd te gieten; dat zou zonde zijn.

'Hoe zit het met dat meisje uit Bath, dat knappe ding met dat rode haar?' drong ze aan. 'Ik dacht dat je haar leuk vond. Nu wil je haar niet eens meer terugbellen.'

Het was Olivers beurt om zijn schouders op te halen en naar buiten te staren. Aan de andere kant van het dorpsplein stapte Drew Darcy uit Lili Fergusons smerige rode Volvo. 'Ze was saai.'

Toen Jessie het blikje terugzette in de ijskast, viel haar oog op een geopende fles wijn, goedkoop, maar geen château migraine. Ze plensde een scheut in een glas en ging met haar boterham naar de zitkamer.

'Waar kijk je naar?'

'Naar je vriendin Lili. Ze probeert op te trekken in de derde versnelling. Ha, nu is de motor afgeslagen.' Geamuseerd schudde hij zijn hoofd. 'Ze is een gevaar op de weg.'

'Moet je niet om halfacht in de pub zijn?' vroeg Jessie.

'Ja.'

'Het is halfacht.'

'Stik, dan staat mijn horloge stil.' Oliver holde naar boven om te douchen en andere kleren aan te trekken.

Jessie keek naar *EastEnders*. Ze likte haar vingers af en kwam net tot de ontdekking dat goedkope witte wijn en gecondenseerde melk niet samengingen toen de bel ging.

Toby stond op de stoep, verpletterend knap in een donkerblauw overhemd en een witte spijkerbroek. Een briesje speelde door zijn blonde haar terwijl hij zijn zonnebril afzette en hij keek Jessie strak aan met die beroemde – en nog veel verpletterender – donkerblauwe ogen.

'Ik kom je de rest van het geld brengen. Ik dacht dat je het liever contant had.'

Hij had een envelop in zijn hand maar bood haar die niet aan.

'Contant of een cheque, mij maakt het niet uit. Ik betaal belasting over wat ik verdien. Ik ben geen fraudeur,' voegde ze er veelbetekenend aan toe.

'Vraag je nog of ik binnenkom?' Toby liet zijn stem dalen. 'Jess, we moeten praten.'

Op dat moment stommelde Oliver de trap af. Met zijn ene hand kamde hij zijn natte haar en in de andere hield hij zijn schoenen. 'Hallo,' hijgde hij. 'Ik ben te laat voor mijn werk.'

'Ik heb ook haast,' zei Jessie tegen Toby. 'Ik ga uit.'

Oliver was bezig zijn veters te strikken en staarde verbaasd omhoog. 'Met wie?'

'Met Jonathan.'

'Je hebt net nee gezegd!'

'Hij belde terug toen je onder de douche stond,' loog Jessie. 'Hij haalt me om acht uur op.' Ze griste de envelop uit Toby's hand, scheurde hem open en telde vluchtig de briefjes van twintig. 'Mooi zo. Reuze bedankt. Wil je me nu verontschuldigen? Ik moet me verkleden.'

Vanaf de eerste verdieping hoorde ze Toby en Oliver samen weggaan. 'Let maar niet op mijn moeder,' zei Oliver, 'ze doet de laatste tijd zo vreemd.'

Ha, dacht Jessie, ik vraag me af waarom.

'Wie is die man?' vroeg Toby. 'Die Jonathan?'

'Een aardige vent. Stapelgek op haar.' Oliver klonk geamuseerd. 'Het bewijst maar weer dat smaken verschillen. Kom je straks naar de pub?'

'Misschien,' zei Toby.

Jessie was Jonathans nummer vergeten. Ze moest het opzoeken. Uit het oog, uit het geheugen...

'Met mij. Sorry, mag ik me bedenken?'

'Waarover?'

'Ik wil je vanavond graag zien.'

'Noem je dat smeken?' zei Jonathan.

'Ik wil je vanavond echt héél erg graag zien.'

'Jammer, je bent te laat.' Jonathan zuchtte. 'Ik heb andere plannen.'

'Nietwaar!'

'Okay, het is niet waar. Hoe laat zal ik je ophalen?'

Dat was niet zo galant als het klonk. Jonathan, een liefhebber van klassieke bolides, weigerde zich te vertonen in alles dat voor gewoon kon doorgaan. Als hij niet achter het stuur van zijn dierbare gele Lagonda zat, bleef hij net zo lief thuis.

'Acht uur?' opperde Jessie.

'Het is nu tien voor acht,' protesteerde Jonathan. 'Wees redelijk.'

'Goed, halfnegen.'

Dit was absoluut wat ze nodig had, besefte Jessie later die avond in de Seven Bells. Een partner. Een Andere Helft. Iemand wiens naam mensen met de hare in verband brachten, want als ze dan overwogen om een feestje te geven, zouden ze niet gewoon Jessie-in-haar-eentje uitnodigen, maar Jessie-en-Dinges.

En de volgende keer dat een getrouwde man op de versiertoer avances maakte, zou hij niet kunnen insinueren dat ze haar handen dicht hoorde te knijpen, aangezien ze zo... zo pijnlijk alléén was.

Jammer dat ze geen magisch knopje om kon zetten waarmee ze opeens smoorverliefd op Jonathan zou worden.

'Waarom denkt Oliver dat ik je vanavond twee keer heb gebeld en je heb gesméékt om mee uit te gaan?'

'Waarschijnlijk omdat ik hem dat heb verteld.'

Je kon veel van Jonathan zeggen, maar niet dat hij een zeurkous was. Hij trok slechts vragend een wenkbrauw op. 'Mag ik vragen waarom?'

'Het is nogal ingewikkeld,' zei Jessie met een zucht.

'Heeft het toevallig iets te maken met dat stuk in de *Daily Mail* van verleden week?'

Jessie keek hem onschuldig aan terwijl ze de ijsblokjes in haar glas liet rammelen als dobbelstenen. 'Waarom zou het daar iets mee te maken hebben?'

'O, zomaar. Ik vroeg me gewoon af waarom wij híer zitten en Toby Gillespie helemaal dáár aan de bar staat,' merkte Jonathan droog op. 'Verder valt het me op dat hij de hele tijd naar me kijkt. Alsof hij me het liefst met een schep op mijn hoofd zou slaan.'

Jessie vertrouwde Jonathan, maar ze wist niet of ze hem wel voor honderd procent vertrouwde. 'Doe niet zo achterlijk. Hij is gelukkig getrouwd.'

Jonathan haalde zijn schouders op. 'Ik zeg alleen wat ik zie.'

'Zullen we gaan?' stelde Jessie voor. Het was negen uur, ze rammelde van de honger en ze had haar punt gescoord.

Jonathan glimlachte flauwtjes. Hij had dus gelijk. Arme Jess, wat had ze zich nu weer op de hals gehaald?

'Wil je dat ik een arm om je heen sla als we weggaan?' bood hij aan, want ze had hem duidelijk met een bepaalde bedoeling meegesleept.

Jessie keek hem dankbaar aan. 'Graag.'


'Dus Jess en Jonathan zijn weer bij elkaar,' merkte Lorna Blake op. Ze poetste de bar zo energiek schoon dat ze Toby's glas Glenfiddich bijna omgooide.

'Het lijkt er wel op.' Oliver luisterde naar het ronken van Jonathans Lagonda toen hij wegreed van het parkeerterrein. 'Dat zou het geluid van mijn toekomstige stiefvader kunnen zijn.' Hij grijnsde naar Savannah. 'Alleen wil hij me die mooie auto van hem vast nooit lenen.'

'Schenk me nog eens in,' zei Toby.

Lorna keek hem beledigd aan. 'Alsjeblieft.'

'Sorry.' Hij beklemtoonde het woord. 'Alsjeblieft.'

'Je hebt al flink gedronken, pap,' zei Savannah met gefronste wenk-brauwen.

Een echtpaar van middelbare leeftijd dat elkaar al een tijdje op ge-dempte toon moed had ingesproken, liep nu naar de bar.

'Toby Gillespie? We zijn grote fans van u.' Zwijmelend keek de vrouw hem aan terwijl ze een bierviltje onder zijn neus schoof. 'Mogen we uw handtekening?'

'Alstublieft,' voegde Toby eraan toe.

De vrouw bloosde tot in haar gepermanente grijze haarwortels.

Toby schudde zijn hoofd. 'Nee.'

'Papa!' riep Savannah uit.

'Ik heb er geen zin in.'

'Het spijt me heel erg,' zei Savannah tegen het echtpaar. 'Hij heeft een zware dag achter de rug.'

'Een vriend van hem is overleden,' vulde Oliver aan. 'Een oudere ac-teur. Hij was erg op hem gesteld.'

'Arme man.' De vrouw raakte Toby's arm aan. 'Wat vreselijk voor u. Wie was het? Iemand die we kennen?'

'Hij was niet beroemd.' Oliver zei het op sombere toon. 'Ze waren dol op elkaar.' Bij het zien van de verbijsterde uitdrukking in de ogen van de vrouw voegde hij er haastig aan toe: 'Niet dol op die manier.'

Toby deed nog steeds geen mond open.

'Sorry dat we u lastig hebben gevallen.' Beteuterd dropen de vrouw en de man af. Even later hadden ze de pub verlaten, zonder hun drank-jes op te drinken.

'Wat was jij onbeleefd,' snauwde Lorna.

'Hoor eens, ik heb al twintig jaar te maken met mensen die me om mijn handtekening vragen.' Toby was niet in de stemming om zich-zelf te verdedigen. 'Dit is de allereerste keer dat ik nee heb gezegd.'

'Dat is waar,' beaamde Savannah loyaal.

'Eén keer in de twintig jaar. Dat is toch geen slechte score?'

'Geen idee.' Lorna knikte in de richting van de deur. 'Vraag het maar aan de mensen die net weg zijn.'

Toby begon zich schuldig te voelen en probeerde zich te verdedigen. 'Ze overleven het heus wel.'

'Natuurlijk overleven ze het. Maak je over die twee maar geen zor-gen,' zei Lorna kil. 'Ze zijn toch niet belangrijk? Jij bent de enige die telt. Daar gaat het om,' voegde ze eraan toe terwijl ze zich omdraai-de om een andere klant te bedienen, 'dat jij je goed voelt over jezelf.'

'Shit,' verzuchtte Toby. Hij dronk zijn glas leeg en liet zich van de barkruk glijden. 'Tot kijk.'

'Heb je mijn vader naar huis zien gaan?' vroeg Savannah aan Moll, die met haar armen vol lege glazen terugkwam van het terras.
'Hij zit nog steeds buiten. Hou je buik in.' Moll wurmde zich langs Oliver en wiebelde plagend met haar heupen tegen zijn billen. Ze knipoogde naar Savannah. 'Die jongen heeft een onweerstaanbaar lijf. Is hij niet geknipt voor die Levi's reclames?'
'Wat doet hij buiten?' vroeg Oliver bezorgd.
'Hij zit te praten met een of ander echtpaar.'
'Wat zegt hij tegen ze?'
'Wat is dit – een verhoor?' Moll begreep niet waar Oliver zich druk om maakte en gaf hem speels een por in zijn ribben. 'Het bekende werk. Ik moest hem mijn pen lenen omdat hij ze een handtekening wilde geven. Zeg, zet je die glazen nog in de afwasmachine?' Ze richtte nog een speelse por op Olivers platte buik. 'Of moet ik je kietelen totdat je om genade...'
'Ik doe het al!' riep Oliver, die absoluut niet tegen kietelen kon. Hij deinsde achteruit. 'Moll! Ik doe het al, hou op!'
'Hebben jullie ooit iets met elkaar gehad?' vroeg Savannah toen Moll even weg was om een sigaret te roken.
'Moll en ik?' vroeg Oliver verbaasd. 'Nee.'
'Waarom niet?'
'Wat bedoel je?'
Savannah haalde haar schouders op en friemelde met de spaghettibandjes van haar gestreepte truitje. 'Ik krijg de indruk dat ze met zowat iedereen in het dorp naar bed is geweest. En ze ziet je duidelijk wel zitten.'
'We zijn gewoon bevriend,' protesteerde Oliver lachend.
Maar Savannah had Moll Harper scherp geobserveerd, en haar methode was duidelijk. Mannen voor wie Moll geen belangstelling had, kregen de uitdagende, flirtende glimlach met dat-zou-je-wel-willen-hè als ondertoon. Mannen die ze wel leuk vond daarentegen, werden getrakteerd op de trage, zwoele bedenk-eens-hoe-fijn-we-het-samen-kunnen-hebben variant.
En hoewel de plagerijtjes die ze met Oliver uitwisselde wel uitdagend waren, was haar glimlach dat beslist niet.
Savannah, die zich niets liet wijsmaken, keek hem lang aan. 'Kul. Ze vindt je het einde.'
Hij haalde zijn schouders op. 'Okay, misschien is ze niet mijn type.'
'Mooi zo.' Savannah twijfelde tussen opluchting en verwarring om-

dat het haar überhaupt iets kon schelen. De sterke neiging om Oliver voor de attenties van andere meisjes te behoeden, was sterker dan ooit.

Ze wilde alleen dat ze wist waarom.


## 24


Dit noem ik nog eens stom, dacht Lili de volgende ochtend om half-acht. Ze stond in haar beha en slipje voor de kast en kon niet be-denken wat ze aan zou trekken.

Roze blouse of oranje truitje?

Witte rok met een veiligheidsspeld om de tailleband dicht te maken, of zwarte broek?

Groene sandalen of paarse slippers?

Haar in een paardenstaart of...

'Twijfels, twijfels.' Harriet verscheen in de deuropening van de slaap-kamer in het Spice Girls T-shirt dat ze als pyjama gebruikte en een kom cornflakes in haar hand. 'Zo te zien ga je iets spannends doen.'

'Ik moet naar de Sainsbury's.' Het was te warm voor de zwarte broek, en het oranje truitje had een uitgelubberde hals. Lili pakte de lichtroze blouse en de witte rok met veiligheidsspeld en probeerde te doen alsof het de gewoonste zaak van de wereld was dat ze zich 's ochtends met zoveel zorg kleedde. Het was altijd beter dan tus-sen de stapel op de stoel zoeken naar haar legging en T-shirt van gis-teren.

'Wow, mam! Je hebt lippenstift op!'

O jee...

'Het is een sjieke Sainsbury's.'

'Maar je doet nooit...'

'Lili, SNEL! Kom beneden en doe iets aan die zoon van je,' brulde Michael naar boven.

'Er zit viezigheid in zijn luier,' gilde Lottie, die even kwaad probeer-de te klinken als haar vader, 'en zijn hele rug zit onder.'

Onderweg naar beneden, dankbaar voor de afleiding, bedacht Lili dat Michael nog nooit van zijn leven een luier had verschoond.


Doug Flynn haastte zich naar buiten op het moment dat ze voor Keep-er's Cottage stopte.

'Ik geef Drew een lift naar zijn werk,' legde Lili uit.

'O ja?' Doug keek verbaasd maar hield wel de deur voor haar open.
'Hij is nog niet op.'
Nadat Doug met brullende motor was verdwenen over Compass Hill,
besefte Lili dat je in het huis een speld kon horen vallen.
Het was een rommel in huis – zeker rommelig genoeg om een huive-
ring langs Eleanors stof- en bacterievrije rug te laten gaan – maar het
had erger kunnen zijn. Het was gewoon niet opgeruimd, zoals te ver-
wachten was in een huis waar drie vrijgezellen woonden. Eigenlijk
was het er heel gezellig, besloot Lili, die zich net Goudhaartje voelde
toen ze verder liep.
Alleen was een van de drie beren vermoedelijk nog thuis.
'Eh... hallo?' Aarzelend richtte Lili de woorden naar boven.
Geen antwoord.
'Drew, ben je boven?'
Nog steeds niets. Het begon een beetje raar te worden. Stel nou dat
Drew gisteravond uit was gegaan, met zijn vriendin bijvoorbeeld, en
bij haar was blijven slapen? Stel nou dat hij haar aanbod om hem een
lift te geven straal vergeten was?
Maar Lili wist vrij zeker dat Drew geen vriendin had. En hoewel het
voor de hand lag om naar huis te gaan en zijn telefoontje af te wachten, kon ze dat niet doen zonder eerst even te kijken.
'Hallo? Drew?' Ze voelde zich belachelijk toen ze besefte dat ze op
haar tenen de trap op liep om de treden niet te laten kraken. Op de
overloop schraapte Lili haar keel en riep nog een keer. 'Drew? Ik ben
het... Lili.'
De badkamerdeur stond wijd open, evenals de deur van Dougs slaapkamer. Lili wist dat het de zijne was doordat er nog een wolk van
verse Eau Sauvage in de lucht hing en er een opengeslagen anato-
mieboek op het onopgemaakte bed lag.
Ze klopte op de eerste van de twee dichte deuren, gluurde naar binnen en zag Jamies sweaters in een berg in een hoek liggen. Lili trok
haar neus op; jammer genoeg rook het hier niet naar aftershave.
De laatste deur moest die van Drews kamer zijn. Lili klopte en deed
de deur open, er inmiddels van overtuigd dat hij er niet was.
De gordijnen waren dicht en het was bijna aardedonker in de kamer.
Ze slaakte een kreet van schrik toen het beddengoed bewoog en Drew
zijn hoofd onder het dekbed vandaan stak.
'Lili?'
'O verhip, het spijt me!' Ze wankelde achteruit en moest zich aan de
deurknop vastgrijpen. 'Ik dacht dat je... Ik bedoel, ik dacht niet dat
je...'
'Hoe laat is het?' viel Drew haar kreunend in de rede.

'Vijf over acht. Eh, zal ik de gordijnen opendoen?'

'Vijf over acht! Stik.'

Hij klonk vreselijk. Lili vroeg zich af of hij een enorme kater had. Ze deed het licht aan en liep behoedzaam naar het bed. 'Moet je niet om halfnegen in de praktijk...'

'Pas op de emmer,' mompelde Drew, maar niet snel genoeg.

Er klonk een doffe dreun toen Lili de aluminium emmer omver stootte. Er zat niets in, dat viel weer mee.

'Jeetje, heb je gisteravond soms te diep in het glaasje gekeken? Moet je overgeven?'

Nu de duisternis verdreven was, kon ze Drews gezicht zien. Zijn huid had de kleur van afwaswater en hij zag er even vreselijk uit als hij klonk.

'Ik heb geen druppel gedronken,' kraakte hij. 'Het is dat verrekte virus. Ik heb de hele nacht overgegeven.'

'O Drew, wat naar voor je!' Een buikvirus waarde door het dorp en het vloerde zijn slachtoffers op dramatische wijze. Lottie en Will hadden het verleden week gehad. Gelukkig waren ze niet lang ziek geweest; het virus was na vierentwintig uur uitgeraasd.

Lili legde een koele hand tegen Drews voorhoofd en voelde hoe warm hij was.

'Straks krijg jij het nog,' protesteerde hij zwakjes.

'Nee hoor, ik ben nooit ziek.'

'Ik ook niet.'

'Ik haal iets te drinken voor je. Mineraalwater is goed voor je,' zei Lili. 'En de lakens zitten helemaal in de knoop. Ik maak je bed wel even op, dan lig je lekkerder.'

'Het is helemaal niet goed dat je hier bent. Stel nou dat ik weer moet kotsen?' Diep ellendig bewoog Drew zijn hoofd heen en weer op het kussen. Hij had zich nog nooit zo ziek gevoeld.

'Ik ben een moeder. Ik ben een expert in het opruimen van kots. Hoe moet het met je werk?'

'Ik moet Jamie bellen op zijn mobiele telefoon. Hij is vannacht weggeroepen om een paard te helpen met een moeilijke bevalling. Hij moet het van me overnemen... Waar ga je naartoe?'

'Ik ga water voor je halen en de telefoon.'

Hij keek haar treurig aan. 'Ik kan wel dood zijn tegen de tijd dat je terugkomt.'

Lili glimlachte. 'Probeer nog een paar minuten te blijven ademen.'

Om halfnegen zat Drew in een bed met schone lakens en een glas mineraalwater, en hij voelde zich zowaar iets beter.

'Je bent een engel. Maar dat wist je al. Ik ben je eeuwig dankbaar,' zei hij tegen Lili. 'En ik rammel. Ik denk dat een toastje er wel in blijft.'

Ze schudde haar hoofd. 'Dat is te vlug.'

'Echt niet. Het gaat heus goed.'

Lili maakte een toastje voor hem.

Om negen uur gaf Drew weer over in zijn emmer.

'Waarom probeer je niet nog wat te slapen?' Lili legde een verrukkelijk koud washandje tegen zijn gloeiende voorhoofd.

'Je hebt niet eens "zie je nou wel" gezegd,' zei Drew bewonderend, en hij sloot zijn ogen.

Er klonk een lach in haar stem. 'Ik vind het vreselijk als mensen dat tegen mij zeggen.'

'Staat je auto voor de deur?'

'Ja.'

Hij trok een wenkbrauw op. 'Dan komen de tongen los.'

Lili was blij dat hij nog steeds zijn ogen dicht had. 'Daar blijkt wel uit hoe stom ze zijn,' zei ze luchtig. 'Als we een hartstochtelijke verhouding hadden, zou ik mijn auto toch niet pal voor jouw deur zetten?'

Langzaam deed Drew zijn ogen open. 'Tenzij je het juist daarom deed.'

'Bovendien wordt er waarschijnlijk toch al geroddeld. Toen ik daarnet de gordijnen opendeed, liep Myrtle Armitage net langs. Ze keek behoorlijk geschokt,' zei Lili.

Drew wist een flauw glimlachje te produceren. 'Ze vertelt het natuurlijk aan iedereen. Als je de televisie aanzet, is het waarschijnlijk op het plaatselijke nieuws.'

'Of ze werkt zich door alle kranten in haar winkel heen,' zei Lili giechelend, 'om onder aan alle roddelkolommen Post-it-briefjes te plakken. "Laatste nieuws uit Upper Sisley. Slonzige moeder van drie schaamt zich niet voor verhouding met hartveroverende Darcy."'

'Jij bent niet slonzig en ik ben niet hartveroverend. Al helemaal niet als ik overgeef,' zei Drew.

Zijn oogleden vielen weer dicht. Zo te horen kostte het hem moeite om wakker te blijven.

'Ik laat je met rust.' Lili legde de telefoon op het nachtkastje, naast het glas water. 'Bel me als je iets nodig hebt. Ik kom straks nog even langs, is dat goed? Even kijken of alles in orde is.'

Ze verwachtte min of meer dat Drew zou protesteren dat het niet nodig was, dat hij zich heel goed kon redden. Maar dat deed hij niet.

'Bedankt. Er ligt een extra huissleutel op de schoorsteen. Als ik straks niet meer adem,' voegde hij er gelaten aan toe, 'geef me dan maar mond-op-mondbeademing.'

'Maak je geen zorgen. Jamie zei dat hij om drie uur thuis zou zijn,' troostte Lili hem. 'Als je dan niet meer ademt, zal ik hem vragen om het te doen.'

25

Lili was in de tuin op handen en knieën bezig met het uitgraven van Florida Barbie toen er een schaduw over het bloembed viel.

'Wat is er aan de hand?' zei Jessie.

'O, Lottie heeft haar gisteren begraven. Ken ligt hier ook ergens – onder die rozenstruik, geloof ik. Ze zei dat ze te oud waren.' Lili imiteerde haar dochters dramatische gebaren. 'Ze moesten gewoon sterven.'

'Ik heb het niet over Barbie en Ken, ik ben meer geïnteresseerd in jou en Drew Darcy,' zei Jessie. 'Ik kwam thuis lunchen en Oliver vertelde het me.'

'Oliver?'

'Hij had het van Lorna gehoord.'

'Wie heeft het aan Lorna verteld?'

'Wie denk je? Myrtle.'

'Aha.' Lili knikte glimlachend en schudde een klont aarde uit Barbies haar.

'Schaamteloos, dat is wat je bent. Je deed Drews gordijnen open en het kon je niet schelen wie het zag.' Jessie aapte de verontwaardigde toon van de winkelierster na. Ze had het roddeltje uit de derde hand gehoord, maar kon wel raden hoe Myrtle het had gebracht. 'Hondsbrutaal, zo blij als een kind, vrolijke Fransje,' improviseerde Jessie uit de losse pols, 'wie Fransje ook mag zijn…'

'Heeft ze dat echt gezegd?'

'Misschien niet. Maar het woord midlifecrisis is kennelijk wel gevallen.'

'Wat gemeen!' riep Lili uit. 'Ik ben pas zesendertig.'

Jessie grijnsde. 'Nou, hoe was hij in bed?'

'Misselijk.'

'Pervers, bedoel je?'

'In een emmer, bedoel ik.' Lili knakte Barbie voorover en liet haar overgeven in het bloembed. 'Arme jongen, hij heeft dat virus.'

'En jij speelt alleen voor Florence Nightingale?' vroeg Jessie teleurgesteld. 'Je ruimt kots op? Dat valt me vies tegen.'

Lili zat op haar hurken en klopte aarde van haar handen. Ze wist wanneer ze werd geplaagd. Ze was de minst waarschijnlijke kandidaat voor een verhouding van het hele dorp. De op één na minst waarschijnlijke, corrigeerde ze zichzelf, want in gedachten zag ze haar schoonmoeder in negligé voor zich.

Ze vroeg zich af wat Jessie zou zeggen als ze haar vertelde hoelang ze die ochtend voor de spiegel had gestaan, aarzelend over wat ze aan moest. 'Waarom ben jij trouwens niet aan het werk?' vroeg ze om de aandacht van zichzelf af te leiden.

'Ik wilde met je praten.'

Lili kon wel raden waarover. Het roddelcircuit in het dorp was tweerichtingsverkeer. De vorige avond had Harriet Bliksem uitgelaten op het dorpsplein en haar verteld dat ze Jessie in een felgele sportwagen weg had zien rijden bij de pub.

'Het is weer aan met Jonathan.'

Jessie kwam naast haar zitten op het gras en knikte. 'Zo'n beetje.'

'Waarom? Ik bedoel, hij is erg aardig,' verbeterde Lili zichzelf haastig, 'maar... ik dacht dat je genoeg had van al dat gesleutel aan die oude auto's. Als hij evenveel tijd besteedde aan het voorspel als aan het oppoetsen van zijn bougies, heb je een keer tegen me gezegd, zou hij Warren Beatty naar de kroon steken.'

'Ik slaap niet meer met hem. Ik ga alleen met hem uit. Het heeft niets met romantiek te maken.' Jessie frummelde aan de oranje sjaal in haar haar. Aangezien er niet aan gefrummeld hoefde te worden, was dit een teken dat ze moed verzamelde om nog iets te zeggen.

'Ga verder,' drong Lili aan. 'Wat?'

'Ach, ik wil gewoon dat iedereen dénkt dat we weer bij elkaar zijn.' 'Waarom?'

Daar gaan we, dacht Jessie. Ze liet de punt van de oranje sjaal los, haalde diep adem en vertelde wat er tussen Toby en haar was voorgevallen.

'Wat een ellendeling!' riep Lili uit toen ze klaar was. Gevolgd door: 'Arme jíj,' omdat Jessie tranen in haar ogen kreeg. Jessie huilde nooit, zelfs niet om *Het Kleine Huis op de Prairie*.

'Is het niet stom?' Eindelijk kwam de sjaal van pas; Jessie veegde er wild haar ogen mee af. 'Ik snap gewoon niet dat ik erin ben getuind, al dat gezemel dat hij altijd van me is blijven houden, dat hij nooit zoveel voor iemand heeft gevoeld... allemaal zoetsappig gevlei om me in bed te krijgen.'

Lili vroeg zich af of ze iets had gemist. 'Je hebt toch niet met hem geslapen?' vroeg ze voorzichtig.

Jessie schudde haar hoofd. 'Maar ik wilde het wel.'

'O Jess...'

'Dat zou ik nooit doen, vanwege Deborah.' Het kostte Jessie moeite om duidelijk te maken wat ze bedoelde. 'Maar als hij niet getrouwd zou zijn, zou ik het wel hebben gedaan.' Triest schudde ze haar hoofd. 'Als een speer.'

Lili probeerde te bedenken wat ze als troost kon zeggen toen Michael naar buiten kwam.

'Ben je al naar Sainsbury's geweest?' gromde hij. 'De koffie is op.'

'Ik heb het druk.' Lili streek haar rafelige pony uit haar ogen en keek naar hem omhoog, vastbesloten om geen sorry te zeggen.

'Dat zie ik, ja. Met vriendinnen roddelen op het grasveld.' Hij glimlachte flets naar Jess om de beschuldiging te verzachten. 'Ik teken voor zo'n baan.'

'Als je per se koffie wil, ga dan naar Myrtle,' zei Lili.

'Ze verkoopt het merk dat ik lekker vind niet.'

Dat was nou wat Lili gek maakte. Als Michael een week of twee thuis was, was de nieuwigheid eraf. Hij was net een puber, was onhandelbaar en verveelde zich stierlijk, en zij voelde zich verplicht om hem bezig te houden, ook al was dat onterecht. Ze betrapte zichzelf erop dat ze dingen zei als: 'Het gras moet gemaaid worden,' of: 'Waarom ga je niet gezellig golfen?'

'Je kunt naar Sainsbury's gaan als je wil,' opperde ze nu, erop gebrand om hem van de vloer te hebben zodat zij en Jess ongestoord verder konden praten. 'Het lijstje ligt op de keukentafel.'

Michael keek verpletterd. Hij had het lijstje gezien; het was een kilometer lang en stond vol met spannende dingen zoals wc-eend, aardappels en vaatdoekjes.

'Of je kunt die planken in de badkamer ophangen,' vervolgde Lili opgewekt.

Planken. Rustig aan, te veel enthousiasme kon een man de das omdoen.

Bovendien haatte hij het ophangen van planken.

'Ik doe de boodschappen wel.'

'O, voor ik het vergeet, kun jij woensdagavond op de kinderen passen? Myrtle wil een permanent en het is makkelijker als ik het bij haar thuis doe.'

Ergernis welde in hem op. Met een kar zeulen door Sainsbury's, op de kinderen passen... Wat was hij verdomme, het manusje van alles?

'Ik doe de boodschappen wel,' herhaalde Michael gespannen, 'maar woensdagavond kan ik niet. Ik ga snookeren. Er is een wedstrijd in de club.'

Hij was helemaal niet van plan om naar de snookerclub te gaan.

Snooker kwam hem zijn neus uit. Hij zou nog een keer naar de Antilope gaan, besloot hij, eens kijken of die vrijgezellenavond wat was.

Oliver en Savannah zouden na de lunch gaan zwemmen zodra Oliver klaar was met zijn werk in de pub.
'We hebben het razend druk,' zei hij tegen haar toen ze om halfdrie met een opgerolde handdoek onder haar arm binnenkwam.
Savannah, die een lichtgrijs afgeknipt topje droeg en een gerafelde witte short, vond het niet erg. 'Ik neem iets te drinken en ik wacht buiten wel.' Grijnzend klopte ze op haar bruine middenrif. 'Dan kan ik een beetje aan mijn kleur werken.'
Veel mensen aten hun lunch buiten in de achtertuin. Toen Oliver twintig minuten later in het felle zonlicht naar buiten kwam met twee borden vegetarische cannelloni, waren alle tafeltjes bezet en kon hij Savannah niet onmiddellijk vinden.
Uiteindelijk zag hij haar aan de andere kant van de tuin op een bankje zitten, ingeklemd tussen twee mannen die hij niet kende. Drie andere mannen zaten tegenover haar en ze gierden allemaal van het lachen. Oliver ging opzij om beter te kunnen kijken en zag waarom. Een van de mannen droeg Savannahs roze met zwart gestreepte bikinitopje over zijn shirt.
'Eh... neem me niet kwalijk, is dat onze cannelloni?'
Savannah lachte zo hard dat ze zich in haar sinaasappelsap verslikte. Haar buurman begon op haar rug te kloppen. De man met de bikini deed alsof hij zich ook verslikte, en er werd hard aan het bandje op zijn rug getrokken.
Oliver begon zich steeds ongemakkelijker te voelen. Hij zag dat Savannah iets mompelde tegen de man die op haar rug had geklopt. Hij leunde opzij, streek het gordijn van blond haar weg van haar oor en fluisterde iets waardoor ze opnieuw in lachen uitbarstte.
Even later keek ze op en kreeg ze Oliver in de gaten. Ze wenkte enthousiast naar hem, nog steeds giechelend, duidelijk van plan om haar nieuwe vrienden aan hem voor te stellen.
Oliver had helemaal geen zin om voorgesteld te worden. Waarom zou hij dat stelletje idioten willen ontmoeten?
'Zijn die voor ons?' zei dezelfde licht geërgerde stem achter Oliver, want de cannelloni begon koud te worden.
'Sorry? Ja, dit is voor u.' Hij zette de borden op tafel en stukjes glinsterende lollo rosso en tomaat belandden op de grond.
De man die aan de andere kant van Savannah zat, had zijn dij inmiddels tegen haar blote been gedrukt. Nu bestudeerde hij de rafels

van haar short. Oliver onderdrukte de wilde opwelling om erheen te rennen en hem een klap te geven.

'Wacht eens even, dit is vegetarisch. We zijn geen vegetariërs,' klaagde de klant, die veel te dik was en overvloedig zweette in de hitte. 'We hadden gewone besteld.'

Het roze met zwart gestreepte bikinitopje werd nu uitgedaan alsof het een striptease was. De man liet het ronddraaien boven zijn hoofd en wiegde verleidelijk met zijn heupen. Het volgende moment zeilde het topje door de lucht, het landde in een appelboom en bleef aan een tak haken.

'Luister je wel? We willen deze vegetarische troep niet.'

'U kunt wel een gezonde hap gebruiken.' Oliver kon het niet helpen, hij schoot uit zijn slof. 'Hou op met klagen en eet.'

Het was haar taak om uit te pakken en op te ruimen, besefte Lili toen ze de keukendeur opendeed en een stuk of tien uitpuilende plastic zakken met boodschappen zag staan, waarin ze drie bakken snel smeltend toffee-ijs met knapperige nootjes ontdekte. Michael was al naar boven om te douchen. Ach, hij mag best even uitrusten, dacht ze droog, hij is per slot van rekening een man. Je kunt niet van hem verwachten dat hij alles doet.

'Kun je tien minuutjes een oogje op de kinderen houden?' vroeg ze een uur later. Michael, duidelijk nog herstellend van het boodschappen doen, lag languit op een ligstoel en luisterde naar een cricketwedstrijd op de radio. Lili vond dit ongeveer even boeiend als luisteren naar breien op de radio.

Hij verwaardigde zich zijn donkere zonnebril op te tillen. 'Wat?'

'Tien minuutjes maar. Ik heb Drew beloofd dat ik nog even langs zou komen om te kijken of alles in orde is.'

Michael fronste zijn wenkbrauwen. 'Heb je lippenstift op?'

'Nee!' Lili voelde haar nek tintelen van verlate schuldgevoelens; na die ochtend had ze het niet aangedurfd om het nog een keer te doen. In plaats daarvan, domweg om droge lippen te bestrijden, had ze een graai gedaan in de duizenden sticks lipbalsem waar Harriet aan verslaafd was en er snel wat van opgedaan terwijl ze de trap afrende.

Michael haalde zijn schouders op. 'Best. Blijf niet te lang weg, ik rammel.'

Lili voelde zich net Gary Cooper in *High Noon* toen ze over het uitgedroogde gras van het dorpsplein liep. Myrtle Armitage zat ongetwijfeld met ogen op steeltjes te kijken en zou al haar klanten op de hoogte brengen. Kijk, daar ging ze weer, hondsbrutaal en oud genoeg om beter te weten, op klaarlichte dag bij haar vrijer op bezoek.

Lili vroeg zich af of het feit dat Jamies auto nu voor de deur stond de roddels de kop in zou drukken of er juist een extra dimensie aan zou toevoegen. Myrtle zou misschien nog wildere geruchten over triootjes gaan verspreiden.

'Hai!' zei Jamie opgewekt toen hij opendeed. 'Volgens mij is hij ziek – ik heb hem een biertje aangeboden en hij wilde niet.'

Jamie droeg alleen een beige short, wat niet echt hielp. Als Myrtle haar voor sterrenkijken geschikte verrekijker op Keeper's Cottage gericht had, zou ze best kunnen denken dat hij naakt was.

'Ik heb een fles mineraalwater voor hem meegenomen,' zei Lili.

Jamie trok een vies gezicht. 'Daar wordt hij nooit dronken van. Maar je mag best binnenkomen, hoor. Hij geeft in elk geval niet meer over.'

Drew lag in bed en keek naar cricket – jeetje, wat zágen mannen toch in dat stomme spel? – op een aftandse draagbare zwart-wittelevisie. Hij zag er nog steeds bleek en afgemat uit, maar glimlachte en ging zitten toen Lili de kamer binnenkwam.

'Wat ben ik blij dat je er bent.'

'Hoezo?'

'Ik heb behoefte aan sympathie.' Hij woelde door zijn haar en trok een zielig gezicht. 'Die Filistijn beneden weet niet eens wat het woord betekent.'

'Arme gewonde soldaat.' Lili grijnsde.

'Hij kwam thuis met Indiaas eten,' zei Drew verontwaardigd. 'Vroeg of ik trek had in een hapje kip vindaloo.'

'Tja, mannen zijn beesten.'

'Ik ben geen beest. Ik heb alleen dorst.'

Ze hield een grote fles mineraalwater omhoog. 'Ta-raa!'

'Geweldig.'

Drew slaakte een zucht van verlichting toen Lili de dop opendraaide. Helaas was de fles flink geschud tijdens Lili's haastige wandeling over het dorpsplein. Het volgende moment spoot er een fontein van ijskoud prikwater alle kanten op en ze kregen allebei de volle laag.

'Probeer je me soms te vertellen dat ik onder de douche moet?' zei Drew.

Een forse doos tissues stond half verborgen onder het bed. Lili haakte haar voet erachter en liep rood aan toen ze besefte dat er een pakje condooms mee was gekomen. Snel, voordat Drew zag wat ze had gedaan, probeerde ze het pakje terug te schoppen.

'Au!'

'Wat is er?' Drew leunde over de rand van het bed.

Lili, die de condooms niet eens had geraakt, zakte op de grond met haar handen rond haar grote teen.

'Au au au,' kreunde ze. Ze wiegde heen en weer en werd zelfs een beetje misselijk. De pijn was folterend.

'Wacht, ik kijk wel even.' Drew sloeg het dekbed open, sprong uit bed en tilde haar erop.

'Wat ben ik toch onhandig,' jammerde Lili. De vorige keer was het haar verbrande borst geweest. 'Ik ben zo'n stommeling. Jakkes, en dit kussen is kletsnat.'

Nadat Drew de stoffige sandaal had uitgetrokken, ging hij op de rand van het bed zitten om haar voet te onderzoeken. Lili hoopte dat haar tenen niet vies waren en nog vuriger dat haar voet niet naar zweet stonk.

'Niets gebroken. Ik denk wel dat je een blauwe plek krijgt.'

De pijn begon te zakken. Lili vroeg zich af waarom haar mond zo vreemd voelde en likte haar lippen. 'Jij hoort in bed te liggen, niet ik.'

Drew grijnsde naar haar. Hij droeg alleen een rode boxershort, en zijn gezicht en borst waren nog vochtig. Onwillekeurig zag Lili dat de short bedrukt was met kleine *Baywatch-babes*. Ze vroeg zich af of hij zijn buik inhield.

'Jamies idee van een grappig kerstcadeautje.' Drew hield zijn buik zo hard in dat hij er bijna kramp van kreeg. 'Geraffineerd, vind je niet?'

Lili's mond voelde nog steeds heel raar. Weer likte ze haar lippen, en vervolgens vroeg ze zich af of Drew zou denken dat ze het expres deed, in een poging hem te verleiden.

'Iemand trek in koffie? Jij, Lili?'

Jamie verscheen in de deuropening en bleef stokstijf staan, knipperend met zijn ogen. Lili zat op het bed en likte haar lippen, Drew – onmiskenbaar nat – zat naast haar in zijn *Baywatch*-boxer en op de grond waren de condooms uit het pakje geschoten.

'Krijg nou wat.' Jamie keek naar Drew en floot bewonderend. 'Jullie laten er geen gras over groeien.'


'Wat is er met je mond?' vroeg Michael toen Lili weer thuiskwam.

'Ik weet het niet.'

Lili begreep er echt niets van en ze rommelde in de la van het kastje waar ze Harriets lipbalsem in had gedaan nadat ze hem had gebruikt.

'En waarom loop je mank?'

'Ik heb mijn teen gestoten.'

'Je bent ook helemaal nat. Wat heb je gedaan, heb je die arme kerel soms gewassen in bed?'

'Nu snap ik het!' riep Lili half lachend uit toen ze de zwart met witte stick had gevonden en de tekst had gelezen. 'Het is helemaal geen lipbalsem, het is Pritt.'

## 26

Doug Flynn had April nauwelijks meer gesproken sinds ze de week ervoor naar de Antilope waren geweest, maar op woensdagochtend voelde ze zich gevleid omdat hij iets van haar nieuwe kapsel zei.

'Je bent naar de kapper geweest,' zei hij met een goedkeurend knikje. Hij leunde tegen het bureau in de receptie en bladerde vluchtig in een stapel dossiers. 'Staat je leuk.'

'Dank je.' April raakte de pas geknipte speelse lokjes in haar nek aan, haar zelfvertrouwen was gesterkt. Ze vroeg zich af hoe Doug zou reageren als hij wist dat ze die avond terug zou gaan naar de Antilope. Hij zou het ongetwijfeld lachwekkend vinden. Als je zo onvoorstelbaar knap was als Doug, hoefde je je niet af te vragen waar je een nieuwe partner zou kunnen ontmoeten. Waar hij ook kwam, overal doken de vrouwen als bij toverslag op.

'Hmm, ik verheug me er nu al op,' mompelde Doug toen hij een bladzijde omsloeg. Het dossier, zo dik als een telefoonboek, betrof een van hun vaste klanten, een dakloze alcoholist van in de twintig, berucht omdat hij in de prullenbak naast de koffieautomaat plaste en brulde dat alle artsen in deze tent moordenaars waren. Hij stonk een uur in de wind en vond het leuk om vieze woorden te schrijven in de beduimelde tijdschriften in de wachtkamer.

Die dag vereerde hij hen met een bezoek omdat zijn nieuwste tatoeage ernstig ontstoken was.

'Hij is even naar de wc,' zei April toen Doug de stapel lusteloos onder zijn arm schoof en zich omdraaide naar de rij stoelen.

'Daar zal de wc blij mee zijn.' Doug keek op zijn horloge en legde de stapel weer op het bureau. 'In dat geval moet hij nog maar vijf minuten wachten. Ik durf het niet aan met een lege maag – ik ga even een broodje halen.'

April zat driftig te tikken achter haar computer toen de bel op het bureau rinkelde om haar aandacht te trekken. In de hoop dat Dougs patiënt niet was teruggekomen om haar te vertellen dat ze een hoer en een moordenaar was, net als de rest, keek ze behoedzaam over haar schouder. 'Ik kom er zo aan.'

Het duurde een paar seconden voordat ze de vrouw herkende, domweg omdat haar aanwezigheid hier volstrekt misplaatst leek. Je verwachtte niet dat Margaret Thatcher achter je in de rij stond op het postkantoor, en je verwachtte evenmin een glimlachende Deborah Gillespie bij de receptie van de eerste hulp in het Harleston General.

Het was raar om oog in oog te staan met iemand die je alleen van de televisie en uit de kranten kende.

'Neem me niet kwalijk.' April besefte dat ze eruit moest zien als een idioot, beheerste zich en hield op met staren. 'Wat kan ik voor u doen?'

'Ik ben zo dom geweest.' Deborah greep naar haar buik en haar gezicht vertrok van pijn. 'We zijn hier net komen wonen en ik heb nog geen huisarts. Ik ben bang dat ik een blindedarmontsteking heb.'

Hoewel ze duidelijk pijn had, lukte het haar toch om te glimlachen. April was diep onder de indruk. Ze snapte niet dat iemand er in een lichtgrijs vestje en een verbleekte spijkerbroek zo moeiteloos elegant uit kon zien.

Datzelfde gold voor Dougs volgende patiënt, die terugkwam van de wc en Deborahs achterkant belangstellend bekeek.

'Ik zal uw gegevens noteren en een dossier maken,' vertelde April haar. 'Maakt u zich maar geen zorgen, er wordt zo naar u gekeken.'

'Ik kijk wel naar je,' lalde Dougs patiënt. Hij hijgde stinkende alcoholdampen over Deborahs schouder, duidelijk van mening dat hij op een buitenkansje was gestuit. 'Kom dan, kom dan.' Onhandig probeerde hij haar pols te pakken te krijgen. 'We vinden wel ergens een kamertje. Ik val op vrouwen zoals jij, weet je dat wel?'

De bewaker had net pauze. In paniek keek April om zich heen om te zien of ze Doug ergens zag. Hoe eerder hij de ontstoken tatoeage van deze vreselijke man had behandeld en hem de deur uit had gewerkt, des te beter. Wat moest die arme Deborah Gillespie er wel niet van denken?

Deborah leunde over het bureau en liet haar stem dalen. 'Trek het je niet aan, mijn man is acteur. Ik ben wel aan dronkenlappen gewend.'

'O ja? Nou schatje, heb jij even mazzel,' kraaide Dougs patiënt blij. 'Pas alleen wel op mijn rug, ja? Ik heb liever niet dat je er hitsig je nagels in zet.' Hij draaide zich om en liet haar zien welk schouderblad ontzien moest worden. 'Ik krepeer van de pijn.'

'Wacht even,' zei April tegen Deborah. 'Ik zal de arts van deze meneer even gaan halen, dan...'

'Heeft Doug Flynn toevallig dienst?' viel Deborah haar in de rede. 'Sorry, het is erg brutaal van me, maar ik ken hem, weet je. Het geeft niet als hij er niet is,' vervolgde ze, waarbij ze stoïcijns de groezelige vingers rond haar arm negeerde, 'maar als hij er is, word ik liever door hem behandeld.'

Mister Tatoeage werd snel doorverwezen naar Rosie, de co-assistent.

'Fijn hoor,' mopperde ze. 'Jij krijgt Deborah Gillespie, en ik krijg hém. Als dat niet oneerlijk is.'

Doug kneep gemoedelijk in haar schouder. 'Als Tom Cruise zich meldt, mag jij hem hebben. Erewoord.'

Deborah volgde hem naar de gordijnen waarachter de patiënten werden onderzocht, stapje voor stapje, haar handen voor haar buik. 'Ga maar liggen,' zei Doug, 'dan onderzoek ik je. Vertel me eerst maar eens wanneer het is begonnen.'

'Ik denk dat het een blindedarmontsteking is.' Ze maakte de rits van haar spijkerbroek half open en trok het lichtgrijze angora vestje omhoog. 'Het is vanochtend begonnen.'

Met zachte hand begon Doug haar buik te voelen.

'Je moet het zeggen als het pijn doet.'

'Au,' zei Deborah toen zijn koele vingers onder haar ribben drukten. 'Au,' toen ze naar links gingen. 'Au, au,' kreunde ze toen hij ze naar rechts liet glijden.

'Dat was het punt van McBurney,' vertelde Doug haar nadat hij een vergelijkbaar 'au' teweeg had gebracht bij het onderzoeken van de rechterhelft, ongeveer halverwege de navel en het heupbeen. 'Je hebt geen blindedarmontsteking.'

'Echt niet?'

'Als het wel zo was, zou je tegen het plafond gaan als ik dit deed.' Hij drukte nog een keer.

Deborah probeerde haar gezicht in de plooi te houden. 'Au.'

'Hartslag is normaal.' Doug liet haar pols zakken en maakte een aantekening. 'Hoe ben je hier naartoe gekomen? Heeft je man je gebracht?'

'Hij is in Londen. Ik heb de auto genomen.'

'Is dat wel verstandig als je zoveel pijn hebt?'

'Ik wist dat jij vandaag dienst had. Ik hoorde je om halftien wegrijden.'

'Ademhaling is normaal. Bloeddruk is normaal.' Om tijd te rekken noteerde Doug zijn bevindingen met zorg. Hij was in de war. Deborah glimlachte nu naar hem en ze had totaal geen belangstelling voor de resultaten van zijn onderzoek.

'Is je eetlust normaal?' Terwijl hij het zei, hoorde Doug een van de verpleegsters praten tegen een patiënt in een rolstoel. Het dunne gordijn dat het hokje van de gang scheidde, bewoog toen ze langskwamen.

'Mijn eetlust is prima,' zei Deborah.

Doug kon niet naar haar kijken. Hij wilde het niet vragen, maar kon er niet onderuit. 'Darmen in orde?'

'Prima, dank je. En de jouwe?' Nog steeds glimlachend keek Deborah naar het opnieuw opbollende gordijn toen er een kar met ECG-apparatuur langs zoefde. Ze legde een vinger tegen haar lippen en wenkte Doug dichterbij.

Doug vroeg zich af of ze zich geneerde omdat iedereen die langsliep hen kon horen. Misschien wilde ze hem iets heel intiems over haar darmen vertellen. Hij boog zich naar voren, snoof haar frisse geur op en probeerde niet naar haar decolleté te kijken.

Deborah tilde haar hoofd op en kuste hem vol op de mond, langzaam en heel diep.

Jezus, dacht Doug, volkomen verrast door de onverwachte kus, zowel nerveus als opgewonden door de angst om betrapt te worden. Halleluja...

'Zal ik je eens wat zeggen, dokter?' fluisterde Deborah in zijn oor. 'Mijn buikpijn is helemaal over. Bijna alsof ik nooit buikpijn heb gehad. Het is een wonder.'

Doug kon geen woord uitbrengen – durfde dat ook niet – en knikte. Zijn hart schopte als een dolle ezel tegen zijn borst. Dit was onvoorstelbaar. Hoe kon dit nou? Wat betekende het?

'Heeft een van je patiënten dit al eens eerder gedaan?' mompelde ze. Gelukkig waren de woorden nauwelijks verstaanbaar. Doug schudde zijn hoofd. Als er nu iemand binnenkwam, zou hij op staande voet ontslagen worden. Al die lange jaren keihard studeren zouden voor niets zijn geweest.

'Nee.'

'Mooi.' Deborah knipoogde. 'Ik heb er een hekel aan om onorigineel te zijn.'

Met enige moeite richtte Doug zich op en hij pakte de kaart van de kar.

'Ik moet iets opschrijven, ik kan geen lege...'

'Wat je maar wil.' Deborah spon als een poes en gaf hem de pen aan die onder haar been was gerold. Ze bekeek Doug met onverholen genoegen. 'Zolang het maar niet de waarheid is. Hoe laat ben je klaar met je werk?'

Meer stemmen op de gang. Doug was het gewend om elke situatie onder controle te hebben, maar hij wist dat dit totaal uit de hand was gelopen.

Alleen zijn lippen bewogen. 'Zes uur.'

Deborah knikte. 'Prima. Kom maar naar mijn huis.' Bij het zien van de uitdrukking op Dougs gezicht, stelde ze hem gerust. 'Toby komt pas heel laat thuis.'

'En de rest van je gezin?'

Deborahs ogen twinkelden. 'Alles onder controle, dokter. Ik heb vaker met dit bijltje gehakt, weet je.'
Lieve god...

'En, hoe was de beeldschone mevrouw Gillespie?' vroeg Rosie een uur later. Ze draafde de kantine binnen voor wat hun lunchpauze werd genoemd, al was dat een lachertje. Het betekende tien minuten op een goede dag. Meestal betekende het helemaal geen pauze.
Doug fronste zijn wenkbrauwen en deed alsof hij verdiept was in een artikel over het syndroom van Marfan in het nieuwste nummer van een artsentijdschrift. 'Wie?' vroeg hij zonder zelfs op te kijken. 'O, ging wel.'
'Jeetje, wat een enthousiasme.' Rosie plofte op een stoel en scheurde het papiertje van een half gesmolten Mars. 'Wat had ze? Ik hoorde dat je haar niet hebt opgenomen.'
'Dat was niet nodig. Ze had alleen last van winderigheid,' zei Doug kortaf. 'Ik heb norit voorgeschreven, haar naar huis gestuurd en gezegd dat ze een huisarts moest zoeken.'
Rosie trok een gezicht. 'Wat een afknapper. Niet erg elegant, hè? Je verwacht niet dat een vrouw als zij winden laat.'
Doug liet haar verder babbelen, tussen happen Mars door. Als ze het tijdschrift uit zijn hand trok en aankondigde dat ze hem zou overhoren, zou hij jammerlijk door de mand vallen. Dan was hij er gloeiend bij.
Gelukkig deed ze dat niet.
Voor de show sloeg hij een bladzijde om en keek terloops op zijn horloge. Nog vier en een half uur voordat zijn dienst erop zat.
'Bekijk het van de zonnige kant.' Rosie slikte de laatste hap Mars door, likte haar vingers af en veegde haar handen onbekommerd af aan de binnenkant van haar witte jas. 'Jouw patiënt heeft tenminste niet in de wasbak gepist zoals de mijne.'

27

De achtertuin van Keeper's Cottage was een met paardenbloemen overwoekerd afbraakveldje. Verbijsterd dat hij dit deed, baande Doug zich door het manshoge fluitenkruid een weg naar de stenen muur die hun ongetemde rimboe scheidde van het onberispelijke park rond Sisley House.

Hij sprong over de muur en zag dat Deborah op het terras op hem wachtte.

'Handig, aangrenzende tuinen,' begroette ze hem opgewekt. 'Dan worden er tenminste geen pijnlijke vragen gesteld.'

Dougs mond was droog. Deborah voerde hem mee naar de openslaande deuren.

'Pijnlijke vragen waarover?'

'Waarom jij, elke keer dat de rest van de familie niet thuis is, bij mij bent.'

Elke keer? Lieve help, dacht Doug, het is Deborah Gillespie die dat zegt. Dit kan niet echt zijn. 'De rest van je familie...' kraakte hij terwijl zij handig de knoopjes van zijn overhemd openmaakte en hem zacht naar een met rood fluweel beklede sofa duwde.

'Allemaal in Londen.' Zwierig maakte Deborah het laatste knoopje los. 'Toby zit in een praatprogramma, samen met de Spice Girls.' Ze haalde haar schouders op. 'Meer valt er niet te vertellen. Sav en Dizzy zijn met de noorderzon vertrokken.'

Doug barstte van de vragen maar kreeg de kans niet om ze te stellen. Deborah schoof de bandjes van haar zwarte jurk van haar schouders en stond naakt voor hem, sierlijk en gebruind, de vleesgeworden droom van elke warmbloedige man.

Haar donkere ogen glinsterden terwijl ze de riem van zijn spijkerbroek losmaakte. 'Zo dokter, mijn beurt om jou te onderzoeken. Ik verheug me erop.'


Naderhand trok Doug meteen zijn kleren weer aan. Het voelde te vreemd om naakt op de sofa te liggen. Stel je voor dat Toby vroeg thuiskwam.

'Klaar om te vluchten?' Plagend pakte Deborah de afstandsbediening om de televisie aan te zetten. 'Ontspan je, er kan je niets gebeuren. Het programma wordt live uitgezonden.'

Doug draaide zich om en zag Toby op het scherm. Toby deed aan het programma mee om een film van verleden jaar te promoten die nu op video verkrijgbaar was.

'Na al die jaren zijn jij en Deborah nog altijd gelukkig getrouwd,' zei de interviewer bewonderend, want hij was zelf vier keer gescheiden. 'Hoe doen jullie dat toch?'

Het was een afgezaagde vraag die Toby al duizenden keren was gesteld.

'We zijn goede vrienden.' Hij glimlachte bescheiden. 'We praten met elkaar, we vertrouwen elkaar, we gaan niet...'

Abrupt werd het scherm zwart.

Doug had de afstandsbediening van Deborah afgepakt. 'Neem je niet een erg groot risico? Hoe weet je dat ik niet naar een krant stap? Ik zou een fortuin kunnen krijgen voor een verhaal als dit.'

'Dat is waar.' Deborah knikte onverstoorbaar. 'Maar je zou ontslagen worden. Ik was je patiënte.'

'Vanmiddag zei je dat je vaker met dit bijltje hebt gehakt...' Doug aarzelde en zocht naar de juiste woorden. 'Doe je... Ik bedoel, doe je dit regelmatig?'

Lachend trok Deborah hem weer naast zich op de bank. 'Je bent niet de eerste. Maar je bent ook niet de honderdste. Ik ben erg kritisch, zeer discreet, en ik kies alleen mannen die net zo veel te verliezen hebben als ik.' Ze streelde Dougs gebruinde borst. 'Ik heb een fijn leven en ik wil mijn huwelijk niet op het spel zetten. Maar soms doet zich een kans voor die ik gewoon niet kan laten lopen. We zijn hier komen wonen,' vervolgde ze grijnzend, 'en kijk eens aan, jij bent onze nieuwe buurman. Niet alleen aantrekkelijk, maar ook een expert op het gebied van stiekeme relaties.' Speels wees ze naar hem met haar wijsvinger. 'Bovendien heb je een carrière die je lief is.'

'Doet Toby dit ook?' Doug was perplex over haar nuchterheid.

'Hemel nee!'

'Nooit?'

'Nooit.'

'Weet hij dat jij het doet?'

Geduldig schudde Deborah haar hoofd. 'Ik zeg toch dat ik heel discreet ben.'

'Wat zou er gebeuren als hij erachter kwam?'

'Van jou en mij?' Deborah schudde haar donkere haren naar achteren en schoof omlaag op de bank. De rest van haar woorden klonk gesmoord omdat ze kusjes op zijn platte buik drukte. 'Hij komt er niet achter. Ik vertrouw je,' voegde ze eraan toe. Ze keek vluchtig op en glimlachte betoverend. 'Je bent een dokter.'

'Hou je dan zelfs niet van hem?' vroeg Doug toen hij weer kon praten.

'Natuurlijk hou ik van hem,' antwoordde Deborah geamuseerd.

'Waarom doe je dit dan?'

Achteloos haalde ze haar schouders op. 'Voor de spanning. Ik vind het leuk. Waarom zou ik het niet doen, als niemand er last van heeft?'

'Ik kan nog steeds niet geloven dat dit echt gebeurt.' Doug schudde zijn hoofd. 'Je bent Deborah Gillespie, getrouwd met Toby Gil...'

'En je hebt geen idee hoe ontzettend sáái het is om de hele tijd beschreven te worden als het gelukkigste echtpaar in de wereld van de showbusiness,' viel Deborah uit. 'Je hebt geen idee hoe vernederend het is dat mensen je alleen maar kennen omdat je Toby Gillespies vrouw bent.'

De telefoon ging en Deborah nam op, nog steeds naakt. Doug keek naar haar en herinnerde zich dat ze vroeger een onbekende actrice was geweest, met een tv-commercial voor shampoo als hoogtepunt van haar prestaties. Volgens het overbekende verhaal had Toby haar gezien en opgespoord. Kort daarna waren ze getrouwd, ze hadden vrijwel meteen kinderen gekregen, en Deborahs carrière was in de kiem gesmoord.

'Hoe spel je Spielberg?' Deborah hing zuchtend op en keek met gefronste wenkbrauwen naar wat ze had geschreven. Doug pakte de pen en verbeterde het. Toby werd verzocht om de volgende ochtend direct het kantoor van Steven Spielberg te bellen.

Hij probeerde zich voor te stellen hoe Deborah zich moest voelen. Was ze jaloers op Toby's succes? Vroeg ze zich af of zij het had kunnen zijn die door Steven Spielberg werd gebeld omdat hij haar de hoofdrol in zijn volgende film wilde geven?

Doug volgde Deborah naar de keuken en keek naar het wiebelen van haar billen terwijl ze het briefje op het prikbord achter de deur hing. 'Wat is dat? Fanmail?' Hij wees op een stapel enveloppen in een klem, gericht aan Toby in een merkwaardig kinderlijk handschrift.

'Scheldbrieven.' Deborah haalde de klem eraf en gaf ze hem aan. 'Iemand in het dorp is niet zo blij met onze komst.'

'Ben je ermee naar de politie geweest?' Vluchtig bekeek Doug de inhoud. 'Misschien zitten er vingerafdrukken op.'

'Het zijn geen dreigbrieven. De politie heeft wel wat beters te doen. Moeten ze soms van iedereen in het dorp vingerafdrukken gaan nemen?'

'Maar...'

'Maak je toch niet druk,' zei Deborah luchtig. Ze trok hem tegen zich aan en sloeg haar armen om zijn nek. 'Laten we het over iets leukers hebben,' mompelde ze in zijn oor, 'zoals wanneer en waar we elkaar weer zien.'

April wist dat ze hopeloos uit de toon viel. Ze was er zo op gebrand geweest om er niet hoerig uit te zien, dat ze nu wel een non in haar vrije tijd leek. De hooggesloten blouse voelde alsof ze erin zou stikken, de marineblauwe rok was te lang en te donker, en de zestig denier panty was een grote vergissing geweest. Buiten was de temperatuur mediterraan en de hitte in de Antilope was beslist tropisch. Nu zie ik er niet hoerig uit, dacht ze, maar wel stom. Ze leunde tegen de muur en voelde het zweet aan de achterkant van haar dijen in een straaltje omlaag kruipen.

Ze had nooit verwacht dat de vrijgezellenavond zo populair zou zijn – maar niemand anders was verkleed als non.

Ze keek op haar horloge. Haar nieuwe aanpak was het aangaan van uitdagingen met zichzelf en zorgen dat ze het volhield. Dat ze die avond hierheen was gegaan, was de eerste uitdaging. Het een uur uithouden, ook al bleek het nog zo vreselijk te zijn, was de volgende. Volgens het tijdschrift dat iemand in de wachtkamer had laten liggen, was dit gegarandeerd de beste manier om je leven weer op de rails te krijgen. Voor je het wist, barstte je van zelfvertrouwen en verdrongen de fantastische mannen zich om je uit te nodigen voor een zweefparachutecursus in Peru.

'Test je karakter!' had het artikel verkondigd. 'Neem risico's! Grijp je kans én de man van je dromen!'

April wist niet wat ze moest denken van een zweefparachutecursus in Peru, maar ze zou geen nee zeggen tegen een boerderijtje in Cornwall. De man van haar dromen hoefde niet eens fantastisch te zijn, had ze droevig besloten. Gewoon lief en fatsoenlijk en... leuk.

Toch vroeg ze zich onwillekeurig af of het soms voorbestemd was geweest dat ze het advies had gelezen. Als Dougs patiënt – die met de ontstoken tatoeage – de cover van het dure blad niet had volgekliederd met 'KUT' en 'KLOTE', had zij het niet weg hoeven te halen, zou ze het artikel nooit hebben gelezen en zou ze heel goed toe hebben kunnen geven aan de verleiding om thuis bij de buis te blijven en een traantje weg te pinken bij *Ghost*.

Nou, van het lot had ze geen hoge pet op. Het was kwart voor negen. Nog een kwartier, dan kon ze naar huis. Tot nu toe had niemand haar aangesproken en het leek steeds onwaarschijnlijker dat dit alsnog zou gebeuren.

Je verdiende loon, dacht April, dat komt er nou van als je te hoopvol bent. Ze nipte van haar lauwwarme grapefuitsap om er langer mee te doen.

Het slechte nieuws was dat ze duidelijk niet door Mister Fantastisch uitgenodigd zou worden. Het goede nieuws daarentegen, was dat ze zichzelf tenminste een doel had gesteld en had volgehouden. Het beste nieuws was dat ze *Ghost* had opgenomen.

Om twee minuten voor negen werd ze zowaar aangesproken.

'O hallo! Ben jij het.'

Het was het meisje dat April een week geleden in de wc had gezien, het aardige meisje dat haar had aangemoedigd om naar de vrijgezellenavond te komen.

'Hallo.' Met het lege glas in haar hand probeerde April een rumoerig groepje vrouwen dat langskwam te ontwijken. Ze glimlachte naar het meisje, dat een onder haar borsten geknoopte fluorescerende blouse droeg en een microscopisch kleine, oranje short. Maar de kleren waren niet belangrijk, ze was gewoon blij dat ze aanspraak had.
'Ik had toch gezegd dat het leuk zou zijn.' Op haar beurt grijnsde het meisje stralend naar April en ze morste per ongeluk rode wijn op de gebroken witte broek van een lange man. 'Oeps, sorry!' Verontschuldigend klopte ze op zijn arm. 'Je krijgt iets te drinken van me, schat. Tot kijk,' voegde ze er over haar schouder tegen April aan toe, en ze knipoogde terwijl ze de man meevoerde naar de bar. 'Doe niets wat ik niet zou doen.'
'Nee hoor,' zei April moedeloos. 'Tot kijk.'

28

'De kinderen zullen wel blij zijn,' zei Myrtle, 'dat hun vader weer thuis is.'
'Mmm.' Energiek wreef Lili Myrtles vers gepermanente, pas gewassen, grijs met een zweempje lila krullen droog met een handdoek.
'En jij ook.'
'Ach, ja.' Lili haalde een kam door Myrtles haar en pakte de schaar. 'Alleen bijknippen? Gewoon een beetje fatsoeneren?'
'Vindt Michael het dan niet erg dat je bij andere mannen op bezoek gaat?' informeerde Myrtle schalks. 'Ik bedoel, hij vindt het niet vervelend dat je zo vaak naar Keeper's Cottage gaat?'
De schaar, lekker scherp, kon Myrtles tong er moeiteloos uitknippen. Lili weerstond de verleiding, glimlachte in de spiegel en begon in plaats daarvan haar haren te knippen. 'Drew was ziek. Hij had dat nare virus. Ik heb hem gewoon een beetje verzorgd, Myrtle, dat was alles.'
'Hmm.'
'Dat doe je als buren. Wat dacht je dan?' vervolgde Lili opgewekt. 'Dat Drew en ik een hartstochtelijke affaire hadden?'
'Natuurlijk niet.' Myrtle tuitte haar lippen terwijl de schaar zijn werk deed rond haar stierennek. 'Maar je weet hoe er soms wordt geroddeld.'
'Drew is bovendien jaren jonger dan ik. Hij is een jonge man en ik ben bijna veertig. Geloof me,' zei Lili vrolijk, 'ik heb zelfs cellulitis!'
'Ik zeg alleen dat sommige vrouwen op die leeftijd rare dingen gaan

doen.' Myrtle was niet vies van een beetje doemdenken. 'Ik heb het over de overgang, lieve schat. Hun hormonen rijzen de pan uit, om de haverklap hebben ze opvliegers en ze jagen op alles wat een broek aanheeft.'
Was dat wat er met Myrtle was gebeurd in de menopauze? Lili onderdrukte een grijns. 'Dat wist ik niet.'
Myrtle, die in haar vrije tijd meestal in de winkel was en geleund tegen de toonbank op haar gemak in tijdschriften bladerde, beschouwde zichzelf als een expert. Vaak haalde ze de feiten door elkaar, maar ze wist ze altijd met aplomb te brengen. 'Ik weet waar ik het over heb, het is tegenwoordig schering en inslag,' vertelde ze Lili streng. 'Die vrouwen hebben pillen nodig om ze in het gareel te houden. Misschien is dat wel wat je nodig hebt.'
Lili wist niet wat ze hoorde. 'Wat voor pillen?'
'Je gaat naar de dokter, schat, en je vertelt hem dat je de overgang aan voelt komen.' Myrtle draaide haar hoofd om te zien of Lili wel luisterde en raakte bijna een oor kwijt. 'Dan geeft hij je een voorraadje Premel.'

Het was vol op het parkeerterrein van de Antilope. Michael zag zich gedwongen om aan de overkant van de straat te parkeren en besefte pas wie het meisje in de hooggesloten witte blouse en de onflatteuze blauwe rok was toen hij langs haar liep bij de bushalte.
'Hé, hallo.' Hij lachte vriendelijk zodra hij haar herkende. 'Hebben we elkaar verleden week niet even gesproken? Je bent Dougs vriendin.'
'Niet echt. We kennen elkaar alleen van het werk.' April was zenuwachtig en ze besefte hoe stom ze moest klinken. Alsof iemand ooit zou denken dat ze een van Dougs vriendinnen was. 'Heel vaag, bedoel ik. We werken op dezelfde afdeling,' hakkelde ze. 'Hij is arts, maar dat wist je natuurlijk al. En ik ben alleen een van de receptionistes.'
'Niet zo bescheiden, zeg. Wat zou een ziekenhuis zijn zonder receptionistes die ervoor zorgen dat alles soepel verloopt?'
Er was nu geen verkeer meer, maar Michael maakte geen aanstalten om over te steken. In plaats daarvan knikte hij in de richting van de pub. 'Ik zag je naar buiten komen toen ik een plekje zocht. Is Doug er?' Dat vooruitzicht schrok hem niet af. Doug Flynn was er het type niet naar om Lili een vriendschappelijke waarschuwing in het oor te fluisteren in de trant van: 'Raad eens waar ik je man laatst tegenkwam?'
Maar April schudde haar hoofd. 'Nee, hij is er niet.'

'En jij hebt het nu al opgegeven, om' – Michael keek op zijn horloge – 'tien over negen. Dat is een slecht teken. Hoe is het binnen?'

'Warm,' zei April. 'De airconditioning is kapot.'

'En druk, aan de auto's te zien.'

'Ik… ik had met iemand afgesproken, maar ze is niet gekomen,' jokte April. Dat smoesje had ze verzonnen voor het geval ze iemand tegenkwam die ze kende.

'Mooie vriendin is dat.' Michael geloofde haar geen seconde en hij vond haar kwetsbaarheid ontroerend. 'Maar nu ben ik er. Zullen we naar binnen gaan en samen iets drinken?'

Hij was werkelijk knap. En hij leek erg aardig. Had ze nou maar niet van die stomme kleren aan. 'Ik wilde eigenlijk net naar huis gaan.' Verontschuldigend gebaarde ze naar haar rok en panty. 'Ik ben te netjes gekleed.'

Hij keek haar begrijpend aan. 'Is dat het uniform voor je werk?'

'Nee, ik heb gewoon de verkeerde kleren gekozen. Ik wilde er niet hoerig uitzien,' bekende ze in een uitbarsting van eerlijkheid.

Ze was totaal niet Michaels gebruikelijke type, maar op de een of andere manier vond hij haar wel aantrekkelijk – beslist. Nogmaals keek hij naar de Antilope. 'Nu heb ik geen zin meer om nog naar binnen te gaan.'

'Het spijt me,' zei April beschaamd.

'Het hoeft je echt niet te spijten, ik ben juist blij dat je het hebt gezegd. Geen airconditioning en een bomvolle bar klinkt niet erg leuk. Zeg,' vervolgde hij alsof het een opwelling was, 'ik weet niet eens hoe je heet.'

'April.'

'En ik heet Michael.' Hij grijnsde naar haar. 'Zullen we de Antilope gewoon maar vergeten en samen een rustiger plekje zoeken? Woon je hier ver vandaan?'

'Eh… een paar kilometer.'

'Ik zou je thuis kunnen brengen, zodat jij je kunt verkleden in iets… luchtigers, en dan hebben we het voor het kiezen.'

April stond met haar mond vol tanden. Ze wilde het, heel erg graag zelfs, maar hoe kon ze het doen? Het was gevaarlijk om bij een bijna wildvreemde in de auto te springen. 'Stel je moed op de proef en grijp het moment', het klonk allemaal leuk en aardig, maar stonden de kranten niet bol van de gruwelverhalen?

'Ik weet het, ik weet het,' zei Michael toen ze aarzelde, 'ik kan wel een moordenaar zijn, een knettergekke psychopaat. Dat ben ik niet,' vertelde hij haar met een glimlach, 'maar dat kun jij niet weten. Luister, wat vind je van het volgende plan? Jij gaat met de bus naar huis en je trekt andere kleren aan. Noem maar een gezellige pub of een restaurant, en dan zie ik je daar over een uur. Op die manier weet ik zelfs niet waar je woont.'

April wipte van de ene voet op de andere, gloeiend van onzekerheid, nog erger dan daarvoor, en verscheurd door besluiteloosheid. Ze stelde zich Bernadettes reactie voor als ze haar vertelde dat ze in de auto was gestapt bij een vreemde man die ze bij de bushalte had ontmoet.

'Goed,' zei ze uiteindelijk.

'Mooi.' Michael grijnsde nog breder. Hij haalde zijn autosleutels uit zijn zak. 'Waar spreken we af?'

Hij had leuke ogen, met lachrimpeltjes bij de hoeken.

En er was nog steeds in geen velden of wegen een bus te bekennen. April begon zich af te vragen of ze de bus soms had gemist.

Ach, wat kan het mij ook schelen, dacht ze. Wie zei er trouwens dat ze het aan Bernadette moest vertellen?

Ze knipperde snel met haar ogen, keek Michael aan en nam de duik.

'Het is goed, ik ga met je mee.'

## 29

'Dat zijn wij op Sardinië. We zijn er een maand geweest toen papa klaar was met de opnames van *The Weekenders*.' Savannah wees op een foto van Dizzy en zichzelf op een strand, allebei in shorts. Ze droegen slappe zonnehoeden en zwaaiden met frisbees.

'Hoe oud was je toen?' vroeg Oliver.

'Acht. En Dizzy was zes.' Ze schudde haar hoofd. 'Je hebt geen idee hoe vervelend hij was op zijn zesde.'

'Ik was niet vervelend,' protesteerde Dizzy vanuit de diepten van de hangmat.

'Jawel. Je bent nog steeds vervelend.' Savannah bekogelde hem met een perzikpit. 'Ga maar weer slapen.'

Oliver sloeg de volgende bladzijde van het album om. Savannah had de foto's in een oude koffer gevonden en ze lukraak ingeplakt, zonder rekening te houden met de chronologische volgorde. Op de volgende foto, veel recenter, stonden Toby, Deborah, Savannah en een knappe jongen die hij niet herkende. Ze zaten rond een tafel vol flessen in een restaurant. Savannah, in een witte jurk met lovertjes, was diep gebruind en liet kilometers been zien.

'Dat was in Cannes,' vertelde ze Oliver, 'tijdens het filmfestival. Na dat diner zijn we naar het feest van Bruce Willis gegaan. Ik viel in het zwembad na drie loeisterke tequila slammers.'
'Wie is dat?' Oliver wees op de knappe jongen.
'Henri. Is het geen stuk? Hij had een rol in een van de Franse films die waren genomineerd voor de Gouden Palm.' Savannah zuchtte weemoedig. 'Hij was geweldig, we waren gek op elkaar. Het was een van de fijnste vakanties van mijn leven.'
Oliver keek naar haar. Ze lag op haar buik in het gras en haar gezicht had een dromerige uitdrukking. 'Hoelang hebben jullie verkering gehad?'
'O, het was hopeloos. Hij moest naar Toronto voor een nieuwe film, en daarna filmen op locatie in Zwitserland, samen met mijn vader. We hebben elkaar nog een paar weken geschreven, maar het is nooit meer hetzelfde geweest.'
Nog steeds staarde ze naar de foto. Oliver voelde zijn maag samentrekken. 'Vind je hem nog steeds leuk?'
'Natuurlijk vindt ze hem nog steeds leuk,' klonk Dizzy's schampere stem uit de hangmat. 'Er zit een foto van hem in haar dagboek.'
'Stiekemerd!' viel Savannah nijdig uit. 'Hoe durf je mijn dagboek te lezen?'
'En dat jullie elkaar hebben geschreven is een beetje overdreven.' Dizzy, die een bandje van Blur in zijn walkman deed, klonk triomfantelijk. 'Jij hebt hem minstens vijftig brieven gestuurd, en hij jou maar één kaart van een Canadese mountie. Dat is iets héél anders. Au, blijf van me af!'
Savannah was in een flits overeind gekomen en naar hem toe gerend en ze kiepte Dizzy uit de hangmat. Ze ontfutselde hem zijn walkman, trok zijn dierbare bandje van *Parklife* uit de cassette en smeet het in zijn gezicht. 'Je bent een vieze vuile etterbak en ik haat je!'
'Je stinkt naar knoflook,' kaatste Dizzy terug. 'Waarschijnlijk vond Henri je alleen daarom leuk. Hij stonk ook altijd naar knoflook.'
Oliver, die inmiddels aan hun ruzies gewend was geraakt, sloeg de volgende bladzijde van het album om. Die was tenminste Henri-vrij. Hij bestudeerde een foto van Savannah en Deborah in Rome, waar ze munten in de Trevi-fontein gooiden. De Gillespies waren overal geweest. Hij was nergens geweest. En het geld dat Toby hem had gegeven, vergaarde alleen maar stof op zijn bankrekening.
'Daar ga ik naartoe,' zei hij toen Savannah Dizzy er genoeg van langs had gegeven en ze zich weer naast hem op het gras liet vallen.
'Maar nu nog niet.'
Oliver keek haar niet aan. Hij kon niet op deze manier doorgaan, tel-

kens jaloers worden als hij aan Savannah met een vroeger vriendje dacht. Hij moest hier weg.

'Je hebt beloofd dat je nog niet zou gaan,' zei Savannah omdat hij geen antwoord gaf.

'Dat weet ik, maar ik heb me bedacht.'

'Heb ik het niet gezegd!' joelde Dizzy van een veilige afstand. 'Dat komt er nou van als je naar knoflook stinkt.'

Savannah ging met bonzend hart zitten. Haar lange blonde haar streek langs Olivers arm toen ze bewoog, en ze zag hem ineen krimpen. Hij kromp letterlijk ineen.

'Waarom?' Ze begon in paniek te raken.

Oliver haalde zijn schouders op. Hij wist dat ze zich gekwetst voelde en durfde haar niet aan te kijken. 'Ik verveel me hier. Ik wil gewoon weg.'

Dizzy was verdwenen op een van zijn doelloze zwerftochten door het dorp, Toby was aan de telefoon met zijn agent en Deborah zat in bad toen de bel ging.

Savannah was boven op haar kamer en stopte haar vingers in haar oren maar het bellen hield niet op. Ze was niet in de stemming om open te doen. Haar leven was een puinhoop, ze had geen idee wat ze eraan moest doen en het ergste was nog wel dat ze er met niemand over kon praten.

'Wil iemand alsjeblieft opendoen, verdomme?' brulde Toby uit zijn werkkamer, en Savannah hees zich lusteloos overeind van haar bed. De enige reden dat ze toch open ging doen, was de vage hoop dat het Oliver zou zijn, die kwam vertellen dat hij het haar vergaf dat ze tegen hem tekeer was gegaan.

Maar het was Oliver niet. Het was een taxichauffeur.

'Taxi voor meneer Gillespie,' kondigde hij aan terwijl hij zijn sigaret uittrapte op de stoep.

Savannah fronste haar wenkbrauwen. Haar vader had helemaal geen plannen om weg te gaan. 'Ik geloof niet dat we een taxi hebben besteld.'

'Toby Gillespie, Sisley House. Er is een taxi besteld om hem naar Londen te brengen.'

'Pap?' Savannah stak haar hoofd om de hoek van de werkkamer. 'Er is een taxi om je naar Londen te brengen.'

'Hè, verdorie.' Toby zuchtte in de telefoon. 'Hal, kan ik je over vijf minuten terugbellen?'

Kauwend op een duimnagel stond Savannah in de gang te luisteren naar haar vader, die de taxichauffeur uitlegde dat het telefoontje een grap was geweest.

'Het is al de derde keer deze week,' zei hij vermoeid. 'Het spijt me, het is vervelend voor u en het is vervelend voor mij.'

'Er is dus geen rit naar Londen?'

Londen, dacht Savannah, en haar gezicht vertrok van pijn toen haar nagel scheurde. Misschien was dat wel een goed idee – een tijdje weggaan en alles op een rijtje zetten.

Maar hoe?

En bij wie kon ze logeren?

Voor de derde keer in een week tijd gaf Toby twintig pond aan een taxichauffeur om goed te maken dat deze een lucratieve rit misliep. De chauffeur vertrok en Toby verdween met een gezicht als een oorwurm in zijn werkkamer.

En Savannah, in de ban van het idee om een paar dagen te verdwijnen, kreeg plotseling een lumineus idee.

Natuurlijk! Er was iemand bij wie ze kon logeren en die ze nog in vertrouwen kon nemen ook. Wat stom dat ze er niet eerder aan had gedacht!

Savannah stoof achter Toby aan en griste de hoorn uit zijn hand voordat hij een nummer had kunnen draaien. 'Papa,' zei ze ademloos, 'mag ik voordat je Hal belt tante Phoebe even bellen? Alsjeblieft?'


'Bedoel je dat je nu naar Londen gaat?' vroeg Dizzy de volgende ochtend toen Savannah een koffer de trap af zeulde. Hij zou er alles voor willen geven om een paar dagen weg te kunnen uit dit saaie, vervelende gat, gezellige drukte te zien en naar een paar gokhallen te kunnen gaan.

'Goed geraden. En dit is voor jou.' Savannah, die zich ongebruikelijk edelmoedig voelde, viste een biljet van tien pond uit haar achterzak. 'Koop maar een nieuw bandje.'

Dizzy straalde. Hij had nog twee extra kopieën van *Parklife*.

'En je logeert bij tante Phoebe?'

'Ja.' Savannah bukte zich om de riem van de koffer steviger vast te maken. Ze wilde niet dat al haar slipjes er in de trein uit zouden vliegen.

'Mag ik mee?' vroeg Dizzy hoopvol, want ze waren nu immers weer vrienden.

Savannah richtte zich op en vroeg zich af of het zin zou hebben om een plaatselijk taxibedrijf te bellen. Waarschijnlijk zouden ze denken dat het weer een grap was en tegen haar zeggen dat ze de boom in kon. Ze keek naar Dizzy, die haar nog steeds verwachtingsvol aankeek.

'Natuurlijk niet.'


Bernadette wist direct wat er was gebeurd – ze hoorde het aan Aprils stem – en haar hart begon te bonzen. Met een hand tegen haar borst keek ze instinctief naar de foto op het tafeltje naast de telefoon, ten prooi aan een merkwaardige mengeling van gevoelens. Ze was bereid om alles voor April te doen, letterlijk alles. Ze wilde gewoon dat April weer gelukkig zou zijn. Maar tegelijkertijd was het vreemd om naar haar opgewonden stem te luisteren en haar te horen vertellen over de geweldige nieuwe man in haar leven.

'We kennen elkaar nog maar net, dat weet ik best.' April kon haar blijdschap niet verhullen. 'Maar ik krijg de indruk dat hij me echt leuk vindt. Ik heb me niet meer zo gevoeld sinds… je weet wel…'

'Ik ben zo blij voor je,' zei Bernadette vriendelijk. 'Vertel eens wat meer over hem. Wat doet hij?'

Hij heette Michael, hoorde ze. Hij deed iets met computers. Ze hadden elkaar woensdagavond leren kennen en waren naar een Italiaans restaurant gegaan, en ze hadden uren met elkaar gepraat, over werkelijk alles.

'Alles?' vroeg Bernadette.

'Nee, daarover natuurlijk niet. Ik heb gewoon gezegd dat ik gescheiden ben. De tijd vloog om, werkelijk onvoorstelbaar,' babbelde April verder. 'Het ene moment was het vol in het restaurant, het volgende moment keken we om ons heen en zagen we alle stoelen op de tafels staan. Een schattig Italiaans oudje was aan het stofzuigen en ze knipoogde naar ons. O, het was zó romantisch,' zei ze met een zucht, 'net iets uit een film.'

Aangezien Bernadette moeilijk kon vragen hoe de avond was geëindigd, stelde ze een volkomen andere vraag. 'Hoe oud is hij?'

'Begin veertig.'

'Vrijgezel? Gescheiden?'

'Bijna gescheiden. Ze zijn uit elkaar.'

Bernadette fronste. 'Hoelang?'

'Ik weet het niet, een hele tijd volgens mij. Hij is niet…'

'Waarom zijn ze uit elkaar gegaan?'

'Ik heb hem niet naar de details gevraagd.' April klonk gespannen, bijna geïrriteerd. 'Misschien heeft hij haar wel een week zonder eten en drinken in de kelder opgesloten. Bernie, wat wil je nou? Wil je alles voor mij bederven?'

Bernadette keek naar een bromvlieg die opgesloten zat in het kleine halletje en als een waanzinnige tegen de muren ketste. Ze deed de voordeur open om hem naar buiten te laten. 'Natuurlijk niet. Ik wil alleen niet dat hij je verdriet doet, dat is alles. Je weet best waar ik het over heb. Er zijn nu eenmaal mannen…'

'Allemachtig, jij durft,' fluisterde April en ze hing op.

## 30

Hugh en Felicity hadden een slapende Freya mee naar huis genomen uit The Old Vicarage. Toen Lili een uur later de kamer opruimde, vond ze Colin de Krokodil achter een kussen op de bank, en ze concludeerde dat Freya nog niet wakker geworden kon zijn. Als ze wel wakker was geworden, zou ze moord en brand hebben geschreeuwd. 'Ik ben over vijf minuten terug,' zei ze tegen Michael en ze zwaaide naar hem met Colins afgekloven staart bij wijze van uitleg. Will sliep en Lottie was in de tuin, waar ze Bliksem leerde dansen op zijn achterpoten. ('Nee, nee, zo moet het niet, je moet de Spice Girls nadoen.') 'Best.' Michael keek naar Lili toen ze langs hem liep. 'Ik kan wel vast aan het eten beginnen, als je wil. Zal ik aardappels schillen?'

Lili kon haar ogen en oren niet geloven. Hij glimlachte zowaar naar haar. Hij glimlachte en bood aan om aardappels te schillen.

Griezelig.

'Aardappels schillen, ja fijn.' Ze zei het achteloos, alsof het de gewoonste zaak van de wereld was dat hij het aanbood.

Michael, die languit op de bank de televisiegids las, gaapte en stond op.

'Er is vanavond niets op de televisie. Ik was van plan om thuis te blijven, maar Harry belde een tijdje geleden om te vragen of ik zin had in een partijtje snooker.'

'Ach, als er toch niets op de televisie is...' Lili was opgelucht; ze had het woensdagavond te druk gehad met Myrtles haar om naar *Ghost* te kijken, dus had ze het opgenomen. Als Michael wegging, konden zij en Harriet er gezellig samen van genieten. 'Ik zou naar de club gaan als ik jou was.'

Freya was wakker geworden. Lili hoorde haar boze kreten zodra ze uit de auto stapte. Freya brulde zelfs zo hard dat ze de deurbel overstemde.

'O gelukkig,' verzuchtte Felicity toen Lili, die naar de zijkant van het huis was gelopen, op het keukenraam tikte. 'Kom binnen. Geweldig. Ik heb je net geprobeerd te bellen, maar je was in gesprek. Kijk eens, schatje, rustig maar. Colin is terug.'

Freya hield abrupt op met huilen. Ze drukte het aftandse fluwelen reptiel tegen haar borst, glimlachte stralend naar Lili en wriemelde om neergezet te worden. De metamorfose was zo plotseling dat het komisch was.

'Konden mijn problemen maar zo makkelijk opgelost worden,' zei Lili met een grijns. Ze keek om zich heen in de onberispelijk nette keuken en bewonderde een witte schaal vol met roze en gele rozen.

'Komen die uit je tuin? Ze zijn prachtig.'

Felicity zag Freya's wiebelende, in een luier gehulde billen onder de keukentafel verdwijnen. Ze knikte afwezig.

'Is Hugh er niet?' Het was Lili opgevallen dat zijn auto er niet stond. Felicity schudde haar hoofd. 'Je hebt hem gewoon een avondje de deur uitgewerkt?' vervolgde ze vrolijk. 'Ik ook. Michael speelt snooker in Harleston.'

Felicity had maar één oorbel in, zag Lili – een gladde vergulde ovaal ter grootte van een mussenei. Ze opende haar mond om haar er attent op te maken, maar bedacht zich meteen weer. Felicity had net geprobeerd haar te bellen, en het was typerend voor zo'n carrièrevrouw als zij om je oorbel af te doen als je moest bellen.

Maar Felicity maakte nog steeds een afwezige indruk. Lili liep naar de deur.

'Freya is tenminste weer gelukkig. Ik ga ervandoor.'

'Ja. Best. Nou, bedankt.'

'Dag schattebout.' Lili bukte zich en zwaaide naar Freya, die onder de keukentafel vandaan waggelde. 'Jeetje, wat is er met jou gebeurd?'

Freya liep wel, maar ze had haar ogen halfdicht. Ze zag er vreemd uit.

'Freya? Nu heb je toch geen slaap meer,' riep Felicity. 'Je bent net wakker.'

Lili zag de blauwgrijze verkleuring rond Freya's mond en tilde haar op. 'Ze heeft iets ingeslikt. Ze krijgt geen lucht.'

'Dat kan niet.' Felicity zette grote ogen op. 'Hoe kan dat nou? Ze heeft niet eens een geluid gemaakt!'

Lili ging zitten, opende Freya's mond, voelde er voorzichtig in met haar vinger en draaide haar op haar buik. Er ontsnapte een gorgelend geluid uit Freya's keel.

'O mijn god!' gilde Felicity. Meteen was ze in paniek, en ze probeerde haar dochter van Lili's schoot te tillen. 'Ze gaat dood, ze gaat dood! Wat moeten we doen? Zal ik 999 bellen?'

'Nog niet.' Lili hield Freya met haar gezicht omlaag op schoot, het hoofdje lager dan de romp. Ze liet de muis van haar hand scherp tussen haar schouderbladen neerkomen. Als dit niet werkte, zou ze op haar borst moeten drukken. Haalde dat ook niets uit, dan kon ze de Heimlich-handgreep proberen.

De vierde klap tussen de schouderbladen had het gewenste effect. De gladde gouden oorbel schoot uit Freya's keel en stuiterde op Lili's stoffige sandaal. Freya snakte naar adem, en Lili gaf haar een snelle knuffel voordat ze haar aan haar moeder overdroeg.

'Geen paniek, alles is weer in orde.'

Felicity barstte in tranen uit. 'Ze had wel dood kunnen gaan! Je hebt haar leven gered. Als ik bedenk wat er had kunnen gebeuren!'

'Baby's stoppen alles wat er interessant uitziet in hun mond. Lottie is een keer bijna gestikt in een zuur uitje. Toen Harriet klein was, was ze gek op kiezelsteentjes,' zei Lili. 'Een nachtmerrie op het strand.'

Het heftige snikken begon eindelijk een beetje af te nemen. Felicity, nog steeds met een verontwaardigde Freya in haar armen, schudde haar hoofd. 'Je bleef zo rustig.'

'Ik heb drie kinderen.' Lili haalde glimlachend haar schouders op. 'Ik ben wel wat gewend.'

'Nou, reuze bedankt.' Felicity veegde haar ogen af en gaf Freya aan haar terug. Ze liep door de keuken naar een kast en haalde er een oude krant uit. 'Het minste wat ik kan doen,' zei ze terwijl ze de schitterende bos rozen uit de schaal haalde en druipend op de krant legde, 'is je deze bloemen geven.'

Toen Lili thuiskwam, zat Michael naar het nieuws te kijken. Naast een pan met koud water op het fornuis lag een plastic zak met aardappels en een aardappelschilmesje.

'Er staat op de zak dat je ze niet hoeft te schillen.'

Ach, het gaat om het idee, besloot Lili.

Voorzichtig legde ze de rozen op tafel en ze begon de lagen nat krantenpapier van de stelen te pellen. Haar gezicht vertrok omdat een doorn haar duim doorboorde.

Met een bloedende duim ging ze verder met uitpakken. Lili gebruikte de droge lagen om er het bloed mee op te deppen. Toen ze nog een laag papier uitvouwde en meer rood zag, vroeg ze zich af of Felicity zich soms ook aan een doorn had geprikt, maar dit was een minder bruinig en veel vrolijker rood.

Het zou Lili niet hebben verbaasd als Felicity aantrekkelijker bloed had gehad dan zij.

Alleen was het geen bloed, het was viltstift. Ze streek de vochtige krant glad en bestudeerde de drie omcirkelde advertenties. De moed zonk Lili in de schoenen.

Oppasbemiddeling *De helpende hand*. Onze service is uniek.

*Au Pairs à la carte*

en:

Bureau *De blije moeder*. Onze medewerksters zijn bevoegd en ervaren.

Nou, dat zet me wel op mijn plaats, dacht Lili. Ze verkreukelde de natte kranten en propte ze bijtend op haar lip in de vuilnisbak.

Jessie had er niet lang voor nodig gehad om de kamers boven de Seven Bells op te frissen. Zoals gebruikelijk had Lorna overal alleen een paar lagen wit met een zweempje abrikoos willen hebben.

'Het is droog,' zei ze vanuit de gang tegen Moll, die een kijkje in haar kamer kwam nemen. Het was zeven uur op vrijdagavond, maar Jessie was bezig met de laatste muur en ze wilde de klus per se afmaken. 'Je kunt de stoflakens weghalen als je wilt.'

Moll trok de lakens weg, streek haar beddensprei glad en schoof de paar meubels weer op hun plaats. Daarna ging ze naar een houten kist in de zitkamer, waarop alle ingelijste posters en foto's voor de veiligheid waren neergelegd.

'Dat is beter,' zei ze voldaan toen ze klaar was, en Jessie kwam van haar trap om het resultaat te bewonderen.

Het was bizar. Molls zijde en fluweel en franjes en kwasten vloekten met de steriele muren.

'Hmmm,' zei Jessie.

'Ik weet het.' Moll grijnsde onbekommerd. 'Een tropische vogel in het nest van een mus.'

'Vond Lorna het niet goed dat je zelf de kleuren koos?'

'Ik vind het niet erg.' Moll pakte een paarse satijnen sjaal en knoopte die om het middel van haar zwarte katoenen jurk. 'Het is maar een slaapkamer. Bovendien, wie weet wanneer ik weer wegga?'

Er hing een bonte verzameling posters aan de muren, maar het was een ingelijste foto op het tafeltje naast het bed die Jessies aandacht trok. Wie had er nou ooit kunnen denken dat Moll, uitgerekend Moll, een foto van een knappe jongen naast haar bed zou zetten? Jessie kon de verleiding om beter te kijken niet weerstaan. Over haar schouder keek ze naar Moll.

'Ik weet het.' Molls ogen twinkelden. 'Is hij niet super?'

'Wie is het, een ex?'

'Hij heet Stevie,' zei Moll trots. 'Het is mijn kleine broertje.'

Moll ging thee zetten. In de zitkamer, geschilderd en weer ingericht, viel Jessies blik op een andere foto, op de schoorsteenmantel.

'Die foto is van Lorna,' legde Moll uit. 'Het is haar tweelingzus.'

Jessie wist al dat Lorna een zus had gehad; ze had er een paar keer terloops iets over gezegd. Maar op de vraag die iedereen altijd automatisch stelde, antwoordde ze altijd alleen: 'Nee, we lijken niet op elkaar.'

'Wanneer is ze overleden?' vroeg Jessie nu, terwijl ze de foto van een vrouw in een rolstoel bestudeerde.

'Tien jaar geleden ongeveer.' Moll blies op haar hete thee. 'Voordat Lorna de pub overnam. Ze waren erg aan elkaar gehecht. Ze raakt nog steeds over haar toeren als ze over haar praat.'

Voorzichtig zette Jessie de foto terug op de schoorsteen en ze vroeg zich af waarom Lorna nooit had verteld dat haar tweelingzus invalide was geweest.

'Zeg, wat is er eigenlijk met Oliver aan de hand?' vroeg Moll tussen neus en lippen door. 'Problemen met de meisjes, of zo?'

'Dat geloof ik niet.' Jessie haalde haar schouders op. Oliver was de laatste dagen beslist niet zichzelf. 'Ik heb er wel naar gevraagd, maar ik ben zijn moeder,' voegde ze er met een vluchtig glimlachje aan toe, 'dus hij wil het me niet vertellen.'

31

Het was een briljant idee geweest om bij tante Phoebe te gaan logeren, dacht Savannah blij. Zodra ze had aangebeld en Phoebe opendeed, had ze geweten dat dit bezoek een schot in de roos was.

'O tante Phoebe, ik ben zóóó blij je te zien!'

Phoebe gaf haar een gespeelde draai om haar oren. 'Noem me geen tante! We gaan ergens lunchen, en ik wil dat iedereen denkt dat we zusjes zijn.'

Savannah omhelsde haar onstuimig. Phoebe was geen echte tante, ze was een van haar moeders oudste en beste vriendinnen en door Toby en Deborah 'tante' gedoopt omdat ze het zo vreselijk vond.

Ook al was ze geen familie, ze was door de jaren heen een geweldige nep-tante geweest. Ze kocht altijd de meest buitensporige cadeaus voor Savannah, trakteerde haar op memorabele uitstapjes en nam haar mee naar spetterende feesten.

Savannah genoot van Phoebes verhalen over vroeger, uit de tijd dat zij en Deborah een flat hadden gedeeld in een zijstraat van Kings Road. Dat was eind jaren zeventig geweest, toen ze allebei ongebonden waren en als fotomodel en actrice hun brood probeerden te verdienen. Volgens alle verhalen waren ze zich aan de wildste uitspattingen te buiten gegaan.

'Toen moest Deborah het natuurlijk weer bederven,' zei Phoebe dan altijd in een wolk Marlboro light, 'door verliefd te worden op die foeilelijke gesjeesde acteur.'

'Papa bedoel je.' Savannah grijnsde. Ze kreeg nooit genoeg van deze

verhalen. 'En jij bent ook getrouwd, vergeet dat niet. Met Baz.'
Op dit punt huiverde Phoebe theatraal. Baz, de zanger van Winegum, was de eerste van vier waardeloze echtgenoten geweest. Al na zeven maanden liep hun huwelijk op de klippen. De alimentatie had gelukkig heel wat langer geduurd.
'We hebben geen tijd te verliezen,' kondigde Phoebe nu aan. Ze pakte de zware koffer van Savannah aan en zette die in de gang. 'Ik heb om één uur een tafel bij Babania besproken. Daarna gaan we winkelen. Bezwaren, schatje?' Ze nam Savannahs kin tussen gebruinde vingers en draaide haar gezicht omhoog naar het licht. 'Je ziet pips. En je klonk wanhopig aan de telefoon. Vertel je me straks wat er is? Ben je daarom soms hier?'
'Ja.' Savannah knikte en perste haar lippen op elkaar om te voorkomen dat ze ging huilen. Met rode ogen kwam je er bij Babania niet eens in.
Phoebe leek te twijfelen. 'Ik kan die reservering wel afzeggen.'
'Alsjeblieft niet!' Savannah schudde haar hoofd. 'Het lijkt me juist leuk. Ik zal je niet voor gek zetten, dat beloof ik. Laten we eerst lol maken,' smeekte ze, 'en daarna vertel ik je alle ellende.'
'Dan gaan we.' Phoebe liep de trap van haar peperdure herenhuis in Islington af, stak haar arm door die van Savannah en kneep er geruststellend in. 'Ik ben een expert in lol maken.'

Bij het lol maken bleek ook een fikse hoeveelheid drank te horen. Tijdens de lunch maakten ze samen drie flessen wijn soldaat, en Savannah had binnen de kortste keren de slappe lach om Phoebe, die haar vermaakte met de pikante details van haar kersverse affaire met een bekende striptekenaar. Volgens een stilzwijgende afspraak praatten ze alleen over Phoebe en na de lunch stortten ze zich met overgave op het winkelen.
In een roes van de wijn pasten ze minstens tien verschillende outfits bij Harvey Nicks. Zodra Phoebe met haar platina American Express-kaart wapperde, verschenen er als bij toverslag glanzende draagtassen. Vaag drong het tot Savannah door dat er een absoluut vermogen aan haar werd uitgegeven, en ze kon zich niet eens herinneren of ze de kleren die ze had aangepast wel leuk vond.
'Je kunt dit niet allemaal voor me kopen,' protesteerde Savannah, hulpeloos gebarend met de draagtassen toen Phoebe haar meetroonde naar Donna Karan.
'Ik heb het al gedaan,' stelde Phoebe voldaan vast. 'Bovendien kan ik doen wat ik wil. Jij bent de dochter die ik nooit heb gehad.' Ze richtte haar wijsvinger op Savannahs borst. 'Ik ben je liefhebbende tante

en het is mijn taak om je vreselijk te verwennen.' Aandachtig bestudeerde ze Savannahs gezicht. 'Helpt het? Ben je wat vrolijker?'
'Zeker.' Savannah knikte, want wat kon je nou anders zeggen als iemand net achthonderd pond aan je had uitgegeven? 'Ik voel me al stukken beter.'

Het hield geen stand. Om zes uur waren ze weer thuis en begon de na-de-lunch-kater de kop op te steken. Phoebe stuurde Savannah naar boven om een bad te nemen, schonk zichzelf een opkikkertje in de vorm van een gin tonic in en zette de televisie aan. Als ze een openhartig gesprek gingen voeren, had ze liever het geroezemoes van de televisie op de achtergrond dan muziek. '… na het nieuws de film van vanavond,' kirde de omroepster, '*The Battle of The Sandersons*.' En zelfs na al die jaren leek er iets te knappen in Phoebes borst, achter de siliconenborsten.
Het was zo vreemd. Simon Colman was niet de ster van de film – hij had in geen enkele film ooit de hoofdrol gespeeld – maar ze wist dat ze er toch weer naar zou moeten kijken, gewoon om hem in zijn slappe bijrolletje te zien.
Een vriendin van een vriendin was Simon de vorige zomer tegengekomen en had Phoebe vrolijk verteld dat hij dik was geworden en kaal werd. Het uiterlijk waarmee hij haar door de jaren heen keer op keer het hoofd op hol had gebracht, was even spectaculair verwelkt als zijn carrière. Volgens de informante speelde hij niet langer in films, maar werkte hij als rij-instructeur en woonde hij met zijn trut van een vrouw en vier kinderen in Hounslow.
Phoebe roerde met haar vinger in het glas en dacht na over de grillen van het lot. Ze was vier keer getrouwd geweest, zonder dat het haar kinderen had opgeleverd. Al haar echtgenoten waren miljonair geweest – Asil zelfs bijna miljardair – en toch had ze van geen van hen zoveel gehouden als van Simon.
Regelmatig vroeg ze zich af wat er van haar geworden zou zijn als ze niet uit elkaar waren gegaan. Zou ze nu gelukkiger zijn, als vrouw van een kalende, dikke rij-instructeur, omringd door kinderen in een huis in Middlesex?
De deur van de zitkamer ging open en Savannah slofte naar binnen. Ze droeg een roze met witte pyjama met het opschrift LIEFDE IS… en haar blonde haar hing nat op haar schouders. Ze zag er hartverscheurend jong en verdrietig uit.
Het was tijd om te praten.
Phoebe was dol op haar surrogaat-dochter. Ze klopte naast zich op de bank en Savannah kroop tegen haar aan.

'Leuke sloffen.'

'Het zijn mijn Oasis-sloffen.' Savannah tilde de harige monsters een voor een op. 'Dit is Liam en dit is Noel.'

Phoebe ging in een gemakkelijker houding zitten en drukte een kus op Savannahs kruin, overmand door moederlijke gevoelens. Ik had kinderen moeten krijgen, echt waar, dacht ze emotioneel, ik zou een geweldige moeder zijn geweest.

Phoebe vroeg zich af of Simon weleens aan vroeger dacht en er ooit spijt van had dat hij haar de bons had gegeven.

Ze hadden samen zulke mooie kinderen kunnen krijgen, zelfs in een doorzonwoning in Hounslow.

Maar daar ging het nu niet om.

'Nou, wat is er aan de hand?'

Savannah leunde opzij en nam een slok uit Phoebes glas. 'Mag ik er ook een?'

'Het is gin. Daar word je depressief van.'

'Dat ben ik al.'

'In dat geval maakt het je suïcidaal. En zo erg kan het niet zijn.' Phoebe kwam overeind en zette koers naar de keuken.

'Ik heb het je nog niet eens verteld.' Savannahs onderlip begon te trillen.

'Wacht even. Ik heb een fles Moët in de ijskast.'


## 32


Te laat bedacht Phoebe dat je alleen vrolijker werd van champagne als je om te beginnen al vrolijk was. Savannah sloeg de wijn achterover alsof het limonade was en was binnen een mum van tijd in tranen.

Ontzet luisterde Phoebe naar het verhaal, dat er als een waterval uitkwam.

'... ik weet gewoon niet of ik het wel volhoud.' Snikkend pakte Savannah nog een tissue. 'Daarom moest ik ook weg... en dan gaat hij weg... maar daarmee gaat het probleem niet weg. Over een halfjaar of een jaar, als Oliver terugkomt, is hij nog steeds mijn broer en voel ik nog steeds hetzelfde voor hem, dat wéét ik gewoon... en ik scháám me zo!'

Haar fragiele lichaam schokte en Phoebe wiegde haar sprakeloos in haar armen. Over Savannahs opgetrokken schouder zag ze dat de film ging beginnen. Over minder dan vijf minuten zou ze haar eerste glimp van Simon opvangen. Hij had geen grote rol – hij was de knappe jonge buurman van de ruziënde familie Sanderson – maar hij kwam in de loop van het verhaal nog wel verschillende keren in beeld.

De Moët steeg Phoebe naar het hoofd. Simon was mijn grote liefde, dacht ze, mijn enige ware liefde, en ik ben hem kwijtgeraakt. En tot op de dag van vandaag weet ik niet waardoor.

'Het is zo oneerlijk,' brieste Savannah, die niet meer te stuiten was. 'Als we elkaar op vakantie hadden ontmoet, als ik ergens op een strand had gelegen en hij was een praatje met me komen maken, zouden we niet eens hebben geweten dat we familie van elkaar waren. Ik bedoel, als je een waanzinnig mooie jongen leert kennen en je bent smoorverliefd op elkaar, dan zeg je niet: "Wacht even, we kunnen elkaar maar beter niet kussen, voor het geval jouw moeder ooit iets met mijn vader heeft gehad." '

'O Savvy.'

Savannah tilde haar hoofd van Phoebes schouder. Haar ogen waren rood omrand, haar uitdrukking was diepbedroefd. 'Zie je nou wel? Je kunt me niet helpen. Niemand kan me helpen. Sommige problemen,' concludeerde ze somber, 'zijn gewoon niet op te lossen.'

Phoebe verdeelde het restant van de champagne over hun glazen. Ze had een brok ter grootte van een golfbal in haar keel. 'Je komt er wel overheen.'

'Niet waar.' Savannah sloot haar ogen en schudde haar hoofd, terwijl hete tranen over haar wangen biggelden. 'Ik weet zeker van niet. Ik hou van hem, tante Phoebe. Ik heb nog nooit zoveel van iemand gehouden.'

'Voelt... voelt Oliver hetzelfde voor jou?'

'Dat heeft hij niet gezegd. Maar ik weet het vrij zeker, ja. En het verklaart waarom hij zo raar doet.'

Phoebe snakte naar een gin tonic maar ze wist dat het onverstandig zou zijn. Nog meer drank en ze zou er misschien dingen uitflappen die ze er helemaal niet uit moest flappen. Haar zelfbeheersing was heldhaftig. 'Sterke koffie, dat is wat we nodig hebben. Ik zet het apparaat aan.'

Als de emoties en het alcoholgehalte hoog opliepen, ging je tong soms met je aan de haal. En dat mag ik niet laten gebeuren, dacht Phoebe terwijl ze voorzichtig overeind kwam van de bank. Dat kan ik niet maken.

Het volgende moment maakte haar hart de vertrouwde buiteling toen ze achter zich Simons stem hoorde. 'Goedemorgen, meneer Sanderson. Hoe voelt uw vrouw zich vandaag? Nou, dat was me het feestje wel, gisteravond!'

Ach, die oubollige dialogen uit de jaren zeventig.

En die stém!

Phoebe draaide zich om en keek naar Simon: toen jong en mooi, nu dik en kalend.

Nou en?

Savannah had gelijk. Er waren mannen van wie je altijd bleef houden. Alleen was het te laat tegen de tijd dat ik dat besefte, dacht Phoebe. 'Koffie?'

'Lekker.' Savannah snoot toeterend haar neus, verzamelde de verspreide tissues en gooide ze in de prullenbak. 'Einde van de eerste ronde,' zei ze met een waterig glimlachje en ze keek vluchtig naar het televisiescherm. 'Welke film is dit?'

'*The Battle of The Sandersons.*'

Savannah knikte. 'Dacht ik al.'

Phoebe zag dat ze haar benen ontvouwde, langzaam, alsof ze invalide was. 'Waar ga je naartoe?'

'Even naar de wc.'


Phoebe keek geboeid naar de film toen Savannah terugkwam. Ze schopte haar harige monsters uit en trok haar voeten onder zich op de bank. Haar ogen waren nu droog, maar haar gezicht was nog steeds bleek en afgemat.

'Ik heb die film al gezien.'

'Kijk je liever naar iets anders?' bood Phoebe nobel aan.

Ach, ze kon hem altijd opnemen.

Maar Savannah schudde haar hoofd. 'Nee hoor, ik vond het een leuke film. Ik ben dol op die scène bij de barbecue, als hij zijn vrouw en al het eten in het zwembad van de buren mikt.'

Simons zwembad. Met Simon die erin duikt om de buurvrouw eruit te vissen, en uit het water komt met zijn donkere haar glad naar achteren en zijn witte overhemd dat aan zijn borst plakt...

Phoebe glimlachte. 'Dat is ook mijn favoriete scène.'

Ze hoefden er niet lang op te wachten. Savannah lachte zelfs toen de krijsende vrouw in het zwembad werd gesmeten.

'Mama heeft vroeger iets gehad met die kerel daar.'

Ze wees op het scherm. Phoebe fronste haar wenkbrauwen. Welke kerel waar?

'Hij,' verduidelijkte Savannah bij een close-up van Simon, die de gillende en schoppende vrouw over zijn schouder legde.

Phoebe opende haar mond om te zeggen dat ze zich vergiste, dat zíj degene was die iets met Simon had gehad. Maar Savannah babbelde onverstoorbaar verder.

'Voordat ze papa leerde kennen, uiteraard. Ze heeft het me verteld toen we een keer samen naar deze film keken. Heet hij niet Simon en nog iets?'

Phoebe knikte als verdoofd.

'Eigenlijk had hij een relatie met een vriendin van mama, maar hij bleef achter haar aan zitten. Uiteindelijk heeft hij haar min of meer ontvoerd naar Parijs. Ze wist niet wat haar overkwam toen hij boven op de Eiffeltoren aan haar voeten viel.' Savannah giechelde. 'Hij toverde een ring met een kolossale smaragd te voorschijn en vroeg of ze met hem wilde trouwen, maar ze zei nee. Ze vertelde dat ze op hem afknapte toen ze ontdekte dat hij in bed paarse slipjes droeg.'

Tot op dat moment had Phoebe gehoopt dat het allemaal een vergissing was, dat Savannah Simon met iemand anders verwarde.

Maar Simon had altijd een slipje gedragen in bed.

En zijn favoriete slipje was paars geweest.

'En, wat gebeurde er verder?'

'Mam zei "bedankt maar nee, dank je", en ze gaf hem ter plekke de bons.' Savannah haalde haar schouders op. 'Ze zei dat hij terug moest gaan naar zijn vriendin. Maar het schijnt een enorme klap voor hem te zijn geweest. Hij zei dat hij geen troostprijs wilde als hij mama niet kon krijgen. Hij heeft het uitgemaakt met zijn vriendin en is naar Hollywood gegaan om naam te maken. Alleen is dat niet gelukt,' concludeerde ze, 'want ik heb hem nooit in een andere film gezien dan in deze.' Savannah keek opzij en grijnsde. 'Gelukkig maar dat ze hem heeft afgewezen en met papa is getrouwd.'

De troostprijs…

Phoebe kreeg pijn in haar borst, alsof er met een kartelmes achter haar ribben werd gewroet. Ze kon nauwelijks ademhalen. Woede en verdriet welden op als gal. Simon en Deborah, haar minnaar en haar beste vriendin, hadden haar allebei bedrogen.

Dat was het ultieme dubbele verraad.

Daar had ze nou jaren fantasieën over gekoesterd. Simon – de schoft – had nooit van haar gehouden. Ze was de troostprijs geweest.

Phoebe voelde het mes iets dieper snijden.

En wat Deborah betreft… Wat was ze haar oudste vriendin nu nog schuldig?

Helemaal niets.

'Luister naar me,' zei Phoebe. Opeens voelde ze zich griezelig kalm. Ze had Deborahs geheim achttien jaar bewaard en gezworen dat ze het mee zou nemen in het graf.

Maar dat was toen geweest, op het moment dat ze zich verrukkelijk onbewust was geweest van het geheim dat Deborah op haar beurt voor haar verborgen hield. Nu zat ze er niet meer mee om die belofte te verbreken. Vooral niet omdat ze er Savannah misschien mee hielp.

'Wat is er?' Savannah was verbaasd dat Phoebe een trillende hand uitstak en de televisie uitzette.

Plotseling werd het stil in de kamer. Phoebe hoorde alleen nog het kloppen van het bloed in haar eigen oren. 'Dat probleem van je,' zei ze langzaam, en ze nam Savannahs slanke vingers in haar hand, 'dat gedoe met Oliver...'

Savannah kreeg meteen weer tranen in haar ogen. Meer dan een hopeloos knikje kon ze niet opbrengen. 'Ja?'

'Wat zou je ervan vinden,' zei Phoebe, 'als ik je vertelde dat Toby misschien niet je vader is?'

## 33

'Met mij,' zei Savannah. 'Moet je vandaag werken?'

Oliver aarzelde en wond het snoer van de telefoon rond zijn wijsvinger. 'Pas om vijf uur.'

'Kunnen we dan afspreken? Ik zal de trein van halftwaalf nemen, vanuit...'

'Sorry, ik heb het erg druk,' viel Oliver haar in de rede. 'Ik moet naar het reisbureau om een route uit te stippelen.' Hij zweeg even. Savannah klonk zo opgewonden. 'Waar ga je naartoe?'

'Ik ga nergens naartoe, ik kom thuis,' legde ze ongeduldig uit. 'Ik ben nu op Paddington. De trein is om vijf voor één in Harleston. Alsjeblieft, Oliver, haal me af.'

'Eh...'

'Het is belangrijk.' Savannah hing op.

'Nog meer bloemen?' riep Lili uit. 'Dat had je echt niet hoeven doen. Dit is veel te...'

'Je hebt Freya's leven gered.' Kordaat drukte Felicity haar het in glanzend cellofaan verpakte boeket in handen, gevolgd door een nog glanzender doos bonbons. Van het beste merk nog wel. 'Dit is het minste, het allerminste wat we kunnen doen om je te bedanken. Als jij er niet was geweest toen het gebeurde... Ik krijg al nachtmerries als ik eraan denk.' Ze schudde haar hoofd en had zelfs tranen in haar ogen. 'Ik zou niet geweten hebben wat ik had moeten doen.'

Lili werd er verlegen van en probeerde haar neus in de rozen te begraven om hun geur op te snuiven. Ze voelde zich een idioot toen ze te laat bedacht dat ze in cellofaan zaten.

'Nou, bedankt.'

'En ik moet mijn verontschuldigingen aanbieden' – Felicity liep rood aan – 'voor iets anders.'

'Hoezo?'

'De krant waar ik gisteren die rozen in had gedaan. Jeetje, wat is dit gênant. Waar het om gaat… Ik weet zelfs niet of je… of je hebt gezien…'

'De advertenties,' zei Lili om haar uit haar lijden te verlossen. 'Ja, die heb ik gezien. Maar het geeft niet, ik begrijp het wel.'

'Nee, dat moet ik je nou juist vertellen. We willen graag dat je op Freya blijft passen. Een au pair… ach, dat was gewoon een mal idee.' Felicity werd met de seconde roder, maar ze hakkelde dapper verder. 'Hoe dan ook, ik wilde je laten weten dat we er niet op doorgaan. We vinden het heel fijn als ze bij jou kan blijven.'


Savannah hing uit het open raam van de trein en zag dat Oliver op het stoffige perron op haar stond te wachten. Hij droeg een rood shirt en zijn oudste Levi's en speelde – ongeduldig als altijd – met zijn autosleutels, terwijl zijn andere hand friemelde met zijn zonnebril.

Haar hart maakte een sprongetje van blijdschap. Oliver zag er knapper uit dan ooit. Ze wilde dat ze over het perron kon rennen en zichzelf in zijn armen kon storten.

Maar als ik dat zou doen, dacht ze, steelt iemand mijn koffer.

Ze kon het sowieso niet doen.

Nog niet.

'Kom, geef maar aan mij.' Zonder tijd te verspillen pakte Oliver haar koffer en begon naar de uitgang te lopen.

Savannah draafde achter hem aan. Ze had al sinds Paddington over dit tafereel gefantaseerd.

'Zullen we koffie gaan drinken?' Met haar hoofd gebaarde ze in de richting van de restauratie. Deze restauratie leek in niets op die uit *Brief Encounter*, maar de film had diepe indruk op Savannah gemaakt. Voor haar gevoel zinderde elke stationsrestauratie van de dramatische mogelijkheden. Bovendien had ze behoefte aan andere mensen om zich heen.

Oliver vertraagde zijn tempo niet. 'Ik sta fout geparkeerd.'

'Alsjeblieft. Vijf minuutjes maar.'

'Ik dacht dat je iets belangrijks moest regelen.'

'Dat is ook zo.' Savannah bleef voor de ingang van de restauratie staan en keek hem doordringend aan. Ze had het gevoel dat zelfs haar uitdrukking zinderde van de dramatische mogelijkheden. 'Wij allebei.'

'Als ik een wielklem krijg, betaal jij de boete,' waarschuwde Oliver. Ze grijnsde naar hem, barstend van geluk. 'Best.'

Savannah beet op haar lip van opwinding en wachtte totdat ze met hun koffie aan een formicatafeltje waren gaan zitten. Ze scheurde een suikerzakje open en morste de helft op haar oranje lycra rok.

'Nou, wat is er aan de hand?' vroeg Oliver.

'Ik weet waarom je me ontwijkt. Ik weet waarom je naar Europa gaat,' zei Savannah.

Hij leek zich slecht op zijn gemak te voelen. 'Ik ontwijk je niet.'

'O jawel.' Ze kon niet voorkomen dat ze glimlachte. 'Maar misschien heb ik de oplossing.'

Oliver scheurde een punt van een zakje en deed zout in zijn koffie. Hij roerde met een trillende hand.

'De oplossing waarvoor?'

Savannah kon zich geen minuut langer beheersen. 'Misschien ben ik geen dochter van papa.'

'Wat?'

'Mam heeft een verhouding gehad met iemand anders. Mijn vader is misschien niet mijn echte vader. En dat zou betekenen,' besloot Savannah, 'dat jij en ik geen familie zijn.'

'Doe niet zo belachelijk!' Oliver was gechoqueerd. 'Je moeder? Iemand probeert je iets wijs te maken. Het is niets voor Deborah om een verhouding te hebben.'

'Oliver, geloof me. Het is waar.'

'Maar we hebben het over je moeder!'

'Ik weet het, ik weet het. Ze is zo geweldig, iedereen houdt van haar, ze is de ideale echtgenote.' Ze lachte om de uitdrukking op Olivers gezicht. 'Denk eens na, het is de perfecte dekmantel. Ze is de allerlaatste van wie je zou verwachten dat ze vreemdgaat. Dat ze zo aardig is, is haar alibi.'

'Je klinkt zelfs niet verbaasd,' zei Oliver.

Savannah haalde haar schouders op. 'Ik heb het nooit zeker geweten, maar ik heb wel mijn vermoedens gehad.'

'Bedoel je dat Toby niet...'

'O nee! Dat van mijn echte vader kwam als een verrassing. Maar ik heb me door de jaren heen wel afgevraagd of zij er vriendjes op nahield.'

Dat van mijn echte vader. Oliver was te perplex om alle gevolgen te kunnen overzien. Hij kon er niet over uit dat Savannah het nieuws zo kalm leek op te nemen.

Boven het formicatafeltje keek hij haar diep in de ogen. Blauwe ogen, net iets lichter blauw dan die van Toby. En zijdeachtig witblond haar.

'Ben je van streek?'

'Over papa, bedoel je? Nee hoor, hij is nog steeds mijn vader. Alleen niet biologisch,' voegde ze er opmerkelijk koelbloedig aan toe. 'En dat is nou juist de oplossing van ons probleem.'

'Maar je weet het niet zeker.' Nog steeds versuft nam Oliver een slok koffie. Hij spuugde de slok onmiddellijk terug in zijn kopje, waarop een oudere dame aan een tafeltje naast hen misprijzend haar hoofd schudde en zich demonstratief achter de *Daily Telegraph* verborg.

'Dat is waar, maar ik weet het wel vrij zeker.'

'Hoe ben je dit trouwens aan de weet gekomen?'

'Mijn tante Phoebe heeft het me verteld. Alles – dat papa weken achter elkaar in het buitenland werkte en mama iets met die kerel had. Hij was ook getrouwd, dus moesten ze heel erg voorzichtig zijn. Daarom hadden ze Phoebe ook nodig,' legde Savannah geduldig uit. 'Ze zagen elkaar in haar huis.'

'Hoe weet je zo zeker dat die andere man je vader is?'

Weer schouderophalen. 'Zodra Phoebe me vertelde wie het was, ging er bij mij een lampje branden.'

Oliver haalde diep adem. Dit werd met de minuut vreemder. 'Is het dan iemand die je kent?'

'Alleen van gezicht,' zei Savannah. 'Niet iemand die ik groet als ik hem tegenkom.'

'Wie is het dan?' Met zijn elleboog stootte Oliver het kopje omver en het kletterde over de tafel. De oudere vrouw achter Savannah keek hen verontwaardigd aan en ritselde met haar krant.

Savannah volgde Olivers blik en keek over haar schouder.

'Komt dat even goed uit.' Ze begon te lachen. 'Zie je die foto op de voorpagina?'

Oliver fronste en knikte. 'Nou en?'

Haar blauwe ogen twinkelden. 'Nou, dat is hem.'

'O nee!' riep Oliver uit. 'Geen politicus.'


Savannah, oogverblindend in vorm, wist de verkeersagent over te halen om zijn pen en bonnenboekje weg te stoppen.

Onderweg naar Harleston vertelde ze Oliver de details. 'Toen zat hij natuurlijk niet in het kabinet. Hij was nog maar net tot kamerlid gekozen. Maar hij zat de hele week in Londen en zijn vrouw en kinderen zaten honderden kilometers ver weg in zijn kiesdistrict. Zo gaat dat.'

Oliver was hevig geschokt. Het was te veel, hij kon het niet bevatten.

David Mansfields hele politieke carrière draaide om strenge normen en waarden: eerlijkheid, trouw en het gezin. Als bekend werd dat hij overspel had gepleegd, kon hij het verder wel schudden. Hij zou af moeten treden, eruit vliegen.

Allemachtig, dit was menens.

'Sav, wat ga je nu doen?'

'Hmm?' Bij de kiosk in het station had ze de *Telegraph* gekocht. Nu was haar blonde hoofd over de voorpagina gebogen en bestudeerde ze nauwkeurig David Mansfields gezicht. Kort blond haar, kobaltblauwe ogen, de scheve grijns – zijn handelsmerk – waarmee hij de harten en stemmen van vrouwen in het hele land had veroverd.

De gevolgen konden catastrofaal zijn.

'Wat ga je nu doen?' herhaalde Oliver.

Savannah keek verbaasd. 'Uitzoeken wie mijn vader is, natuurlijk.'

Shit.

'Hoe?'

Ze haalde haar schouders op. 'Bloedonderzoek. DNA en zo.'

'En wat dan?'

'Toe nou toch, Oliver! Op wat voor planeet zit jij? Wat dénk je dat ik ga doen?'

Een paar levens kapotmaken? Een gigantische politieke rel veroorzaken? Met Savannah wist je het nooit.

Hij slaakte een zucht. 'Ik weet het niet. Vertel het me maar.'

'Als ik zijn dochter ben' – stralend tikte ze op de foto op haar schoot – 'zijn jij en ik dus geen familie.' Haar grijns was vrolijk en ongeremd. 'En dat betekent dat we samen kunnen zijn!'

## 34

Deborah en Doug lagen in bed toen ze buiten grind hoorden knerpen onder autobanden.

'Jezus, wie is dat?' Als een speer schoot Doug uit bed. Hij gluurde tussen de gordijnen door naar buiten. 'Het is Olivers auto. Stik, Savannah is bij hem!'

'Dat kan niet. Ze is in Londen.'

'Ze is helemaal niet in Londen. Ze haalt haar koffer uit de auto.'

Doug had gelukkig ruime ervaring met bliksemsnel verdwijnen. Deborah bleef waar ze was.

'Via de trap aan de achterkant naar beneden en door de openslaande deuren naar buiten.' Geamuseerd tilde ze haar hoofd op voor een snelle kus. 'We halen de verloren tijd later wel in. Ik bel je als de kust veilig is.'

'Mam?' De slaapkamerdeur vloog open. 'Waarom lig je in bed?'

'O schat, ik heb barstende hoofdpijn. Ik kan geen pap meer zeggen.' Deborah draaide zich op haar zij en hield haar hand vlak boven haar voorhoofd. 'Ik heb handenvol aspirine genomen maar het gaat niet over.'

'Ben je bij de dokter geweest?'

'Nee, ik wil niemand lastigvallen. Waarom ben je trouwens nu al terug?'

Savannah liet zich op het bed ploffen. 'Mam, tante Phoebe heeft me iets verteld en nu wil ik uitzoeken of het waar is.'

'Wat nu weer?' zei Deborah. 'Dat Rotterdam de hoofdstad van België is? Dat je heupen breder lijken door horizontale strepen? Dat je staand niet zwanger kunt worden?'

'Ze heeft me verteld dat deze kerel misschien mijn vader is.' Savannah trok de opgevouwen voorpagina van de krant uit haar zak. 'Is dat zo?'

Deborah schoot overeind. 'Nee.'

'Zeg niet zomaar "nee". En pas op je hoofd – kom, dan leg ik er een kussen achter – dat is beter. Kom op, mam. Is het zo?'

'Lieverd, wat haal je je in godsnaam in je...'

'Mam, Phoebe heeft me het hele verhaal verteld. Alles. Je had een verhouding met David Mansfield, jullie spraken bij haar thuis af, je had hem bij een diner voor een of ander goed doel leren kennen en hij belde je de volgende dag op om je te vragen of je...'

'Alsjeblieft, zo is het wel genoeg,' mompelde Deborah met gesloten ogen. De fictieve hoofdpijn dreigde in echte om te slaan. 'Ja, ja, dat is allemaal waar.'

'En toen je erachter kwam dat je in verwachting was, wist je niet van wie, van hem of van papa,' drong Savannah aan.

'Liefje, ik weet heel zeker dat je papa's dochter bent.'

'Toch moet er bloedonderzoek worden gedaan.'

Dit was te veel. Dit was een nachtmerrie.

Deborah pakte Savannahs hand beet. 'Bloedonderzoek is helemaal niet nodig. Je bent Toby's dochter. Ik weet niet waarom Phoebe je dit heeft verteld, en je kunt het maar beter vergeten. Denk je eens in hoeveel narigheid het kan geven. Toby houdt van je, lieverd. Hij is je vader.'

'Ik weet dat hij mijn vader is, maar misschien is hij niet mijn biologische vader.' Savannah was onvermurwbaar. 'En dat wil ik ook he-

lemaal niet, want dan is hij ook Olivers vader. En ik hou van Oliver.'
Haar blauwe ogen schitterden.

'Waarom?' vroeg Deborah toen Phoebe opnam. 'Waarom heb je het haar verteld?'

Het was pas drie uur 's middags. Phoebe moest het Savannah nageven, ze liet er geen gras over groeien. Als haar iets te doen stond, zorgde ze dat het gebeurde.

'Ik vond dat ze er recht op had om het te weten. Ze houdt van die jongen.'

'Ze houdt niet van hem!' Deborah knapte zowat van frustratie. 'Het is gewoon een stomme verliefdheid. Ze is wel vaker verliefd geweest en het zal ook niet de laatste keer zijn. Ze is achttien, god nog aan toe! Verliefdheden horen erbij als je achttien bent!'

'Ik vond het niet klinken als een stomme verliefdheid.' In Londen schonk Phoebe zichzelf een stevige wodka tonic in.

'Je had het beloofd, Phoebe. Je bent mijn oudste vriendin en je had beloofd dat je het nooit aan iemand zou vertellen.'

'Nou en?'

'Nou en!' Deborah schreeuwde bijna. 'Ik vind het onvoorstelbaar dat je me dit aandoet!'

'Eigen schuld.' Phoebe spuugde de woorden met grimmige voldoening uit.

'Wat?' Deborah sloot haar ogen. 'Waar heb je het over?'

'Over wíe heb je het, zul je bedoelen. Ik zal het simpel houden.' Phoebes glas ratelde tegen de hoorn toen ze een ijskoude slok nam. 'Simon Colman, daar heb ik het over.'

'Waar ga je naartoe?' vroeg Oliver toen Jessie met een weekendtas de trap afkwam.

'Naar Cornwall. Met Jonathan. Hij haalt me om vijf uur op.'

'Het gaat regenen.' Oliver gebaarde naar de televisie, waar een weermeisje met een in beton gegoten glimlach opgewekt naar de donderwolken en bliksem op een kaart wees.

'Dat geeft niet.' Jessie keek op haar horloge; ze was niet van plan om op een strand te gaan liggen. 'Gaat het goed met je?'

Oliver knikte. Het ging helemaal niet goed met hem, hij was ziek van de zorgen. Savannah denderde als een op hol geslagen paard op haar doel af, en hij kon haar er op geen enkele manier van weerhouden.

Joost mocht weten wat er zich op dit moment in Sisley House afspeelde.

Oliver was blij dat Toby in New York was. Misschien kon Deborah haar koppige dochter op andere gedachten brengen.

'Morgenavond ben ik terug.' In de verte klonk het ronken van Jonathans auto, die de top van Compass Hill naderde. Jessie pakte haar tas, zonnebril en een noodvoorraad Rolo's. Ze keek naar Oliver, die een afwezige indruk maakte. 'Weet je zeker dat er niets is?'

'Heel zeker. Veel plezier met Jonathan.' Hij glimlachte naar haar om haar gerust te stellen. Ze konden het goed met elkaar vinden, ze hadden altijd een hechte band gehad. Maar dit keer kon Oliver het niet over zijn hart verkrijgen om haar te vertellen wat er aan de hand was. Het was gewoon makkelijker als ze het niet wist.

'Weet je zeker dat je er zin in hebt?' Jonathan moest haast schreeuwen om zich verstaanbaar te maken boven het motorgeweld.

'Waarin, vier rolletjes Rolo's achter elkaar opeten?'

'Nee bedankt.' Hij schudde zijn hoofd toen Jessie hem er een aanbood. 'Ik had het over Cornwall. Ik wil niet dat je iets doet waar je achteraf spijt van krijgt.'

'Ik heb er zin in,' zei Jessie. 'Uiteraard krijg ik er later geen spijt van.' Ze nam nog een Rolo. 'Ik heb nooit ergens spijt van.'

'Wilt u een tweepersoonskamer?' vroeg de receptioniste in het hotel met uitzicht op de St. Austell Bay.

Van opzij keek Jonathan hoopvol naar Jessie.

'Nee, dank u. Twee eenpersoonskamers.' Jessie keek niet naar hem, maar ze voelde dat zijn gezicht betrok. Jonathan had nog steeds hoop op herstel van hun oude relatie.

De receptioniste gaf hen de sleutels. 'Veel plezier.'

'Ik zal mijn best doen,' antwoordde Jonathan somber.

'Kom op.' Jessie tikte op zijn arm. 'Voordat de keuken sluit. Ik trakteer op het eten om het gebrek aan sex goed te maken.'

Ze aten op het terras, genoten van het uitzicht op de baai en bekeken de tientallen brochures van makelaars die Jessie zich de afgelopen paar dagen had laten toesturen. Er waren acht huizen die ze beter wilde bekijken.

'Kun je niet gewoon zo'n huis huren voor de zomer?' Hoofdschuddend bekeek Jonathan de lijst en fronste zijn wenkbrauwen. 'Het is zo onherroepelijk om Duck Cottage te verkopen en hier iets te kopen. Misschien vind je het hier wel vreselijk.'

Het terras werd omzoomd door palmbomen. Ver in de diepte glinsterde een inktzwarte zee in het maanlicht. De lichtjes van de huizen langs de kromming van de baai schenen op de klotsende golven.

'Hoe zou ik het hier nou vreselijk kunnen vinden?' Jessie gebaarde breed naar het uitzicht. 'Het is hier zo mooi.'

Bovendien wilde ze haar huis juist verkopen en iets anders kopen omdat het onherroepelijk was.

'Geen vrienden,' merkte Jonathan op. 'Misschien ben je wel hartstikke eenzaam.'

'Ik maak wel nieuwe.'

'Oliver zal er niet blij mee zijn.'

'Oliver is eenentwintig, hij hoeft er ook niet blij mee te zijn. Hij kan wonen waar hij wil.'

'Je zult je zaak weer helemaal op moeten bouwen.'

'Jonathan, als ik depressief wilde zijn, zou ik boeken van Anita Brookner gaan lezen. Het was jouw idee om met me mee te gaan,' bracht ze hem in herinnering. 'Het minste wat je kunt doen, is aan mijn kant staan.'

'Je loopt weg,' zei hij zonder er doekjes om te winden.

'Ik loop niet weg.' Jessie zuchtte, terwijl hij de ober wenkte en een nieuwe fles wijn bestelde. 'Ik kan daar gewoon niet blijven. Ik dacht dat het wel zou wennen om Toby zo vaak te zien, maar dat is niet zo.'

Jonathan was heel erg dol op Jessie, maar hij was blij dat hij niet langer van haar hield. Als hij nu naast haar had gezeten, vol hoop en verlangen dat ze bij haar positieven zou komen en zijn liefde zou beantwoorden... Nou, gelukkig was dat niet zo, meer kon hij niet zeggen. Anders zou de uitdrukking op haar gezicht als ze over Toby Gillespie praatte zijn hart hebben gebroken.

'Ik wil niet dat je een enorme vergissing maakt.' Hij stak een arm uit en bedekte haar hand op tafel met zijn lange, slanke vingers.

'Dat gebeurt ook niet.' In stilte was Jessie geroerd over zijn bezorgdheid. Ze produceerde een brede grijns. 'Zoals ik al zei, ik heb nooit ergens spijt van.'

Maar Jonathan liet zich niet langer door haar luchthartigheid om de tuin leiden. En het was niet de eerste keer dat Jessie was weggelopen.

'Echt niet?' Doordringend keek hij haar aan. 'Zelfs niet van het feit dat je jaren geleden op een trein naar Schotland bent gesprongen zonder Toby Gillespie te laten weten dat hij vader ging worden?'

## 35

Deborah had haar best gedaan maar ze bereikte niets. Het was zoiets als een verwend kind van zes ervan proberen te overtuigen dat ze liever een bord gestoomde groente had dan een ijsje.

'Het heeft geen zin, mam. Voor mij is niets op de hele wereld zo belangrijk als dit en je praat het me heus niet uit mijn hoofd.' Het was middernacht en frustrerend genoeg wees niets erop dat Savannah haar verzet zou staken. 'De waarheid moet hoe dan ook boven tafel. Papa laat zijn bloed testen of...'

'Je vader niet. Nee, nee!' Deborah had altijd haar uiterste best gedaan om niet tegen de lamp te lopen. Als er een manier was, wat voor manier dan ook, om te voorkomen dat Toby haar ontrouw aan de weet kwam, dan zou ze die met beide handen aangrijpen.

Savannah kon per slot van rekening nog steeds van hem zijn.

'Best.' Savannah tikte met haar vinger op de krantenfoto van David Mansfield. 'Dan moet hij het laten doen.'

'In 's hemelsnaam, heb je enig idee...'

'Mam, maak je niet druk, het is niet het einde van de wereld. We kunnen toch discreet zijn.'

Discreet. Deborah begroef haar gezicht in haar handen en schudde haar hoofd. 'Ik weet niet hoe je...'

'Genoeg,' kondigde Savannah ferm aan. 'We draaien in kringetjes rond. Je hoeft hem alleen maar te bellen en hem de situatie uit te leggen. Het lijkt me een fatsoenlijke kerel, hij begrijpt het vast wel.'

Deborah wilde dat ze op terugspoelen kon drukken, gewoon terug kon gaan naar een paar dagen geleden en weer bij het begin kon beginnen.

'Maar liefje...'

'Ik meen het, mam.' Savannah streek haar blonde haar naar achteren en liet blijken dat haar besluit onherroepelijk vaststond. 'Als jij hem niet belt, doe ik het.'

Het was belachelijk eenvoudig om de boodschap achter te laten. Inlichtingen gaf Deborah het nummer van het House of Commons. Deborah draaide het in de verwachting een antwoordapparaat te krijgen, maar een opgewekte man nam op en legde uit dat de telefooncentrale vierentwintig uur werd bemand.

Deborahs mond was droog toen ze hem een boodschap voor David Mansfield gaf. Alleen haar naam en nummer en dat het dringend was. Dat laatste moest ze eraan toevoegen omdat Savannah pal tegenover haar met gekruiste benen op de bank zat en haar instructies gaf. 'Zeg dat het dringend is. Zorg ervoor dat hij weet dat hij je moet bellen. Zeg dat het een kwestie van leven of dood is.'

'Morgen krijgt hij de boodschap.' Deborah hing op en masseerde haar pijnlijke slapen. 'Kunnen we nu alsjeblieft naar bed?'

Niet dat ze een oog dicht zou doen. Zo voelde je je dus als je emotioneel uitgeput was.

Savannah sloeg haar armen om haar heen.

'Is het niet fantastisch? Sorry mam, ik weet dat het voor jou een beetje vervelend is, maar het betekent dat Oliver en ik samen kunnen zijn.' Er stonden tranen van blijdschap in haar ogen. Deborah veegde ze weg toen ze haar een kus gaf.

'Hou je er wel rekening mee wat het verder kan betekenen als je zijn dochter bent? Misschien wil hij je wel ontmoeten en je leren kennen. Hemel, misschien wil hij je wel aan zijn gezin voorstellen.'

'Nee bedankt,' zei Savannah beslist. 'Dat hoeft van mij allemaal niet. Zolang hij mijn vader is, vind ik alles best.'


Savannah lag nog in bed en Deborah was beneden in de keuken toen de telefoon de volgende ochtend om tien uur ging.

De stem aan de andere kant van de lijn was onmiskenbaar. 'Deborah? Met mij. Ik moest je bellen.'

'Klopt. Wacht even.' Beverig pakte ze haar tas van de kast. 'Dizzy, we hebben brood nodig en eh... theezakjes. Ga even naar de winkel, wil je?'

Dizzy fronste zijn wenkbrauwen. Wat was er toch aan de hand? Gisteren had zijn moeder hem twintig pond toegestopt en gezegd dat hij gezellig een dagje naar Harleston moest gaan. En nu probeerde ze hem alweer de deur uit te werken.

'Nu meteen, schat, alsjeblieft.'

Toen hij de keuken uit slofte en argwanend over zijn schouder keek, hield Deborah de hoorn weer tegen haar oor gedrukt. Het bloed pompte door haar lichaam als een troep marathonlopers; ze had niet verwacht dat hij zo snel terug zou bellen.

'David, hallo. Eh... kan ik vrijuit praten?'

Het was raar om hem weer te spreken.

'Maak je geen zorgen. Nou, wat is er aan de hand?'

David Mansfield zat in zijn kantoor en dacht aan de laatste keer dat hij met Deborah had geslapen, al die jaren geleden. Kort daarna was zijn parlementaire carrière goed op gang gekomen en sindsdien had hij zich nooit meer aan een verhouding gewaagd. Er stond veel te veel op het spel.

Deborah vertelde hem alles.

David luisterde zwijgend.

'Het spijt me, David. Ik heb gepraat als Brugman maar ze wil niet luisteren. Je weet hoe koppig tienermeisjes kunnen zijn.'

'Ik kan mijn oren niet geloven.' In zijn kantoor met eikenhouten lambrizering zag David een levendig beeld van zijn carrière voor zijn ogen in de dichtstbijzijnde wc verdwijnen. 'Deborah, Deborah. Dit kan toch niet gebeuren.'

'Helaas wel, David. Ik ben er ook niet bepaald blij mee.' Deborah rommelde in een keukenla, vond een oud pakje Rothmans en stak er een op. 'Toby vergeeft het me nooit, als hij erachter komt. Ik weet zeker dat hij dan wil scheiden.'

David dacht aan zijn eigen huwelijk. Hij hield van zijn vrouw. Hij hield bijna evenveel van haar als van zijn baan als minister.

Allemachtig, waar had hij dit aan verdiend?

'We moeten haar tegenhouden.'

'Dat lukt niet.' Deborah zuchtte. 'Je moet het laten doen. Het is de enige manier.'

'Fijn hoor. Geweldig.'

'Luister, Savannah wil geen publiciteit, alleen bewijs dat jij haar vader bent. Verder hoeft niemand het te weten.'

'Deborah, mijn hele leven staat op het spel!' David sloot zijn ogen – die beroemde blauwe ogen – en probeerde koortsachtig een uitweg te verzinnen.

'Goed, laat het me dan zo zeggen.' Het moment om hem te zeggen waar het op stond was aangebroken, besloot Deborah. 'Als jij je bloed laat onderzoeken, kun je duimen en hopen dat het verhaal niet uitlekt. Doe je het niet,' – ze zweeg om ervoor te zorgen dat hij het goed begreep – 'dan gaat Savannah naar de pers, en staan er voordat je tot tien kunt tellen camera's voor de deur van je kantoor.'

De film waar Toby in de Verenigde Staten propaganda voor maakte was niet geweldig, maar dat wist zijn doelgroep pas als ze hem hadden gezien. De publiciteit was uitstekend georkestreerd, er waren miljoenen dollars in de advertentiecampagne gestoken, en de sterren deden de ronde langs de talkshows, overdreven vreselijk en deden alsof het de beste film was die er sinds *The Godfather* op het witte doek was vertoond.

Toby had net Letterman gedaan – een grote eer – en dertien interviews met tijdschriften. De volgende dag begon hij aan nog eens negen televisieoptredens en twintig radioprogramma's. Je moest proberen om niet de hele tijd hetzelfde te zeggen, ook al was dat onmogelijk.

Je moest eindeloos enthousiast zijn. Je moest de namen van de mensen die je interviewden onthouden en gebruiken. Je moest van de ene studio naar de andere hollen en doen alsof je het allemaal enig vond.

Jessie droomde dat ze een huis had gekocht in St. Austell Bay. Letterlijk in de baai, zodat je er alleen per boot kon komen. In haar droom keek ze uit haar slaapkamerraam naar Toby, die met een megafoon op het strand stond en vanaf de andere kant van het water brulde: 'Zo makkelijk kom je niet van me af! IK KAN ZWEMMEN!' Toen de telefoon naast haar bed rinkelde, nam Jessie op zonder echt wakker te worden.

'Jess?'

'Toby?'

'De verbinding is heel slecht. Jess, ben jij het?'

'Gebruik je megafoon,' zei Jessie. 'Nee, ik weet iets beters, zwem naar de overkant.'

Er volgde een verbijsterde stilte op deze suggestie. Jessie opende haar ogen en keek om zich heen.

Het was één uur 's nachts en ze was vergeten de gordijnen dicht te doen. Door het raam zag ze een bijna volle maan boven Compass Hill, en de bomen stonden afgetekend tegen de grijszwarte hemel. In de verte jankte een vos. Ze lag in haar eigen bed, omringd door brochures van makelaars die ritselden als ze zich bewoog. Ze woonde niet in een huisje midden in de St. Austell Bay en Toby stond niet blootsvoets op het strand te brullen door een megafoon.

Dat was een droom geweest.

Met gefronste wenkbrauwen keek ze naar de hoorn in haar hand.

Het enige raadsel dat nu nog overbleef, was wie ze aan de telefoon had.

'Jess?'

Toby. Hij was het nog steeds.

'Ik sliep. Sorry. Nu ben ik wakker.'

'Het spijt me.'

'Ik droomde van je.'

Jessie wist dat ze het beter niet had kunnen zeggen, maar ze was nog niet geheel bij haar positieven.

Toby was belachelijk blij. Hij kon er niet tegen dat ze zo ijzig uit elkaar waren gegaan. Nu belde hij haar omdat hij haar miste.

'Wat droomde je?' Hij zag Jessie voor zich in bed. Misschien had hij in haar droom wel naast haar gelegen.

'Je zat me achterna. Ik probeerde je af te schudden, maar je bleef me achterna zitten.'

Vaarwel romantiek. Wat een sof.

'O.' Ondanks zijn teleurstelling lukte het Toby om vluchtig te glimlachen. 'Mijn excuses.'

'Waar ben je eigenlijk?' Jessie ging zitten en de kaart van Cornwall en een paar foto's van huizen gleden op de grond.

'In New York. Het St. Regis Hotel. Zal ik je mijn kamer beschrijven? Het kleed is lichtblauw, de gordijnen zijn donkerblauw, het behang is een soort streperig blauw...'

'Toby, waarom bel je?'

Een stilte. 'Ik wilde gewoon even praten.'

'Had je Deborah dan niet kunnen bellen?'

'Je weet best wat ik bedoel.'

'Toby...'

'Ik weet het, ik weet het.' Er klonk zelfspot in zijn stem. 'Maar ik kan niets aan mijn gevoelens veranderen, Jess.'

Jessie pakte een van de brochures van het bed. Op de voorkant stond een foto van een roze geschilderd huis met een overwoekerde voortuin. Wat er niet op stond, was de viswinkel ernaast en de tatoeagestudio ertegenover.

'Het is niet eerlijk.'

'Dat weet ik ook. Maar sommige dingen...'

'Ik verkoop mijn huis,' zei Jessie. 'Ik ga verhuizen.'

In paniek omklemde Toby de hoorn. Zijn nekharen kwamen overeind. 'Shit, nee! Dat moet je niet doen, Jess. Dat kun je niet doen.'

'Ik geloof niet dat ik veel keus heb.' Help, dacht Jessie, wat klink ik dramatisch. Maar hij had haar op een kwetsbaar moment verrast en ze moest het hem duidelijk maken. 'Voor mij is het ook niet makkelijk, weet je.'

'Het spijt me. Het spijt me zo,' zei Toby. 'Maar je hoeft niet te verhuizen. Jess, ik hou van je, dat weet je al. Toch wil ik geen pijnlijke situaties tussen ons. Ik weet dat ik er verleden week een potje van heb gemaakt, maar ik beloof je dat het niet nog een keer zal gebeuren. Mijn woord erop. Ik val je niet meer lastig,' vervolgde hij op heftige toon, 'dat beloof ik je. Van nu af aan zijn we gewoon vrienden.'

'Hallo,' zei Savannah opgewekt. 'Is Doug thuis? Ik wil hem iets vragen.'

Jamie had opengedaan en hij staarde verbijsterd naar Savannahs korte witte vestje en het truitje ter grootte van een zakdoek. Wat was die Doug toch een mazzelaar.

'Hij is er wel, maar hij is eh... boven. Hij slaapt.'

'Eigenlijk is het nogal dringend.' Savannah keek Jamie stralend aan. 'Zou je hem wakker kunnen maken?'

Drew kwam de keuken uit met een kom cornflakes en een vork. 'Misschien kunnen wij je helpen,' bood hij aan. Doug was pas twee uur geleden thuisgekomen van zijn nachtdienst.
'Dat denk ik niet. Ik heb namelijk een enorme splinter in mijn bil.'
'Ik ben erg handig met splinters,' vertelde Jamie enthousiast.
Savannah keek hem verontschuldigend aan. 'Ik heb toch liever dat een dokter hem eruit haalt.'

## 36

'Ik heb niet echt een splinter,' legde Savannah onderweg naar Sisley House uit. 'Ik wil alleen vragen of je iets voor me wil doen.'
'O ja?'
Doug keek haar argwanend aan. Er was iets aan de hand. Hij hoopte van harte dat ze hem de vorige dag niet had zien wegrennen door hun achtertuin.
'Iets belangrijks. Heel erg belangrijk zelfs.'
'Wat dan?'
'Kijk,' begon Savannah, 'jij kunt geheimen bewaren, nietwaar? Ik bedoel, je bent dokter en dan moet je zo'n eed afleggen, dus kan ik je voor honderd procent vertrouwen. Wat het ook is, je zult het aan niemand vertellen.'
Doug fronste. 'Natuurlijk niet, dat is waar. Maar als het echt iets ernstigs is, kun je beter...'
'Dat soort ernstig bedoel ik niet,' verzekerde ze hem laconiek. 'Het is meer... gevoelig. Geen openhartoperatie op de keukentafel als je daar soms bang voor bent.'
'Misschien kun je me beter vertellen wat het dan wel is,' zei Doug, hoewel hij wel een gokje durfde te wagen. Savannah dacht misschien dat ze zwanger was, of anders was ze bang dat ze een of andere geslachtsziekte had opgelopen.
Maar toen ze de hoek om kwamen, stelde hij verbaasd vast dat Deborahs auto voor het huis stond.
'Eh... heeft het ook iets met je moeder te maken?'
'Nou en of.'
Shit. Hij hoopte dat Deborah geen geslachtsziekte had. 'Luister,' zei hij behoedzaam, 'als er iemand ziek is...'
'Er is niemand ziek. We verwachten bezoek.' Savannah maakte een

opgewonden indruk; haar ogen glinsterden haast koortsachtig. 'En ik wil dat je een paar bloedmonsters neemt, dat is alles.'

Doug staarde haar aan.

'Bloedmonsters?'

'Je mag ze niet uit het oog verliezen totdat je ze naar het lab stuurt.' Savannah had genoeg romans van Jeffrey Archer gelezen om te weten dat politici niet te vertrouwen waren. 'En als je de uitslag krijgt,' concludeerde ze triomfantelijk, 'geef je die aan mij.'

Dit was surrealistisch.

Doug stak de naald in de gezwollen ader en zoog het bloed langzaam op. Gelukkig ging het meteen de eerste keer goed; het bloed stroomde gestaag in het buisje.

David Mansfield keek toe terwijl Doug de naald uit de ader haalde en het dopje op het buisje met bloed deed. Hij was in zijn eentje naar Upper Sisley gereden. Nu zag hij Doug Flynn een fictieve naam op het etiketje schrijven.

Hij stroopte zijn mouw omlaag en keek naar de dochter van Deborah Gillespie, die op de rand van de keukentafel zat in een rokje dat er nauwelijks was en een vest dat haar navel niet eens bedekte. Als ze zijn dochter was, dacht hij met plotselinge ergernis, zou hij tegen haar zeggen dat ze fatsoenlijke kleren aan moest trekken in plaats van zich uit te dossen als een slet.

'Klaar,' zei Deborah opgelucht. 'Wil iemand iets drinken?'

David stond op. 'Ik moet ervandoor.'

Deborah schonk zichzelf toch maar een kolossale wodka met tonic in. De anderen hadden er misschien geen behoefte aan, maar zij wel. 'Ik laat je wel uit.' Savannah sprong van de tafel. 'Maak je geen zorgen,' voegde ze er vriendelijk aan toe terwijl ze samen met David naar de deur liep. 'Ik doe dit uit liefde, niet voor het geld. Je hoeft echt niet bang te zijn, ik praat heus mijn mond niet voorbij.'

'Waar is Dizzy?' vroeg Doug toen hij met Deborah alleen was in de keuken.

'Boven, op zijn kamer.'

'Jezus, is dat niet een beetje riskant?'

'Ik ben vanochtend naar Harleston gegaan om een nieuw computerspel voor hem te kopen.' Deborah glimlachte flets. 'Godzijdank bestaat er *Command & Conquer*. Hij komt een week niet meer beneden.'

Doug schudde zijn hoofd. 'Het is onvoorstelbaar wat ik net heb gedaan. Ik vind het onvoorstelbaar dat je een verhouding met David Mansfield hebt gehad.'

'Ja, gek hè? Ik heb zelfs nooit op hem gestemd.' Deborah liet het ijs rinkelen in haar glas. 'Weet je zeker dat je niets wil drinken?'

'Nee bedankt.' Alcohol was wel het laatste waar hij behoefte aan had.

'Hoe dan ook, we hoeven ons geen zorgen te maken,' zei Deborah. 'Je hoeft dat bloed nu alleen maar met het jouwe te verwisselen. Dan is de uitslag negatief.'

Doug had net een slopende dienst van vierentwintig uur achter de rug. Toen Savannah hem had gewekt, had hij minder dan een uur geslapen. Meestal was hij niet zo traag van begrip.

'De monsters verwisselen, bedoel je dat?'

'Uiteraard! Jouw DNA kan toch niet hetzelfde zijn als dat van Savannah? Ze hoeft er niets van te weten.'

'Dat kan ik niet doen.' Doug begon te zweten. Dit was te veel; hij zat er al veel dieper in dan hem lief was. Maar tot nu toe had hij tenminste niets gedaan dat niet door de beugel kon. 'Het spijt me, maar ik peins er niet over,' vertelde hij Deborah beslist. 'Rotzooien met bloedmonsters is frauduleus. Het zou een grove schending van de beroepsethiek zijn.'

'Poeh, mooie vader is dat!' merkte Savannah vrolijk op toen ze de keuken weer binnenkwam. Ze liep naar de ijskast en pakte een blikje cola. 'Wat een zuurpruim. Hij zwaaide niet eens.'

'Nou?' Jamie was belust op details. Hij had de afgelopen twintig minuten over Savannahs beeldschone billen gefantaseerd. Nu Doug terug was, kon hij het uit de eerste hand horen... letterlijk.

'Nou wat?'

'Hoe was het?'

Doug zette zijn dokterstas in de kast onder de trap. De tas met een buisje bloed van David Mansfield erin. In gedachten verzonken stond hij ernaar te staren.

'Hij heeft een shock,' zei Drew grijnzend. 'Het is hem allemaal te veel.'

'Was het te vergelijken met een perzik?' informeerde Jamie, onverstoorbaar hoopvol.

'Wat?' Doug stond nog steeds bij de kast en hij vroeg zich af of hij de monsters direct naar het laboratorium moest brengen.

'Savannahs billen, idioot! Gilde ze toen je de splinter eruit haalde?' Jamies ogen lichtten op. 'Bewaar je hem als souvenir?'

'Nou... nee.'

Het had geen zin. Doug weigerde hem te vertellen wat hij horen wilde. Het was egoïstisch dat hij de details voor zichzelf hield. 'Wat is het leven toch oneerlijk,' mopperde Jamie. 'Als jij aan het werk was geweest, zou ze mij om hulp hebben gevraagd. Ik zou het hebben gedaan, ik zou er als een speer naartoe zijn gegaan.'

Was het zo maar gegaan, dacht Doug.

Toen de telefoon op woensdagmiddag ging, nam Deborah op en hield haar adem in.
'En?'
'Ik heb de uitslag net binnen. De overeenkomst is onmiskenbaar;' zei Doug.
'Shit.' Met trillende handen stak ze een sigaret op.
'Het spijt me.'
'Je weet toch wat dit betekent, hè? Het eind van mijn huwelijk. En het zal een enorme klap zijn voor Toby.'
'Zeg, ik heb het erg druk. Ik moet weer aan het werk.'
'Het is nog niet te laat.' Deborah keek opzij over haar schouder om te zien of ze echt alleen was. Maar Dizzy had zich opgesloten op zijn kamer met het computerspelletje, en ze had Savannah al de hele dag niet gezien. 'Verander de uitslag, Doug. Lak de cruciale informatie weg, verander positief in negatief en maak er dan een fotokopie van! Savannah hoeft het niet te weten.'
'Eh...' Doug schraapte zijn keel. 'Ze weet het al.'
'Maar hoe...'
'Hai mam.' Op de achtergrond zong Savannahs stem door de lijn voordat Doug iets kon zeggen.
'Ze zit hier al vanaf negen uur vanochtend bij de receptie,' zei hij droog, 'op de uitslag te wachten.'

Jessie zat in de achtertuin met een glas fris. Ze lakte haar teennagels en luisterde met een half oor naar een radioprogramma met mensen die telefonisch hun hart konden uitstorten. Ze maakte korte metten met een zakje Engelse drop en dacht na over Toby's nachtelijke telefoontje van een paar dagen geleden toen het vertrouwde geluid van Olivers auto die stopte voor de deur haar eraan herinnerde dat ze hem nog steeds niet van Cornwall had verteld.
Arme Oliver, in dit tempo zou hij op een dag thuiskomen van zijn werk in de Seven Bells en nieuwe bewoners in hun huis aantreffen.
'Daar ben je,' zei Jessie, toen hij met twee gekoelde blikjes bier de tuin in kwam. Hemel, dit was zenuwslopend; ze wist niet waar ze moest beginnen. 'Ga zitten, Oliver, ik moet je iets vertellen.' Zo, ze had het gezegd, ze had een begin gemaakt. 'Het zit zo, toen ik met Jonathan in Cornwall was, heb ik een schattig huis gezien en ik wil het heel graag kopen. Ik wil dit huis verkopen en naar St. Austell verhuizen. Nou, wat vind je ervan? Heb je er bezwaar tegen?' Ze was buiten adem en vroeg zich af waarom Oliver niet reageerde. Hij leek meer

belangstelling te hebben voor de kleptomaan op de radio dan voor haar grote nieuws.

'Eh... nee hoor.'

'Ik bedoel, ik weet dat het een hele schrik voor je moet zijn, maar voor jou maakt het toch niet zoveel uit? Je bent eenentwintig, je gaat naar Europa... en als je terugkomt, moet je een carrière opbouwen. Je gaat werk zoeken, je gaat op kamers, je wil je eigen leven leiden...'

'Het is wel goed, mam, ik vind het niet erg.' Oliver zag geen kans om zijn moeders spraakwaterval te stuiten.

'Je kunt natuurlijk komen logeren wanneer je maar wilt,' ratelde Jessie onvermoeibaar verder, 'en als je hier wilt zijn, vindt Toby het vast hartstikke gezellig als je bij hem komt logeren. Het betekent dus dat je meer kanten op kunt dan nu, en dat is geweldig.'

'Mam, ik moet jou ook iets vertellen.'

'O.' Abrupt viel Jessie stil, verbaasd over Olivers ernstige toon. Gelukkig was deze last nu van haar schouders. Ze had het gedaan, hem verteld dat ze wegging, en hij had niet gevraagd waarom.

Geen netelige vragen over Toby – wat een opluchting.

Jessie grabbelde in het zakje en er bleek nog maar één dropje in te zitten – een saai roze geval met kokos, maar beter dan niets. Daarna nam ze een teug bier.

Jakkes, dat ging niet samen.

Oliver deed zijn ogen even dicht. Hij moest het zeggen, hij kon nu niet meer terug.

'Het gaat over Savannah. Ze is niet mijn zus.'

'Oliver, natuurlijk wel! Zeg toch niet van die rare dingen,' protesteerde Jessie. 'Waarom zou ik het je anders hebben verteld van Toby en mij? Zoiets zuig je echt niet uit je duim.'

'We hebben het niet over mij. Ik weet dat Toby mijn vader is,' zei Oliver. 'Het punt is, hij is niet Savannahs vader.'

'Nou, dat is werkelijk te...'

'Mam, het is waar. Deborah heeft een verhouding gehad.'

Zonder namen te noemen bracht hij haar in een paar woorden van de feiten op de hoogte.

Jessie vond het afschuwelijk.

'Arme Toby. Arme Savannah! Ze is er natuurlijk kapot van. Die Phoebe is niet goed bij haar hoofd. Wat bezielt zo'n mens dat ze dit soort dingen er zomaar uitflapt?'

'Dat weet ik niet, ze heeft het gewoon gedaan.' Oliver had zijn biertje op. Hij kon er nog wel een gebruiken. Hoewel niets van dit alles hem aangerekend kon worden, ging hij vreemd genoeg gebukt onder schuldgevoelens.

Op de radio was een bezorgd klinkende vrouw uit Gwent aan het woord. 'Luister Anna, ik weet niet hoe ik het hem moet vertellen. Hij heeft zo hard voor dat geld moeten werken en ik heb het allemaal aan krasloten uitgegeven. Ik weet zeker dat hij in alle staten zal zijn als hij het hoort.'

Jessie merkte dat ze onwillekeurig luisterde.

Anna, die een autoritaire stem had met een ondertoon van sympathie, slaakte een zucht. 'O jee, o jee, je hebt jezelf wel in de nesten gewerkt, zeg.'

'Ik weet het, Anna, ik weet het.'

'Nou, ik raad je aan om het hem niet te vertellen.' Anna zweeg even om het dramatische effect te verhogen. 'Neem een parttime baantje, verdien het geld dat je hebt uitgegeven terug, zet het op jullie gezamenlijke rekening en' – met een stem als gemoedelijk rollende donder – 'GEEF HET NIET UIT AAN KRASLOTEN!'

Wat dit land nodig heeft, dacht Jessie, is iemand zoals Anna aan het roer. Ze zou binnen de kortste keren al onze problemen oplossen.

'Wacht eens even.' Ze ging met een ruk rechtop zitten zodra het belang van Anna's woorden tot haar doordrong. 'Toby hoeft het helemaal niet te weten! Savannah hoeft het hem niet te vertellen.'

'Jawel.'

Oliver friemelde met zijn lege bierblikje, deukte het in en weer uit.

'Maar waarom?'

Hij aarzelde, en Jessie zag dat zijn nek rood begon te worden. Het was de eerste keer sinds zijn veertiende dat Jessie haar knappe zoon van eenentwintig zag blozen.

Oliver was er gewoon het type niet naar om rood te worden.

'Omdat Savannah en... ik...'

Jessie bleef hem niet-begrijpend aankijken. Hemel, hij kon zelfs niet meer uit zijn woorden komen.

'Ja?' drong ze behulpzaam aan. 'Savannah en jij wat?'

'Eh... eh... nou, we zijn verliefd op elkaar.'


37


Deborah rookte drie sigaretten achter elkaar voordat ze David Mansfields privénummer belde. Ze wist nog hoe fel hij tegen roken was geweest en pikte met de telefoon al in haar hand een van Dizzy's fruitkauwgummetjes. Net op tijd – aangezien hij ook niet bepaald dol was geweest op smakken – haalde ze de kauwgum uit haar mond.

'O hallo.' David klonk niet enthousiast. 'En?'

Deborah probeerde de kauwgum in de asbak te doen, maar de bal kleefde aan haar vingers. Ze schudde haar hand en de kleverige prop vloog door de keuken.

'De uitslag was positief.'

'Shit.'

'Sorry.'

'Het is een beetje laat om sorry te zeggen.'

Nu wilde Deborah dat ze de kauwgum in haar mond had gehouden. Was dit niet typisch iets voor die stomme kerels?

'Wat had ik dan moeten zeggen?' snoof ze verontwaardigd.

'Je kunt niet veel zeggen.' David klonk eerder gelaten dan kwaad. 'Afgezien van: "Wakker worden, David, je hebt naar gedroomd." '

'Je gaat me toch niet vertellen dat je het nooit hebt vermoed.' Deborah zuchtte. 'Je bent niet achterlijk. Het ene moment hebben we het leuk samen, het volgende vertelde ik je dat ik je niet meer kon zien. En acht maanden later – hé presto – wordt Savannah geboren. Het moet toch bij je opgekomen zijn, David, dat ze... van jou kon zijn.'

Ze had eigenlijk een staatsgeheim willen zeggen, maar voelde wel aan dat David niet in de stemming was voor een grapje.

'Je hebt niets gezegd. Daar maakte ik uit op dat ze niet van mij was. Shit. Shit!' tierde hij. 'Het gaat om mijn carrière!'

Allemachtig, wat een egoïst.

'Savannah stapt heus niet naar de pers,' troostte ze hem.

Davids lach klonk hol. 'Toe nou, ze is achttien. Ze ziet eruit als een slet en ze wil gewoon haar zin doordrijven. Uiteraard stapt ze naar de pers.'

Nadat Deborah had opgehangen, belde ze Dougs mobiele telefoon.

'Waar ben je?'

'Thuis.'

'Ik moet opgevrolijkt worden,' zei Deborah. 'Kan ik langskomen?'

'Drew is thuis.'

In Keeper's Cottage trok Drew zijn jasje aan.

'Ik ga weg,' zei hij voor het geval Doug niets in de gaten had.

Maar Doug schudde zijn hoofd. 'Nee, hij blijft de hele avond thuis. En ik heb morgen dienst. Nee, nee, dat is te ingewikkeld... Ja, ik bel je.'

'Wie was dat?'

'Een nieuwe fysiotherapeute in het ziekenhuis.'

'Een nieuwe getrouwde fysiotherapeute, als ze je alleen hier kan ontmoeten.' Drew was weggeroepen om te assisteren bij de bevalling van een koe. 'Linke soep.'

Vertel mij wat, dacht Doug. Op dit moment was hij niet tegen Deborah opgewassen; hij had een adempauze nodig.

'Ik weet het.' Hij gaapte, veinsde verveling. 'Daarom heb ik ook nee gezegd.'

*The Sindy Silverman Show* werd 's avonds om negen uur rechtstreeks uitgezonden. Naderhand babbelde Sindy uit beleefdheid nog even met haar twee andere gasten – een blinde slangenbezweerder en een net afgekickte en nogal verwarde rockster – voordat ze zich op Toby concentreerde.

'Goh, wat was je goed vanavond.'

'Niet echt.' Toby vond dat hij het redelijk had gedaan, maar goed was overdreven.

'Jij was tenminste op deze planeet.' Ze knikte kort in de richting van de in leer gehulde rockster. 'Die kerel staat stijf van de coke. Hij bleef me Barbie noemen. Nog één bezoekje aan de wc en hij weet zijn eigen naam niet meer.'

Toby, die niet aan de drugs was, begon te beseffen hoe hij zich voelde. Hij had het gevoel alsof deze publiciteitscampagne al vier maanden duurde. Hij onderdrukte een geeuw en zette zijn lege glas neer.

'We zouden uit eten kunnen gaan.' Sindy liet haar stem dalen en kwam dichterbij. Van dichtbij zag haar zware make-up er niet meer zo fris uit. Ze leek wel een travestiet.

Zonder die make-up, dacht Toby, zou ze best leuk zijn. Onder al die glimmende foundation en de dikke laag oranje lippenstift had ze een lieve glimlach en een knap smoeltje.

'Bedankt, maar ik heb al gegeten. En ik ben erg moe.'

'Misschien heb je er gewoon genoeg van om alleen te zijn.' Sindy klopte vriendschappelijk op zijn arm. 'We hoeven niet naar een restaurant te gaan. Ik zou je mijn appartement kunnen laten zien,' bood ze met speels opgetrokken wenkbrauwen aan. 'Het is hier maar vijf straten vandaan.'

Toby keek haar aan. Hoe oud was ze? Vijfendertig? Haar neus was bijgewerkt, evenals haar jukbeenderen, en de lippen waren opgevuld met collageen. Was dit haar tweede of haar derde facelift?

'Bedankt,' zei hij nogmaals, 'maar ik ben getrouwd.'

'Dat weet ik.' Er speelde een geamuseerd glimlachje om de collageenlippen. 'Ik lees de aantekeningen van mijn researchers, weet je. Maar ze zit toch in Engeland? En jij bent hier.'

'Zo'n soort huwelijk is het niet,' zei Toby.

De geëpileerde wenkbrauwen gingen nog verder omhoog. 'Dat meen je niet! Ben je werkelijk trouw?'

Toby glimlachte vluchtig en knikte. 'Ik ben bang van wel.'

'Verbijsterend. Fijn voor haar, jammer voor mij.' Sindy Silverman haalde gemoedelijk haar schouders op. 'Heeft zij even mazzel.'

'Dank je.'

Voor het eerst die avond leek ze oprecht geïnteresseerd. 'Is het… makkelijk?'

Toby zag de rockster naar de deur wankelen, waarbij hij en passant bijna in de mand met cobra's van de slangenbezweerder belandde. Hij dacht aan alle keren dat hij de afgelopen paar dagen naar de telefoon had gekeken en het hevige verlangen om Jessie te bellen had moeten onderdrukken. 'Niet altijd,' bekende hij.

Soms was het helemaal niet makkelijk.


Oliver rook Savannahs parfum toen ze samen in het maanlicht over het dorpsplein liepen. Een oud nummer van Simon en Garfunkel speelde eindeloos door zijn hoofd. Pas toen Savannah haar hand in de zijne schoof, besefte hij waarom.

Het was de muziek uit *The Graduate*, en hij was even nerveus als Dustin Hofman die met de angstaanjagende, roofdierachtige avances van Mrs. Robinson te maken krijgt.

'Olly, toe nou. Niet doen.'

'Wat moet ik niet doen?'

'Je hand weghalen.' Opnieuw pakte ze zijn hand en dit keer hield ze hem steviger vast. 'Het is niet erg meer, het mag.'

O help.

'Straks ziet iemand ons nog,' protesteerde Oliver.

'Nou en?'

'Nou en! Zíj weten toch niet dat het mag. Laat me alsjeblieft los.'

'Het kan me niet schelen wat andere mensen denken. Het gaat ze niets aan.' Ze bleef staan en draaide zich naar hem toe. 'Olly, ik hou van je. We zijn geen familie van elkaar. Dat betekent dat we kunnen doen waar we zin in hebben!' Het wit van haar ogen glinsterde als opalen in het donker. 'Het is nu drie hele dagen geleden en je wil me zelfs niet kussen.'

Oliver liep door. 'Het voelt niet goed.'

'Maar het ís goed. Het is wat je wilde.' Savannah klonk alsof ze zou barsten van frustratie. 'Het is wat we allebei wilden.'

Oliver kon geen woord uitbrengen. Hij wilde naar huis. Toegegeven, hij had Savannah leuk gevonden, erg leuk zelfs. En het was vreselijk geweest om te zien dat andere kerels met haar flirtten. Maar op een schaal van één tot tien zou hij zijn verlangen naar haar een... zeven hebben gegeven.

Misschien een acht.

Het probleem was dat Savannah was doorgeschoten. Hij schatte haar gevoelens voor hem op tweehonderdnegentig.

'Je vader weet het nog niet eens.' Dit was Olivers excuus, maar dat zou hij nog maar achtenveertig uur kunnen gebruiken. En er viel geen peil op te trekken wat er zou gebeuren als Toby het hoorde. Hij durfde er niet eens aan te denken.

'We hoeven nog niet naar huis,' pleitte Savannah. 'We kunnen in het bos gaan wandelen. Daar ziet niemand ons.'

Oliver was absoluut niet van plan om haar ergens mee naartoe te nemen. 'Het sterft van de vleermuizen in het bos.'

Het was bijna middernacht toen Savannah thuiskwam, maar Dizzy was beneden in de keuken op foerage uit.

'Wat ziet dat er smerig uit.' Ze haalde het deksel van de koektrommel, nam er een handvol chocoladekoekjes uit en wurmde zich langs hem heen naar de ijskast.

Dizzy belegde ijverig – en slordig – een boterham met ham, pindakaas, marmite en mayonaise. Hij zag dat Savannah de koekjes in een kom verkruimelde en er room op schonk.

De woorden pot, ketel en zwart kwamen bij hem op.

'Wat wil je worden als je groot bent?' kaatste hij terug. 'Roseanne Barr?'

Een tik op zijn arm zou zijn verdiende loon zijn geweest, maar Savannah had er geen zin in. Ze pakte een theelepel en begon te eten, negeerde Dizzy en piekerde geïrriteerd over Oliver.

Het gaat niet goed, dacht ze somber. Het zou allemaal geweldig moeten zijn en dat is niet zo. Verdorie, ik hou van hem, ik hou van hem, ik hou zo ontzettend veel van hem.

'Zeg, mis ik soms iets?' Dizzy fronste zijn wenkbrauwen. Nu hij erover nadacht, zijn moeder was de laatste paar dagen ook al zo stil. Goed, hij kwam zelden beneden, maar er hing een gespannen sfeer in huis of verbeeldde hij het zich?

En waarom had Savannah hem daarnet geen lel verkocht? Ze gaf hem altijd een lel als hij haar dik noemde.

Savannah bleef geleund tegen de ijskast staan eten, zonder op hem te letten.

'Is er iets aan de hand waar ik niks van weet?' drong hij aan.

'Nee.'

'Wel waar.' Beschuldigend keek hij haar aan. 'Jij doet raar. Mama doet ook raar. En toen ik Jessie vanmiddag uit de winkel zag komen, vroeg ze of het wel goed met me ging.'

Eerst moest het aan Toby worden verteld, dan pas aan Dizzy. Op dat punt had haar moeder niet van wijken willen weten.

Savannah prakte het restje van de koekjes in de room en schepte het op haar lepel. Ze wierp Dizzy een je-hoeft-het-niet-te-weten-blik toe en haalde achteloos haar schouders op. 'Niemand doet raar.'

'Maak dat de kat wijs.' Hij had er een pesthekel aan als ze zo neerbuigend en superieur tegen hem deed, als ze hem opzettelijk als een kind behandelde. 'Er is wel iets,' jengelde hij. 'Vertel me wat het is.'

'Hou je kop, Dizzy! Val me niet lastig, okay? Zanik niet zo.' Savannahs geduld was op, ze zette de kom met veel gekletter in de gootsteen en beende naar de deur. 'Ga jij maar terug naar die computer van je,' snauwde ze over haar schouder. 'Doe de aliens de groeten en laat me met rust.'

## 38

Jessie kwam om zes uur thuis van haar werk. Toby werd tegen achten verwacht. Ze kon niet stilzitten, ging onder de douche, ruimde haar la met ondergoed op en ten slotte – ze moest wel heel erg depressief zijn – sleepte ze armen vol strijkgoed naar beneden.

Twintig minuten later zag ze Deborah over het pad naar de voordeur lopen.

'Hai. Ik heb de kriebels.' Met een quasi-zielig glimlachje hield Deborah een fles wijn omhoog. 'Mag ik binnenkomen?'

'Ik ben ook zenuwachtig.' Jessie haalde twee glazen en volgde Deborah naar de met strijkgoed bezaaide zitkamer. 'Ze zeggen dat strijken rustgevend is.'

'Is het waar?'

'Ik kan niet zeggen dat het me goed doet.' Somber liet Jessie haar een witte zijden blouse zien, compleet met een verschrompelde schroeivlek in de vorm van Zuid-Amerika op de voorkant. 'Ik voelde me niet erg rustig toen ik dit deed.'

'Dat is je favoriete blouse,' protesteerde Deborah.

'Was.'

'Ik heb er een die ik niet meer draag, een Jasper Conran. Die mag jij wel hebben.' Handig ontkurkte ze de wijn en schonk twee glazen in.

'Waarom?'

'Omdat ik vier witte zijden blouses heb en jij er net een hebt verpest.'
Ze haalde haar schouders op en rolde met haar ogen. 'Waren al onze problemen maar zo makkelijk op te lossen. Nou, proost!'
Ze sloegen de eerste twee glazen in recordtempo achterover. Toen Jessie de strijkbout uit wilde zetten, hield Deborah haar tegen.

'Laat hem nou aanstaan. Als het rustgevend is, wil ik het weleens proberen.' Ze pakte een Nike-sweater van Oliver en begon de mouwen te strijken.

'Heb je trek?' vroeg Jessie. 'Ik kan een pizza in de oven zetten.'
Deborah schudde haar hoofd. 'Ik kan geen hap door mijn keel krijgen. Mijn maag voelt als een wasmachine die op centrifugeren is blijven steken. Bovendien stink ik liever niet naar knoflook. Toby zou het als de ultieme belediging kunnen opvatten.'

Persoonlijk vond Jessie het de ultieme belediging dat Toby's vrouw een verhouding had gehad met een supergladde, zo niet ronduit slijmerige politicus, en zelfs een kind van hem had.

Toch was het Deborahs probleem, niet het hare.

'Ben je bang?'

'Doodsbang. Ik bedoel, iedereen maakt fouten, ja toch? Ik heb de mijne achttien jaar geleden gemaakt' – Deborah slaakte een kolossale zucht – 'en daar moet ik nu voor boeten.'

Ze bleef dwangmatig op haar horloge kijken en om de paar seconden zette ze de strijkbout neer om een slok frascati te nemen. Jessie had weinig hoop voor de roze sweater waar Oliver zo dol op was; de tekst op de voorkant kon elk moment smelten als een toffee en aan de strijkbout blijven kleven.

'Heb je geprobeerd Savannah om te praten? Begrijpt ze wel hoeveel chaos ze gaat veroorzaken?'

Deborah keek haar wrang aan. 'Ik heb op haar ingepraat totdat ik pimpelpaars zag. Ik denk dat het nog makkelijker is om Dizzy zo gek te krijgen dat hij naar Radio Vier luistert. Je weet hoe tieners zijn, ze denken altijd alleen aan zichzelf.' Met een vermoeid gebaar streek ze haar haren naar achteren, en de letters op de sweater, gevangen onder de strijkbout, maakten een sissend geluid. 'Het probleem is dat ik zelfs niet kwaad op haar kan zijn. Het is allemaal mijn eigen schuld. O shit!' Ontzet staarde ze naar de gesmolten letters onder de strijkbout. 'Het spijt me. Nu wil Oliver me ook vermoorden, en wat zal hij de pest in hebben als hij ontdekt dat Toby het al heeft ge…'

'Kom, ga even zitten.' Jessie pakte de strijkbout en voerde haar mee naar de bank. 'Misschien is het minder erg dan je denkt.' Hmmm, die kans was erg klein. 'Misschien vindt hij het niet zo erg, als hij eenmaal over de eh... schrik heen is...'

'Alsjeblieft!' viel Deborah haar half lachend in de rede. 'We weten allebei dat dat een illusie is. Ik wil niet dat we uit elkaar gaan – echt, niets is zo belangrijk voor me als mijn huwelijk – maar het zal niet makkelijk zijn om Toby zover te krijgen dat hij bij me wil blijven.'

Jessie keek naar de brede zilveren armband waar Deborah nerveus mee speelde. Zoals ze daar zat, zo elegant in een topaasgeel vest, strakke witte broek en geel met zilverkleurige sandalen, kon je je niet voorstellen dat iemand van haar zou willen scheiden.

'Weet je wat hij volgens mij gaat doen?' zei Deborah plotseling. 'Ik denk dat hij me eruit smijt omdat hij niet met een schaamteloze slet onder een dak wil wonen, en dat hij dan terugkomt bij jou.'

Wat?

Haastig slurpte Jessie een slok wijn naar binnen, in de hoop dat het glas haar gezicht in elk geval gedeeltelijk aan Deborahs priemende blik onttrok. 'Bij mij? Hemel, waarom bij mij? Hoe kom je daar in godsnaam bij?'

'Toe nou, ik ben niet gek.' Deborahs ogen twinkelden van oprechte vrolijkheid. Hartelijk klopte ze op Jessies pols. 'En jij ook niet. Je weet dat Toby je nog steeds leuk vindt.'

Goeie help.

'Eh... nou, we kunnen goed met elkaar opschieten.'

'Geloof me, Jess, het is meer dan dat. Ik zweer het je, als Toby en ik uit elkaar gaan, staat hij in een mum van tijd bij jou op de stoep. Je weet hoe mannen zijn, hun trots is gekrenkt en dan willen ze wraak. En hij hoeft niet eens naar iemand anders op zoek te gaan,' legde ze voldaan uit, 'want jij bent er al!'

'Ik geloof er niets van,' loog Jessie. Ze pakte de wijnfles maar die was leeg.

'Sorry, ik wil je helemaal niet in verlegenheid brengen,' zei Deborah. 'Ik weet gewoon dat ik gelijk heb. Zo zijn mannen nu eenmaal. Waarom zou je de moeite nemen om een onbekende te versieren als je in bed kunt springen bij een oude vlam?' Ze haalde haar schouders op. 'Dat doen ze altijd, als het maar enigszins kan. Ze zijn zo voorspelbaar.'

Daar school iets van waarheid in. In het verleden had Jessie zelf weleens kennisgemaakt met het goeie ouwe beter-één-vogel-in-de-hand-syndroom. Erg vleiend was het niet, dat was het probleem. Onverwacht opgebeld worden door een ex-vriendje die het net had uitgemaakt met zijn vriendin voelde altijd op de een of andere manier alsof je de vierde prijs in een talentenjacht had gewonnen waar maar vier mensen aan meededen.

'Probeer je me soms te waarschuwen?' Jessie staarde in de diepten van haar glas. Ook leeg. Als het zo doorging, zou ze Lorna Blake elke dag wijn moeten laten bezorgen uit de pub, net als melk.

'O nee, helemaal niet!' riep Deborah geschrokken. 'Dat is absoluut niet mijn bedoeling. Als je met Toby wilt slapen, doe dat dan gerust,' drong ze aan, 'ga alsjeblieft je gang! Ik verdien het, en ik zou er niet over peinzen om je te vragen het niet te doen.'

'Misschien wil ik het wel niet,' zei Jessie, die inmiddels volkomen in de war was.

'Nou, zoals ik al zei, het is aan jou.' Deborah keek weer op haar horloge en kwam met tegenzin overeind. 'Ik vraag alleen van je of je een goed woordje voor me wilt doen.'

Jessie kon niet meer nadenken. Haar hoofd voelde als een gewiste toverlei.

'Een goed woordje?'

'We zijn toch vriendinnen?' Smekend keek Deborah haar aan. 'O verdorie, ik moet nu echt gaan. Het is zo eng, mijn hele leven staat op het spel. Nou, wens me bergen sterkte, Jess.' Even stonden er tranen in haar ogen, toen glimlachte ze dapper en veegde ze weg. 'En neem het af en toe voor me op.' Snel gaf ze Jessie een naar Chanel geurende kus. 'Ik weet dat ik iets heel ergs heb gedaan, maar dat was zo lang geleden, en ik hou zoveel van Toby. Als iemand mijn huwelijk kan redden, ben jij het wel.'

'Maar,' hakkelde Jessie ontdaan, 'maar…'

'Alsjeblieft, Jess, ik weet dat hij naar je zal luisteren. Zeg alsjeblieft dat je aan mijn kant staat.'

In slaap vallen zat er duidelijk niet in, dat stond die nacht niet op de agenda. Om halfdrie, nadat ze drie uur lang had liggen woelen en draaien en gevechten met haar kussen had geleverd, gaf Jessie het op en stapte uit bed.

Via de achterdeur ging ze naar buiten. Het was donker in de tuin, maar dat was niet erg want ze kon er met haar ogen dicht de weg vinden.

De gladde stenen van het pad voelden nog warm van de zon onder haar blote voeten. Aan de andere kant van de tuin ging Jessie op het houten bankje zitten, ze trok haar knieën op en sloeg haar lange witte nachtjapon om haar enkels.

Een nachtvlinder vloog gonzend langs en in de verte kraste een uil, maar het drong niet tot Jessie door. Op minder dan driehonderd meter van haar huisje lag Sisley House, en ze bleef malen over alle waarschijnlijke scenario's die zich daar nu afspeelden.

En ook over een paar hoogst onwaarschijnlijke.

Het was vreselijk, het niet-weten en niets kunnen doen. Jessie vond het afschuwelijk om zich zo hulpeloos te voelen. Ze snapte niet dat Oliver kon slapen, alsof er niets was gebeurd.

Opeens bedacht ze dat Toby, net uit het vliegtuig van New York, misschien ook wel lag te slapen. Deborah had hem verteld wat ze hem te vertellen had, en hij was geschokt, ontzet, woedend et cetera, et cetera geweest, maar uiteindelijk was hij door jetlag geveld.

Kwaad schoot Jessie overeind op het bankje. Ze wilde niet de enige zijn die om drie uur 's nachts nog wakker was en gek werd van de zorgen. Dat was verdorie gewoon niet eerlijk.

Ze rende over het pad, ging door de achterdeur naar binnen en door de voordeur naar buiten en stak Compass Lane over. Het dorp lag er stil bij – in elk geval waren er geen luide kreten en geluiden van brekend servies.

Jessie was nu op het grasveld. Ze ging langzamer lopen en voelde het droge gras kriebelen tegen haar enkels en onder haar voetzolen. Vlak bij de eendenvijver streken de eerste rietstengels langs haar knieën. Hier vandaan kon ze Sisley House net niet zien, maar als ze iets naar rechts ging, zou ze er door de bomen net een glimp van kunnen opvangen.

'O shit,' piepte ze toen haar ene voet een onverwachte glooiing raakte en de andere – als in een tekenfilm – in het luchtledige schoot.

## 39

Jessie tuimelde bepaald onelegant in de vijver, half glijdend half vallend. Gelukkig landde ze met een gedempt klotsen in plaats van met een plons en maakte ze weinig geluid.

'Kwááák!' mompelde een woerd, nijdig dat hij werd gewekt.

'Verdikkeme,' mopperde Jessie. Ze ging staan en waadde naar de oever. Groene slierten kleefden aan haar armen en benen; de bodem van de vijver was glibberig en het zou een hele toer worden om op de oever te klauteren.

In elk geval was het water warm.

'Hier, pak aan,' zei een bekende stem en er verscheen een hand tussen het riet.

Jessie pakte de sterke hand, verbaasd en dankbaar, en werd snel uit het water gehesen.

'Oef. Bedankt.'

'Niets te danken.' Moll Harper grijnsde naar haar. 'Moet ik vragen wat je in de vijver deed of zullen we het daar maar niet over hebben?'

'Eh… ik kon niet slapen.'

Matig, matig.

'Wees maar niet bang, ik ben discreet.' Molls witte tanden glinsterden in het donker.

'Wat doe jij hier eigenlijk?' pareerde Jessie oprecht verbaasd.

Moll bewoog haar hoofd in de richting van Keeper's Cottage, naast Sisley House.

'Ik ben vanavond na sluitingstijd met Doug meegegaan. Maar Jamie snurkt als een os in de kamer naast de zijne' – ze trok een gezicht – 'en Doug moet morgen om zes uur op, dus lig ik de rest van de nacht liever in mijn eigen bed.'

'Heb ik even mazzel.' Jessie wrong haar drijfnatte nachtjapon uit. 'Nou, ik ga maar eens naar huis en me afdrogen. Bedankt voor je hulp.'

'Graag gedaan.' Moll schudde haar haren naar achteren en keek om zich heen. Alleen het ritmische raspen van een krekel verbrak de stilte. 'Wat is het stil, hè? Zo vredig. Het lijkt wel of we de enigen zijn die niet slapen.'

'Nogal wiedes,' zei Jessie. 'Het is drie uur 's nachts.'

'Hmm. Er brandt nog licht bij de Gillespies.' Moll keek glimlachend naar Jessies gezicht. 'Doei.'

Jessie keek haar na. Toen ze aan de andere kant van het plein uit het zicht was verdwenen, draaide Jessie zich om en ze liep langzaam terug naar huis. Pas bij het hek kon ze de donkere omtrek van een figuur onderscheiden, half verborgen door de overhangende takken van een es, een eindje verder op Compass Lane.

Jessie bleef stokstijf staan en de figuur kwam naar haar toe. Toen hij uit de schaduw kwam, zag ze dat het Toby was.

Het was donker, maar ze herkende de contouren van zijn lichaam. Pas toen hij voor haar bleef staan, zag ze hoe bleek hij was, van schrik en verdriet.

'Ik wist dat je nog wakker zou zijn,' zei hij zacht. 'Ik moest naar je toe.'

Jessie pakte zijn hand.

'Kom binnen.'

'Wat is er gebeurd?' vroeg Toby in de zitkamer. 'En wie was dat bij de vijver?'

'Moll. Ik ben erin gevallen. Ze dook zomaar op en heeft me eruit getrokken.'

Hoewel het niet koud was, begon Jessie te bibberen. Water druppelde in straaltjes op het kleed en er plakten slierten van waterplanten aan haar voeten. Toch leek het uittrekken van een kletsnatte nachtjapon op dit moment niet belangrijk.

'Hoe ben je in de vijver gevallen?'

'Ik keek niet waar ik mijn voeten neerzette. Ik probeerde te zien of er bij jullie nog licht brandde.' Hij zag er uitgeput uit; hij had grijszwarte kringen onder zijn ogen en zijn kaakspieren waren gespannen. Jessie wilde dat ze hem iets anders dan thee kon aanbieden, maar de wijn was op. 'Ik zal water opzetten. Het spijt me, ik heb niets sterkers, ik had...'

'Ik hoef niets te drinken.' Toby schudde zijn hoofd, deed een stap naar haar toe en nam haar beide handen in de zijne. 'Ik kom voor jou, Jess. Om je te vertellen dat ik gelijk had.'

Ze knipperde met haar ogen. 'Gelijk?'

'Je geloofde me niet toen ik zei dat mijn huwelijk niet volmaakt was. Je dacht dat het een cliché was en het maakte je woedend. Nou,' zei hij op effen toon, 'misschien geloof je me nu wel.'

'Het spijt me.'

'Ik heb nog nooit van mijn leven tegen je gelogen, Jess,' zei hij. 'En dat zal ik ook nooit doen.'

'Ik vind het zo erg allemaal.' Jessies knieën knikten en ze liet zich op de bank vallen. 'Je zult je wel... Ik kan me gewoon niet voorstellen hoe vreselijk het moet zijn om te horen dat... je weet wel.'

'Dat mijn dochter verliefd is op mijn zoon, maar dat het niet erg is, dat het geen incest is of zo, omdat mijn dochter helemaal mijn dochter niet is,' zei Toby grimmig. 'En mijn ontrouwe echtgenote heeft het me nooit verteld omdat ze het zelf niet zeker wist. Dat is het voordeel als je een verhouding hebt met een man die een beetje op je echtgenoot lijkt. En bovendien wilde ze liever niet dat ik erachter kwam, want we zijn immers zo'n gelukkig getrouwd stel.'

Hij moest praten, hij moest het kwijt. Het opkroppen, wist Jessie, zou het ergste zijn wat hij kon doen.

'Heb je nooit iets vermoed?' vroeg Jessie zacht.

Weer schudde hij zijn hoofd. 'Toen niet.' Toby klonk verbitterd. 'Verleden jaar misschien wel. En twee jaar geleden wist ik het bijna zeker. Deborah is goed, maar zelfs zij laat weleens een steekje vallen.' Even sloot hij zijn ogen. 'Maar achttien jaar geleden? Nee, ik had er geen idee van dat ze achter mijn rug met iemand anders naar bed ging. Jezus!' riep hij woedend uit. 'We waren nog maar een jaar getrouwd! Ik snap niet dat ze het wilde!'

Dat viel ook niet te begrijpen, dacht Jessie triest. Sommige mensen waren nu eenmaal zo.

'Dit doet de deur dicht,' verklaarde Toby. 'Einde huwelijk.'
'Maar...'
'Niet omdat mijn vrouw met een ander naar bed is geweest. Niet alleen daarom,' verbeterde hij zichzelf terwijl hij met een hand over zijn voorhoofd streek. 'Het gaat om het bedrog, daar kan ik niet tegen. Hoe durft ze het kind van een ander voor het mijne te laten doorgaan?'

Hij trilde van woede. Jessie voelde de klamme stof van de nachtjapon tegen haar billen. Ze stond op voordat ze een natte plek zou maken op de bank en hij zou denken dat ze incontinent was.

'Betekent dit dat je niet meer van Savannah houdt?' Onder deze omstandigheden was het misschien beter om er geen doekjes om te winden. 'Ze is genetisch niet van jou, dus moet ze het verder zelf maar uitzoeken? Héb je soms geen dochter meer?'

'Natuurlijk wel. Dat zeg ik niet. Doe niet zo idioot.' Toby schreeuwde haast. 'Ik ben niet kwaad op Savannah. Het is toch niet haar schuld? Het is Deborahs schuld. Zij is degene van wie ik niet meer hou.'

'Je moet niet zo hard van stapel lopen. Je hoeft niet meteen knopen door te hakken.' Jessie wist dat elke Lieve Lita hem deze goede raad gegeven zou hebben. Het was misschien niets voor haar, maar het klonk prachtig.

'O, hou toch op,' schamperde Toby. 'Ik weet precies wat ik ga doen.'

Jessie probeerde hem tot bedaren te brengen. 'Je krijgt er misschien spijt van.'

'Ik vraag echtscheiding aan.'

'Toby, je hebt net een flinke klap gehad. Je dénkt alleen maar dat je wil scheiden...'

'En dan trouw ik met jou.'

'Zeg niet van die rare dingen!'

'Maar nu eerst iets anders.' Toby kwam naar haar toe. 'Mag ik vannacht hier blijven?'

Hij wilde niet naar huis. Heel begrijpelijk. Het was, vertelde Jessie zichzelf, een heel redelijk verzoek.

'Ja, natuurlijk.' Ze klopte op de rugleuning van de bank om aan te geven dat je er erg lekker op lag, maar Toby schudde zijn hoofd.

'Bij jou bedoel ik, Jess. Ik wil met jou slapen.'

Het voelde haast alsof Deborah bij hen in de kamer was, zo duidelijk kon ze haar horen praten. 'Geloof me, Jess, als Toby en ik uit elkaar gaan, staat hij in een mum van tijd bij jou op de stoep. Je weet hoe mannen zijn, hun trots is gekrenkt en dan willen ze wraak. En hij hoeft niet eens naar iemand anders op zoek te gaan, want jij bent er al!'

Het ergste was nog wel dat Deborah het niet eens op valse toon had gezegd. Het was niet kleinerend bedoeld, het was gewoon... waar.

'Je wil alleen maar met me slapen om het Deborah betaald te zetten,' zei ze voor het geval hij dat zelf niet inzag.

'Niet waar.'

'Wel waar. Je wil wraak nemen. Je wil haar net zoveel pijn doen als zij jou.'

'Ik wilde al eerder met je slapen,' bracht Toby haar in herinnering.

'En toen had ze me nog geen pijn gedaan.'

'Het lijkt me gewoon niet verstandig.'

Het was moeilijk om nee te zeggen als je ja bedoelde. Heel erg moeilijk.

'Onzin.' Toby negeerde Jessies zwakke protest en schoof het bandje van haar nachtjapon van haar schouder. 'We hebben het hier niet over een snelle wip, een vluggertje zonder betekenis. Ik meen het dat ik wil scheiden, weet je. En ik wil met je trouwen, Jess. Ik had verdomme twintig jaar geleden met je moeten trouwen.'

Jessie zag het andere bandje van haar schouder glijden. De natte nachtjapon zakte naar beneden en belandde – weinig romantisch – met een plof op de grond.

40

Blij dat ze het natte ding eindelijk uit had, grabbelde Jessie in de wasmand tussen de nog niet gestreken kleren. Ze viste er een gekreukeld blauw shirt uit en trok het aan.

'Je mag op de bank slapen, Toby. Ik ga naar bed. Ik gooi wel een paar dekens naar beneden, maar ik weet zeker dat je...'

'Jess, ik wil met jou slapen.'

'Dat kun je niet maken.'

'Waarom niet?' Zijn ogen werden donkerder. 'Vanwege die vent met die sportauto soms?'

'Het heeft meer met anticonceptie te maken,' verzuchtte Jessie. Ach, soms was eerlijkheid de beste tactiek. Vooral als je geen plausibele leugentjes meer op voorraad had. Als je twijfelt, wees dan rechtdoorzee.

Wie zei er dat romantiek dood was?

'Daar zit ik niet mee.'

Ha, Toby natuurlijk niet.

194

'Dank je,' riep Jessie uit.

'Ik wil juist een kind verwekken. Ik wil dat we samen nog een kind krijgen.'

'Nou ik niet!'

'Jess, ik hou van je.' Hij hield haar schouders vast en keek op haar neer; zijn ogen stonden ernstig maar zijn mondhoeken trokken. 'Ook al ben je zo koppig als een ezel.'

Ze kuste zijn wang en liep naar de trap. 'Ik heb gewoon geen zin om op ladders te klimmen en plafonds te schilderen met een baby op mijn rug, dat is alles.'

Condooms, condooms, dacht Jessie. Keeper's Cottage misschien? Drie gezonde, rugby spelende en bier drinkende kerels zoals zij hadden vast hele kasten vol met die dingen. Sterker nog, er hing waarschijnlijk een automaat naast de voordeur.

Ze stelde zich voor dat ze om halfvier 's ochtends op hun deur klopte en vroeg of ze er soms een paar konden missen.

'Je zou geen plafonds meer hoeven schilderen,' zei Toby. 'Niet als je mijn vrouw was.'

Daarnet had hij haar poedelnaakt gezien, maar Jessie hield het gekreukelde shirt krampachtig tegen haar dijen gedrukt toen ze de trap opliep. Het was niet eens een mooi shirt, gewoon een afdankertje van Oliver dat ze droeg als ze schilderde. Geweldig, dacht Jessie, net een sprookje.

En toen kwam er een andere gedachte bij haar op – dingdong – als een lampje dat ging branden in haar hoofd.

'Goed dan, ik geef me gewonnen,' zei Toby. 'Wees maar gerust. Ik slaap hier wel.'

'Prima.'

'Ik voel het haarfijn aan als je niet te vermurwen bent.'

'Mooi zo,' zei Jessie.

'Je bent een wrede, harteloze vrouw. Wist je dat?'

'Al jaren.'

'Ik kan toch niet slapen.' Hij keek zielig.

Jessie glimlachte. 'Toby, je slaapt vast als een blok.'


Oliver had zijn gordijnen maar half dichtgedaan. Bleek maanlicht scheen door de kier, zodat Jessie door de kamer kon lopen zonder haar nek te breken.

Voorzichtig trok ze de bovenste la aan de rechterkant van het oude ladenkastje open, als de dood voor piepen. Naast haar lag Oliver diagonaal op zijn bed en hij ademde onverstoorbaar in en uit.

De la lag vol met autotijdschriften, oude sleutelhangers, Olivers paspoort, een beduimelde gids van Europa, een kapot horloge en een zakmes.

In de linkerla vond ze wat ze zocht.

Twintig minuten later hoorde Jessie het kraken van de traptreden.

Haar slaapkamerdeur zwaaide open.

'Ben je nog wakker?' fluisterde Toby.

'Ja.'

'Je hebt me geen deken gegeven.'

'Heb je het koud?'

Hij knikte. 'En er zit een natte plek op de bank van je nachtjapon.'

Jessie beet op haar lip, probeerde niet te glimlachen. 'Sorry.'

'Wat zijn dit?'

'Nou, als je dat niet weet...'

'Okay. Hoe kom je eraan?'

Jessie zag dat hij het ongeopende pakje condooms van het nachtkastje pakte. Waarom had ze het niet verstopt? Waarom had ze het niet onder haar kussen geschoven toen ze hem de trap op hoorde komen? Domme vraag.

'Uit Olivers kamer.'

Een nog dommer antwoord.

'En?' Toby kwam naast haar op het bed zitten. 'Wat was het plan?'

'Ik weet het niet.'

'Ga je ze opblazen en er dieren van knopen? Hier is een giraf, dit is een konijn...'

Jessie trilde. Hij was zo dichtbij. Enerzijds jeukten haar vingers om hem uit te kleden en in bed te trekken, maar haar andere helft – de helft die een schrikbarende gelijkenis vertoonde met Lili's schoonmoeder – tikte afkeurend met een voet en berispte haar vinnig dat dit soort geintjes helemaal niets oplosten.

Het ergste, het meest vernederende, was nog wel dat ze min of meer toestemming had gekregen om met Toby te slapen. Van zijn vrouw nog wel.

Ik wil het, dacht Jessie hulpeloos, en Toby wil het. Wat me nou echt van de wijs brengt, is dat Deborah het ook wil.

'Okay, de boodschap komt over.' Toby stond weer op. 'Het is koud beneden, maar dat vind ik niet erg. Ik zal doen alsof ik geen last heb van die natte plek of van het feit dat je de meest oncomfortabele bank van heel Engeland hebt. Als je het zo belangrijk vindt om niet met me te slapen, best, ik snap het. Misschien dat ik zelfs nog steeds respect voor je heb als ik morgen... Wat doe je?'

'Wat denk je?'

Toby zat met droge mond te kijken terwijl Jessie het cellofaan van het pakje condooms peuterde. Haar dikke bos krullen glansde in de gedempte goudkleurige gloed van het bedlampje. Ze fronste van inspanning en haar mond stond een beetje open. Het gekreukelde hemd gleed van haar ene gebruinde schouder.

Ze was mooi, zo mooi.

'Kom op.' Ze pakte zijn hand. Haar houding was dan wel nonchalant, maar Toby wist beter. 'Ik wil niet dat je het koud hebt.'

Ze trok hem in bed, en hij voelde het wilde bonzen van haar hart tegen zijn borst.

'Jess, weet je het zeker?' Jezus, dacht Toby, ik ben niet goed bij mijn hoofd. Wat wil ik nou – dat ze me alsnog uit bed schopt?

Maar dat was het niet. Hij wilde gewoon niet dat ze er de volgende ochtend spijt van zou hebben. Niet dat hij wist waarom ze er spijt van zou krijgen, maar Jessie deed de dingen nu eenmaal nooit volgens het boekje. Ze was eigenzinnig en koppig en heel erg trots. Jessie was uniek.

Ze glimlachte naar hem en legde een warme arm om zijn nek. 'Ik heb me bedacht. Ik weet het echt heel zeker. Dat wil zeggen, op één voorwaarde.'

Wat dan ook, je zegt het maar. Moet ik een rubber duikerpak aantrekken? Het in de dorpsvijver doen en 'Yellow Submarine' zingen door een snorkel? Geen enkel probleem.

'Wat?' mompelde Toby. Hij kuste haar hals en schoof zijn ene hand onder het gekreukelde, pas gewassen shirt.

Jessie tikte op zijn neus met het pakje condooms. 'Morgenochtend vroeg ga je hier weg zonder dat iemand je ziet. Hoor je me? Dan rij je naar Harleston en je koopt een nieuw pakje, precies hetzelfde als dit.'

'Wat krijgen we nou?' zei Toby grijnzend. 'Ben je soms een sexmaniak?'

Dit keer tikte ze strenger tegen zijn neus. 'Ik heb ze uit Olivers la gestolen. Heb je enig idee hoe gênant dat is? Er moet een nieuw pakje komen voordat hij wakker wordt.'

O Jessie Roscoe, wat hou ik veel van je.

'Dus wat er ook gebeurt, Oliver mag er niet achter komen dat zijn moeder sex heeft gehad met zijn vader?' Toby grijnsde nog breder.

'Dat is het niet,' sputterde Jessie tegen, want ten dele was het dat wel. 'Ik ben in het holst van de nacht zijn kamer binnengeslopen en ik heb ze gestolen, daar gaat het om.' Ze werd rood bij de vreselijke gedachte dat Oliver erachter zou komen. 'Het klinkt zo kinderachtig en zo... zo wanhopig.'

'Ik heb hier eenentwintig jaar op gewacht.' Toby hielp haar uit het blauwe shirt. 'Ik ben ook wanhopig.'

'Toch moet je het beloven.'
Het hemd gleed op de grond. Jessie ging er misschien niet prat op, maar ze had een prachtig figuur.
'Goed, ik beloof het. Maar ik hoef er niet helemaal voor naar Harleston,' zei Toby quasi-onschuldig. 'Ik koop ze wel even bij Myrtle.'


## 41


'Impotent! Wat bedoel je, impotent? Je kunt niet impotent zijn.'
'Toch wel,' zei Oliver triest. 'Ik kan het ook niet helpen.' Hij liet zijn hoofd hangen. 'Sorry.'
Het was donderdagochtend. Tegen de tijd dat hij om tien uur de trap af was komen wankelen, was Jessie al naar haar werk. Zo te zien was zijn moeder ook niet al te helder geweest. In de keuken had Oliver zes verkoolde geroosterde boterhammen en een onaangeroerde kop koffie aangetroffen, en de melk was niet teruggezet in de ijskast. In de zitkamer lag een kletsnatte nachtjapon naast de bank op de grond. Oliver kon er geen touw aan vastknopen. Jessie moest vergeetachtig zijn geweest en onder de douche zijn gesprongen zonder eerst haar nachtjapon uit te trekken. In een vlaag van netheid had hij zich gebukt en het natte geval opgeraapt. Tot zijn starre verbijstering had er een lange sliert van iets wat op een waterplant leek aan de zoom gekleefd.
Hij had het opgegeven. Bovendien had hij andere dingen aan zijn hoofd. Savannah zou hem zo komen halen – ze had een uur of tien gezegd, en dat betekende elf uur – en hij had nog niet eens op een rijtje wat hij zou gaan zeggen.
En dat was heel wat belangrijker dan een slijmerige waterplant!
'Wat ben je vroeg,' had hij tegen Savannah gezegd toen ze op de stoep stond.
Ze had hem verontwaardigd aangekeken.
'Helemaal niet. Het is tien voor elf.'
'Nou, vroeger dan ik had verwacht.' Oliver was nerveus geweest. Hij woelde met zijn handen door zijn blonde haar en vroeg zich niet voor de eerste keer af hoe hij in deze penibele situatie verzeild was geraakt. 'Zeg, hoe ging het gisteravond?'
Hij had niet in de weg gestaan, maar Savannah was vlak langs hem geschoven en had ervoor gezorgd dat haar heupen veelzeggend langs de zijne streken toen ze naar de keuken liep.

'Zoals te verwachten viel. Papa kwam thuis van Heathrow. Mama vertelde het hem. Papa ging uit zijn dak. Mam huilde een beetje. Ik kwam beneden en huilde ook een beetje. Ik heb papa omhelsd en hij mij, ik heb hem verteld hoeveel ik van hem hou en hoe gelukkig ik met je ben. Toen kwam Dizzy als een slaapwandelaar de kamer binnen en zei: "Wat is hier aan de hand?" dus moest mama het nog een keer helemaal uitleggen en Dizzy bleef maar mekkeren: "Waarom vertellen jullie het me nu pas?" Alsof het daar allemaal om draaide.' Savannah had met haar ogen gerold, een plastic tasje op de ijskast gezet en er een doos bevroren bananendonuts uitgehaald. 'Hier, doe deze eens in de magnetron. Er zijn er voor ons allebei drie.'

'Wat gaat er nu gebeuren?' had Oliver gevraagd. Hij wist niet of hij één donut naar binnen zou kunnen krijgen, laat staan drie.

'Weinig.' Savannah had haar schouders opgehaald. 'Het waait wel over.'

Oliver voelde zich er heel erg verantwoordelijk voor. Hij moest het weten. 'Dus ze gaan niet uit elkaar?'

'Nééé! O, papa tierde wel een beetje over scheiden, maar dat doet hij toch niet. Hij zei het alleen omdat hij van streek was, logisch. Mama praat het hem wel uit zijn hoofd, ze is erg goed in dat soort dingen.'

'Maar...'

'Piep!' deed de magnetron. Gretig had Savannah het deurtje opengedaan om een dampende donut te pakken.

'Is zo'n magnetron niet geweldig? Het ene moment is alles bevroren en het volgende – AU!'

Wild had ze met haar hand gewapperd voor haar geopende mond, terwijl ze van de ene voet op de andere wipte.

'Heet?' had Oliver onschuldig gevraagd.

Savannah was naar hem toegekomen en had heel zielig op haar onderlip gewezen.

'Het is een beetje rood.' Persoonlijk vond Oliver dat iedereen die zo stom was om een donut zo uit de magnetron in zijn mond te steken het verdiende om zich te branden aan bananenpuree.

'Je kunt er toch een kusje op geven,' had Savannah gefluisterd.

Help, dacht Oliver geschrokken. Daar gaan we weer.

'Ollie, wat is er?'

'Niets, niets.' Er zat nog iets in het tasje op de ijskast. In een wanhopige poging om van onderwerp te veranderen, had hij erin gekeken. 'Wat is dit?' Hij was er nog dieper ingedoken en had er een kwastje uitgehaald. Niet-begrijpend had hij ernaar staan staren. 'Sav?'

Savannahs ogen glinsterden. Ze had op het potje in zijn linkerhand gewezen. 'Het is chocola om je lichaam mee te beschilderen. Daarmee' – ze had de kwast in zijn andere hand aangeraakt – 'breng je het op.' Ze had haar stem laten dalen. 'Dan lik je het eraf.'

Oliver had de kwast laten vallen. 'Krijg nou wat! Waarom?'

'Het is leuk. En het is sexy.' Savannah had hem zonder van kleur te verschieten aangekeken, haar ogen inmiddels koortsachtig glinsterend. Die dingen waren niet per ongeluk in dat tasje terechtgekomen, besefte Oliver. Ze waren doelbewust gekocht.

'Wat een kliederboel.' In paniek had hij geprobeerd een uitvlucht te verzinnen.

Dit was werkelijk krankzinnig. Twee weken geleden had hij zijn beide armen voor dit moment willen opofferen, en nu het werkelijk gebeurde, deinsde hij er als een geschrokken schaap voor terug.

'Dat hóórt ook. Dat is juist het leuke ervan.' Savannah had onverstoorbaar gelachen en haar roze tong over haar lippen laten gaan. Helaas deed het Oliver denken aan een kat die elk moment haar prooi kan bespringen.

Ik ben zelfs geen schaap meer, dacht hij. Ik ben een muis.

Zeg het nou gewoon, vertel haar dat je haar niet leuk meer vindt, had een klein stemmetje gejengeld, maar hij had zichzelf er niet toe kunnen brengen.

Er was te veel gebeurd en het was allemaal zijn schuld. Hij had zich tot Savannah aangetrokken gevoeld en had dat niet kunnen verbergen. Nu lag dankzij hem een volmaakt gelukkig huwelijk in duigen, Savannahs vader was niet langer haar vader, en ergens in Westminster slikte een overspelige minister ongetwijfeld handen vol bloeddrukverlagende pillen terwijl hij de toespraak repeteerde waarmee hij zijn aftreden bekend zou maken.

Olivers mond was droog geworden bij de gedachte aan de puinhoop die zijn hormonen ongewild hadden veroorzaakt.

Het was te laat, veel te laat, om zijn handen in onschuld te wassen.

'Ik weet wat het is,' had Savannah aangekondigd. 'Ik snap het al. Je bent verlegen.'

Somber had Oliver geknikt.

Savannah had hem triomfantelijk aangekeken.

'Zie je nou wel? Ik wist wel dat er een verklaring was voor je rare gedrag van de laatste tijd. Maak je geen zorgen, daarom ben ik hier. Ik help je er wel overheen!'

'Eh... ik geloof niet...'

'Natuurlijk wel!' Vrolijk had Savannah met de kwast en het potje gezwaaid. 'Dat is nou juist het geniale van bodypaint. Als je er eenmaal mee bent ingesmeerd, kun je niet meer verlegen zijn. Je ontspant je

gewoon, je geeft je eraan over en voor je het weet zijn al je remmingen...'
'Ik ben niet verlegen, ik ben impotent,' had Oliver er in zijn wanhoop uitgeflapt.
Oorverdovende stilte. In elk geval was het hem gelukt om haar de mond te snoeren.
'Wat?' had ze uiteindelijk gezegd.
'Ik ben impotent, daarom ben ik een beetje... afstandelijk. Ik wist niet hoe ik het je moest vertellen.'
'Impotent! Wat bedoel je, impotent?' jammerde Savannah. 'Je kunt niet impotent zijn!'
'Toch wel,' zei Oliver triest. 'Ik kan het ook niet helpen.' Hij liet zijn hoofd hangen. 'Sorry.'
'Maar dat kan ik ook verhelpen, ik weet het zeker. Er zijn allerlei manieren om...'
'Al geprobeerd,' viel hij haar beslist in de rede.
'Niet met mij!'
'Het heeft geen zin, Savannah. Niets helpt.'
Hevig geschrokken pakte Savannah zijn arm beet. 'Maar je kunt toch niet in stilte lijden! Je moet naar de dokter, zorgen dat er iets aan wordt gedaan. Ik zou,' voegde ze er smekend aan toe, 'Doug Flynn kunnen vragen of hij naar je wil kijken.'
Ja, geweldig, dacht Oliver. Net wat ik nodig heb.
'Nee.' Hij schudde zijn hoofd, reuze tevreden over zichzelf, en vroeg zich af waarom hij dit niet eerder had bedacht. 'Ik ben al bij een paar specialisten geweest. Het is in de lente begonnen nadat ik een knie in mijn kruis heb gehad bij een rugbywedstrijd. Ze kunnen er niets aan doen, maar het is zeker niet blijvend. Ik moet gewoon geduld hebben,' legde hij spijtig uit, 'en wachten totdat het eh... gevoel terugkomt. Maar ik sta tenminste een jaar op non-actief.'

Boven op zijn kamer deed Dizzy zijn best om de vijand te verslaan en het universum te veroveren, maar het zag er niet best uit. Het viel niet mee om het universum te veroveren als je het scherm niet goed kon zien omdat je een waas voor je ogen had.
Dizzy gaf het op en veegde zijn ogen af met de mouw van zijn Guns 'n' Roses-sweater. Hij huilde niet. Huilen was alleen voor watjes. Zijn ogen traanden gewoon een beetje omdat hij te lang naar het scherm had gekeken.
Maar het is niet eerlijk, verdomme, dacht hij, bijtend op zijn lip. Niemand vertelt me ooit iets, niemand houdt van me. Ik snap niet eens dat ze me hier mee naartoe hebben genomen; ze hadden me net zo

goed in Londen achter kunnen laten, weggemoffeld in die container samen met de rest van de rotzooi die ze niet in hun mooie nieuwe huis wilden hebben.

Wat hem het diepst kwetste, was dat het kennelijk bij niemand was opgekomen om hem te vertellen wat er aan de hand was.

Godsamme, dacht hij verdrietig, was dat nou zo onredelijk? Het was per slot van rekening geen kattenpis. Maar nee hoor, toen hij had geprotesteerd dat niemand hem iets had verteld, had Savannah alleen maar tegen hem gesnauwd: 'Hou toch op met dat stomme gejammer, Dizzy. Waarom zou iemand het je in godsnaam wíllen vertellen?'

Kreng. Op dat moment had hij haar zo diep gehaat dat hij al die stomme blonde haren van haar eruit had kunnen trekken.

Dizzy zuchtte en zette zijn computer uit. Hij zou naar de winkel gaan, een berg chocola kopen en het allemaal achter elkaar opeten. Misschien kwam hij Moll wel tegen en zou ze zien dat hij een pesthumeur had en met die donkere zwoele stem van haar zeggen: 'Hé Dizzy, wat kijk jij sip. Zullen we een rustig plekje opzoeken, wij met zijn tweetjes, zodat je me er alles over kunt vertellen? Misschien kan ik je een beetje opvrolijken.'


'Twee crunchrepen.' Dizzy groef in de zakken van zijn wijde spijkerbroek en trok er een briefje van vijf uit. 'Een Kit-Kat, een Lion en zo'n grote zak toffees. O, en een Marlboro Light,' voegde hij eraan toe. 'Voor mijn moeder.'

Myrtle Armitage liet hem met haar blik weten dat ze zich niet voor de gek liet houden. 'Ik verkoop geen sigaretten aan kinderen. Zeg maar tegen je moeder dat ze zelf moet komen.'

'Ze is ziek,' zei Dizzy, 'ze ligt in bed. Daarom heeft ze mij gevraagd om sigaretten te kopen.'

'Als ze ziek is,' concludeerde Myrtle triomfantelijk, 'heeft ze ook geen sigaretten nodig.'

Hoor eens, ik sta stijf van de stress, wilde Dizzy het liefst gillen, maar het had geen zin. Hij wist dat hij toch niet kon winnen. De hele wereld was tegen hem, iedereen behandelde hem als een stom klein kind.

Voor de winkel liep hij Harriet Ferguson met Bliksem tegen het lijf. Ze probeerde vergeefs de hondenriem aan de prullenbak vast te maken.

'Hai.' Ze leek opgelucht om Dizzy te zien. 'Honden mogen niet naar binnen. Zou jij hem even vast willen houden? Ik ben zo terug.'

'Waarom zou ik?' zei Dizzy. Net goed. Niemand hielp hem ooit uit de brand.

Harriet stond paf. 'Het is maar voor even. Ik wil een tijdschrift kopen.'

'Wil' was zacht uitgedrukt. In dit nummer stond een grote gratis poster van Brad Pitt. Ze was een uur bezig geweest om er ruimte voor te maken op de muur in haar kamer.

'Ik kan hem niet vasthouden, dat zie je toch.' Dizzy zei het op smalende toon. 'Ik heb mijn handen vol.'

Harriet keek naar de stapel repen in zijn handen. 'Stop ze dan in je zakken.'

Hij trok een vies gezicht. 'Ja, geweldig, dan smelten ze.'

'Nou, waarom doe je...'

'Woef!'

Bliksem herkende de geur van chocola en wilde enthousiast tegen Dizzy op springen. Geschrokken deed Dizzy een stap naar achteren en de Lion gleed uit zijn hand. Bliksem ving de reep in de lucht en schrokte hem in drie seconden naar binnen, met papier en al.

Hij keek Dizzy met glimmende ogen aan, kennelijk belust op actie.

'Dat was mijn Lion!' brulde Dizzy. 'Stomme hond! Hoe durf je mijn reep op te eten! Het was míjn reep!'

'Sorry.' Harriet vond dat hij een hoop kouwe drukte maakte. Hoeveel chocoladerepen kon iemand nou achter elkaar opeten? Maar om Dizzy een plezier te doen, zwaaide ze met haar wijsvinger streng naar Bliksem. 'Stoute hond.'

Bliksem begon blij te kwispelen.

'Is hij niet schattig?' Harriet grijnsde, ze was Dizzy's pech alweer vergeten.

Dizzy niet. 'Nee, hij is niet schattig,' hoonde Dizzy, 'hij is zo lelijk als de nacht. En ik snap niet waarom jij zo voldaan kijkt, want jij koopt een nieuwe Lion voor me.'

'Helemaal niet!' viel Harriet verontwaardigd uit. 'Jij liet dat ding vallen. Bovendien heb ik geen geld.' Ze ging luider praten. 'En onze hond is niet lelijk! Hoe durf je hem te beledigen!'

Dizzy haatte de wereld. Met zwaar gefronste wenkbrauwen schopte hij tegen de prullenbak – boing. 'Wel waar. Hij is net zo lelijk als jij.'

Bliksem begon te kokhalzen omdat het papiertje dwars zat in zijn keel. Harriet was in de wolken toen hij de Lion uitkotste over Dizzy's gymschoen.

Ze keek Dizzy aan met de minachtende blik die ze uren had geoefend voor de spiegel. Het was een soort mix van Scary Spice en Arnold Schwarzenegger en tamelijk effectief, al zei ze het zelf. Als ze haar broertje zo aankeek, barstte hij altijd in tranen uit.

Dizzy niet. 'O, wat ben ik nu bang,' zei hij spottend.

Harriet bukte zich en krabde Bliksem troostend tussen zijn oren. 'Kom maar schat, we gaan naar huis. We zijn misschien wel lelijk,' voegde

ze er met een zoetsappig glimlachje naar Dizzy aan toe, 'maar we ble-
ken ons haar tenminste niet met Glorix.'

## 42

Dizzy moest iets doen aan zijn ondergekotste schoen. Hij ging aan de
rand van de dorpsvijver zitten, zijn beide voeten in het water, en somber werkte hij de gezinsverpakking toffees en een van de Crunch-repen
naar binnen.
Hij kon niet bedenken wie hij het ergst haatte. Harriet, omdat ze hem
met Glorix had gepest, haar moeder omdat ze haar ervan had verteld, of Jessie Roscoe omdat zij hem had meegenomen naar Lili en
hem had beloofd dat niemand er ooit achter zou komen.
Ha, dacht Dizzy verbitterd. En nu weet het hele dorp het. Stomme
wijven, ze waren allemaal hetzelfde.
Nu ja, bijna allemaal.
Hij keek niet op toen hij een voordeur dicht hoorde vallen. Pas bij
het horen van ritselende voetstappen op het droge gras nam hij de
moeite om zijn hoofd op te tillen.
En daar was ze, ze slenterde zijn kant uit. Op de manier waar je altijd van droomde, dacht Dizzy, alleen gebeurde dat in het echte leven
nooit.
Was het niet vreemd, precies op het moment dat hij aan haar had gedacht?
Dat moest het lot zijn.
Zonder erbij na te denken, zwaaide hij naar haar.
Moll droeg een strak zwart vestje, een lange, zwierige geel met zwarte rok en de gebruikelijke verzameling armbanden. Vandaag droeg ze
haar bruine haar los, golvend op haar rug, en ze had een oranje trui
in haar hand.
Dizzy zag dat ze afboog en naar hem toe kwam. In zijn eerdere fantasie had ze gezegd: 'Hé Dizzy, wat kijk jij sip,' en aangeboden hem
op te vrolijken. Het probleem was dat ze dat nu niet meer kon zeggen. Niet nu hij zo bête van oor tot oor grijnsde.
'Hai.' Ze keek naar Dizzy's magere benen onder opgerolde pijpen en
zijn grote schoenen, die als torpedo's onder het wateroppervlak dob-
berden. 'Dat voelt vast wel lekker.'
'Kom erbij zitten.' Dizzy voelde zich net iemand uit een film. Roekeloos klopte hij naast zich op het gras. 'Heb je iets te roken?'

Moll grijnsde en stak haar hand in de zak van haar rok. Ze haalde er een pakje Superkings en een zware gouden aansteker uit.

'Ga je gang.' Ze kwam naast hem zitten in het gras.

Dizzy, die uit films wist hoe het hoorde, stak twee sigaretten op en gaf er een aan haar.

'Dank je.'

'Wat deed je daar?' Achteloos knikte hij in de richting van Keeper's Cottage, met Dougs donkerblauwe MG voor de deur.

'Ik heb gisteren na sluitingstijd nog een biertje gedronken met de jongens. Deze was ik vergeten.' Moll klopte op de oranje trui en blies traag een kringetje rook uit. 'Ik heb hem even gehaald.'

Onwillekeurig merkte Dizzy op dat er een zwart kanten behabandje zichtbaar was tussen de plooien van de oranje wol. De trui was duidelijk niet het enige kledingstuk dat ze de vorige avond had uitgetrokken en was vergeten.

Hij vroeg zich af of Moll met Doug had geslapen of met Drew of met Jamie.

Of met alle drie.

Zweet prikte achter zijn oren en in zijn nek.

'Pas op met die aansteker,' zei Moll. 'Laat hem niet in de vijver vallen.'

Dizzy hield op met friemelen. 'Het is een mooi ding,' zei hij bij gebrek aan beter en hij hield de aansteker omhoog om hem van alle kanten te bekijken. 'Heb je hem gekregen?'

Moll knipoogde. 'Noem het maar een cadeautje van een dankbare klant.'

Wat betekent die knipoog, vroeg Dizzy zich af, ten prooi aan hevige besluiteloosheid. Waarom knipoogt ze naar me? En wat voor soort dankbare klant?

'Heb je lekker vakantie?'

'Ik verveel me dood,' mompelde Dizzy.

'En hoe gaat het met je ouders?'

'Weet ik veel.'

Sex, dacht Dizzy. Dat is wat ik nodig heb. Ik ben zestien en ik heb het nog nooit gedaan. Geen wonder dat ik me zo rot voel.

Hij snakte naar sex, logisch dat het effect had. Het kon niet gezond zijn om zoveel hormonen te hebben en nog maagd te zijn.

'Hallo.' Moll zwaaide met een hand voor zijn gezicht. 'Wat is er? Je bent kilometers ver weg.'

Dizzy keek haar aan. Ademhalen kostte moeite.

'Er staat drieënzeventig pond op mijn spaarrekening. Als ik die aan jou geef, wil je dan met me naar bed?'

Moll drukte haar sigaret uit tussen het gras, een vorm van vandalisme waar Eleanor Ferguson – als ze zou kijken – gegarandeerd een woedeaanval van zou krijgen.

'Dizzy, ik slaap niet met mannen voor geld.'

Lieve help, dacht ze wrang, is dat de reputatie die ik hier heb? Is dat echt wat iedereen denkt?

'Nee? En voor niks?' voegde hij er in zijn wanhoop aan toe.

Moll glimlachte bijna. Ze schudde haar hoofd. 'Sorry. Ik slaap alleen met mannen omdat ik het wil.'

Dizzy had wel kunnen huilen. Liever dan iets anders wilde hij met Moll naar bed. Het was zo oneerlijk.

'Van wie heb je deze dan gekregen?' bromde hij nukkig en met zijn elleboog stootte hij de aansteker aan.

'Ha, ik snap het al.' Moll leek zich te vermaken. 'Je dacht dat ik zo'n soort dankbare klant bedoelde.'

Dizzy voelde dat zijn onderlip begon te pruilen. Hij had het risico genomen en was afgewezen. Moll had hem uit deze doffe ellende kunnen halen, maar dat had ze niet gedaan, bewust niet.

De zoveelste teleurstelling.

'Ik begrijp niet waarom een kerel je een gouden aansteker zou geven omdat je een glas voor hem hebt ingeschonken.' Het klonk uitdagend.

'Het was ook meer dan dat. Op een dag zat er een man in de pub en toen ik naar buiten ging, zag ik dat een jongen probeerde zijn Rolls-Royce open te breken.' Moll glimlachte bij zichzelf nu ze aan die middag terugdacht. 'Ik heb dat joch aan zijn oorbel weggetrokken en ben boven op hem blijven zitten totdat de politie er was.' Ze haalde haar schouders op. 'Die man was dankbaar. Hij heeft me zijn aansteker gegeven, dat is alles.'

Werkelijk, sommige mannen waren echte geluksvogels. Dizzy wilde dat Moll boven op hem zou gaan zitten.

'Nou,' – ze rekte zich gapend uit – 'ik ga maar weer eens.'

Dizzy keek naar haar toen ze opstond en het gras van haar rok klopte. Het was een goedkoop geval, zijn moeder zou zich er nooit in durven vertonen.

Drieënzeventig pond en nog wil ze niet met me naar bed, dacht hij nijdig. Jezus, wat ben ik een loser.

'Ik haat het hier.' Dizzy gooide een steen in de vijver.

'Wat jij nodig hebt, is een leuk vriendinnetje. Dat zou je goeddoen.' Arme jongen, ze had medelijden met hem.

Ja, geweldig, dacht Dizzy, ik kan hier ook uit duizenden meisjes kiezen.

'Hier, neem nog een peuk,' bood Moll vriendelijk aan.

'Bedankt. Eh... je vertelt het toch aan niemand wat ik... eh...'
'Je zakelijke voorstel, bedoel je?' Ze keek geamuseerd. 'Wees maar niet bang, ik ben discreet.'
Dizzy keek haar na. Lorna Blake was voor de pub asbakken aan het neerzetten. Hij zag haar praten met Moll, en dat Moll iets terugzei. Daarna draaide Moll zich half om, ze gebaarde met de hand die de trui vasthield in de richting van de vijver en zei nog iets. Lorna barstte in lachen uit en keek over haar schouder in de richting van Molls wijzende arm.
Dizzy wilde dood. Als Moll dat discretie noemde! Het was wel duidelijk waarom ze lachten.
Om hem.
Toen hij thuiskwam was het huis leeg. Er lag zelfs geen briefje op de keukentafel om hem te laten weten waar iedereen was of wanneer ze terug zouden komen.
Zoveel houden ze nou van me, dacht Dizzy toen hij soppend in zijn doorweekte gympen de trap op sjokte.
Hij had er niet lang voor nodig om een paar T-shirts en twee spijkerbroeken in een sporttas te proppen. Hij deed zijn spaarbankboekje erbij, zijn walkman, een stuk of zes bandjes waar hij graag naar luisterde en een honkbalpet. Halverwege de trap dacht hij aan toiletartikelen en hij ging terug om zijn tandenborstel, shampoo, Clearasil en de dure fles crèmespoeling van Savannah te halen, want na het wassen voelde zijn haar nog steeds als een deurmat.
In de keuken maakte hij een boterham en hij leegde de theepot met geld voor de melkboer op de bovenste plank. Dat leverde hem nog drieëntwintig pond extra op, en dat zou van pas komen terwijl hij zijn act instudeerde: op een groezelige deken voor een metrostation zitten en overtuigend hongerig en dakloos kijken.
Een groezelige deken.
Maar die hadden ze niet. Dizzy moest genoegen nemen met zijn moeders dure geruite plaid.

'Stap in, als je een lift wil.' Jessie stopte bij de bushalte. 'Jeetje, wat zit daar allemaal in?'
Dizzy gooide zijn Slazenger-tas achter in de bestelwagen en stapte in. 'O, van alles.'
'Zeg dat wel.' Toen Jessie hem had gezien met zijn sporttas, had ze aangenomen dat hij ging zwemmen. 'Wat ga je doen? Loop je weg van huis?'
'Nee hoor. Ik ga een paar dagen bij een vriend in Londen logeren. Hij belde vanochtend op.'

Dizzy draaide het raampje open zodat hij zijn arm eruit kon steken.
'Mijn moeder vond het een goed idee.'
Daar kon Jessie zich iets bij voorstellen. Dizzy was ongetwijfeld van
streek door de gebeurtenissen in Sisley House, en het zou hem goeddoen om er een paar dagen uit te zijn.
Uit angst om het verkeerde te zeggen, wachtte ze tot Dizzy het onderwerp zou aansnijden. Dat deed hij niet, dus zette ze de radio aan
en even later neuriede hij vrolijk mee met de muziek.
'Veel plezier.' Jessie zette Dizzy met zijn overvolle tas af bij het busstation. 'Geniet er maar van.'
'O, dat komt wel goed.' Dizzy keek en klonk opgewekter dan ze hem
ooit eerder had meegemaakt. 'Wees maar niet bang, ik ga me lekker
uitleven.'

## 43

Jamie Lyall was een zwijn.
Drew kon wel honderd dingen verzinnen die hij liever zou doen dan
de bergen door Jamie achtergelaten afwas wegwerken. Grimmig
schraapte hij twee dagen oude cornflakes uit kommen, opgedroogde
curry van borden en schimmel uit een stuk of zes koffiebekers. De
vuilnisbak in de keuken puilde uit van de lege bierblikjes. In de oven
had hij al een overjarig stuk pizza ontdekt. En waar hij ook liep, overal knerpten rice crispies onder zijn voeten.
Hij was er een uur mee bezig, maar eindelijk was de keuken weer
enigszins toonbaar en schoon. Wat hem nog het meest ergerde, was
dat Jamie hem als hij straks thuiskwam niet eens dankbaar zou
zijn voor al zijn inspanningen omdat hem domweg niets zou opval-
len. Hij zou gewoon koffie zetten, een stapel toast en een kom cornflakes maken, doorlopen naar de zitkamer en nog meer troep maken.
Dat was in feite wat hij altijd deed.
De koffie was misschien lekkerder dan anders omdat er geen schim-
melsmaakje aan zat, maar dat was alles. Het zou nooit bij Jamie opkomen dat de beker was afgewassen.
Volgens mij word ik oud, peinsde Drew. Vroeger vond ik het helemaal niet erg om in een zwijnenstal te leven.
Het was niet dat hij huishoudelijk werk leuk vond, het was gewoon
geleidelijk tot hem doorgedrongen dat het dagelijkse leven zoveel

draaglijker was als je af en toe iets in huis deed. Eigenlijk was het zo gek nog niet.

Straks begin ik nog met macramé, dacht Drew geschrokken. Dan ga ik sierkussentjes en droogbloemen kopen en me verdiepen in het nut van de verschillende hulpstukken van de stofzuiger.

Voor vandaag was hij wel weer huishoudelijk genoeg geweest. Nu verdiende hij een beloning. Afwezig keek Drew door het raam in de zitkamer naar buiten en hij zag Bliksem over het grasveld rennen als een éénhonds estafetteploeg, alleen hield hij in plaats van een stokje zijn riem tussen zijn tanden.

Lili en Harriet probeerden hem te vangen, zonder veel succes. Bliksem, met zijn staart draaiend als een propeller, had veel te veel lol.

Met een brede grijns stond Drew te kijken. Harriet sloop van links op hem af en Lili van rechts en ze probeerden hem in een hoek te drijven. Alleen had het grasveld geen hoeken en Bliksem was sneller dan de twee dames. Hij bleef stokstijf staan, ging half liggen op het gras en liet ze dan vlakbij komen. Dan sprong hij weer overeind, zigzagde om Lili heen en stoof sneller dan een windhond langs Harriet.

Drew verliet het huis, liep naar het grasveld, stak zijn vingers in zijn mond en floot schel. Bliksem herkende hem, draaide zich dolblij om en kwam met grote sprongen op hem af.

'Sufferd,' zei Drew liefhebbend. Hij pakte de hond bij zijn halsband en trok de riem uit zijn kwijlende bek.

'Je bent een held,' hijgde Lili toen ze naar hem toe strompelde. 'Bedankt Drew. Uit de grond van mijn longen.'

'Rennen is goed voor je,' zei Drew tegen een nog steeds ademloze Lili. 'Misschien moet je Bliksem een fitnessvideo laten maken. Hij is een beter voorbeeld dan Jane Fonda.'

Harriet pakte de riem van hem aan. 'Arme Bliksem, hij dacht dat je aan zijn kant stond. Nu vertrouwt hij je nooit meer.'

'Sta ik er alweer gekleurd op.' Drew knipoogde naar haar. 'Het is met mij altijd hetzelfde liedje.'

'Ik wilde eigenlijk met hem gaan wandelen in het bos.' Lili hijgde nog steeds. 'En ik ben nu al buiten adem.'

In een opwelling – en aangemoedigd door het feit dat ze 'ik' had gezegd in plaats van 'we' – zei Drew: 'Ik heb ook wel zin in een wandelingetje. Vind je het vervelend als ik meega?'

Hij vroeg het aan Harriet, die haar schouders ophaalde.

'Ik ga niet mee, ik ben alleen naar buiten gekomen om mama te helpen met Bliksem. Er is iets op tv waar ik naar wil kijken.'

Drew keek weer naar Lili. 'Zal ik je dan gezelschap houden? Je moet het zeggen als je liever...'

'Waarom niet?' Lili glimlachte naar hem, slechts een pietsje roze. 'Jij hebt tenminste verstand van honden. Je kunt me leren hoe ik dit waardeloze beest een beetje gehoorzaamheid bijbreng.'

Ze liepen gezellig samen naar Compass Hill met Bliksem aan zijn riem tussen hen in. Tegen de tijd dat ze het pad naar het bos bereikten, hadden ze gepraat over Jamies allergie voor huishoudelijk werk, Dougs gecompliceerde sexleven – al wisten ze geen van beiden hoe gecompliceerd dat precies was – en over het uitpersen van knoflook zonder dat je vingers ernaar gingen ruiken.

'We hebben het nog niet over jou gehad.' Lili bukte zich om Bliksems riem los te maken, zodat hij op eekhoorntjes kon jagen. 'Heb je de laatste tijd nog leuke dingen gedaan?'

'Als je afwassen leuk noemt.' Met een zielig gezicht spreidde Drew zijn vingers. 'Wat kan ik zeggen? Afwashanden.'

'Erg zacht.' Speels raakte Lili ze aan. 'Veel fijner voor de koeien als je je arm in hun achterste moet steken.'

Hij keek naar haar. Haar ogen glinsterden van de wandeling tegen de heuvel op en er waren een paar plukjes haar losgeraakt uit haar paardenstaart. Ze droeg een lichtgroene blouse op een licht gekreukelde witte broek en was niet opgemaakt. Ze zag er eerder ontspannen dan opgedoft uit, en dat vond hij prettig. Als Lili er netjes had uitgezien, zou hij zich opgelaten hebben gevoeld in zijn vale Guinness T-shirt en joggingbroek.

'Ik heb gewerkt. Verder niets bijzonders.' Drew had meer belangstelling voor Lili. 'Hoe gaat het thuis? Ben je al aan Michael gewend?'

'Een beetje.' Lili zuchtte zonder dat het de bedoeling was. Een eindje verderop kreeg Bliksem zijn eerste eekhoorn in het oog en hij jankte van opwinding. 'Hij gaat vaak uit. Soms beklaag ik me erover, soms ben ik in stilte opgelucht. Vanavond gaat hij ook weer weg,' vervolgde ze. 'Daarom past hij nu op Will en Lottie. Ik heb tegen hem gezegd dat hij een flutvader is en dat hij op zijn minst iets leuks met ze kan doen terwijl ik Bliksem uitlaat.'

'Hadden jullie niet met zijn allen kunnen gaan?'

Lili glimlachte half. 'Zoals het ideale gezin? Als ik dat zou voorstellen, zou hij alleen geschrokken kijken en zeggen: "Waar is dat nou goed voor?" '

Gefrustreerd janken weerklonk door het bos toen Bliksem in een boom probeerde te klimmen. Tien meter boven zijn kop daagde een eekhoorntje hem uit door moeiteloos van de ene tak op de andere te springen.

'Is hij trouw?'

'Wie?' Even dacht Lili dat hij Bliksem bedoelde.

'Je man.'

'O. Nou... misschien niet de hele tijd.'

Drew zag de veelzeggende blos in haar hals omhoog kruipen.

'Niet de héle tijd?' Ongelovig bleef hij staan.

'Ik bedoel, er is misschien weleens een slippertje als hij in het buiten-land werkt, maar dat is... begrijpelijk, vind je niet? Als je maanden achter elkaar niet bij je vrouw en kinderen bent, is het logisch dat je er een beetje genoeg van krijgt, dat je je een beetje gaat vervelen.'

'Lili, je hoeft hem niet te verdedigen!'

'Dat doe ik ook niet. Ik ben gewoon realistisch. Ik ben niet naïef, ik weet dat die dingen nu eenmaal gebeuren.' Lili stak haar handen in haar broekzakken en ontweek Drews blik. 'Maar hij doet het alleen als hij weg is, nooit als ik erbij ben. Hier zou hij het nooit doen.' Ze haalde haar schouders op. 'Waarom zou hij?'

Omdat hij een eersteklas eikel is, dacht Drew. Hij was woedend.

'Als hij van je hield, zou hij het helemaal niet doen,' zei hij kil.

'Ach, hou toch op. Ik wilde dat ik het je nooit had verteld.'

Lili voelde haar keel dik worden. Ze wist zelfs niet waarom ze het Drew had verteld. Mekkeren over de slippertjes van haar man – okay, okay, waarschijnlijke slippertjes – was niet haar gewoonte.

'Woef!' huilde Bliksem. Hij verloor zijn greep op de boomstam en gleed op beschamende wijze omlaag. Hij kwam als een zoutzak op de grond terecht en keek snel over zijn schouder, bang dat iemand het had gezien.

'Je hebt kritiek op me. Je vindt me stom.' Lili probeerde de brok in haar keel weg te slikken. Verdorie, nu voelde ze zich nog stom ook. Ze wilde dat ze haar mond had gehouden.

'Helemaal niet, zo bedoel ik het niet. Ik vind gewoon dat je zoveel beter verdient.' Drew deed zijn best om het uit te leggen. Michael Ferguson was een rokkenjager, en Drews vingers jeukten om hem een blauw oog te slaan. Hij wilde Lili duidelijk maken dat ze geen genoegen hoefde te nemen met een ontrouwe man, dat ze veel meer waard was.

Maar in de eerste plaats wilde hij zijn armen om haar heen slaan en haar kussen en kussen en kussen...

'Zo simpel is het niet.' Lili schudde haar hoofd en schopte tegen een stapel dode bladeren. 'Als je kinderen hebt, komen die op de eerste plaats. En ze hebben hun vader nodig.'

Zo te horen stond Michael niet op de nominatie om Vader van het Jaar te worden. Maar Drew wilde liever meer over Lili horen dan met haar kibbelen.

'Natuurlijk hebben ze hun vader nodig,' dwong hij zichzelf te zeggen. 'En er speelt nog iets mee, dat je weet wat je aan hem hebt,' vervolgde Lili. Nu deed ze het alweer, ze zei alweer meer dan haar bedoeling was; hoe deed Drew dat toch?

'Je bedoelt dat hij tenminste geen psychopaat is.'

'Luister, een heleboel vrouwen gaan weg bij hun man en krijgen er later spijt van. Het lijkt ze leuk om weer vrijgezel te zijn en dan komen ze van een koude kermis thuis. Ze zijn eenzaam en depressief. Ze zoeken tot ze een ons wegen maar ze vinden de ware nooit. En uiteindelijk beseffen ze dat de man met wie ze getrouwd waren bijna de ware was, en dat is het beste waarop je kunt hopen.'

Drew staarde Lili verbijsterd aan. 'Klaar?'

Ze knikte verlegen. 'Klaar.'

'Ik heb nog nooit zo'n droevige reden gehoord om getrouwd te blijven met een klootzak.'

'Geloof me, het komt voor. Ik lees de contactadvertenties,' zei Lili. 'Het barst van de mooie gescheiden vrouwen die geen fatsoenlijke man kunnen vinden, zelfs geen enigszins fatsoenlijke. En als het hun niet eens lukt...' voegde ze eraan toe terwijl ze afwijzend haar hoofd schudde. 'Nou, laten we eerlijk zijn, hoeveel hoop is er dan voor iemand zoals ik?'

Genoeg was genoeg.

'Kom eens hier.' Drew pakte haar hand en kuste haar, zeer grondig zelfs, totdat Lili ik-krijg-geen-lucht-geluiden begon te maken.

'Dat was je verdiende loon,' vertelde Drew haar, trillend van emoties maar vastbesloten om boos te blijven klinken. 'Ik wil je nooit meer zoiets bespottelijks horen zeggen. Begrepen?'

'Begrepen,' fluisterde Lili.

'Wat waren dat trouwens voor gorgelgeluiden?'

Beschaamd liet ze haar hoofd hangen. De laatste keer dat ze bij benadering hartstochtelijk was gekust, moest twintig jaar geleden zijn. 'Sorry. Ik vergat adem te halen.'

'Nou, vergeet het de volgende keer niet.'

'O Drew...'

'Weet je wat jouw probleem is?' bromde hij.

'Nou?'

'Het schijnt niet bij je op te komen dat scheiden niet hoeft te betekenen dat je de rest van je leven in een depressie zit. Je hoort niets van de duizenden gescheiden vrouwen die heel gelukkig zijn in een tweede huwelijk omdat ze geen contactadvertenties nodig hebben.'

'Jij hebt makkelijk praten. Je bent nooit getrouwd geweest, en je hebt geen eh... kinderen.'

Concentreren kostte Lili moeite. Drews handen lagen op haar schouders en zijn handen masseerden zacht haar sleutelbeen. Hij keek naar haar alsof hij haar nog een keer zou gaan kussen. Ze kon zijn warme huid ruiken en haar knieën knikten. Boven hen filterde zonlicht door het bladerdak en lichte vlekjes dansten over het pad. Bliksem stormde als een hooligan door een bosje jonge varens. Hoog boven hun hoofden – en zo te horen hard aan Strepsils toe – kraste een roek.

'Dat weet ik, maar ik zal je iets vertellen.' Drews mond kwam dichterbij. 'Als ik een vrouw en kinderen had, zouden we met zijn allen de hond uitlaten. En we zouden het nog leuk vinden ook.'

Lili sloot haar ogen. Goeie genade, wat een stem. Het was alsof ze in een bad warme gesmolten chocola lag zonder rekening te hoeven houden met calorieën.

'Ik ga je nog een keer kussen,' zei Drew ernstig. 'Vergeet het niet, okay?'

'Wat niet?'

'Om te blijven ademen.'

Het is alsof ik een uittreding meemaak, dacht Lili. Haar vingers waren op de een of andere manier naar boven gekropen en streelden geheel uit eigen beweging zijn nek.

'Dit soort dingen overkomt me nooit,' mompelde ze.

'Nu wel.'

'We zouden dit niet moeten doen.' Als een idioot gebaarde ze om zich heen. 'Al deze dingen.'

Drew doorspekte zijn antwoord met kusjes. 'O jawel' – kus – 'we moeten dit' – kus – 'juist wel' – kus – 'doen.'

'Ik adem nog steeds,' fluisterde Lili toen hij zijn armen om haar heensloeg. Wat kon Drew hemels kussen. En wat betreft de gevoelens die er door haar arme, vermoeide lichaam gingen…

Oeps, was ze bijna weer vergeten adem te halen.

In, uit.

In, uit.

In, uit.

'O Drew…' Schaamteloos drukte ze zich tegen hem aan.

'O shit,' kreunde Drew. De kus werd abrupt verbroken. Geschrokken maakte hij zich half van haar los.

O nee. Arme Drew, dacht Lili, en haar hart liep over van medelijden. Wat vreselijk om last te hebben van vroegtijdige ejaculatie.

En goeie help, deze was wel zéér prematuur geweest!

'Het spijt me,' mompelde Drew in haar haar.

'Het geeft niet, echt niet.' Lili probeerde hem haastig gerust te stellen, begroef haar hoofd tegen zijn brede borst en omhelsde hem nog inniger. 'Er zijn zoveel mannen die er last van hebben. Eigenlijk voel ik me gevleid.'

'Je kunt misschien beter even achter je kijken,' zei Drew en zacht draaide hij haar om.

## 44

Felicity stond op een met zonlicht overgoten open plek, nog geen vijftig meter bij Lili en Drew vandaan. Bliksem snuffelde vlakbij in het kreupelhout, niet geschrokken van haar komst. Hij was het zo gewend om Felicity elke dag te zien als ze Freya bracht dat het duidelijk niet bij hem was opgekomen om te blaffen.

Lili kon zich niet bewegen. Alle oude clichés leken om voorrang te strijden in haar hoofd. Ze wilde dat de grond open zou splijten om haar op te slokken, ze wilde dat dit een akelige droom kon zijn. Ze wilde dat ze kon doen wat Will van twee deed als hij niet gezien wilde worden en haar eigen ogen bedekken.

Het duurde een seconde of twee voordat het tot Lili doordrong dat Felicity in haar onberispelijke zwart met witte jurk en zwarte lakleren pumps stond te huilen.

'Felicity?'

Het klamme zweet brak Lili aan alle kanten uit. Ze had geen idee wat ze nu moest zeggen, maar ze wist dat ze iets moest verzinnen. Dit was vreselijk, haar ergste nachtmerrie; ze moest met een of ander plausibel excuus op de proppen komen en snel ook.

Maar Felicity schudde haar hoofd en gebaarde dat ze niets moest zeggen. De tranen stroomden nog steeds over haar wangen en ze had duidelijk geen zakdoek. Met rood omrande ogen stond ze naar hen te staren, snuffend en snikkend als een kind.

'Felicity, het spijt me. Ik snap wel wat je d-denkt,' hakkelde Lili, 'maar ik zweer je, we...'

'Niet doen,' snikte Felicity en ze deed een poging om haar tranen weg te vegen. Haar ogen stonden diepbedroefd. 'Probeer het alsjeblieft niet uit te leggen, okay? Ik kan er op dit moment niet tegen om het te horen.'

Ze draaide zich om en rende weg in de richting waaruit ze was gekomen, klungelig en struikelend op haar dunne benen in haar haast om weg te komen.

Bliksem kwispelde en keek haar met een beleefd verbaasde uitdrukking op zijn snoet na.

'O nee, o nee,' kreunde Lili, 'wat vreselijk!'

Drew verlangde ernaar om troostend een arm om haar heen te slaan maar durfde niet helemaal. De verrukkelijke intimiteit tussen hen was op slag verdwenen, in rook opgegaan.

'Ze zegt heus niets,' probeerde hij Lili gerust te stellen.

'Dan ken je Felicity niet.' Lili trilde nu om een heel andere reden: van schrik. 'Ze veroordeelt me nu al zo.'

'Okay, maar het was alleen een kus.'

Drew wilde dat hij beter was in het verzinnen van instant-smoesjes. In tegenstelling tot Doug had hij daar geen ervaring mee.

'Drew.' Ondanks haar paniek keek Lili hem vol medelijden aan. 'Er zijn kussen en er zijn kussen. Wat Felicity net heeft gezien, laat weinig aan de verbeelding over. Het was niet wat je noemt een vluchtig beleefdheidskusje op de wang.'

'Zo had ik het niet bedoeld,' zei Drew. 'Luister, je bent er min of meer van overtuigd dat Michael in het verleden weleens vreemd is gegaan. Dan kan hij toch moeilijk stampij maken als hij hiervan hoort?'

'Dat zeg jij.' Lili had weinig hoop op begrip en vergiffenis. 'Ik bel je wel om het je te laten weten, is dat goed?'

Drew vond het vreselijk dat hij zich zo nutteloos voelde. Wat een sof! Hoeveel mannen, dacht hij vol zelfverachting, konden een betekenisvolle relatie verpesten voordat die twee minuten oud was?

Lili had ook nagedacht.

'Huilde Felicity al? Liep ze door het bos een flink potje te grienen toen ze ons betrapte?'

Ze keek hoopvol totdat Drew zijn hoofd schudde.

'Sorry, het was andersom. Ze zag ons en begon toen pas te huilen.'


Eleanor Ferguson, die een van haar periodieke aanvallen van breiwoede had gehad, kwam aan bij The Old Vicarage op het moment dat Michael in zijn Volvo achteruit van de oprit reed.

'Snooker,' vertelde hij zijn moeder en plichtmatig bewonderde hij de drie zelfgebreide vesten die ze trots uit een plastic zak toverde. 'Wat zullen de kinderen er blij mee zijn. Mam, de wedstrijd begint om zeven uur en ik kan de jongens niet laten wachten.'

'Ga maar en geniet ervan,' zei Eleanor hartelijk. 'Je verdient een avondje uit.'

Lili wilde dat er een filmpje in haar camera zat, zodat ze de gezichten van Will, Lottie en Harriet had kunnen vereeuwigen toen hun grootmoeder hen à la Von Trapp op een rijtje zette in hun identieke havermoutkleurige vesten.

'Wat zijn jullie mooi!' Snel nam Eleanor ze onder handen, knoopte leren knopen dicht en sloeg manchetten om. 'En wees maar niet bang, ze zijn op de groei gemaakt.'

Lili wist dat haar kinderen alleen bedwelmd door chloroform in deze vesten gehesen zouden kunnen worden. 'Ze zijn prachtig, Eleanor,' zei ze. 'Ik snap niet hoe je het klaarspeelt. Met zulk prachtig breiwerk zou je wedstrijden kunnen winnen.'

Gepaaid door de overdreven complimentjes van haar schoondochter waaraan ze niet gewend was, vond Eleanor het niet erg om een uurtje op de kinderen te passen terwijl Lili bij Jessie langsging.

Lili rende over het grasveld en vroeg zich onwillekeurig af hoe Eleanor zou reageren als ze de ware reden van haar bezoek aan Duck Cottage kende.

'We moeten praten,' kondigde Lili ademloos aan. Ze was zonder kloppen naar binnen gestormd en struikelde bijna over een koffer in de gang. 'Jess, ik ben wanhopig. Ik heb iets heel ergs gedaan en nu komt Michael er achter.' Van pure zenuwen hipte ze van de ene voet op de andere. 'Vertel me wat ik moet doen.'

Jessie keek op van de half gepakte koffer. 'Heb je soms rattengif op zijn broodje ham gedaan?'

'Nee.' Lili's gezicht vertrok. 'Erger.'

'Wat dan?'

'O help, ik ga blozen. Ik heb Drew Darcy gekust.'

Jessie zag dat ze bloosde.

'En wie heeft jullie gezien?'

'Felicity.'

'Wat heeft ze gedaan?'

'Ze barstte in tranen uit.'

'Was het leuk?'

Verbijsterd staarde Lili haar aan. Probeerde Jessie haar lachen in te houden?

'Wat, dat Felicity in tranen uitbarstte?'

'Doe niet zo dom. Drew kussen.'

'Het was hemels,' zei Lili beteuterd. 'Ik weet dat het hopeloos is, maar ik vind hem echt heel leuk. En volgens mij vindt hij mij leuk. Alleen is het nu allemaal verpest. Felicity haalt Freya bij me weg omdat ik een slecht voorbeeld geef, en ze vertelt het natuurlijk aan Michael en die gaat door het lint.'

'Dat moeten we oplossen.' Jessie ging staan en stapte over de geopende koffer heen. 'Eerst gaan we naar Felicity, vragen of ze inderdaad van plan is om het aan Michael te vertellen.'

Lili slaakte een verschrikte kreet. 'Dat kunnen we niet doen!'

'Je moet het toch weten?' Jessie pakte haar bij de arm en trok haar over de koffer heen en de deur uit. 'Als je wil, kun je best je excuses aanbieden. Je plengt zelf ook een paar traantjes, je vertelt Felicity dat het een tijdelijke dwaling was, dat het nooit meer zal gebeuren... Jeetje, je bent toch ook maar een mens.'

'Dat snapt Felicity niet,' zei Lili angstig. 'Zij is geen mens, ze is volmaakt.'


Gelukkig stond Hughs auto niet voor de deur.

Jessie moest drie keer aanbellen voordat Felicity opendeed.

'Hai,' zei Jessie. 'Lili wil graag even met je praten en ik ben meegekomen voor de morele steun.'

Het is meer immorele steun, dacht Lili.

'Nou,' vervolgde Jessie opgewekt, 'mogen we binnenkomen?'

Felicity was bleek, haar haar was nat en ze droeg een blauwgroene satijnen peignoir. De make-up was weg en haar oogleden waren dik. Ze zag eruit alsof ze uren had gehuild.

Toen ze knikte en hen voorging naar de zitkamer, vroeg Lili zich opeens af of Felicity zo van de kaart was omdat zij ook verliefd was op Drew Darcy. Vol schaamte en hevig blozend staarde ze naar het smetteloze pistachegroene tapijt terwijl ze hakkelend haar excuses aanbood. Ze haatte elke seconde; het was beschamend en de kans dat het iets uithaalde was nihil, maar ze ging desalniettemin door het stof.

'Nou, dat was het hele verhaal. Je moet zelf maar beslissen. Ik weet dat ik het niet had moeten doen, maar ik verzeker je dat ik geen verhouding heb met Drew.' Met een droge mond en nog steeds niet in staat om verder omhoog te kijken dan de plint – tot overmaat van ramp een erg schone plint – kwam Lili aan het eind van haar deemoedige relaas. 'Het is gewoon mijn zoveelste fout, en ik doe al zoveel verkeerd,' concludeerde Lili hopeloos. 'Ik wilde dat ik volmaakt kon zijn, zoals jij en Hugh, maar dat ben ik niet.'

Felicity stond op en trok haar peignoir strak om haar smalle middel. 'Wacht even. Ik wil jullie iets laten zien.'

Binnen een minuut kwam ze terug met een ivoorkleurig leren fotoalbum.

'Je trouwfoto's?' De moed zonk Lili in de schoenen bij het zien van de goud omrande bladzijden. Hemel, wat nu weer? Ging Felicity haar nou echt de les lezen over de verplichtingen van de huwelijkse staat?

## 45

Felicity legde het dikke album voor hen op de grond en ging ernaast op haar knieën zitten.
'Hier was ik mee bezig toen de bel ging.'
Ze sloeg het album open en Lili's hand vloog naar haar mond. De foto van Felicity die aankwam bij de kerk was keurig in vieren geknipt.
Zwijgend sloeg Felicity de bladzijden om en ze liet hen zien dat ze tot aan de laatste bladzijde was doorgegaan. Elke foto in het album was in stukken geknipt.
'Zo volmaakt is mijn huwelijk,' zei Felicity ten slotte, haar stem bevend van emotie. 'Zie je die trouwjurk? Jasper Conran. Zie je de limousines en de jurken van de bruidsmeisjes en het hotel waar de receptie werd gegeven?' Met haar wijsvinger wees ze stukjes van verschillende foto's aan. 'Het heeft allemaal een vermogen gekost. Onze gasten raakten er niet over uitgepraat, ze zeiden allemaal dat ze nog nooit zo'n schitterende bruiloft hadden meegemaakt. En terwijl ze het zeiden, dacht ik steeds: jullie hebben geen idee.' Ze zweeg en keek op, en er blonken verse tranen in haar ogen. 'Weten jullie hoeveel Hugh van me hield? Nou, hij hield niet van me. Helemaal niet.'
Dit was verschrikkelijk. Lili kon er niet tegen. Impulsief gaf ze een kneepje in Felicity's arm. Goeie genade, haar arm was dunner dan een van Bambi's enkels. 'Dat weet je toch niet. Jullie hadden misschien ruzie toen hij het zei, en ik durf te wedden dat hij het niet meende. Soms zeggen mensen de gemeenste dingen als ze...'
'We hadden geen ruzie. En Hugh heeft het niet tegen me gezegd.' Felicity haalde diep en beverig adem. 'Ik heb het altijd geweten.'
'Waar is hij nu?' vroeg Jessie. Felicity had een scherpe schaar gebruikt om die foto's te verknippen. Ze hoopte dat er geen bloederig lijk in de slaapkamer lag.
'Hij is bij me weg.' Felicity trok haar knieën op onder haar kin en sloeg haar armen om haar benen. 'Hij had me beloofd dat hij nooit bij me weg zou gaan, maar dat heeft hij toch gedaan.'
'Wat vreselijk! Wat ontzettend naar voor je,' zei Lili. 'Arme meid.'
'En ik weet wat jullie denken,' flapte Felicity eruit. 'Maar nee, hij is niet bij me weggegaan voor een andere vrouw. Hugh is namelijk homoseksueel. Hij is bij me weggegaan voor een andere man.'
Lili slaakte een kreet. 'O hemel!'
'Je hoeft ons dit niet te vertellen,' zei Jessie, maar Felicity schudde haar blonde hoofd.

'Als ik het niet vertel, knap ik uit elkaar.'

'Misschien bedenkt hij zich en komt hij terug,' opperde Lili. 'Hij is misschien eh... in de war.'

Felicity bestudeerde een nagel met een ruw randje. In plaats van haar manicure te bellen voor een spoedbehandeling, beet ze de nagel af. 'Hugh is niet biseksueel. Hij is homoseksueel. Voor de volle honderd procent.'

Lili fronste. 'Dat kan toch niet. Hoe zit het dan met Freya?'

'We hebben een plastic injectiespuit gekocht bij de apotheek.'

'Hebben jullie nooit sex gehad?' Lili kon het nauwelijks bevatten; haar volmaakte echtpaar viel langzaam maar zeker in duigen.

'Nooit sex gehad,' beaamde Felicity onomwonden. 'Niet met Hugh.' Een korte stilte. 'En niet met iemand anders.'

'Wat, met niemand?'

Jessie kwam tussenbeide voordat Lili's verbazing de pan uit kon rijzen. 'Als je wist dat hij homoseksueel was, waarom ben je dan met hem getrouwd?'

Felicity slaakte een zucht. 'Ik was naïef en eenzaam, en ik werd halsoverkop verliefd op Hugh. Tegen de tijd dat hij het me vertelde, was het te laat. Ik heb gezegd dat ik het niet erg vond, zoveel hield ik van hem. Wat je nooit hebt gehad,' voegde ze er verdrietig aan toe, 'kun je per slot van rekening ook niet missen. En iedereen zegt altijd dat sex minder belangrijk is dan vriendschap.'

'Ik wil niet onbeleefd zijn,' zei Jessie, 'maar kunnen we misschien een fles wijn openmaken?'

De wijn werd uit de ijskast gehaald en in kristallen glazen van Waterford geschonken.

'Hugh moest trouwen. Zijn baas was ontzettend bekrompen en het imago van het bedrijf was een obsessie voor hem,' legde Felicity uit. 'Het kwam erop neer dat je een promotie wel op je buik kon schrijven als je geen gezin had.'

'Hij is geweldig met Freya,' zei Lili.

'Natuurlijk. Hij is dol op haar. Wij allebei.'

'Sturen ze hem de laan uit als dit bekend wordt?' vroeg Jessie.

'Dat weet ik niet. Misschien wel. Maar het kan hem niet schelen.' Felicity haalde haar schouders op. 'Dit keer is het geen vluchtige affaire, weet je. Hugh is voor het eerst van zijn leven tot over zijn oren verliefd. En daar kan ik met geen mogelijkheid tegenop.'

Ze zweeg om een grote slok chablis te nemen en huiverde toen de ijskoude wijn door haar keel gleed.

'Jeetje,' zei Lili, die zich heel kleintjes voelde, 'ik weet niet wat ik moet zeggen. Geen wonder dat je van streek was toen we je vanmiddag in het bos zagen.'

'Ach ja.' Voor het eerst lichtte Felicity's bleke gezicht op door een waterig, spottend glimlachje. 'Maar dat ik in tranen uitbarstte toen ik jullie zag, kwam doordat ik zo... zo jaloers was.'

Lili's wenkbrauwen schoten omhoog. 'Jaloers?'

'Nee, niet jaloers. Ik benijdde jullie. Op dezelfde manier waarop jij mij benijdde om mijn huwelijk, denk ik.' Weer een glimlachje, breder dit keer. 'Want weet je, Lili, ik benijd jou. Ik vind juist dat jij degene bent met het ideale leven.'

'Meer wijn.' Lili slikte en stak haar lege glas uit. 'Goeie help, jij vindt mijn leven ideaal!'

'Ik ben geen ontspannen persoon. Ik vind het fantastisch zoals jij met Freya omgaat. Jij raakt nooit uit je doen, en je hebt drie blije kinderen en een man die je op handen draagt.'

'Hé hé, rustig aan een beetje.' Lili twijfelde tussen lachen en verlegenheid.

'Goed, maar je hebt een man die thuiskomt en hartstochtelijk de liefde met je bedrijft op de keukentafel. Of hij zou het hebben gedaan als ik niet op het verkeerde moment was verschenen. Bedankt,' zei Felicity nadat Jessie haar glas tot aan de rand had bijgeschonken. 'Ik heb nog een fles in de ijskast als deze leeg is. Niemand heeft dat ooit met mij gedaan, weet je,' vervolgde ze triest. 'En toen ik besefte wat er gebeurd zou zijn als wij niet waren gekomen, was ik zo jaloers.'

'Je zult me wel een ontzettende slet hebben gevonden,' zei Lili, 'toen je vandaag met eigen ogen zag dat ik Michael bedroog.'

Felicity schudde haar hoofd. 'Helemaal niet. Ik vond gewoon dat je enorm bofte met een man én een minnaar. Daar was ik namelijk ook afgunstig op.'

Jessie haalde de tweede fles uit de ijskast. Door de babyfoon hoorden ze dat Freya zich boven op haar kamer omdraaide in haar ledikantje.

'Ik voel me beter nu ik dit allemaal heb gezegd.' Felicity kamde met bleke vingers door haar haren. 'Het is zo'n opluchting om erover te praten. Ook al vinden jullie me nog zo stom.'

'Je bent niet stom,' protesteerde Lili.

'Onnozel dan. Een beetje een tragisch geval.' Felicity beet op haar lip. 'Wacht maar tot dit bekend wordt. Het hele dorp lacht me uit.'

'Nee hoor, want het wordt niet bekend. Niemand hoeft dit te weten,' zei Jessie. 'Wij zwijgen als het graf.'

Lili schudde heftig haar hoofd, maar Felicity leek niet overtuigd.

'Luister,' zei Lili, 'je denkt toch niet dat ik er een woord over loslaat? Want als ik dat zou doen, zou jij misschien wel gaan rondbazuinen wat ik met Drew heb gedaan.'

Felicity knikte.

De stilte in de kamer duurde steeds langer.

Vanonder haar wimpers keek Felicity naar Jessie.

'Okay, okay.' Jessie gaf zich gewonnen. 'Ik zal mijn geheim ook in de pot doen, als dat je gelukkiger maakt.'

'Welk geheim?' wilde Lili weten.

'Ik heb vannacht met Toby geslapen.'

'Wát heb je gedaan?' krijste Lili, die bijna van de bank viel. 'Dat heb je me helemaal niet verteld!'

'Ik heb er de tijd niet voor gehad,' protesteerde Jessie vriendelijk.

'Allemachtig.' Verrukt schonk Felicity hun glazen bij.

Lili besloot niet te denken aan haar schoonmoeder, die thuis zat en op de kinderen paste en afkeurende blikken op de klok wierp. 'Voor de draad ermee,' drong ze aan, 'vertel ons het hele verhaal. Nu hebben we zeeën van tijd.'

'Je staat nu al twee uur met je neus tegen dat raam gedrukt.' Jamie smeet een stuk pizzakorst naar Drews hoofd. 'Wat gebeurt er buiten – gaat Melinda Messenger uit de kleren?'

Drew negeerde hem. Jamie hing onderuitgezakt voor de televisie in zijn favoriete leunstoel en lachte zich een kriek om de herhaling van een oude Benny Hill. Het was duidelijk dat hij aan grote tieten dacht. Er gebeurde daar buiten helemaal niets meer. Een tijd geleden had hij Lili naar Jessies huis zien draven. Een paar minuten later waren ze samen naar Compass Hill gelopen, vermoedelijk naar het huis van Felicity en Hugh Seymour.

Maar dat was eeuwen geleden. Sindsdien hadden ze zich niet meer vertoond.

Het was afschuwelijk om niet te weten wat er aan de hand was; het maakte Drew dol. Het liefst wilde hij hen achterna gaan, op de voordeur van de Seymours bonzen en roepen: Maak Lili geen verwijten! Het was allemaal mijn schuld. Ik hou van haar! Toch deed hij dat uiteraard niet, want ook al was het misschien waar, hij zou volkomen voor aap staan.

En daar schoot Lili vast niets mee op.

'Dit is zo grappig,' kakelde Jamie toen Benny Hill uit een vliegtuig viel en landde in een hooimijt aan een parachute gemaakt van bretels en beha's. Hij gooide een handvol pinda's in de lucht, probeerde ze in zijn mond te vangen en miste. 'Kom toch kijken, dit is grandioos.'

Niet half zo grandioos als wat ik voor Lili voel, dacht Drew. Hij wilde dat hij haar kon bellen.

Verdorie, hij moest het flink te pakken hebben. Op dit moment was de gedachte aan Lili met al haar kleren aan veel opwindender dan Melinda Messenger met al haar kleren uit.

46

Oliver werkte in de pub maar hij was er met zijn gedachten niet bij. Hij had die avond een klant te veel gerekend, verschillende anderen te weinig en hij had iemand vijftien pond wisselgeld gegeven terwijl hij had betaald met een briefje van vijf.

Lorna, die hem scherp in de gaten hield, zag hem een bierglas tot aan de rand met Fosters vullen. 'De klant vroeg om een shandy.' hielp ze hem herinneren.

Verontschuldigend schudde hij zijn hoofd, hij goot de helft van het bier eruit en vulde het glas bij met tonic.

'Laat mij het maar doen, Ollie. Een van de vaten in de kelder moet verwisseld worden.'

Lorna keek hem na toen hij zich een weg baande door de volle pub. Savannah, besefte ze, verloor hem ook niet uit het oog. Ze draaide zich om op de barkruk, zodat haar roze rokje helemaal omhoog schoof over haar dijen. Het was Lorna niet ontgaan dat de sfeer tussen hen die avond gespannen was.

'Ik heb je vader en moeder hier al een tijdje niet meer gezien.' Ze stak een sigaret op en bood Savannah er een aan.

'Allicht, ze zijn hier al een tijd niet meer geweest.' Savannah besefte dat ze onbeleefder klonk dan de bedoeling was geweest. Ze pakte een sigaret waar ze eigenlijk geen zin in had en probeerde het goed te maken. 'Ze hebben het erg druk. Met werk en zo.'

Lorna was geen type dat om de hete brij heen draait. Ze plantte haar ellebogen op de bar en nam geen blad voor de mond. 'Oliver is vanavond zichzelf niet.'

Savannah gaf er geen antwoord op; ze haalde haar schouders op en nam een trekje van de sigaret.

'Luister, het is een fijne knul. Ik ben erg op hem gesteld,' zei Lorna, 'en er is iets. Nu is hij even weg, dus waarom vertel je me niet waar hij mee omhoogzit?'

Omhoog. Hoe toepasselijk.

Savannah wilde wel huilen. Ze droeg haar kortste rokje, en Oliver had die avond niet één keer naar haar benen gekeken. Ze had zich zelfs in een te strakke push-up beha geperst – het ding zat vreselijk, maar het resultaat was dramatisch – en als je afging op de aandacht die hij aan haar decolleté had besteed, had ze net zo goed een jutezak kunnen dragen.

Het zag ernaar uit dat Oliver niet alleen impotent was. Hij was in een regelrechte eunuch veranderd.

'Er is niets,' zei Savannah verbitterd, zonder Lorna aan te kijken. 'Helemaal niets.'

'Het is tien uur,' klonk de ijzige beschuldiging toen Lili de zitkamer binnenglipte, alsof ze door het heimelijk te doen kon voorkomen dat Eleanor zag hoe laat het was.

'Ik weet het. Sorry.'

Lili was buiten adem van het rennen en een tikje onvast ter been. Ze probeerde door haar neus adem te halen zodat Eleanor de geur van alcohol niet zou ruiken. Lieve help, ze klonk als een stoomtrein.

'Je bent laat.'

Opstandig vroeg Lili zich af waarom zij altijd de uitbranders moest krijgen. Michael was ook laat, later dan zij, maar Eleanor zou er niet over peinzen om te laten doorschemeren dat hij een onnadenkende, nalatige vader was. O nee, Michael was haar lieve zoontje, dacht Lili, en dat maakte hem perfect.

Toch dwong ze zichzelf gepast berouwvol te kijken. 'Het spijt me echt. Het zal niet nog een keer gebeuren. Heeft er eh... nog iemand gebeld?'

'Zoals?'

Zoals Drew, jij bemoeizieke ouwe heks. 'Ik weet het niet.' Lili haalde haar schouders op. 'Iemand.'

Eleanor schudde haar hoofd. 'Alleen een man die dubbele beglazing verkocht. Ik heb gezegd dat je geen belangstelling had.'

Lili's hart maakte een achterwaartse salto. Was het Drew geweest? Na nog wat meer slijmen en nadat Eleanor weg was, belde ze inlichtingen om het nummer van de beller op te vragen.

Een geheim nummer.

Jakkes.

Bedelen was makkelijker gezegd dan gedaan. Dizzy had in vijf uur tijd tweeënzeventig penny opgehaald en een klef broodje cornedbeef gekregen van een lief oud vrouwtje dat een hele tirade tegen hem had afgestoken over het opbiechten van zijn zonden bij Onze-Lieve-Heer en bidden voor toelating in het koninkrijk der hemelen.

'Dat mens blaft, makker. Blaffende Beryl noemen we haar,' vertelde de magere jongen met geel geverfd haar die naast hem hurkte in het portiek. 'Pas op met dat broodje. Het is geen cornedbeef, het is Pedigree Pal. Hé, gave deken.'

'Gejat,' mompelde Dizzy. In stilte gaf hij de plaid de schuld van zijn magere verdiensten. Hij had er wat vuil op gesmeerd, maar authentiek was het nog steeds niet.

'Van wie, de koningin soms?' De jongen grijnsde. 'Trouwens, ik ben Skunk. Heb je wat op zak?' Hij knipoogde en klopte op het groezelige borstzakje van zijn denim shirt.

'Eh... nee.'

'Nou, als je ergens trek in hebt, moet je bij mij zijn. De mazzel.' De jongen gaf Dizzy een vriendschappelijke por in de ribben en hees zich overeind.

'Ja gaaf.' Dizzy knikte en onderdrukte een geeuw. Het was een veelbewogen dag geweest. 'Maar ik ga eerst pitten.'

Een uur later werd hij rillend wakker, minus zijn moeders plaid. De sporttas was ook weg.

Dit begint er meer op te lijken, dacht Dizzy, maar hij was opgelucht dat zijn portemonnee nog in de voorzak van zijn spijkerbroek zat. Dit is echter.

Hij ging weer liggen in het portiek van de kiosk en stelde zich de chaos thuis voor. Zijn ouders zouden gek zijn van de zorgen, ze zouden de politie al wel hebben gebeld. Het nieuws dat hij werd vermist zou als een lopend vuurtje door het dorp gaan en Moll zou zich vreselijk schuldig voelen.

Tevreden sloot Dizzy zijn ogen. Hij zag zijn moeder en zus voor zich, allebei ontroostbaar, en zijn vader, helemaal over zijn toeren, die de politie vertelde dat hij er alles voor over had, bereid was elk bedrag te betalen, als hij zijn zoon maar gezond en wel terugkreeg.

Stom, dacht hij vlak voordat hij weer in slaap viel, ik had losgeld moeten eisen in een briefje.


April hoefde het bewijs niet in de spiegel boven de wastafel te zien om te weten dat ze er tegenwoordig anders uitzag; ze wist dat ze er anders uitzag. Ze voelde zich ook anders, alsof haar hele persoonlijkheid jarenlang in een te klein doosje opgesloten had gezeten en nu eindelijk vrij was.

Iedereen op het werk had de metamorfose opgemerkt – de verpleegsters, de schoonmakers, een aantal artsen. Laatst had Doug Flynn nog naar haar geknipoogd toen hij voor de balie stond. 'Ik weet niet wat je gebruikt, schatje,' had hij gezegd, 'maar ik zou er best wat van willen hebben.'

Ze had gebloosd, uiteraard – dat was niet veranderd – en Rosie, de co-assistent, had er grijnzend op ingehaakt. 'Volgens mij heeft April de loterij gewonnen en vertelt ze het ons niet.'

Beter dan dat, had April willen zeggen, want het winnen van X mil-joen pond was niets vergeleken bij verliefd worden op de fijnste en leukste man van de wereld, vooral als je de hoop om ooit geluk te vinden al had opgegeven.

Er werd op de badkamerdeur geklopt voordat Michael binnenkwam. 'Wat doe je allemaal? Je doet er zo lang over.' Hij kwam achter haar staan en legde zijn armen om haar middel. 'Kom onmiddellijk terug in bed,' gromde hij.

Ze glimlachten naar elkaar in de spiegel en Michael deed alsof hij in haar nek beet.

'Ik bedacht net dat ik een geluksvogel ben.' April leunde achterover tegen hem aan. O, wat genoot ze van zijn kracht, het gevoel dat ze volkomen veilig was.

'Ik bedacht net dat ik erg eenzaam was, helemaal in mijn eentje in dat grote oude bed.'

Lachend liet ze zich door hem terugdragen naar de slaapkamer, en opnieuw bedreef hij de liefde met haar. Met Michael kon ze zich he-lemaal laten gaan; zijn enthousiasme was aanstekelijk. Voor April voelde het alsof ze haar hele leven lang op een zeer streng dieet was geweest en een smulpaap haar nu met het genot van echt eten liet ken-nismaken.

'De volgende keer moeten we jouw bed eens uitproberen,' zei ze la-ter, met haar hoofd genesteld tegen zijn schouder. 'Ik heb je huis zelfs nog niet gezien.'

'Het wordt geschilderd, dat heb ik je al verteld.' Over haar hoofd keek Michael op zijn horloge; het was al halfelf. 'Je breekt je nek over de verfpotten en de stoflakens.'

'Dat vind ik niet erg. Ik wil gewoon graag zien waar je woont.'

'Het is een troep, en ik vind het wel erg.' Hij gaf haar een kus. 'Jeetje, ik zweet helemaal. Is het goed als ik even een douche neem voordat ik wegga?'

Ging hij weg?

'Neem maar een douche als je wilt, maar ga alsjeblieft niet weg,' smeekte April terwijl ze zijn sleutelbeen streelde. 'Alsjeblieft.'

'Ik moet weg.'

'Waarom? Kunnen de verfpotten niet zonder je?'

Michael zuchtte. Het ging niet, dit werd te ingewikkeld. Hij moest het haar vertellen.

'April, luister naar me.'

'Hmm?'

Ze drukte een spoor van kusjes op zijn borst.

'Ik heb je verteld dat mijn vrouw en ik uit elkaar zijn.'

Geschrokken kwam Aprils hoofd omhoog.

'En dat is ook zo,' voegde Michael er vlug aan toe. 'Ik bedoel, ons huwelijk is voorbij, dat zweer ik je...'

'Maar...' April keek hem doodsbang aan, haar ogen even groot als die van Bambi. 'Maar wat?'

'Maar ik heb door de overspannen huizenmarkt nog geen eigen huis kunnen vinden.'

Aprils hart bonsde pijnlijk tegen haar ribben. 'Woon je nog bij je vrouw?' fluisterde ze.

Michael knikte. 'We hebben gescheiden levens. Ik slaap uiteraard in de logeerkamer. Maar je moet begrijpen dat ik je niet mee naar huis kan nemen om je aan mijn gezin voor te stellen. Dat zou eh... wreed zijn.'

April was te geschrokken om te huilen. In gedachten hoorde ze Bernadettes stem, die haar laatst aan de telefoon voorzichtig had gewaarschuwd voor blind enthousiasme omdat 'dingen mis konden gaan'.

'Waarom doe je dat nou?' had ze tijdens dat gesprek gezegd, nijdig over Bernadettes sombere voorspellingen. 'Ik ben gelukkig. Er gaat niets mis. Probeer me toch geen depressie aan te praten.'

Bernadette had geprobeerd haar tot bedaren te brengen. 'Dat doe ik niet, ik wil gewoon niet dat hij je verdriet doet.'

'Verwissel die plaat,' had ze gesnauwd, 'deze is kapot.'

'April, er is niets veranderd.' Michael stapte uit bed. 'Ik hou nog steeds van je. Maar ik begrijp het wel als je me niet meer wilt zien.'

Hij keek verdrietig toen hij naar de badkamer liep. April lag in bed naar het gedempte klateren van de douche te luisteren.

O Heer, ik wil hem niet verliezen, niet nu.

En hij had gelijk, dacht ze, bijtend op een duimnagel, er was inderdaad niets veranderd. Ze hadden nog steeds dezelfde gevoelens voor elkaar, ja toch?

Toegegeven, het was lastig, maar dat was niet Michaels schuld.

Het was ook niet het einde van de wereld.

In feite was het vinden van een huis het enige probleem.

Toen Michael met een van haar roze handdoeken om zijn heupen de badkamer uitkwam, strekte April haar armen naar hem uit.

'Het spijt me. Het kwam door de schrik, dat is alles.' Ze klampte zich aan hem vast. 'Ik hou ook van jou.'

## 47

Toby had eindeloos geprobeerd Jessie te bellen maar er werd nog steeds niet opgenomen.

'Wat raar.' Deborah kwam zijn werkkamer binnen. 'Ik dacht dat Dizzy op zijn kamer was, maar ik ben er net geweest en hij is er niet.'

Het bewees hoe bedroevend hun huwelijk ervoor stond, dacht Toby, dat dit de eerste woorden waren die ze die hele dag tegen hem had gezegd. Ze waren net twee vreemden, besefte hij, in de wachtkamer van een ziekenhuis. Opzettelijk vermeden ze oogcontact en allebei gingen ze op in hun eigen gedachten. De prettige verstandhouding tussen hen behoorde tot het verleden.

Het was zelfs zo erg dat het hem niet eens kon schelen.

Nog steeds geen gehoor. Vermoeid hing Toby op. 'Waar is hij dan? Ik heb hem niet gezien.'

Deborah haalde haar schouders op. 'Geen idee.'

Toen Toby weer beneden kwam, was ze in de keuken bezig crackertjes met brie te besmeren.

'Zijn walkman is weg. En zijn gameboy. En er ontbreken wat toiletartikelen,' kondigde hij grimmig aan.

Deborah keek op. 'Bedoel je dat hij ze heeft meegenomen? Is hij weggelopen? Zijn er ook kleren weg?'

'Dat weet ik niet. De kast is niet leeg, als je dat soms bedoelt.' Toby streek met zijn vingers door zijn blonde haar. 'Maar er kunnen best dingen ontbreken.'

'Toby! Wat doen we nu?'

'Ik probeer de pub, daar is Savannah. Misschien heeft hij iets tegen haar gezegd.'

Deborah likte kleverige brie van haar vingers. 'Ga je ook naar Jess?'

'Misschien.'

Was Jessie niet thuis of nam ze gewoon de telefoon niet op?

'Je hebt vannacht bij haar geslapen.'

Toby's ogen flikkerden niet. 'Ja.'

'Het geeft niet,' zei Deborah met een flets glimlachje. 'Ik had al tegen haar gezegd dat je zou komen.'

'Dizzy?' Jessie stond in de deuropening van haar huis en fronste haar wenkbrauwen. 'Ja, ik heb hem gezien. Ik heb hem vanmiddag een lift gegeven naar het busstation.'

Toby ademde langzaam uit. 'Het busstation. Heeft hij gezegd waar hij naartoe ging?'

'Natuurlijk. Hij ging bij een vriend in Londen logeren.' Ze keek verbaasd. 'Heeft Deborah je dat dan niet verteld?'

'Deborah is net in zijn kamer geweest en ze kwam tot de ontdekking
dat hij weg was.'

'Maar hij zei dat ze het een goed idee vond. Nou ja, het is wel duidelijk dat hij loog. Sorry.' Jessie schudde haar hoofd. 'Ik zag hem bij
de bushalte staan met zijn tas en ik dacht dat ik hem een plezier deed.'

'Was hij van streek?'

'Nee. Integendeel, hij was erg vrolijk.'

'Mag ik binnenkomen?' vroeg Toby.

'Wat ga je doen, de politie bellen?'

Hij aarzelde. 'Nee, nu nog niet. Ik heb ergens de telefoonnummers
van zijn vrienden. Ik zal er morgen een paar bellen en proberen of ik
hem kan opsporen.' Strak keek hij Jessie aan. 'Toch wil ik graag binnenkomen. Ik probeer je al twee uur te bellen.'

'Luister, het was helemaal verkeerd wat we vannacht hebben gedaan.'
Jessie volgde hem naar de schemerdonkere zitkamer maar ging niet
zitten. Ze frummelde aan de mouwen van haar grijze sweater, trok
ze over haar handen en sloeg haar armen over elkaar.

'Het was niet verkeerd,' zei Toby kalm. 'Je weet hoeveel ik van je hou.'

'Deborah is je ontrouw geweest, dus nu ben je haar ontrouw geweest.
Het was wraak.' Jessie knipperde tranen weg en draaide zich om. 'Je
kunt iets verkeerds niet rechtvaardigen omdat een ander fout zat.'

Toby vond van wel. 'Jess, je bent niet...'

'Ik had vannacht niet met je moeten slapen en ik doe het beslist niet
nog een keer.'

Eerst Dizzy, nu dit. Het was te veel op één avond.

'Waarom niet?' vroeg Toby met een somber voorgevoel.

'Omdat het vernederend is. Als je Deborah nog een keer iets betaald
wilt zetten, ga je maar met iemand anders naar bed.' Jessie meende
wat ze zei. 'Laten zij dan maar merken hoe het voelt om de troostprijs te zijn.'

Ondanks de vele glazen wijn die ze achterover had geslagen, werd Lili direct wakker zodra de slaapkamerdeur openging. Door haar wimpers keek ze naar Michael, die op zijn tenen door de kamer liep, zijn
kleren uittrok en op de grond liet vallen, zodat zij ze de volgende ochtend kon oprapen. Alles behalve zijn broek, die om de een of andere
reden uitgezonderd was van dit ritueel. De broek werd altijd keurig
opgevouwen en opgehangen.

In een grijs verleden, herinnerde Lili zich, had ze deze gril grappig gevonden.

'Ik ben wakker,' mompelde ze toen hij naast haar in bed kroop.
'Ssst, ga nou maar slapen.'
'Heb je gewonnen?'
'Wat?'
'Het partijtje snooker.'
'In de halve finale uitgeschakeld. Ik miste de roze.'
'Pech. Welterusten.'
Michael klopte op haar dij en boog zich over haar heen om haar een vluchtig kusje op haar oor te geven. In een flits vroeg Lili zich zorgelijk af of hij met haar wilde vrijen, maar hij draaide zich op zijn zij en trok het dekbed over zijn schouder. Gebarentaal voor: welterusten, schat.

Lili sliep al weer half toen ze een vaag vleugje magnolia opving. Diep in haar onderbewustzijn trof het haar dat Michael voor een man die net zes uur in een rokerige snookerclub had doorgebracht verbazingwekkend schoon rook.


'Hé jij! Hoepel op.'
Dizzy knipperde met zijn ogen. Zijn gezicht vertrok van pijn toen een niet al te zachtzinnige schoen in zijn rug porde.
'Au. Hoe laat is het?'
'Halfvijf.'
'Wát?'
Het kakelende lachje van de man boven hem klonk onsympathiek. 'Je zult wel een groentje zijn, anders zou je niet in mijn portiek zijn gaan slapen. Dit is een kiosk, vriend. Als je uit wilt slapen, probeer het dan bij de schoenwinkel hiernaast. Die gaat pas om negen uur open.'
Dizzy had pech. Het portiek van de schoenwinkel was al bezet, net als de meeste andere portieken in de straat. Nu begreep hij waarom de andere daklozen hem de vorige avond besmuikt hadden uitgelachen.
Hij had het zelfs gepresteerd om het verkeerde portiek te kiezen.

Tegen lunchtijd was het leven op straat allang niet spannend meer. Dizzy was opnieuw in het nauw gedreven door Blaffende Beryl en had tegen wil en dank naar een hoofdstuk uit de bijbel moeten luisteren. Twee tienerjongens die langs zoefden op skateboards hadden naar hem gespuugd, jammer genoeg nog goed gemikt ook. Een zakenman van middelbare leeftijd had hem een stuk vuil genoemd. En toen een knap meisje iets in zijn omgekeerde honkbalpet had gegooid, had Dizzy 'Bedankt!' geroepen voordat hij besefte dat het geen muntstuk was maar een prop uitgekauwde kauwgum.

Het gemis van de walkman was ook al geen pretje. De tijd ging erg langzaam zonder U2 en Oasis die gaten schetterden in je trommelvliezen.

Het ging van kwaad tot erger. Aangezien Dizzy geen gevoel meer had in zijn billen van het zitten op straat, ging hij naar een parkje waar hij zich dankbaar op het zachtere gras liet zakken. Pas een uur later, toen hij zich omdraaide op zoek naar nieuwe madeliefjes voor zijn krans, ontdekte hij een gebruikte spuit – compleet met bloederige naald – onder het blad van een paardenbloem, niet meer dan een paar centimeter van zijn daarnet nog verdoofde achterste. Hij stelde zich de consequenties voor als hij erin was gaan zitten en begon te trillen. De meest vreselijke beelden van hemzelf, stervend aan aids, kwamen hem voor ogen.

Dizzy rende het park uit, stak de straat over en stortte zich in de warme, uitnodigende en verrukkelijk vertrouwde armen van de Burger King. Maar zelfs het parmantige meisje achter de toonbank leek niet zo stralend naar hem te glimlachen als naar de andere klanten. Hij ging aan een tafeltje voor het raam zitten en snuffelde heimelijk aan zijn oksels. Zonder deodorant en schone kleren begon hij onmiskenbaar te stinken.

Jakkes, je had ook nog zoiets als *te* echt.

Hij betrapte zichzelf erop dat hij verlangend naar de telefooncel aan de overkant van de straat staarde. Kon hij Baz bellen, zijn beste vriend van school, en vragen of hij een paar dagen mocht komen logeren? Dan kon hij in bad, zijn haar wassen en in een echt bed slapen. Misschien kon hij zelfs een walkman lenen.

Nee, dat ging niet. Mistroostig plukte Dizzy een blaadje sla van zijn Whopper. De moeder van Baz zou achterdochtig zijn; ze zou zijn moeder bellen en alles verraden. Hoe verleidelijk de gedachte aan een warm bad ook was – en Dizzy had nooit verwacht zichzelf dát nog eens te horen denken – het ging gewoon niet. Hij wilde dat zijn ouders – en Moll natuurlijk, en zelfs die stomme Harriet Ferguson – helemaal gek zouden worden van de zorgen om hem. En hoe konden ze nou gek worden van de zorgen als ze wisten dat hij zich lekker liet verwennen in het kolossale huis – bijna een paleis – van Baz' moeder in Kensington? Opeens werd Dizzy gegrepen door een grote golf heimwee. Hij plukte zijn broodje uit elkaar, draaide er balletjes van en zag een meisje met een honkbalpet op rolschaatsen de telefooncel ingaan. Ze droeg een roze short en zo'n piepklein topje van stretchspul, en toen ze de pet afzette, zag hij dat ze lang, zilverblond haar had.

Het effect was zowel fascinerend als vertrouwd. Ze leek heel erg op Sav, besefte Dizzy.

Grote goden, je moest wel goed in de put zitten als je je eigen secreet van een zuster begon te missen.

Savannah lakte haar teennagels wit toen de telefoon rinkelde. Mopperend van ergernis waggelde ze als een gans door de kamer om op te nemen.
'Hallo?'
Niets.
'Hallo?'
Nog steeds niets.
'Zeg, is daar iemand?' vroeg ze geprikkeld. 'Dit begint saai te worden.'
Geen antwoord.
'Ook goed.' Ze hing op.
In Londen hing Dizzy ook op, diep teleurgesteld.
Zijn fantasie over mensen die krankzinnig werden van de zorgen kon overboord.
Toen hij de deur van de telefooncel, die rook naar het goedkope parfum van het meisje, openduwde, kwam er een vreselijke gedachte bij Dizzy op.
Stel nou dat niemand had gemerkt dat hij weg was?

## 48

'Ik ben verbaasd dat ik nog door de deur paste, zo lang voelt mijn neus,' zei Lili. 'Ik heb nog nooit van mijn leven zoveel leugens verteld.'
'Ik ben blij dat je er bent.'
Drew had alleen maar aan haar kunnen denken; hij had die nacht nauwelijks een oog dichtgedaan. Hij wilde Lili kussen, maar er waren drie assistentes in de kamer ernaast en de deur kon elk moment openzwaaien.
In plaats daarvan tilde hij Bliksem op de onderzoektafel en aaide zijn oren.
Bliksem kwispelde.
'Er is niets met hem aan de hand, neem ik aan?'
Lili bloosde en schudde haar hoofd.
'Ik heb tegen Michael gezegd dat hij een tennisbal heeft ingeslikt.'
Bliksem keek uiterst verbaasd.

'Maar ik bedacht dat er massa's röntgenfoto's gemaakt moesten worden als ik dat tegen je assistente zou zeggen, dus heb ik gezegd dat
hij een paar keer heeft overgegeven.'
Bliksem hijgde vrolijk en likte Drews hand.
'We zeggen gewoon dat hij iets verkeerds heeft gegeten. En je kunt
tegen Michael zeggen dat de tennisbal er eh... via de natuurlijke weg
is uitgekomen.'
De bruine ogen van de hond kregen een gepijnigde uitdrukking.
'Au,' zei Lili.
Drew keek haar aan. 'Ik heb trouwens medelijden met de volgende
arme drommel die je schoonmoeder dubbele ruiten probeert te verkopen.'
'Dus jij was het.' Ze grijnsde. 'Dat dacht ik al, maar het was een ge-
heim nummer.'
'Tja, je woont niet met Doug Flynn in één huis zonder dat je een paar
trucjes leert.' Nu werd hij ernstig. 'Ik zag jou en Jess gisteravond weg-
gaan. Hoe ging het?'
'Felicity reageerde geweldig. Ze zal het aan niemand vertellen. Zij en
Hugh zijn uit elkaar,' voegde Lili er kort aan toe, zonder de details
te vermelden. 'Ze huilde omdat ze jaloers was dat ik een man en een
gespierde minnaar heb.'
'Gespierd!' Hij was Jean-Claude van Damme niet. 'Ik ben niet ge-
spierd.'
Lili vond van wel. 'Je bent ook niet mijn minnaar.'
Nee, maar dat wil ik wel, dacht Drew.
De geladen stilte werd verbroken door Fiona, een van de assistentes,
die haar hoofd om de hoek van de deur stak.
'Drew, mevrouw Childerley is er met haar boa constrictor. Kun je
naar hem kijken voordat hij Richie Bigelows poesje opvreet?'
Opgelucht dat hij niet langer voor spek en bonen meedeed, sprong
Bliksem van de tafel en likte Fiona's hand.
'Ja hoor, we zijn bijna klaar. Ik kom er zo aan,' zei Drew een beetje
te hartelijk.
'Je hebt het druk,' zei Lili toen de deur weer dicht was. 'Ik had niet
moeten komen. Ik had je gewoon moeten bellen om dit te vertellen.'
Maar ze had de verleiding niet kunnen weerstaan. Een telefoontje zou
niet genoeg zijn geweest. Alleen al bij de gedachte dat ze Drew weer
zou zien, was ze weer helemaal gaan bubbelen, als een glas prik.
Het was een ernstige verslaving en Lili kon geen nee zeggen.
'Dit is beter dan een telefoontje.' Drew herkende het verlangen; hij
had het zelf ook. Snel verraste hij Lili door een kus op haar half geopende mond te drukken. Ze smaakte naar fruitsnoepjes.

Iemand gilde in de wachtkamer. 'Stoute jongen, Percy!' mopperde een vrouwenstem. 'Die dame wil jou niet op schoot.'

'Probeer vanmiddag tijd te maken. Ik ben om drie uur klaar,' mompelde Drew, en liefdevol streelde hij Lili's haar. 'Bel me.'

Lili knikte stralend. Ik heb al bijna overspel gepleegd, dacht ze verbaasd. Ik zou me moeten schamen.

Maar hoe kon iets wat zo slecht was zo goed voelen?


Savannah lag in de zon op het terras toen ze Toby en Deborah thuis hoorde komen. Ze waren naar de politie in Harleston gegaan om Dizzy als vermist op te geven. Met haar hand boven haar ogen tegen de hoogstaande zon bedacht Savannah hoe wanhopig en bezorgd haar vader eruitzag.

'Is er nieuws?' vroeg hij. 'Is er gebeld?'

'Nee. Toch wel,' voegde ze er naar waarheid aan toe, 'maar er was niemand aan de andere kant.'

Toby fronste. 'Bedoel je dat de beller niets zei?'

Savannah haalde haar schouders op. 'Zoiets.'

'Misschien was het Dizzy wel.'

Zou dat echt kunnen? Even voelde ze zich schuldig. 'Dat is stom. Waarom zou hij opbellen en niets zeggen?'

Toby zuchtte. 'Ik moet een paar foto's van Dizzy naar het politiebureau brengen. Als de telefoon nog een keer gaat, laat je moeder dan opnemen.'

'Gaan ze hem zoeken?' vroeg Savannah vrolijk. 'Net als in die film met Harrison Ford... je weet wel, *The Fugitive*?' Ze stelde zich helikopters voor die luidruchtig rondcirkelden, rijen politieauto's die Dizzy in het nauw dreven, agenten met megafoons die hem opdroegen zich over te geven...

'Ze hebben zijn gegevens genoteerd,' zei Toby, 'meer niet.'

Savannah keek teleurgesteld. 'Wat hebben ze daar nou aan?'

Toby schudde zijn hoofd. Daar hadden ze wat aan als ze een lijk dat uit de Thames werd gevist konden vergelijken met de beschrijving van vermiste personen.

Maar dat kon hij niet tegen Savannah zeggen.

'Meer kunnen ze op dit moment niet doen.' Terwijl hij met zijn vingers door zijn haar streek, bedacht hij dat hij inlichtingen kon bellen om naar het nummer van de laatste beller te informeren. Dan kon hij terugbellen, en misschien dat Dizzy – als het Dizzy was geweest – er nog was.

Maar toen hij terugliep naar het huis, ging de telefoon opnieuw.

'Wie was dat?' vroeg hij nadat Deborah had neergelegd.

'De moeder van Baz. Ze heeft Dizzy niet gezien en ze vroeg of we al iets hadden gehoord.'

'Fijn.' Nu had het ook geen zin meer om naar het nummer te informeren.

Toby bladerde in het fotoalbum dat Deborah naar de keuken had gebracht en haalde er drie recente foto's van Dizzy uit.

'Dan ga ik maar. Ik ben over een uur terug.'

Dizzy zou zich wel redden, stelde Deborah zichzelf gerust. Hij was een puber in een moeilijke fase en zou vanzelf wel weer terugkomen. Toby was in alle staten over zijn verdwijning, maar zoals gewoonlijk maakte hij van een mug een olifant. Typisch iets voor een acteur, dacht Deborah. Meteen een drama maken van de hele situatie en automatisch aan het ergste denken.

De voordeur viel achter Toby dicht, en Savannah kwam de keuken binnen, bezig een felgroen T-shirt aan te trekken over haar bikini. 'Ik ga even naar de pub,' kondigde ze aan. 'Oliver staat achter de bar.'

'Goed idee, lieverd.'

Vertederd keek Deborah haar na. Toen draaide ze het nummer van Keeper's Cottage.

Doug nam op. 'Ik ben vrij,' mompelde ze.


Het was allemaal leuk en aardig om je voor te nemen geen amoureuze betrekkingen aan te knopen met iemand die zo riskant was als Deborah Gillespie, maar als je de telefoon opnam en je hoorde die zwoele stem een uitnodiging in je oor fluisteren, was de voor de hand liggende reactie niet: 'Tja, lief dat je het aanbiedt, maar ik heb het druk.' En bovendien had Doug het niet druk.

Het was een veel leukere manier om veertig minuten door te brengen dan lezen over de nieuwste farmaceutische behandeling van syfilis.


'Waar kom jij in godsnaam vandaan?' Jamie was in de keuken eieren aan het bakken en staarde perplex naar Doug, die in de openstaande achterdeur opdoemde. 'Ik kom een halfuur geleden thuis. Je auto staat voor de deur en er was niemand thuis.' Verbijsterd schudde hij zijn hoofd. 'Wat deed je daar?'

Die vraag was niet vreemd. De tuin van Keeper's Cottage was een jungle van bijna manshoog gras en onkruid. Niemand waagde zich uit eigen vrije wil in dat oerwoud.

Afgezien van Doug uiteraard, als hij discreet over de achtermuur sprong.

'Ik heb iets over graancirkels gezien op tv. Ik vroeg me af hoe ze ontstaan, dat is alles.'

Jamies eieren brandden aan. Hij fronste en prikte erin. 'Graancirkels? Je gaat me toch niet vertellen dat je de tuin op onkruidcirkels hebt gecontroleerd?'

Doug rekte zich uit en gaapte. 'Dat was het idee, ja. Ik ben gaan zitten om erover na te denken en ik moet in slaap zijn gevallen. Toen ik wakker werd, was het een uur later en hoorde ik jou met potten en pannen smijten.'

'Ben je in slaap gevallen in de tuin?' Jamie klonk nog steeds niet overtuigd. 'Maar er is niet eens plek om te gaan liggen, je moet...'

Doug werd gered door Melinda, die met een plof op de grond viel. Jamies Melinda Massenger-kalender, gesigneerd door Melinda zelf, was zijn meest gekoesterde bezit. Hij haastte zich om haar te redden. Het was al de derde keer in een week tijd dat ze dit had gedaan.

'Sla een spijker in de muur,' merkte Doug op. 'Plakband is niet sterk genoeg.'

Dougs onwaarschijnlijke middagdutje in de tuin was op slag vergeten. Jamie bekommerde zich alleen nog om Melinda.

Gelukkig was ze ongeschonden. Teder streelde hij haar kolossale boezem.

'Arme schat. Het komt natuurlijk door het gewicht van haar borsten.'


Dizzy haalde diep adem, wierp munten in de gleuf en probeerde het nog een keer.

Tot zijn opluchting nam zijn vader dit keer op.

'Hallo?'

Dizzy zei niets.

'Dizzy, ben jij het?'

Ja, ja, ik ben het!

'Dizzy, als jij het bent, zeg dan iets. We willen weten of je gezond bent.'

Ha, dus jullie hebben gemerkt dat ik weg ben.

'Luister Dizzy, we willen dat je thuiskomt. We houden van je. We missen je. Alsjeblieft.' Toby's bezorgde stem begon te kraken van emotie. 'Dat is het enige dat telt. Ik weet dat de situatie de laatste tijd niet makkelijk is geweest, maar daar vinden we wel wat op. We willen dat je weer bij ons bent.'

Stilte.

'En we worden heus niet kwaad op je omdat je bent weggelopen en geld hebt gepikt.'

Aha, dus de melkboer had zich gemeld.

'Dizzy, zeg iets tegen me. Je moeder is gek van de zorgen. Wij allemaal.'

Wat, zelfs Savannah?
'Dizzy, alsjeblieft...'
De piepjes klonken.
Dizzy legde de hoorn op de haak en liep in zichzelf glimlachend de telefooncel uit.
Eindelijk resultaat!
Maar hij ging nog niet meteen naar huis.

49

Lili keek door het keukenraam naar Michael, die in de tuin met Will op zijn schouders tikkertje speelde met Lottie. Ze hoorde de kinderen kraaien van pret toen Lottie door een bloembed rende en Michael brullend als een dinosaurus achter haar aan galoppeerde. 'Nog een keer, papa!' Will stikte van het lachen. 'Nog een keer!'
Normaal gesproken nam Michael nooit de moeite om wilde spelletjes met ze te doen, dus genoten ze des te meer als hij het wel deed.
Het was nog verbazingwekkender dat hij bezig was geweest met de afwas toen ze terugkwam uit Harleston.
Lili wenste dat hij niet uitgerekend deze dag had gekozen om voor modelvader en -echtgenoot te spelen.
'Pak me dan als je kan!' gilde Lottie. Haar Pocahontas-broekje piepte onder haar rok vandaan toen ze het speelhuis in dook.
'Blazen, papa, blazen!' brulde Will. 'Blaas het huis omver!'
Gehoorzaam begon Michael uit alle macht te blazen. Waar ben ik nou mee bezig, vroeg Lili zich af. Hoe kan ik zelfs maar overwegen om een verhouding met Drew te beginnen?
Gisteren was het zoveel makkelijker geweest. Toen Drew voorzichtig naar haar huwelijk had geïnformeerd, had ze zichzelf er bijna van weten te overtuigen dat het niet zo heel erg zou zijn als ze met hem sliep, omdat Michael haar in het verleden waarschijnlijk ontrouw was geweest.
En als dat zo was, was zij nu aan de beurt, eerlijk is eerlijk.
Maar ik heb geen bewijs, dacht Lili schuldbewust. Misschien wil ik wel dat hij me ontrouw is geweest, om mijn eigen slippertje te rechtvaardigen.
En als hij nou nooit vreemd was gegaan? Stel nou dat hij wel in de verleiding was geweest maar altijd nee had gezegd, omdat hij getrouwd was, gelukkig getrouwd?

Lieve help.

'Is de lunch klaar?' Michael kwam de keuken binnen met een kind onder elke arm. 'We hebben trek.'

'Ik kan wel een hele dinosaurus op.' Lottie giechelde.

'Poep,' kondigde Will trots aan. 'Grote poep.'

'Nou, dat is jouw afdeling.' Snel gaf Michael zijn zoon aan Lili. 'Ik ga mijn spullen pakken terwijl jij zijn luier verschoont. Waar is mijn cricketbroek? In de droogkast?'

'Je cricketbroek?'

'Ik raakte gisteravond in de snookerclub aan de praat met een van de jongens. Ik heb hem verteld dat ik in geen eeuwen meer heb gespeeld, maar hij bood me toch een plek aan in zijn team. We spelen vanmiddag een wedstrijd.'

'Voor wie?' vroeg Lili verbaasd.

'Een of andere pub heeft het georganiseerd. Ik dacht dat je het niet erg zou vinden.' Michael klonk gepikeerd. 'Heb ik soms niet lang genoeg met de kinderen gespeeld? En ik heb de hele afwas gedaan.'

'Ik vind het niet erg,' verzekerde Lili hem met een stralende glimlach. Als hij aardig kon zijn, kon zij het ook. Misschien was dat wel wat hun huwelijk nodig had, een beetje extra inzet. 'Het is een prachtige middag, we kunnen komen kijken. Ik maak wel een picknick klaar, dan kunnen we je team aanmoedigen en jou.'

'Het probleem is dat ze uit spelen. Geen idee waar. Ik weet alleen dat we om vier uur worden opgepikt met een bus... eh... een minibus.'

'O. Dus je bent pas terug om...'

'Geen flauw idee.' Michael haalde zijn schouders op en kietelde Will in zijn nek, waarop er een blije kreet door de keuken weerklonk. 'Laat.'

Lili knikte. Het betekende dat ze Drew niet kon zien.

Hmm, misschien was dat maar goed ook.

Het was geen echt prettige situatie, de dorpswinkel binnenkomen en onverwacht oog in oog staan met de vrouw van iemand met wie je kortgeleden had geslapen.

Het was nog onprettiger als je er belazerd uitzag, terwijl zij charmanter en sprankelender was dan Sophia Loren en Diana Ross bij elkaar.

Jessie, die onderweg van haar werk naar huis even naar de winkel was gegaan om melk en wc-papier – *très chic* – te kopen, was zich scherp bewust van haar glimmende, onopgemaakte gezicht, slordige haar en smerige tuinbroek. Haar mauve T-shirt vertoonde zweetplekken onder de oksels, en er zaten vegen van flesgroene verf op haar gezicht en borst.

O ja, en ze stonk naar terpentijn.

'Hai Jess!' Deborah betaalde haar *Vogue* en wachtte terwijl Jessie melk kocht.

Het wc-papier moest wachten. Jessie vertikte het om dat te kopen waar Deborah bij was.

'Het lijkt wel of je de groene mazelen hebt,' liet Deborah haar opgewekt weten toen ze weer buiten stonden.

'Ik weet het. Ik schilder een plafond met de roller.' Jessie wreef over haar bespikkelde onderarmen om iets te doen te hebben. 'Zeg, hoe gaat, eh... alles?'

Deborah haalde haar schouders op en leunde tegen de stoffige voorkant van Jessies bestelauto. 'Nog geen nieuws over Dizzy. Toby is naar Londen gegaan om hem te zoeken, ook al heb ik hem gezegd dat het zinloos is om in het wilde weg door de straten te zwalken. Toch blijven we hopen.' Ze speelde met de pootjes van haar zonnebril en keek naar Jessie. 'Wat mij en Toby betreft – jij weet net zoveel als ik. We slaan ons erdoorheen, we leven met de dag.'

'Nou... mooi.'

Jessie wist niet of ze het meende. Ze wist niet wat ze anders moest zeggen. Haar gedachten werden vrijwel geheel in beslag genomen door een warm bad.

'Ik ga maar eens terug. Misschien belt Dizzy wel.' Glimlachend richtte Deborah zich op. 'Kom straks gezellig iets drinken, als je zin hebt.'

'Misschien.' Dat was een regelrechte leugen.

'O Jess, dat vergat ik nog te vragen.' Deborah draaide zich om en keek haar bezorgd aan. 'Wat is er gisteravond gebeurd? Toby kwam thuis met een gezicht als een oorwurm. Ik had hem niet eens terug verwacht,' voegde ze eraan toe. 'Ik dacht dat hij bij jou zou blijven.'

Bernadette Thomas parkeerde haar auto na haar maandelijkse bezoek aan de kapper in Harleston en zag dat haar buurvrouw haar hoofd verlangend uit het openstaande raam van haar zitkamer naar buiten stak.

'Joehoe!' kwinkeleerde Eleanor toen ze met een pakje onder de arm door de voordeur naar buiten kwam, nog voordat Bernadette de sleutel uit het contactslot had kunnen halen. 'Dit is bezorgd toen je er niet was. Ik denk dat het van je uitgever is.'

'Bedankt.' Bernadette pakte het pakje aan, blij dat haar buurvrouw geen wezenlijke belangstelling voor boeken had, want anders zou het haar misschien opgevallen zijn dat dit pakje niet was verstuurd door de uitgever die Antonia Kays bedroevende werkjes publiceerde.

'Wat enig! Is het je nieuwe boek, heet van de naald?'

Eleanor was dan misschien niet geïnteresseerd in boeken, ze vond het wel interessant om al haar vriendinnen te vertellen dat ze naast een echte schrijfster woonde.

'Ik ben bang van niet. Het zijn alleen drukproeven,' antwoordde Bernadette kordaat, voordat haar buurvrouw haar het pakje weer uit handen zou grissen om het papier eraf te scheuren.

'O.'

Eleanor wist niet wat drukproeven waren.

'Ter correctie.'

'Juist.' Nog steeds staarde Eleanor verlangend naar het pakje.

'Vreselijk saai werk,' verzekerde Bernadette haar.

'Toch duurt het niet lang meer voordat je nieuwe boek uitkomt.' Eleanor klaarde op. 'Augustus zei je toch?'

'Precies. De tiende.'

'Hoe heet het ook alweer?'

Verdikkie, hoe heette het nou?'

'*Bloesemende Kamperfoelie*. Nee, *Bloeiende*,' verbeterde ze zichzelf vlug. '*Bloeiende Kamperfoelie*.' Ze streek over haar pas gekapte haar. 'Mijn uitgever wilde graag bloesemend, maar ik heb ze ervan weten te overtuigen dat bloeiende veel beter was.'

'Nou, het klink geweldig.' Eleanor vroeg zich af of er in dit boek wel lesbiennes voorkwamen. Ze hoopte van niet, hoewel ze het waarschijnlijk toch niet zou lezen. Dat andere boek was ongeveer even spannend geweest als het stoppen van een sok.

'Je krijgt een gesigneerd exemplaar,' beloofde Bernadette haar ernstig.

'Fijn!' kweelde Eleanor. 'Ik verheug me er nu al op!'


Terwijl ze op Michael wachtte, belde April Bernadette. In plaats van zich te verdedigen tegen Bernadettes nauwelijks verholen waarschuwingen, had ze besloten, was het veel beter om het initiatief te nemen en te vertellen hoe geweldig Michael was.

Eerst moest ze het verhaal aanhoren van Bernadettes laatste ontmoeting met Eleanor, haar vreselijk bazige buurvrouw.

'Waarom ben je niet in het ziekenhuis?' vroeg Bernadette ten slotte. 'Ik dacht dat je deze week dagdienst had.'

'Ik heb geruild met een van de andere meisjes. Michael komt om vier uur.' April nestelde zich op de bank en trok haar knieën op tegen haar borst. 'Hij weet een fantastisch restaurant in Cheltenham en daar neemt hij me mee naartoe.'

'Om vier uur 's middags?'

Ha, daar gaan we.

'Hij zei dat hij naar me verlangde. Hij heeft voor acht uur een tafel besproken. Maak je geen zorgen,' voegde ze er uitdagend aan toe, 'we zullen ons heus niet vervelen.'

Een korte stilte. 'Heeft hij zijn vrouw over jou verteld?'

Rustig blijven, rustig blijven.

'Hij hoeft geen verantwoording af te leggen. Ze zijn bijna gescheiden.' April snauwde niet, ze zei het heel vriendelijk, en wriemelde met haar tenen om de pas gelakte nagels te bewonderen. 'De scheiding van tafel en bed kan nu elke dag rond zijn.' Terwijl ze het zei, kon ze bijna geloven dat het waar was. Hoe meer ze aan Michaels onbekende maar duidelijk neurotische vrouw dacht, des te makkelijker werd het om zich de scheiding voor te stellen.

Niet meteen, misschien, maar wel binnenkort.

'Je hebt me niet verteld waar hij woont,' zei Bernadette.

April glimlachte bij zichzelf. 'Zijn vrouw mag het huis houden. Hij heeft net een schitterend nieuw huis gekocht in een buitenwijk van Harleston. Vrijstaand uiteraard. Vier slaapkamers, een grote tuin. Op dit moment zitten we tot aan onze knieën in de verfstalen en behangmonsters, het is zo moeilijk om te kiezen!'

Weer een stilte, langer dit keer. 'Iemand bij ons in het dorp doet schilderwerk en ze knapt ook huizen op. Ze schijnt erg goed werk te doen. Als je haar nummer wilt, kan ik het wel even voor je pakken,' bood Bernadette aan. 'Ze heet Jessie en nog iets.'

'Misschien.' April keek op haar horloge: tien over halfvier. Ze vroeg zich af hoe Jessie-en-nog-iets het zou vinden om denkbeeldig behang te plakken op muren van een huis dat niet bestond.

'Dus je gaat samenwonen met die eh...'

'Michael,' vulde April aan. Ze vond het heerlijk om zijn naam hardop te zeggen.

'Michael, ja.'

'O, vast en zeker. Hij heeft natuurlijk gevraagd of ik met hem wil trouwen.' April huiverde van genot. 'Maar we hebben geen haast, dat is nergens voor nodig. We gaan denk ik eerst een tijdje gewoon samenwonen.'

In ons onzichtbare huis met vier slaapkamers.

'Nou,' Bernadette aarzelde en klonk nog steeds niet overtuigd, 'ik moet zeggen dat je gelukkig klinkt. Maar vergeet niet wat ik laatst heb gezegd over...'

Rrring!

Poeh, gered door de bel en geen seconde te vroeg.

Opgelucht dat haar een preek bespaard zou blijven, sprong April overeind en ze streek met haar vingers door haar korte haar met de pas
geblondeerde plukjes. 'Bernie, hij is er! Ik moet ophangen. Ik bel je
snel, goed?'

'Denk erom, mocht je problemen hebben, je weet me te...' begon Bernadette, maar April had al opgehangen.

Toen April opendeed, fronste Michael zijn wenkbrauwen.

'Ik heb niet gevraagd of je met me wil trouwen.'

'Wat? O!' Sssh, April voelde dat ze rood werd. 'Hoelang sta je hier
al?'

Hij glimlachte voorzichtig. 'Een paar minuten.'

'Op de eh... op de stoep.'

'Nog geen twee meter van waar jij zat.' Michael knikte in de richting
van het zitkamerraam, dat openstond om de bedompte flat te luch-
ten. 'Een woord van advies, liefje. Als je niet wil dat je afgeluisterd
wordt, hou dan je ramen dicht. Ik weet het niet, hoor.' Weifelend
schudde hij zijn hoofd. 'Als je zo doorgaat, kun je die baan bij de geheime dienst wel op je buik schrijven.'

April zakte zowat door de grond van schaamte. Ze liet haar hoofd
hangen. 'Nee, sorry. Ik weet dat je me niet ten huwelijk hebt gevraagd.'

'Ik heb ook geen huis gekocht.' Michael trok vragend een wenkbrauw
op. 'Wie had je aan de telefoon? Wat is er aan de hand?'

'Het was gewoon een vriendin die de hele tijd aanmerkingen op je
heeft,' bekende April. 'Volgens mij wil ze gewoon niet dat ik gelukkig ben. Ze is helemaal in haar eentje en waarschijnlijk jaloers.'

'Weet je zeker dat het een vriendin is?' merkte hij droog op.

'Vroeger waren we heel goed bevriend. S-soms is het moeilijk,' stamelde ze, 'om van haar los te komen.'

'Misschien moet je het toch eens proberen,' – hij sloeg zijn armen om
haar middel – 'want nu heb je mij. Dat is beter dan een vriendin.'

Opgelucht omhelsde April hem. 'Ik was helemaal niet van plan om
al die dingen te zeggen. Ik wilde haar gewoon laten weten hoe gelukkig ik ben.'

'Dus je wilde haar een beetje op stang jagen, haar nog jaloerser maken?' Afwezig streelde Michael haar schone haar. 'Wie is ze? Zie je
haar vaak?'

April schudde haar hoofd. 'Ik heb haar al in geen eeuwen gezien. We
bellen elkaar af en toe. Ze betekent niets voor me.'

Michael grijnsde, tilde haar op in zijn armen, schopte de voordeur
dicht en droeg haar door de flat naar de slaapkamer. 'Blij toe. We
gaan pas over een paar uur eten.' Door de dunne katoen van haar
blouse maakte hij handig haar beha open. 'Geen tijd te verliezen.'

Toby had er niet lang voor nodig om tot de ontdekking te komen dat Deborah gelijk had. Hij had het gevoel gehad dat er niets anders opzat dan naar Londen te gaan, domweg omdat het alternatief – thuis zitten wachten – onverdraaglijk was.

Zes uur had hij door West End gezworven, koortsachtig op zoek naar Dizzy, en het benadrukte slechts het hopeloze van de situatie. Er liepen duizenden en nog eens duizenden mensen rond. En dit was alleen Piccadilly Circus, dacht Toby, terwijl hij wanhopig zijn blik over de zee van deinende hoofden om hem heen liet gaan.

Erger nog, hij wist niet eens of Dizzy in Londen was. Na zijn telefoontje van die ochtend had hij inlichtingen gebeld, maar dat had niets opgeleverd. Er was uit een onbekende cel gebeld. Dizzy kon overal in het hele land zijn.

Moedeloos liet Toby zijn schouders hangen. Hij zou, zoals Deborah zo neerbuigend had opgemerkt, niets bereiken. Tijd om naar huis te gaan, dacht hij, helaas onverrichter zake.

Ach, hij had het in elk geval geprobeerd.

## 50

Dizzy had een kamer genomen in een hotel vlak bij Piccadilly Circus, en hij was van plan om in bad te gaan en de rest van de avond in een hoekje van de bar te blijven zitten. Op die manier zou hij net genoeg geld over hebben om de volgende ochtend met de trein terug te gaan naar Harleston. Hij nam veel liever de trein dan zo'n stomme bus.

Het liep echter anders. Er had geen kip in de bar van het hotel gezeten, en de barkeeper had hem vernederd door om een legitimatie te vragen voordat hij hem iets sterkers dan cola wilde schenken.

In dat stadium was Dizzy echter vastbesloten geweest om tenminste een stevig glas te drinken nu hij in Londen was, dus was hij de straat op gegaan. Uiteindelijk was het hem gelukt om vier flesjes tonic met een tic te bemachtigen in een winkel zonder vergunning, en die had hij gulzig achter elkaar leeggedronken. Vervolgens zette hij enigszins onvast ter been koers naar Soho, waar een aardige knakker hem had uitgenodigd voor een bezoek aan een club met meisjes die hem, verzekerde hij Dizzy, niet teleur zouden stellen.

Het tegenovergestelde gold voor de prijzen van de drankjes die er werden geserveerd, maar tegen die tijd kon het Dizzy niet meer schelen. Een van de meisjes, die een beetje op Moll leek als je je ogen half

242

dichtdeed en scheel keek, vroeg hem vriendelijk of hij een tientje in haar tanga wilde stoppen. Met halfgesloten ogen keek Dizzy uit alle macht scheel terwijl hij gretig aan haar verzoek voldeed, en hij viel bijna achterover van zijn stoel toen ze haar onderbuik op slechts enkele centimeters van zijn gezicht heen en weer wiegde. Haar vlekkerige bruine teint kwam uit een potje en ze was aan de kwabbige kant, maar dat vond Dizzy niet erg. Wie lette er op cellulitis als je vrienden was?

Toen hij de volgende ochtend in zijn hotelkamer wakker werd, lag hij tot zijn ergernis naast het bed op de grond, doodzonde van die zesenveertig pond.

Moeizaam kwam hij overeind – au, hij had hoofdpijn – en hij deed de nog irritantere ontdekking dat zijn portemonnee leeg was.

Nu werd het pas echt vervelend. Hij had niet meer genoeg geld voor de bus, laat staan voor de trein.

Vastbesloten om waar voor zijn geld te krijgen – de prijs van de kamer was inclusief ontbijt – dronk hij beneden in de eetzaal vier koppen koffie en hij at zeven warme croissants met boter en zwartebessenjam.

Hij haalde op het nippertje de wc om over te geven.

Voor het hotel stonden vier zwarte taxi's gereed. Na twee keer 'Aan m'n hoela' en één keer 'Jij bent zeker de lolligste thuis,' besefte Dizzy dat hij alle registers open zou moeten trekken.

Hij was de zoon van een acteur, of niet soms?

Goed, nu eens uitproberen of hij kon acteren.

'Zijn wij even populair,' meesmuilde de taxichauffeur toen Dizzy naast zijn auto bleef staan. Hij liet de *Evening Standard* een fractie zakken om hem door het raampje aan te kunnen kijken. 'Mijn collega's willen je niet. Denk je soms dat ik gekke Gerrit ben?'

Dizzy riep de allerergste, meest vernederende fantasie die hij kon bedenken op, waarin een mooie vrouw – okay, laten we haar Moll noemen – een enorme mensenmassa op luide toon vertelt: 'Mijn god, Dizzy Gillespie, dat is het kleinste piemeltje dat ik ooit van mijn leven heb gezien!'

'Nou?' Ongeduldig ritselde de taxichauffeur met de sportpagina. 'Komt er nog wat van?'

De hele meute draaide zich als één man naar hem om en luid gejoel steeg op. Hij wilde wegrennen en zich verbergen, maar hij zat klem. Nu begonnen mensen enthousiast aan zijn broek te trekken, want ze popelden om het kleinste piemeltje van de wereld met eigen ogen te zien.

Prompt barstte Dizzy in tranen uit. 'U zult wel denken dat ik een verhaaltje ophang, maar dat is niet zo,' vertelde hij de geschrokken man tussen het snikken door. 'Ik ben van huis weggelopen en nu wil ik terug, maar iemand heeft mijn portemonnee gestolen. Als u me brengt, betalen mijn ouders voor de rit, ik zweer het. Ze geven u vast nog een beloning ook.'

De man aarzelde. 'Waar woon je?'

'Eh... in Harleston.'

'Wat, in Gloucestershire? Maak je soms een geintje?'

Huilen was een makkie. Voor het eerst ervoer Dizzy hoe opwindend het is om echt te acteren. Hij stond wel niet op een toneel, maar dit was een onweerstaanbare uitdaging. Al werd het zijn dood, hij zou ervoor zorgen dat deze kerel hem naar Upper Sisley bracht.

'Alstublieft,' snikte hij. 'Ik wil naar huis. Ik wil naar mijn m-moeder.' Rijkelijk stroomden de tranen over zijn wangen; Laurence Olivier zou er trots op zijn geweest. Dit waren Oscar-winnende tranen.

'Luister, als ik je nou naar het politiebureau breng en...'

'Néé!' kermde Dizzy en hij klampte zich aan de taxi vast. Wow, straattheater met allure. Het gaf hem een geweldige kick dat er mensen bleven staan om te kijken. Hij voelde zich alsof hij de hoofdrol in *Hamlet* vertolkte.

'Kun je ze niet bellen?' opperde de taxichauffeur hulpeloos.

'Nééé! Ik wil naar mijn moeder!'

'Betalen ze echt?'

'Jááá!'

De jongen was duidelijk erg over zijn toeren. Maar hij had ook een keurig accent.

Het verhaal klonk geloofwaardig.

De taxichauffeur, die genoeg krantenartikelen had gelezen over weglopers en hun radeloze ouders, slaakte een diepe zucht en legde zijn gekreukelde *Evening Standard* weg. 'Okay, stap maar in. Ik ben veel te goed, dat kan niet gezond zijn voor een mens.' Hij schudde zijn hoofd, ontroerd door de diepbedroefde uitdrukking op het betraande gezicht van de jongen. 'Het zal ze alleen geraden zijn dat ze betalen, anders zijn ze nog niet jarig.'

Het was een van de mooiste momenten van Dizzy's leven.

Toen de taxi stopte op de oprit gebeurde er een seconde lang niets. Even later zwaaide een slaapkamerraam open en Savannah stak haar blonde hoofd naar buiten. Ze had haar best gedaan om haar bezorgdheid te verbergen voor haar ouders, maar haar opluchting was onmiskenbaar.

'Het is Dizzy! Mam, Dizzy is thuis!' schreeuwde ze.

Het volgende moment rende zijn moeder de trap af. 'O Dizzy!' riep ze. 'Je hebt geen idee hoe blij ik ben dat je terug bent.'

Dit keer huilde Dizzy echte tranen, wat een beetje gênant was, maar ze werden grotendeels opgezogen door zijn moeders witte blouse, dus waarschijnlijk viel het niet zo op. Zijn geluk was compleet toen zijn vader naar buiten kwam en hem omhelsde met de woorden: 'Was jij dat aan de telefoon, Dizzy?'

Hij vormde het middelpunt van de belangstelling, de verloren zoon die eindelijk weer thuis was.

Het voelde geweldig.

De taxichauffeur, die zijn ogen niet kon geloven toen hij zag wie Dizzy's ouders waren, wilde niets liever dan uitgenodigd worden om binnen te komen, zodat hij hen kon vertellen welke heldenrol hij in hun zoons terugkeer had gespeeld.

'Je hebt me niet verteld dat Toby Gillespie je vader is,' zei hij tegen Dizzy. Hij dacht dat een kopje thee er wel in zou gaan.

Natuurlijk niet, dacht Dizzy, want dan zou het geen uitdaging meer zijn geweest.

'Alle anderen hebben hem weggestuurd,' vertelde de man Toby bescheiden. 'Maar dat vond ik barbaars. Kijk, ik heb een hart van goud. Als iemand een helpende hand nodig heeft, kan ik gewoon niet weigeren, dat ligt niet in mijn aard, weet u.'

'Hoeveel ben ik u schuldig?' vroeg Toby. In gedachten zag hij het verhaal al op de voorpagina van de *News of the World* van volgende week.

'Honderdveertig voor u, meneer. Ik heb wel vaker sterren ontmoet, weet u. Ik heb Su Pollard in m'n wagen gehad, Paul Merton een keer bijna.'

'Dit is tweehonderd.' Toby telde de biljetten in 's mans hand. 'We zijn u zeer dankbaar, maar u begrijpt natuurlijk wel dat dit een privéaangelegenheid is. Publiciteit is het laatste waar mijn zoon behoefte aan heeft.'

'Dat spreekt vanzelf, meneer. Wees maar niet bang. Ik zwijg als het graf. Ik heb Mick Jagger ook een keer in m'n wagen gehad... u zou me niet geloven als ik u vertelde wat hij allemaal met dat blonde mokkel uithaalde...'

'Nou,' zei Toby, 'nogmaals bedankt. Goede reis terug.'

Dizzy vergastte zijn familie op zwaar aangedikte verhalen over drugsdealers, schandknapen en overvallers met messen.

'Ik was erg dol op die plaid,' klaagde Deborah. 'Het was echte kasjmier.'

'Ik had geen keus,' vertelde Dizzy haar spijtig. 'Die knakker was echt wanhopig. Het was een kwestie van de plaid of mijn leven.'

'Het geeft niet, ik koop wel een nieuwe.' Zijn moeder omhelsde hem. 'Je bent terug, daar gaat het om.'

'Waarom heb je het gedaan, Dizzy?' Toby fronste. 'Waarom ben je weggelopen?'

'Ik dacht dat jullie niet van me hielden. Ik voelde me ellendig.' Schaamteloos liet Dizzy zich al hun aandacht welgevallen; dit zou een gave film zijn, vooral als hij er de hoofdrol in speelde. 'Sinds we hier zijn komen wonen, is het de hele tijd Sav voor en Sav na.' Zijn kin begon te trillen. 'Ik had het gevoel dat jullie alleen van haar hielden.'

'Fijn hoor.' Savannah rolde met haar ogen. 'Geef mij maar weer de schuld.'

'Je noemde me een nerd.'

'Je bént een nerd.'

'Sav, Dizzy, hou op!' protesteerde Deborah. 'We houden van jullie allebei.'

'En dan was er nog dat gedoe met Oliver.' Het knaagde een beetje aan Dizzy's geweten, want hij vond Oliver echt aardig, maar zijn gezicht stond er niet minder zielig om. 'Hij is intelligenter dan ik en knapper, en iedereen vindt hem geweldig. Ik dacht gewoon dat jullie hem aardiger vonden dan mij.'

Savannah deed alsof ze kokhalsde. 'Ja, geef Oliver ook maar de schuld!'

'Savannah, zo is het genoeg!' viel Toby scherp uit.

'Nou moet je eens goed naar me luisteren, Dizzy.' Deborah sloeg haar arm steviger rond zijn schouders. 'We houden van je en dat mag je nooit vergeten. Ik weet dat de laatste paar maanden niet makkelijk zijn geweest, maar dat is nu allemaal verleden tijd. Van nu af aan gaat alles beter. We willen dat je gelukkig bent, dat is het allerbelangrijkst.' Ze drukte een kus op zijn voorhoofd. 'Ik meen het.'

'Bedankt, mam.'

Allemachtig, dacht Dizzy, het was alsof je wakker werd en merkte dat je in The Waltons zat. Misschien moest hij zijn naam in Jim-Bob veranderen.

'Heb je trek?' vroeg Toby.

Dizzy knikte. Het was waar.

'Natuurlijk heeft hij trek!' Deborah sprong overeind van de bank. 'Zeg maar wat je graag wilt eten, Dizzy. Je lievelingseten, wat je maar wilt. Ik maak het wel!'

Savannah staarde haar moeder verbijsterd aan.

Dit lijkt er meer op, dacht Dizzy tevreden. Hier kan ik wel aan wennen.

'Eh… kunnen we pizza laten bezorgen?'

De volgende ochtend zat er een in een bekend handschrift geadresseerde brief voor Toby bij de post.

Toby scheurde de envelop open, al vroeg hij zich af waarom hij de moeite nam.

'Een tweederangs acteur in een eersteklas dorp,' luidde de tekst. 'Waar heeft Upper Sisley jou aan te danken? Wanneer ga je weer weg?'

Gut wat aardig, dacht Toby.

Het briefje was in de gebruikelijke bibberige letters geschreven, en als bonus was er een oude recensie bij gedaan van een West End-productie waar Toby maanden geleden in had gespeeld. De recensent, berucht om zijn scherpe pen, had alle aspecten van het stuk afgekraakt en Toby's spel 'bedroevend slecht' genoemd.

Iedereen kreeg weleens een slechte recensie maar niemand was er ooit blij mee. Nu Toby deze herlas, voelde hij zich weer net zo gekrenkt als de eerste keer.

Hij wilde dat hij het adres had van degene die hem het artikel had gestuurd, dan zou hij kopieën van een paar lovende recensies terug kunnen sturen.

Hij belde Jessie. 'Dizzy is weer thuis.'

'Ik weet het. Savannah heeft het Oliver verteld. Ik ben erg blij.'

'Jess, we moeten praten.'

'Waarom?'

'Ik wil je zien.'

'Nou, dat kan niet.' Jessie hing op.

Toby wist waarom.

Dizzy was weggelopen omdat hij ongelukkig was. Als zijn ouders uit elkaar gingen, zou hem dat niet gelukkiger maken.

Jessie liet hem weten dat hij het aan zijn kinderen verplicht was om iets aan zijn huwelijksproblemen te doen.

Toen Toby terugkwam in de keuken, zat Dizzy een grote kom rice crispies te verorberen. De tafel lag bezaaid met gepofte rijst en de melkkan stond in een witte plas.

'Hai pap,' zei Dizzy met volle mond.

'Wat ben jij vroeg op.'

'Ik ga naar Harleston, dat had ik toch gezegd. Pap, krijg ik geld van je?'

Toby schonk zichzelf een kop loeisterke zwarte koffie in. 'Waar heb je geld voor nodig?'

Toen hij opkeek, zag hij dat Dizzy vertwijfeld met zijn ogen rolde.

Het was kennelijk een stomme vraag. 'Ik ben beroofd, weet je nog? Ik heb een nieuwe walkman nodig, nieuwe bandjes, een nieuwe gameboy... de hele handel.'

Dat je van je kinderen hield, ontdekte Toby, betekende nog niet dat je niet af en toe in de verleiding kwam om ze door elkaar te rammelen totdat hun tanden klapperden.

'Je bent binnenkort jarig. Dan zouden we je een walkman kunnen geven.' Hij zei het op effen toon. 'En je kunt voor Kerstmis een gameboy krijgen.'

'Pa-ap!'

'Wat?'

'Zo lang kan ik niet wachten!' brieste Dizzy verontwaardigd. 'Ik heb ze nú nodig.'

Toby schoot uit zijn slof. 'Verwend joch! Als je geld wilt hebben, moet je er maar voor werken.'

'Ik kan niet werken.' Ontzet hield Dizzy op met eten. 'Waar kan ik nou een baantje krijgen? Er is in dit hele dorp niets...'

'Zodra je klaar bent met ontbijten, kun je de auto's gaan wassen. Als je daarmee klaar bent, kun je het gras maaien. En als dat is gedaan,' besloot Toby, zijn uitdrukking onheilspellend grimmig, 'geef ik je tien pond.'

Het gras maaien? Al het gras?

'Maak je soms een grapje?'

'Om de dooie dood niet.'

'Maar we hebben toch die kerel voor de tuin,' protesteerde Dizzy. 'Hij maait het gras. Daar is hij voor.'

'Dizzy, ik ben niet van plan om geld uit te delen alsof ik de loterij heb gewonnen. Ik ben wel goed maar niet gek.'

Neem maar van mij aan, dacht Dizzy chagrijnig, dat je wel gek bent maar niet goed.

'Als je geen zin hebt om het gras te maaien, Paddy Birley is op zoek naar een stalknecht.' Dat was niet waar, maar Toby vond dat hij best een gokje kon wagen. 'Als je liever voor drie pond per uur koeienstallen uitmest, vind ik het best.'

5 I

Harriet zat met bungelende benen op de tuinmuur toen ze Dizzy over het plein haar richting op zag banjeren. Hij had zijn handen in zijn zakken, schopte een steentje voor zich uit en deed alsof hij haar niet had opgemerkt.

'Je bent dus terug,' concludeerde Harriet.

Jeetje, wat origineel.

'Nee, dit is een hologram.' Dizzy grijnsde en tikte tegen zijn borst. 'Het lijkt net echt, hè?'

Harriet kreeg onmiddellijk een hekel aan hem omdat hij haar belachelijk maakte. 'Je bent niet lang weggeweest. Met hangende pootjes teruggekomen zeker?'

'Ik heb lekker de beest uitgehangen,' hoonde hij. 'Ik wist alleen dat iedereen bezorgd was, daarom ben ik thuisgekomen.'

'Je denkt toch niet dat ik bezorgd was. Ik zat er niet mee.'

Dit ging helemaal niet volgens plan. Dizzy had als een held binnengehaald willen worden. Hij had gehoopt dat Harriet blij zou zijn om hem te zien, en dat ze spijt zou betonen over haar gemene opmerking over Glorix; dan had hij haar kunnen vergeven en haar alles kunnen vertellen over zijn leven op straat in Londen – de spannende versie, uiteraard, niet de ware.

Maar Harriet leek niet eens nieuwsgierig te zijn. Het enige wat ze deed, was met die magere benen van haar zwaaien en op een ontzettend stomme en kinderachtige manier spottend op hem neerkijken.

Nu kon hij onmogelijk vragen of hij een walkman van haar kon lenen.

Mooie wittebroodsweken, dacht Dizzy vol wrok. In minder dan vierentwintig uur was het alweer voorbij. Alles was weer bij het oude. En zijn armen deden vreselijk pijn van dat verdomde auto's wassen.

Shit, wat was het leven toch oneerlijk.

'Zomaar een vraagje,' zei Harriet geestdriftig, 'waarom ben je eigenlijk weggelopen? Had het iets te maken met mijn grapje over Glorix?' Haar ogen kregen een valse schittering. Dizzy's handen jeukten om haar van de muur te duwen. En hij maar denken dat Harriet uit zelfverwijt haar kussen nat had gehuild. Ha, ze wilde alleen met de eer gaan strijken.

'Grappig,' peinsde hij hardop, 'ik dacht altijd dat je hond uit zijn bek stonk. Nu Bliksem er niet is, besef ik dat jij het was.'

Grasmaaien was nog erger dan auto's wassen, maar Dizzy ging grimmig door totdat het klaar was. Aangezien zijn vader zijn moeder had gewaarschuwd dat ze hem geen cheque mocht toestoppen, had hij weinig keus.

Slavenarbeid, dat was het. In dit tempo zouden walkmans verouderd zijn tegen de tijd dat hij genoeg geld had om er een te kopen.

Twee uur later en een schamele tien pond rijker verveelde Dizzy zich alweer. Hij zat gevangen in dit stomme dorp met niets te doen, geen vrienden, niets om naar uit te kijken en geen geld.

Hij lummelde wat rond, liet een spoor van gras achter in de hal en trok de la de la open waar de rekeningen meestal in werden gestopt, voor het geval er tijdens zijn afwezigheid op wonderbaarlijke wijze post voor hem was bezorgd.

Niets. Er lag alleen een stapel fanmail, een elektriciteitsrekening, de *Stage* van verleden week en een paar verzoeken aan Toby om geld te geven voor een of ander goed doel en mee te doen aan de actie 'red de oorwurm'.

Voor de lol bekeek Dizzy een paar brieven van fans. Het gaf een raar gevoel, brieven lezen van vrouwen die dweepten met je eigen vader en hem zelfs foto's stuurden, maar soms kon je er lekker om lachen, vooral als ze van die echt vulgaire foto's van zichzelf stuurden, opgedirkt in keurslijfjes met kousen en jarretels.

Dat soort foto's waren er vandaag niet bij, alleen een stuk of zes tamelijk normale brieven. Toby nam elke week de moeite om ervoor te gaan zitten en ze te beantwoorden, anders stapelde het zich zo op.

Dizzy kwam bij de laatste brief en besefte dat die niet van een fan was.

Net als Toby eerder had gedaan, las hij het anonieme briefje. Kort en zakelijk, zoals gewoonlijk. En dit keer zat er een krantenknipsel bij. Leuk idee.

Dizzy bedacht dat degene die deze brieven stuurde er een enorme kick van moest krijgen, want waarom zou hij of zij het anders doen?

Het moest reuze spannend zijn, zo ver gaan als je durfde en ervoor zorgen dat je niet werd betrapt. Telkens nieuwe dingen verzinnen, het geheim lekker voor jezelf houden, dat opgewonden gevoel ervaren...

Dit is precies in mijn straatje, dacht Dizzy, en zijn hersenen draaiden overuren. Dit is mijn kans om het ze allemaal betaald te zetten.

Dit wordt lachen.

'Dizzy, hoe gaat het?'

Deborah klopte en wachtte voordat ze haar hoofd om de hoek van de deur stak. Dizzy lag in bed en alleen zijn hoofd was zichtbaar. Hij knikte en glimlachte flauwtjes.

'Wel goed, hoor. Alleen moe. En ik heb spierpijn.' Hij bewoog een beetje en zijn gezicht vertrok. 'Het gaat wel weer over. Ik ben vroeg naar bed gegaan. Papa zei dat ik morgen ramen mag lappen.'

Het was pas halfnegen.

'Zit nou maar niet in over geld, schat,' fluisterde Deborah. 'Je vader heeft een pesthumeur, dat is alles. We verzinnen er wel wat op.'

Zodra zijn moeder weg was, ging Dizzy zitten. Hij deed het licht weer aan, bewoog zijn in rubberhandschoenen gestoken vingers en trok een doos onder het bed vandaan. Vol enthousiasme ging hij verder met zijn werk.

Tegen elven was hij bijna klaar. Hij was bijzonder tevreden over de krantenadvertenties; over een paar dagen zou die bazige oude koe Eleanor Ferguson een gratis brochure ontvangen over de remedie tegen beschamende gezichtsbeharing. Doug Flynn kreeg *verbeter uw sexleven met een penisverlenging*. Hij had een contactadvertentie uit Harriets naam beantwoord – aan een varkensboer van drieënzeventig, ha! En Paddy Birley, die in een bungalow woonde, kon zich verheugen op een bezoekje van iemand die hem een traplift aan wilde smeren.

Dizzy grinnikte bij zichzelf en bekeek de rest van de brieven, die er precies zo uitzagen als de anonieme briefjes aan zijn vader. Hij had ze met zijn linkerhand geschreven, in dezelfde stijl, alleen zou Toby dit keer niet de enige ontvanger zijn.

Beste Moll,
Siliconen zijn slecht voor je! Laat die implantaten er meteen uithalen!

Beste Myrtle Armitage,
Geef je op voor de verkiezing van de Mislukte Winkelierster van het Jaar. Je wint vast.

Beste meneer Gillespie,
Je bent een acteur van likmevestje. Waarom gaan jij en je gezin niet gauw terug naar Londen?

Dat was wat Dizzy het allerliefst wilde.

Hij stopte de brieven terug in de doos, trok zorgvuldig de rubberhandschoenen uit – jakkes, hij had zweethanden – en kroop voldaan terug in bed.

Een week later was het hele dorp in rep en roer.

Dizzy genoot van elke minuut.

'Een traplift, nou vraag ik je!' brieste Paddy Birley toen hij in de winkel kwam. 'Ik kwam niet van die kerel af! Ik zeg tegen hem, kijk dan uit je doppen, zeg ik, ik heb verdomme niet eens een trap! Dacht je dat hij ophoepelde? Mooi niet! Hij heeft twee uur aan m'n kop zitten zaniken dat ik een verdieping op mijn huis moest laten zetten.'

'Iedereen heeft iets gekregen,' foeterde Myrtle.

'Ouwe Cecil kreeg een blaadje over haartransplantaties,' vertelde Paddy haar toen de deur openzwaaide en Dizzy binnenkwam. 'En gisteren belden ze hem op. Hij heeft tegen hen gezegd dat hij het al vijftig jaar zonder doet en dat geen haar op z'n hoofd eraan denkt om nu opeens shampoo te gaan kopen.'

'Lorna van de pub had hele stapels rommel over hoe je je tanden wit krijgt.' Myrtle keek Dizzy met tot spleetjes geknepen ogen aan. 'Wat moet je? En voor je het vraagt, ik verkoop je geen sigaretten.'

'Alleen een pakje kauwgum, graag,' zei Dizzy beleefd. Hij keek naar de envelop in Myrtles met dikke aderen overdekte hand. 'Hebt u er ook een gekregen? Wat stond erin?'

Myrtle snoof. 'Dat ik een mislukte winkelierster ben.'

Dizzy vertrok geen spier. Dit was geweldig.

'Mijn vader krijgt ze de hele tijd, al vanaf het moment dat we hier zijn komen wonen. Dat hij een slechte acteur is en waarom hij niet teruggaat naar Londen. Arme paps, hij kan er helemaal niet tegen.' Hij fronste. 'Hebt u enig idee wie erachter zou kunnen zitten?'

Ledigheid is des duivels oorkussen, en Dizzy had beslist niets om handen. Het was, had Myrtle besloten, typisch een geintje voor een verveelde schooljongen.

Nu begon ze echter te twijfelen aan haar vermoeden dat Dizzy achter de hele campagne zat. Als zijn eigen vader brieven kreeg, kon hij het gewoon niet zijn. Uitgesloten.

Prompt viel ze terug op de tweede keus. 'Een van die jongens van Keeper's Cottage, denk ik. Doug niet, hij is dokter. Maar Jamie zie ik er wel voor aan,' vervolgde ze kordaat. 'Hij haalt altijd streken uit. Dit soort onderbroekenlol is echt iets voor hem.'

Dizzy betaalde zijn kauwgum. 'Nou, ik vind het helemaal niet lollig. Het is wreed. Het is zo kwetsend voor mensen, ja toch? Ik vind het juist hartstikke gezellig in uw winkel.'

Myrtle, die beslist gekwetst was geweest, ontdooide onmiddellijk. Natuurlijk was het Dizzy niet. Het was een aardige knul, keurig opgevoed. En hij zat op een chique school. 'Ik wed op die jonge dierenarts,' verklaarde ze. 'En denk maar niet dat hij er ongestraft mee door kan gaan, wat ik je brom. Als ik hem weer eens zie, zal ik hem eens goed de waarheid zeggen.'


Harriet begreep niets van de brief van iemand die Frank Huntingdon heette. Het handschrift was ouderwets en het lijntjespapier rook muf. De tekst was al helemaal raadselachtig.

Lieve Harriet,

Hartelijk bedankt voor je leuke brief en ja, ik wil je heel graag ontmoeten. Ik vind het ook heel erg fijn om te weten dat jij net zoveel van varkens houdt als ik. Misschien kan ik je binnenkort mijn stallen laten zien.

Ik stuur je een foto van mezelf, zoals je had gevraagd, en ik hoop dat je er niet van schrikt. Ik hou van dansen op bruiloften en partijen en ik werk hard, dus ik ben nog zo fit als een hoentje. Niet slecht voor iemand van drieënzeventig, al met al, en ik heb mijn eigen tanden nog.

Bel me alsjeblieft, dan kunnen we iets afspreken. Zoals je al zei, eenzaamheid is heel akelig en zo onnodig. Wie weet, misschien kunnen we samen wel gelukkig worden.

Met de meeste hoogachting,
Frank Huntingdon

Harriet bekeek het kiekje, dat in zo'n hokje voor pasfoto's was genomen. Frank had wit haar, de rode, verweerde huid van iemand die veel buiten is, een gapende grijns en een nog groter gapend gat in zijn ouderwetse gebreide trui.

Arme drommel, helemaal alleen en verlangend naar gezelschap. Ze keek naar het adres boven aan de brief en zag dat hij niet meer dan achttien kilometer bij haar vandaan woonde. Hij had een contactadvertentie geplaatst in de plaatselijke krant en iemand – ongetwijfeld een van haar melige schoolvriendinnen – had erop geschreven, uit naam van Harriet.

Ik zou hem moeten bellen om te vertellen dat het een grapje was, dacht Harriet, maar het idee bezorgde haar kromme tenen. Frank was drieënzeventig en zij was veertien. Hij zou zich doodschamen en zij ook.

Bovendien waren er vast tientallen andere vrouwen die hem hadden geschreven, besloot ze opgelucht, echte vrouwen die even stokoud waren als ze zeiden.

Brave, eenzame Frank zou overstelpt worden met reacties. Hij zou niet eens merken dat haar naam ontbrak op het lijstje.

Blij dat ze in haar eentje in de keuken was, verscheurde Harriet de brief en de foto en ze gooide de snippers in de vuilnisbak.

## 52

'Geen paniek, ik weet dat hij niet thuis is,' zei Drew. 'Ik zag hem net weggaan.'

O, wat genoot ze van de klank van zijn stem: donker, intiem en sexy. 'Waar ben je?'

'In de zitkamer.'

Lili voelde golven door haar binnenste gaan, alsof er een school piepkleine visjes rond zwom in haar buik. Ze rekte het snoer van de telefoon zo ver mogelijk uit en liep naar het slaapkamerraam.

Daar was hij, aan de andere kant van het grasveld.

'Ik kan je net zien.' Het was hemels om hem te horen. 'Wat doe je?'

'Ik grijns als een idioot. Wat is dat witte ding dat je aanhebt, een strapless jurk?'

'Een strapless badhanddoek.' Lili giechelde. 'Ik kom net onder de douche vandaan.'

'Bedoel je...' Drew floot zacht. 'Wat zit er onder die badhanddoek?'

'Striae voornamelijk. Ik zou de verrekijker maar in de la laten liggen. Sommige dingen kun je beter van een afstand zien.'

'Ik zie je veel liever van dichtbij.' Drew verbaasde zich over Lili's gebrek aan eigenwaarde. Als Lili hem de kans zou geven, zou hij al die striae maar wat graag stuk voor stuk kussen. 'Toe dan, ik daag je uit. Laat die handdoek per ongeluk vallen.'

'Dat is niet eerlijk.' Lili bloosde van plezier. 'Zou jij je kleren uittrekken als het hele dorp je kon zien?'

'Graag zelfs. Alleen zou ik dan gearresteerd worden. Terwijl jij alleen een rondje applaus oogst.'

'Toch doe ik het niet.'

'Lafaard.'

'Ik ben er veel te oud voor.'

Altijd kleineerde ze zichzelf. Drew wilde dat hij haar geschonden zelfvertrouwen een beetje kon opvijzelen.

'Lili, je bent beeldschoon,. Als je tweeëntwintig was en het figuur van een klerenhanger had, was ik nu niet met je aan de telefoon.' Hij ging verder voordat ze weer een geringschattende opmerking over zichzelf kon maken. 'Ik wil je zien. Ik word er gek van dat ik je alleen over de telefoon kan spreken.'

Het maakte haar ook gek, maar ze wist niet wat ze anders konden doen. Een tijdje geleden had ze zonder schuldgevoelens naar Keeper's Cottage kunnen gaan. Het was grappig geweest om uit Drews slaapkamer naar Myrtle te zwaaien. Maar toen hadden ze niets te verbergen gehad. Nu wel, dus kon ze onmogelijk naar zijn huis huppelen. Het idee dat iemand hen van onbetamelijkheden zou verdenken, was helemaal niet grappig.

'Kun je vanavond?' drong Drew aan. 'Zeg dat je een avondcursus doet in Harleston. Zeg tegen Michael dat hij op de kinderen moet passen omdat jij van zeven tot tien manden vlecht.'

Terwijl hij het zei, kwam Jessies aftandse bestelwagen ratelend van Compass Hill omlaag.

'Michael speelt vanavond weer een cricketwedstrijd.' Lili gluurde uit het raam toen de bestelwagen voor haar huis tot stilstand kwam. 'Jess stopt net voor de deur. Ik moet gaan.'

'Ik wil niet dat je gaat,' zei Drew. Hij zag dat Jessie uit haar auto sprong, even bleef staan om de gele sjaal in haar haar opnieuw te strikken en naar Lili zwaaide.

'De achterdeur staat open,' riep Lili uit het raam. Tegen Drew voegde ze eraan toe: 'Ik moet echt ophangen.'

Waar een wil is, is een weg, dacht Drew.

'Nee, je hoeft niet op te hangen,' zei hij snel. 'Laat me even met Jess praten.'

Lili was zo zenuwachtig dat ze de zijstraat miste en straal langs de ingang van het hotel reed. Drie kilometer verderop keerde ze, onhandig en met klamme handen, en belandde bijna in een greppel. Tegen de tijd dat ze haar auto parkeerde, was het tien voor halfnegen en waren de vlinders in haar buik op hol geslagen.

Drew stond op de stoep voor het hotel op haar te wachten. Hij zag er knapper uit dan ooit, in een donker pak, een keurig gestreken wit overhemd en zelfs een heuse das.

'Wow!' Lili kuste hem, ontroerd dat hij zo zijn best had gedaan. Zelfs de wilde bos haar was met een kam tot overgave gedwongen.

Van dichtbij zag ze dat de das een patroon had van kleine golden retrievers.

Drew keek haar streng aan. 'Je bent laat.'

'Sorry, ik was verdwaald.'

In het portaal streelde hij haar blozende wang. 'Ik dacht dat je niet zou komen.'

'Ik ben er,' fluisterde Lili, 'maar ik moet om elf uur terug zijn.'

Tweeëneenhalf uur. Niet ideaal, maar beter dan helemaal niets.

'Luister,' zei Drew, 'dit hotel heeft drie bars, twee restaurants en achtenveertig kamers.' Zonder met zijn ogen te knipperen keek hij in Lili's lichtbruine ogen. 'Jij mag kiezen.'

'O Drew, we kunnen geen kamer nemen.'

Jawel, jawel.

'Best, zoals je wilt.'

Bij een drankje in een stil hoekje van de eerste de beste bar probeerde Lili het uit te leggen.

'Het is niet dat ik het niet wil...'

Anders ik wel, dacht Drew brandend van verlangen.

'... maar ik ben getrouwd.'

Lili schudde haar hoofd. Ze worstelde al dagen met haar geweten.

'Stel nou dat Michael je honderden keren ontrouw is geweest?'

'Stel nou dat het niet zo is?'

Ze keek zo verdrietig. Drew kon er niet tegen. Voor het eerst van zijn leven, besefte hij nu, was hij smoorverliefd.

En alsof het feit dat ze getrouwd was op zich al niet erg genoeg was, moest hij ook zo nodig nog eens vallen op iemand met – was het niet onvoorstelbaar? – scrupules!


'En?' Jessie draaide zich om op de bank toen de deur van de zitkamer achter haar open- en dichtging. Bliksem, die op haar schoot lag, opende een al even vragend oog en tikte als een dirigent die zijn orkest tot de orde roept drie keer met zijn staart tegen de armleuning van de bank.

'Het was zo fijn.' Lili wierp zich op de sjofele maar gemakkelijke leunstoel tegenover haar.

Jess trok een wenkbrauw op. 'Daar zie je anders niet naar uit.'

Lili kreeg tranen in haar ogen. 'Het waren de fijnste twee uur van mijn leven. Ik wilde helemaal niet weg.'

'O!' Opgewonden veerde Jessie overeind. 'En hebben jullie... je weet wel?'

Lili zocht in haar mouw naar een zakdoek. Ze snoot haar neus en schudde haar hoofd, en hoopte uit alle macht dat Michael niet uitgerekend op dit moment thuis zou komen.

'Ik kon het niet, ik kon het gewoon niet. Ik zit al erg genoeg in de nesten. Ik heb tegen hem gezegd dat we er een eind aan moeten maken nu het nog kan. O Jess, het is allemaal voorbij. Ik heb gezegd dat ik hem niet meer wil zien. Wat we doen is helemaal verkeerd.'

Zwijgend pakte Jessie de halflege fles Spaanse slobberwijn die ze voor haar avondje babysitten had meegenomen. Ze schonk in, gaf Lili het glas en liet haar drinken.

'Wat zei Drew?'

'Dat hij van me houdt.' Meer hete tranen biggelden over Lili's wangen. 'Maar dat hij mijn keus respecteert als het is wat ik wil.'

Jessie sloeg haar armen om haar heen.

'Goeie god, ik hoop dat Michael beseft wat een mazzelaar hij is,' zei ze tegen Lili. 'Zijn vrouw is niet alleen een engel, hij heeft ook nog eens een fatsoenlijke rivaal.'

'Wat zie jij eruit,' zei Michael de volgende ochtend. 'Wat is er met je ogen?'

Lili kromp ineen. Ze had gedaan alsof ze sliep toen hij kort na middernacht stilletjes in bed was gekropen, maar toen Michaels gesnurk het behang van de muren trilde, had ze haar tranen niet langer kunnen bedwingen. Ze waren in haar oren gedropen, in haar hals en op het kussen. Dat ze de verleiding dapper had weerstaan, maakte het niet makkelijker.

Ze had hooguit een uur geslapen en haar hoofd voelde alsof er grind in zat.

'Lili?' Omdat ze nog steeds niets zei, keek Michael op van het toastje dat hij met marmelade besmeerde. Wat was er aan de hand? Had ze op de een of andere manier lucht gekregen van April? Jezus, had iemand hen gisteravond samen gezien?

Hij legde het mes neer. Ontken alles, gewoon glashard alles ontkennen.

'Wat is er, liefje?'

O, hoe had ze ooit durven overwegen om hem te bedriegen, dacht Lili diep beschaamd. Kijk, hij is bezorgd! Hij ziet dat ik van streek ben en hij is lief voor me.

'Mam, wanneer komt tante Jess weer op ons passen?' Lottie sjeesde de keuken binnen en griste twee bananen uit de fruitschaal. 'Ze heeft ons een verhaal verteld over monsters met broekjes op hun hoofd en hoeden op hun achterste, en het was véél leuker dan die stomme Postbode Pat.'

'Ik was helemaal vergeten dat Jessie gisteravond heeft opgepast,' zei Michael toen Lottie weer weg was. Buiten in de tuin schoot ze met beide bananen op Will. 'Deed je iemands haar? Waar was het?' Hij viste in het wilde weg, als de dood dat Lili hem was gevolgd, hem zelfs in Aprils flat had zien verdwijnen. 'In Harleston?'

Schuldgevoelens knaagden als accuzuur aan Lili's maag. Ze had nooit kunnen liegen.

Ze knikte.

'Maar je hebt gehuild.' Michael kon het niet opgeven, hij moest het weten. 'Lili, vertel me wat er aan de hand is.'

'Ach, het is niets. Een vriendin van Felicity wilde een permanent, dat is alles. En toen ik klaar was, vond ze het niet mooi. Ze zei dat ze eruitzag als een s-schaap.' Met horten en stoten stamelde Lili het smoesje dat Jessie voor alle zekerheid had verzonnen. 'Ze noemde me een amateur van niks. Daarom was ik van streek.'

Het was de vraag wie er het meest opgelucht was; Lili omdat hij haar verhaal geloofde, of Michael omdat hij toch niet tegen de lamp was gelopen.

Hij gaf haar onbeholpen een zoen. 'Stil maar, je bent een geweldige kapster. Kom even bij me zitten, dan zet ik een kop thee voor je.'

Het spijt me. Het spijt me zo dat ik je bijna ontrouw ben geweest, dacht Lili. Ze beet op haar lip en probeerde de zoen vooral niet te vergelijken met een zoen van Drew.

'Mag ik een katapult maken van een broekje zoals tante Jess me gisteravond heeft geleerd?' Lottie stormde de keuken weer binnen en kwam slippend tot stilstand. 'Dan kan ik druiven schieten naar Wills hoofd. Jakkes, niet zoenen, daar krijg je baby's van. En jullie willen geen kinderen meer,' smaalde ze. 'Drie is méér dan genoeg.'


## 53


Dizzy popelde om zijn werkzaamheden uit te breiden. Hij had veel lol gehad met de brieven, maar nu was het tijd voor de broodnodige variatie. Die avond, besloot hij, zou hij het huis uitglippen en zien wat hij kon doen. Hij had zich al voorgenomen om met onkruidverdelger iets obsceens op het grasveld te schrijven.

Nu slenterde hij met zijn handen in zijn zakken door het dorp en hij zag Bernadette Thomas aankomen in haar auto.

Dizzy knikte en zwaaide toen ze langsreed en Bernadette beantwoordde zijn groet met een kort glimlachje. Raar mens, zei niet veel, bemoeide zich met niemand. Dizzy keek haar over zijn schouder na en besefte dat ze richting Harleston reed.

Dat betekende dat er niemand thuis was.

Toen er minder dan een minuut later een kikker met een plof voor zijn ene gymschoen landde, legde Dizzy dit uit als een vingerwijzing van het lot.

Ja!

Alle vrouwen waren als de dood voor kikkers.

Hij bukte zich, tilde het diertje snel op en stak het in zijn broekzak. Vervolgens kuierde hij nonchalant terug langs de vijver en zette koers naar Water's Lane.

Het eerste huis waar hij lansgkwam was dat van Eleanor Ferguson, maar met een snelle blik op de ramen stelde hij vast dat er geen spoor van haar te bekennen was.

Aangezien er niemand anders te zien was, spurtte Dizzy als een pijl uit een boog over het pad naar Bernadettes voordeur, hij hield de brievenbus open en postte de kikker.

Dizzy kon de verleiding niet weerstaan, ging op zijn hurken zitten en gluurde door de gleuf om de ontwikkelingen te peilen.

Geweldig!

Boing, boing, de kikker sprong door de gang naar de zitkamer. Bernadette zou gillen als een keukenmeid, dacht Dizzy. Hij vertrapte een bloembed en drukte zijn neus tegen het raam van de zitkamer, net op tijd om de kikker op de schoorsteenmantel te zien springen. Een porseleinen kandelaar werd het slachtoffer.

'Wat moet dat?' blafte een barse stem achter hem.

Dizzy leunde zo ver opzij dat hij zijn evenwicht verloor en in een rozenstruik belandde.

Shit, klote, au.

'Nou?' brieste Eleanor Ferguson, die in de achtertuin bezig was geweest met haar tomatenplanten.

'I-ik liep g-gewoon langs,' hakkelde Dizzy. 'Ik dacht dat ik ie-iemand om hulp hoorde roepen.'

Was hij een acteur of niet? Zijn briljante spel zou hem er wel uit redden.

Maar Eleanor keek hem onheilspellend aan. 'Er is niemand thuis. En toen je door het raam naar binnen gluurde, lachte je bij jezelf.'

'Nietwaar,' protesteerde Dizzy met grote ogen, maar het had niet het gewenste effect. Eleanor marcheerde om de heg heen naar hem toe. Toen ze door het raam van haar buurvrouw naar binnen keek, kreeg ze de kikker al snel in het oog. Dit keer sprong het beestje vrolijk op en neer van de bank, een beetje zoals Gene Kelly in *Singin' in the Rain*.

'Het was een grapje,' mompelde Dizzy.

'Een grapje? Net als die anonieme briefjes zeker?' Van opzij keek Eleanor hem scherp aan. 'Die heb jij ook geschreven, als ik me niet vergis.'

Prompt liet Dizzy's acteertalent hem in de steek. Hij schudde zijn hoofd. 'Nee,' sputterde hij.

Hopeloos, meer dan hopeloos.

'Volgens mij wel.'

Eleanor zag dat hij haar blik probeerde te ontwijken. Ze vroeg zich af waarom ze niet kwaad op hem werd. Toen daagde het haar. Met die strijdlustige uitdrukking op zijn gezicht en de verslagen afhangende schouders deed Dizzy haar denken aan haar eigen zoon van vijftien. Ze had Michael eens betrapt toen hij de fietsbanden leeg liet lopen van een groep jongens die hem hadden gepest.

'Dizzy.' Haar stem kreeg een zachtere klank. 'Waarom doe je het?'

Hoewel huilen dit keer wel het laatste was wat hij wilde, voelde Dizzy de tranen over zijn wangen biggelen.

'Iedereen doet alsof ik lucht ben.' Hij hikte en veegde met zijn mouw de tranen af. 'Het was zo fijn toen ik net terug was uit Londen, al die aandacht en zo, maar het heeft nog geen twee minuten geduurd. Nu is het allemaal weer net zo vreselijk als daarvoor.'

Eleanor herinnerde zich Michael, al die jaren geleden. 'Waarom heb ik geen vrienden?' had hij gejammerd.

Ze kreeg een brok in haar keel. 'Luister, ik zal Bernadette niet vertellen dat jij het hebt gedaan.' Door het raam wees ze op de kikker. 'En ik zal ook niets zeggen over die brieven. Maar je moet er wel mee ophouden, Dizzy. Geen brieven meer. Er zijn mensen die de politie erbij willen halen, en als ze je pakken, zit je pas goed in de puree.'

Dizzy kon zijn oren nauwelijks geloven. Eleanor Ferguson was een oude heks, dat wist iedereen. Hij snufte luid. Waarom zou een bazige, bemoeizieke oude heks aan zijn kant staan?

'Ik weet wat je denkt,' zei Eleanor zonder wrok. Ze rommelde in haar mouw en gaf hem een papieren zakdoekje. 'Maar dit is ons geheim, dat beloof ik je. Als je er maar mee ophoudt. Geen brieven meer,' voegde ze er streng aan toe, 'geen kikkers meer. Dan blijft dit tussen jou en mij, afgesproken?'


In Sisley House was Savannah al veertig minuten aan de telefoon met haar beste vriendin van school en inmiddels had ze spijt als haren op haar hoofd dat ze überhaupt had opgenomen. Niets was zo misselijkmakend als onvrijwillig luisteren naar andermans laaiend enthousiaste verhalen over een nieuwe liefde. Maar als je de meest slaapverwekkende details moest aanhoren over wat ze allemaal uitspookten terwijl de man van haar dromen haar met geen vinger aan wilde raken... nou, dat was behoorlijk deprimerend.

'... en de volgende avond hebben we het in zee gedaan.' Mandy giechelde. 'Sav, je moet het écht een keer proberen, ik kan niet beschrijven hoe het voelt!'

Je doet anders flink je best, dacht Savannah somber, en ze plukte aan een gat in de knie van haar spijkerbroek. Wat moest ze met Oliver beginnen? Wat moest ze in godsnaam doen?

'Hoor mij nou eens kwekken, er valt geen speld tussen te krijgen,' kweelde Mandy twintig minuten later. 'Vertel me eens hoe het gaat met jou en je vrijer.'

'O, je weet wel, hetzelfde als jij.' Savannah wond het snoer van de telefoon om haar vinger en probeerde enthousiasme te veinzen. 'Wilde, hete sex, in de dolste standjes.'

'Ik weet het, ik weet het. Zijn mannen niet onverzadigbaar? Echt, ik weet niet waar Harry de energie vandaan haalt, we doen het dag en nacht!'

'Ja, wij ook.'

Savannah wilde wel huilen. Hoe kon ze ooit iemand in vertrouwen nemen, bekennen dat Oliver impotent was?

O, de schaamte! Het was zo vreselijk vernederend.

Haar reputatie zou voorgoed naar de knoppen zijn.

Twee dagen later was Lili aan de telefoon met Felicity toen ze Lottie in de voortuin in een walnotenboom zag klimmen.

'Lottie, kom eruit!' riep ze door het raam.

Hijgend zocht Lottie steun voor haar voet. 'Ik kan het!' riep ze terug.

'Ik hou je niet langer op,' zei Felicity. 'Ik wilde je alleen laten weten dat ik nog een paar dagen vrij neem, dus je hoeft deze week niet op Freya te passen. Als je het tenminste niet erg vindt,' voegde ze er verontschuldigend aan toe.

'Geen probleem.' Lili zou toch wel betaald worden en ze was blij met de adempauze. De zomervakantie duurde erg lang en ze had haar handen vol aan haar eigen luidruchtige kroost. 'Bedankt voor het bellen, Felicity, maar ik moet ophangen. Lottie klimt in een boom.'

Op het moment dat ze door de voordeur naar buiten rende, verloor Lottie in een hachelijke positie haar greep op een tak. Met een oorverdovende gil tuimelde ze omlaag, ze stootte tegen de muur eronder en landde met een doffe plof op de stoep.

'O mijn god, Lottie!'

'MAMMIE!'

Met bonzend hart knielde Lili naast haar lijkbleke dochter. Lotties ogen rolden en knipperden even van de schrik, toen opende ze haar mond en jankte als een wild dier.

'Au... au... het doet pijn. Raak me niet aan! Kom niet aan mijn arm, het doet PIJN!'

'Rustig lieverdje, het is niets, beweeg je niet. Michael!' schreeuwde Lili, maar ze wist dat hij onder de douche stond en haar niet zou kunnen horen.

'Het is wel iets!' brulde Lottie tussen haar uithalen door. 'Au, mammie, au, doe er iets aan!'

Lili hoorde het geluid van rennende voetstappen. Toen ze opkeek en Drew zag, huilde ze bijna van opluchting.

'Ik kwam net uit de pub.' Hij ging op zijn hurken zitten en voelde Lotties pols. 'Ik hoorde haar gillen. Stil maar, schatje, ik doe je geen pijn. Zo te zien is haar arm gebroken.'

'Is Doug thuis?' vroeg Lili, maar Drew schudde zijn hoofd.

'Hij heeft dienst.'

'Zal ik bellen om een ambulance?'

'Het duurt twintig minuten voordat ze hier zijn. Is ze bewusteloos geweest?'

'Nee. Heb je je hoofd gestoten, schatje?'

'Nee!' kermde Lottie en ze probeerde te gaan zitten. 'Het is niet mijn hoofd, het is mijn ARM!'

'Het gaat sneller als we haar zelf brengen.' Drew rolde zijn mouwen op. 'Ik geloof niet dat er andere verwondingen zijn, maar ze moet wel nagekeken worden.' Hij keek naar de openstaande voordeur. 'Waar is Michael?'

'Onder de douche. Will ligt boven te slapen en Harriet is net met Bliksem gaan wandelen.'

'Okay, ik haal mijn auto en we leggen Lottie op de achterbank. Michael kan straks met Will en Harriet naar het ziekenhuis komen.'

Hij wist precies wat hun te doen stond. Lili knikte, sprakeloos van dankbaarheid.

'Trek mijn jurk omlaag!' brulde Lottie en met haar goede arm trok ze wild aan de zoom. 'Ik wil niet dat iedereen mijn broekje ziet.'

Doug werd geroepen zodra ze op de eerste hulp aankwamen. Schuldbewust ontweek Lili de boze blikken van de andere patiënten, die al uren in de wachtkamer zaten zonder zelfs maar een glimp van een dokter op te vangen. Toen Doug ook nog eens knap bleek te zijn, vroegen met name de vrouwelijke patiënten zich af wat Lili had wat zij niet hadden.

'Dit voelt als nepotisme,' fluisterde ze tegen Drew.

'Lekker hè?' antwoordde hij vrolijk. 'Tenzij je hier liever de hele middag blijft zitten terwijl Lottie zich de longen uit haar lijf gilt.'

Doug was klaar met een snel voorlopig onderzoek en richtte zich op. 'Okay, laten we naar een onderzoekkamer gaan. Als ik haar goed heb onderzocht, zorg ik dat er röntgenfoto's worden gemaakt. Lili, je moet de receptioniste wat gegevens geven.'

Lili streelde het klamme voorhoofd van haar dochter. 'Moet ik niet bij Lottie blijven?'

Maar Lottie sloeg haar goede arm nog steviger om Drews nek.

'Drew gaat wel mee. Drew is lief.'
Doug onderdrukte een glimlach. 'Kom maar, hij mag je dragen. Je mama komt zo weer terug. Daar moet je zijn,' zei hij tegen Lili en gebaarde naar de balie.
'Waarom?' wilde Lottie weten.
Doug ging verbazend goed met kinderen om. Zonder een spier te vertrekken boog hij zich voorover. 'Kijk, dat is April, daar achter die balie, onze receptioniste,' fluisterde hij op samenzweerderige toon. 'En zij wil al je geheimpjes weten.'
Lottie keek verontwaardigd. 'Wat, zelfs de kleur van mijn broekje?'

## 54

Lili beet op haar lip en zag Drew haar dochter moeiteloos optillen en naar de gang dragen. Daarna liep ze naar de balie.
Door het keurige haar en de pas aangebrachte lippenstift van de receptioniste werd Lili zich er sterk van bewust hoe verfomfaaid zij eruit moest zien. Ze was ramen aan het lappen toen Felicity belde en er zaten blauwe vlekken op haar oude gele shirt. Erger nog, ze kon zich niet herinneren dat ze die ochtend haar haar had geborsteld – een stijl die alleen de Goldie Hawns van deze wereld zich konden permitteren – en haar wimpers waren samengeklonterd door de mascara van gisteren.
Er zijn twee soorten vrouwen op deze wereld, dacht Lili: de vrouwen zoals ik en de types zoals de receptioniste die 's avonds altijd hun mascara verwijderen.
Met een gevoel van schrik vroeg ze zich af wat Drew moest hebben gedacht toen hij haar zo zag.
Nee, nee, ik moet zelfs niet aan Drew denken. Strikt verboden.
'Sorry.' Haastig kamde Lili met haar met Lustra geïmpregneerde vingers door haar beschamende haren. 'Ik besef net dat ik eruitzie als een vogelverschrikker.'
'Helemaal niet.' De glimlach van de receptioniste was geruststellend. 'U bent bevriend met Doug, neem ik aan?'
'Zo'n beetje. We wonen in hetzelfde dorp.'
Gemanicuurde nagels zweefden boven het toetsenbord.
'Hoe heet uw dochter?'
'Lottie Ferguson. Charlotte Ferguson,' verbeterde Lili zichzelf vlug. 'Geboren op twintig mei 1993.'

De receptioniste tikte de gegevens in. 'Adres?'

'The Old Vicarage, Upper Sisley.'

Even haperden de tikkende vingers. April keek naar het scherm, zag dat ze Siz had getikt in plaats van Sis en verwijderde haastig de z. Wat opmerkelijk – ze had niet beseft dat Doug in hetzelfde dorp woonde als Bernadette.

Het maakte niet uit, natuurlijk niet. Gewoon toeval, meer niet.

Ze beheerste zich en keek omhoog naar de vrouw voor de balie. Zij moest Bernadette ook kennen.

'Is ze eerder opgenomen geweest?'

Lili schudde haar hoofd. 'Nee.'

'Naam en adres van uw huisarts?'

'Dokter Mather. Eh… Hemel, ik kan me haar adres niet herinneren.'

'Weet uw man het misschien?' De receptioniste keek vluchtig in de richting van de gang, en Lili besefte wat ze bedoelde.

'O nee. Dat is mijn man niet. Drew woont in hetzelfde huis als Doug en hij heeft ons alleen een lift gegeven.' Lili begreep dat het vreemd moest klinken en blozend probeerde ze het uit te leggen. 'Mijn man is thuis met de jongste. Hij komt hierheen zodra mijn oudste dochter thuiskomt. Ik moet hem trouwens bellen, hem laten weten wat hij mee moet nemen voor het geval Lottie moet blijven.' Ze grabbelde in haar broekzak en pakte het vijfje dat ze er haastig in had gestopt voor noodgevallen. 'Kunt u dit misschien wisselen voor de telefoon? Ik wil hem graag meteen bellen, voordat hij weggaat.'

Het was tegen de regels, maar April had geen wisselgeld. Ze schoof de telefoon over de balie en liet haar stem dalen. 'Gebruik deze maar.'

'Bedankt, ik zal het kort houden.' Lili grijnsde van opluchting en toetste het nummer in. Na twee keer overgaan werd er opgenomen.

'Schat? Ja, met mij. Doug is nu met Lottie bezig.' Stilte. 'Nee, ze maken röntgenfoto's van haar arm, maar Doug ziet verder geen reden voor ongerustheid. Ja, haar arm is gebroken.' Lange stilte. 'Nee Michael, dat kan niet wachten. Als zijn luier vuil is, moet je hem nu meteen verschonen.' Lili rolde ongelovig met haar ogen. 'Waarom? Omdat hij luieruitslag krijgt als je er niets aan doet. Luister, ik moet ophangen. Neem wat spulletjes mee voor het geval ze Lottie hier willen houden. Een schone pyjama, een tandenborstel, dat soort dingen. Nee, ik heb ze vanochtend gewassen – er ligt een grote stapel op ons bed.'

April liet de ingevulde formulieren vallen en schoof van haar stoel om ze op te rapen. Haar handen trilden, haar hart bonsde en ze wist niet of het haar zou lukken om weer op te staan.

Ferguson.

Michael Ferguson.

Nee toch. O alsjeblieft, het kon niet waar zijn.

Ze dacht koortsachtig na. De afzonderlijke details tolden rond in haar hoofd.

Niet háár Michael.

Hij en Doug kenden elkaar, maar Michael had hem als een vage bekende beschreven; hij had niet gezegd dat ze in hetzelfde dorp woonden. Maar Michael had haar nooit verteld waar hij precies woonde. Hij had haar uiteraard niet met een ik-wil-niet-dat-je-het-weet afgescheept, hij had de vraag gewoon omzeild, zijn woonplaats als een rustig dorpje beschreven en het gesprek een andere wending gegeven. En zij had verder niet aangedrongen omdat ze hem niet in de gordijnen wilde jagen. Hij moest immers rekening houden met zijn gezin. Dat begreep April. Hoewel hij en zijn vrouw elk hun eigen leven leidden, moest hij toch consideratie hebben met haar gevoelens. Als zij op details aandrong, zou hij misschien bang worden dat er een *Fatal Attraction*-scenario op stapel stond.

Tenzij...

April zat nog steeds gehurkt op de grond en een vloedgolf van misselijkheid overspoelde haar.

Als ze het over dezelfde Michael hadden, klonk hij niet al te gescheiden van zijn vrouw.

'Schat,' had die vrouw net tegen hem gezegd. En niet op die beleefde, tandenknarsende manier van mensen die elkaar duidelijk niet kunnen uitstaan.

Ze had ook 'ons bed' gezegd.

Ons bed, hetgeen betekende dat ze er samen in sliepen.

April voelde zich met de minuut zieker. Misschien moest ze zelfs wel overgeven in de prullenbak.

'... goed schat, kom hierheen zodra Harriet terug is. Tot straks.'

Boven haar hing Lili op. Het volgende moment tuurde ze over de rand van de balie.

'Hallo. Gaat het daar beneden?'

April dwong zichzelf te knikken. 'Ik had iets laten vallen.'

'O. Nou, bedankt voor het gebruik van de telefoon. Hebt u alle gegevens?'

Weer een knikje.

'Dan ga ik nu naar Lottie. Wilt u het me laten weten als de troepen er zijn?'

'Troepen?'

'Man, tienerdochter, luidruchtig zoontje, nog luidruchtigere hond.' Lili keek grijnzend op haar neer. 'Nou, de hond misschien niet.'

Aprils handen trilden nog steeds onbeheersbaar terwijl ze de verschillende formulieren bij elkaar raapte. Ze dwong zichzelf om diep adem te halen. 'Ja hoor, ik laat het u weten.'

'Fijn.' Lili zwaaide vriendelijk en verdween uit het zicht. 'Bedankt!'

De volgende dertig minuten waren de langste van Aprils leven. Gespannen wachtte ze op de komst van Lottie Fergusons vader. Toen hij binnenkwam door de schuifdeuren, wist ze direct dat ze het afgelopen halfuur net zo goed geen uitvluchten voor hem had kunnen verzinnen.

De uitdrukking op Michaels gezicht toen hij haar achter de balie zag zitten, sprak boekdelen. Een combinatie van gluiperig schuldgevoel en bravoure, want voor zover hij wist, bestond er nog een kans dat hij zich eruit zou weten te redden.

Hij denkt dat hij het klaarspeelt, dacht April ongelovig toen hij met zijn kinderen naar de balie liep. Hij denkt werkelijk dat ik er intrap. 'Hallo, ik ben Michael Ferguson.' Hij knipoogde naar haar met het oog dat zijn dochter niet kon zien. 'Ik ben de vader van Lottie Ferguson. Ze is hier met mijn eh... vrouw.'

Dat 'eh... vrouw' was ook veelzeggend, besefte April. Hij liet doorschemeren dat Lili misschien wel zijn vrouw was, maar dat het alleen in naam een huwelijk was.

Ze knikte als verdoofd. 'Neemt u maar even plaats, dan laat ik haar weten dat u er bent.'

April kon zichzelf de woorden ternauwernood horen zeggen. Er was een ruisend geluid in haar oren, net een naderende tyfoon. Ze wilde tegen Michael tekeergaan, maar dat kon ze niet doen waar de kinderen bij waren. Als de dood dat ze de gang niet zou halen, draaide ze zich om. Gelukkig kwam Dougs vriend net naar haar toe.

'Eh... meneer Ferguson is er.'

Drew keek opzij naar Harriet en Michael en glimlachte vluchtig naar Will, die op de grond met zijn dierbare onthoofde Barbie zat te spelen. Dat was het dan, hij was niet langer nodig. Nu was Michael er. 'Ik zal het even tegen Lili zeggen,' bood hij aan, 'en dan moest ik maar eens gaan.'

'O help,' mompelde April toen het tot haar doordrong dat ze niet goed meer zag. Alles draaide, werd grijs en het ruisende geluid in haar oren zwol aan.

'O help wat? Is er iets?' Drew fronste zijn wenkbrauwen en zag de kleur wegtrekken uit haar gezicht.

Hij kon haar nog net op tijd opvangen voordat ze op de grond in elkaar zakte.

Eleanor Ferguson schepte er altijd over op dat ze het veel te druk had om televisie te kijken. Het was allemaal flauwekul en er waren altijd nuttiger manieren om je tijd te besteden.

Maar af en toe was het prettig om 's middags een kop thee voor jezelf te zetten, een paar zelfgebakken koekjes op een schaaltje te doen en in de beslotenheid van je eigen zitkamer met je voeten omhoog te genieten van een of ander onbeduidend programma.

Zolang niemand anders maar wist dat je het deed.

Eleanor verslikte zich bijna in een haverkoekje toen ze de aankondiging hoorde voor *The Jack Astley Show*, een praatprogramma dat om halfzes zou beginnen.

'... en Jacks gast is vandaag de vrij onbekende schrijfster Antonia Key. Haar laatste boek wordt in Hollywood verfilmd en het lijkt een kassakraker te gaan worden.'

Dit keer was er van 'bijna' geen sprake meer. Eleanor verslikte zich in haar haverkoekje. Terwijl ze zichzelf hoestend en proestend op haar benige borst klopte, schoot ze overeind en staarde naar het scherm. Haar eigen buurvrouw... Hemelse goedheid, dit was onvoorstelbaar! Een filmmaatschappij in Hollywood verfilmde zowaar een boek van Bernadette.

En ze heeft het aan niemand verteld, besefte Eleanor verontwaardigd. Zelfs niet aan mij.

Thee en koekjes waren op slag vergeten. Ze sprong overeind en rende naar het raam. Bernadettes auto stond niet voor de deur en de ramen van haar huis waren allemaal dicht. Er was niemand thuis.

Logisch, ze is natuurlijk in de televisiestudio, bedacht Eleanor. *The Jack Astley Show* werd rechtstreeks uitgezonden.

Het moest een enorme beproeving zijn voor iemand die zo teruggetrokken leefde en zo publiciteitsschuw was als Bernadette. Eleanor vroeg zich af waarom ze bereid was geweest om aan het programma mee te werken, maar ze zette die vraag meteen weer uit haar hoofd. Dat was irrelevant. Het programma zou over een uur beginnen en het was aan haar – het was zelfs haar plicht – om zoveel mogelijk dorpelingen op de hoogte te stellen.

Als Bernadette met zichzelf te koop liep op de nationale televisie, was haar identiteit per slot van rekening geen geheim meer.

Vijftig minuten later zeilde Eleanor de winkel binnen. Ze stond nog steeds stijf van gewichtigheid.

'Wel wel,' zei een verwonderde Myrtle Armitage. 'Wie had dat ooit gedacht? Zo stil als een muis, durft zo te zien nog geen boe te zeggen tegen een bakje vla, en ondertussen onderhandelt ze met Hollywoodtypes.' Spijtig keek ze op haar horloge. 'Ik ben bang dat ik het mis. Ik kan de winkel nog niet sluiten.'

Eleanor wilde onder geen beding dat iemand het zou missen. Bernadette was haar buurvrouw en ze had het gevoel dat ze haar eigenhandig had ontdekt.

'Zet je televisie dan hier neer. Het is toch een draagbare?' Ze schoof de zorgvuldig gerangschikte tijdschriften opzij om plaats te maken op de toonbank. 'Wacht maar, ik ga hem zelf wel halen.'

Eleanor verdween door de tussendeur naar Myrtles zitkamer. 'Maar het is al halfzes,' riep Myrtle haar na. 'Je bent zelf niet op tijd thuis.' Eleanor kwam terug met de televisie in haar hand. Stofvrij, stelde ze tevreden vast.

'Geen probleem. Ik kijk hier wel, samen met jou.'

## 55

Terwijl April weer bijkwam, had ze gehoord dat Lili Michael begroette bij de koffieautomaat.

'Hallo schat! Ik vroeg me al af wanneer je zou komen!'

Als April op dat moment had gekeken, zou ze hebben gezien dat Lili Harriet een kus gaf en Michael niet. Maar ze hoorde alleen het geluid van de kus en vervolgens opnieuw Lili's stem, gedempter dit keer. 'Wat is daar aan de hand?'

'De receptioniste is flauwgevallen.' Michael had het achteloos en op ongeïnteresseerde toon gezegd.

'Dat arme kind! Ze zag er al niet goed uit toen ze daarnet de formulieren invulde. Ik vroeg me al af of ze zich...'

'Nou,' viel Michael haar abrupt in de rede, 'hoe is het met Lottie?'

'Prima. Kom maar mee, ze wil je haar gips graag laten zien.'

Dat was nu meer dan een uur geleden. Kort daarna had een van de verpleegsters die klaar was met haar dienst April een lift naar huis gegeven.

'Doe het rustig aan,' had ze haar aangeraden. 'Je ziet er nog steeds slecht uit. Ik zou maar naar bed gaan als ik jou was.'

April had geknikt en bij wijze van bedankje kort en ijzig geglimlacht, maar naar bed gaan was uitgesloten. Ze voelde zich woedend en verdrietig en hulpeloos. Michael had tegen haar gelogen, hij had haar volkomen belachelijk gemaakt, haar kans op geluk de grond in geboord.

April kon nauwelijks geloven dat het haar allemaal opnieuw over-kwam.

'We zijn er, moppie.' De taxichauffeur stopte voor het huis en draai-de zich om, bang dat zijn vrachtje had overgegeven op de achterbank. 'Dat is dan acht pond.'

Gelukkig stond Bernies auto voor de deur. Toen April een taxi had gebeld, was het geen moment bij haar opgekomen om eerst even te bellen. Ze had zich ook geen moment afgevraagd of het wel goed was wat ze deed. Ze was hier instinctief naartoe gegaan, ze kon niet an-ders.

Want wat er in het verleden ook was gebeurd, ze wist dat Bernie van haar hield.

En wat April nu nodig had, meer dan ooit tevoren, was iemand die begrip en sympathie zou tonen.

Iemand die aan haar kant zou staan.

Bernadette was net terug van een bezoek aan het tuincentrum en hoor-de het geluid van een onbekende auto op straat. Toen ze naar het raam liep en zag wie er uit de stilstaande taxi stapte, moest ze een stap achteruit doen. Haar adem stokte.

April.

Wat deed ze hier in 's hemelsnaam?

Het duurde niet lang voordat Bernadette erachter kwam. Ze deed de voordeur open en April strompelde met betraande wangen over het tuinpad. Instinctief spreidde Bernadette haar armen uit. De laatste keer dat ze April had gezien, was minder dan twee maanden geleden, toen ze zich in een winkel in Harleston had verborgen om een glimp van haar op te vangen aan de overkant van de straat.

Het was echter meer dan twee jaar geleden dat April haar had gezien. 'O Bernie, ik moest komen. Wees alsjeblieft niet boos op me.' Ze be-groef haar hoofd tegen Bernadettes schouder, en de gesteven kanten kraag van Bernadettes blouse kraakte tegen haar natte wang. 'Het spijt me heel erg, ik wist niet wat ik anders moest doen.'

'Stil maar, het geeft niet. Ik ben blij dat je bent gekomen,' mompel-de Bernadette troostend. 'Kom, vertel me eens wat er aan de hand is.' Bernadette voerde April mee naar de zitkamer en streelde Aprils zach-te blonde haar. Ze was altijd van haar blijven houden. Als ze ook maar iets kon doen om de pijn weg te nemen, wat dan ook, dan zou ze het doen.

Ondertussen beefde Eleanor Ferguson in de dorpswinkel als een riet. Woede streed om voorrang met bittere vernedering, en ze wilde wel door de grond zakken van schaamte toen Myrtles kraaloogjes haar priemend aankeken.

Antonia Key was namelijk op de televisie, flirtend en babbelend met Jack Astley. Sterker nog, Jack Astley was zichtbaar in zijn nopjes, want Antonia Key was blond en knap en ze droeg een minirok die geen twijfel liet bestaan over de lengte van haar welgevormde benen. Een vergissing was uitgesloten, want het gesprek ging over *Bloeiende Kamperfoelie*, en Jack hield het boek omhoog voor de camera.

Eleanor liep steeds roder aan. Dit was meer dan schandalig, het was onverdraaglijk. Bernadette Thomas had tegen haar gelogen, niet slechts één keer maar telkens weer.

Ze heeft me volkomen voor aap gezet, dacht Eleanor. Met lillende onderkinnen dacht ze terug aan haar ronde door het dorp, hoe ze had gepocht dat Bernadette op de televisie zou komen en dat iedereen vooral moest kijken.

Zíj geeft zich uit voor iemand anders – Joost mocht weten waarom – en ík sta in mijn hemd.

Myrtle Armitage, die er in stilte van genoot dat de bazige Eleanor eindelijk haar verdiende loon kreeg, sprak met geveinsde onschuld.

'Misschien heb je haar verkeerd begrepen. Ze heeft misschien gezegd dat ze een schrijfster kende en jij hebt daaruit opgemaakt dat ze het zelf was.'

'Het was geen misverstand.' Grimmig stond Eleanor op. Ze had er genoeg van. 'Die vrouw heeft opzettelijk tegen me gelogen en ik ga haar eens goed de waarheid zeggen!'

'Wat ga je doen?' hakkelde April en ze klampte zich angstig vast aan Bernadettes mouw.

Maar Bernadette had de voordeur al opengetrokken. Michael Ferguson had April dit aangedaan en daar zou hij voor boeten, op wat voor manier dan ook.

Bernadette was zo kwaad dat ze een rood waas voor haar ogen had toen ze naar buiten marcheerde. Een frontale botsing met Eleanor Ferguson, die net door het hekje stormde, was het gevolg.

'Jij' – Eleanor wees met een stramme, beschuldigende vinger op Bernadette – 'hebt iets uit te leggen, dame.'

'Als iemand iets uit te leggen heeft, dan is het jouw zoon. Waar is hij?'

Met open mond deed Eleanor een stap achteruit. Wie was er hier nou eigenlijk de beledigde partij?

De volgende seconde herkende ze de slanke, radeloze blondine die zich aan Bernadettes arm vastklampte. Dat was het meisje van de foto in het zilveren lijstje op het tafeltje in Bernadettes gang. Eleanors neusvleugels trilden van weerzin. Jakkes! Twee van die smerige lesbiennes.

'Bernie, nee, laat het nou,' smeekte het meisje. 'Bovendien is hij vast nog in het ziekenhuis.'

'Ziekenhuis? Het ziekenhuis!' blafte Eleanor. 'Mijn zoon Michael – heb je het over hem? Doe niet zo bespottelijk! Ik heb hem twee minuten geleden nog gezien, hij ging naar de pub.' Een gevoel van diepe schaamte overviel haar toen ze zich herinnerde dat ze haar hoofd om de deur van de Seven Bells had gestoken en schalks tegen Lorna Blake had gezegd: 'Kijk om halfzes naar *The Jack Astley Show*, dan staat je een verrassing te wachten!'

'Goed zo,' zei Bernadette met grimmige voldoening, 'op naar de pub.'

'Bernie, niet doen!' protesteerde April, maar de hand waarmee ze Bernadette probeerde tegen te houden, werd afgeschud. En April, die wist dat ze het eigenlijk niet meende, voelde een heimelijke scheut van opwinding door haar binnenste gaan.

Was ze daarom gekomen, vroeg ze zich af toen ze achter Bernadette aan draafde. Wilde ik Bernie daarom zien, omdat ik behoefte had aan troost én een vorm van wraak?

'Ik weet niet wat jij voor spelletje speelt,' zei Eleanor met opeengeklemde kaken, 'maar ik heb de echte Antonia Key net op de televisie gezien.' Ze zette het op een sukkeldrafje om Bernadette bij te houden nu ze het grasveld naderden. 'Ik eis een verklaring.'

'Die krijg je snel genoeg.'

'Allemachtig, ik heb geprobeerd een goede buurvrouw voor je te zijn, en ik krijg stank voor dank. Je liegt en bedriegt!'

Bernadette beende zonder iets te zeggen verder aan het hoofd van het driekoppige minikonvooi. Ze keek zelfs niet naar Eleanor toen ze de overkant van het grasveld bereikte, in marstempo de straat overstak en de zware eikenhouten deur van de Seven Bells openduwde.

Hoewel ze nooit eerder een voet in de pub had gezet, herkende Bernadette een groot deel van de klanten. Voor zes uur 's avonds was het drukker dan ze had verwacht – nog een bonus. Er waren misschien veertig of vijftig klanten in totaal, waaronder Toby en Savannah Gillespie, en de twee jonge dierenartsen van Keeper's Cottage.

Hoofden werden omgedraaid van de televisie aan de muur, en Bernadettes blik gleed bedaard de hele pub door. De lange, knappe Oliver Roscoe stond achter de bar, een hand op de tap terwijl hij een groot bierglas vulde. Naast hem haalde de serveerster glazen van een dienblad: Moll de sloerie, wier reputatie zelfs Bernadette ter ore was gekomen. En een eindje verderop stond Lorna Blake met haar raspende stem; onder het genot van een sigaret babbelde ze met een klant die op een van de met leer beklede barkrukken zat.

Bernadette hoorde April achter zich naar adem snakken.

Strak keek ze naar Michael Ferguson, de klant op de kruk die zo gemoedelijk met Lorna in gesprek was.

Bernadette schraapte haar keel. 'Meneer Ferguson,' kondigde ze goed hoorbaar aan.

Michael draaide zich om, met vragend opgetrokken wenkbrauwen. 'Ja?'

Toen zag hij April staan, een halve meter achter Bernadette, een diepbedroefde blik in haar rood behuilde ogen.

'Wat is er aan de hand?' Michael trok plotseling wit weg, totdat zijn gezicht dezelfde kleur had als het schuim op zijn vers getapte bier.

'Dat weet je donders goed,' zei Bernadette.

Strijdlustig stak Michael zijn kin omhoog. 'O ja?'

'Je herkent deze dame, neem ik aan?'

Na een korte aarzeling haalde hij zijn schouders op. 'Ik heb haar vanmiddag in het ziekenhuis gezien, als je dat soms bedoelt.'

Eleanor protesteerde woedend in de deuropening. 'Dit is bespottelijk! Hoe durf je!'

Maar Bernadette was niet te stuiten. In minder dan een seconde had ze de bar bereikt, haar arm naar achteren bewogen en met de kracht van een moker een rechtse hoekstoot op Michael Fergusons vooruitgestoken kin uitgedeeld.

Hij viel van de kruk, belandde met een zware plof op de grond en bleef verdoofd liggen terwijl Bernadette zijn bierglas pakte en de schuimende inhoud uitgoot over zijn hoofd.

'En dan denk je dat ík lieg en bedrieg,' zei ze op bijna vrolijke toon. Met een minachtend gebaar gooide ze het laatste restje Courage Best in zijn gezicht.

De rest van de aanwezigen staarde perplex naar dit surrealistische tafereel. Bernadette had Michael Ferguson uitgeschakeld en het was een stoot zoals niemand die ooit had gezien, een stoot waar Prince Naseem trots op zou zijn geweest.

'W-waarom deed je dat?' sputterde Michael terwijl hij het bier uit zijn prikkende ogen wreef. 'Wat heb jij verdomme met haar te maken?'

'Laten we zeggen dat Aprils wel en wee me aan het hart gaat,' deelde Bernadette hem ijzig mee. Het was dan wel twintig jaar geleden, maar eens een bokser altijd een bokser. 'Ze is namelijk mijn exvrouw.'

## 56

'Ik kan het nog steeds niet geloven,' riep Lili de volgende ochtend hoofdschuddend uit terwijl ze een rol chocoladekoekjes in de koektrommel deed. 'Bernadette Thomas was vroeger een mán.'

'Ik wilde dat ik erbij was geweest.' Jessies gezicht vertrok en ze keek Lili over de keukentafel semi-verontschuldigend aan. 'Sorry, ik weet dat Michael je man is en zo, maar volgens Oliver was het echt een prachtige vertoning.'

Lili stopte een koekje in haar mond. 'Kijk maar niet zo schuldig. Ik wilde ook dat ik erbij was geweest. Ik dacht dat je het altijd kon zien als een man was omgebouwd. Je weet wel, een beginnende baard die door de foundation heenkomt.'

'Donkere stemmen.'

'Zwarte haren door hun panty's.'

'En leren minirokjes met van die sierspijkertjes.' Jessie nam nog een koekje.

Als het niet zo'n warme dag was geweest, zou de keukendeur niet open hebben gestaan en zou Bernadette Thomas, die op het punt stond om te kloppen, dit gesprek nooit hebben opgevangen.

Maar aangezien de deur wel openstond en ze het gesprek wel opving, schraapte ze haar keel in plaats van te kloppen. 'Ze verrichten tegenwoordig wonderen met elektrolyse,' zei ze vanuit de deuropening. 'En de hormoonpreparaten helpen ook. Wat de kleren betreft... nou, ik wil helemaal geen leren minirokjes met sierspijkertjes dragen.'

Aan de keukentafel slaakte Lili een gesmoorde kreet en ze werd rood. Jessie hoestte en probeerde het koekje door te slikken.

'Hai! Kom binnen. Sorry Bernadette. Wat moet je niet van ons denken? We zeiden alleen...'

'Wat iedereen in het dorp zegt sinds het bekend is geworden?' opperde Bernadette droog. 'Zit er maar niet over in, ik begrijp het best. Iedereen vindt transseksuelen fascinerend. Nieuwsgierigheid is heel normaal.'

'Daarom heb je het natuurlijk nooit verteld.' Jessie voelde met haar mee; ze wist wat het was als er over je werd geroddeld. 'Maar nu weet iedereen het. Waarom heb je opeens besloten om je geheim prijs te geven?'

Een vluchtig glimlachje van Bernadette, die even zorgvuldig opgemaakt was als altijd. Ze plukte een draadje van de voorkant van haar hooggesloten roomkleurige blouse. 'Tja, ik had natuurlijk best binnen kunnen stormen en zijn ogen uit kunnen krabben,' gaf ze toe, 'of ik had hem te lijf kunnen gaan met een haaknaald, dat zou dames-achtiger zijn geweest. Maar ik dacht op dat moment niet meer na. Of misschien kon het me niet meer schelen. Als je je zo kwaad maakt, nemen de oude instincten het over. Ik heb jarenlang in het leger ge-zeten, weet je, en ik deed veel aan boksen. Het enige wat ik wilde, was hem net zoveel pijn doen als hij April had gedaan.' Bernadette zweeg even en staarde naar haar tot vuisten gebalde handen. 'Mis-schien wilde ik ook mijn eigen geweten sussen, want ik heb April na-tuurlijk ook pijn gedaan. Ik had nooit met haar moeten trouwen, dat weet ik, maar in die tijd dacht ik dat de andere gevoelens erdoor weg zouden gaan. En ik hield van haar,' concludeerde Bernadette triest, 'heel erg veel. Nog steeds trouwens.'

Er waren zoveel vragen. Jessie schoof de suikerpot over tafel terwijl Lili Bernadette een beker thee inschonk.

'Waarom heb je tegen Eleanor gezegd dat je Antonia Key was?'

'Er was een journalist aan de deur geweest. Iemand van de praatgroep waar ik vroeger bij zat had hem mijn naam en adres gegeven. Eleanor begon vragen te stellen en ik moest wel met een plausibele verklaring op de proppen komen.'

'Maar een schrijfster!'

'Maar ik bén schrijfster.' Geamuseerd nam Bernadette een slok thee. 'Alleen niet Antonia Key.'

Lili keek haar niet-begrijpend aan. 'Wie ben je dan wel?'

'Bernard Thomas.'

'Je schrijft spionageromans!' Jessie herkende de naam onmiddellijk. 'Oliver heeft al je boeken. Hij heeft me er een keer een geleend maar het was zo hard, zo meedogenloos... Jeetje, sorry, ik wil je niet bele-digen...'

'Het zijn mannenboeken.' Bernadette wuifde de verontschuldiging weg. 'Het geeft niet, ik voel me niet beledigd. Mannen zijn er weg van, vrouwen vinden ze vreselijk.'

Lili was gefascineerd. 'Weet je uitgever dat je...'

'O ja, ik heb het ze verteld. Ze vielen zowat flauw,' vertelde Berna-dette gemoedelijk. 'Ze hebben me laten beloven dat ik niet uit de school zou klappen. Als het bekend zou worden, zouden de ver-koopcijfers kelderen. Het is een kwestie van imago, weet je. Volgens mijn uitgever zou je het grote publiek net zo goed kunnen vragen om James Bond in kousen en een corset te accepteren.'

'Neem nog een kop thee.' Lili pakte de theepot. 'Ik moet zeggen dat ik niet weet of mijn schoonmoeder ooit nog met je wil praten. Maar goed, dat zou een geluk bij een ongeluk kunnen zijn.'

Lili trilde zo erg dat Bernadette de theepot uit haar hand pakte en terugzette op tafel. 'Nu hebben we wel genoeg over mij gepraat. Daar kwam ik niet voor. Ik wilde je mijn excuses aanbieden.'

'Jeetje, dat hoeft echt niet,' zei Lili gegeneerd.

'Natuurlijk wel. Jouw man had een verhouding met April, en dankzij mij weet nu het hele dorp het. Je zult er wel kapot van zijn.' Bernadette fronste. 'Tenzij... je het al wist?'

Lili's handen trilden niet langer. Eigenlijk voelde ze zich helemaal niet zo rot.

'Nee, ik wist het niet.' Ze schudde de pony uit haar ogen. 'Maar... Nou, laat ik het zo zeggen, het was een opluchting om het te horen.'

Michael had zich het grootste deel van de dag niet vertoond en vond dat hij Lili lang genoeg de tijd had gegeven om de schrik te verwerken.

'Okay, ik geef toe dat ik het niet had moeten doen,' zei hij grootmoedig. Hij stond naast hun tweepersoonsbed terwijl Lili aan de andere kant het ene gekreukelde overhemd na het andere in een koffer smeet. 'Maar vind je niet dat je een beetje overdreven reageert? Het was een slippertje, meer niet. Ze betekende niets voor me. Het is geen reden om uit elkaar te gaan, daarvoor is ons huwelijk veel te goed.'

Toen hij was uitgepraat, drong er iets tot hem door dat hem niet eerder was opgevallen. Ongestreken overhemden.

Wat een slons, dacht Michael verontwaardigd. Zijn moeder had altijd tegen hem gezegd dat hij beter verdiende en ze had gelijk.

'Ons huwelijk is helemaal niet goed,' zei Lili verontrustend kalm, 'het is een huwelijk om van te huilen.'

'Maar we hebben drie kinderen!'

'Daarom heb ik het ook zo lang met je uitgehouden. Anders was ik drie jaar geleden al bij je weggegaan, geloof me.' Ze trok Michaels la met ondergoed open en begon sokken en slipjes lukraak op de berg overhemden te gooien. 'Maar daar gaat het nu niet om. Onder deze omstandigheden kun jij vertrekken.'

Michael keek haar woedend aan. Lili streek zijn ondergoed ook nooit. In tegenstelling tot zijn moeder, die het altijd met liefde had gedaan en het keurig opgevouwen in slagorde had opgeborgen.

'Doe niet zo idioot!' snauwde hij. 'Duizenden vrouwen accepteren de onschuldige slippertjes van hun mannen. Waarom kun jij dat niet? Waarom moet jij er nou uitgerekend een geweldige scène van maken?'

'Misschien omdat dit de laatste druppel is.' Lili wist dat de manier waarop ze zijn spullen in de koffer propte hem ergerde, waardoor de voldoening des te groter werd. 'Misschien hebben ze de voors en tegens afgewogen en zijn ze tot de conclusie gekomen dat hun huwe-

lijk het waard was om gered te worden.' Ze hield een oranje met roze sok omhoog en trok een wenkbrauw op. 'Terwijl ik er schoon genoeg van heb.'

'Maar...'

'Nee, laat het me zeggen. Ik heb allerlei dingen van je gepikt, omdat
ik altijd tegen mezelf heb gezegd dat je in elk geval niet vreemdging.
Toen ik begon te vermoeden dat je er in Dubai vriendinnetjes op nahield, heb ik tegen mezelf gezegd dat je het in elk geval niet hier deed,
pal onder mijn neus.' Lili gooide een bus scheerschuim op het ondergoed en stelde onverschillig vast dat de dop op de grond viel. 'Met
andere woorden, we hebben nu echt een dieptepunt bereikt, dat zie
je zelf toch ook wel in? Ik kan niet één enkele reden verzinnen waarom ik nog langer met je getrouwd zou blijven.'

Michael begon te zweten; hij voelde dat hij afwisselend koud en warm
werd. Hij had Lili nog nooit zo gezien. Allemachtig, ze zou hem het
vel over de oren kunnen halen met een alimentatie voor haar en de
kinderen.

'De kinderen... ónze kinderen,' hakkelde hij, 'hebben een vader nodig.'

Lili had er haar buik van vol. Dit was de hypocrisie ten top. 'Dat weet
ik,' zei ze toonloos. 'Toch hebben ze het al die tijd zonder moeten
stellen.'

'Lili, ik hou van je!'

Maar zelfs smeken leek geen zin te hebben. Ze klikte de koffer dicht
en schoof hem over het bed.

'Lieg niet, Michael. En probeer me geen schuldgevoel aan te praten,
want ik voel me niet schuldig. Dit is allemaal jouw schuld, niet de
mijne.'

'Dit kun je me niet aandoen!' protesteerde hij woedend. 'Waar moet
ik in godsnaam naartoe?'

Lili haalde haar schouders op. 'Dat weet ik niet en het kan me niet
schelen ook. Vraag het maar aan Bernadettes ex-vrouw – hoe heet
ze? April. Misschien wil zij je hebben.'


57


Twee uur later zeulde Michael zijn koffers – netjes gepakt dit keer –
de trap af. Een haastig telefoontje naar het hoofdkantoor gevolgd
door een tweede naar Heathrow waren voldoende geweest om eerder

dan gepland naar Dubai terug te gaan. Als Lili tijd nodig had om af te koelen, zou hij haar die geven. De volgende keer dat hij verlof had, had Michael vol vertrouwen besloten, zou ze hem met open armen ontvangen.

'Pap, kijk eens naar mijn arm.' Met een vrolijk gezicht hield Lottie het gips onder zijn neus. 'Ik heb mijn naam erop geschreven en ik heb er bil bij gezet!' Opeens kreeg ze de koffers in de gang in de gaten. 'Waar ga je naartoe?'

Lili was in de keuken. Michael ging op zijn hurken zitten om Lottie emotioneel te omhelzen en hij zorgde er wel voor dat Lili kon horen wat hij zei.

'Ik ga weg, schatje. Terug naar Dubai, ben ik bang. Ik blijf heel lang weg.'

Tot zijn teleurstelling drukte Lottie alleen een plichtmatig kusje op zijn wang voordat ze zich uit zijn armen bevrijdde. 'Okay. En kijk eens wat Harriet heeft getekend. Bliksem. Het is net een tatoeage.'

'Ik neem een heleboel cadeautjes mee,' beloofde Michael wanhopig.

'Dat zeg je altijd maar je doet het nooit. Je zegt altijd dat je het vergeten bent.'

Harriet toonde zich al evenmin onder de indruk toen ze de gang binnenkwam en werd vergast op een verstikkende omhelzing en de belofte van regelmatige kaartjes.

Ze fronste haar wenkbrauwen. 'Maar je zegt altijd dat je het te druk hebt om kaarten te kopen.'

'Deze keer niet,' vertelde hij haar deemoedig. Hoe was dit nou gebeurd? Wanneer hadden zijn eigen kinderen zich tegen hem gekeerd? Het was kwetsend dat het meest enthousiaste afscheid van Bliksem bleek te komen. Hij hield niet eens van die stomme hond, maar in elk geval werd zijn hand gelikt. Het enige waartoe Will in staat was toen hij uit zijn middagslaapje werd gewekt, was een verontwaardigd protest en een boertje dat naar frambozenyoghurt rook.

Michael wreef over zijn kin, die nog pijn deed van gisteren en nu nog pijnlijker was doordat hij door Wills maaiende knuistjes was geraakt, en liep naar de keuken.

'Nou, dan ga ik maar.'

Lili goot pasta af in de gootsteen. Ze draaide zich om, half in stoomwolken gehuld. 'Best.'

Hij gaf haar nog een allerlaatste kans.

'Het was eenmalig, dat moet je van me geloven. Het is nooit eerder gebeurd, helemaal nooit.'

Lili keek hem secondenlang aan. 'O jawel.'

Hij schudde zijn hoofd. 'Je vergist je.'

'Michael, ze heeft me gebeld. Uit Dubai.'

Jezusmina, het secreet!

'Wanneer?' Michael liep rood aan en in stilte vervloekte hij Sandra; wat had haar bezield om zoiets stoms te doen? 'Ze had het recht niet! Wanneer heeft ze gebeld? En wat heeft ze tegen je gezegd?'

Lili ademde langzaam uit. 'Niets. Er heeft niemand gebeld. Ik zei het alleen om te zien hoe je zou reageren.'

Ze vroeg zich af of ze nu in tranen uit moest barsten – ze hoorde toch zeker erger van streek te zijn – maar er ging alleen een allesoverheersend gevoel van bevrijding door haar heen.

'Was het gewoon bluf?' vroeg Michael ongelovig.

'Ik wilde zeker weten dat ik gelijk had.' Lili schudde nog een keer met het vergiet en schepte zorgvuldig pasta op de borden. 'En dat weet ik nu.'


Toby scheurde de in het bekende handschrift geadresseerde envelop open, ook al vroeg hij zich af waarom hij eigenlijk de moeite nam. Hij zou deze brieven ongeopend weg moeten gooien.

Of hij zou ze aan de politie moeten geven, dacht hij vermoeid. Misschien werd het tijd dat hij die stap nam.

'Toby Gillespie, acteur van niks. Wordt het geen tijd dat je ophoepelt?'

Meer stond er niet. Het was bepaald geen doodsbedreiging.

Hij keek op toen Dizzy de zitkamer binnen slofte.

'Wat is dat?'

'Nog zo'n brief, als je het tenminste een brief kunt noemen.'

Met gefronste wenkbrauwen pakte Dizzy de brief aan en las de beverige woorden. Deze had hij niet geschreven, maar als Eleanor er lucht van kreeg, zou ze denken dat hij erachter zat. En maak je geen illusies, dacht hij somber, iedereen in dit stomme dorp hoort altijd alles. Toch kon hij een vluchtige steek van jaloezie niet onderdrukken. Iemand anders kreeg nog steeds een kick van wat hij niet langer mocht doen.

Het was zo oneerlijk.

Hij gaf de brief terug aan zijn vader. 'Wat ga je doen?'

'Ik weet het niet.' Toby zuchtte. 'De politie inschakelen.'

Dizzy schrok ervan. 'Als ze er genoeg van krijgen, houden ze er vanzelf wel mee op. Dan hoef je niet naar de politie.'

'Dat denk ik al maanden, maar het houdt niet op. En nu krijgen andere mensen ze ook.'

'Ik was vanochtend in de winkel. De laatste drie dagen heeft niemand meer iets gehad.'

Grimmig hield Toby de brief omhoog. 'Maar ik wel.'
'Ik zou nog een weekje afwachten.' Dizzy begon te zweten. 'Je weet het nooit, dit kan wel de laatste zijn.'

Twintig minuten later hoorde Toby voetstappen op de trap. Toen hij opkeek, zag hij Deborah, die parfum in haar hals en op haar polsen wreef. Ze had zich verkleed en opnieuw opgemaakt.
Hoor ik nu te vragen waar ze naartoe gaat?
Tot zijn schrik besefte Toby dat het hem geen zier kon schelen. De atmosfeer in huis was nog steeds beneden het vriespunt en hij voelde geen enkele behoefte er iets aan te doen.
Hoe charmant Deborah ook overkwam, ze had altijd precies gedaan waar ze zin in had.
Nou, daar kon ze mee door blijven gaan, dacht Toby onaangedaan. Hij kon zich er niet langer druk om maken.
Hij vond het allang best dat ze gescheiden levens leidden.

Doug Flynn keek niet bepaald blij toen hij de deur opendeed en Deborah op de stoep zag staan. Hij keek langs haar heen naar het grasveld, benieuwd of iemand anders haar had gezien.
'Dit is geen goed idee.'
'Ik heb geen keus.' Deborah zag er even elegant uit als altijd in een trui van zwarte zijde en een zwarte broek. Een wolk Rive Gauche omhulde haar. 'Je ontwijkt me, Doug. En je belt me niet terug.'
Tegenwoordig controleerde Doug altijd eerst het nummer van de beller als zijn mobiele telefoon ging. Als het Deborah was, liet hij het telefoontje door zijn VoiceMail beantwoorden.
Er waren de laatste tijd een heleboel boodschappen ingesproken.
'Ik heb je al gezegd dat ik het risico te groot vind. Het moet afgelopen zijn.'
'En ik heb al tegen jou gezegd dat het me niet kan schelen.' Deborahs donkere ogen fonkelden van ongeduld. Ze was er het type niet naar om met haar voet te stampen, maar zo te zien wilde ze dat wel. Ze duwde de deur verder open en deed een stap naar hem toe. 'Doug, laat me erin. Ik moet met je praten. Ik word gek hiernaast. Toby is onuitstaan...'
'Jamie is boven.'
'Nou en? Dan praten we zachtjes.'
Hij zuchtte en liet Deborah binnen. Een scène op de stoep was wel het laatste wat ze konden gebruiken. 'Vijf minuutjes dan. Mijn dienst begint om zes uur.'
'Maar dit weekend werk je toch niet?'

'Hoe weet je dat?' vroeg Doug verbluft.

'Daar had ik echt geen privédetective voor nodig.' Deborah dreef de spot met zijn verbazing. 'Ik heb het ziekenhuis gebeld en gevraagd of je zaterdagmiddag werkte. Ze zeiden dat je het hele weekend vrij had.'

'En?'

'En ik dacht dat we samen weg konden gaan. Ik zeg wel tegen Toby dat ik bij vrienden in Londen ben. Jij kunt...'

'Ik ga al weg.'

'Mooi, dan ga ik met je mee.'

'Ik heb andere plannen.'

'Dan draai je die terug.' Glimlachend streek Deborah met haar vingers over zijn wang. 'Wees nou even eerlijk. Ze haalt het toch zeker niet bij mij?'

Ze hoorden Jamie boven stommelen in zijn kamer, naarstig op zoek naar schone kleren in zijn kast.

'Ze is tenminste niet getrouwd,' zei Doug. Hij nam niemand mee – hij had een sollicitatiegesprek in Manchester – maar hij peinsde er niet over om Deborah dat te vertellen.

'Het zou best kunnen dat ik binnenkort ook niet meer getrouwd ben,' zei ze kalm. 'Ik heb mijn best gedaan, maar Toby vergeeft het me nooit. Het is een hel in dat huis, zeg ik je. Maar jij en ik... we passen perfect bij elkaar.' Deborah ging heftiger praten. 'Ik heb erover nagedacht. Je kunt dat stupide baantje bij de eerste hulp opzeggen en een eigen praktijk beginnen. Denk je eens in, je eigen praktijk in Harley Street! Met jouw uiterlijk en mijn contacten kan het gewoon niet misgaan. Je zou een fortuin kunnen verdienen als je sterren behandelt. Ik kan regelen dat je een televisieoptreden...'

'Ik wil niet op de televisie,' zei Doug kil. 'En ik wil al helemaal niet elke dag dieetpillen voorschrijven en neurotische actrices van dertig vertellen dat ze een facelift nodig hebben. Nu moet ik naar mijn werk.'

'Bel ze op en zeg dat je ziek bent,' smeekte Deborah en ze drukte zich tegen hem aan. 'Dit kun je me niet aandoen. Toby is zo'n rotzak, hij wil zelfs niet meer met me slapen. Ik heb al weken geen sex meer gehad!'

Haar wanhoop deed hem walgen. Doug wist haar weg te duwen vlak voordat Jamie de trap afkwam in een spijkerbroek en een van Drews mooiste overhemden.

'Het is gewoon een kleine ooginfectie,' zei hij tegen Deborah. 'Blijf druppelen, dan is het binnen een paar dagen over.'

Nadat hij haar had uitgelaten en de deur had dichtgedaan, keek Jamie hem nieuwsgierig aan.

'Wat deed ze hier?'

'Niets.' Doug pakte zijn jasje en autosleutels. 'Ze is helemaal hysterisch over een beetje conjunctivitis.'

'Maar ik dacht dat ik haar hoorde zeggen...' Jamies moed liet hem in de steek. 'Eh... ik kon geen spoor van conjunctivitis zien.'

'Precies,' zei Doug onderweg naar buiten. 'Allemaal kouwe drukte.'

Die avond gingen Drew en Jamie als laatsten weg uit de Seven Bells. Ze liepen over het grasveld en Jamie zaagde nog steeds door over Deborah Gillespie.

'Volgens mij hebben die twee iets met elkaar. Het is dat parfum van haar. Ik heb het al eens eerder geroken, die keer dat Doug beweerde dat hij in de achtertuin in slaap was gevallen. Zijn overhemd rook ernaar, ik zweer het je.'

'Dat heb je me vanavond al wel vijftig keer verteld.' Het kon Drew niet echt boeien. Hij kon alleen maar denken aan Lili, die hij niet had durven bellen.

'Ik mag best zeuren, ik ben dronken. En ik zweer je dat ik haar heb horen zeggen dat ze in geen weken sex had gehad.'

'Ik kan ervan meepraten,' mompelde Drew.

'De mazzelaar. Wat heeft hij wat wij niet hebben?'

'Een knappe kop,' zei Drew

'Poeh.'

'Een sportauto.'

'Ach ja.'

'Dokter voor zijn naam.'

'Psss.'

'En hij behandelt vrouwen als vuil.'

'Ik heb een keer geprobeerd een meisje als vuil te behandelen,' zei Jamie somber. 'Ik vond haar echt leuk.'

'Wat is er gebeurd?'

'Dat stomme wicht gaf me de bons.'

'Wie is dat daar?'

'Hè?'

Drew tuurde voor zich uit. Vijftig meter rechts van Keeper's Cottage, waar Compass Lane en Water's Lane samenkwamen, glinsterde iets in het donker.

'Iemand probeert zich te verstoppen in de bosjes.'

Jamie klonk hoopvol. 'Misschien maken Deborah en Doug stiekem een wip.'

Dat leek Drew niet waarschijnlijk, maar wie het ook was, de persoon in kwestie gedroeg zich nogal heimelijk.

'Kom, laten we eens kijken wat ze in hun schild voeren.'

Toen ze de bosjes bereikten, was er geen genie voor nodig om dat vast te stellen. Een spuitbus met verf had de glinstering veroorzaakt. Het bordje met WATER'S LANE – de straat waar Bernadette Thomas en Eleanor Ferguson woonden – was overgespoten, en er stond nu TRAVESTIETENLAAN.

En de persoon die met de spuitbus in zijn hand in de bosjes hurkte, was Toby Gillespies zoon, Dizzy.

Achteraf besefte Drew dat ze de jongen hoogstwaarschijnlijk zouden hebben laten gaan als hij een beetje schaapachtig had gekeken, verontschuldigend had gegrijnsd of er een grapje over had gemaakt. Vergeleken met de streken die zij in beschonken toestand op de universiteit hadden uitgehaald, was het veranderen van een straatnaambordje tamelijk tam. Maar Dizzy had niet geprobeerd zich er lachend vanaf te maken. Hij had ze met grote schrikogen aangekeken en was in paniek op de vlucht geslagen.

Dat had hij beter niet kunnen doen; jarenlange rugbytrainig riep bij Jamie een pavlovreactie op.

Als het beweegt, tackel je het.

Prompt dook Jamie achter Dizzy aan, hij greep hem bij zijn knieën en vloerde hem met een doffe plof.

Twee witte enveloppen vlogen uit Dizzy's achterzak en de spuitbus rolde over het gras.

'Laat me los! Laat me gaan!' smeekte Dizzy.

'Ja, laat hem los,' zei Drew, die zich schaamde voor Jamies onbeheerste reactie. Hij bukte zich om Dizzy's enveloppen op te rapen voordat de wind ermee aan de haal kon gaan.

'Wat?' zei Jamie teleurgesteld. 'Mag ik hem niet eens aangeven bij de politie?'

Dat kreeg je nou van negen pinten Guinness. Je werd er zomaar opeens verbijsterend gezagsgetrouw van.

'Nee, dat mag je niet.'

Achteloos draaide Drew de enveloppen om. Het volgende moment begon zijn hart sneller te kloppen. Zelfs in het donker kon hij de adressen lezen.

Op allebei de enveloppen zat een postzegel en de ene was aan Toby Gillespie geadresseerd.

De andere was voor Moll.

'Hou hem vast,' droeg Drew Jamie op terwijl hij de tweede envelop openscheurde.

'Niet doen,' mekkerde Dizzy lijkbleek van angst. 'Je mag ze niet lezen,' voegde hij er wanhopig aan toe, 'het is vertrouwelijk. Ze zijn niet voor jou!'

## 58

'Wat is er aan de hand?' Toby Gillespie keek zorgelijk toen hij om twaalf uur 's nachts de deur opendeed en Drew Darcy op de stoep zag staan.
'Het spijt me,' zei Drew, 'maar het gaat om je zoon.'
'Dizzy? Hij ligt in bed.'
Jamie sleurde Dizzy over het grind naar de deur.
'Hier.' Drew gaf de twee enveloppen aan Toby. 'Bekijk ze maar. Ze zijn daarnet uit Dizzy's zak gevallen.'
Toby had er minder dan vijf seconden voor nodig om ze te bekijken.

Moll,
Er is geen lol meer aan om met je te vrijen. Dat geklots van die siliconen klinkt alsof er twee kruiken tegen je borst zijn gebonden.

De tweede brief was aan hemzelf geadresseerd.

Je bent een derderangs acteur. Niemand wil je hier.
Verkoop je huis en ga terug naar Londen.

O hemel, dacht Toby, dit wil ik niet geloven.
'Bedankt,' zei hij toonloos tegen Drew. Hij vroeg zich af of zijn leven nog rampzaliger zou kunnen worden. 'Ik neem het verder wel over.'

'Het is niet eerlijk!' jammerde Dizzy. 'Ik krijg overal de schuld van! Ik ben er niet mee begonnen!'
Toby wreef met zijn handen over zijn gezicht. 'Dus jij beweert dat er twee mensen in dit dorp anonieme brieven schrijven?'
'Ja, ja!'
'O Dizzy.' Hij schudde zijn hoofd. Ontdekken dat de persoon die je hatelijke brieven schreef je eigen zoon was... dat was een flinke klap in je gezicht.
'Echt waar!' Dizzy was wanhopig; het was verschrikkelijk als je niet werd geloofd. 'Iemand anders is ermee begonnen en ik heb alleen... meegedaan. Ik heb gezorgd dat ze er net zo uitzagen, dat is alles.'
Toby bleef sceptisch. 'Waarom?'
'Weet ik het. Voor de lol.'
'Voor de lól?'
Dizzy schoof ongemakkelijk heen en weer op de bank en trok de ge-

rafelde mouwen van zijn trui over zijn handen. 'Ik haat het hier. Ik wilde dat je het huis zou verkopen en terug zou gaan naar Londen.'

'En hoelang was je van plan ermee door te gaan?'

Dizzy knikte somber naar de twee brieven op de salontafel tussen hen in. 'Dit waren de laatste. Dan wilde ik ermee stoppen.' Hij probeerde zo eerlijk mogelijk te zijn. 'Ik ben er drie dagen geleden mee opgehouden en toen kreeg je vanochtend weer zo'n andere. Die was niet van mij.' Hij keek op om te zien of zijn vader hem geloofde. 'Je zei dat je naar de politie zou gaan en ik wilde het nog één keer proberen.'

'Wat wilde je proberen?'

'Om jou het huis te laten verkopen.'

Toby zuchtte. Toen tikte hij op de andere brief. 'En deze? Ben je echt met Moll naar bed geweest?'

Dizzy stond op het punt om te gaan huilen. Zijn onderlip trilde.

'Nee, maar alle anderen wel.'


Felicity Seymour, die nooit een liefhebber van pubs was geweest, stond er zelf versteld van dat ze haar bezoekjes aan de Seven Bells steeds leuker begon te vinden.

Hugh kwam twee keer per week op bezoek om Freya te zien en in het begin had ze zich boven op haar kamer opgesloten omdat ze haar tranen niet kon bedwingen. Na een paar weken, toen de vloed een beetje was ingedamd, was ze ritjes gaan maken of bij Lili op bezoek gegaan voor een kop koffie en een praatje.

Dat laatste deed ze op een avond met drie lange uren voor de boeg. Lili had Will net in de buggy gezet en probeerde een borstel door Lotties verwarde krullen te halen.

'Het is zo'n mooie avond, we gaan gezellig naar de pub,' had Lili uitgelegd. 'De kinderen vinden het leuk om in de tuin te spelen en Lorna vindt het niet erg zolang ze buiten blijven.'

Felicity had geaarzeld omdat ze er niet voor spek en bonen bij wilde zitten. 'Komt Drew ook?' had ze gevraagd.

Eindelijk had Lili de gekleurde klei uit Lotties haar geborsteld en zich opgericht. 'Dat weet ik niet.'

'Heb je hem al gesproken?'

Heftig schudde Lili haar hoofd. 'Hemel nee! Die arme jongen heeft het vast Spaans benauwd. Het ene moment heeft hij een onschuldige flirt met een oude getrouwde vrouw, en dan... wam! Voor hij het weet, heeft ze haar man eruit geschopt.'

'Misschien hoopte hij daar wel op.'

'Dat denk ik niet.' Lili had uren gewerkt aan het perfectioneren van een zorgeloos glimlachje. 'Ik bedoel, laten we eerlijk zijn. Als jij Drew was, zou jij dan opgezadeld willen worden met de drie kinderen van een ander?'

'Toch vind ik dat je hem moet bellen,' hield Felicity vol.

'Beter van niet.' Lili had haar trots en zei het langs haar neus weg. Maar in haar hoofd bleven dezelfde woorden malen als een wasmachine: Als hij wil, kan hij me altijd bellen.

Die eerste zonnige avond in de Seven Bells was Felicity blij verrast geweest over de vriendelijkheid van het personeel. Toen Lili aanstalten maakte om weg te gaan met haar kinderen, had Lorna Blake Felicity tegengehouden en met die hese, doe-wat-ik-je-zeg-stem van haar gezegd: 'Je blijft toch nog even? Kom op, anders heb ik niemand om mee te praten.' Ze had haar de kans niet gegeven om te weigeren, haar lege glas weggegrist en het tot aan de rand met Frascati gevuld. Het klikte direct tussen hen tweeën. Felicity had geen idee waarom – ze verschilden immers als dag en nacht – maar op de een of andere manier waren die verschillen niet belangrijk. Lorna was gewoon iemand met wie je heel makkelijk kon praten. Achter dat bruuske air, de cynische glimlach en de dikke laag make-up, vermoedde Felicity, ging een veel zachter karakter schuil dan Lorna wilde laten merken. Die avond was ze in haar eentje naar de pub gegaan. Er zat haast geen kip.

'Het dartsteam speelt een uitwedstrijd,' zei Lorna lijzig, 'en het zijn zulke stuntels dat ze de rest van mijn klanten nodig hadden om ze aan te moedigen.'

Het ontbreken van klanten betekende dat ze ongestoord konden praten.

'Hoe gaat het met Hugh?' vroeg Lorna. Ze stak de zoveelste sigaret op en plantte haar ellebogen in een gemoedelijke houding op de bar. Felicity haalde haar schouders op. 'Ik ben liever niet thuis als hij er is.'

'Heeft hij soms een ander?'

Alleen Lorna kon zo'n brutale vraag stellen en haar aan het lachen maken. Het gaat steeds beter, dacht Felicity dankbaar. Nog maar een paar weken geleden zou ik in tranen zijn uitgebarsten.

'Hoezo?' vroeg ze in plaats daarvan schalks. 'Heb je belangstelling?'

Lorna verslikte zich haast in haar whisky. 'Niet mijn type!'

'Ach, je bent ook niet zijn type.' Felicity haalde diep adem; tot nu toe had ze het alleen aan Lili en Jess verteld. 'Hugh is van de verkeerde kant.'

'O ja?' Geamuseerd trok Lorna een geverfde wenkbrauw op. 'Ik ook.'

'Lieve help!' Het was nooit bij Felicity opgekomen. Ze had vaag aangenomen dat Lorna gescheiden was en uit vrije wil kinderloos. 'Ben ik de enige in het dorp die dat niet wist?'

Lorna's ene mondhoek bewoog. 'Nee, je bent de enige die het wel weet.'

Een uur later, toen ze met Moll bespraken hoe belabberd het dartsteam wel niet was, verscheen een van Lorna's katten achter de bar. Het dier streek met zijn kop langs Molls welgevormde been en Moll keek alsof ze hem het liefst een schop wilde geven.

Lorna koerde als een kloek en tilde het spinnende beest op. 'Wat komt mijn mooie jongen dan doen? Je mag helemaal niet beneden komen, dat weet je toch.'

Moll deed alsof ze kokhalsde en rolde met haar ogen.

'Let maar niet op haar,' fluisterde Lorna troostend in het kattenoor. 'Ze is vreselijk.'

Felicity stak een hand uit en aaide de zachte vacht. 'Ik ben dol op katten. Misschien neem ik er wel een als ik eenmaal in een nieuw huis woon.'

Onder de royaal aangebrachte lagen mascara lichtten Lorna's ogen op. 'Ik heb je nog niet aan de rest van de familie voorgesteld! Kom even boven, dan kun je ze leren kennen.'

'Eh...' Felicity aarzelde en keek op haar horloge.

'Het was maar een vraag,' zei Lorna haastig. 'Als je liever niet...'

'Heel graag,' zei Felicity voordat Lorna kon denken dat ze het eng vond om met haar alleen te zijn. Ze liet zich van de barkruk glijden.

'Red je het hier in je eentje?' Lorna knipoogde naar Moll.

Op dat moment zwaaide de deur open en kwam Drew Darcy binnen, op de voet gevolgd door Doug Flynn. Moll, blij dat ze de smaragdgroene beha en het diep uitgesneden roodfluwelen topje droeg, voelde dat Doug haar bekeek en ze las de goedkeuring in zijn donkere ogen.

Snel ging ze met haar tong over haar lippen om ze te laten glinsteren en ze hield haar buik in om Lorna langs te laten. 'Zit maar niet in over mij.' Moll grijnsde vol zelfvertrouwen. 'Je weet dat ik de klanten altijd geef wat ze willen.'

Boven werd Felicity formeel aan de andere twee katten voorgesteld. Lorna haalde een fotoalbum uit een la en sloeg de bladzijden om, waarbij ze elke foto waarop ze nog klein waren liefdevol aanwees.

'We zitten Moll maar in de weg als we weer naar beneden gaan,' zei ze tegen Felicity. 'Zal ik water opzetten? Ik heb trek in thee.'

Daar moest Felicity om lachen. 'Je lijkt me helemaal geen type voor thee. Ik dacht dat je gin dronk voor het ontbijt, gin voor de lunch en gin rond theetijd.'

'Mensen zijn niet altijd zoals je denkt.'

Lorna kwam weer terug uit het piepkleine keukentje en leunde tegen de deurpost. 'Zoals je vanavond hebt ontdekt.' Ze trok een gezicht. 'Zoals we laatst hebben ontdekt toen Bernadette Thomas hier binnen kwam stormen en Michael Ferguson van zijn kruk sloeg.'

'Ik weet het niet...' Felicity zuchtte en aaide de oren van de jongste kat. 'Op de een of andere manier lukt het mannen altijd om je in je hemd te zetten.' Dat was zacht uitgedrukt. De hare had haar leven kapotgemaakt.

'Wil je over Hugh praten?'

Opnieuw keek Felicity nerveus op haar horloge. 'Ik heb gezegd dat ik om tien uur terug zou zijn. Hij heeft eh... met iemand afgesproken.'

'Met zijn nieuwe vriend bedoel je?' Kalm pakte Lorna de telefoon en gaf hem aan haar. 'Bel hem op en zeg dat je wat later komt.'

Felicity voelde zich vreselijk dapper toen ze deed wat haar werd opgedragen. Het horen van de ergernis in zijn stem gaf haar een goed gevoel. Nu moest Hugh zijn avondje uit afzeggen en hij had er een geweldige hekel aan om mensen teleur te stellen. Andere mensen, wel te verstaan. Echtgenotes telden niet.

'Waar ben je dan?' wilde hij weten.

Lorna luisterde mee en schudde haar hoofd.

'Ik zit gewoon met iemand te praten,' zei Felicity.

'Ben je bij Lili?'

'Nee.'

Ergernis maakte plaats voor nieuwsgierigheid. 'Waar dan wel? Heb je een vriend?'

Lorna knikte geestdriftig.

'Hugh, jij bent niet de enige die er een vriend op na mag houden, okay? Ik ben om twaalf uur thuis.'

Voldaan legde Felicity neer. 'Ik weet niet waarom het me een goed gevoel geeft, maar het is wel zo.'

Lorna grijnsde en stak nog een sigaret op. 'Maak het je gemakkelijk. Ik ga thee zetten.'

Felicity had haar alles verteld, en Lorna luisterde zonder haar ook maar één keer in de rede te vallen. Beneden sloeg de klok elf uur en ze hoorden Moll de laatste ronde aankondigen.

Twintig minuten later stak ze haar hoofd om de hoek van de deur. 'Alles is opgeruimd. Tot morgen.'

Toen de deur achter haar was dichtgevallen, keek Lorna geamuseerd naar Felicity, die duidelijk in de war was.

'Zo te horen is Doug vanavond de gelukkige.'

Het volgende moment sloeg verwarring om in wanhoop. Felicity barstte in tranen uit.

Hulpeloos keek Lorna naar de snikkende Felicity. Het liefst zou ze een troostende arm om haar schouders slaan, maar ze was bang dat Felicity het als avances zou uitleggen.

In plaats daarvan zette ze nog een pot thee, ze maakte een nieuwe doos tissues open omdat Felicity de oude had opgebruikt en wachtte op het einde van de zondvloed.

Uiteindelijk was het zover.

'Sorry... sorry. Het kwam doordat je zei dat Doug de gelukkige was.' Diepbedroefd knipperde Felicity met haar rood omrande ogen. 'Ik bedoel, het is niet dat ik Moll zou willen zijn...'

'Allicht,' viel Lorna haar droog in de rede. 'Dat meisje is een slet. Ze heeft met meer mannen geslapen dan ik dubbele whisky's heb gedronken.'

'Maar ik heb met geen enkele man geslapen.' Een verse traan ter grootte van een erwt biggelde langs Felicity's neus. 'Geen enkele man is met mij ooit gelukkig geweest. Ik ben nergens goed voor en ik ben stom en... en ik s-s-schaam me zo. O verdorie!' Ze begroef haar gezicht in haar handen. 'Ik wilde dat ik het je nooit had verteld. Je vindt me natuurlijk een zielig geval.'

'Helemaal niet. We hebben allemaal dingen gedaan waar we ons voor schamen.' Terwijl Lorna het zei, voelde ze haar nekharen overeind komen en ze wist dat het moment was gekomen. Ze kon het niet langer opkroppen; ze verlangde er net zo hevig naar om iemand in vertrouwen te nemen als Felicity.

Zonder erbij na te denken raakte ze Felicity's magere hand aan. 'Jij hebt me verteld waar je je voor schaamt. Nu is het mijn beurt. Wacht even, ik heb een borrel nodig, anders lukt het me niet.'

Nadat ze een scheut gin in een glas had geschonken, liep Lorna naar de schoorsteenmantel en ze pakte een ingelijste foto.

'Die zag ik daarnet al toen jij in de keuken was,' zei Felicity. Nogmaals keek ze naar de foto van een jongere Lorna, zittend op een muurtje met haar arm om de schouders van een meisje in een rolstoel geslagen. 'Wie is dat?'

'Mijn tweelingzus, Paula. Ze was geestelijk gehandicapt.' Een van de katten sprong bij Lorna op schoot en begon spinnend Lorna's dij te masseren. Lorna deed haar ogen dicht. 'Ze is tien jaar geleden overleden. Ik hield zoveel van haar.'

Felicity zei niets. Lorna nam een grote slok gin en ging verder. 'Paula was helemaal idolaat van Toby Gillespie. Haar kamer hing vol met foto's van hem en ze keek eindeloos naar zijn films op video. Ze had haar kat zelfs Toby genoemd.'

'Ik had een goudvis die Adam heette,' zei Felicity, 'naar Adam Ant.'

Lorna glimlachte vluchtig. 'Enfin, Paula schreef hem een kaartje en vroeg om een gesigneerde foto. Na zes weken was er nog steeds geen antwoord en toen heb ik haar zelf geschreven, alsof het een brief van hem was.' De glimlach was nu verdwenen, haar gezicht stond grimmig. 'Dat wist Paula natuurlijk niet. Ze was in de wolken.'

'O nee,' zei Felicity. 'Ze is erachter gekomen.'

'Nee. Ze kreeg longontsteking. Ik gunde Toby Gillespie stom genoeg nog steeds het voordeel van de twijfel en ik heb hem zelf geschreven.' Lorna nam nog een slok gin en stak met bevende handen een sigaret op. 'Ik heb hem het hele verhaal van Paula verteld en hoe ziek ze was, en ik heb hem gesmeekt om haar op te komen zoeken.' Het bleef weer even stil. 'Ik heb zelfs aangeboden om ervoor te betalen.'

Felicity zette grote ogen op. 'En heeft hij contact opgenomen?'

Lorna schudde haar hoofd. 'Nee. Er kwam ook geen reactie op mijn brief. We woonden toen in Devon, en een week later stonden er foto's van de Gillespies in alle kranten. Ze waren op vakantie in Devon en logeerden in een hotel nog geen tien kilometer bij ons vandaan,' vervolgde ze bitter. 'Het zou hem een uurtje hebben gekost om langs te komen, maar hij vond het te veel moeite.' Beverig haalde ze adem. 'Drie dagen later was Paula dood.'

'Maar dat was niet jouw schuld!' riep Felicity uit. 'Je hebt niets gedaan om je voor te schamen.'

Lorna schudde haar hoofd. 'Snap je het dan niet? Ik heb die anonieme brieven geschreven.'

'Jij! Hoe kan dat nou? Het was Dizzy Gillespie,' zei Felicity niet-begrijpend. 'Hij is op heterdaad betrapt.'

Een scheve grijns achter een kringetje sigarettenrook. 'Dizzy is door mij op het idee gekomen. Hij wilde bijna net zo graag dat Toby het huis zou verkopen als ik. Ik kon het niet helpen,' zei Lorna zacht. 'Toby Gillespie had mijn zus in de steek gelaten. Ik haatte hem uit de grond van mijn hart. Ik verdroeg het niet dat hij hier woonde en dat iedereen met hem dweepte. Ik wilde hem pijn doen, net zo erg als hij mijn zus pijn had gedaan.'

Felicity leunde achterover om het allemaal te overdenken. Ze schudde haar hoofd. 'Dat begrijp ik best. Toch vind ik het vreemd,' voegde ze er behoedzaam aan toe. 'Ik bedoel, ik ken Toby niet, maar ik weet wel dat hij zich heel erg inspant voor liefdadigheid. Als ik de verhalen mag geloven, is hij niet iemand die een kreet om hulp negeert.'
'Dat dacht ik nou ook.' Lorna perste haar lippen op elkaar. 'Maar de mijne heeft hij wel genegeerd, dus bleef ik hem brieven sturen.' En pizza's en de ene taxi na de andere, dacht ze met een gevoel van schaamte. 'Toen zat Savannah verleden week aan de bar en ik hoorde haar klagen dat haar vader het te druk had om met haar te tennissen. Ze zei: "Hij is nou al tien uur bezig om zich door een hele postzak fanmail heen te werken. Stel je voor, hij zei zelfs dat ik de postzegels erop mocht plakken als ik me verveelde." En toen Oliver haar vroeg waarom Toby geen secretaresse nam om zijn post te beantwoorden, zei Savannah: "Hij durft het aan niemand anders toe te vertrouwen. Jaren geleden had hij een secretaresse die er met de pet naar gooide." Het schijnt,' zei Lorna droog, 'dat hij er pas nadat hij haar had ontslagen achter kwam dat ze alle fanmail ongeopend weggooide omdat ze geen zin had om al die brieven te lezen.'

60

Werkelijk, dacht Savannah en ze tilde haar zonnebril op om beter te kunnen kijken. Ze vond Moll aardig, maar het viel niet te ontkennen, dat meisje was een slet van jewelste.
Toen ze dichter bij de pub kwam en de persoon die Moll zo onstuimig omhelsde aandachtiger bestudeerde, maakte Savannah er een slet met smaak van. Deze jongen, wie het ook was, mocht er wezen.
Afwezig vroeg Savannah zich af wat het toch was met slanke, lange mannen op motoren, met een leren broek en donker haar dat over hun kraag krulde, dat hen zo onweerstaanbaar maakte.
Moll hield hem nog steeds in haar armen toen ze hen bereikte. Bij het horen van voetstappen draaide ze zich om en ze grijnsde naar Savannah.
'Nou, wat vind je ervan? Niet slecht, hè?'
Jeetje, wat gênant! Savannah, die zich ervan bewust was dat de jongen op de motor haar op zijn gemak bekeek, haalde haar schouders op en werd roze.
'Ben je niet jaloers?' plaagde Moll.

Getver, wat vreselijk. Roze was tot daar aan toe, maar nu was ze aubergine. Erger nog, ze voelde een angstaanjagende aandrang om JA, JA, JA te roepen.

'Let maar niet op haar,' zei de jongen op de motor tegen Savannah en hij kneep in Molls mollige middel. 'Ze is veel te dik voor me. Ik heb liever meisjes die achterop kunnen zitten zonder dat mijn banden barsten.'

Savannah staarde hem sprakeloos aan.

'Wat ben jij gemeen!' Moll zette het hem betaald door hem gemoedelijk een stomp tegen zijn arm te geven. Maar ze had het hem al vergeven. Barstende banden of niet, zij barstte van trots. Niet dat hij het verdiende uiteraard, dacht Moll, maar ze kon het gewoon niet helpen. Ze hield zoveel van hem. 'Sav, dit is Stevie,' kondigde ze vrolijk aan, 'mijn door en door slechte, kleine broertje.'

Ik hou van Oliver, ik hou van Oliver, herhaalde Savannah eindeloos bij zichzelf. Ze zat op een kruk aan de bar en tikte op de maat van de woorden met haar vingers op haar dij in een poging om de mantra op gang te houden.

Maar dat viel niet mee als je blik – praktisch uit eigen beweging – naar de andere kant van de bar bleef afdwalen.

Vooral als er telkens wanneer je een glimp opving van die sterke, door de zon gebruinde armen, dat donkere krullende haar en die hemelse glimlach iets heel diep in je binnenste 'pinggg' deed.

Oliver had natuurlijk ook een hemelse glimlach. En een prachtig lijf. Maar het viel niet te ontkennen dat de pinggg-factor de laatste paar weken schitterde door afwezigheid.

Savannah, die vergat te tikken en in plaats daarvan aan de rand van een bierviltje pulkte, bedacht onwillekeurig dat haar leven op dat punt het nodige te wensen overliet. Eeuwig optimisme volhouden wanneer je met impotentie werd geconfronteerd was niet makkelijk. Ze had haar uiterste best gedaan om geduldig en begrijpend te zijn, maar wat bereikte ze ermee?

Geen sex, dat was zeker.

Oliver, die de bar afnam, had gezien dat Savannah telkens naar de andere kant van de bar keek en dan snel weer terug. Hij liet zijn stem dalen. 'Vind je hem leuk?'

'Wat?' zei Savannah geschrokken.

'Molls broer. Hij is niet lelijk, hè?'

'Nou en?'

Ze schoot onmiskenbaar in de verdediging. Misschien, dacht Oliver hoopvol, was dit wel het verlossende antwoord.

'Luister,' mompelde hij, 'ik zou het best begrijpen. Ik weet dat het niet makkelijk voor je is geweest dat eh... de dingen zijn zoals ze zijn. Ik zou het niet erg vinden als je... ach, je weet wel...'

Savannah staarde hem aan. Méénde hij dat? Wat verwachtte hij nou van haar? Dat ze zou zeggen: 'O ik vind het best, we blijven in stilte verliefd op elkaar maar op dinsdag- en vrijdagavond knijp ik er tussenuit met een donkere vreemdeling en heb ik wilde hete sex?'

Lieve help, het klonk net als een echtgenoot die een pesthekel heeft aan winkelen en zegt: 'Je weet dat je me daar geen plezier mee doet, schat. Waarom ga je niet met een van je vriendinnen?'

'Ben je niet goed bij je hoofd?' riep Savannah boos uit. 'Waar zie je me voor aan? Een sexmaniak?'

'Nee, nee. Ik zeg alleen...'

'Hou dan je mond,' siste ze, 'want ik vind hem helemaal niet leuk, hoor je?' Als bewijs wierp ze een minachtende blik op Stevie Harper. 'Hij is totaal niet mijn type.'

Tien minuten later kwam Savannah terug van de wc en botste in de gang tegen Stevie aan.

'Je keek me daarnet vernietigend aan, ik heb het heus wel gezien,' berispte hij haar. 'Waar heb ik dat aan verdiend?'

Het viel niet te ontkennen – hij was waanzinnig aantrekkelijk. Terwijl het in haar buik pingde als een gek, schudde Savannah haar haren naar achteren. 'Nergens aan.'

Over origineel gesproken.

Stevie leek het niet erg te vinden.

'Ik heb Moll naar je gevraagd. Ik dacht dat die blonde goser achter de bar misschien je vriend was, maar ze vertelde me dat het je broer is.'

'Dat klopt.'

'Mooi. Zullen we morgen iets gaan drinken?'

Hij glimlachte naar haar. Ze rook zeep en leer en de sexy geur van olie die je met een motor associeerde. Verder had hij de langste wimpers die ze ooit had gezien.

Ze kronkelde van verlangen. 'Dat doen we nu toch al.'

'Kom op, je weet best wat ik bedoel – zonder dat jouw grote broer en mijn grote zus erbij zijn.'

'Ik ken je helemaal niet.'

Het was een zwak protest.

'Precies, en dit is je kans om daar wat aan te doen. Ik haal je om acht uur op, dan gaan we naar Harleston.'

Ik heb niet eens ja gezegd, dacht Savannah.

Maar goed, de kans dat ze nee zou zeggen was dan ook nihil.

Ze knikte snel. 'Best, maar kom me niet halen.' Ze wilde pertinent niet dat Oliver erachter zou komen. 'Ik zie je in de Iguana Bar op Brunswick Square.'

'Je bent hier al een tijd niet meer geweest,' zei Lorna.

Toby glimlachte vluchtig. 'Ik probeer meer tijd vrij te maken voor Dizzy. Niet dat hij het waardeert.'

'Whisky?'

Lorna wilde dat haar handen niet zo trilden. Felicity had gezegd: 'Je moet het hem vertellen, alles aan hem uitleggen. Beken gewoon dat jij het was en laat hem weten dat het je heel erg spijt. Ik weet zeker dat hij het begrijpt,' had ze er kalm aan toegevoegd.

Misschien was dat wel zo, maar Lorna kromp ineen bij de gedachte aan een bekentenis. Sorry zeggen was niets voor haar.

'Een dubbele,' zei Toby en hij hield zijn glas onder de fles Johnny Walker. 'Ik heb het nodig.'

Hij zag er moe uit. Hij had donkere kringen onder zijn ogen en zijn kaak was gespannen. Geen wonder, dacht Lorna met een gevoel van schaamte. Hij is het slachtoffer geweest van een haatcampagne en hij verdiende het niet eens.

'Van het huis,' zei ze kortaf toen Toby haar een tientje wilde geven.

'Bedankt.' Hij keek verbaasd en dat was begrijpelijk. Ze had hem nooit eerder iets te drinken aangeboden.

Zeg het, zeg het.

Hou je kop, smeekte Lorna haar knagende geweten, ik kan het gewoon niet.

Maar Oliver kwam net terug uit de kelder en hij had Toby gezien. Nog even en hij zou dag komen zeggen en dan was haar kans verkeken.

'Ik ben eigenlijk wel blij dat je er bent. Ik moet je iets vertellen.'

Verdorie, waar ben ik nou mee bezig?

'O ja?' Toby was meteen op zijn hoede. 'Over Savannah? Wat heeft ze nu weer uitgehaald?'

'Niets. Althans niet dat ik weet,' zei Lorna. Het leek onwaarschijnlijk dat een knappe blonde tiener nooit eens iets uithaalde. 'Wat ik wilde zeggen, is dat je als barkeepster tegelijk een beetje priester bent. Mensen drinken wat en dan nemen ze je in vertrouwen. En ze gaan ervan uit dat je hun geheimen niet aan de grote klok hangt.'

'Juist.' Toby vroeg zich af hoe erg dit ging worden. Zijn maag kromp samen; had het met Jess te maken?

'Niet al die anonieme brieven zijn van Dizzy. Iemand anders in het dorp heeft er ook een paar gestuurd.' Lorna was de smeulende sigaret in de asbak straal vergeten en stak er nog een op.

Toby keek haar aan. 'Wie?'

Ze schudde haar hoofd. 'Dat kan ik je niet vertellen. Ik heb het beloofd. Maar het spijt ze heel erg. Het was niet kwaadaardig bedoeld, het was gewoon een... een uit de hand gelopen grap.' Ze slikte moeizaam en dwong zichzelf om Toby aan te kijken. 'En ze willen je laten weten dat het afgelopen is. Ze zullen het nooit meer doen.'


Oliver hunkerde naar sex. Het begon hem ernstig parten te spelen. Aangezien hij zich Savannah van het lijf moest zien te houden – en dat was een hele opgaaf, want ze was er zo op gebrand om hem te genezen dat ze de laatste tijd duistere toespelingen maakte op therapie – en hij niemand anders had, domweg omdat de gelegenheid zich niet voordeed, begon hij zich te voelen als een heroïneverslaafde die een shot nodig heeft.

'Je moet vanavond toch werken?' vroeg Savannah toen ze rond lunchtijd bij hem langskwam.

'Mm.'

Oliver maakte een rol koekjes soldaat en las een artikel in de krant over een busreis door Scandinavië. Het wemelde in Scandinavië van de geëmancipeerde en mooie blondines.

'Ik wilde alleen maar even zeggen dat ik vanavond niet kom. Een vriendin van me uit Londen logeert bij haar stiefvader in Cheltenham. Ze belde me op en vroeg of ik zin had om vanavond te komen.'

Oliver durfde haar niet aan te kijken. Hij stak zijn hand uit over de keukentafel en nam nog een koekje. 'Wat leuk voor je.'

'Je vindt het toch niet erg? Het is niets bijzonders, maar ze wilde heel graag dat ik zou komen. Gewoon om iets te drinken en bij te praten.'

'Natuurlijk vind ik het niet erg.'

Ga. Ga!


Zodra Savannah weg was, sprong Oliver overeind om de pub te bellen.

'Moll, ben jij het? Moll, je weet dat ik van je hou.'

'Wat wil je?' vroeg Moll.

'Je hebt vanavond toch vrij?'

'Je kunt me niet ontvoeren naar Parijs, Oliver. Je moet werken.'

Hij grijnsde; ze wist precies wat hij wilde.

'Ruilen?'

Ze liet hem nog even in onzekerheid. 'Wat krijg ik ervoor terug?'

'Mijn aandeel van de fooien de komende week.'

'Ha! Dat geeft je gewoon een excuus om iedereen een week lang af te blaffen.'

'Alsjeblieft?'

'Goed dan.'

'Moll, je bent een schat.'

Opgetogen pakte Oliver het telefoonboek.

'Ja, ik weet het.'


Hij haalde Mel stipt om zeven uur thuis op.

'Waar heb ik dit opeens aan te danken?' Mels lycra rokje kroop omhoog over haar dijen toen ze in zijn auto stapte. 'Drie maanden oorverdovende stilte, dan een telefoontje zomaar uit het niets. Ik dacht dat je was geëmigreerd of overleden of zoiets.'

Het was leuk om Mel weer te zien. Oliver leunde opzij en kuste haar. 'Nee, ik leef nog. Ik heb gewoon een drukke tijd achter de rug. Werk en familieperikelen... je weet wel.'

'Ik heb het gelezen in de krant. Stel je voor, Toby Gillespie blijkt je vader te zijn. Wat vind je van hem?'

'Hij is geweldig.'

'En de rest van het stel?' Mel was ongeneeslijk nieuwsgierig. 'Kunnen ze ermee door?'

Oliver knikte, nog steeds glimlachend. Het was niet alleen leuk om Mel te zien, het was nog beter om te weten dat ze voor vier drankjes met iedereen het bed in dook.

'Ik heb foto's gezien van jou en de dochter. Savannah, zo heet ze toch? Ze is echt beeldschoon.'

Oliver wilde niet over Savannah praten. Hij had juist met Mel afgesproken om niet aan haar te hoeven denken.

'Jij ook,' zei hij.

De motor draaide nog; hij was niet meteen weggereden.

Mel keek hem aan. 'Als je maar niet denkt dat ik goedkoop ben.'

'Ik zou niet durven,' verzekerde Oliver haar. 'Weet je dan niet wat ze tegenwoordig voor een cocktail vragen?'

Mel barstte in lachen uit. Ze hadden het altijd erg goed met elkaar kunnen vinden. En de sex was niet minder dan grandioos geweest. 'Ik wilde net gaan zeggen dat er niemand thuis is. We hoeven niet meteen weg.'

'Dan vind je mij misschien wel goedkoop,' protesteerde Oliver.

'Echt niet, erewoord.'

'Je hebt een verderfelijke invloed op een onschuldige plattelandsjongen.' Oliver zuchtte en zette de motor uit. 'Vooruit dan maar, ik geef me gewonnen.'

## 61

Een kilometer verderop had Savannah een knikkende-knieënervaring in de Iguana Bar. Ze zag de bewonderend omgedraaide hoofden toen Stevie Harper naar haar toe kwam en vroeg zich af waarom Oliver dit effect niet meer op haar had.

Maar diep in haar hart wist ze dat natuurlijk wel. Het kwam doordat Oliver misschien wel de indruk wekte dat hij sexy was, maar het was allemaal een façade. Het was te vergelijken met een poging om een betekenisvolle relatie te hebben met een poster van je favoriete popster.

'Hai.' Stevie leek haar te willen kussen maar zag daar op het laatste moment vanaf. Dat was nog eens beheersing. Hemel, wat was hij mooi, wat was hij cool.

En dat was nou het verschil tussen hem en Oliver, bedacht Savannah met een huivering van genot toen ze hem zo soepel op zich af zag komen. Als je Stevie zag, wist je – dat wist je heel zeker – dat hij de belofte waarmaakte.

Hij was gewoon niet het impotente type.


Oliver was gelukkig. Dit leek er meer op; geweldige sex en geen complicaties.

Lang leve Mel.

Onder de deken dansten warme vingers omhoog langs de binnenkant van zijn dij.

'We hoeven er nog niet uit. We kunnen gewoon hier blijven,' stelde ze voor.

Oliver vond het een verleidelijk voorstel, maar het zou niet eerlijk zijn tegenover haar.

'Nee, we gaan uit. Je zei dat je die vriendin van je nog wilde zien voordat ze naar de States gaat.'

'Ze is vanavond in de Iguana Bar,' zei Mel blij.

'Wat gebeurt daar?' Oliver ademde langzaam uit toen de warme hand verder omhoog schoof over zijn dij.

Mels ogen glinsterden en haar haar zat in de war. 'We hoeven er pas om negen uur te zijn.'


Savannah hoopte dat ze er niet zo bespottelijk verliefd uitzag als ze zich voelde. Ze deed haar best om onverschilligheid te veinzen, maar dat viel niet mee als je lichaam opeens leek te zinderen van een overdosis elektriciteit.

Stevie was pas drieëntwintig, maar hij was overal geweest en had alles gedaan.

Rondgetrokken in de Verenigde Staten op zijn motor.

Hij had er korte tijd gewerkt als stuntman.

Had – nog korter – zijn geluk als fotomodel beproefd.

'Het was een nachtmerrie. Ze bleven erop hameren dat ik gezichtscrème moest gebruiken,' snoof Stevie verontwaardigd, 'en ze waren als de dood dat ik van mijn motor zou vliegen en mijn gezicht zou verpesten.'

Savannah was betoverd. 'Wat heb je daarna gedaan?'

'Ik heb als croupier gewerkt in Las Vegas, als bordenwasser in een paar hotels, ik heb een paar heren verwend. Van alles eigenlijk,' – hij haalde zijn schouders op – 'zolang het maar geld opleverde.'

Savannahs mond viel open.

'Grapje,' zei Stevie. 'Ik wilde even weten of je wel bij de les blijft.'

Hij plaagt me, dacht Savannah verrukt, wat heerlijk, wat heerlijk, wat héérlijk.

'En hoe lang ben je al terug?'

'Drie maanden. Ik ben naar de zuidkust gegaan en heb een baantje genomen bij een rondreizende kermis.'

'Een kermis! Bij welke attractie?'

Ze wist meteen dat het iets opwindends moest zijn geweest. Stevie was niet het type voor drie-darts-voor-een-pond of win-een-goudvis.

'De Walzers.' Zijn donkere ogen glinsterden van pret bij de herinnering. 'Ik liet de bakjes heel hard ronddraaien, zodat alle meisjes gilden om meer.'

'Opeens vind ik het helemaal niet erg meer dat ik ben gezakt voor mijn eindexamen.' Savannah zuchtte.

'Hoezo?'

'Kijk dan naar jou!' Jeminee, ze kon niet ophouden naar hem te kijken; hij was de langharige in leer gestoken opstandige stoute jongen van haar dromen. 'Jij had geen eindexamen nodig. Je bent gewoon weggegaan om van alles te ondernemen.' Ze gebaarde breed met haar armen. 'Allemaal spannende dingen.'

'Ik had een voldoende voor muziek,' merkte Stevie op.

'Dat bedoel ik nou!'

'En voor alle andere vakken. O ja,' voegde hij eraan toe, 'en ik ben doctorandus in de natuurwetenschappen.'

'Wow!' Savannah was stomverbaasd.

Maar diep onder de indruk.

'Sorry.' Stevie trok vragend een wenkbrauw op. 'Heb ik het verknald? Hou je meer van domme mannen?'

'Nee, nee!'

Lieve help, hij was volmaakt. Nu zouden zelfs haar ouders weg van hem zijn.

Behalve... o, nee.

'Wat?' zei Stevie.

'Hoe lang blijf je hier?' De woorden tuimelden er in paniek uit. Stel nou dat hij maar een paar dagen bij Moll bleef en dan weer verdween, hoe moest ze dat overleven?

Stevie keek haar aan. 'Geen plannen. Als er een goede reden is om te blijven, dan blijf ik.'

'O.'

'Wat heb je liever?'

'Wat?'

'Zal ik blijven?' Hij zette zijn glas neer en stond op. 'Of weggaan?'

'Niet weggaan!' gilde Savannah zonder erbij na te denken.

De mensen aan de tafeltjes om hen heen draaiden hun hoofden om. Ze beet op haar lip en probeerde de starende blikken te negeren.

'O nee,' zei Stevie lachend, 'nu denkt iedereen dat ik mijn hand onder je rok heb gestoken.'

'Ga zitten,' smeekte Savannah, maar in plaats daarvan trok hij haar overeind.

'Zo meteen. Ik ben bang dat ik je eerst moet kussen.'

Inmiddels vormden ze het middelpunt van de belangstelling, maar Savannah merkte het niet meer. Stevie kuste hemels en de haartjes op haar armen kwamen overeind door de manier waarop zijn handen over haar blote schouders gleden.

Met haar ogen dicht bad Savannah in stilte dat de kus nooit meer op zou houden en ze liet haar eigen trillende vingers over de achterzakken van zijn leren broek gaan.

Ze wist niet hoe ze het Oliver zou moeten vertellen; hij zou er kapot van zijn.

Wie dan leeft, wie dan zorgt.

Dit was voorbestemd, dacht Savannah in extase, dit was het lot.

Toen de kus ten slotte ophield, opende ze haar ogen en staarde ze omhoog naar Stevie. Allemachtig, hij was goddelijk.

'Er staat iemand naar ons te kijken,' vertelde hij haar.

'Het zou me verbazen als er iemand níet naar ons keek.'

'Ik heb het over je broer.'

Het was alsof iemand zei: 'Niet meteen kijken, maar er zit een spin zo groot als een soepbord achter je.' Dan moest je toch kijken.

Ontzet, want dit was erger dan elke spin, maakte Savannah zich los uit Stevies armen en draaide zich langzaam om.

En ja hoor, daar stond Oliver, met een merkwaardige uitdrukking op zijn gezicht.

En een knap meisje met donker haar dat liefdevol aan zijn arm hing.

'Nou,' zei Oliver toen ze allemaal aan elkaar waren voorgesteld. Mel had zich uit de voeten gemaakt naar de wc en Stevie stond bij de bar om nieuwe drankjes te bestellen. 'Dit is... interessant.'

Aangezien ze maar een paar minuten de tijd had, leek het Savannah beter om het maar meteen allemaal op te biechten.

'Ik vind hem erg leuk.'

Oliver knikte. 'Dat heb ik gezien.'

'Vind je haar echt leuk?' Met haar hoofd gebaarde ze in de richting van de wc's.

'Mel is een ex van me. Het is een toffe meid.'

Savannah stond paf, want ze had gezien hoe Mel reageerde toen Oliver haar voorstelde. 'Weet ze wel dat ze een ex is?' vroeg ze. 'Heb je haar verteld dat je impotent bent?'

Oliver knipperde met zijn donkere ogen.

'O, o, ik snap het al!' Opeens begreep Savannah het; het was net een goocheltruc die je eindelijk doorhad. 'Het was niet waar, hè? Je bent niet impotent.'

'Sorry.'

Savannah wist dat ze verontwaardigd hoorde te zijn. In plaats daarvan voelde ze zich net een gekooid vogeltje dat onverwacht wordt vrijgelaten. Al die weken had ze haar best gedaan om zichzelf ervan te overtuigen dat ze nog steeds van Oliver hield.

Maar ze had niet van hem gehouden, niet echt. Het was een bevlieging geweest, meer niet, een idee-fixe dat was geëscaleerd omdat het verboden was. En tegen de tijd dat die hindernis was gekomen, was de bevlieging al gevlogen.

Net als het vogeltje.

'Nou, daar ben ik blij om,' zei ze met een glimlachje. 'Voor jou dan, bedoel ik.'

'Het voelde gewoon niet goed.' Oliver klonk ook opgelucht. 'We kunnen beter met elkaar opschieten als broer en zus.'

Mel was terug van de wc en hupste naar hen toe.

'Kunnen jullie met elkaar opschieten? Jeetje, dat is abnormaal. Mijn broer en ik vechten als kat en hond!'

Savannah en Oliver grijnsden naar elkaar.

'Het is nog vrij nieuw voor ons,' zei Oliver toen Stevie terugkwam met de drankjes. 'Onze tijd komt nog wel.'

'Wat heb jij dat alle anderen niet hebben?' protesteerde Jamie. 'Lorna zegt nooit: "Van het huis," als ik iets bestel.'

'Het is Felicity's laatste avond in het dorp,' legde Lorna uit. 'Ze verhuist morgen naar Cheltenham.'

'Je krijgt er een van mij,' bood Felicity aan.

'Echt waar?' Jamie keek verbaasd en belachelijk blij.

'Ziezo.' Lorna vulde zijn bierglas tot aan de rand en zette het voor hem neer. 'Daar kikker je misschien van op.'

'Onmogelijk,' zei Jamie somber. 'Ik ben depressief.'

Lorna lachte gnuivend en knipoogde naar Felicity. 'Jij! Een knappe jonge kerel zoals jij, met een goede baan... Waarom zou jij depressief zijn?'

'Ik ben een knappe jonge kerel met een goede baan en geen vriendin,' klaagde Jamie. 'En geen sexleven, verdomme.'

Dit was zijn zevende pint.

'Allemachtig, wat tragisch.' Lorna tilde zijn elleboog uit een plasje bier en haalde een lap over de bar.

'Het is ontzettend tragisch! Vooral als je in één huis woont met dokter Kil-klote-dare. Het is misselijkmakend, echt waar.' Jamie schudde zijn hoofd. 'En het is niet eerlijk. Hij krijgt de hele tijd sex, sex en nog eens sex, en ik krijg niks.'

Nou, dacht Felicity, ik weet hoe dat voelt.

Lorna probeerde filosofisch te zijn. 'Dat kan wel waar wezen, maar is hij ook gelukkig?'

Jamie keek haar ongelovig en een tikkeltje scheel aan. 'Zou jij soms niet gelukkig zijn?'

'Luister,' zei Felicity, die de stoute schoenen aantrok, 'de wereld draait niet om sex alleen. Er zijn andere dingen in het leven, weet je.'

'O ja?' zei Jamie. 'Noem er eens vijf.'

'Rugby, cricket, bier.' Lorna probeerde nog steeds te helpen. 'Eh... een stuk in je kraag drinken...'

'Dat telt niet,' brieste Jamie. 'Dat is hetzelfde als bier.'

Lorna's geduld was op. 'Nou, misschien is het wel een boodschap van Moeder Natuur. Je kunt wel waardeloos zijn in bed.'

Felicity's gezicht vertrok. Jamie keek zo zielig dat ze hem het liefst een dikke zoen wilde geven.

'Maar dat is niet zo. Ik ben zelfs vrij goed,' zei hij bedroefd, 'als ik tenminste de kans krijg.'

Een uur later kondigde Lorna de laatste ronde aan en de paar overgebleven stamgasten vertrokken. Felicity, die inmiddels aan een hoektafeltje zat met Jamie, zag dat Lorna met opruimen begon.

'Ik moest maar eens gaan,' zei ze tegen Jamie.

Vijf gin tonics was meer dan ze gewend was, maar Felicity voelde zich niet eens tipsy. En wat was er trouwens mis met een paar borrels? Het huis was verkocht. Het was haar laatste avond in het dorp en Hugh had Freya mee naar huis genomen zodat zij ongestoord de laatste spullen kon inpakken. Dat was nu allemaal gedaan. De dozen stonden klaar en konden zo de verhuiswagen in. Morgen om deze tijd zou ze terug zijn bij haar ouders. Tijdelijk uiteraard, totdat ze zelf iets had gevonden. Helaas wist ze maar al te goed wat haar de komende paar weken te wachten stond.

Terug in mijn oude kamer, dacht Felicity, die zich er niet op verheugde, met een moeder die me betuttelt, me vertelt dat ik te mager ben en me vieze vette happen opdringt.

Ze wist ook precies hoe haar moeder met Freya zou omgaan. Hoewel ze haar best zou doen om zich niet met de opvoeding te bemoeien, zou ze het toch niet kunnen laten om te zeggen: 'Lieverd, waarom proberen we het niet eens op mijn manier?'

Ik ben getrouwd geweest, ik heb een kind gebaard en ik ben een intelligente, succesvolle zakenvrouw... en voor mijn moeder maakt het geen klap uit, dacht ze met toenemende frustratie. Wat haar betreft ben ik nog steeds haar verlegen, onnozele, maagdelijke tiener.

Toegegeven, dat maagdelijke was waar.

'Nog één rondje,' zei Jamie en zijn hand streek langs de hare toen hij haar lege glas pakte.

'De bar is gesloten.'

'Lorna vindt het vast niet erg.' Hij knipoogde samenzweerderig naar haar voordat hij zijn stem verhief. 'Lorna? Eentje om het af te leren?'

'Nee. Ga naar huis.'

Jamie keek beteuterd. 'Doe niet zo flauw.'

Lorna stond achter de bar en telde het geld in de kassa. Ze keek naar het tweetal; ze zaten zo dicht bij elkaar dat hun knieën elkaar bijna raakten. 'Als je door wilt gaan met ouwehoeren, waarom nodig je Felicity dan niet uit om bij jou nog iets te komen drinken?'

Jamies gezicht klaarde op, maar zijn schouders zakten meteen weer omlaag. 'Doug is thuis met een of andere verpleegster.'

Lorna haalde haar schouders op en wierp tersluiks een vragende blik op Felicity.

'Wat doe je nou?' vroeg Felicity toen Jamie zich had verontschuldigd om naar de wc te gaan.

'Kom op, ik hou jullie al een uur in de gaten. Je gaat me toch niet vertellen dat je het zelf nog niet hebt bedacht.'

'Meen je dat nou echt? Vind je dat ik hem mee naar huis moet nemen, hem op mijn bed moet gooien en hem moet verslinden?'

'Het is je laatste avond,' betoogde Lorna. 'Je wil van die maagdelijkheid af. En je vindt hem leuk.'
'Ik ken hem nauwelijks!' protesteerde Felicity.
'Je kende Hugh wel en je bent van een kouwe kermis thuisgekomen.'
'Lorna, dat kan ik echt niet doen. Het zou te... te... smerig zijn voor woorden.'
'Ach, het was maar een idee. Doe maar net alsof ik het niet heb gezegd.'
Felicity aarzelde en beet op haar lip.
'Bovendien is hij dronken.'
'Dat valt wel mee,' zei Lorna, die hem al anderhalf uur ongemerkt alcoholvrij bier had geschonken. 'Het lukt hem vast wel. Trouwens,' voegde ze er met een glimlachje aan toe, 'hij zei dat hij goed was in bed.'

62

In een vlaag van netheid was Lili bezig de zitkamer te stoffen toen ze buiten op het grind voetstappen hoorde.
Snel verstopte ze de spuitbus Pledge voor het geval het Eleanor was (O Lili, je moet bijenwas gebruiken; je denkt toch niet dat die troep uit een spuitbus goed is voor het hout?), en ze draafde naar de keuken om de kommen met aangekoekte cornflakes razendsnel in de gootsteen te zetten.
Lili deed open en slaakte een zucht van verlichting.
'Gelukkig ben jij het! Ik dacht dat het mijn schoonmoeder was die op de vroege ochtend weer eens een van haar controles hield. Jeminee, zijn die voor mij?'
Nou was het niet echt vroeg in de ochtend, halftien, maar Felicity zag eruit alsof ze al uren op was. Ze keek haar met pretogen aan, in haar gestreken roze blouse en een uitzonderlijk schone spijkerbroek.
'Om je te bedanken voor je goede zorgen. En voor al het andere.' Ze keek Lili stralend aan, drukte haar de enorme bos witte lelies in handen en zette twee flessen champagne op de keukentafel.
'Goh, verhuizen doet je goed,' zei Lili bewonderend. 'De meeste mensen zien er helemaal verfomfaaid uit, maar jij... je glimt helemaal.'
Dat was waar. Het was verbijsterend. Eleanor zou beslist tevreden zijn, besloot Lili. Felicity zag eruit alsof ze grondig was geboend met een blik bijenwas.

'Het is een nieuw begin. Ik ga er het beste van maken,' beaamde Felicity blij.

Impulsief scheurde Lili het folie van een van de flessen en draaide het ijzerdraad los. 'Dat moeten we vieren. Eén glaasje elk,' zei ze toen de kurk uit de fles floepte, 'om te klinken op je fijne nieuwe leven. Ziezo, als mijn schoonmoeder nu langskomt, denkt ze echt dat ik aan lager wal ben geraakt.'

De verhuiswagen zou om tien uur komen. Lottie, Will en Bliksem zaten in de andere kamer gekluisterd aan een Teletubbies-video, en Lili vroeg zich af waarom Felicity eruitzag alsof ze brandde van verlangen om haar een geheim te vertellen maar de woorden niet kon vinden.

In plaats daarvan babbelden ze over Freya en het keurige kinderdagverblijf waar ze in Cheltenham naartoe zou gaan, en vervolgens over Will en zijn beslist niet-keurige nieuwe gewoonte om in zijn po te plassen en er vervolgens zijn handen in te wassen.

'Ik lag vanochtend als een roos te slapen,' vertelde Lili, 'komt Lottie binnen. Ze tikt me op mijn schouder en zegt: "Mammie, zullen we samen 'Klap eens in je handjes blij, blij, blij' zingen?" '

Felicity grijnsde. Ze was gelukkig en wist het. Verder popelde ze om Lili van de afgelopen nacht te vertellen. Maar als Lili haar nou eens een slet vond?

'Nog nieuws over Drew?' vroeg ze toen maar.

Lili schudde haar hoofd. Ze had hem al weken niet meer gezien. Het leek onmogelijk in zo'n klein dorp, maar het was Drew gelukt om zichzelf om te toveren in de onzichtbare man.

Hij had duidelijk geen belangstelling. Zo vreemd was dat niet. Ze was geen Pamela Anderson.

Verdorie, ze was zelfs geen Clive Anderson.

Ach, dacht ze met de gelaten zucht van iemand die al honderd keer hetzelfde had bedacht, ik overleef het wel.

Twee minuten later schrokken ze zich allebei wild toen de bel ging.

'Shit. mijn schoonmoeder! Verstop de flessen, geef me de glazen, hou een theedoek onder de koude kraan...'

'Waarom?' vroeg Felicity geschrokken.

'Als Eleanor ruikt dat ik heb gedronken, spuugt ze vuur uit haar neusgaten.'

Maar Bliksem blafte en Lottie, die in de voorkamer op een stoel was geklommen om uit het raam te kunnen kijken, slaakte een kreet van blijdschap. 'Mam, doe gauw open! Het is Drew!'

Zelfs als hij niet al verliefd op haar was geweest, zou Drews hart zijn gesmolten bij het zien van Lili's aarzelende, niets-aan-de-hand-glim-lach. Het was hopeloos; wekenlang afstand bewaren had hem half-gek gemaakt en wat was hij ermee opgeschoten?

Niets.

Helemaal niets.

'Wat zit daarin?' Lili wees op de kartonnen doos in zijn handen.

'Jakkes, ik voel me net een vertegenwoordiger in stofzuigers. Luister, ik wil je iets laten zien, maar je hoeft niet beleefd te zijn. Als je geen belangstelling hebt, zeg het dan gewoon.'

'We hebben eigenlijk geen nieuwe stofzuiger nodig, we hebben Bliksem al.' O help, dacht Lili, over stompzinnig gesproken, ik haal het niet bij Clive Anderson. 'Sorry. Kom binnen.'

Felicity, die blijer keek dan Drew haar ooit had zien kijken, begroette hem met een brede grijns. 'Hai! We vieren net dat ik verhuis. Tast toe.' Ze wees op een vol glas. 'Ik moet zo weg. Lottie, pas op die fles.'

'Maak die doos open,' blafte Lottie en Lili had bijna gezegd: *Take the money*!' Zodra ze besefte dat ze waarschijnlijk de enige was die oud genoeg was om zich die populaire kreet van de televisie te herinneren, slikte ze haar woorden in.

'O wow!' kraaide Lottie toen Drew de doos openmaakte en de jonge poesjes liet zien.

'Paddy Birley kwam ze een uur geleden brengen,' legde hij uit. 'Hij wilde van ze af. Die oude baas wordt nog sentimenteel op zijn oude dag,' voegde hij er tegen Lili op gedempte toon aan toe. 'Meestal verzuipt hij ze in een emmer. Sorry, dat is niet als emotionele chantage bedoeld. Ik vroeg me alleen af of je er een wilde hebben.'

Dit was niet waar. Hij was wanhopig op zoek geweest naar een excuus om Lili te zien, en Paddy Birley, de meest onwaarschijnlijke petemoei die een mens zich kon denken, had het aangedragen.

'O mam, nemen we een poesje? Mag het mag het mag het?'

Er zaten er vijf in de doos. Lili tilde een miauwend zwart met wit bundeltje warm bont uit de doos en vroeg zich af of Bliksem het zou op-eten. Tot vijf minuten geleden had ze geen kat willen hebben, maar als Drew er een aanbood... nou, dat veranderde de zaak.

'Ik neem er twee,' riep Felicity en ze tilde ze enthousiast uit de doos. 'Van Hugh mocht het nooit. En Lorna zei laatst dat ze er graag nog een paar bij wil hebben.'

Bliksem duwde zijn neus tussen Lili en Drew in en snuffelde aan het poesje op Lili's schoot. Hij kwispelde aarzelend.

Lili was allang opgelucht dat hij niet kwijlde. 'We nemen deze.'

'Geregeld.' Drew begon zich te ontspannen en grijnsde naar haar. 'Verkocht aan de dame met de roze pantoffels en het champagneglas in haar hand. Misschien moet ik toch stofzuigerverkoper worden.'

Lili wilde dat ze niet haar roze pantoffels droeg; ze waren niet bepaald chic.

'Ik kan ze niet meteen meenemen.' Felicity keek op haar horloge. 'Stik, en het is al tien uur.'

'Het geeft niet, ik neem ze mee naar de praktijk om ze te onderzoeken. Bel me vanmiddag maar,' zei Drew ongedwongen, 'dan verzinnen we wel iets.'

'Kopje thee?' vroeg Lili toen ze alleen waren in de keuken.

'Nee, bedankt. Hoe is het met je?'

Beleefd, beleefd.

'O, gaat wel.' Lili ging met de waterkoker in de weer.

'Is het echt voorbij tussen jou en Michael?'

Ze knikte en deed twee theezakjes in de melkkan.

'Ik wilde je bellen,' zei Drew.

'Geeft niet. Ik begrijp het best.'

'Wat begrijp je?'

'Nou, dat je niets met me wil beginnen.'

De waterkoker sloeg af. Met een hevig bevende hand schonk Lili kokend water in de melkkan.

'Je zit ernaast. Ik wil wel iets met je beginnen.' Drew wilde niets liever en hij koos zijn woorden met zorg. 'Maar alleen als jij heel zeker weet dat je het ook wil.'

Ze draaide zich naar hem om. 'Echt?'

Hij knikte. 'Het zou een emotionele reactie op je stukgelopen huwelijk kunnen zijn, en dat soort relaties lopen altijd verkeerd af.'

Lili lachte onwillekeurig. 'Wat?'

'Hoor eens, er werken alleen vrouwen in onze praktijk. Een schoonmaakster, een receptioniste en de assistentes. Je werkt niet samen met acht roddelende vrouwen,' zei Drew ernstig, 'zonder alles te horen wat er te weten valt over relaties die gedoemd zijn te mislukken. Ik denk niet dat je dat wil drinken,' voegde hij eraan toe. Hij viste de theezakjes uit de melkkan en goot het troebele vocht door de gootsteen.

Lili vroeg zich af of er wel sprake was van een ongezonde emotionele reactie als het huwelijk waar je net een punt achter had gezet zo slecht was geweest als het hare. Een paar keer had ze zich zelfs een beetje schuldig gevoeld als ze bedacht dat ze zich eigenlijk veel rotter hoorde te voelen.

Maar ze wist wat Drew bedoelde.

'Wat gaan we dan doen?'

Drew haalde zijn schouders op. Hij wist precies wat hij wilde doen.

'Ik denk dat we niet te hard van stapel moeten lopen. Jij moet ver-werken wat… gewoon, alles wat je verwerken moet.'

Juist. Lili knikte. Dat klonk verstandig.

Saai, maar beslist verstandig.

'Okay. Hoe lang zou dat duren?'

Drew pakte zijn tot nu toe onaangeroerde glas champagne.

'Vijf of zes jaar.'

'Vijf of zes jáár!' kermde Lili. 'Tegen die tijd kunnen we wel dood zijn! Dat is zo oneerlijk.'

'Vijf of zes maanden dan?'

Lili staarde hem aan. Dat was al een stuk beter, maar vijf of zes maan-den leken nog steeds een eeuwigheid.

'Voordat we…' vroeg ze behoedzaam.

'Voordat we een relatie beginnen,' vulde Drew aan.

'O. En wat gebeurt er in de tussentijd?'

Hij onderdrukte een glimlach. Lili was echt aanbiddelijk. 'Nou, ik zou je kinderen beter kunnen leren kennen. We zouden met elkaar af kunnen spreken, misschien een paar keer per week.'

'Of vaker,' opperde Lili. Haastig voegde ze eraan toe: 'Zolang we er maar voor zorgen dat het geen relatie wordt.'

Drew dacht erover na en knikte. 'Daar kan ik wel mee leven.'

'Alleen als je het echt wil.'

'O nee, het lijkt me prima.'

Hij plaagde haar, besefte Lili. Alles zou goed komen. Ze had het ge-voel dat ze zou ontploffen van blijdschap.

'Wat doen we met zoenen en al die dingen?' informeerde ze dapper.

'Dingen?'

'Bed-achtige dingen.'

'O, daar ben ik een groot voorstander van,' zei Drew. 'Van al die… bed-achtige dingen.'

'En van zoenen,' bracht Lili hem in herinnering.

'Ook van zoenen.'

'Dus jij denkt dat dat wel kan,' vroeg ze om het echt helemaal zeker te weten, al licht in het hoofd omdat ze wist wat er komen ging.

'Beslist.' Drew kon het niet helpen, hij nam haar in zijn armen. 'Zo-lang het maar geen relatie wordt,' mompelde hij met zijn lippen te-gen de hare.

## 63

Felicity, met Freya op haar heup om de deur open te kunnen doen, wist niet wat ze zag toen ze Jamie op de stoep zag staan.

'O! Toen ik belde, zei Drew dat een van de assistentes ze onderweg naar huis zou komen brengen.'

'Ik was toch in de buurt,' jokte Jamie, 'dus ik heb aangeboden om het zelf te doen.' Onbeholpen maar wanhopig ging hij verder. 'Ik denk al de hele dag aan je.'

Felicity stond met haar mond vol tanden. De afgelopen nacht was een openbaring voor haar geweest en zij had er ook de hele dag aan moeten denken. Maar zij had alleen aan sex gedacht, niet aan Jamie. Aangezien hij overduidelijk niet haar type was, had ze nooit gedacht dat deze wonderbaarlijke nacht een vervolg zou krijgen.

'Ik heb ze zelf behandeld.' Jamie hield de mand met poesjes omhoog. 'Ze hebben een wormkuurtje gehad en ze zijn ingeënt. Zal ik ze binnenbrengen?' besloot hij hoopvol.

'Mijn moeder is er.' Nerveus keek Felicity over haar schouder. 'Het lijkt me echt beter...'

'Best, ik begrijp het, maar zullen we nog een keer afspreken? Morgenavond?'

Felicity was volledig overdonderd en probeerde koortsachtig een uitvlucht te verzinnen. 'Zeg, hoeveel krijg je van me?' Ze deinsde achteruit naar het tafeltje in de gang en pakte onder het spreken zelfs haar handtas.

'Niets!'

'Maar de prikken...'

'Laat me je morgen mee uit nemen' – Jamie was de wanhoop nabij – 'dan staan we quitte.'

Verdomme, dit overkwam Doug nou nooit.

'Alsjeblieft,' smeekte hij.

'Dit is nogal onverwacht.'

'Nou en? Je hoeft alleen maar ja te zeggen.'

Hij hoopte vurig dat ze dat zou doen, maar Felicity schudde haar hoofd, niet in staat een woord uit te brengen.

'Je wil niets van me weten,' concludeerde hij ontzet. Jeetje, wat was dit vernederend! 'Je hebt me gebruikt en nu wil je me nooit meer zien.'

Felicity had hem juist gebruikt omdat ze had gedacht dat ze hem nooit meer zou zien. 'Ik dacht dat je alleen sex wilde,' zei ze zacht, 'en dat het niet uitmaakte met wie.'

'Goed, goed, misschien wel, maar dat was vannacht,' flapte Jamie er op gekwelde fluistertoon uit. 'En nu maakt het me wél uit.'

'Wie is dat, lieverd? Het meisje met de katjes?' Felicity's moeder bleef onzichtbaar, maar haar stem was duidelijk te verstaan.

'Alsjeblieft,' probeerde Jamie vertwijfeld. 'Denk er een paar dagen over na, als je wil. Maar laten we afspreken dat ik je mag bellen.'

'Ik heb het nummer van de praktijk.' Zenuwachtig griste Felicity hem de mand uit handen toen haar moeders voetstappen weerklonken op het parket. 'Als ik je wil zien, bel ik jou wel.'

'Wat doe jij nou?' vroeg Toby.

Jess zat op haar knieën voor een met mos begroeide grafsteen en knipte het gras langs de randen met een nagelschaartje.

'Mijn tuinschaar is kapot.'

'Wiens graf is het?'

Jessie ging op haar hurken zitten en streek het haar uit haar ogen. Ze gaf Toby de tijd om de simpele tekst te lezen: Ter herinnering aan onze dierbare Susan Wilder, overleden op de leeftijd van achtenvijftig jaar. Liefhebbende vrouw en moeder.

'Ze was de vrouw van oude Cecil.'

Oude Cecil, met zijn stinkende hond en zijn pijp die nog erger stonk, was min of meer een meubelstuk in een hoekje van de Seven Bells, waar hij zijn dagen sleet met kaarten of domino spelen.

'Ze is al vijfentwintig jaar dood.' Toby trok een wenkbrauw op.

'Hij droeg haar op handen. Kijk eens hoe liefdevol hij het graf onderhoudt.' Jessie streek met haar vingers over het fluweelzachte, onkruidvrije gras. 'Hij heeft deze week veel last van reumatiek, daarom heeft hij mij gevraagd de boel een beetje bij te werken.'

Toby keek toe terwijl ze de bloemen die ze uit Cecils tuin had meegebracht uitpakte en in een verzwaarde vaas zette.

'Ik wist niet dat oude Cecil getrouwd is geweest.'

'Tweeënveertig jaar. Hij was zeventien, zij was zestien.' Jessie verschikte wat vingerhoedskruid. 'Hij mist haar nog steeds heel erg.'

'Wat is er met de kinderen gebeurd?'

'Twee jongens. Ze zijn hier weggegaan en het contact is verbroken.' Jessie haalde haar schouders op. 'Het kan ons allemaal overkomen. We kunnen ze niet dwingen om contact te houden omdat het toevallig onze kinderen zijn.' Ze keek omhoog naar Toby. 'Hoe is het met Dizzy?'

'Lastig, opstandig, humeurig, onbeleefd. Alles wat je van een normale tiener verwachten kunt.'

'En wat doe jij hier?'

Met een hand boven haar ogen tegen de middagzon keek Jessie om zich heen op het kerkhof met de bonte verzameling grafstenen, sommige eeuwenoud en scheefgezakt, andere glimmend en nieuw.

'Ik leer mijn tekst.' Toby haalde een opgevouwen script uit de binnenzak van zijn jasje. 'Een kerkhof is een uitstekende plek om een tekst uit je hoofd te leren.' Hij glimlachte een beetje ironisch. 'Tenzij je een bekende tegenkomt.'

'Ik hou je echt niet tegen.'

Toby keek naar haar toen ze de bloemen verschikte. Zou het altijd op deze manier blijven gaan? Zouden ze altijd onbenullige gesprekken voeren en alles wat maar een beetje belangrijk zou kunnen zijn angstvallig omzeilen?

'Je hebt er niets over gezegd,' zei hij, 'maar je moet het weten van Oliver en Savannah.'

Jessie knikte. 'Het was te verwachten, vroeg of laat. Maar voor jou is het natuurlijk niet zo leuk.'

'Hoezo?'

'Nou, al dat gedoe voor niets. Je had het nooit hoeven weten van Deborahs slippertje, of dat je niet Savannahs vader bent. Dizzy zou niet weggelopen zijn.'

'Jess, ik heb maanden geleden al tegen je gezegd dat mijn huwelijk minder goed was dan iedereen denkt. Door jou ben ik gaan beseffen hoe...'

'O nee, begin daar nou niet weer over,' waarschuwde Jessie, 'dat is niet eerlijk. Bovendien moeten Deborah en jij nu wel bij elkaar blijven. In Dizzy's belang.'

'Zelfs als hij het niet waardeert?'

'Ja!'

'Maar...'

'Luister, als jullie uit elkaar gaan en Dizzy loopt nog een keer weg, en hij bedelt op straat en raakt verslaafd aan crack en hij gaat dóód, dan heb je de rest van je leven een bezwaard geweten.' Jessie haalde diep adem. 'En als ik iets met je zou hebben,' voegde ze er langzaam aan toe, 'zou ik ook een bezwaard geweten hebben.'

Savannah en Stevie waren zo verdiept in hun gesprek dat ze het niet zouden hebben gemerkt als de luchtmacht uit de bomen was neergedaald om het tuinhuisje met rookbommen te bestoken.

Deborah zag hen zitten en voelde een steek van jaloezie. Er bestaat tegenwoordig geen gevaar dat mij zoiets overkomt, dacht ze met ingehouden frustratie. Toby was zó onredelijk. En Doug, het stuk verdriet, weigerde nog steeds de telefoon op te nemen als ze belde.

Zuchtend roffelde ze met haar vingers tegen het raam, als een snaar zo gespannen omdat ze het niet gewend was om op deze manier behandeld te worden.

Ach, wat kan het mij ook schelen.

Ze pakte de telefoon, draaide het nummer van Dougs gsm en wachtte op de computerstem die haar – zoals gewoonlijk, de laatste tijd – mededeelde dat de persoon die ze spreken wilde op dit moment niet aan de telefoon kon komen, maar als ze een boodschap...

'Ja?'

'Doug! Niet ophangen.'

'Ik ben met een patiënt bezig.'

'Zal ik straks naar je toe komen?'

'Sorry, ik heb het druk.'

'Als je geen ja zegt, vertel ik alles aan Toby.'

Moet je mij nou horen, dacht Deborah met afschuw. Ik klink volkomen wanhopig! En dat ben ik niet, dat ben ik niet. Ik ben Deborah Gillespie, ik kan elke man krijgen die ik hebben wil.

'Ga gerust je gang.' Doug klonk verveeld. 'Al snap ik niet wat je daarmee denkt te bereiken.'

'Alsjeblieft...'

Deborah voelde hete tranen opwellen. Buiten in de tuin kuste Stevie haar dochter. Toby was verdwenen, Joost mocht weten waar naartoe. Hier hoorde haar leven niet op uit te draaien.

'Ik moet ophangen,' zei Doug kortaf. 'Dag.'


'Niemand is ooit zo gelukkig geweest als ik,' zong Savannah toen ze twintig minuten later de zitkamer binnen walste. 'Mam, we gaan naar Bath. Is mijn Levi's schoon?'

'Geen idee. Kijk maar in de droogkast.'

Maar Savannah keek met gefronste wenkbrauwen naar de televisie.

'Ben je de afstandsbediening weer kwijt? *Countdown* is op Channel 4.'

'Eigenlijk vind ik dit reuze interessant. Het gaat over... eh... belasting en zo.'

Deborah had de televisie aangezet omdat ze naar *Countdown* wilde kijken – ze had een zwak voor Richard Whiteley – maar was bij BBC 2 blijven steken. Er was een rechtstreekse uitzending vanuit het parlement, en daar was David die het bomvolle House of Commons toesprak en moeiteloos hun aandacht vasthield.

En de hare.

'Jeetje, daar heb je hem. Moet je hem eens zien!' meesmuilde Savannah met een van walging vertrokken gezicht. 'Wat een gladjakker. Wat zag je toch in hem, mam?'

'Het is een erg knappe man,' brieste Deborah verontwaardigd. 'En zo praat je trouwens niet over je vader.'

'Ik wil niet dat je hem zo noemt. Papa is mijn echte vader. En ik heb al in de droogkast gekeken.'

Voor Savannah was het misschien belangrijker dat ze haar spijker-broek vond, maar Deborah vond het steeds moeilijker om haar blik los te maken van de figuur die momenteel zo prominent in beeld was. Ze waren allebei erg gespannen geweest toen hij naar Sisley House was gekomen, het was bepaald geen ideale hereniging geweest.

Maar dat was nu twee maanden geleden.

En nu... nu stonden de zaken er heel anders voor.

'Mam, je luistert niet naar me. Waar is mijn broek?'

Het viel niet te ontkennen, David Mansfield was een buitengewoon aantrekkelijke man.

Stampend verliet Savannah de kamer en stampend kwam ze weer te-rug.

'Ik heb in de droger gekeken. Die is leeg.'

Daar kwam nog bij dat betrokkenheid bij de politiek zelfs op de le-lijkste mannen een opmerkelijk effect had, dat was algemeen bekend. Door hun macht straalden ze glamour uit.

Deborah glimlachte bij zichzelf. Wat een verrukkelijke uitdaging, in-timiteiten aanknopen met de supermachtige David.

Stel je eens voor, geen gewoon kamerlid maar een lid van het kabi-net!

Knap!

Getrouwd!

Enerzijds was ze als de dood voor een schandaal, maar tegelijkertijd voelde ze zich onweerstaanbaar tot het idee aangetrokken – immers, hoe groter het risico, des te meer adrenaline kwam er vrij. En het adrenalinegehalte kon nauwelijks hoger dan in dit geval.

Deborah staarde naar het scherm en vroeg zich af hoe het zou zijn om midden in het House of Commons de liefde te bedrijven met Da-vid, van alle kanten aangemoedigd door kamerleden, terwijl de voor-zitter 'Tot de orde!' blafte in een poging om...

'Mam, WAAR IS MIJN BROEK?'

Sommige fantasieën waren te spannend om ze te laten varen. Onge-duldig gebaarde Deborah dat Savannah haar met rust moest laten. 'Je mag de mijne lenen.'

Savannah keek haar met onverholen weerzin aan.

'In de jouwe is een haarscherpe vouw gestreken.'

## 64

Doug trok de deur van Keeper's Cottage open, sleepte zijn koffers naar de auto en zette ze in de achterbak.

Het was halfzeven 's ochtends en de hemel was helder lichtblauw met een vleugje roze. Het grasveld was zilver van de dauw.

Doug keek nog een laatste keer om zich heen. Hier had hij het afgelopen jaar gewoond. Nu was het tijd om verder te gaan. Zijn contract met het Harleston General was afgelopen en hoewel het sollicitatiegesprek in Manchester niets had opgeleverd, had hij geluk gehad met het tweede, in een kinderziekenhuis in Kent. Vaarwel eerste hulp, hallo pediatrie, dacht hij, zijn blik gericht op twee eekhoorns met golvende staarten die over de tuinmuur sjeesden.

Vaarwel Harleston, hallo Maidstone.

Vaarwel meisjes, hallo nieuwe meisjes.

Hij liet zijn sleutel op de keukentafel liggen, met een cheque voor de nog verschuldigde huur. Hij had niet verwacht dat Drew en Jamie om dit uur op zouden staan om hem uit te zwaaien; dit was immers geen *Friends*. Gewoon drie kerels die een huis deelden.

Afgezien van de twee eekhoorns die nu over het grasveld dartelden, lag het dorp er stil en verlaten bij. Doug startte de motor van zijn MG en trapte het gaspedaal één keer in. Hij vroeg zich af of Deborah het ronken zou horen.

Hij reed langs de ingang van Sisley House. De gordijnen van de slaapkamer waren gesloten; geen enkel teken van leven.

Doug schudde zijn hoofd en reed langzaam over Compass Lane. Dat was een les die hij door schade en schande had geleerd: sommige vrouwen waren het gewoon niet waard om iets mee te hebben.

Andere natuurlijk weer wel.

Moll zat op het stoepje van de Seven Bells met een van Lorna's nieuwe poesjes te spelen. Ze keek op en grijnsde toen Doug bij High Street linksaf sloeg en voor de pub stopte.

'Klaar?'

'Klaar.'

Moll maakte de vlijmscherpe nageltjes van het katje los uit haar lange rode rok, kwam overeind en gooide haar reistas in de ruimte achter de voorbank.

'Is dat alles?'

'Ik heb niet veel nodig.'

'Weet je zeker dat je dit wil?'

Moll keek geamuseerd. 'Het is tijd om verder te gaan.'

Doug leunde opzij en opende het portier voor haar. Hij had haar gisteravond pas verteld dat hij weg zou gaan, maar Moll had zoals gewoonlijk geen krimp gegeven. Toen hij half als grapje had gezegd: 'Ga met me mee,' had ze geen seconde geaarzeld voordat ze: 'Okay' antwoordde.

Nu ze in de MG stapte en haar weelderige haar naar achteren schudde, raakte Doug meteen in een vrolijke stemming.

Ze begrepen elkaar, hij en Moll. Ze waren uit hetzelfde hout gesneden.

'Lorna zal er niet blij mee zijn dat ze de ster van haar pub kwijtraakt.'

'Dat komt wel goed. Stevie is platzak, hij kan wel een baantje gebruiken.'

'Ik dacht dat je broer alleen een paar dagen bij jou langskwam.'

'Tja, dat was voordat zijn oog op Savannah Gillespie viel.'

Doug schakelde. 'Dat duurt nooit lang.'

'Nou en? Ze genieten ervan,' zei Moll ongedwongen. 'Daar gaat het om.'

'Er is genieten en er is genieten,' mompelde Doug. 'En als je heelhuids aan wilt komen, kun je beter je hand uit mijn broek halen.'

Moll barstte in lachen uit.

'Spelbreker! Myrtle Armitage kijkt naar ons vanuit haar slaapkamer. Ik wilde die ouwe taart nog een laatste schrik bezorgen.'


Het was de laatste week van de zomervakantie en Harriet verheugde zich erop om weer naar school te gaan. Ze had een nieuwe beha om mee te pronken in de kleedkamer, een nieuwe graffiti-vrije tas – dat zou snel verholpen zijn – en meer roddels dan gewoonlijk in petto.

Ze zat op de tuinmuur aan de voorkant, schopte met haar hielen tegen de stenen en liet een jojo vlak boven de stoeptegels bungelen. Telkens als het katje uithaalde naar de jojo, trok zij hem buiten zijn bereik.

Alles op een rijtje: nieuwe beha, wat erg fijn was, met gele madeliefjes erop, en vullingen die je erin kon schuiven of weg kon laten, afhankelijk van hoe pneumatisch je eruit wilde zien – en dat was zeer pneumatisch.

Nieuw poesje.

Tamelijk nieuwe hond.

Ouders gescheiden.

Vader had verhouding met de ex-vrouw van een tot vrouw omgebouwde man. Hmm, dat laatste kon ze misschien maar beter weglaten.

Moeder heeft mogelijk een verhouding met stoere jongere dierenarts. Een enorme verbetering. Ook veel minder beschamend. Aangezien het tegenwoordig erg in was om dierenarts te zijn, kon je daar met een gerust hart over opscheppen.

Vooral als hij mister Darcy heette.

Dan ben ik er ook nog, dacht Harriet, die de jojo als een metronoom op en neer liet gaan. Wat heb ik deze vakantie gedaan?

Niets.

Helemaal niets.

Even deed ze haar ogen dicht toen ze bedacht hoe buitengesloten ze zich zou voelen als alle andere meisjes in haar klas eindeloze verhalen over hun vriendjes opdisten. Het was in de laatste maanden voor de vakantie een ware epidemie geworden.

En ik heb er nog steeds geen, dacht Harriet.

Nieuwe beha, nieuwe kat, nieuwe hond... geen vriendje.

Wat een sof.

Hoewel, eerlijk is eerlijk, hoeveel keus had je nou als je in een stom dorp woonde, vijftien kilometer bij de dichtstbijzijnde stad vandaan?

De enige jongen van haar leeftijd in Upper Sisley was Dizzy Gillespie.

En beroemde ouders of niet, dacht Harriet met grimmige voldoening, zo wanhopig ben ik nou ook weer niet.

Ze wist waarom ze aan jongens dacht. Vijftig meter verderop zat een jongen die ze nooit eerder had gezien op het grasveld, met een fiets op de grond naast zich. En telkens wanneer ze nonchalant die kant op keek – verdikkie, nou gebeurde het alwéér – leek hij nonchalant terug te kijken.

Harriet had niet goed opgelet. Met een luide miauw van triomf besprong het katje de bungelende jojo en hij knalde tegen de muur.

'Sufferd.' Harriet sprong van het muurtje en tilde het katje op. 'Zo loop je nog een hersenbeschadiging op.'

Het katje – ze had het kunnen weten – pieste prompt op haar broek. Harriet keek opzij en had durven zweren dat de jongen op het grasveld in zijn vuistje lachte.

Ze zou zijn gezicht graag wat beter willen zien. Een verrekijker zou handig zijn. Je zou het natuurlijk wel discreet moeten doen.

Het liefst zou Harriet buiten zijn gebleven, maar met de stank van kattenpies moest je niet spotten. Ze ging naar binnen, trok een schone spijkerbroek aan, deed wat blauwe mascara op, keek door het raam van de zitkamer of de jongen er nog was – ja! – voegde een zweempje *lip gloss* toe – oeps, niet over haar hele kin – pikte twintig penny uit Lotties spaarvarken en draafde weer naar buiten.

Ze voelde dat de jongen naar haar keek toen ze nonchalant maar sexy langs hem slenterde op weg naar de dorpswinkel. Het was werkelijk verbijsterend, het verschil dat een nieuwe beha kon maken, al was het maar een 75A. Toegegeven, het resultaat was niet zo oogverblindend als een paar hockeysokken, maar dit was een stuk veiliger.

Nadat ze een pakje kauwgum had gekocht, liep Harriet – nonchalant en sexy – terug naar huis. Dit keer was haar nieuwsgierigheid echter pas goed gewekt.

Wie was deze jongen en wat deed hij hier?

Het grootste raadsel was nog wel dat hij, toen zij door de straat liep, telkens naar haar huis bleef kijken.

'Neem me niet kwalijk.' Harriet bleef aan de rand van het grasveld staan. 'Wacht je soms op iemand?'

Nu ze minder dan twintig meter bij hem vandaan stond, kon ze zijn gezicht goed zien.

Hmm, niet slecht.

In elk geval geen puisten.

'Goeie timing.' De jongen keek grijnzend naar haar omhoog. 'Ik wilde je net om hulp vragen. Ik moet er wel meteen bij zeggen dat dit een geheime missie is.'

Hij had een samenzweerderige twinkeling in zijn ogen. Harriet besloot dat ze hem nu al aardig vond.

Geen puisten en gevoel voor humor. Bijna te mooi om waar te zijn.

'Wat, ben je soms een spion?'

'In één keer goed.'

Harriet giechelde. 'Zoals James Bond?'

'Wat bedoel je, zoáls James Bond?' De jongen trok een wenkbrauw op. 'Ik bén James Bond. Druk op het verborgen knopje,' vervolgde hij terwijl hij op zijn fiets klopte, 'en dit wordt een Aston Martin.'

Stralend van blijdschap plofte Harriet naast hem op het gras.

'Wie zoek je?'

'Sovjet-agent.' Hij liet zijn stem dalen en gaf een verdienstelijke Sean Connery-imitatie ten beste. 'Staat bekend als de Russische Weduwe, eet mannen als ontbijt. Beeldschoon. Zeer gevaarlijk.'

'Hoe heet ze echt?' fluisterde Harriet verrukt.

'Harriet Ferguson.'

Wacht eens even...

'Zo heet ik.'

'O ja? Nou, jij kunt het niet zijn. Die andere.'

'Hoezo kan ik het niet zijn?' Gepikeerd rechtte Harriet haar rug. 'En wélke andere?'

De jongen fronste zijn wenkbrauwen. 'Dat wilde ik nou juist van jou horen. Ik dacht aan een grootmoeder. De Harriet Ferguson die ik zoek is achter in de zestig.'

'Nou, ik ben de enige.'

Hij keek naar het huis.

'The Old Vicarage, klopt dat?'

'Helemaal.'

'Weet je zeker dat je niet achter in de zestig bent?' Met tot spleetjes geknepen ogen bestudeerde hij haar gezicht. 'Je hebt je misschien heel goed vermomd.'

'Jij bent James Bond niet. James Bond zou zich nooit zo vergissen,' zei Harriet. 'Kom op, hoe heet je?'

'Alfie Huntingdon.'

'Alfie?'

'Ik weet het.' Hij trok een gezicht. 'Vreselijk, hè? Alfie en Harriet. Dat klinkt als een stel bejaarden.'

'Huntingdon!' riep Harriet plotseling uit.

'O nee, heb je daar nou ook al kritiek op? Ik vind het eigenlijk een heel...'

'De brief. Je moet familie zijn van Frank.'

'Dat is mijn grootvader. Dus je hebt hem echt geschreven.' Alfies wenkbrauwen gingen richting haarlijn. 'Nu snap ik het echt niet meer.'

'Ik heb hem niet geschreven, dat heeft iemand anders gedaan. Grapje.' In een paar zinnen legde Harriet het uit. 'Toen ik die brief van je grootvader kreeg, wilde ik hem terugschrijven om het hem te vertellen. Maar ik dacht dat hij wel massa's andere reacties zou hebben gehad,' zei ze verontschuldigend, 'dus uiteindelijk heb ik het maar zo gelaten.'

'Er waren twee reacties, maar die andere vrouw hield niet van varkens. Hij vond jouw brief de leukste,' vertelde Alfie, 'maar je schreef niet terug. Hij was teleurgesteld, maar hij wilde je niet lastig vallen.'

Harriet was weg van de manier waarop Alfies wenkbrauwen bewogen onder het praten, alsof ze een eigen leven leidden.

'Maar wat doe jij dan hier?'

'Ik heb aangeboden om eens te kijken hoe de vork in de steel zat. Harriet Ferguson opsporen, zien of ze mijn opa's type was. Als dat zo was, zou ik hem hebben overgehaald om nog een keer te schrijven, om haar nog een kans te geven.'

'Jeetje, het spijt me.' Harriet voelde zich vreselijk, alsof het allemaal haar schuld was. 'Ik wilde dat ik zeventig was, echt waar.'

Alfie leunde achterover op een elleboog en bekeek haar zonder een spoor van verlegenheid. 'Jij kunt het niet helpen. Achter de wolken...' Hij grijnsde. 'Ik ben blij dat je geen zeventig bent.'

Harriet ook.

'Is je opa echt aardig?'

'Ja, ik ben dol op hem. Hij is alleen eenzaam.' Alfie liet zich duidelijk niet uit het veld slaan. 'Geen paniek, we vinden wel iemand anders.'

Harriet vroeg zich af hoe Frank zijn advertentie had opgesteld.

'Misschien had hij dat van die varkens beter weg kunnen laten,' zei ze behulpzaam. 'Niet alle vrouwen houden van varkens.'

'Goed bedacht, Moneypenny.' Alfie liet zijn wenkbrauwen op en neer gaan. 'Of we plaatsen de volgende advertentie in de *Farmer's Weekly*.'

## 65

'Geloof me, de sfeer in dat huis is om te snijden,' zei Oliver. 'Je zou er eens langs moeten gaan, dan weet je tenminste wat ik bedoel.' Hij maakte een spaghetti bolognese klaar, bijna het enige gerecht op zijn repertoire. Het hele aanrecht en de keukentafel lagen vol met bergjes gesneden champignons, tomaten, uien en knoflook.

'Als je weet dat de melk bedorven is, zeg je toch ook niet dat iemand vooral moet proeven,' merkte Jessie op. 'Waarom zeggen mensen dat toch altijd?'

Maar Oliver liet zich niet van de wijs brengen. 'Het is verschrikkelijk. Je hebt geen idee hoe erg het is. Heb je Toby de laatste tijd nog gesproken?'

Jessie pikte een champignon toen hij even niet oplette. 'Wat bereik ik daar nou mee?'

Oliver haalde zijn schouders op. 'Ik weet het niet. Misschien helpt het.'

Dat is niet waarschijnlijk, dacht Jessie, als mijn maag al een driedubbele salto maakt als ik zijn naam hoor. Toby's opmerkingen op het kerkhof, een week geleden, waren ook niet bemoedigend geweest. Het beste dat ze kon doen, was met een boog om hem heen lopen. Een grote boog.

Haar hand schoof naar de halflege fles rode wijn op de keukentafel. 'Afblijven,' waarschuwde Oliver zonder zich om te draaien. 'Die heb ik nodig voor de saus.'

Vooruit, dacht Jessie, dan moet het maar nuchter.

'Ik ga het huis verkopen,' zei ze.

Hij hield op met hakken, draaide zich met een ruk om en keek haar met gefronste wenkbrauwen aan.

'Ik dacht dat je dat idee had laten varen.'

'Nee.'

'Maar waarom?'

'Ik wil verhuizen.'

O Olly, snap je het dan niet? Ik móét verhuizen, pleitte ze in stilte.

'Waar naartoe?' Ongelovig keek hij haar aan. 'Toch niet naar Cornwall.'

'Jawel.'

'Maar dat is zo ver weg!'

Precies, dacht Jessie, dat is ook de bedoeling.

'Luister, jij gaat naar Europa.' Ze tikte op de stapel folders waarmee Oliver die middag thuis was gekomen van het reisbureau. 'Je bent bijna een heel jaar weg. Als je terugkomt, neem je ergens een baan en dan verhuis je... Natuurlijk doe je dat,' benadrukte ze. 'Je gaat me toch niet vertellen dat je je hele leven bij je oude moeder wil blijven wonen.'

'Heeft dit iets met Jonathan te maken?' Oliver klonk argwanend. 'Gaan jullie samenwonen?'

'Nee!'

Arme Jonathan, hij had weken geleden de hoop opgegeven. Een platonische relatie met iemand die je vurig begeerde, had hij Jess met bedroefde openhartigheid uitgelegd, was een nachtmerrie op wielen. Alsof je uren naar een oldtimer keek en de auto met geen vinger aan mocht raken.

Jessie had zich omstandig verontschuldigd, hem bedankt voor zijn vriendschap, hem het beste gewenst en hem een afscheidskus gegeven.

Nog geen twee weken later had Jonathan een andere vrouw aan de haak geslagen, eentje met een chassis dat hij wél mocht aanraken.

'Ik begrijp gewoon niet waarom,' protesteerde Oliver. Om bezig te blijven, hakte hij de champignons in steeds kleinere stukjes.

Ze kon zichzelf er niet toe brengen om hem de ware reden te vertellen. 'Ik vind het leuk in Cornwall.'

'Ik dacht dat je het leuk vond om hier te wonen.'

Verlangend keek Jessie naar de fles valpolicella. De eerste keer dat ze met verhuisplannen op de proppen was gekomen, had Toby haar overgehaald om te blijven. Hij had haar ervan weten te overtuigen dat blijven het beste was, dat weglopen niet de oplossing was. Volgens Toby was er geen reden waarom zij tweeën niet gezellig in hetzelfde dorp konden wonen.

Nou, hij vergiste zich.

Ik heb mijn best gedaan, dacht Jessie, en het ging niet. Een grote golf van verdriet overspoelde haar.

'Ik vind het ook leuk om hier te wonen,' vertelde ze Oliver half naar waarheid. 'Ik denk alleen dat ik het in Cornwall leuker vind.'

Ik zie er oud en moe uit, dacht Eleanor Ferguson toen ze zichzelf in de spiegel in de gang bekeek voordat ze de deur uitging. Er zaten diepe rimpels tussen haar grijze wenkbrauwen gegroefd en haar mondhoeken wezen omlaag alsof ze door permanente afkeuring werden verzwaard.

Dat was ook niet verbazingwekkend, aangezien Eleanor de laatste tijd heel wat te veroordelen had.

Ze had geen idee wat Lili bezielde, maar Eleanor kon zichzelf er de laatste tijd nauwelijks toe brengen om met haar schaamteloze schoondochter te praten. Het was zonneklaar dat de verhouding met Drew al maanden duurde – ja, dat zag ze nu wel – en dat was dan ook de reden geweest dat het huwelijk van haar zoon was verbroken; het was helemaal niet Michaels schuld geweest.

En die arme, onschuldige kinderen – ze durfde er niet aan te denken wat die moesten doormaken.

Eleanor opende de voordeur op een kier en gluurde naar buiten om te zien of de kust vrij was. Ze deed al het mogelijke om Bernadette Thomas te ontlopen. Dat de rest van het dorp het zomaar goed vond dat een dergelijk schepsel in hun midden bleef wonen, ging Eleanors verstand te boven, maar niemand anders leek het erg te vinden. Eleanor huiverde van weerzin, telkens als ze zich herinnerde dat ze naast zo'n griezel woonde, een man die van geslacht was veranderd. Bovendien zou ze hem die beschamende vertoning met Michael in de pub nooit vergeven.

Eleanor deed de voordeur met twee sloten op slot en liep naar haar auto. Met het oog op Myrtle Armitages stekelige opmerkingen, en omdat je nooit wist wie je onverwacht tegen het lijf liep, vond ze het tegenwoordig makkelijker om de dorpswinkel links te laten liggen en naar Tesco's in Harleston te rijden.

De autosleutel stak in het slot toen ze dorre bladeren hoorde knisteren onder banden. Ze keek op en zag twee tienerjongens op mountainbikes over Water's Lane haar kant op komen. Ze kende hen niet, ze kwamen beslist niet uit Upper Sisley.

Zodra ze Eleanor in de gaten kregen, keken ze elkaar aan en begonnen te giechelen.

'Daar heb je d'r. Zij is het,' hoorde ze de een tegen de ander zeggen. 'Je ziet het gelijk – dat is die kerel die zich heeft laten ombouwen.'

Eleanor verstijfde. Ze staarde hen aan toen ze langs fietsten, openlijk lachend.

Eenmaal veilig buiten haar bereik, draaide de tweede jongen zich om op zijn zadel. 'Hé maat,' riep hij, 'hoe voelt het als je kloten eraf worden gehakt?'

Tranen van vernedering brandden als zuur in Eleanors ogen. Nu kon ze geen boodschappen meer gaan doen.

Over het tuinpad liep ze terug naar de deur en tot overmaat van ramp zag ze dat Bernadette uit het openstaande raam van haar zitkamer naar buiten keek. Ze had duidelijk alles gehoord.

Ze richtte zich vol medelijden tot Eleanor. 'Ik vind het heel vervelend voor je. Het zijn maar kinderen. Ik probeer ze te negeren.'

Eleanor keek haar vanuit de hoogte aan terwijl ze haar tranen wegknipperde. Zonder een woord te zeggen beende ze haar huis binnen.


Dizzy werd verteerd door een jaloezie waarvan hij niet eens had geweten dat die bestond. Tenminste niet wat Harriet Ferguson betrof. Wonderlijk genoeg was hij opeens smoorverliefd op haar.

Het had, erkende hij met tegenzin, ongetwijfeld iets te maken met het feit dat Moll er niet meer was om van te dromen.

Hij zorgde ervoor dat hij langs de dorpswinkel slenterde op het moment dat Harriet naar buiten kwam met een van de tijdschriften waar ze zo dol op was. Dit exemplaar, zag hij, had een glimmende omslag in fluorescerend roze. Het heette *Boyz!!* en er stond een foto op de voorkant van een bloedmooie jongen die sinds kort in een soap speelde en elk meisje in het hele land deed zwijmelen.

'Ik heb hem vorige week ontmoet op een feestje in Londen,' loog Dizzy terwijl hij achteloos op de foto wees. Ach, het was niet helemaal gelogen; hij had iemand gesproken die naast hem in de rij had gestaan bij McDonald's. 'Ik kan wel aan zijn handtekening komen als je wil.'

'Doe vooral geen moeite.' Harriet was niet onder de indruk. 'Ik vind hem niet eens leuk.'

'Hoe gaat het met jullie nieuwe katje? Hoe heet hij?'

'Banaan.'

Dizzy sloofde zich geweldig uit. 'Banaan, wat een leuke naam.'

Wantrouwig keek Harriet hem aan. Een complimentje? Van Dizzy? Dat kon niet waar zijn.

'Het was Lotties idee. Ik heb het niet bedacht. Lottie is dol op bananen.'

'Ik heb vanmiddag niets te doen,' liet Dizzy haar weten. 'Ik zou met je mee naar huis kunnen gaan om naar jullie katje te kijken. Ik heb hem nog niet gezien.'

Harriet fronste haar wenkbrauwen. Dit werd steeds vreemder. 'Het is gewoon een kat, net als alle andere katten. En ik heb trouwens afgesproken met een vriend.' Ze keek op haar horloge. 'Hij kan nu elk moment hier zijn.'

Dizzy haalde diep adem. Hij had hier de hele ochtend op geoefend. 'Zeg, ik vroeg me af of je zin hebt om samen naar de film te gaan. Er draait een nieuwe James Bond in Harleston. We kunnen de bus nemen, een hamburger eten – ik betaal, maak je geen zorgen – en dan...'

'Die heb ik al gezien.'

Dizzy was net een ballon die leegliep. 'O. O, jammer.'

Harriets gezicht klaarde op. Dus daarom was Dizzy opeens zo aardig!

Het was werkelijk verbijsterend.

'Dizzy, was dat een verkapte manier om verkering te vragen?'

Zijn oren werden tomaatrood. 'Ach, je weet wel, eh... niet echt...'

Maar Harriet zegevierde. Na alle schimpscheuten en hatelijke opmerkingen van de laatste paar maanden ging ze hier met volle teugen van genieten.

De komende paar minuten zouden weleens de leukste van haar leven kunnen worden.

'Wel waar. Je vroeg me mee uit omdat je verkering wilde,' kondigde ze triomfantelijk aan. 'En weet je waarom ik dat niet wil? Er zijn twee redenen voor. Omdat je (a) een slijmbal bent en ik je sowieso niet leuk vind. En (b) omdat ik al een vriendje heb.'

Als door een adder gebeten sloeg Dizzy terug. 'Niet waar!'

'O jawel.'

'Dat heb je gedroomd.'

'Nee, hij is echt. Dankzij jou.'

Niet-begrijpend staarde hij haar met fonkelende ogen aan. 'Waar heb je het over?'

'Jij en al die zielige brieven van je.' Ze lachte voldaan. 'Je weet het vast nog wel. Je hebt geschreven op een advertentie in de *Harleston Echo* en gedaan alsof je mij was.'

'Dat was een oude kerel!' viel Dizzy woedend uit. 'Hij was stokoud.'

'Maar zijn kleinzoon niet, die is vijftien.' Harriets triomf was compleet toen ze over Dizzy's schouder keek en Alfie aan zag komen op zijn fiets. 'En presto, alles is dik voor elkaar. Je zou het ook eens moeten proberen, Dizzy. Misschien levert het wat op, zelfs voor iemand zoals jij.'

'Hai!' hijgde Alfie. Hij kwam slippend tot stilstand in een stofwolk en grijnsde naar Harriet.

Ze grijnsde terug terwijl ze zich in stilte afvroeg of je echt kon barsten van trots. Hij was knapper dan Dizzy. Groter ook. En hij vond het helemaal niet erg om achttien kilometer naar haar toe te fietsen. Het schonk Harriet enorme voldoening om hem niet aan Dizzy voor te stellen. Ze stak haar arm door die van Alfie en zei vrolijk: 'Kom op, dan gaan we naar mijn huis.'

'Moneypenny, wat zeg je toch altijd een rake dingen.'

'O, voor ik het vergeet.' Harriet bleef nog even staan om over haar schouder naar Dizzy te kijken. 'Ga vooral naar die James Bond. Wij vonden het een geweldige film.'

66

Het was half september, de bladeren begonnen te vekleuren en de kruidige geur van de herfst hing in de lucht. Deborah Gillespie liep langzaam door de tuin en zag glanzende kastanjes tussen het hoge gras onder de kastanjebomen.

Zo laat de natuur je weten dat je kinderen groot worden, dacht ze droog. De dagen van het enthousiaste zoeken en poffen waren voorbij. Als ze nu naar binnen ging en Dizzy vertelde dat er kastanjes in de tuin lagen, zou hij met zijn ogen rollen en 'Zielig' mompelen.

Deborah bukte zich en raapte er zelf een paar op. Ze hield ze in haar handpalm en wreef met haar vingers over de glanzende bolster. Daarna stopte ze de kastanjes in haar zak, bij de mobiele telefoon.

De telefoon die tegenwoordig nooit ging.

Vijf dagen geleden had ze David Mansfield gebeld. Hij klonk ontzet toen hij hoorde wie ze was.

'Geen paniek,' had ze vrolijk aangekondigd.

'Gaat het over Savannah?'

'Waarom zou het over haar gaan? Wees toch niet zo paranoïde!'

David dacht duidelijk aan het partijcongres en het schandaal dat op de loer lag en had een kreun van verlichting geslaakt. Ze kon horen dat hij zich ontspande. 'Nou, wat kan ik voor je doen?'

'Je hoeft niets voor me te doen, David.' O, die stem! 'Ik heb de laatste tijd gewoon vaak aan je gedacht. Ik vroeg me af of je zin hebt om iets af te spreken.'

'Eh...'

'Ik laat het aan jou over,' had Deborah luchtig gezegd. Geen druk, vooral geen druk. Hij wist waar ze het over had en dat hij haar kon vertrouwen.

En overspelige kamerleden verloren niet zomaar hun streken.

'Luister Deborah…'

'Je hebt mijn nummer.' Moeiteloos onderschepte ze het protest. 'Denk er maar over na. Bel me als je me wilt zien.'

In theorie klonk dat allemaal prachtig.

Alleen had hij niet gebeld.

Eerst Toby, toen Doug Flynn, dacht Deborah. Nu David ook nog.

Was dit hoe de dikke meisjes op school zich voelden als ze als laatsten werden gekozen voor het hockeyteam?

Was dit hoe de foeilelijke meisjes zich voelden op het schoolfeest als niemand met ze wilde dansen?

Stomme kerels!

Met de kastanjes in de ene zak en de koppig niet-rinkelende telefoon in de andere liep ze terug door de tuin.

Toby kwam naar buiten op het terras toen ze bijna bij het huis was. 'We moeten praten.'

'Toby, wanneer hou je nou eens op zo grimmig te kijken?' De laatste weken waren verschrikkelijk geweest; het was net levenslange opsluiting. 'Ik heb al wel honderd keer sorry gezegd. Waarom kunnen we het niet gewoon vergeten en verder gaan zoals vroeger?'

Hij schudde zijn hoofd. 'Dat wordt niets. Ik wil scheiden.'

Deborah voelde plotseling een doffe pijn in haar maag.

'Je bedoelt dat je Jessie wil. Okay, best.' Ze haalde haar schouders op. 'Voor wat hoort wat. Blijf haar gerust zien. Ik zal er niets van zeggen.'

Toby wilde dat dat kon.

'Ze wil niets met me te maken hebben,' zei hij toonloos. 'Ze vindt dat jij en ik bij elkaar moeten blijven voor de kinderen.'

Hij vond dit een bijzonder bizar advies, aangezien het kwam van iemand die haar eigen kind alleen had opgevoed.

Deborah begon een tikkeltje wanhopig te worden. 'Ik vind dat ze gelijk heeft.'

Maar Toby's donkerblauwe ogen waren op de wuivende populieren achter haar gericht. 'Het kan me niet schelen wat jij of Jessie denkt. Ik weet alleen dat ons huwelijk een farce is en dat ik er niet mee door kan gaan. Jij gaat weg,' zei hij langzaam, 'anders ga ik.'

Het lag op het puntje van Deborahs tong om te antwoorden: 'Best, ga maar,' toen ze besefte dat het alternatief misschien minder afschrikwekkend was dan ze dacht. Toegegeven, dit was een groot huis, maar zou ze niet haar eigen glazen ingooien als ze hier bleef?

Er staat geld op de bank, dacht ze, en Toby heeft net het contract voor die nieuwe film van Spielberg getekend. Ik kan best een leuk huis in Putney of Hampstead vinden. Okay, dat was qua waarde niet te vergelijken, maar dan was ze tenminste terug in Londen.

Upper Sisley was dan wel een pittoresk dorp in de Cotswolds, maar het viel niet te ontkennen dat de keus wat mannen betreft beperkt was.

En even in alle eerlijkheid, hoeveel mannen waren er nou echt aantrekkelijk?

De mannen die de moeite waard waren, besloot Deborah, had ze al gehad.

'Gaan jullie uit elkaar?' Dizzy staarde zijn ouders aan. 'Wanneer?'

Toby vond het hartverscheurend dat dit de enige manier was om Dizzy's onverdeelde aandacht te krijgen.

'Je vader blijft hier,' vertelde Deborah hem voorzichtig, 'en ik ga terug naar Londen.'

'O wow, geweldig! Mag ik met je mee?' smeekte Dizzy. 'Alsjeblíeft?'

Deborah was overdonderd. 'Dat lijkt me heel leuk, schat, maar je bent net gewend op je nieuwe school.'

'Ik haat het daar. Ik ga wel terug naar mijn oude school,' kondigde Dizzy prompt aan.

'Je hebt vijf jaar op die school afgegeven!'

'Ha, het was beter dan die stomme tent in Harleston.'

Het schoolgeld voor die stomme tent liep in de duizenden ponden per jaar. 'Dizzy, je kunt niet...'

'Maar wat ik écht wil, is naar de toneelschool,' flapte hij eruit.

Savannah lachte gnuivend.

'Jij!'

Dizzy gaf een stomp tegen haar schouder. 'Ik heb talent.'

'Bewijs het!'

'O Savannah, je bent zo mooi, wat ben ik toch een bofkont dat ik een zus heb die zo geweldig is als jij.' Hij lachte voldaan en stompte nog een keer tegen haar schouder. 'Zie je wel? Dat kan ik zonder een spier te vertrekken zeggen. Ik kan alles zeggen.'

'Dizzy, meen je dat serieus?' Toby fronste zijn wenkbrauwen. Deze reactie had hij niet verwacht.

'Wat, dat Savannah zo geweldig is? Pap, blijf nou even bij de les, ik speelde toneel!'

Maar Toby glimlachte niet. Dizzy besefte dat hij er een schepje bovenop moest doen.

'Bloedserieus,' pleitte hij.

Serieuzer dan ooit zelfs, sinds dat vernederende akkefietje met Harriet, de vorige dag. Toen zij en dat o-zo-geestige vriendje van haar naar The Old Vicarage liepen, had Dizzy hem horen zeggen: 'Is dat nou die jongen van de brieven?' En Harriet had op schampere toon geantwoord, hard genoeg zodat hij het kon horen: 'Ja, het is gewoon een nerd.'

Geschrokken keek Toby naar zijn dochter. 'En jij?'

Savannah aarzelde niet. 'O, ik blijf hier, dank je wel. Bij jou.'

'Bij die sexy Stevie van je, zul je bedoelen,' spotte Dizzy. 'Au, dat deed pijn!'

'Jij blijft misschien liever stom, maar ik vind school belangrijk.'

Savannah was zo verblind door liefde dat ze nog in deze hoogdravende opmerking geloofde ook. In feite had Stevie haar duidelijk gemaakt dat ze het eindexamen waarvoor ze zo schandelijk was gezakt over moest doen. Bovendien vond ze het erg leuk op haar school in Harleston.


Deborah lag in bad toen de telefoon ging. Ze lag zo lekker dat ze bijna wachtte op de VoiceMail.

Bijna.

'Met mij.'

In triomf sloot ze haar ogen. 'Wie is mij?'

'Dat weet je best.'

'O hai.'

Deborah vroeg zich af of het nieuws dat zij en Toby uit elkaar gingen hem af zou schrikken. Getrouwde vrouwen waren een stuk veiliger dan de loslopende variant.

Misschien zou ze het hem niet meteen vertellen.

'Ahem. Zeg... over die afspraak die je eh... voorstelde...'

Deborah huiverde van genoegen. Dit... dít was waar ze het meest van genoot. De spanning, de leugentjes, de roes van het verbodene, de kick van het geheel. Stel je eens voor – op dit moment kon iemand dit gesprek afluisteren, het opnemen, hun eigen Camillagate beramen...

'Lief dat je terugbelt. Ik weet hoe druk je het hebt.' Deborah liet zich weer in het water glijden, de telefoon nog in haar hand. 'Nou,' zei ze blij, zich ervan bewust dat David het klotsende water moest kunnen horen, zou weten dat ze in bad zat, 'vertel me maar wanneer het jou uitkomt, dan zal ik kijken of ik een gaatje voor je heb.'


Na het plukken van een kolossale hoeveelheid bramen zat Lottie van top tot teen onder de paarse vlekken. Tegen de tijd dat Lili haar eindelijk had schoongeboend in bad, drong de geur van kaas op toast op de bovenverdieping door.

Toen ze de deur van de zitkamer opendeed, moest ze een grote brok in haar keel wegslikken.

Er brandde vuur in de open haard. Harriet lag er languit voor en las hardop iets onbegrijpelijks voor uit een natuurkundeboek. Drew zat in de leunstoel, met Will op zijn ene knie en Bliksem in aanbidding over de andere gedrapeerd. Hij luisterde naar Harriet, gaf antwoord op haar vragen en speelde *This Little Piggy* met Wills tenen. Op het kleed naast Harriet lag Banaan naar *Tom en Jerry* te kijken op de televisie waarvan het geluid zacht stond, en zijn dunne staartje zwiepte heen en weer.

Het leek wel een tafereel op een Victoriaanse kerstkaart, dacht Lili, die zich bespottelijk emotioneel voelde.

Afgezien van de televisie dan.

En Disco Barbie, die met haar benen wijd tussen de kussens op de bank uitstak.

En Harriets Nikes met aangekoekte modder.

Drew keek op en knipoogde naar Lili.

Zijn lippen vormden de woorden 'Trouw met me.'

Lottie wurmde zich langs Lili heen in haar Pocahontas-pyjama en vocht om een plaatsje op Drews schoot. 'Ga eraf, Will,' krijste ze, 'het is mijn beurt.'

'Laat Drew met rust,' zei Harriet. 'Hij helpt me met mijn huiswerk.' Ze keek omhoog door haar pony. 'Nou, wat is de grootte van de mogelijke negatieve afwijking, 10 microvolt?'

Lili glimlachte. Haar kinderen waren dol op hem. Hij was dol op hen. Het was zo volmaakt dat het eng was – en nog enger omdat het allemaal zo snel ging.

Het leek wel of er helemaal niets op Drew aan te merken viel.

Het volgende moment begon Bliksem te blaffen.

Daarna ging het rookalarm af in de gang, waarop Banaan met vier poten in de lucht sprong.

Als liefde blind was, bedacht Lili, moest je reukzin er ook door worden aangetast, want zij was degene die in de deuropening stond en ze had de dichte rookwolk uit de keuken niet eens gezien.

Drew tilde een bonte verzameling mensen en dieren van zijn schoot, rende langs haar heen, zette het alarm af en schakelde de grill uit.

Vier gegrilde kaasboterhammen, onherkenbaar verkoold, verdwenen in de vuilnisbak.

'Had ik je al verteld dat ik een ramp ben in de keuken?' zei Drew.

Lili kneep in zijn billen; ze voelde zich nu een stuk beter.

'Net nu ik begon te denken dat je volmaakt was.'


Veel later die avond, toen de kinderen in bed lagen, trok Drew Lili tegen zich aan op de bank. 'Ik meende het wat ik eerder zei.'

'Dat het je spijt dat je de kaasboterhammen hebt laten verbranden? Dat mag ik hopen. Het was de laatste kaas.'

'Dat van dat trouwen.'

Lili keek hem sprakeloos aan.

'O verdorie! Ik wéét het! Ik weet dat ik dit niet hoor te zeggen.' Drew slaakte een zucht. 'Het is te snel, we zouden moeten wachten totdat we minstens negentig zijn, maar ik wíl helemaal niet wachten tot ik negentig ben,' protesteerde hij. 'Al die onzin dat we alleen goede vrienden zijn en geen vaste relatie hebben... het lukt niet. Ik wil dat we trouwen, dat we een echt gezin zijn.'

Lili streek met haar hand over de bobbelige, vaak gewassen wol van zijn trui, voor hem gebreid door het dankbare, al wat oudere baasje van een pekinees met astma. 'Ik dacht dat we het erover eens waren dat je na een scheiding niet meteen aan een nieuwe relatie moet beginnen.'

Jeetje, wat was het moeilijk om verstandig te zijn als elk molecuul in je lichaam wilde dat je met je slipje door de lucht zwaaide en 'Ja, ja!' riep.

'Ik heb genoeg van dat soort kletskoek.' Het begin van een glimlach speelde om Drews mond. Hij schoof zijn vingers onder Lili's roze sweater en begon haar te kietelen. 'Volgens mij heeft iemand het gewoon verzonnen. Ze zijn gedumpt en hebben het als excuus gebruikt.'

Lili kronkelde terwijl hij teder verkende wat hij haar wulpse welvingen noemde.

Zelf noemde ze het gewoon haar vetrollen.

'Misschien leer je wel iemand anders kennen,' protesteerde ze. 'Jong en stevig, zonder kinderen, zonder striae...'

'Blond, met enorme tieten,' beaamde Drew, 'tot hier.'

Lili gaf een tik op zijn hand. 'Okay, je hoeft je niet meteen te laten meeslepen. Ik zeg alleen dat je misschien genoeg van me krijgt.'

'Dat gebeurt niet,' zei Drew uit de grond van zijn hart. Hij boog zich opzij en kuste haar op de mond, zonder te plagen. 'Want weet je, jij bent alles waarvan ik nooit heb geweten dat ik het wilde. Ik kan me een leven zonder jou niet voorstellen, en ook niet zonder je kinderen.'

De deur van de zitkamer vloog open. Drew had nog net de tijd om zijn hand onder haar sweater vandaan te trekken.

'Mam, ik droomde dat ik zwom.' Lotties Pocahontas-pyjama was nat en er vormde zich een plasje op de parketvloer. 'En toen ik wakker werd, had ik in mijn bed geplast.'

## 67

Carla, een van de assistentes in de dierenartsenpraktijk, las de horoscopen in de nieuwste *Take-A-Break* voor.

'Wat ben jij, Jamie?'

'Depressief.'

'Welk sterrenbeeld bedoel ik.'

'Weet ik het. Stier.'

'Hmm, even kijken.' Optimistisch las Carla de tekst, waarbij haar hoofd heen en weer ging.

'Vertel het maar niet; ik ben waardeloos, het is allemaal doffe ellende wat de klok slaat en ik moet over mijn leven nadenken.'

'Eh... daar komt het zo'n beetje op neer, ja.'

'Dat wist ik zonder die horoscoop ook al.'

Brenda, de receptioniste, stak haar hoofd om de hoek van de deur.

'Jamie? Mevrouw Samson is hier met Bailey.'

In wanhoop trok Jamie een wenkbrauw op. 'Je bedoelt mevrouw Bailey met Samson.'

'Sorry, ja.' Als Brenda giechelde, klonk ze als Tickle-me-Ernie. 'Voor de castratie.'

Jamie vond het niet grappig. 'Wees wat zorgvuldiger, Brenda. Stel je voor dat ik mevrouw Bailey per abuis castreerde.'

Brenda's lach verstarde.

'Let maar niet op hem,' zei Carla opgewekt, 'hij is gewoon in een pesthumeur.'

Brenda, die een paar dagen weg was geweest, keek Jamie medelijdend aan. 'Je was vorige week ook niet erg vrolijk.'

'Hetzelfde pesthumeur. Het gaat maar door.' Carla rolde met haar ogen. 'Net kauwgum waar geen smaak meer aan zit.'

Jamie vroeg zich af hoe iemand die zo lief was voor dieren zo harteloos kon zijn als het mensen betrof. 'Carla, weet je wel zeker dat je een Samaritaan wil worden als je later groot bent?'

'Kom op, wees toch niet zo somber. Bekijk het ook eens van de vrolijke kant!' Ze gaf Jamie een geruststellende stomp tegen zijn arm. 'Wees blij dat jíj niet wordt gecastreerd.'

Jamie nam een slok van de koffie die ze voor hem had gezet. Ze werkten nu al bijna een jaar samen en Carla vergat nog steeds dat hij er suiker in wilde.

Al met al, vond hij, was dit zijn situatie in een notendop.

Ik ben voor niemand belangrijk, dacht Jamie. Niemand houdt van me.

Bazige Carla niet.

Brenda met haar gezondheidssandalen en haar stomme lachje niet.

Moll Harper niet, die er in Dougs donkerblauwe MG vandoor was gegaan zonder zelfs maar afscheid te nemen.

En Felicity niet.

Felicity al helemaal niet.

Jamie wist dat hij realistisch moest zijn, hij moest de feiten onder ogen zien. Het was meer dan veertien dagen geleden dat hij haar voor het laatst had gezien. Het stond inmiddels als een paal boven water dat ze hem niet zou bellen.

Als je iemand leuk vond en hem of haar weer wilde zien, wachtte je misschien een dag of twee, gewoon om je niet meteen te laten kennen. Maar je wachtte geen veertien dagen.

Jamie deed drie scheppen suiker in zijn lauwwarme koffie en bekeek voor de vorm Samsons kaart. Wanneer braken er nou eens betere tijden aan? Hij had alle belangstelling voor zijn werk verloren. De enige reden waarom hij naar de praktijk kwam, was dat het thuis nog erger was.

Thuis was zelfs erger dan erg – het grensde aan het onverdraaglijke sinds Drew die stomme grijns niet meer van zijn gezicht kon poetsen en elke zin begon met 'Lili vindt' dit en 'Lili zegt' dat.

Als Drew het niet over Lili had, was hij bij haar in The Old Vicarage. Tegenwoordig deed hij niet anders dan lachen en fluiten en grapjes maken.

Wat Jamie nog het meest ergerde, was zijn botte weigering om te praten over wat onmiskenbaar een denderend sexleven was.

Keeper's Cottage was niet meer wat het geweest was met Drew in zijn huidige staat en zonder Doug. Dougs vervanger had het er al niet beter op gemaakt.

Toen Stevie Harper had aangeboden om bij hen in te trekken, was Jamie er grif op ingegaan. Stevie was Molls broer, het was een leuke knul en hij was vrijgezel; ze zouden de grootste lol hebben.

Alleen was hij bedrogen uitgekomen, want wat hij toen nog niet wist, was dat Stevie verkering had met Savannah Gillespie. En hij had nog vaker sex met haar dan Drew met Lili. Maar Drew had tenminste nog het fatsoen om het bij Lili thuis te doen, zodat Jamie niet hoefde te luisteren naar elke zucht, elke kreet van hartstocht, elk piepje van het bed.

Drie kerels die een huis delen, dacht Jamie triest. Twee daarvan verzopen haast in de sex.

En ik, grote schlemiel, zit in bed met de sportbijlage en watjes in mijn oren.

Jamie sloeg zijn lauwe koffie achterover. Hij hoorde nerveus blaffen in de wachtkamer. Allicht, hij zou ook nerveus zijn als hij Samson was. Tijd om zijn operatiekleren aan te trekken voordat Samson, arme drommel, de benen nam.

Twintig minuten later meldde Brenda zich door de intercom in de operatiekamer.

'Jamie, er is telefoon voor je.'

Jamies hart deed de gebruikelijke hink-stap-sprong. Hij wist dat het te laat was, dat Felicity nu echt niet meer zou bellen, en toch gebeurde het elke keer weer.

Jezus, wat ben ik nou, een mietje?

Hij fronste, concentreerde zich op het afbinden van bloedvaten. Ze kon het niet zijn, uitgesloten. Hij zou het zelfs niet vragen.

'Wie is het?'

'Walter Clutterbuck. Hij maakt zich zorgen over zijn schildpad. Ze heet Lady Penelope.'

'Wat is er, is het soms een langzame eter? Allemachtig nogantoe!' Jamie barstte uit zijn vel en keek woedend naar de intercom. 'We spelen hier geen strippoker, ik zit midden in een operatie. Als Walter Clutterbuck vragen heeft, laat hem dan goddomme een afspraak maken. Jij doet jouw werk, en ik het mijne. Duidelijk?'

Brenda klonk geschrokken. 'Sorry Jamie.'

'En waag het niet om me nog een keer lastig te vallen!'

'Je zou dat bed van je tegen de andere muur moeten zetten.' Carla keek hem aan boven haar masker en duwde de scalpel onnodig hard in Jamies hand. 'Dan kun je er tenminste niet meer met het verkeerde been uitstappen.'

Het opereren liep uit tot lunchtijd dankzij een extra hysterectomie, verkeerd opgeschreven door de waardeloze inval-receptioniste van de vorige week. Tegen de tijd dat Jamie eindelijk klaar was, was het al twee uur geweest. Hij rammelde van de honger, zijn haar zat aan zijn hoofd geplakt en er liep een onflatteuze striem van het masker over de brug van zijn neus.

Eten. Ik moet eten.

'Brenda.' Hij stak zijn hoofd om de hoek van de deur en glimlachte geforceerd bij wijze van excuus omdat hij tegen haar tekeer was gegaan. 'Ik wil graag onder de douche. Zou jij een paar broodjes kaas met komkommer voor me willen halen?'

Brenda sprong overeind, even angstig en nerveus als een konijn. 'Natuurlijk! Eh...'

'En een Mars.' Jamie voelde zich schuldig; ze deed zo haar best. Hij stak een hand in zijn zak om geld te pakken.

'Eh sorry, er is iemand voor je,' flapte Brenda eruit. 'Ik weet dat je lunchpauze hebt, maar...'

Jamie deed de deur verder open en zag Felicity op een van de oranje plastic stoelen in de wachtkamer zitten.

'Ze heeft geen afspraak.' Brenda was duidelijk als de dood.

Hink-stap-sprong, deed Jamies hart.

Felicity stond op en liep naar het bureau. 'Hallo Jamie. Ik weet dat je het druk hebt...'

'Hij heeft lunchpauze.' Brenda probeerde hem in bescherming te nemen. 'Ik heb vanochtend al drie keer gebeld.'

'Ik heb tegen haar gezegd dat je bezig was.'

'Het geeft niet, Brenda. Bedankt.'

'Ik wist niet of je alleen mij niet aan de telefoon wilde,' zei Felicity met een onzeker glimlachje, 'of dat je niemand wilde spreken. Vooral omdat ik verleden week al heb gebeld en jij maar niet terugbelde.'

'Verleden week.'

Een dubbele hink-stap-sprong.

'Ik heb een paar keer een boodschap achtergelaten. Niet bij jou,' voegde Felicity er tegen Brenda aan toe. 'Een vrouw met een Schots accent.'

De waardeloze invalster.

Opgelucht dat haar dat in elk geval niet verweten kon worden, schudde Brenda haar hoofd. 'Dat was ik echt niet.'

'Het zit wel goed, Brenda.' Hij drukte haar vijf pond in handen. 'Twee broodjes met ham en tomaat en een Lion. Alsjeblieft.'

'Maar ik dacht dat je kaas en...'

'Het maakt niet uit.' Op dit moment zou er niemand in de koffiekamer zijn. Jamie streek met zijn handen door zijn geplette haar en keek naar Felicity. 'Kom verder.'

In de rommelige, met tijdschriften bezaaide koffiekamer vulde hij de waterkoker en ging in de kastjes op zoek naar Carla's verborgen blik Earl Grey-theezakjes.

'Misschien maak ik mezelf wel volkomen belachelijk.' Felicity klonk nerveus. 'Misschien heb je je wel bedacht en wil je me helemaal niet meer zien.'

Jamie was niet zoals Doug; hij kon meisjes niet imponeren met het herkennen van hun parfum. Hij wist alleen dat Felicity verrukkelijk rook, en als parfum bedoeld was om iemand aantrekkelijker te maken, slaagde het daar wonderwel in.

'Waarom zou ik me bedenken?'

Stik, waar had Carla die theezakjes verstopt? Hoe kon hij op iemand als Felicity nou indruk maken met het huismerk van de Co-op?

'Het had toch gekund. Je had iemand anders kunnen ontmoeten, of misschien was je wel tot de conclusie gekomen dat je geen belangstelling meer had.'

Jamie kon ook al geen spelletjes spelen zoals Doug. 'Nou, ik heb me niet bedacht.'

'O. Ik wel.'

'Wat heb je?'

'Ik heb me bedacht. Over jou,' legde Felicity met een verlegen glimlach uit. 'Ik wil graag een keer met je uit, als jij dat tenminste leuk vindt. Je weet wel, als je een keer een avondje vrij hebt... we zouden het gewoon kunnen proberen, kijken hoe het gaat... Sorry, ik maak er een beetje een potje van, ik ben het helemaal v-v-verleerd.' Haar stem begon te beven. 'Ik bedoel, eigenlijk moet ik het nog leren, want ik heb nog nooit iemand mee uit gevraagd.'

'Vanavond.' Zijn stem klonk schor. Haastig schraapte Jamie zijn keel en hij probeerde het opnieuw. 'Vanavond ben ik vrij.' Dat was niet zo, hij had dienst, maar hij had Drew de afgelopen weken vaak genoeg uit de brand geholpen. 'En ik vind dat je het verdomd goed deed.'

'Het kan natuurlijk best dat het niet klikt tussen ons. We komen misschien wel tot de conclusie...'

'Stapje voor stapje.' Jamie kon de verleiding om haar een snel kusje op haar wang te geven niet weerstaan.

Vervolgens, aangezien Felicity niet afwijzend reageerde, nog een iets dichter bij haar mond.

Ze sloot haar ogen. Hij kuste haar voor de derde keer.

Door de gesloten deur klonk een woedende vrouwenstem. 'Waar is hij? Jamie Lyall, je liegt dat je barst en je verdient het niet dat mensen aardig voor je zijn!'

Felicity stond perplex.

'Daar ben je!' Carla smeet de deur van de koffiekamer open en zwaaide dreigend met een glimmende gebonden uitgave van Jeremy Guscotts autobiografie. 'Ik had medelijden met je omdat je horoscoop zo slecht was. Ik wilde je een beetje opvrolijken door een cadeau voor je te kopen.'

Jamie was inderdaad een grote fan van Jeremy Guscott. 'Carla, wat ontzettend aardig...'

'Hou je mond!' brulde Carla, die eruitzag alsof ze het boek het liefst naar zijn hoofd zou smijten. 'En wees maar niet bang, ik heb mijn lesje wel geleerd. Als je maar niet denkt dat ik ooit nog medelijden met je heb.'

Jamie voelde dat Felicity achteruitdeinsde.

'Hoezo?' Zorgelijk keek ze naar Carla. 'Wat heeft hij misdaan?'

'Ik heb net op de kalender gekeken. Hij is in december jarig,' vertelde Carla aan een niet-begrijpende Felicity. 'Dat liegbeest is niet eens een Stier!'

68

'Papa heeft het er hartstikke moeilijk mee.'

Savannah zat in kleermakerszit op Jessies bank. Ze dronk mineraalwater en pulkte afwezig aan een gat in de mouw van haar zwarte trui. Eigenlijk was het een trui van Stevie, en ze dronk mineraalwater omdat Stevie tegen haar had gezegd dat het gezonder was dan die eeuwige blikjes cola.

'O ja?'

Jessie vermoedde dat ze dit niet wilde horen. Ze bleef doorgaan met het beboteren van die typisch Engelse warme broodjes, crumpets.

'Volgens mij mist hij mama heel erg.'

Nu wist Jessie zeker dat ze dit niet wilde horen. 'Crumpet?'

'Graag. Ik bedoel, hij zegt dat het niet zo is, maar dat is typisch papa. Mannen zijn zulke binnenvetters. Stom hè?'

'Hoe gaat het met je moeder?'

'O, die heeft de tijd van haar leven. Raad eens met wie ze het tegenwoordig doet?'

Hemel, met wie?

Jessie schudde haar hoofd; ze had geen idee. 'Nou, met wie?'

Savannah had een halve crumpet in haar mond gepropt en veegde de gesmolten boter van haar kin met de mouw van Stevies trui. 'Jammie, wat lekker. Met de spermadonor.'

'Wat?'

'Mijn biologische vader. Die opgeblazen kwal! Ze vertelde het me toen ik vorige weekend bij haar was. Topgeheim uiteraard.' Savannah rolde met haar ogen. 'Jakkes, stel je eens voor!'

'Liever niet. Misschien luistert de geheime dienst wel mee.' Jeminee, dacht Jessie terwijl ze een volgende crumpet aan een vork prikte en bij het vuur hield. 'Hoelang al?'

'Een paar weken. Toen hij hier was voor dat bloedmonster en mam weer zag, sloeg de vonk weer over.' Savannah verbaasde zich nog steeds over de loop der gebeurtenissen. 'Nu zijn ze stapelgek op elkaar.'

333

'Riskant.'

'Zeg dat wel. Volgens mama kan de hele regering vallen als ze worden betrapt. En allemaal omdat ik een beetje verliefd was op mijn broer.' Hoofdschuddend werkte ze een tweede crumpet naar binnen. 'Als dat gebeurde,' voegde ze er naïef aan toe, 'zou het dan mijn schuld zijn?'

Het leek veiliger om het gesprek een andere wending te geven. 'Gaat het goed met Dizzy?'

'Die kan zijn geluk niet op. Hij begint volgende week op de Serena Fox-toneelschool. Het is niet te geloven, maar hij heeft een briljante auditie gedaan en ze hebben hem meteen aangenomen. Toen ze er later achterkwamen dat hij Toby Gillespies zoon is, deden ze het haast in hun broek van blijdschap. Hebben jullie soms ruzie gehad?' vroeg Savannah plotseling.

Jessie keek verbaasd. 'Wie, Dizzy en ik?'

'Toe nou... jij en papa.'

'Nee.' Een beetje onhandig prikte Jessie de zoveelste crumpet aan de vork. Op haar knieën schuifelde ze dichter naar de open haard.

'Weet je het zeker?'

'Natuurlijk weet ik het zeker.' Door de hitte van de vlammen – het moest door de hitte van de vlammen komen – begonnen Jessies wangen te gloeien. 'Waarover zouden we ruzie hebben gehad?'

Savannah haalde haar schouders op. 'Weet ik het. Je bent al eeuwen niet meer bij ons geweest, daarom vraag ik het.'

'Ik heb het erg druk gehad.' Met horten en stoten somde Jessie excuses op. 'Het huis verkopen, Oliver helpen met de voorbereidingen van zijn reis...'

'Waarom ga je niet een keer bij papa langs?'

'Eh...'

'Alsjeblieft, Jess. Hij zou het zo fijn vinden. De laatste paar weken zijn niet makkelijk voor hem geweest.' Savannah trok een gezicht. 'En als de pers erachter komt dat hij en mama uit elkaar zijn, heb je de poppen helemaal aan het dansen. Hij heeft iemand nodig om mee te praten, een echte vriendin.'

Hmm, dacht Jessie, of heeft hij iemand nodig om mee te slapen?

'Ik dacht dat hij in Amerika was. Oliver zei iets over een film van Spielberg.'

'Hij gaat pas volgende week.'

'O. Nou, misschien bel ik hem wel een keer.'

Ook al had ze nog zo'n hekel aan leugentjes, soms moest je gewoon wel.

'Fijn. Als er iemand is die papa kan oppeppen, dan ben jij het wel.'

Savannah keek Jessie stralend aan, zonder iets van haar terughoudendheid te merken. 'Zeg, mag ik nog een crumpet? Laat je die helemaal verbranden of mag ik hem opeten?'

Het was een wonder dat de pers niet eerder lucht had gekregen van het verhaal.

'Ik wil je alleen maar even waarschuwen,' zei Deborah door de telefoon vanuit Londen. 'Gisteren waren er een paar persjongens van de *Mirror* aan de deur. Ze hadden de klok horen luiden, dus heb ik ze verteld dat we uit elkaar zijn. Als goede vrienden, geen derden in het spel, bla, bla.'

'Okay.' Toby zei het zonder emotie. 'Ik zal mijn agent vragen of hij een verklaring wil afleggen. Hoe gaat het met Dizzy?'

'Met Laurence Olivier bedoel je?' Deborah klonk geamuseerd. 'Hij is boven op zijn kamer een monoloog uit *Hamlet* aan het repeteren. Weet je dat hij sinds we hier zijn komen wonen de computer nog niet één keer aan heeft gezet?'

De volgende dag stond de telefoon roodgloeiend. Het nietszeggende perscommuniqué prikkelde de nieuwsgierigheid en verslaggevers en fotografen kwamen in drommen naar Upper Sisley.

Toby was niet in de stemming om ze te woord te staan, dus zette hij de bel uit en deed de gordijnen dicht. Het was een vochtige, koude dag, dus niet ideaal om rond te blijven hangen. Als er niets te melden viel, zouden ze zich gaan vervelen en misschien vanzelf wel weggaan.

Toen Jessie om zes uur voor Duck Cottage stopte, onder de kobaltblauwe verf en hevig verlangend naar een bad, stonden er drie verslaggevers in haar overwoekerde voortuin en klikte een fotograaf er aan de achterkant van het huis lustig op los.

'Vergissen is menselijk,' zei Jessie, 'maar dit is geen landhuis en mijn tuin is niet opengesteld voor het publiek.'

'Jess, joehoe!' De fotograaf zwaaide om haar aandacht te trekken. 'Nee nee, blijf bij je auto. Erg leuk busje.'

'Jessie, wat is je commentaar op de scheiding van Toby en Deborah Gillespie?'

'Heb je een verhouding met Toby Gillespie?'

'Hoelang hebben jullie al een relatie?' wilde de derde journalist weten. 'Was Deborah er kapot van toen ze het hoorde?'

'Jessie, ben je in verwachting van Toby Gillespies kind?'

Nog een auto kwam ronkend de straat in. Twee fotografen sprongen eruit en hun camera's flitsten als vuurwerk.

Jessie sloeg een hand voor haar slobberige tuinbroek. Verdorie, uit-gerekend die ene dag dat ze geen riem droeg.

'Jessie, is dit het sprookje waarvan je altijd hebt gedroomd?'

'Jess, Jess! Wanneer wordt de baby geboren?'

Haastig trok Jessie twee naar terpentine stinkende lappen en een on-geopende zak marshmellows uit haar voorzakken, ze hield haar adem in en klopte op haar nu veel plattere buik.

Toegegeven, buikspieroefeningen zouden geen kwaad kunnen.

Jeetje, wat waren journalisten wreed. Maar uit een bits 'Geen com-mentaar' zouden ze juist concluderen dat ze iets te verbergen had.

'Ik ben niet in verwachting. Ik heb evenmin een verhouding met To-by Gillespie.' Jessie sprak langzaam en duidelijk, als een juf tegen een stel stoute kleuters. 'De scheiding van Toby en Deborah heeft niets met mij te maken.'

Het verschil was dat een stel kleuters misschien opgelet zou hebben.

'Jessie, wat vindt Deborah ervan dat je in verwachting bent?'

'Hoe zien jij en Toby de toekomst?'

'Nou Jess, wat vind je, is Toby nu een betere minnaar dan vroeger?'

'Jullie luisteren niet naar me,' zei Jessie. 'Ik herhaal, we hebben geen verhouding. Ik heb Toby Gillespie al weken niet gezien… Wat doe jij nou?' Een van de fotografen haalde verfblikken uit haar bestelauto en zette die aan haar voeten.

'Rekwisieten, moppie. Wees maar niet bang, ik zal niet knoeien. Zo, hou nou even die verfkwast in je hand, zet je voet op dit verfblik en dan lekker uitdagend lachen. Bekentenissen van een Huisschilder, dat werk.'

'Dit kun je niet menen!' Jessie kwam in de verleiding om een van de blikken te pakken en zelf aan het knoeien te slaan, maar ze had de verf nodig om de klus af te maken. 'Hé, zie je dat bord met TE KOOP? Ik verhuis naar Cornwall. Als ik een verhouding zou hebben met To-by Gillespie,' betoogde ze, 'zou ik toch geen tweehonderd kilometer verderop gaan wonen?'

'Een beetje naar links, Jess! Dus geen augurken voor jou maar marsh-mellows. Hou die zak eens omhoog… Hopen jullie op een meisje of een jongen?'

Jessie had er genoeg van. Ze pakte de verfblikken en slingerde ze weer in haar bestelwagen. 'Luister, die hele Toby Gillespie kan me geen zier schelen. Hij is ongeveer even belangrijk voor me als deze, deze…' – spottend gebaarde ze naar een enorme gele naaktslak in het natte gras aan haar voeten – '… deze slak!' Ze marcheerde naar de voor-deur, zich er pijnlijk van bewust dat de tuinbroek nog steeds rond haar buik slobberde. Voordat ze de deur achter zich dicht kon slaan, riep een van de verslaggevers haar na: 'Jess, gaan jij en Toby trouwen voordat de baby geboren wordt?'

Het leek wel een geschenk uit de hemel, de aardige man van begin vijftig die de volgende ochtend haar huis kwam bekijken.
Hij heette Bob Keogh en was scheikundig ingenieur. Jessie, die geen idee had wat dat betekende – ontwerp je dan chemische toiletten? – vernam verder dat hij weduwnaar was, een dochter van negentien had en dankzij de levensverzekering van zijn vrouw genoeg geld op de bank had om Duck Cottage direct te kopen. Ze vroeg zich af of hij zijn vrouw van kant had gemaakt om de poet op te strijken.
Bob Keogh leek heel aardig, maar dat was meestal zo met types die hun vrouw om zeep hielpen.
Hoe dan ook, het kon Jessie niet schelen. Hij vond het huis leuk en dat was veel belangrijker.
'Volgens mij zie je de kleuren niet zo zitten, hè?' Ze zag hem in de gang weifelend naar het flesgroene plafond en de robijnrode muren kijken.
Beschaamd knipperde Bob Keogh met zijn ogen. 'Sorry. Ik weet dat het leuk staat, maar het is niets voor mij. Ik hou van effen witte muren.'
Jessie had het druk, maar ze was ook wanhopig. 'Als je dit huis besluit te kopen, zal ik elke centimeter wit schilderen. Je hoeft het maar te zeggen en ik doe het.' Op verfgebied wel te verstaan.
Bob Keogh keek peinzend. 'Mag ik de tuin nog even zien?'
'Die schilder ik ook wit,' bood Jessie aan. 'Heb je soms trek in een kop thee? Plakje cake? Chocoladeflikje?'


69


De volgende ochtend gebeurden er twee dingen vrijwel tegelijkertijd, het ene was goed, het andere slecht.
Het klopje op de deur kwam eerst. Jessie deed open en stond oog in oog met een grimmig kijkende Toby. Hij had een krant in zijn hand. Niet bepaald de verrassing van de eeuw.
'Luister, het spijt me. Ik heb wel tien keer tegen hen gezegd dat ik niet zwanger was maar ze bleven erover doorgaan, en ik probeer je niet af te schepen, ik ben echt te laat voor mijn werk...'
'Jessie, hou op met ratelen. Heb je dit gezien?'

In de keuken begon de telefoon te rinkelen. 'Nee, ik ben nog maar net uit... Wacht even.'

Half verdoofd luisterde Jessie naar Harry Norton, de makelaar in Harleston, die gladjes een verhaal afstak over vraagprijs en tegenbod, de huizenmarkt en taxatiekosten.

Het duurde even voordat ze hem kon onderbreken. 'Bedoel je dat Bob Keogh mijn huis wil kopen?'

'Als je zijn bod van één twee vijf tenminste accepteert.' Onder het spreken tikte Harry met zijn pen tegen de hoorn. 'We hebben het over twaalfduizend minder dan de vraagprijs, Jess. Dat is geen kattenpis. Je kunt er beslist meer voor krijgen, maar dit is Bob Keoghs definitieve bod. Hij schijnt te denken,' voegde Harry er op sterk afkeurende toon aan toe, 'dat je het zult accepteren. Hij zei tegen me dat je nogal wanhopig klonk.'

Twaalfduizend minder dan waar ik op hoopte, dacht Jessie – dat is leeuwenpis. Maar goed, ik ben inderdaad wanhopig.

Ze keek naar de krant die Toby opengespreid op de keukentafel had gelegd. Hmm, zelfs nog wanhopiger dan ik dacht.

'Ik stel dus voor dat je er een paar dagen over nadenkt.'

Een enorme foto van een gele naaktslak besloeg de bovenste helft van pagina vijf. Eronder stond een kleinere van Toby. Op de pagina ernaast luidde een kop: 'Ik weet wel met wie ik liever slaap, zegt schilderende Jess.'

Eronder prijkte een foto van haar in haar tuinbroek-annex-versperringsballon, waarop ze niet alleen zes maanden zwanger leek maar ook een onderkin had.

Ik héb helemaal geen onderkin, dacht Jessie hevig in haar wiek geschoten.

Of wel?

'Je weet het nooit, laat hem in zijn rats zitten, dan doet hij er misschien een paar duizend...'

Naast haar wachtte Toby op het eind van het telefoongesprek, zijn gezicht nog steeds even grimmig, en hij toonde geen spoortje begrip. Opeens kwam Jessie in de verleiding om minstens een uur met Gladde Harry te blijven praten – over zijn nieuwe auto, zijn laatste vakantie, zijn favoriete muziek, misschien zelfs over zijn hele leven.

'Aan de andere kant is het natuurlijk ook mogelijk dat hij iets anders vindt...'

Jessie voelde Toby's adem in haar nek en dat was geen prettig gevoel. O hemel, hij was echt woedend op haar.

'Eén twee vijf, ik vind het best,' flapte ze eruit. 'Zeg maar tegen Bob

Keogh dat ik zijn bod accepteer. Wanneer kan het contract getekend worden?'

Toen de hoorn weer op de haak lag, stond Toby zwijgend naast de keukentafel – een surveillant bij een examen zou het hem niet nadoen – totdat ze elk woord van het krantenartikel had gelezen. 'Je kunt veel van jou zeggen, Jess,' zei hij langzaam, 'maar ik had nooit gedacht dat je een lafaard was.'

'Een lafaard!' Boos tikte ze op de krant. 'Wat is hier laf aan? Wat had ik dan tegen hen moeten zeggen, verdorie?'

'Ik bedoel dat je je huis verkoopt.'

'Dat ik mijn huis verkoop? Grote goden,' riep Jessie getergd uit. 'Kun je het me kwalijk nemen? Ik ga hier liever vandaag dan morgen weg!' Weer tikte ze op de krant om haar woorden kracht bij te zetten. 'Weet je wel hoe ik overkom? Een zielige plaatsvervangster... tweede keus... een zwijmelende fan die niets liever wil dan in Deborahs schoenen staan – ook al zijn ze twee maten kleiner dan de mijne!' Ze beefde nu, van boosheid en omdat ze zich zo vernederd voelde. 'Daar gaat iedereen toch van uit? Jij, het dorp, de kranten...'

'Het is wat ik wil,' zei Toby, 'en dat weet je. En nee, je komt niet over als een plaatsvervangster...'

'O word toch wakker!' snauwde Jessie terug. 'Vergelijk het hier eens mee. Als jouw peperdure Mercedes wordt gestolen, moet je je misschien een tijdje behelpen met een roestige rammelkast. Op dat moment ben je er blij mee, want iets is beter dan niets, maar je weet dat je dat ding vroeg of laat aan de kant zet. Je gestolen auto wordt teruggevonden of anders keert de verzekeringsmaatschappij uit en koop je een splinternieuwe bolide. Einde verhaal, vaarwel oude rammelkast, bedankt voor de moeite. Nou, ik pas voor zo'n soort scenario. En ik verhuis naar Cornwall OMDAT IK HET WIL!'

Jeetje, waar was dat vandaan gekomen? Uit een donker, schuldbewust hoekje van haar onderbewustzijn, dat kon niet anders.

Laat maar, het klonk goed.

'Maar je wil hier niet weg,' zei Toby. 'Je kúnt niet...'

'Luister, zolang ik verlost ben van dit soort getreiter, vind ik alles best.' Tikken was niet langer genoeg; ze griste de krant van tafel en begon hem aan flarden te scheuren. 'Want ik heb er geen behoefte aan, Toby! Dacht je soms dat het leuk was, als mensen je achter je rug uitlachen.'

'Jess, het geeft niet, rustig nou maar. Het zijn gewoon journalisten, ze maken van een mug een olifant.'

'Ha!'

Toby slaakte een zucht. Dit was niet waarvoor hij was gekomen. Ze stonden aan dezelfde kant, verdorie. Hij was woedend op de pers, niet op Jess. Ze had haar best gedaan. Het ontbrak haar gewoon aan ervaring met dit gespuis.

'Je had toch "Geen commentaar" kunnen zeggen?'

Over olie op het vuur gesproken.

'O ja? Nou, daar zouden ze van onder de indruk zijn geweest,' meesmuilde Jessie terwijl ze repen krantenpapier op de grond bleef smijten. 'Ze vragen me of ik in verwachting ben van jouw kind en ik zeg: Geen commentaar! Zelfs ík weet,' riep ze ziedend van verontwaardiging, 'dat mensen alleen "geen commentaar" zeggen als het antwoord ja is. Jezus, ik ben verbaasd dat jíj me nog niet hebt gevraagd of ik zwanger ben!'

Toby keek haar aan.

Even vergat hij adem te halen.

'Ben je zwanger?'

'NEE!'

Met moeite hervond Toby zijn zelfbeheersing. 'Luister, het is een roddelblad.' Hij gebaarde naar de snippers die als confetti door de keuken dwarrelden. 'Ik weet dat je al die dingen niet hebt gezegd.'

Hij zou morgen naar Los Angeles gaan en daar was Jessie blij om. Ze kon haar huis verkopen en Upper Sisley verlaten voordat hij terug was.

'Kijk, op dat punt vergis je je,' zei ze bitter, 'want dat van die slak heb ik wel gezegd.'


Brrrr-brrrrrg-brrrgg.

Eleanor Ferguson ademde langzaam uit, trok haar zelfgebreide handschoenen uit en rechtte haar rug achter het stuur van haar glimmend gepoetste Mini Metro. Opnieuw draaide ze de sleutel om in het contactslot en ze bad dat de auto zou starten.

Brrrrrr-brrrg-brrrgg.

Hemelse goedheid, uitgerekend vandaag! Waarom lieten auto's je altijd in de steek als je ergens moest zijn en beslist op tijd moest komen?

Met grimmige vastberadenheid maakte Eleanor de handrem los en ze liet de auto langs de glooiende oprit omlaag rijden. Zodra ze de straat bereikte, zou ze schakelen, in de hoop dat de motor aan zou slaan.

Kloink.

Eleanors mond vertrok tot een verbeten streep. Dit was bespottelijk – nu stond ze midden op straat in de stromende regen. Bovendien was het kwart over acht 's ochtends, hetgeen betekende dat het geen zin had om de garage in Lower Sisley te bellen omdat ze pas om negen uur opengingen.

Opluchting bij het horen van een naderende auto sloeg om in ergernis toen Eleanor zag wie de bestuurder was.

Drew Darcy, de vrijer van haar schoondochter. Nou, die kon ze missen als kiespijn. Aangezien ze nadrukkelijk had geweigerd met Drew te praten sinds die smerige liaison aan het licht was gekomen, zou ze hem nu pertinent niet om hulp vragen.

De auto kwam tot stilstand. Eleanor hield haar blik veelbetekenend afgewend.

Maar even later keek Drew haar grijnzend aan door het raampje en gebaarde hij dat ze het open moest doen.

'Problemen?'

'Ik red me wel.' Eleanor sprak met stijve lippen.

'Je blokkeert de straat. Zal ik je naar de kant duwen?'

Dit was onuitstaanbaar. Eleanor knikte kort en greep het stuur vast. Een paar seconden later verscheen Drew opnieuw bij het raampje.

'Het is makkelijker als je de handrem losmaakt.'

O.

En het werd nog erger, nog veel erger.

'Dat is gepiept,' kondigde Drew aan toen de Metro naar de kant van de weg was geduwd, en pas toen Eleanor omkeek, besefte ze dat hij niet de enige was die de auto had geduwd.

'Ik hoorde dat je probeerde te starten.' Bernadette Thomas klonk haast verontschuldigend. Ze droeg een donkerblauwe parka en haar gezicht was nat van de regen. 'Als je de motorkap opendoet, kijk ik wel even. Het kan de carburateur zijn, of natte bougies.'

Eleanor, die de laatste paar weken ook haar buurvrouw nadrukkelijk had genegeerd, was geneigd te zeggen: 'Nee bedankt, ik bel liever een garage.' Maar dit was een van de twee dagen dat ze als vrijwilligster de scepter zwaaide in de kantine van het Harleston General en ze moest er om negen uur zijn. Niemand anders kon de deur opendoen, want zij had de sleutels.

Niet in staat een woord uit te brengen, deed ze de motorkap open en ze stapte houterig uit de auto.

'Ik heb er geen verstand van,' zei Drew. Zijn groene jas was al doorweekt en zijn warrige haar hing druipend in zijn ogen. Maar Bernadette, duidelijk een expert, was al met het controleren van kabels in de weer.

'Het is vast iets heel simpels. Ik heb een jaar het onderhoud van het wagenpark gedaan toen ik in dienst zat. Hmm, zo te zien is de bougiekabel in orde. Mooi, dan kijk ik even naar de contactpuntjes.'

Twintig minuten later was het nog steeds niet gelukt om de auto te

starten. De regen kwam inmiddels met bakken naar beneden, opge-
zweept door een venijnige oktoberwind.

Eleanor werd verscheurd door besluiteloosheid. Telkens als ze had geprobeerd te zeggen: 'Echt, het geeft niet, ik bel de garage wel,' hadden Bernadette en Drew haar onbeholpen protest weggewuifd en waren ze onverstoorbaar verder gegaan met hun werk, hun handen in
de diepten van de motor gestoken als chirurgen op zoek naar een verdwaald watje.

'Natter dan dit kan ik toch niet worden,' zei Drew opgewekt tegen
haar. 'Dan kan ik het net zo goed afmaken.'

Het plichtsbesef was verpletterend. Uiteindelijk verdroeg Eleanor het
geen seconde langer. 'Laat me een taxi bellen,' riep ze uit. 'Ik moet
om negen uur op mijn werk zijn.'

Drew trok zijn hoofd onder de kap vandaan.

'Waarom heb je dat niet meteen gezegd? Ik geef je wel een lift.'

'Echt, je hoeft niet…'

'Doe niet zo gek. Ik ben trouwens toch niet de hoofdmonteur.' Hij
knipoogde – jakkes, een vette knipoog – naar Bernadette. 'Ik ben maar
het waardeloze hulpje. Waar moet je naartoe?'

De gedachte aan het personeel en de patiënten die ongeduldig stonden te wachten voor de gesloten deur dwong Eleanor om antwoord
te geven. Ze kon ze niet in de steek laten, geen denken aan. 'Naar het
Harleston General. Ik werk twee dagen per week als vrijwilligster in
de kantine.'

Drew knikte en veegde zijn zwarte handen af aan een van haar smetteloze theedoeken. 'Het ziekenhuis waar Doug vroeger werkte.'

'Waar April werkt,' voegde Bernadette er vertederd aan toe.

'Wie is April?' vroeg Drew.

'Mijn ex-vrouw.'

Eleanor verstijfde.

Bernadette keek naar haar omhoog. 'Ze komt weleens in de kantine.'

'Dat weet ik.'

April was ook al iemand die Eleanor nadrukkelijk negeerde.

'Okay, het is nu kwart voor.' Drew schudde de regen uit zijn ogen,
opende het portier van zijn eigen auto en liet Eleanor instappen. 'Ik
breng je wel naar je werk. Bernadette, je vindt het toch niet erg als ik
het verder aan jou overlaat?'

'Geen probleem.'

Toen Drew wegreed, keek Eleanor om naar Bernadette, die nijver aan
het werk was onder de motorkap van haar Metro.

'Wees maar niet bang, ze heeft die auto van je zo weer aan de praat,'
vertelde Drew haar grijnzend. 'Bernadette is een fijne kerel.'

Vier uur later stapelde Eleanor donuts en gevulde koeken op bordjes toen ze April Thomas de kantine binnen zag komen.

'Hallo,' zei April verlegen, en omdat Eleanor als enige achter de toonbank stond, zag ze zich gedwongen om 'Hallo' terug te mompelen.

Nerveus streek April haar korte haar achter haar oren. 'Ik ben April Thomas, Bernies...'

'Ja, ja, dat weet ik,' flapte Eleanor eruit voordat ze de woorden hardop kon zeggen.

'Eh... Bernie heeft net gebeld. Hij vroeg of ik u wilde laten weten dat hij – sorry, zij – de auto heeft gerepareerd.'

'O. Mooi.'

'Er was iets mis met de carburateur, schijnt het, maar ik kan u niet uitleggen wat.' April bloosde en glimlachte. 'Ik heb geen verstand van auto's.'

Eleanor voelde zich meteen schuldig toen ze zich afvroeg of het zolang had geduurd – meer dan vier uur – om haar Metro te repareren. Het regende nog steeds pijpenstelen.

'Nou, dat was erg aardig van eh... Bernadette. Ik ben haar erg dankbaar.' O hemel, wat had ze er toch een hekel aan om dankjewel te zeggen; ze had veel liever dat mensen bij haar in het krijt stonden. 'En eh... reuze bedankt dat je het me bent komen vertellen.'

'Nu ik er toch ben, neem ik maar een donut,' zei April. 'U gaat toch om vier uur dicht, hè?'

'Dat klopt.'

'Dat dacht ik al. Bernie vroeg ernaar.' April koos een appeldonut en gaf Eleanor dertig penny. 'Ze haalt u om vijf over vier op.'

'Dit is echt erg aardig van je. Ik had best de bus kunnen nemen.'

'Geen probleem,' antwoordde Bernadette losjes. 'Bovendien regent het nog steeds.'

Daar was geen woord van gelogen, het was een sombere grijze middag. Nu de temperatuur begon te dalen, ging de regen zelfs over in natte hagel.

Een lekkere, huiselijke lamsstoofschotel, dacht Eleanor toen er een stilte viel. Dat ga ik maken als ik thuis ben. En gestoomde strooppudding met vanillesaus.

'Vind je het erg om even te stoppen bij die winkels?' vroeg ze Bernadette.

Eleanor kwam met een halve fles whisky uit de slijterij – ze had geen hele gekocht, je hoefde alcoholisme per slot van rekening niet aan te moedigen. 'Het is niet voor mij,' zei ze bits, 'maar voor Drew Darcy.'

Bernadette knikte. 'Aardige kerel.'

'Mm.'

'Je kleinkinderen zijn dol op hem. Sorry,' voegde Bernadette er aarzelend aan toe, 'als moeder leef je natuurlijk mee met je zoon. Voor jou is het ook niet makkelijk, dat snap ik best.'

'Het is niet bepaald een ideale situatie,' gaf Eleanor schoorvoetend toe. 'Maar de kinderen zijn in elk geval gelukkig.' Ze zuchtte. 'Het had erger kunnen zijn.'

De rest van de rit verliep in stilzwijgen. Toen Bernadette stopte voor hun huizen, pakte Eleanor haar handtas. 'Ik wil jou ook iets geven. Voor de lift en het repareren van mijn auto.'

'Geen sprake van,' zei Bernadette beslist. 'Daar zijn buren voor.'

Zelfs, naar het scheen, als je buurvrouw een man in een jurk was en nog een ex-bokser op de koop toe.

Lieve help, wat zijn de tijden toch veranderd, dacht Eleanor. Dit soort dingen gebeurde in mijn tijd gewoon niet. Hoewel ze – dat was het toppunt van ironie – Bernadette eigenlijk erg aardig had gevonden voordat ze die bizarre ontdekking had gedaan.

'In dat geval,' hakkelde ze, 'moet je vanavond komen eten. Ik maak gestoofd lamsvlees met strooppudding toe.'

Hemel, een olijftak. Van Eleanor Ferguson.

Een tak? Het was zowat een hele boom.

Eten bij Eleanor was niet Bernadettes idee van een ontspannende avond. Maar hoe kan ik, dacht ze, onder deze omstandigheden weigeren?

Ze aarzelde. 'Echt? Weet je het zeker?'

Opluchting golfde door Eleanor heen. Ze hoefde niet langer dankbaar te zijn, ze had nu weer de leiding.

Dus de mensen in het dorp vonden haar bekrompen, nietwaar? Nou, die piepten straks wel anders.

'Ik sta erop,' verklaarde ze plechtig.


70


Jessie stond in het midden van de lege zitkamer en keek om zich heen in haar ex-huis.

De aktes waren getekend en Duck Cottage was niet langer van haar. Het huis was nu van Bob Keogh en de pas geschilderde muren en plafonds bewezen het.

Dat hielp in zekere zin, want met drie lagen witte zijdeglans op alle muren en plafonds leek het in de verste verte niet meer op Duck Cottage.

In plaats van de felpaarse katoenen sweater en de gescheurde oranje broek die ze droeg, zou Jessie voor haar gevoel in een elegant wit gewaad gehuld moeten zijn, en ze zou geen blikje lauwwarme Sprite moeten drinken maar een glas melk.

Ze schrok van een luide klap op de bovenverdieping. Het volgende moment stommelde Oliver van de trap met een theekist in zijn armen.

'Blijf je daar de hele dag staan?' hijgde hij terwijl hij de zware kist naar de gang zeulde. 'Of denk je dat je me een handje kunt helpen?'

Jessie wist een glimlach op te roepen. 'Ik? Je arme broze oude moeder?'

'Ik heb net een kist boeken op mijn voet laten vallen,' mopperde Oliver.

'Neem een blikje Sprite. Dat kan best, want de verhuiswagen komt pas over een uur. Ik wilde eigenlijk even bij Lili langs wippen om dag te zeggen.'

'Je bent al bij Lili geweest.' Oliver keek op zijn horloge. 'Je hebt om tien uur dag gezegd.'

'Dat weet ik, maar toen sliep Will. Nu is hij vast weer wakker.'

Maar toen ze de voordeur achter zich dichttrok, liep Jessie niet over het grasveld naar The Old Vicarage. In plaats daarvan sloeg ze rechtsaf naar Compass Lane. Toen ze langs Keeper's Cottage liep, hoorde ze door een openstaand slaapkamerraam een schaterende lach. Jessie herkende de lach als die van Savannah – dus het was nog steeds bij de konijnen af met haar en Stevie – en liep verder. Aangezien Toby nog aan het filmen was in Amerika, moest Sisley House op dit moment verlaten zijn.

Ze bereikte de ingang tussen de twee stenen pilaren en liep de oprijlaan op zonder te weten waarom.

Langzaam liep ze over het met bladeren bezaaide pad, zonder te weten waarom.

Aan het eind van de oprit bleef ze staan en ze keek naar de voorkant van het huis, zonder te w…

O toe nou toch, wie probeer ik nou voor de gek te houden, dacht Jessie vertwijfeld. Over zielige waanideeën gesproken.

Verdorie, natuurlijk weet ik waarom!

Maar ach, wat deed het ertoe dat ze zich zo zielig gedroeg?

Niemand kon haar zien, het huis was leeg.

Geen Deborah meer.

Geen Dizzy meer.

Geen Savannah, die zich te buiten ging aan wilde, hete sex met de razend knappe Stevie Harper.

En geen Toby.

Die ook razend knap was.

En in Amerika.

Haar lichaam deed pijn van ellende.

Het huis was leeg.

O hemel, dacht Jessie terwijl ze tranen weg knipperde, net als mijn hart.

Het was zinloos, maar ze kon het niet helpen. Weten dat je iemand niet kon krijgen – of dat je hem wel kon krijgen maar dat de relatie gedoemd was te mislukken – verhielp niet dat je zoveel van hem hield dat het pijn deed.

Voor niemand had ze ooit bij benadering zoveel gevoeld. Geen enkele man had een miljoenste voor haar betekend van wat Toby Gillespie voor haar betekende. Ze had haar uiterste best gedaan om er een te vinden, maar het was gewoon niet gelukt.

En de verleiding was groot, bekende Jessie uiteindelijk aan zichzelf, waardoor haar hoofdhuid begon te tintelen van verlangen en schaamte. Ik wilde het zo graag dat ik mezelf bijna volkomen belachelijk had gemaakt door er gewoon voor te gaan.

Terwijl ze wist dat het niet lang zou duren.

Terwijl ze wist dat Toby na een paar maanden zou zeggen: 'Luister, het was erg fijn, máár...'

Terwijl ze wist dat hij op een gegeven moment meer zou willen en op zoek zou gaan naar iemand met meer status en glamour, naar iemand die veel beter paste bij een filmster van zijn kaliber.

Terwijl ze wist dat ze zich na dat avontuur honderd keer rotter zou voelen dan nu, en dat de mensen haar achter haar rug zouden uitlachen en heimelijk tegen elkaar zouden zeggen: 'Wat had ze dan verwacht?'

Shit, dit ging verkeerd. Dikke tranen volgden elkaar nu snel op, en het laatste waar ze behoefte aan had, was dat iemand haar met vlekkerige wangen en varkensoogjes bij Toby's huis vandaan zag lopen.

Het zaadje van een plataan kwam als een helikopter omlaag uit een tak en landde op haar hoofd. Terwijl ze het verwijderde, trok ze ook het oude groene pantykousje los dat ze als geïmproviseerd lint had gebruikt om haar ongeborstelde haar mee in een staart te binden.

Een stom pantykousje, nota bene!

Als ik Deborah Gillespie was, dacht Jessie toen ze haar ogen ermee afveegde, zou het een ragdunne glanzende zwarte kous van Christian Dior zijn geweest.

'De notaris heeft net gebeld,' kondigde Oliver aan toen ze terugkwam.
'Hij wil dat je zo snel mogelijk naar zijn kantoor komt om de papie-
ren te tekenen.'
'Hij had drie uur gezegd.'
'De plannen zijn gewijzigd. Hij moet om twee uur een testament voor-
lezen in Cheltenham.'
Jessie zuchtte. Ach, hoe eerder het achter de rug was, des te beter.
'Red je het hier in je eentje?'
Zijn blik vertelde haar dat hij het al de hele ochtend in zijn eentje wist
te redden. 'Ik doe mijn best.'
'Vergeet niet op de dozen te zetten wat erin zit.'
Oliver fronste zijn wenkbrauwen. 'Heb je gehuild?'
'Ik? Doe niet zo mal.' Snel liep Jessie langs hem heen om haar auto-
sleutels te pakken. 'Zo'n zaadje van een plataan woei in mijn oog.'

Aangezien ze de verhuiswagen moest volgen naar Cornwall, stopte
Jessie bij de garage aan de rand van Harleston voor een vluchtige inspectie van haar auto. Het was een vervelend klusje, maar het was
minder vervelend dan pech krijgen op de M5.
Ze gooide de tank vol, controleerde de bandenspanning, vulde het
water bij en bekeek het oliepeil. Hoewel het niets voor haar was, besloot ze het busje in een vlaag van netheid ook te laten wassen. Het
ding was onbeschrijflijk smerig, en iemand – waarschijnlijk Oliver –
had iets grofs van die strekking op de achterkant geschreven.
Trouwens, daarom ging ze toch weg? Om een frisse nieuwe start te
maken.
Doordat Jessie in de auto zat terwijl er schuimend water overheen
stroomde en de kolossale rollers over de voorruit denderden, zag ze
niet dat Olivers auto langs de garage jakkerde op weg naar Harleston.

De verhuiswagen was er inmiddels. Er was thee besteld. Oliver was
bezig suiker in bekers te scheppen toen er achter hem op de keukendeur werd geklopt. Oliver zei 'Binnen', omdat hij een boom van een
verhuizer met een getatoeëerde zwaluw in zijn nek verwachtte en keek
verbaasd op toen hij besefte dat er een tenger meisje met kort zwart
haar en exotische groene ogen in de keuken stond.
'Sorry,' zei ze met een grijns, 'de voordeur stond open en een kerel
met een tatoeage zei dat ik door kon lopen. Ik ben Sammy Keogh,
Bobs dochter.' Ze grijnsde nog breder, zonder een spoortje berouw.
'En ik drink mijn thee zonder suiker en melk.'
Ze was beeldschoon. Een ondeugend visioen met smaragdgroene
ogen.

Oliver was op slag smoorverliefd.

'Aha. Ik ben Oliver Roscoe. En je bent eh... vroeg.'

De groene ogen twinkelden. 'Ik kom met de auto uit Manchester en het ging sneller dan ik had gedacht. Dit is de eerste keer dat ik in mijn nieuwe huis ben.'

'Wacht even.' Haastig pakte Oliver de bekers thee. 'Ik ben zo terug.'

Toen hij terugkwam, had Sammy Keogh de waterkoker opnieuw gevuld en terwijl ze wachtte tot het water kookte, trommelde ze met haar vingers rusteloos op het aanrecht. Ze droeg een ouderwets, lichtgrijs herenvest op een rode Levi's en ze had een sweater van Manchester United om haar smalle heupen geknoopt.

Ze bestudeerde hem op haar beurt, haar hoofd goedkeurend schuin gehouden. 'Je gaat me toch niet vertellen dat je de enige jongen in het dorp bent die ermee door kan.'

'Wat?'

Oliver probeerde niet te lachen.

'Ik heb ook altijd pech.' Sammy slaakte een gelaten zucht. 'Net als ik hier kom wonen, ga jij weg. We zien elkaar nooit meer.'

'Waarschijnlijk wel. Mijn vader woont hier nog en ik wil hem vaak opzoeken.'

'Leuk!' Haar hartvormige gezicht lichtte op door een glimlach. 'Wanneer, met Kerstmis?'

Oliver legde uit dat hij een jaar wegging, met een rugzak door Europa zou gaan trekken. Gelukkig was de ijskast nog niet ingeladen en er lagen nog een paar biertjes in, wachtend om gedronken te worden. Hij vertelde over de landen waar hij naartoe zou gaan en liet Sammy het huis zien, zonder acht te slaan op de knipoogjes en porren en de verlekkerde blikken van de verhuizers die met veel kabaal dozen naar beneden sjouwden.

'Bof jij even. Het klinkt enig.'

Sammy ging met haar vingers door haar korte haar zodat het in pieken overeind ging staan. Ze liepen naar de voortuin en de rusteloze blik kwam terug in haar ogen; het was duidelijk dat haar iets dwars zat.

Ze rook verrukkelijk, net een bos fresia's, en Oliver kon het verlangen om haar in haar hals te kussen met moeite bedwingen. 'Wat is er?' vroeg hij.

'Ach, ik ben het niet gewend om ergens te zijn waar het zo stil is.' Haar gestrekte arm beschreef een boog toen ze het grasveld en de verzameling stenen plattelandshuizen eromheen aanwees. Gefrustreerd keek ze Oliver aan. 'Ik bedoel, hoe is het je gelukt om niet dood te gaan van verveling? Gebeurt er hier óóit iets wat de moeite waard is?'

## 71

Er was nooit plaats op het minuscule parkeerterrein van de notaris, dus parkeerde Jessie haar auto om de hoek.

Nou, dat was het dan. Gisteren had ze het ene pakket papieren getekend, voor de verkoop van Duck Cottage. Nu was ze hier om het tweede pakket te tekenen. Was dat eenmaal gedaan, dan zou het huis in Cornwall van haar zijn.

Jessie liep de hoek om en wilde dat ze wat enthousiaster was over haar verhuizing.

Het eerste dat ze zag, was Olivers gebutste zwarte Volkwagen Kever op het overvolle parkeerterrein, die een paar glanzende BMW's met gereserveerde plaatsen blokkeerde.

Jeetje, wat deed Oliver hier? Er moest iets vreselijks zijn gebeurd.

Het tweede dat ze zag, was dat Toby achter het stuur zat.

Jessie verstijfde. Dit kon niet gebeuren, dit kon absoluut niet gebeuren.

Toby was in Amerika.

Alleen was dat niet zo. Hij was hier. Hij zag haar en stapte uit Olivers oude auto.

'Je bent laat.'

Jessies benen trilden. Ze had geen knieën meer, ze had castagnetten.

'Wat?'

'Je bent veertig minuten geleden van huis gegaan.' Hij keek op zijn horloge. 'Oliver zei dat je rechtstreeks naar de notaris zou gaan. Ik ben een kwartier later weggegaan dan jij en ik ben er eerder.'

Is dit een hallucinatie, vroeg Jessie zich af. Zie ik ze nu echt vliegen? Maar hallucinatie of niet, Toby verwachtte kennelijk antwoord.

'Eh... ik heb de auto gewassen.'

Terwijl ze elkaar aankeken, tikte iemand in het kantoor tegen een raam, en hij gebaarde woedend dat Toby zijn roestbak daar niet kon laten staan.

Toby negeerde hem kalm.

'De auto gewassen. Dat spreekt vanzelf.'

Jessies mond was zo droog als een zandbak. Ze probeerde haar lippen te likken. 'Je hoort in Los Angeles te zijn.'

'Ik ben vanochtend teruggekomen.'

'Waarom? Ben je eruit geknikkerd?'

Hij glimlachte bijna, het scheelde een haar.

'Wat heb je toch een lage dunk van me. Nee, ik heb ze verteld dat het een noodgeval was en dat ik terug moest.'

'Je hebt tegen Steven Spielberg gezegd dat het een noodgeval was? En hoe reageerde hij?'

Jessie maakte een grapje. Toby niet.

Hij haalde zijn schouders op. 'Heel goed. Hij zei dat ze wel een paar dagen zonder me konden filmen. Meer kon hij me niet geven, achtenveertig uur. Dat is erg kort, maar lang genoeg om erachter te komen wat ik weten moet.'

Het schuifraam achter hen ging open. Een nijdig kijkende secretaresse stak haar hoofd naar buiten.

'Neem me niet kwalijk, u moet dat voertuig verplaatsen.'

'Ik doe het zo,' zei Toby. 'Ik ben bezig.'

'Ik waarschuw u,' brieste de vrouw, 'als u uw auto niet onmiddellijk verplaatst, laat ik het door de bewaker doen.'

Toby draaide zich om en glimlachte naar haar. 'Zou hij dat willen doen? Wat aardig. Bedankt.'

Haar mond viel open. 'Mijn hemel,' hoorde Jessie de verblufte secretaresse fluisteren, 'dat is Toby Gillespie!'

Het volgende moment viel het raam dicht.

'Luister, ik weet nog steeds niet wat je hier doet.'

Jessie had echt een heel raar gevoel in haar benen, maar als ze tegen een van de glimmende auto's leunde, zou ze vast een oorverdovend alarm in werking stellen.

'Ik heb me bedacht. Ik vind het niet langer laf van je om naar Cornwall te verhuizen,' zei Toby. 'Ik vind het dapper. Misplaatst,' voegde hij eraan toe, 'maar wel dapper.'

'Het is g-geen van beide,' hakkelde Jessie. 'Ik wil het gewoon.'

Dit negeerde Toby. 'Je houdt van me, maar je vertrouwt me niet. Dat is het grote verschil tussen ons, Jess. Ik hou van je én ik vertrouw je. Ik heb altijd van je gehouden, meer dan je ooit zult weten. Als iemand een plaatsvervangster is geweest, als iemand tweede keus is geweest,' vervolgde hij langzaam, 'dan was het Deborah.'

O, dit was het toppunt. Dit was niet eerlijk. Het was te láát.

'De notaris wacht op me.' Jessie probeerde haar voeten die voelden als gelatinepudding in de richting van de ingang van het gebouw te bewegen. 'Ik moet een akte tekenen.'

'Doe het niet.'

'Het moet! Duck Cottage is al verkocht. De verhuizers zullen nu al wel bezig zijn.'

'Ik ben vanochtend op Heathrow geland.' Toby schudde zijn hoofd. 'Ik ben met een taxi naar huis gegaan. Ik wist niet hoe ik je ervan moest weerhouden om weg te gaan, maar ik wist dat ik het moest proberen. En toen zag ik je voor mijn huis staan en ik wist ook al niet wat dat betekende.'

'Was je thuis?' Jessie stond perplex. 'Je was er gewoon en je hebt de hele tijd naar me gekeken?'

'Niet de hele tijd. Ik keek uit het raam en zag je staan, en ik kreeg de indruk dat je misschien huilde, maar dat wist ik niet zeker.'

'Ik huilde niet!' verdedigde Jessie zichzelf. 'En als je me zag staan, waarom heb je dan niets gedaan? Waarom ben je niet naar buiten gekomen?'

'Ik had geen idee waarom je er was.' Opnieuw glimlachte Toby bijna. 'Ik dacht dat je misschien met eieren wilde gooien. Maar ik kreeg de kans niet om te reageren, want het volgende moment was je al weer weg. En tegen de tijd dat ik bij je huis kwam, was jij al onderweg naar de notaris.'

Jessie kon het niet bevatten. Vermoeid schudde ze haar hoofd. 'Toch is het te laat. Ik moet die papieren tekenen.'

Er trok een spier in Toby's kaak. 'Dat huis in Cornwall, heeft het uitzicht op zee?'

Jessie knikte, hoewel ze zich afvroeg waarom dat relevant was.

'Okay. In dat geval tekenen we. Ik heb altijd een vakantiehuisje in Cornwall willen hebben.'

'Jíj hebt altijd een vakantiehuisje willen hebben?' Jessie deed haar best, maar ze kon hem niet volgen. Wat zei hij nu – dat hij het huis van haar wilde kopen? Ze was volkomen in de war en kon nauwelijks uit haar woorden komen. 'M-maar waar moet ik dan wonen?'

Zich er vaag van bewust dat er naar hen werd gekeken – inmiddels was er bij het raam achter hen een zee van gezichten verschenen – bleef Jessie staan toen Toby naar haar toekwam.

Hij nam haar handen in de zijne en keek haar diep in haar vragende ogen.

'Bij mij natuurlijk. De pers kan de pot op. Het kan me niet schelen wat iedereen denkt. Ik hou van je, Jess, en ik weet vrij zeker dat je ook van mij houdt. Bovendien, als je al twintig jaar van iemand houdt, is het geen vlam in de pan. Ik wil de rest van mijn leven met je samen zijn. Ik weet niet of het helpt,' voegde hij er op droge toon aan toe, 'maar Steven Spielberg wil ook dat ik de rest van mijn leven met je samen ben.'

Jessie maakte een geluid dat het midden hield tussen een lach en een snik. 'Echt waar?'

'Echt waar. Ik moest hem alles over je vertellen.'

'Roddelaar.'

'Ik deins nergens voor terug.' Toby schoof zijn handen in haar haren. 'Nou, is dat een ja?'

Wat kon ze anders zeggen?

Jessie knikte en ademde langzaam uit. Eindelijk kwamen haar knieën tot rust en hielden ze op met de castagnetten-imitatie. Het voelde hemels, idyllisch, alsof ze thuiskwam. Niet in Cornwall, maar in Upper Sisley.

Soms wel in Cornwall, natuurlijk. Voor lange weekends... en als ze er even tussenuit wilden.

Toby las haar gedachten. 'Laten we maar naar binnen gaan en die papieren tekenen.'

Jessie knikte, nu al verrukt van het idee. Eçn vakantiehuisje leek haar het einde.

'En bel Oliver even, dan kan hij de verhuizers naar mijn huis sturen,' vervolgde Toby. 'Voorlopig lijkt me dat de beste oplossing.'

Ach, om een vlieg te zijn op de muur in Myrtle Armitages winkel, dacht Jessie, als bekend werd dat ze bij Toby was ingetrokken.

'Ik kan nog steeds niet geloven dat dit echt gebeurt.'

Ze klampte zich aan hem vast, drukte zich tegen hem aan, want ze wilde elke centimeter van zijn lichaam tegen het hare voelen. Hmm... ze wriemelde met haar heupen – was dat een pistool in zijn zak of was hij gewoon blij haar te zien?

Maar als het een pistool was, was het dan niet een beetje eh... klein?

Opnieuw leek Toby op wonderbaarlijke wijze te raden wat ze dacht. 'O ja,' mompelde hij terwijl hij een hand in zijn zak stak en er het opgerolde pantykousje uit haalde dat hij die ochtend op de oprit had gevonden. 'Volgens mij is dit van jou.'